KB175508

청계, 내 청춘

청계피복노동조합은 1970년 11월 13일 전태일 동지가 노동자의 인간다운 삶을 실현하기 위해 평화시장 앞길에서 분신·항거한 숭고한 뜻을 받들어 그해 11월 27일 결성된 노동조합입니다. 당시는 박정희 군부독재의 주도로 급속한 산업화가 진행되는 시기였습니다. 박정희 정권의 산업화와 근대화는 국민 다수의 경제적 이익을 바탕으로 한 경제발전이 아니라 오직 효율만을 앞세운 고도성장정책으로서, 모든 것을 군사쿠데타식으로 밀어붙였습니다. 그 결과 경제성장의 성과는 소수 특권층과 자본가들한테만 주어졌고, 절대 다수인 노동자, 농민, 도시 서민들은 기본적인 권리마저도 유보당하거나 박탈당했습니다.

특히 박정희 정권은 최소한의 권리도 인정받지 못하는 노동자가 자신의 권리를 주장하고 인간답게 살고 싶다고 몸부림치는 것을 불온시하여 탄압하였습니다. 이러한 상황에서 노동자와 자본, 그리고 자본을 옹호하는 정치권력 사이에는 필연적으로 대립과 투쟁이 뒤따를 수밖에 없었습니다. 일제하에서 민족해방투쟁의 성격을 띠었던 노동운동은 해방 이후 좌우이념대립과 한국전쟁을 겪으면서 자주성을 잃어버릴 수밖에 없었습니다. 결국 어용노동조합만이 남게 되었고, 자본과 권력은 이들 어용노조를 통해 노동자를 통제했습니다.

이처럼 엄혹한 시기에 전태일 분신사건이 발생한 것입니다. 그 뒤를 이은 청계피복노조는 1970년대부터 1990년대까지 피어린 투쟁을 전개함으로써 노동자의 권리, 노동자의 자존과 자주성을 쟁취하여 인간다운 삶을 실현하고 민주화를 이룩하는 데 나름의 역할을 해왔습니다.

청계피복노조의 빛나는 기억

청계피복노조사 편찬위원회 기획 | 안재성 씀

청계피복노조는 단순한 일개 단위노동조합이 아닙니다. 청계피복노조는 그 출발선에서부터 전태일이 추구했던 가장 지고지순한 인간 사랑의 정신을 바탕으로 결성되었으며, 자주적 노조의 불모지에서 노조의 자주성을 지키기 위해 싸운, 민주노조의 선봉이며 상징이었습니다. 조직형태 역시 기업별노조의 한계를 뛰어넘는 지역노조 형태였으며 투쟁의 내용 또한 자신의 이익만을 위해서가 아닌 전체 노동자의 이익을 위한 연대, 지원, 희생을 아끼지 않는 것이었습니다. 청계피복노조는 군부독재의 극한 탄압 상황에서도 새로운 국면마다 늘 앞서 싸움으로써 전국의 노동자들에게 큰 영향을 미쳤습니다. 게다가, 생각해보면, 청계피복노조의 37년은 끈질긴 부활의 역사였습니다. 정치권력의 탄압에 의해 끊어질 듯하면서도 결코 죽지 않고 불사조처럼 되살아나는 노동운동의 불꽃이었습니다.

이 과정에서 우리들이 흘려야 했던 분노의 눈물, 억울함의 눈물, 치욕의 눈물, 절망의 눈물은 얼마나 많았겠습니까? 그러나 우리에게는 그런 눈물

청계, 내 청춘
— 청계피복노조의 빛나는 기억

청계피복노조사 편찬위원회 기획 | 안재성 씀

2007년 11월 6일 초판 1쇄 발행

펴낸이 한철희 | 펴낸곳 돌베개 | 등록 1979년 8월 25일 제406-2003-018호
주소 (413-756) 경기도 파주시 교하읍 문발리 파주출판도시 532-4
전화 (031) 955-5020 | 팩스 (031) 955-5050
홈페이지 www.dolbegae.com | 전자우편 book@dolbegae.co.kr

책임편집 김희진 | 편집 이상술·이경아·윤미향·김희동·서민경
교정 원지영 | 표지디자인 박정은 | 본문디자인 박정영·이은정
마케팅 심찬식·고운성 | 제작·관리 윤국중·이수민 | 인쇄·제본 상지사 P&B

ISBN 978-89-7199-293-7 03810
책값은 뒤표지에 있습니다.

이 도서의 국립중앙도서관 출판시도서목록(CIP)은 e-CIP 홈페이지
(http://www.nl.go.kr/cip.php)에서 이용하실 수 있습니다.(CIP제어번호: CIP2007003292)

청계,
내 청춘

Photo Credits

1, 2, 33, 34 돌베개 자료
3, 4, 5, 6, 8, 10, 12, 13, 14, 16, 18, 19, 20, 21, 22, 23, 35 전태일기념사업회 제공
7, 9, 11, 15, 17 이순자, 임미경, 박태숙 제공
24, 25, 26, 27, 28, 29, 30, 31, 42 박용수 제공
36 박대성 제공

1. 1970년 11월 19일 모란공원 묘지에서 열린 전태일 열사 장례식.

2. 1971년 11월 전태일 열사 1주기 추도식에 모인 가족과 청계피복노조 간부들.

3. 1971년 9월 12일 제1차년도 정기 대의원대회. 제3대 지부장에 삼동회 출신인 최종인이 선출되었다.

4. 1대 지부장컵쟁탈 등산대회에 참가한 크로바클럽 회원들. 등산대회는 초기 조합원들을 확충하고 단합시키는 중요한 대중활동이었다.

5. '평화새마을교실'에서 조합원들이 공부하고 있는 모습. 끝까지 배움의 꿈을 접지 않았던 전태일의 정신을 계승한 청계노조는 조합원 교육을 노조활동의 최중심에 두었다.

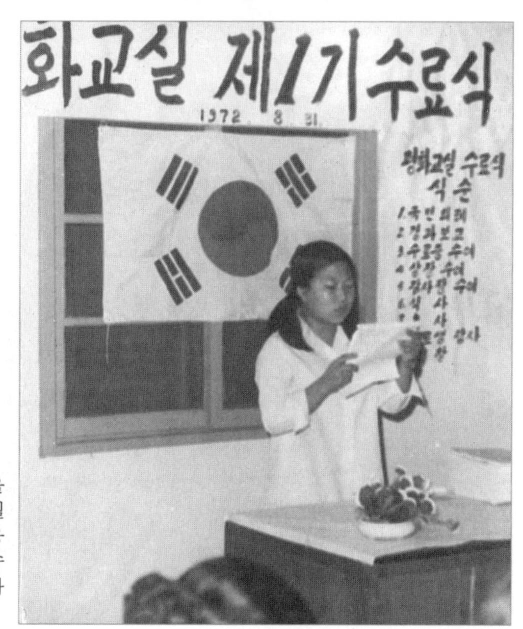

6. 1972년 8월 31일 평화새마을교실 제1기 수료식. 1972년 5월부터 시작된 1기는 200명의 응모자 중에 30명을 대상으로 수업을 진행해, 17명이 수료를 하였다.

7. 1976년 12월에 열린 연소 근로자 위안잔치. 1971년부터 시작된 이 행사 역시 곧 청계노조의 가장 중요한 활동 중 하나로 자리잡았다. 전태일을 노동운동으로 이끈 수많은 동심을 위로하는 것은, 청계노조가 가장 먼저 해야 할 일이기도 했다. 이런 활동을 통해 조합원 수는 빠른 속도로 늘어났다.

8. 유림빌딩으로 이전한 새마을노동교실 간판. 새마을노동교실은 1972년 9월 15일 모범근로여성으로 뽑혀 청와대 모임에 초청을 받았던 정인숙이 육영수 여사에게 요구해 만들게 되었다. 1973년 5월 21일 개관식에 함석헌 선생을 초청했다가 운영권을 사용자들에게 빼앗기기도 했다. 1975년 4월 유림빌딩으로 이전하고 노동조합에서 주체적으로 운영하기 시작했다.

9. 경동교회 야학 강사이자 노동교실에서 레크리에이션을 가르쳤던 천상경과 함께. 당시에는 이렇듯 특별한 지식이나 투지로 무장하지 않고도 수많은 평범한 학생들이 야학 등을 통해 노동자와 연대했다. 그 와중에 노동자와 학생이 주고받은 감동과 열정이야말로 사회를 변화시키는 힘의 원천이었다.

10. 새마을노동교실에서 수료증을 받는 장선애. 새마을노동교실은 1977년 7월 22일 이소선 어머니의 구속과 동시에 강제폐쇄되었다. 장선애는 열네 살의 나이로 새마을 노동교실 탈환과 이소선 어머니 석방을 내건 1977년 9월 9일의 결사투쟁에서 가장 용감히 싸워 구류를 살기도 했다.

11. 1974년 돈보스코센터 앞에서 조합 간부 교육을 마치고 나온 조합원들과 간부들.

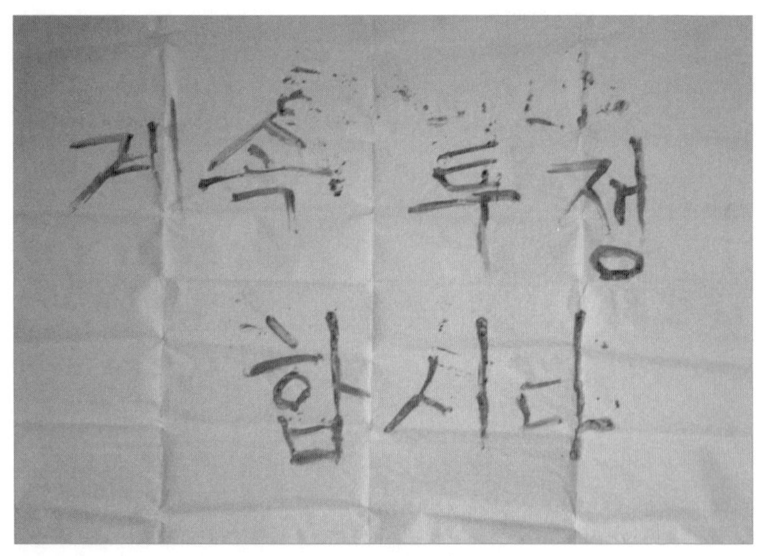

12. 1975년 12월 23일부터 시작된 '노동시간 단축' 무기한 단식농성에서 김기철이 쓴 혈서. 이 투쟁으로 작업장 저녁 8시 종료, 다락 철폐 등의 요구를 관철시켰다.

13. 1976년 조합원 야유회. 노조 운영이 안정된 1976년에는 행사마다 조합이 결성된 이래 최대 인원이 참가했다. 6월 아카시아 야유회에는 115명의 조합원이 참석했고 10월 청계산 등산대회에는 250명의 조합원이 참가했다. 또 전태일 6주기 추도식에는 615명이나 참석해 발 디딜 틈도 없었다.

14. 바위솔회 회원들. 바위솔회는 혈기왕성한 남성 노동자 50여 명으로 구성된 조직으로 산하에 야생마클럽과 육가클럽을 두고 있었다. 이들은 주휴제와 노동시간 초과 단속 활동을 뒷받침했다.

15. 1976년 동화모임 1기 야유회. 동화모임은 경동교회 야학 출신들을 중심으로 만든 모임으로 구속자 면회 투쟁, 임금인상 투쟁, 9·9농성 등 중요한 싸움에서 앞장선 수많은 열성 조합원들을 배출했다.

16. 1985년 제12차 대의원대회에서 격려사를 하는 장기표. 그는 서울대법대학생신문 『자유의 종』을 편집하며 평화시장 노동 문제에 관심을 갖고 있던 차에 전태일의 분신 소식을 접하고 달려와, 이소선 어머니와 상의해 장례식을 전국학생장으로 치루도록 만들었다. 그는 전태일사건을 사회운동으로 발전시킨 당사자일 뿐 아니라 이후에도 이소선 어머니와 조합원들과 지속적인 관계를 맺고 청계노조의 운동에 지대한 영향을 미쳤다.

17. 1978년 동구릉으로 떠난 아카시아회 야유회. 1977년 노동교실이 폐쇄되자 모임장소를 구할 수 없게 된 각종 소모임들의 활동이 위축되었다. 이런 어려움 속에서도 중견 여성 조합원들의 활동은 청계노조의 맥을 잇는 축이 되었다.

18. 1980년 4월 7일~17일의 끈질긴 대규모 투쟁 결과 임금인상과 10인 이상 업체에서 퇴직금을 지급하도록 하는 요구를 관철시켰고, 이 싸움은 이후 근로기준법 개정을 추동하는 중요한 계기가 되었다.

19. 1981년 신군부에 의해 강제해산 된 후 노조는 1983년 전태일 13주기 추도식을 계기로 공개적인 활동을 재개할 수 있었다. 돌아오는 길에는 안기부의 협박을 받은 버스기사들이 협조해주지 않아 걸어오면서 행진을 했다. 이 사건은 5·17 이후 오랜 침묵에 빠져 있던 민주화운동권에 신선한 충격을 주었다.

20. 1984년 4월 12일 신당동 노조 사무실 현판식이 있었다. 하지만 현판식 바로 다음날 경찰이 사무실에 침입해 집기를 강제로 끌어내고 간판도 떼어버렸다. 1977년 새마을노동교실을, 1981년 노조 사무실을 폐쇄하던 때와 똑같은 장면이었다.

21. 1984년 5월 2일 청계노조 합법성에 관한 공개토론회를 열었다. 현황보고를 하고 있는 민종덕 위원장.

22. 생텍쥐페리를 기념하는 자선재단 '인간의 대지'의 후원을 받아 1985년 3월 마련한 '평화의 집'. 노조 사무실로 사용하기도 했다. 현재는 이 건물을 헐고 새로 전태일기념관이 들어서 있다.

23. 1984년 9월 노학연대로 제1차 합법성쟁취투쟁을 벌여 성공을 거둔 청계노조는, 그해 10월 2차대회를 벌이고, 이듬해인 1985년 4월 12일 3차대회를 벌였다. 두 번의 경험으로 경찰도 노조도 만전을 기한 이 싸움에서 노동자와 학생 2,500명이 7,000명의 서울시경 병력을 헤치고 성공적으로 시위를 마쳤다.

24. 1985년 11월 17일 전태일 열사 15주기 추도식에 참석한 청계노조 조합원들.

25. 1985년 11월 13일 15주기 추도식과 동시에 제4차 청계노조 합법성쟁취대회 이후 11월 27일 청계노조에 대한 해산 명령, 노조 사무실 폐쇄 통보가 잇달았다. 이후 조합원들이 항의농성을 벌이고 있다.

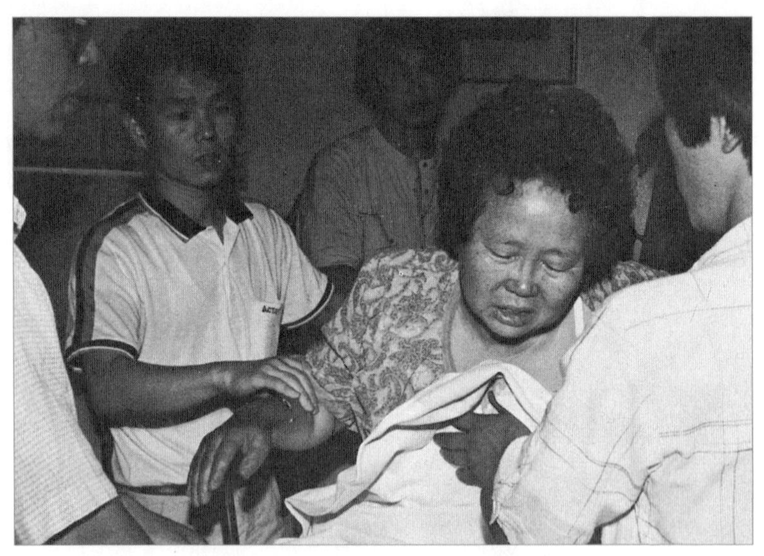

26. 1985년 7월 7일 이소선 어머니가 입구에서 졸고 있던 전경 둘을 제치고 사무실에 올라가 청소를 했다가 사복 경찰에게 사정없이 얻어맞고 끌려내려오기도 했다.

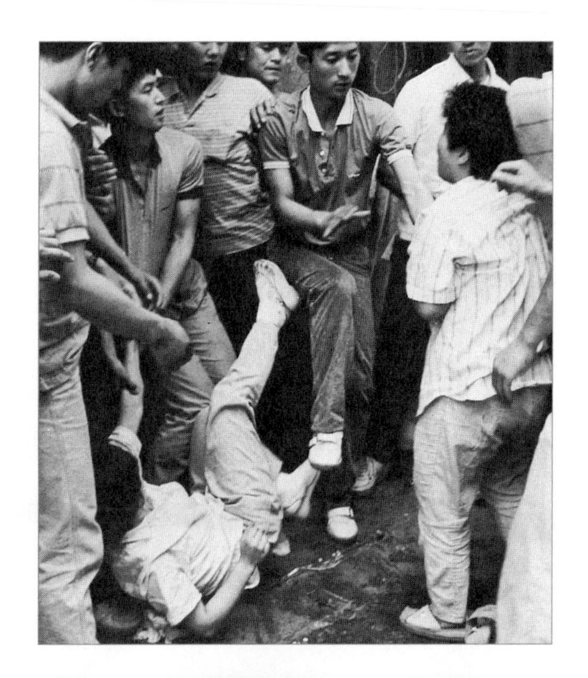

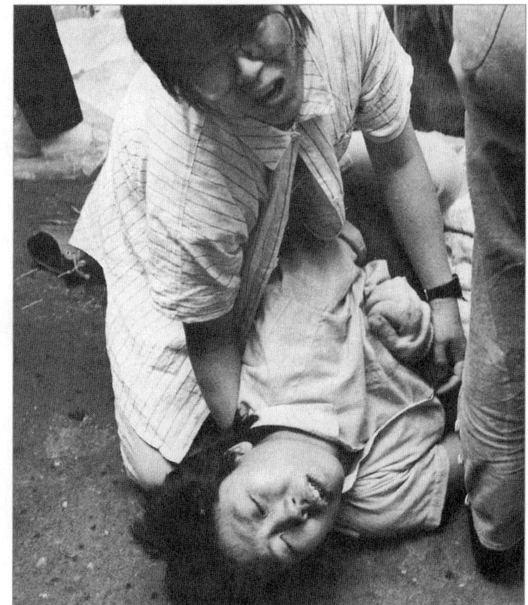

27. 노조 사무실 폐쇄에 항의하는 노조원들을 경찰이 폭행하고 있다. 당시 여성 노동자들에 대한 경찰의 가혹한 폭행이 아무렇지도 않게 행해졌다.

28. 1987년 7월 15일 노조 사무실을 탈환하고 만세를 부르는 어머니와 조합원들.

29. 노조 사무실을 탈환한 청계피복노조는 곧이어 합법성쟁취를 위한 무기한 농성에 들어갔다. 그리고 70여 일 만인 1988년 5월 2일 신고필증을 받음으로써 합법성을 쟁취했다.

30. 1988년의 무기한 농성 중에 5월 1일 연세대학교에서 열린 메이데이 집회에 참가한 이소선 어머니.

31. 1988년 연세대학교에서 열린 메이데이 집회에 청계 풍물패가 식전 행사와 식후 뒤풀이 장단을 담당했다. 상쇠 이태원이 신명나게 놀고 있다.

32. 1988년 11월 13일 연세대학교 노천극장에서 전국 노동자 4만여 명이 모여 '전태일열사 정신계승 노동악법개정 전국노동자대회' 를 열었다.

33. 조영래가 『전태일평전』의 저자라는 사실은 1991년 1월 개정판을 내면서야 밝힐 수 있었다. 하지만 그는 개정판을 보지 못한 채 1990년 12월 간암으로 사망했다.

34. 『전태일평전』은 1983년에 초판 1쇄를 찍었고, 1991년에 1차 개정판, 2001년에 3차 개정판, 2004년에 4차 개정판을 찍었다.

35. 전태일기념사업회에서 '전태일거리 시민의 힘으로 만들자' 캠페인을 벌여 2005년 9월 청계천 일대에 '전태일거리'가 생기고 기념상이 세워졌다.

36. 전태일거리에 새겨진 동판들.

발간사

어두운 시대, 빛나는 눈물

청계피복노동조합은 1970년 11월 13일 전태일 동지가 노동자의 인간다운 삶을 실현하기 위해 평화시장 앞길에서 분신·항거한 숭고한 뜻을 받들어 그해 11월 27일 결성된 노동조합입니다.

당시는 박정희 군부독재의 주도로 급속한 산업화가 진행되는 시기였습니다. 박정희 정권의 산업화와 근대화는 국민 다수의 경제적 이익을 바탕으로 하는 경제발전이 아니라 오직 효율만을 앞세운 고도성장정책으로서, 모든 것을 군사쿠데타식으로 밀어붙였습니다. 그 결과 경제성장의 성과는 소수 특권층과 자본가들한테만 주어졌고, 정작 그 주역인 노동자, 농민, 도시 서민들은 기본적인 권리마저도 유보당하거나 박탈당했습니다.

특히 박정희 정권은 최소한의 권리도 인정받지 못하는 노동자가 자신의 권리를 주장하고 인간답게 살고 싶다고 몸부림치는 것을 불온시하여 탄압하였습니다. 이러한 상황에서 노동자와 자본, 그리고 자본을 옹호하는 정치권력 사이에는 필연적으로 대립과 투쟁이 뒤따를 수밖에 없었습니다.

일제하에서 민족해방투쟁의 성격을 띠었던 노동운동은 해방 이후 좌우의 이념대립과 한국전쟁을 겪으면서 자주성을 잃어버릴 수밖에 없었습니다. 결국 어용 노동조합만이 남게 되었고, 자본과 권력은 이들을 통해 노동자를 통제했습니다.

이처럼 엄혹한 시기에 전태일분신사건이 발생한 것입니다. 그 뒤를 이은 청계피복노조는 1970년대부터 1990년대까지 피어린 투쟁을 전개함으로써 노동자의 권리, 노동자의 자존과 자주성을 쟁취하여 인간다운 삶을 실현하고 민주화를 이룩하는 데 나름의 역할을 해왔습니다.

청계피복노조는 단순한 일개 단위노동조합이 아닙니다. 청계피복노조는 그 출발선에서부터 전태일이 추구했던 가장 지고지순한 인간 사랑의 정신을 바탕으로 결성되었으며, 자주적 노조의 불모지에서 노조의 자주성을 지키기 위해 싸운, 민주노조의 선봉이며 상징이었습니다. 조직 형태 역시 기업별노조의 한계를 뛰어넘는 지역노조 형태였으며 투쟁의 내용 또한 자신의 이익만을 위해서가 아닌 전체 노동자의 이익을 위한 연대·지원·희생을 아끼지 않는 것이었습니다. 청계피복노조는 군부독재의 극한 탄압 상황에서도 새로운 국면마다 늘 앞서 싸움으로써 전국의 노동자들에게 큰 영향을 미쳤습니다. 게다가 생각해보면 청계피복노조의 37년은 끈질긴 부활의 역사였습니다. 정치권력의 탄압에 의해 끊어질 듯하면서도 결코 죽지 않고 불사조처럼 되살아나는 노동운동의 불꽃이었습니다.

이 과정에서 우리들이 흘려야 했던 분노의 눈물, 억울함의 눈물, 치욕의 눈물, 절망의 눈물은 얼마나 많았겠습니까? 그러나 우리에게는 그런 눈물만 있었던 것이 아닙니다. 서로의 아픔을 감싸주는 인정의 눈물, 그 어떤 어려움도 함께 이겨내 끝내 뜻을 이루자던 뜨거운 동지애의 눈물, 찬란한 미래를 꿈꾸며 흘렸던 빛나는 눈물, 그리고 마침내 승리의 벅찬 감동으로 흘린, 피보다 진한 눈물도 있었습니다. 이렇게 우리가 흘렸던 그 많고 많은 눈물은 우리 자신을 진정한 인간으로 완성시켰으며 어두운 시대를 밝혀준 빛나는 눈물이 되었습니다. 우리들의 피땀 어린 노동과 인간해방을 향한 끈질긴 투쟁은 산업화를 이뤄냈고 민주화를 달성시키는 데 나름대로 역할을 했습니다.

그럼에도 불구하고 우리들 노동의 역사와 투쟁의 역사가 그동안 제대로 기록되거나 평가받지 못했습니다. 청계피복노조로 18년, 그 후 서울의류노동조합이라는 이름으로 20년이 가까이 되어가는데도 그 역사를 정리하지 못한 데 대해서는 우리들의 게으름과 무능을 탓하지 않을 수 없습니다. 그동안 이 사실을 안타깝게만 생각하던 우리들이 우리 힘으로 노조사를 정리해야겠다고 마음먹은 계기는 민주화운동 보상 이야기가 나오기 시작할 때부터였습니다.

2004년 국회에서 민주화운동 유공자에게 생활지원금을 지급하는 법이 통과되었습니다. 이에 따라 우리 중에도 이 법에 의해 지원금을 받을 수 있는 이들이 상당수 있었는데, 이들이 지원금을 모으고, 따로 모금도 하여 노조사 발간 비용을 마련하기로 했습니다. 비록 법적으로는 개개인에게 지급되는 지원금이지만 우리는 그것을 개별적으로 사용하고 싶지 않았습니다. 그동안 우리의 싸움은 개개인의 공적으로가 아니라 전체의 투쟁으로서 의미가 있다는 데 공감했기 때문입니다.

이러한 뜻을 모아 2004년 6월 '청계피복노조사 편찬위원회'를 구성했습니다. 편찬위원장으로는 최종인, 집행위원장에 민종덕, 간사에 황만호, 그리고 편찬위원으로 각 세대를 대표한 이승철, 신순애, 김영대, 이승숙, 이경숙 등과 노동사학자 전순옥이 선정되었습니다. 편찬위원회는 노조사 편찬에 관한 방향과 원칙을 다음과 같이 결정하였습니다.

첫째, 노조사는 우리들 스스로의 힘으로 만든다.

둘째, 집필자는 역사를 전공한 사람이나, 노동운동을 했던 이들 중 집필 경험이 있는 사람으로, 이 시기의 운동사를 바라보는 시각이 공정하고 합리적인 사람을 선정한다.

셋째, 편찬위원회 운영은 투명하고 합리적으로 하며, 노조원 누구나 평등하게 참여하도록 한다.

넷째, 모든 노조원들은 자료수집·증언에 최대한 협조하고, 집필자가 탈고하기 전까지는 어떠한 의견이나 견해도 제시할 수 있지만 원고가 완성된 이후에는 그 내용에 대해서 이의를 제기해서는 아니 된다.

이것은 우리의 노조사가 최대한 사실과 진실에 입각해서 기술되어야 하며 개개인의 사사로운 감정이나 입장을 반영하지 않고 냉정하게 씌어져야 한다는, 즉 집필자의 역사관을 최대한 존중해주어야 한다는 뜻이었습니다. 왜냐하면 청계피복노조의 조합원들뿐 아니라 함께 싸운 재야민주인사들과 학생들, 노동자들 모두가 이 책의 주인공이기 때문입니다.

이러한 원칙에 입각해서 노조사는 자료적 성격이 아닌 재미있는 이야기, 많은 독자들이 쉽게 읽을 수 있는 역사책으로 만드는 것이 좋겠다고 의견을 모았습니다. 이러한 실화소설 또는 다큐멘터리의 성격을 잘 살릴 수 있는 작가를 찾다 보니 소설가 안재성 씨가 떠올랐습니다.

청계피복노조의 역사는 생과 사를 넘나드는 치열함과, 사라질 듯 사라지지 않고 부활하는 드라마틱한 역사입니다. 또한 청계천의 노동자는 물론이려니와 학생, 종교인, 재야인사, 전국의 노동자 등 다양한 인간군상이 관계한 풍부한 역사입니다.

안재성 씨는 1980~1990년대에 노동운동을 해왔고, 전태일문학상 수상자로서 빼어난 노동소설과 일제하 노동운동가들의 활약을 다룬 책을 여러 권 썼기 때문에 청계피복노조를 둘러싼 다양한 사람들의 삶을 풍부하게 기록해주리라 기대했습니다.

앞에서도 말했듯이 청계피복노조는 단순한 일개 단위노조가 아닙니다. 독자들은 청계피복노조사를 통해 이 땅의 민중들이 어떻게 살아왔고 어떻게 투쟁해왔는지, 역사 발전의 법칙을 찾아낼 수 있을 것입니다. 따라서 우리 노조사는 오늘날 노동운동을 주도해나가는 사람들한테도 시사하는 바가 클 것입니다. 그들이 이 책을 읽고 오늘의 노동운동이 지켜야 할 소중한 가치와 지향점은 무엇이고 선배 노동자들의 유산이 무엇이며 그것을 어떻게 계승·발전시켜나갈 것인가를 생각한다면 우리는 더 없는 보람으로 여길 것입니다.

이 책이 집필되는 과정에서 우리 청계인은 예전의 상처와 갈등을 끄집어내 다시금 아파해야만 했습니다. 이 아픔과 상처를 고스란히 끌어안고 3년여 동안 씨름하고 노심초사했던 안재성 씨에게 심심한 위로와 찬사를 보냅니다. 또 이 책이 나올 수 있도록 물심양면으로 도와주신 모든 분들과, 특히 "너희들이 주인이다"라며 사진 사용을 흔쾌히 허락해주신 박용수 선생님께 감사드립니다.

남들한테는 보잘것없을지 몰라도, 이 책은 1970~1990년대 우리의 젊음과 열정과 죽음과 피와 땀과 눈물로 엮어낸 각고의 결실입니다. 아무쪼록 이 책이 세상에 나와서 독자 여러분들이 이러한 진정성에 조금이나마 감화를 받는다면 우리가 뿌렸던 지난날의 눈물은 별처럼 빛나는 보석이 되리라 믿습니다.

2007년 10월

청계피복노조사 편찬위원회

차례

프롤로그

모든 것은 그 사람으로부터 시작되었다

모든 것은 그 사람으로부터 시작되었다. 참담한 고통에 시달리던 청계천 일대 봉제 노동자들의 길고도 험난한 저항과 그 빛나는 성과들, 그리고 이 과정에서 펼쳐진 개개인의 다양한 삶은 온전히 그 사람으로부터 시작되었다.

전태일, 그는 몹시 가난한 노동자의 한 사람이었지만 자신의 불행 때문에 이 일에 앞장섰던 것만은 아니었다. 가혹한 빈곤에 시달려온 게 사실이고 가난한 사람들이 멸시·천대받는 세상을 원망하기도 했지만, 자기 혼자 벗어나고자 하면 그럴 수도 있는 재단기술을 가지고 있었다. 또 어머니와 세 동생의 사랑을 듬뿍 받는 장남이었다. 밝고 쾌활한 성격에 노는 재주가 많았던 그의 곁에는 늘 친구들이 모여들었다. 끝내 죽음을 택할 정도로 번민을 하면서도 그는 자신을 불행하다고 말한 적이 없었고, 외로움을 호소한 적도 없었다. 그의 일기 속에는 자신의 고통이나 고독에 대한 글귀 대신 타인의 불행에 대한 동정심만이 가득했다.

타인에 대한 사랑은 종교적인 신념처럼 그를 사로잡고 있었다. 실제로 그는 독실한 기독교 신자이기도 했다. 하지만 그는 글이나 말 속에서 신의 존재나 신앙의 필요성에 대해 심각하게 언급한 적은 없었다. 그가 기독교로부터 배운 것은 신에 대한 믿음보다는 무조건적인 사랑의 정신이었다. 아니, 기독교가 그에게 가르쳐주었다기보다는 그가 기독교 정신의 일부를 선택했다고 하는 게 옳은지도 모른다.

전태일이 어려서 겪은 가난과 방황은 당시 가난한 이들의 일반적인 삶이라고도 할 수 있었다. 특히 청계천으로 흘러들어와 봉제 일을 하게 된 대다수 노동자들이 엇비슷한 고난을 겪었다. 하지만 대개 노동자들은 자신의 가난을 극복하기 위해 더 열심히 일했고 타인을 눌러야 자기가 산다는 강박관념에 짓눌려 있었다. 가난을 비관하여 자살을 택하는 경우는 더러 있었지만, 타인의 가난을 벗겨주기 위해 대신 죽은 사람은 없었다.

전태일 역시 가난으로 고통스러워했지만, 그의 죽음은 타인에 대한 사랑 때문에 일어났다. 그가 자기 자신에게 절망을 느꼈다면 불쌍한 이웃을 위해 할 수 있는 일이 아무것도 없다는 사실을 깨달았을 때였다. 스스로 육신을 불태워 냉정하고 무심한 사회에 경각심을 불러일으키는 방법밖에 없다는 결론에 이르렀을 때, 그는 죽음을 결행했다. 그것은 비관이라기보다 저항의 한 수단이었다.

애초에 그의 꿈은 소박한 것이었다. 초등학교를 중퇴하고 신문팔이부터 구두닦이, 빙과장수, 우산장수, 안 해본 일이 없이 고생하던 그는 16세인 1964년 평화시장 봉제공장에 들어가면서 자신만이 아니라 수많은 노동자가 극한적인 노동과 가난에 놓여 있음을 알게 되었다. 인정 많았던 그는 차비를 아껴 어린 여성 노동자들에게 풀빵을 사주고 폐결핵에 걸려 각혈하는 동료를 위한 모금에 앞장서기도 하면서 재단사로 직종을 바꿔 노임을 결정하는 위치가 되면 직공들 편을 들어줄 수 있겠다는 작은 꿈을 품었다.

소박한 꿈은 쉽게 깨졌다. 양복점을 하던 아버지로부터 배운 미싱기술을 포기하고 재단보조로 들어간 그는 열아홉 어린 나이에 재단사가 되는

데 성공하지만, 일개 노동자의 힘이 얼마나 보잘것없는가를 깨닫게 되었을 뿐이다. 동료들을 조금이라도 편하게 해주려고 애쓰고 임금 결정 때면 그들의 편에 서서 사장에게 건의를 했으나 돌아온 것은 비웃음과 해고뿐이었다.

두 번째 꿈 역시 상식적인 것이었다. 우연히 노동법의 존재를 알게 된 그는 엄연히 법률로 정해졌으나 평화시장에서는 아무도 지키고 있지 않은 근로기준법을 지키게 함으로써 노동자들을 조금이라도 보호할 수 있다고 생각했다.

현실은 그렇지 않았다. 정부와 기업주들이 법률에 명시된 근로기준을 지킬 의지가 전혀 없다는 사실을 뼈저리게 느낄 때까지, 그는 이 사회에서 약자의 대변인이 겪을 수밖에 없는 좌절들을 차례로 겪어야만 했다.

그러면서도 타고나기를 사교적이던 그는 새로운 동료들을 만나고, 그들이 모르고 있는 사실들을 가르쳐주며 뭉쳐 어울려 다니는 일 자체를 즐겨했다. 노동운동은 바보들이나 하는 거라는 말을 듣고는 '바보회'라는 이름을 붙이는 여유도 가지고 있었다.

실제로 그는 평화시장에서는 보기 드문 멋쟁이이기도 했다. 저녁마다 단벌 바지를 잘 펴서 요 밑에 깐 뒤 아침이면 줄이 잘 선 바지를 입고 나갔다. 친구들은 바바리코트에 베레모를 쓰고 옆구리에는 두터운 노동법 책을 끼고 다방에 들어서는 그의 독특한 인상을 수십 년이 지난 지금까지도 선명히 기억하고 있다. 단체사진조차 거의 찍지 못하던 가난한 시대에 여러 장의 독사진을 남기고, 사람들 앞에 나서면 흐느적거리는 개다리춤과 바보 연기로 인기를 사로잡던 그는 인생의 맛을 아는 멋쟁이였다. 자본주의 사회가 부여한 노동자의 위치를 뼈저리게 느끼기 전까지는.

글쓰기를 좋아하던 그는 초등학교를 중퇴하고 잠시 공민학교에 다닌 학력밖에 없음에도 자신의 어려웠던 어린 시절과 청계천 노동자들의 실상을 생생하게 묘사한 긴 일기를 남겼다. 감수성도 풍부해서 짝사랑하던 연상의 여인에게 자기보다 조건이 좋은 선배를 소개시켜주고 홀로 가슴앓이를 하며 쓴 연서는 언제 읽어도 가슴이 아리다. 창의력도 뛰어나 세 편의 소설 초안을 남기기도 하고 동생들과 친구들, 동네 어른들까지 모아놓고 즉석에서 만든 연극을 공연하거나 자기가 창작한 동화를 들려주기도 했다.

공상가라 해도 좋을까? 상상력이 풍부했던 그는 자신의 이름을 태창으로 했다가 태극으로 바꾸고 다시 본명 그대로 태일로 쓰기도 한다. 노동운동의 전통이 끊어진 지 오래인 불모의 시대에 오로지 자신의 생각만으로 노동 문제를 제기한 것도 풍부한 상상력의 결과였으리라. 결국에는 스스로 자신의 육신을 불태워 얼어붙은 사회를 녹이려 했던 것도, 이전에는 누구도 시도하지 않았던 자신만의 생각이었다. 실제로 동네 친구들은 그를 공상가라고 부르기도 했다.

다른 사람들을 즐겁게 해주기 위해서는 바보 흉내도 마다하지 않으면서도 자기 자신과 동생들에게는 무섭고도 완고한 가장이기도 했다. 자기 자신이 부유해지는 것은 포기했지만, 동생들만은 열심히 공부해 훌륭한 인재가 되기를 바란 그는 시험지를 검사해 한 문제 틀리는 데 한 대씩 매섭게 종아리를 때렸다. 여자는 가정적이고 순결해야 한다고 생각했던 그는 여동생이 집에 늦게 들어오면 남자들과 어울리지 못하도록 심하게 야단쳤고 예쁘장하고 고분고분한 성격의 처녀를 좋아해 함께 극장도 가고 야외에도 놀러 다녔다. 하지만 연애를 하는 동안에도 사랑하는 여자보다는 자신과 뜻을 함께할 친구들을 더 소중히 여겼고, 안락한 가정을 꾸미는 일보다는 자신의 이름을 영원히 남기는 길을 택했다.

평화시장을 중심으로 한 청계천 일대 봉제 노동자들의 행복을 위한 그의 싸움은 외롭지 않았다. 한때 좌절감에 사로잡혀 삼각산에 들어가 막노동을 하던 시기 말고는, 그의 곁에는 늘 친구들이 존재했다. 친구들은 욕설이 아니면 대화가 안 되고 술에 만취해 싸움을 벌이는 게 예사였으나 최소한 정의가 무엇이고 의리란 무엇인가 정도는 아는 이들이었다.

그러나 전태일과 친구들은 자신들을 둘러싸고 있는 거대한 장벽을 어떻게 깨뜨려야 하는가를 몰랐다. 조직이 필요하다는 정도는 알았으나 평화시장에서 이런 조직을 만드는 일은 너무 힘이 들었다. 노동운동의 방법에 대해 배우지도 못했고 도움을 받을 길도 없던 전태일은 자신의 생각이 닿는 대로, 만난 지 한두 달밖에 안 되는 몇 명의 친구들과 함께 곧바로 노동청과 방송국, 경찰을 향해 돌진하려 들었다. 맨몸의 저항은 당연히 실패할 수밖에 없었다.

보통 사람들이라면 이 단계에서 포기하거나 아니면 더 많은 시간을 두고 공부해 새로운 길을 모색했을 것이다. 그러나 전태일에게는 어떻게 이 문제를 극복할 것인가 해답을 제시해주는 사람이 없었다. 그는 비로소 외로워졌고, 자신의 무기력을 깨닫고 절망에 빠졌다. 결국 그는 어머니와 친구들에게 영영 지울 수 없는 업보를 짐 지움으로써 영원한 저항의 불씨로 남는 길을 택할 수밖에 없었다.

그는 숨이 끊어지는 순간까지도 어머니와 친구들에게 자기가 못다 한 일을 해줄 것을 맹세하게 했다. 자신의 어머니 이소선 여사에게 모든 노동자의 어머니가 될 것을 약속받았다. 우연한 경로로 그의 주변에 모여들었던 삼동회 친구들에게 영원히 벗을 수 없는 저항의 의무를 남겼다.

전태일의 유언은 실현되었다. 이소선 어머니와 친구들은 그가 붙여놓은 조그마한 불씨를 되살렸다. 그리고 또다시 태어난 수많은 전태일이 그 불꽃을 거대한 불길로 피워 올렸다. 이후 40년 가까운 세월 동안, 이름 없는 수많은 미싱사, 재단사, 시다들이 한국 노동운동과 민주주의 역사에 기념비적인 업적을 일궈냈다. 청계피복노동조합의 역사는 바로 그들의 역사다.

1 바보회와 삼동회 친구들

김영문은 전태일보다 두 살 어린 1950년 생으로 아담한 키에 갸름한 얼굴을 가진, 술·담배를 거의 하지 않는 온순하고 귀여운 18세 소년이었다. 유행에 따라 목덜미를 덮을 정도로 길게 머리칼을 길러 더벅머리라는 별명을 얻었고, 청바지와 청카바(청자켓)로 멋을 부리고 다녔다. 가난 때문에 고향 나주의 중학교를 중퇴하고 상경해 평화시장 신원사에서 재단보조로 일하고 있던 그는 1967년경부터 공동화장실에서 자주 전태일과 부딪히곤 했다.

이웃한 한미사의 재단사로 일하고 있던 스무 살의 전태일은 조그마한 체구에 걸음이 무척 빠른, 밝고 명랑한 친구였다. 미싱사와 시다에게 친절히 대하는 마음씨 좋은 재단사로도 소문이 나 있었다. 넥타이 없는 양복을 즐겨 입었고, 머리는 늘 단정히 잘랐다. 남 앞에서 당당하고 발표력도 있고 생각도 깊어 친구들이 모이면 자연스럽게 지도자가 되었다. 김영문은 이 새로운 친구에게 호감을 느꼈다. 김영문이 두 살 어렸으나 어느 결에 친구가 되어버렸다.

두 사람 다 붙임성이 좋아서 각자 친구들이 많았다. 점심시간이면 친구들끼리 복도 창가에 기대서서 이야기를 나누기도 하고 평화시장 옥상에 모여 시간을 보냈다. 정신 못 차리게 일감이 밀려 일주일씩 집에도 못 들어가고 밤을 새우다시피 일할 때도 있는 반면, 여름철 비수기 같은 때는 며칠씩 한가하기도 했다. 이런 때면 가까운 장충단공원에서 배드민턴을 치며 하루를 보내거나 야외로 놀러갔다. 뚝섬 광나루에 수영장이 유명할 때였다. 다 같이 광나루 수영장이나 동대문운동장 수영장을 가곤 했는데 돈이 없을 때는 그냥 한강 백사장에서 물놀이를 했다.

한번은 같은 공장 친구들과 기차를 타고 교외의 금곡릉으로 놀러간 자리에 전태일이 다른 친구들과 따로 와 있어 반갑게 해후하기도 했다. 양쪽 친구들은 그 자리에서 하나가 되어 놀았다. 둘 다 술은 별로 좋아하지는 않아서 중국집에서 고량주 한두 잔을 마시거나 선술집에서 친구 생일파티를 해주며 막걸리 한두 잔 나누는 게 고작이었지만 춤과 노래에는 선수들이었다. 함께 통기타 치며 장단을 맞춰 트위스트, 개다리춤, 다이아몬드춤을 추었고 유행가를 부르면서 신나게 놀았다.

본래 유별나기는 했지만, 언젠가 자신의 공장을 차려 큰돈을 벌겠다는 꿈밖에 가지지 않은 다른 친구들과 달리, 전태일은 평화시장의 근로조건을 개선해야 한다는 특이한 생각을 갖고 있었다. 화장실에서건 복도에서건, 놀러가는 길에도 늘 그런 이야기를 했다. 하루하루 지옥 같은 나날을 버티기에 지쳐버린 친구들이 보기에, 돈도 되지 않는 일에 신경을 쓰는 그는 참 별난 녀석이었다.

전태일은 남의 시선이나 평가 따위는 의식하지 않았다. 사람이 가득 찬 버스 안에서도 노동법 책을 펴들고 부끄러움도 없이 큰소리로 읽어주며 친구들을 설득했다. 연소자는 하루 일곱 시간, 성인은 여덟 시간만 일하게 되어 있으며 그보다 더 일할 때는 연장수당을 받아야 한다는 것, 일요일은 쉬어야 하며 어쩔 수 없이 일을 하게 되면 휴일수당을 받아야 한다는 등, 평화시장에서는 듣지도 보지도 못한 이야기를 했다.

인정이 지나치게 많았던 전태일은 여공들에게 너무 잘해준다는 이유로 툭하면 해고를 당했다. 미싱사는 수요가 많았으나 재단사는 한 공장에 한두 명만 필요하기 때문에 직장에서 쫓겨나면 재취업하기가 쉽지 않았다. 전태일은 일을 못 해 돈이 아쉬우면 시장 근처에서 구두닦이를 하기도 하고 아버지가 만든 점퍼를 가지고 나와 팔기도 하면서 끊임없이 어떻게 노동조건을 개선할 것인가를 궁리했다. 친구들은 그가 자신들보다 한 걸음 앞선 인물이라 생각했다.

청계천에 복개 공사가 끝나고 고가도로 공사가 한창이던 1968년 겨울, 구로동까지 내려가 재단 일을 하다가 돌아와 새로운 직장을 찾고 있던 전태일은 김영문에게 제안했다.

"영문아, 재단사 몇 명이라도 단체를 만들어 요구하면 근로기준법 조문 몇 개는 지켜지지 않을까? 쉬운 일은 아니지만, 업주들이 정 말을 안 들으면 평화시장 3만 근로자가 일제히 데모를 하면 배겨낼 재주가 있겠어?"

전태일의 영향을 받아 평소에 시장의 근로조건을 개선해야 한다는 생각을 해오던 김영문은 망설이지 않았다. 전태일의 말이라면 옳다는 믿음이 있었고 또 자기 자신도 그렇게 한번 해보고 싶기도 했다.

"그거 좋은 얘기다. 근데 처음부터 근로조건을 내걸고 단체를 하자면 친구들이 꺼리지 않을까? 우선은 친목단체로 시작하는 게 어떻겠어?"

직장이동이 잦고 임금이 통일되어 있지 않은 평화시장에는 취업정보를 교환하기 위한 재단사들의 친목회가 많았다. 며칠 만에 열 명 남짓 모으기에 어려움이 없었다. 전태일이 일곱 명, 김영문이 세 명을 데려왔다. 모일 수 있는 친구는 더 있었으나 직장을 가진 재단사들은 시간에 쫓겨 만나기 어려웠다. 모인 이들은 대개 직장을 옮기려고 잠시 쉬고 있는 친구들이었다.

장소는 동화시장 아래 은하수다방이었다. 김영문의 자취방은 너무 비좁았고 전태일의 집은 아버지가 있어 불편했기 때문이었다. 한 시간 남짓, 통성명을 하고 서로 누구누구를 아느냐는 식으로 신상을 확인한 후 친목회를 만들기로 동의했다. 그런데 아직 모임의 이름도 정해지지 않았을 때 전태일이 말을 꺼냈다.

"우리 모임은 친목을 도모할 뿐 아니라, 혹사당하고 있는 평화시장 3만여 직공들의 문제를 시정하는 일을 해야 합니다. 어떻게 생각하십니까?"

전태일은 한참 동안이나 평화시장 근로조건을 개선하기 위해 재단사들이 나서야 한다는 이야기를 했다. 사람들은 별다른 반응을 보이지 않았다. 정보교환을 위한 친목회 정도로 생각하고 온 이들인 데다 평소에 전혀 생각해보지 않은 생소한 이야기여서 찬성이나 반대를 할 만한 여지가 없었다. 전태일은 너무 앞서 가고 있었다. 다만, 회합이 끝난 후 재단사 한 사람이 전태일에게 다가가 악수를 청하며 말했다.

"좋은 이야기 잘 들었어요. 다음에 또 봅시다."

그 말에 겨우 힘을 얻을 수 있었다. 이날의 찻값은 전태일이 부담했는데 한두 주일 건너 몇 차례 모임을 가질 때마다 비용은 늘 김영문이나 전태일이 냈다. 전태일이 구로동의 맞춤집에서 일해주고 받은 월급은 찻값으로 다 들어갔을 정도였다.

첫 모임에 나왔던 이들은 다음번 모임에 모두 나왔다. 그러나 두 사람의 의도와 달리 산만한 잡담만 이어지다가 끝나버렸다. 전태일이 지난번에 이어 근로조건 이야기를 꺼냈을 때도 집중이 되지를 않았다. 그의 말을 거드는 것은 김영문뿐이었다.

어수선한 가운데도 모임의 이름은 결정되었다. 바보회였다. 다른 사람들로부터 평화시장에서 노동운동을 하는 것은 바보짓이라는 말을 들은 전태일이 그러면 우리는 바보들이니 바보회로 부르자고 제안한 것이다.

정식으로 바보회가 창립된 곳은 평화시장 옆 덕수중학교 근처의 허름한 중국식당이었다. 전태일의 아버지가 돌아가신 직후였다. 회장으로는 전태일이 뽑혔다. 그는 창립식을 마친 후 자신의 집에 친구들을 데려가 밤을 새우며 앞으로의 활동을 계획했다. 목표는 다락 철거, 시간단축, 작업장에 전등을 환히 밝힐 것 등으로 정했다. 전부터 생각해오던 모범적인 공장의 계획을 밝히기도 했다. 노동자들이 스스로 주인이 되어 운영하며 공동으로 이익을 분배하는 이상적인 공장이었다.

전태일은 백지에 '바보회 회장 전태일'이라는 검은 글자만 찍힌 단출한 명함을 박아 여러 작업장에 나눠주며 근로조건에 대한 상담을 자처했다. 어느덧 그는 시장 상가에서 유명한 사람이 되어버렸고 '이상한 사람'이니 '재미있는 친구'로 불리게 되었다.

하지만 바보회는 두 번째 모임 이후로 거의 제대로 된 모임을 갖지 못했다. 일껏 연락을 해도 겨우 서넛이 모이면 다행이었는데 늦여름에 전태일이 노동실태를 조사한다며 설문지를 인쇄해 돌린 사건이 있고나서는 거의 해체 상태가 되었다.

노동시간과 임금 등 여러 근로조건에 대해 묻는 설문지는 300매 정도 인쇄해서 김영문을 비롯한 바보회원 몇 명이 아는 사람들에게 몰래 돌렸는데 겨우 100장 정도 돌렸을 때 업주들에게 발각되고 말았다. 나머지는 돌리지도 못하게 되었고 수거된 것은 겨우 30장에 불과했다. 그나마 설문 결과를 들고 노동청을 찾아간 전태일은 관리들로부터 모욕과 무시만 당하고 크게 실망하고 말았다.

이 일로 바보회원들은 개인적으로 피해를 보게 되었고 이제는 도저히 모임이 유지되기 힘들게 되었다. 전태일 자신도 새로 취직한 공장에서 해고를 당하고 얼굴이 알려져 다른 직장을 구하기도 어려워졌다. 장남이 돈을 벌지 못하니 생활비가 없어 이리저리 동네 사람들에게 빚까지 지게 되었다.

바보회 중에 남은 친구는 김영문뿐이었으나 큰 도움은 주지 못했다. 노동청에 다녀온 전태일을 만나 위로하는 것 말고는 어찌할 바를 몰랐다. 남 앞에 나서는 일은 싫어해도 매사에 긍정적이던 김영문은 그가 찾아와 무슨 이야기를 해도 고개를 끄덕이며 들어주었고 옳은 일이라고 격려해주는 것밖에 할 수 없었다. 공장에서 일을 하고 있으면 불쑥 찾아와 한참이나 이야기를 하고 돌아가는 게 전태일이었고, 자기 의견을 말하거나 반대하기보다는 묵묵히 미소를 머금고 고개를 끄덕이는 게 김영문이었다.

실망감으로 고통받던 전태일은 그해 가을, 평화시장을 떠났다. 북한산 줄기 삼각산의 임마뉴엘기도원에 들어간 그는 수도원 건축 현장에서 잡역부로 일하며 좌절과 실의를 달랬다. 이 외로운 시기에 그는 많은 글을 썼다. 비록 체계적으로 정리되지는 못했지만 날카로운 직관으로 불평등한 사회를 해석하고 뛰어난 문장력으로 그것을 표현해냈다.

글 중에는 '가시밭길'이라는 제목의 단편소설 초안도 있었다. 법의 모순을 고치려고 노력하다 좌절한 대학생이 자살하는 이야기였다. 주인공은 언제나 명랑한 성격에 자존심이 강한 사람이라 그가 자살을 택하기 전까지, 주위 사람들은 아무도 그의 구차한 형편을 모른다. 바로 전태일 자신의 모습을 표현한 것이었다. 또 다른 두 편의 단편소설 초안에는 한결 더 구체적으로 청계천의 비참한 노동현실과 이에 저항하는 인물들이 등장한다.

뛰어난 문장력과 풍부한 감수성으로 문학청년 전태일의 재능을 보여준 세 작품은 결국 완성되지 못했다. 10개월 만인 1970년 늦여름, 평화시장으로 돌아온 것이다. 인간을 잉태하는 시간과 같은 그 열 달 동안, 그는 노동자에 대한 숭고한 사랑을 완성하였고, 그것을 글로 남겼다.

'나는 돌아가야 한다. 꼭 돌아가야 한다. 불쌍한 내 형제의 곁으로, 내 마음의 고향으로, 내 이상의 전부인 평화시장의 어린 동심 곁으로. 생을 두고 맹세한 내가 그 많은 시간과 공상 속에서 내가 돌보지 않으면 안 될 나약한 생명체들. 나를 버리고, 나를 죽이고 가마. 조금만 참고 견디어라. 너희들의 곁을 떠나지 않기 위하여, 나약한 나를 다 바치마. 너희들은 내 마음의 고향이로다.'

평화시장에 돌아온 전태일이 왕성사 재단사로 취직한 것은 1970년 9월이었다. 막노동판에서 고생하고 왔음에도 그의 얼굴은 여전히 밝고 쾌활해 보였다. 아무도 그의 마음 깊은 곳에 죽음이 예비되고 있다는 것을 몰랐다.

어느 날 김영문의 작업장을 찾아와 복도 창가에서 이야기를 하던 전태일이 다시 모임을 만들자고 제안했다. 이번에는 바보회와 달리 처음부터 노동운동을 위한 조직으로 만들자는 것이었다. 김영문은 이번에도 좋은 생각이라고 찬성했다.

새로운 모임은 바보회원 중에 남은 여섯 명과 새로운 여섯 명으로 이뤄졌는데 바보회원 중에 활동적인 사람은 김영문과 전태일 정도였고 나머지는 형식적으로만 들어와 있었다. 반면, 새로 만난 친구들은 무척 적극적이었다. 대개 활동적이고 괄괄한 데다 체격도 좋았다. 특히 최종인, 임현재, 이승철, 신진철은 옳지 못한 일을 보면 물불을 가리지 않고 싸우는 정의파였다. 바보회원들과 달리, 그들은 평화시장 근로조건을 고치기 위해 싸워야 한다는 전태일의 말에 주저하지 않고 동감을 표했다.

새 모임의 이름은 삼동회로 정해졌다. 여덟 개가 넘는 상가 중에서도 가장 큰 시장인 평화시장·통일상가·동화시장의 노동자가 힘을 합쳤다는 뜻이었다. 회장은 이번에도 전태일이 뽑혔다. 부회장은 임현재, 서기는 이승철이 맡았다. 새로운 구성원들의 출현과 함께 삼동회는 바보회와는 사뭇 다른 양상으로 활동을 시작했다.

1970년 9월 16일 정식으로 결성식을 가진 삼동회는 바보회 시절에 시도했던 설문작업을 재개했다. 새로 온 적극적인 친구들이 주도하면서 설문작업은 상당한 성과를 냈다. 현장에서 나름대로 힘이 있는 재단사이던 이들이 사장 몰래 설문지를 돌리면 노동자들은 무슨 일인가 궁금해했다.

"재단사 오빠, 이게 뭐예요?"

"이걸 써야 일요일도 쉴 수 있어. 법에는 일요일은 놀게 되어 있는데 이런 고발을 안 해서 못 노는 거야. 니들이 이걸 써줘야 돼."

"정말 일요일날 놀 수 있어요? 얼른 써줄게요."

며칠 만에 126매나 거둬들일 수 있었다. 생각보다 훨씬 좋은 반응이었다. 삼동회는 이를 토대로 노동청장에게 보내는 「평화시장 피복제품상 종업원 근로개선 진정서」를 만들어 별도로 90명의 서명을 받을 수 있었다. 역시 상당한 호응이었다. 전태일은 이승철의 호적상 이름이 이민섭이라는 것을 알고는 확실하게 해야 하니 이민섭으로 쓰라고 가르쳐주기도 했다.

신이 난 삼동회는 이 진정서를 여러 신문사에 투고했다. 다음날 『경향신문』 『동아일보』 등 석간신문에 이들이 낸 진정서를 기초로 작성한 기사들이 실렸다. 특히 『경향신문』에는 「골방서 하루 16시간 노동」이라는 제목 아래 전태일이 쓴 글을 요약한 기사가 큼직하게 실렸다.

삼동회 회원들은 곧장 경향신문사로 달려갔다. 버스비가 10원이던 당시 신문 한 부가 20원으로, 돈 없는 서민은 신문조차 구독하기 어렵던 시절이었다. 되도록 많은 신문을 사서 시장에 뿌리고 싶었으나 현금이 없었다. 이때 최종인이 탱크시계라 불리던 커다란 고급 시계를 풀러 내놓았다. 옳은 일이나 친구들을 위해서라면 돈을 아끼지 않는 최종인이었다.

300부의 신문을 사들고 평화시장으로 달려간 삼동회 회원들은 큰 모조지를 잘라서 조끼처럼 만든 후 붉은 글씨로 '평화시장 기사특보'라고 써서 입고 시장을 누비고 다녔다. 어린 시다들에게는 무료로 주기도 하고 나이 든 이들에게는 팔기도 했는데 거금 1,000원을 낸 사람도 하나 있었고 수고가 많다면서 100원, 200원을 내는 이도 여러 명 있었다. 몇 뭉치나 되던 신문은 금방 동이 나버렸다.

이날 평화시장 일대에는 전에 없던 광경이 벌어졌다. 비싼 데다 거의 한문으로 되어 있어 들여다보는 것조차 사치스러워하던 신문을, 노동자들이 곳곳에 모여 읽고 흥분해서 이야기를 나누었다. 이제 시장이 변하리라는 희망으로 들뜬 이들이 많았다. 최종인의 탱크시계는 끝내 되찾지 못했으나 삼동회의 계획은 대성공이었다.

분위기가 심상치 않게 돌아가자 평화시장을 관리하는 평화시장주식회사에서는 진정서를 낸 사람들을 찾았다. 다음날인 10월 8일, 삼동회를 대표한 전태일, 이승철, 김영문 세 사람은 평화시장 옥상에 있던 사무실에 찾아가 이동표 사장과 만났다.

이 자리에서 삼동회는 작업시간을 열 시간으로 제한할 것, 휴일을 지킬 것, 부득이한 초과근무에는 수당을 지급할 것, 정기 건강진단을 해주고 시다 임금은 두 배로 올릴 것, 다락 철폐, 환풍기 설치, 조명시설 개선, 여성의 생리휴가 보장 등을 내세웠다. 평화시장, 나아가 청계천 일대 피복공장이 세워진 후 처음 생긴 일이었다. 이동표 사장은 불쾌하면서도 당황스런 얼굴로 말했다.

"진정 내용은 알겠지만 지금 실정으로는 다 들어주기 어렵고 조금만 참고 기다리면 환풍기 설치와 조명 형광등 교체는 힘써보도록 하겠으니 기다려봐."

평화시장 사장이라면 예전에는 얼굴도 볼 수 없고, 지나다가 만난다 해도 말을 붙이기는커녕 슬그머니 길을 비켜줘야 할 상대였는데 노동자들 앞에 약속하는 모습을 보니 모두들 큰일을 해냈다는 자부심이 생겼다. 돌아와 소식을 알리니 다른 회원들도 기쁨을 감추지 못했다.

삼동회의 활동이 알려지자 과거 청계천에서 노동조합을 만들어 간판까지 달았다가 포기한 적 있던 양태종과 친구들이 접근해 와서 도와달라고 부탁했다. 삼동회 회원들은 노동조합이 뭔지 알지도 못하면서 기꺼이 돕겠다고 했다. 그러자 양태종 일행이 삼동회에는 분회장직을 주겠다고 제안했다. 아무리 노조가 뭔지를 몰라도 전체 상가가 아닌 일개 상가의 분회장을 맡으라는 것은 이해하기 어려웠다. 그들의 껄렁거리는 행동거지며 협잡꾼 같은 말투도 맘에 들지 않았다.

이게 아니라고 느낀 삼동회는 양태종의 제안을 거절해버리고 독자적으로 평화시장 옥상에 사무실을 하나 만들어서 한 사람을 상근시키자는 계획을 짰다. 다른 친구들은 현장에서 일해서 월급의 10퍼센트를 내자, 상근자는 매일 현장조사를 해서 고발을 계속하면 시장이 바뀌지 않겠냐고 제안했다. 평화시장의 사정을 아주 무시할 수는 없으니 저녁 8시까지는 일을 하도록 하되 연장해서 일하는 경우는 수당을 받아내자는 결의도 했다.

마침 대통령 선거를 7개월 앞둔 시기였다. 야당인 김대중 후보와 간발의 표차로 경쟁하고 있던 박정희 정권은 평화시장이 소란해지는 것을 원치 않았다. 정보과 형사들로 하여금 삼동회를 감시하게 하는 한편으로, 노동청에서 실태조사를 나와 근로기준법 위반업체를 고소하겠다고 공표했다.

삼동회에 대한 회유도 있었다. 근로감독관이 직접 삼동회 회원들을 찾아다니며 대화를 시도했다. 전태일을 만나 모범청년이라느니, 근로자의 날에 표창하겠다느니 추켜세우더니 어느 날은 노동청 관리가 삼동회 회원들을 모두 불러 반말로 말하는 것이었다.

"여러분이 깡패 모양으로 직업도 없이 돌아다니고 있어서 진정사항을 들어줄 수가 없어. 취직을 하면 일주일 내로 다 개선해줄 테니 취직부터 해."

마침 왕성사에서 해고를 당해 있던 전태일은 일주일 내에 해결이 된다는 기쁨에 들떠 서둘러서 삼미사에 취직했다. 급히 취직해야 했기 때문에 재단사 직위를 버리고 재단보조로 들어갔다. 근로조건만 개선할 수 있다면 어떤 일을 하든 상관하지 않았다. 직장을 옮기려고 놀고 있던 임현재와 최종인도 서둘러 취직했다.

노동청의 약속은 지켜지지 않았다. 불법행위의 전시장 같은 평화시장의 근로조건을 단 일주일 만에 해결하겠다는 약속을 그대로 믿은 건 아니지만, 최소한 몇 가지라도 개선하려 노력하리라 믿었는데, 단 한 가지도 변한 게 없었다. 삼동회 회원들이 취업을 하면 만나기가 어려워 자연히 해산될 것이라는 속셈이었음이 분명해졌다. 번번이 속고 있음을 깨달은 전태일은 말로 해서는 해결이 나지를 않으니 시위를 하자고 제안했다.

"10월 20일이 노동청에 대한 국정감사일이니까 지금부터 우리가 소란하게 나가면 상당 부분 해결이 될 거야."

"우리가 뭘 안다고 무턱대고 데모를 하냐? 좀더 배워서 천천히 하자."

반대하는 회원도 있었으나 전태일의 생각은 달랐다.

"아냐, 대통령 선거를 앞둔 지금이 가장 좋은 시기야. 선거철만 되면 골치 아픈 민원도 다 해결해주고 웬만한 데모는 봐주는 거 몰라?"

삼동회 회원들은 주변 사람들에게 시위 계획을 이야기하고 함께하자며 설득하러 다니기 시작했다. 한 번도 해보지 않은 일이다 보니 철저히 비밀을 유지해야 한다는 의식도 없었다. 정보는 쉽게 누설이 되었다.

근로감독관이 전태일을 찾아와 앞으로 자신이 강력하게 근로감독권을 발휘하여 업주들에게 요구조건을 관철시켜줄 테니 다시 며칠만 참고 기다리라고 애원하다시피 했다. 전태일은 그의 말을 믿고 회원들에게 시위 계획을 철회하자고 했다. 그러나 시한으로 제시한 며칠의 시간이 지났을 때, 근로감독관은 전태일을 식당으로 불러내 밥을 사주며 말했다.

"너희의 요구조건은 당초부터 무리야. 평화시장에 근로기준법을 적용하는 것은 이만 포기해."

지난번과는 태도가 너무 달라져 있었다. 무언가 조치가 있으리라 기대하고 나갔던 전태일은 크게 실망했다.

"이거 약속이 틀리지 않습니까?"

화가 나서 따지자 근로감독관은 도리어 화를 내기까지 했다. 말다툼만 하다가 돌아올 수밖에 없었다. 신문을 보고서야 바로 전날 국정감사가 끝나버렸다는 사실을 알았다. 감사가 끝날 때까지 시간을 끌어 무마시키려 했던 것이다.

삼동회는 미루었던 시위를 추진했다. 10월 24일 오후 1시 국민은행 앞이었다. 두 동으로 나누어진 평화시장을 잇는 구름다리 아래 국민은행 공터에는 점심시간이면 서로 일자리를 알아보거나 쉬러 나오는 노동자들이 많았다. 일종의 인력시장이었다. 구호는 '근로기준법을 준수하라' '일요일은 쉬게 하라' '16시간 작업에 일당 100원이 웬 말이냐'로 정해졌다.

삼동회 회원들은 사업장을 돌아다니며 아는 사람들을 밖으로 불러내 은밀히 시위 소식을 전달했다. 모두 열심히 돌아다녔다. 모든 일이 전태일로부터 비롯된 것은 사실이지만, 전태일 혼자 모든 일을 한 것은 아니었다. 특히 이 무렵부터는 삼동회 친구들과 전태일이 동등한 노력을 기울이고 있었다.

삼동회 회원들은 기업주들에게는 시위 계획을 비밀로 했으나 경찰과 언론에는 오히려 도움을 요청했다. 시위 광경을 언론에 알리기 위해 노동청 출입기자에게 시위 계획을 알리는 한편, 평화시장에 파견되어 나온 마 형사에게도 알려주었다. 마 형사는 전태일에게 접근해 돌아가는 상황을 알려주면 자기가 도와주겠다고 꼬여서 삼동회에 대한 정보를 수집하고 있었는데 순진한 전태일은 형사를 믿고 협조를 요청한 것이다. 기업주와 노동청과 경찰까지 모두 한통속이라는 사실을 아직도 명확하게 경험하지 못한 탓이었다.

시윗날이 되자 평화시장 경비원 열다섯 명이 모두 동원되어 둘씩 짝지어 곤봉을 들고 골목길을 지키고 서서 사람들을 못 나오게 막았다. 곳곳에 형사들도 깔려 만일의 사태에 대비했다. 이렇게까지 나올 줄은 예상하지 못했으나 어차피 시위가 시작되면 1분도 되지 않아 경비와 경찰이 나서리라 각오하고 있었다. 이렇게 된 이상 숨길 것도 없었다. 삼동회 회원들은 드러내놓고 시장 곳곳을 뛰어다니며 소리쳤다.

"나오세요! 모두들 나오세요! 점심시간에 좋은 구경거리가 있으니 국민은행 앞으로 나오세요!"

오후 1시, 국민은행 앞길에는 200명은 될 노동자들이 모여들었다. 평소처럼 일자리를 알아보거나 친구를 보기 위해 나온 이들도 있었으나 시위 소식을 듣고 구경 나온 이들도 꽤 되었다. 경비들은 곤봉을 들고 돌아다니며 모인 사람들에게 소리쳐댔다.

"들어가요! 무슨 구경이 났다고 모여 있는 거야?"

사장들도 아래층으로 내려가는 계단을 막거나 출입문을 봉쇄해 노동자들이 구경도 할 수 없게 했다. 금방이라도 뭔가 폭발할 것만 같은 긴장된 분위기였다. 그러나 구경 나온 이들의 기대와 달리, 시위는 어이없이 무산되었다.

"야! 니들 이리 올라와봐!"

2층 경비실에 와 있던 마 형사가 동네 아이들 부르듯 건방지게 소리치며 손가락질을 하자 삼동회 회원들 모두 순순히 경비실로 올라간 것이다. 그곳에는 평화시장주식회사 간부들도 와 있었다.

"왜 여태 한 가지도 개선이 되지 않았습니까?"

"이렇게 나오면 우리는 데모를 할 수밖에 없잖아요?"

회원들이 따지자 마 형사는 능글능글하게 대답했다.

"회사에서 11월 7일까지 너희들 요구를 들어주기로 했으니 데모 같은 건 할 필요가 없어. 각자 공장에 돌아가서 일을 하고 있으면 다 해결될 거야. 나를 믿어봐."

마 형사와 시장 간부들에게 붙잡혀 이런 저런 이야기를 하다 보니 점심시간이 훌쩍 넘어버렸다. 밖에 나와보니 모였던 사람들은 다 흩어져버렸고 경비들만이 몽둥이를 든 채 서성이고 있었다. 속는 것에도 이력이 난 이들 중 아무도 11월 7일까지 요구가 관철되리라 믿는 사람은 없었다. 또 한 번 속았다는 분노와 좌절감만이 모두를 짓눌렀다. 회원들은 맥없이 흩어져 각자의 공장으로 돌아갈 수밖에 없었다.

김영문은 이 무렵 전태일과 함께 극장에 갔던 일을 어제 일처럼 생생히 기억한다. 같은 현장에서 일하는 미싱보조 두 명과 함께 종로 낙원극장에서 홍콩 영화 〈스잔나〉를 보았다. 홍콩 여배우 리칭이 시한부 생명을 살다가 죽는 비련의 주인공으로 나오는, 무척이나 슬픈 영화였다. 극장에서 나와 동대문스케이트장 근처 조그만 맥주집에서 술을 나누며 이야기를 나누는데 깊은 가을 오동잎이 떨어지는 풍경 속에 주인공이 죽어가는 장면이 소재가 되었다. 이때 전태일은 말했다.

"호랑이는 죽어 가죽을 남기지만 사람은 죽어 이름을 남기지. 옳은 이름을 남긴다면 나는 죽는 게 두렵지 않아."

삼각산에서 돌아온 뒤부터 전태일의 발언에는 이상한 징후들이 나타나고 있었다. 전태일은 기운이 빠진 날이면 김영문의 작업장에 찾아와 서울대 음대가 바라보이는 창문에 기대서서 이야기를 나누다 가곤 했는데 여러 번 죽음에 대해 말했다.

"영문아, 최소한 세 명은 죽어야 이 일이 성사되지 않겠냐?"

김영문은 그를 달래려 애썼다.

"태일아, 너 왜 자꾸 그런 소리를 하냐?"

"죽음으로 항거하지 않으면 조건 개선은 있을 수 없을 것 같아."

"야, 이상한 소리 하지 마라. 괜히 나까지 슬퍼진다."

가장 가까운 김영문은 물론, 친구들 누구도 전태일이 진심으로 죽음을 염두에 두고 있다는 생각은 못 했다. 자신들이 죽음을 불사할 정도로 심각한 일을 하고 있다고 생각하지도 않았거니와 삼동회 모임에서는 죽음에 관한 이야기를 하지 않았기 때문이었다.

오히려 전태일은 바보회 모임 때 처음 꺼냈던 모범업체의 구상을 완성해 보여주며 희망에 부푼 모습을 보여주기도 했다. 아무리 호소해봐야 사장들이 들어주지를 않으니 우리가 직접 모범업체를 만들어 근로기준법을 지키면 근로자들이 몰려들 것이고, 그러면 다른 이들도 어쩔 수 없이 우리의 조건을 따라올 게 아니냐는 것이었다. 20쪽에 이르는 근사한 사업계획서를 작성해 보여주며 돈이 없으니 자신의 안구라도 팔아서 자본을 마련해야겠다고 말하기도 했다.

전태일이 시시각각 다가오는 자신의 죽음을 예비하고 있는 줄도 모르는 채, 삼동회 회원들은 혹시나 하는 마음으로 마 형사가 약속한 11월 7일을 기다렸다. 역시 시장에는 아무런 변화가 일어나지 않았다. 이제는 더 기다릴 게 없었다.

삼동회는 다시 은하수다방에 모였다. 일 다니는 회원들 때문에 밤 10시가 넘어야 모임이 이뤄졌는데 다방도 문을 닫을 시간이라 길게 이야기를 할 수는 없었다. 찻값이 없어 어떤 사람은 엽차만 마시기도 하는 가운데 전태일이 비장한 표정으로 근로기준법 화형식을 갖자고 제안했다.

"화형식을 하는 거야. 나무상자라도 준비해가지고 탁자를 만들어 그 위에 올라가 근로기준법 중에 몇 개 중요한 조문들을 읽는 거야. 그리고 지켜지지도 않는 조문이 다 무슨 소용이냐고 외치면서 노동법 책을 태워버리자 이거야."

전태일은 이날 처음 모두에게 분신을 예언하는 말을 했다.

"신문기자를 불렀으니까 기자들한테 뭔가 보여줄 필요가 있지 않겠어? 내가 잠바에 불을 붙였다가 사진만 찍게 한 후 벗어버리면 돼."

정말로 죽으리라는 생각은 못 했던 친구들은 그의 말에 따르기로 결정했다. 날짜는 11월 13일 오후 1시, 장소는 같은 곳으로 정해졌다. 구호는 '우리는 기계가 아니다' '일주일에 한 번만이라도 햇빛을' '하루 16시간 노동이 웬 말이냐'로 정하고 플래카드도 만들기로 했다. 근로기준법 화형식을 위해 휘발유도 한 통 사기로 했다.

1970년 11월 13일 오후 1시, 국민은행 앞 공터에는 200명 넘는 노동자들로 술렁였고 곳곳에 정복 경찰관들이 깔려 만일의 사태에 대비하고 있었다. 사업주들은 '깡패 같은 놈들이 주동이 되어 나쁜 짓을 하니 점심시간에 나가지 말라'고 노동자의 바깥출입을 막고 시장 건물마다 경비원들이 출입구를 봉쇄해 나오지 못하게 했으나 오히려 이것이 소문을 널리 퍼지게 했다.

삼동회 회원들은 평화시장 3층 어두침침한 복도 한구석에 모여 밑을 내려다보며 상황을 살피고 있었다. 회원 일부는 이미 시장 경비원들에 끌려가 회사 사무실에 감금된 상태였으나 플래카드는 최종인과 전태일이 웃옷 속의 허리에 감고 있어 걸리지 않았다. 은근히 겁을 먹은 삼동회 회원들은 떨리는 가슴을 억누르며 긴장된 표정으로 연신 시계를 바라보았다. 마침내 1시 20분, 전태일이 말했다.

"내려가자!"

회원들은 일제히 플래카드를 펼쳐들고 밑으로 내려가기 시작했다. 2층 복도까지 내려갔을 때 정복의 경찰들과 형사들이 뛰어와 플래카드를 뺏으려 들었다. 안 뺏기려 승강이를 벌이자 종이로 만든 플래카드는 그냥 찢어져 못쓰게 되었다.

"좋다! 플래카드 없으면 못 할 줄 알아?"

흥분한 회원들이 몰려 내려가려 할 때였다. 전태일이 말했다.

"너희들 먼저 내려가서 담뱃가게 옆에서 기다려라. 난 좀 있다 갈 테니."

"그래? 알았다."

최종인은 별 생각 없이 먼저 내려가 밑에서 기다리고 있던 이승철에게 말했다.

"야, 화형식 못 하게 생겼다. 또 뺏겨버렸다."

이승철은 이번에도 실패했다고 생각했다.

"그래? 그럼 나 먼저 일하러 간다."

이승철이 공장으로 돌아간 후에도 국민은행 앞에는 여전히 평소보다 많은 노동자들이 정복 경찰관들과 경비들의 사이에서 웅성대고 있었다. 꼭 시위를 하러 나온 것은 아니지만 뭔가 알 수 없는 흥분이 이들을 자극하고 있었다. 신문기자들도 여러 명 와 있었으나 눈에 뜨이지 않았다. 남은 삼동회 회원들은 어떻게 해야 할지 몰라 담뱃가게 앞에서 서성이고 있는데 몇 분 지나지 않아 전태일이 내려왔다. 그는 먼저 김영문을 발견하고 손짓했다.

"영문아! 이리 와."

전태일은 이미 휘발유를 뒤집어쓰고 있는 상태였으나 김영문은 알아채지 못했다. 죽음을 앞둔 친구의 마지막 부름이라는 것도 몰랐다.

"알았어. 갈게."

전태일은 구멍가게의 반대쪽, 2층 계단 쪽으로 앞장서 걸어갔고, 김영문은 별 생각 없이 뒤따랐다. 두 사람의 거리가 두 발짝 정도로 좁혀졌을 때였다. 갑자기 전태일이 획 돌아서더니 성냥불을 일으켜 자기 몸에 댔다. 가슴 부위에서 불길이 확 치솟았다. 불과 몇 초 사이에 일어난 일이었다.

"근로기준법을 준수하라!"

전태일은 불길 속에 외쳤다. 바람이 센 날이었다. 휘발유에 붙은 불길은 순식간에 그의 전신을 휘감았다. 김영문은 숨이 탁 막혔다. 너무 놀라 말도 나오지 않고 꺼야 한다는 생각도 못 했다. 다른 친구들도 그제야 놀라 고함을 치며 달려오는 사이, 전태일은 앞으로 몇 미터를 내달리며 소리를 질렀다.

"우리는 기계가 아니다! 일요일은 쉬게 하라! 노동자들을 혹사하지 마라!"

구호를 외치는 사이 불길은 순식간에 그의 몸을 삼켜버렸다. 불길이 폐로 들어가면서 구호도 더 이상 알아들을 수 없었다. 화마를 이기지 못한 전태일은 바닥에 쓰러졌다.

"태일아! 불 꺼!"

최종인이 맨 먼저 자기 점퍼를 벗어 불을 끄기 시작했다. 기름에 붙은 불은 쉽게 잡히지 않았다. 삼동회 회원들이 너도 나도 점퍼를 벗어 덮었으나 불길은 점퍼 사이로 낼름낼름 달아날 뿐 좀처럼 잡히지 않았다.

"태일아! 정신 차려! 얼른 꺼!"

울부짖는데 뒤늦게 경비실에서 소화기를 가지고 달려왔다. 흰 거품 분말이 전태일의 몸을 향해 쏘아지자 겨우 불길이 잡혔다. 친구들은 맨손으로 아직 김이 오르는 불 탄 옷을 뜯어냈다.

쓰러져 누운 전태일은 실로 참혹한 형상이었다. 입술은 불에 타 뒤집어졌고 눈썹과 눈꺼풀이 타서 눈동자를 알아보기도 힘들었다. 본래 스포츠형으로 짧게 잘랐던 머리칼은 불에 타 맨 머리통만 드러났다. 친구들이 옷을 뜯어냈기 때문에 엉덩이 부분을 제외하고는 다리까지 전신이 드러났는데 화상으로 벌겋게 껍질이 부풀고 그을려 있었다.

어디서 나타났는지 신문기자가 녹음기를 들이댔다.

"이름이 뭡니까? 요구사항이 뭡니까?"

죽은 듯 쓰러졌던 전태일이 갑자기 벌떡 일어났다. 그러고는 몇 미터 거리를 왔다 갔다 걸어다니며 무언가 말을 하려 애썼다. 불길이 입술과 혀를 말아버린 데다가 폐로 들어가면서 기도를 태워버려 무슨 말인지 잘 알아들을 수는 없었다.

"근로…… 기준법을 준수하라…… 우리는…… 기계가 아니다……."

전태일은 정신 나간 사람처럼 되뇌며 사람들로 꽉 찬 공터를 두 번 왔다 갔다 하다가 다시 쓰러져버렸다. 눈물로 얼굴이 범벅이 된 친구들이 택시를 불러 바로 이웃한 국립의료원으로 옮기기까지, 20분 정도 그렇게 쓰러져 있었다.

소문은 삽시간에 번졌다. 전태일이 기진해 쓰러진 채 택시를 기다리는 동안, 소문을 들은 노동자들이 구경하러 나오려다가 경비원과 경찰의 제지에 막혔다. 나온다 해도 워낙 많은 사람들에 가로막혀 그의 참혹한 모습을 볼 수는 없었다. 다만 일부 여공들이 옥상에 올라가 시커멓게 탄 채 쓰러져 있는 모습을 볼 수 있었다. 참혹한 광경을 목격한 것만으로도 두려움과 동정심에 사로잡혀 눈물을 터뜨리는 여성 노동자도 있었다.

전태일이 병원으로 실려 간 후 웅성대던 이들도 하나 둘씩 흩어져갔다. 김영문은 전태일이 택시를 타고 병원으로 향하는 것을 확인한 후, 동료 한 명과 함께 쌍문동의 이소선 어머니를 모시러 갔다.

다시 반시간쯤 지난 2시 30분경, 갑자기 몇 사람의 젊은이가 골목에서 구호를 외치며 뛰어나왔다. 최종인과 신진철, 주현민, 조병섭 등 마지막까지 남은 삼동회 회원들이었다.

"우리는 기계가 아니다!"

"근로기준법 준수하라!"

친구들의 손에는 검붉은 피로 쓴 혈서들이 들려 있었다. '우리는 8시간을 요구한다' '죽음을 헛되이 하지 말라' '근로기준법을 준수하라'고 쓴 글씨들은 아직 피도 마르지 않았다. 문방구에서 백지를 사다가 손가락을 베어 나온 선혈로 쓴 혈서였다. 그들은 모두 미쳐 있었다. 지난번 두 차례 시도 때는 경찰이 플래카드를 빼앗아가면 그대로 포기했지만 이제는 달랐다. '전태일이 죽었다'는 생각은 '우리 모두 개죽음을 당해도 좋다'는 생각으로 이어졌다. 최종인은 평생 상흔이 남을 정도로 깊이 손가락을 물어뜯어 줄줄 흐르는 피로 혈서를 썼다. 그는 한 시간 전의 최종인이 아니었고 다른 이들도 마찬가지였다.

"전태일의 죽음을 헛되이 하지 말라!"

삼동회 회원들이 나서자 아직까지도 사건 현장 주변에 서성이고 있던 젊은 노동자들도 일부 합류했다. 이들은 함께 구호를 외치며 동대문 쪽으로 향했으나 얼마 못 가 긴급출동해 있던 기동경찰이 이들을 덮쳤다. 난투극이 벌어졌으나 역부족이었다. 노동자들은 곤봉과 구둣발에 짓이겨지며 연행되었다.

김영문이 전태일의 집에 도착했을 때, 이소선 어머니는 이미 2시 뉴스를 통해 소식을 알고 있었다. 동네 사람들과 함께 집 앞의 밭둑길에 나와 있던 그녀는 낯익은 김영문의 얼굴을 보자 물었다.

"태일이는 어떻게 됐냐?"

김영문의 얼굴은 핏기가 하나도 없이 새하얗게 질려 있었으나 의외로 이소선 어머니의 음성은 담담했다. 김영문은 떨리는 목소리로 병원으로 일단 옮겼다고 대답하고 어서 택시를 타고 병원에 가자고 재촉했다. 김영문이 타고 온 택시가 기다리고 있었다. 그런데 이소선 어머니는 담담히 말했다.

"영문아, 택시를 그냥 보내라."

"무슨 말씀이세요? 택시를 타야지, 이럴 때 버스를 타고 가면 어떻게 해요?"

김영문은 완전히 혼돈 상태에 빠져 어쩔 줄 몰라 허둥댔으나 이소선 어머니는 택시를 돌려보냈다. 자신이 무얼 해야 할지 생각할 시간을 갖기 위해 택시보다 버스를 택한 것이었다. 그녀는 김영문과 함께 언덕을 걸어 내려와 버스를 타고 가면서 말했다.

"걱정 마라. 태일이는 죽지 않을 거야."

전태일은 분신하기 하루 전날 미리 집에서 나와 있었다. 이소선 어머니는 전태일이 마지막으로 집을 나가면서 이상한 소리를 했다면서, 그렇지만 죽지는 않을 것이라고 말했다. 자식에게 다가올 운명을 어느 정도는 예견하고 있었지만 죽음이라고까지는 생각하지 않았다. 감옥 정도는 가도 어쩔 수 없지만 죽으리라고는 생각하고 싶지 않았다. 그녀는 버스 안에서 몇 번이나 태일이가 죽지는 않을 거라고, 말하고 또 말했다. 어머니의 마음이었다.

국립의료원에는 세 개 시장의 간부들과 경비원들이 웅성거리고 있었다. 전태일은 응급처지 중이라 가족 외에는 들어갈 수 없었다. 김영문은 이소선 어머니가 면회를 들어간 후 한참이나 기다려도 나오지 않자 공장으로 돌아갔다. 머릿속에 아무 생각도 떠오르지 않고, 우울함과 공허감만이 가득했다.

김영문은 전태일이 분신한 1년 후 군대에 가는데 그가 군에 있는 사이에 분신사건에 대한 증언들이 채록되었고, 그와 관련된 부분에 오류가 생기게 된다. 담뱃가게 주인이나 가게 옆에 있던 삼동회 회원들은 분신 순간의 상황을 정확히 볼 수 없었는데 김영문이 전태일을 따라가더니 불길이 일었다는 정황 때문에 김영문이 불을 붙여준 것으로 오해한 것이다. 채록을 맡은 조영래가 수배 중이어서 취재에 자유롭지 못한 원인도 있었다. 김영문은 군에서 제대한 후 서대문의 한 중국집에서 조영래를 만나 잠시 이야기를 나눴는데 이 부분에 대한 진실을 말할 기회가 없었다. 남들이 자기를 그렇게 오해하고 있는 줄은 알지도 못했기 때문이었다. 이에 따라 조영래가 쓴 『전태일평전』에는 김영문이 김개남이라는 가명으로 등장해 전태일의 요청에 따라 라이터 불을 붙여준 것으로 나온다. 김영문은 담배를 안 피우는 사람이라 라이터를 가지고 다니지도 않을 뿐더러, 그날 전태일을 따라가기는 했어도 불을 붙일 정도의 거리도 되기 전에 그의 몸에서 먼저 불길이 솟았으니 참으로 억울한 일이었다. 잘못된 기록은 오랫동안 김영문의 마음에 상처로 남는다.

응급실에 들어간 이소선 어머니의 눈에 아들은 보이지 않았다. 전태일의 온몸에는 하얀 약이 발라지고 붕대로 칭칭 감겨져 입과 콧구멍만 열려 있었기 때문이다. 아들은 목소리만으로 살아 있었다.

"선생님! 물 좀 주시오!"

온몸을 쥐어짜서 피울음처럼 울부짖는 목소리였다. 시신을 감싸듯 하얀 천으로 감겨진 아들 앞에 선 어머니는 그제야 비로소 세상에서 가장 사랑하는 아들이 죽으리라는 것을 깨달았다. 그녀는 숨이 꽉 막혀오는 현기증 속에서도 정신을 차리려 애쓰며 자식의 딱딱하게 굳어가는 얼굴을 어루만졌다. 아들의 숨이 붙어 있는 짧은 시간 동안, 그가 무슨 일을 하려 했는지, 그 애의 뜻을 살리려면 자신은 무얼 해야 하는지, 냉정을 잃지 않고 기억해두려 애썼다.

"놀라지 마세요, 어머니."

전태일은 먼저 어머니를 달랬다. 어머니가 마음을 굳게 가지고 담대해야 자신이 말을 할 수 있다고 하였다. 어머니가 말없이 고개를 끄덕이며 품고 온 성경책을 자신의 머리맡에 놓아주자, 아들은 잘 알아들을 수 없는 음성으로 혼신의 힘을 모아 말을 이었다.

"어머니, 우리 어머니만은 나를 이해할 수 있지요? 나는 만인을 위해 죽습니다. 이 세상의 어두운 곳에서 버림받은 목숨들, 불쌍한 근로자들을 위해 죽어가는 나에게 반드시 하나님의 은총이 있을 것입니다. 어머니, 걱정 마세요. 조금도 슬퍼 마세요. 두고두고 더 깊이 생각해보시면 어머니도 이 불효자식을 원망하지 않을 것입니다. 어머니, 저를 원망하십니까?"

이소선 어머니는 갈수록 더 마음이 착 가라앉는 것을 느꼈다. 너무나 큰 충격이 그녀의 오감을 모두 마비시켜 끝 모를 절망의 바닥으로 가라앉혀버린 듯했다. 흉하게 탄 아들의 얼굴을 어루만지며 말했다.

"나는 너를 이해한다. 어찌 원망하겠니? 원망하지 않는다."

아들은 마음이 놓이는 듯 일그러진 얼굴에 웃음을 띠려 애쓰며 말했다.

"역시 우리 어머니는 나를 이해해. 어머니, 내가 못 다 이룬 일 어머니가 꼭 이루어주십시오."

"그래, 아무 걱정 마라. 내 목숨이 붙어 있는 한 기어코 내 너의 뜻을 이룰게."

진심의 약속이었다. 세상에서 가장 사랑하는 아들과 바꾼 약속이었다.

"정말 할 수 있습니까?"

"그래. 기필코 하고 말겠다."

"정말이지요? 약속합니다!"

전태일은 세 차례나 어머니에게 다짐을 하였고, 어머니는 피 끓는 한으로 맹세를 거듭했다. 아들은 어머니에게 절대로 어길 수 없는 죽음의 맹세를 시킨 후 친구들을 불러달라고 하였다. 혈서시위를 한 최종인과 신진철 등은 경찰서에 끌려가 없었고 이승철과 김영문은 일터로, 임현재는 구속되어 있는 가운데 남은 친구 몇이 들어왔다.

"자네들, 부모에게 효도해야 하네. 뭐니 뭐니 해도 사람이란 부모에게 잘못하면 안 돼. 너희 부모님께 효도하고, 그러고 시간이 조금 남으면 우리 어머님께도 날 대신해서 효도를 해주게. 우리가 하려던 일, 내가 죽고 나서라도 꼭 이뤄주게. 아무리 어렵더라도, 절대로 포기해서는 안 되네. 쉽다면 누군들 안 하겠나? 어려울 때 어려운 일 하는 것이 진짜 사람일세. 내 말 분명히 듣고 잊지 말게. 내 죽음을 헛되이 말라!"

울음을 삼키느라 가슴이 꽉 막힌 친구들은 미처 대꾸를 할 수가 없었다. 그러자 전태일은 벌떡 일어나려 하면서 큰소리로 외쳤다.

"왜 대답하지 않는가?"

놀란 친구들은 급히 그를 제지하여 눕히면서 복받치는 울음과 함께 대답했다.

"네 말대로 꼭 할게."

전태일은 다시 외쳤다.

"큰소리로 맹세해!"

"맹세한다!"

친구들이 큰소리로 외치고서야 그는 힘을 빼며 잠잠해졌다. 전태일이 사경을 헤매고 있던 그 시각, 파출소에 연행된 삼동회 회원들에게 한 낯선 젊은이가 찾아왔다. 한국노총 국제부 차장 김성길이었다. 젊고 박력 있는 모습의 김성길은 평화시장에서 가까운 곳에 살고 있어 평소에 청계천 피복 노동자들의 문제에 관심을 가지고 있었는데 전태일의 분신 소식을 듣고 친구들의 증언을 녹음해두기 위해 맨 먼저 찾아온 것이었다.

"우리 친구는 어떻게 됐습니까?"

최종인의 물음에 김성길은 살아 있으니 걱정 말라고 달래면서 앞으로 어떻게 대처할 거냐며 마이크를 들이댔다. 친구들은 자신들의 주장이 언론에 실리면 기업주들도 보리라는 생각으로 다소 과장해서 말했다.

"평화시장에는 우리 친구들이 수천 명이나 있습니다. 이대로 좌시하지 않고 계속 투쟁할 겁니다. 수천 명이나 되는 친구들이 모이면 못 할 게 하나도 없습니다."

친구가 수천 명이나 된다는 말은 김성길을 고무시켰다. 3만여 명이 일하고 있는 평화시장에 노동조합을 만든다면 한국노총 내에서도 막강한 힘을 발휘할 수 있으리라는 생각부터 들었다. 신규 노조의 결성과 운영에 대해서는 전문가인 김성길은 평화시장에 노동조합을 만들기로 결심한다.

"여러분의 뜻을 이루려면 노동조합을 결성해야 합니다. 내가 우리 한국노총의 힘을 총동원해서 도와줄 테니 함께 해봅시다."

삼동회 회원들은 뜻하지 않은 김성길의 말에 기뻐하며 좋다고 동의했다. 삼동회 회원 중에는 노동조합을 만들면 정부에서 월급을 주는 것으로 알고 있던 이도 있었다. 노동청과 노동조합의 차이조차 모르고 있던 이도 있었다. 노조를 만들고 운영하는 일이 얼마나 힘든 일인지 심각하게 생각해본 사람은 하나도 없었다.

연행된 이들은 다음날 새벽 즉결심판을 받았다. 재판장은 아침 신문을 보았는데 동정은 가지만 벌금형을 선고할 수밖에 없다고 했다. 벌금 낼 돈이 없던 이들은 유치장으로 넘어갔다.

삼동회 친구들이 흩어져 있는 사이, 죽음의 그림자는 빠르게 전태일을 덮쳐왔다. 진통제나 항생제는 아무 도움이 되지 않았다. 전태일은 거칠고 힘겹게 숨을 몰아쉴 뿐, 빠르게 기력을 잃고 의식도 오락가락했다. 의사는 자기들 능력으로는 살려낼 수 없으니 명동 성모병원으로 가라고 했다.

"물 좀 줘요. 물! 목말라요, 물 좀 줘요!"

성모병원으로 옮긴 이후로 오로지 물을 달라고, 목이 탄다는 말만 했다. 그러나 의사는 물을 주면 즉사하니 절대 주어서는 안 된다고 했다. 혹시라도 살아날 수 있다는 실낱같은 희망을 버릴 수 없던 이소선 어머니는 가제에 물을 적셔 말라버린 입술만 축여주는 수밖에 없었다. 저녁이 되면서 완전히 탈진한 그는 물을 달라는 소리조차 못 한 채 잠잠히 누워 있더니 힘없이 한마디 했다.

"배가 고프다."

그것이 마지막이었다. 평생을 굶주림으로부터 벗어나보지 못한 채, 배가 고프다는 말 한마디를 남기고 의식불명 상태가 된 전태일은 밤 10시가 조금 지나 간호사가 침대를 옮기려는 순간, 고개에 힘을 주려는 듯하더니 그대로 뻣뻣하게 굳어버렸다.

2 창동집

손바닥만큼 들어오던 햇살도 사라져버리고 이른 어둠이 마음을 무겁게 하는 유치장의 저녁이었다. 차가운 마룻바닥 위에 시무룩하게 앉아 있던 최종인에게 낯선 인물로부터 면회신청이 들어왔다. 한국노총 사무총장 윤영제였다. 김성길로부터 이야기를 듣고 특별면회를 신청한 그는 수사과 사무실에서 설렁탕을 사주면서 평화시장 상황에 대해 이것저것 물었다.

최종인은 오직 전태일의 생사만이 궁금했다.

"태일이가 죽었습니까, 살았습니까?"

몇 번을 물어도 우물쭈물하던 윤영제는 그가 밥을 다 먹고 나서야 조용히 말했다.

"전태일 씨는 죽었습니다."

최종인은 울컥 솟아오르는 오열에 눈을 감았다. 예상은 하고 있었으나 눈물을 참을 수 없었다. 주먹을 움켜쥐고 오열하며 부르짖었다.

"우리는 그 사람들 앞에서 계속 싸울 겁니다. 다음에 죽어야 하는 사람은 납니다. 내가 죽더라도 그 사람들 앞에서 끝까지 싸울 겁니다."

최종인은 전신을 타고 흐르는 오열에 떨며 '꼭 친구의 뜻을 이루리라,

꼭 이루리라' 몇 번이나 되뇌었다.

유치장의 친구들이 오열하고 있던 그 시각, 전태일의 시신이 안치된 영안실에는 회사 사람들도, 노동청 관리들도, 경찰도 코빼기 하나 들이밀지 않는 가운데 동네 사람들 20여 명만이 모여 두런대고 있었다. 평소 전태일과 그 어머니를 잘 알던 사람들도 있었고, 얼굴도 모르던 낯선 청년들도 있었다.

조용하던 영안실에 맨 처음 나타난 외부 문상객은 두터운 뿔테 안경을 쓴 장년의 신사였다. 듬직한 체구에 점잖으면서도 강한 기품을 뿜어내는 그는 전태일의 영정 앞에 절을 하고는 조용히 무릎을 꿇고 고개를 숙였다. 사람들이 누구인지를 몰라 지켜보고 있는데 신사의 등이 움찔거리더니 소리 없이 흐느끼기 시작했다. 신사는 그렇게 반시간이 되도록 혼자 울다가 일어서서 따뜻한 말로 이소선 어머니를 위로했다. 두 눈과 얼굴은 아직도 눈물로 흠뻑 젖어 있었다. 이소선 어머니는 그제야 그가 일제 치하에서 무장독립운동을 하였고 박정희 군사쿠데타 이후 민주화운동의 지도자로서 앞장서 싸우던 장준하 선생이라는 것을 알았다. 전태일의 죽음으로 만들어진 청계노조를 알게 모르게 도와주던 장준하 선생은 몇 년 후 중앙정보부의 공작으로 추정되는 의문의 죽음을 당한다.

다음날 한국노총에서 벌금을 대신 내주어 석방된 최종인이 이승철과 함께 병원을 찾아갔다. 두 사람은 친구의 영정에 절을 올리고 혼이 빠진 듯 앉아 있던 이소선 어머니를 위로했다. 그러자 옆에 서 있던 낯모르는 젊은이 하나가 갑자기 소리를 지르며 야단치는 것이었다.

"이놈들아! 왜 이제 나타나는 거야? 너희들이 죽였으니 너희들이 책임져야지, 다들 어디 갔어?"

그러자 옆에 서 있던 다른 젊은이가 끼어들어 멱살까지 잡고 나서면서 마구 몰아붙였다.

"태일이를 죽여놓고 여기가 어디라고 감히 나타나? 너희들 때문에 태일이가 죽었으니까 너희들이 책임져!"

너무 심하게 멱살을 잡고 흔들고 욕을 퍼부어댔다. 시비를 걸어 싸움을 일으키려는 기색이 역력했다. 대체 누군지 정체를 알 수 없는 이들이었다. 이소선 어머니는 급히 낯선 젊은이들을 뜯어말렸다.

"왜들 이래요? 이러지 말아요. 태일이 친구는 내 아들이나 다름없어요."

나중에 그들이 누군가의 사주를 받은 깡패들이라는 것을 알았다. 전태일의 친구들이 영안실에 오지 못하게 하려고 고의로 시비를 걸어온 것이었다. 주먹이라도 오가면 구속할 심산인 게 분명했다.

영안실이 계속해서 시끄러워지자 밖에 나온 최종인과 이승철은 전태일과 자신들을 만나게 해주었던 재단사 신기호에게 찾아갔다. 신기호는 말했다.

"태일이는 너희와 함께 싸우다 죽었으니 너희들이 책임지고 그 뜻을 이어야지 않겠어? 나도 도와줄 테니 앞장서서 싸워라."

두 사람은 눈물을 참으며 말했다.

"알았습니다. 저희들의 몸이 부서지는 한이 있더라도 태일이의 뜻을 살려놓을 겁니다."

전태일은 친구들뿐 아니라 어머니의 운명도 바꿔놓았다. 3만여 노동자가 흩어져 일하고 있는 청계천 일대 피복공장의 근로조건을 개선하는 일이란 거의 불가능에 가까웠다. 정확히 통계를 내기도 힘든, 수천 명이 넘는 사업주들을 상대로 어떻게 싸운단 말인가? 그러나 아들은 어머니가 자신과의 약속을 지키리라 믿었다.

이소선 어머니는 아들과의 약속대로 하루 여덟 시간 노동과 주일휴가 등 여덟 개 조항을 요구하며 이것이 관철되기 전까지는 장례식을 치르지 않겠다고 나섰다. 삼동회 회원들은 경찰서에 잡혀 있거나 일을 가버려 아무도 없는 가운데, 가족과 동네 사람들만 있는 자리에서 혼자 나선 것이다.

사건을 총괄하고 있는 중앙정보부는 경찰과 평화시장 관리들을 동원해 그녀를 매수하려 들었다. 밤중에 몇 다발이나 되는 돈뭉치를 신문지에 싸가지고 나타났다. 구경 한번 해보지 못한 엄청난 돈뭉치였다. 친척들은 어서 합의를 보라고 종용했고, 독실한 기독교도인 그녀가 다니던 교회 목사와 교단의 원로까지 찾아와 장례식을 치르라고 강력히 권했다. 주변 사람들의 압력에 밀린 그녀는 남은 세 아이를 옆방으로 불러 말했다.

"얘들아, 정부에서 태일이의 시신을 가져가는 조건으로 보상금을 제시했다. 그 돈이면 너희들 학비도 대고 형편도 풀릴 거다. 엄마는 그 돈을 거절하고 싶지만 그럴 경우 너희는 공장에 다니며 학비를 벌어야 한다. 어떻게 했으면 좋겠나 얘기를 해봐라."

중학교 다니던 큰딸 전순옥이 되물었다.

"엄마, 그 돈을 받으면 어떻게 되는 거예요?"

이소선 어머니는 담담히 대답했다.

"그건 오빠를 팔아먹는 거다."

그러자 순옥은 야무지게 말했다.

"엄마, 나 고등학교 안 가도 돼요. 돈 받지 마세요."

전태삼도 동생의 뜻에 동의했다. 막내 순덕은 초등학교 4학년이라 언니와 오빠의 뜻에 따랐다.

"그럼 됐다."

이소선 어머니는 자리에서 일어나 영안실로 돌아갔다. 그녀는 돈뭉치를 묶은 끈을 일일이 끊어버린 다음 한 움큼씩 돈을 움켜쥐고 허공으로 흩뿌리며 소리치기 시작했다.

"여기 돈 있다! 돈 좋아하는 놈들 다 가져가라! 나는 돈 없이도 산다! 다 가져가라!"

영안실 바닥에 돈이 날리자 당황한 관리들은 돈을 줍느라 정신이 없었다.

전태일의 어머니가 장례식을 거부하고 있다는 소식은 대학가로 번져나갔다. 서울의 여러 대학교에서 전태일이 죽음으로 폭로한 노동현실에 대한 논의가 시작되었다. 서울대 법대 학생 100여 명은 긴급회의를 열어 학생장으로 치르기로 결정했다.

전태일이 죽은 지 사흘 후, 학생장 소식을 갖고 이소선 어머니를 찾은 이는 서울대 법대 대표 장기표였다. 갸름한 얼굴에 호리호리한 체구를 가진 장기표가 다방으로 이소선 어머니를 따로 불러 자신들의 결정을 알렸을 때, 사람 보는 눈이 예민하던 그녀는 추호의 의심도 없이 아들의 시신을 넘겨주겠다고 승낙하고 사체인계서까지 써주었다.

이소선 어머니가 이토록 쉽게 허락한 것은 살아생전의 아들이 대학생 친구 하나만 있으면 좋겠다는 말을 한 적이 있었기 때문이었다. 전태일은 노동법을 공부할 때 한문을 몰라 어려움을 겪었는데 아버지의 동네 친구 중에 대학을 나온 이상식이라는 이가 있어 그에게 도움을 받곤 했다. 이때 전태일은 자기에게도 또래의 대학생 친구가 있으면 좋겠다는 이야기를 어머니에게도 한 적이 있었다.

적막하던 빈소에 대학생들이 몰려와 분향을 시작하고 학생장을 하기로 했다는 소식이 언론에 알려지자 관계기관에 비상이 걸렸다. 갑자기 노동청장을 비롯한 고관들과 여당인 공화당 국회의원들이 줄줄이 나타나 문상을 하고 화환을 세우는 한편 이소선 어머니에게는 수천만 원까지 제시하며 학생장을 포기하도록 회유했다. 100만 원만 줘도 서울 변두리에 집 한 채를 살 수 있던 시절이었다. 수천만 원이면 종로 4가 노동청 옆에 있는 나직한 빌딩 한 채를 살 수 있는 거액이었다.

하지만 회유가 심해질수록 이소선 어머니는 더 완강해졌다. 중앙정보부는 돈으로 회유하기를 포기하고 대학생들을 강제연행하는 한편, 노동청장이 직접 노동조합 결성을 지원하겠다고 약속하기에 이르렀다. 대학생들이 다치는 것이 걱정되었던 그녀는 노동청의 약속을 믿기로 하고 장례를 허락했다. 닷새 사이에 일어난 일이었다.

불과 스물세 살, 단 한 시도 인간다운 대우를 받아본 적이 없고, 단 하루도 마음껏 배불리 먹어보지 못한, 지지리도 가난했던 한 젊은 노동자의 장례식은 그의 삶과 달리 거창하게 치러졌다. 장례위원장은 한국노총 위원장인 최용수가, 호상은 노동청장 이승택이 맡았다. 11월 18일 창현교회에서 치러진 장례식에는 평화시장 노동자들뿐 아니라 정부 관리들과 노총 간부들, 장준하 등 정치인과 대학생들이 교회 바깥까지 가득했다.

이소선 어머니는 이날 처음으로 목이 터지도록 슬프게 울부짖었다. 아들의 뜻을 살리기 위해 노조 사무실을 얻기까지 긴장을 버리지 않느라 울음도 마음대로 못 터트렸는데 정말로 아들이 땅에 묻히자 온갖 설움과 슬픔이 복받친 것이다. 아직 황량한 개간지이던 마석의 모란공원에서 마지막으로 아들의 관 위에 흙을 떠 넣을 때, 그녀는 자신의 창자가 쑥 빠져서 그 속으로 들어가버리는 기분이었다. 하지만 이를 악물고 쏟아지는 눈물을 참으려 애썼다.

'울지 않으리라! 어떻게 해서든지, 노동조합을 해서 내 아들의 뜻을 이루리라!'

이를 악물고 입술을 깨물며 눈물을 삼켰다. 그리고 장례식에 모인 관리들과 업주 대표들을 향해 미친 듯이 외쳤다.

“만약에 노동조합 해주지 않고 태일이 뜻을 이뤄주지 않으면, 내가 칼을 갖고 다니면서 너희 놈들을 다 쑤셔 죽일 거야!”

독기를 품은 고함에 관리들은 시선을 외면했다. 독실한 기독교인으로, 누구하고 싸움을 한다거나 심하게 욕을 퍼붓거나 해본 적이 없던 그녀는 이제 아주 딴 사람으로 변해 있었다.

전태일을 땅에 묻고 돌아온 바로 다음날 노동청 산재사무소 소장이 신문지에 지폐 한 다발 싸가지고 그녀에게 나타났다. 삼오제에 보태 쓰라는 것이었다. 그녀는 역시 돈을 허공에 흩뿌리며 소장의 멱살을 잡아 벽에 밀어붙였다.

“이 싸가지 없는 놈의 새끼야. 네가 산재사무소장이라면 이놈아, 우리가 노동조합 만드는 데 협조나 해줄 생각을 해야지. 죽은 고깃덩어리가 삼오제를 지낸다고 술을 먹을 수 있겠냐, 고기를 먹겠냐? 우리가 돈이 뭐가 필요해? 내가 지금 노동조합 하려고 평화시장에 가려는 길인데 네깟 놈이 삼오제나 하라고 돈을 가지고 와? 나는 삼오제 못 해!”

소장은 허둥지둥 돈을 챙겨 달아나버렸다. 보내놓고 보니 아무래도 이상했다. 노동조합을 만들어주겠다는 약속을 어기려는 게 아닌가 하는 의심이 든 이소선 어머니와 삼동회 회원들은 서둘러 평화시장으로 달려갔다.

예상대로 노조 사무실로 내주기로 한 세 군데 사무실이 한 군데도 열려 있지 않고 오히려 문 앞에 사내들이 지키고 서서 비켜주지 않았다. 장례를 치르자마자 약속을 뒤집으려는 게 분명했다. 이소선 어머니와 삼동회 회원들은 곧바로 옆에 붙은 평화시장주식회사 사무실로 뛰어 들어갔다.

“노조 사무실 준다고 네놈들이 약속했잖아! 어떤 놈이 약속했었냐? 어디 그놈 한번 나와봐! 너희들 믿고 장례식 했잖아! 사무실 안 주면 우리도 분신해서 죽어버릴 거야!"

사무실 집기를 닥치는 대로 뒤집어엎으며 난리를 피웠다. 시장 측은 그제야 노조 사무실로 쓰기로 했던 곳의 문을 열어주었다.

쓰레기가 널린 사무실에 들어가 청소를 하다 보니 버려진 비품 중에 노동조합이라 희미한 글자가 박힌 판자가 나왔다. 1967년 설립했다가 해산된 노조의 간판이었다. 이소선 어머니와 삼동회 회원들은 일단 안심을 하고 집으로 돌아왔다.

그런데 다음날 다시 사무실에 가보니 문이 굳게 잠긴 가운데 경비들이 가로막으며 접근도 못 하게 했다. 일행은 몸싸움을 벌이다가 밀려 내려오지 않을 수 없었다. 흥분한 이소선 어머니와 이승철, 김태원, 최종인 등은 을지로 6가 경기여관에 모여 논의한 끝에 국회의사당에 몰려가 농성을 하기로 했다.

이들은 새로 사온 긴 팔 내복에 여덟 개항의 요구조건들을 써서 입고 그 위에 작업복을 걸쳤다. 국회에 가서 작업복을 벗고 내복 차림으로 농성을 하기로 한 것이다. 미행하며 정보를 수집하던 형사들이 여관에 찾아오자 형사 한 사람에 세 명씩 달려들어 꼼짝 못 하게 누른 후 나머지 사람들은 광화문에 있던 국회의사당으로 향했다. 살벌한 군사독재 시절이라 대학생들도 시도하지 못했던 국회 점거였다.

이때 김태원은 옷 속에 칼까지 숨기고 있었다. 이 무렵 일본에서 할복자살한 사건이 보도된 것을 보고 누군가 또 한 사람이 할복한다면 문제가 해결되지 않을까 하는 마음이었다. 전남 광주 출신 김태원은 아버지가 사업에 망해 열여섯 살에 홀로 서울에 올라왔다. 오갈 데라곤 없던 그는 첫해 겨울을 서울역 근처에서 노숙을 하다시피 하며 구두닦이 일을 배웠다. 미군부대 음식쓰레기를 모아 끓인 2원짜리 꿀꿀이죽이나 3원짜리 팥죽으로 끼니를 때우며 칸막이도 없이 평상에 나란히 누워 자는 합숙소에 하루 20원씩 주고 동사를 면했다. 그러던 어느 날, 헌병을 자처하는 사복 입은 사내들에게 아무 이유 없이 붙잡혀 서울역 지하실로 끌려 내려갔다. 지하실에는 서울역 근처를 배회하거나 구두닦이를 하는 비슷한 나이의 소년들이 스무 명도 넘게 잡혀와 있었는데, 군인들은 각목으로 손바닥 50대씩을 때렸다. 한 대 맞을 때마다 손바닥이 부풀어 오르고 피가 터졌다. 아파서 손을 내리면 곧장 온몸을 난타했다. 군인들이 하고 싶은 짓은 무엇이든 할 수 있는 박정희 군사독재 시절이었다. 각목에 맞은 머리통이 퉁퉁 붓고 손바닥은 피투성이로 부풀어 오른 채 풀려난 열일곱 살짜리 김태원은 남대문 쪽으로 빠져나왔다가 우연히 양장점에 취직하면서 청계천에 발을 들여놓게 되었다.

또래의 다른 아이들과 달리 술과 담배를 배우지 않은 착실한 소년 김태원은 공장 다락에 기거하며 열심히 재단 일을 배웠다. 난로도 없이 원단을 깔고 얇은 이불을 덮고 잔 겨울날 아침이면 유리창에 긁어내기도 힘들 정도로 두텁게 성에가 끼는 생활이었다. 월급은 1,800원에서 시작해 3,000원까지 올랐지만 밥값도 따라 올라 한 달 월급 받아 밥값 주고 나면 몇 백 원 남는 게 고작이었다. 밥이라야 대낮에도 쥐새끼들이 돌아다니는 더러운 함바 식당에 그나마 일요일은 문을 닫아 굶다시피 해야 했다. 제대로 먹지 못하고 먼지구덩이에서 몇 해를 보내고 나니 재단사가 될 무렵에는 폐결핵에 걸리고 말았다. 하지만 이 무렵 오직 그를 믿고 동생 여섯에 부모님까지 온 가족이 서울에 올라와 있어 마음 놓고 쉬거나 치료를 할 수도 없이 약으로 버텨나가고 있었다.

김태원은 생전의 전태일과는 안면이 있어 삼동회 가입을 권고받기도 했으나 딸린 대가족 때문에 누구보다도 늦게까지 열심히 일하느라 다른 데 눈 돌릴 마음의 여유가 없었다. 전태일의 죽음을 목격하고서야 이래선 안 된다는 생각이 들었다. 전태일은 자신과 마찬가지로 술도 담배도 하지 않고 신앙이 깊은 반듯한 친구였다. 그를 죽음에 이르게 한 사회현실과 대신 싸워야 한다고 마음먹으니 죽음도 두렵지 않았다. 그러나 가슴에 칼을 품고 국회를 향하는 마음 한편에는 슬픔이 밀려왔다. 왜 이렇게 노동자를 무시하는지, 꼭 자신을 죽이거나 자해해야만 관심을 가져주는 건지…….

막상 국회에 도착하니 경비경찰이 진을 치고 있어 의사당에는 들어가 보지도 못한 채 정문에서 붙들리고 말았으나 소식은 일간신문에 실려 전국에 알려졌다.

정부와 회사 측은 또 다른 극단적인 사건을 우려해 평화시장 옥상의 한 곳이나마 노조 사무실을 내주지 않을 수 없었다. 상근자 책상 일곱 개를 놓으니 꽉 찰 정도로 좁은 공간이었지만 그래도 싸워서 얻은 성과였다.

11월 20일, 노총 회의실에서 전국연합노동조합 청계피복지부 결성준비위원회가 열렸다. 피복 계통인 청계노조가 섬유노련에 소속되지 않고 연합노조를 택한 것은 대표적인 어용노조이던 섬유노조 측에서 청계노조를 골치 아프게 보고 가입을 거부했기 때문이었다. 어떤 면에서는 철저한 어용 집단이던 섬유노련보다는 잡다한 업종이 모여 상대적으로 느슨한 연합노조가 활동에 더 나을 수도 있었다. 언젠가는 3만여 노동자를 가진 독립된 노조로 빠져나와 활동할 수 있으리라는 희망도 가졌다.

청계피복지부 준비위원장으로는 최종인, 부위원장에 장정운, 하인수, 김태원이 선출되었다. 부서별 간사로는 주현민, 양태종, 김부기, 신진철, 김명례, 황종옥, 지도간사로는 한국노총 국제부장 김성길과 역시 한국노총 조직부 차장인 김광호가 지명되었다.

이때만 해도 과거 노조를 만들었던 황종옥, 양태종 같은 이들이 드나들 때였다. 이승만 독재 시절 동대문 일대를 누비던 깡패 이정재의 똘마니로 도 알려진 그들은 황종옥을 지부장으로 내세우려고 모의하고 있었다. 이소선 어머니와 삼동회 회원들은 이 점을 무척 걱정했다. 이 무렵 한국노총 산하 대부분 노동조합은 막대한 조합비와 권력을 차지하려는 이권조직에 불과했다. 한국노총 자체가 해방 직후 분출하는 노동자들의 투쟁열기를 억누르기 위해 우익 자본가들이 만들어낸 어용 조직이었다. 노조를 만들어 조합비를 징수하고 임금교섭 때는 일단 거창한 요구를 내세웠다가 포기하는 조건으로 회사 측으로부터 돈을 뜯어내는 직업적인 노조꾼들이 기승을 부리고 있었다. 이들은 조직깡패까지 동원해 반대파에게 폭력으로 협박하는 일도 예사였다. 겉보기에도 불량배나 다름없는 황종옥 일파 역시 이권확보 차원에서 노조를 차지하려 함이 명백했다.

삼동회 회원들은 내심 김성길을 지부장 감으로 생각하고 있었다. 김성길은 현장 출신은 아니고 대학교를 나와서 국군보안사령부에 있던 사촌형 덕분에 한국노총 사무직으로 취직한 사람이었다. 현장투쟁으로 단련되지 않은 탓에 노동자의 단결된 힘을 통해 무엇을 쟁취하려 생각하기보다는 청계 노동자에 대한 사회적인 동정심을 이용해 정부로부터 의료지원 등 물질적인 지원을 받아 노동자들의 복지를 개선하겠다는 정도의 생각을 가지고 있었다.

김성길은 평화시장을 완전히 개혁해야 한다고 주장했는데 그 내용은 서울시에서 지원을 받아서 복지원과 야간학교 등 후생시설을 만드는 사업을 하자는 것이었다. 단결된 싸움으로 근본적인 개혁을 하기보다 정부에 기대어 복지사업을 하겠다는 것은 전태일의 뜻과는 거리가 멀었다. 그래도 이권을 노리고 밀고 들어오려는 황종옥 일파와는 비교할 수 없이 양심적인 인물이었다. 이소선 어머니는 전태일 사망 직후 삼동회 회원들도 하나 없는 영안실에서 홀로 돈을 집어던지며 싸울 때 갑자기 나타나 자신의 편을 들어준 젊은이 김성길을 신뢰하고 있었다.

문제는 누가 앞장서 건달패거리들과 맞서 김성길을 내세울 것인가였다. 최종인은 평소에는 천하의 호인이다가도 화가 나면 물불을 가리지 않는 다혈질이기는 했으나 준비과정에서 그들과 매일 대면한 처지여서 대놓고 거부하기가 어려운 데다 준비위원장 입장에서 먼저 나서서 특정인을 지지할 수도 없는 노릇이었다.

이번 일에는 현장에서 일하느라 그들과 친해질 기회가 없던 이승철이 적격이었다. 다부진 체격에 매서운 눈매, 무서운 것이라곤 없는 성격을 가진 이승철은 말 한마디를 해도 이것저것 고려하거나 비유를 들지 않는 직선적인 성품이었다. 최종인과 미리 상의한 그는 지부장을 내정하기로 한 11월 25일의 준비위원회에 공장에서 일하던 작업복 차림으로 나타나 시원스럽게 말했다.

"태일이는 영리를 위해 죽은 것이 아니니까 영리를 목적으로 하는 사람에게 지부장을 맡길 수는 없다고 생각합니다. 그렇기 때문에 김성길 씨가 지부장이 되어야 합니다."

선배를 자처하는 무리를 대놓고 돈 벌러 온 사람들이라 몰아친 것이다. 황종옥 일파가 당황한 사이, 기다렸다는 듯 최종인도 옳은 말이라고 동의해 가결시켜버렸다.

그런데 이틀 후 열린 결성식에 얼굴도 본 적 없는 정체불명의 사내들이 들이닥쳐 회의진행을 방해하며 소란을 피워대는 것이었다. 황종옥 일파가 동원했다는 증거는 없었으나 김성길을 위원장으로 뽑는 것을 막으려 함이 분명했다. 결성식은 깡패들의 난입으로 엉망이 되고 말았다.

마침내 이소선 어머니가 나섰다.

"이놈들아! 여기가 어디라고, 어떻게 만든 노동조합인데 너희 같은 놈들이 넘봐?"

이소선 어머니가 빗자루를 들고 깡패들을 두드리면서 난투극이 벌어졌다. 싸움이라면 한몫하는 이승철과 신진철이 몸을 날리고 유도가 5단인 노총 조직부장이 거칠게 밀어붙여서야 깡패들을 몰아낼 수 있었다. 겨우 혼란을 정리한 후 결성식이 시작되었다.

예정대로 지부장으로 김성길, 부지부장에 최종인과 임현재, 장병화, 장정운, 사무장에 하인수가 선출되었다. 회계감사에 양태종과 신진철, 운영위원에는 황종옥, 이승철, 김태원, 박명옥, 주현민, 서윤석, 신기호, 정상민, 김부기가 선출되었다. 총무부장에는 신기호, 조직부장에 이승철, 교선부장에 최종인, 법규부장에 서윤석, 부녀부장으로는 김명례가 지명되었다.

1970년 11월 27일, 전태일이 죽은 지 꼭 2주일 되던 날이었다. 불량배나 다름없는 노조꾼들에서부터 어용으로 비판받던 한국노총 출신들, 노동조합을 알게 된 지 2주일밖에 안 된 삼동회 회원들과 그보다도 더 모르는 여성 노동자들로 이뤄진 청계노조의 시작이었다. 창립식에는 가입 조합원 560명을 대표한 56명의 대의원이 참석했다지만 조합원 명단은 과장된 것이었고 대의원 역시 이승철이 자기 공장 노동자 열다섯 명을 무더기로 데려와 숫자를 채우는 등, 3만여 노동자를 대표하여 거대한 권력과 싸우기에는 너무나 미약한 조직이었다.

그러나 결성식 자리에는 이들을 지켜주는 보이지 않는 힘이 있었다. 전태일의 영혼이었다. 전태일은 이들이 한눈을 팔 수 없도록 격려하고 고난에 쓰러지지 않도록 지켜줄 것이었다. 전태일과 이소선 어머니가 존재하는 한, 청계노조는 어용이 되고 싶어도 될 수 없었고, 무너지고 싶어도 무너질 수가 없었다. 이 점을 깨달은 황종옥 일파는 얼마 지나지 않아 소리

소문 없이 사라져버렸다.

결성식을 마친 이들은 한국노총 간부들 덕분에 명동으로 자리를 옮겨 삼겹살 회식을 하게 되었다. 삼겹살이라는 것을 그날 처음 먹어본 노동자도 있었다. 이승철은 평소 술을 먹지 못하는데 잔뜩 과음을 한 데다가 그렇게 많은 고기를 먹어본 적도 처음이었다. 술집에서부터 토하기 시작해 완전히 인사불성이 되고 말았다. 그런 중에도 자신을 부축하는 친구들에게 말했다.

"야, 우리 어머니 잘 모시고 들어가라."

이소선 어머니는 그 말을 들으며 뭉클 가슴에 와 닿는 뜨거운 것을 느꼈다. 아들을 땅에 묻을 때, 아들의 시신과 함께 땅속으로 빠져나가버린 가슴 속의 그 무엇이 다시 돌아와 채워지는 느낌이었다. 마흔두 살의 젊은 과부 이소선은 그렇게 청계천 젊은이들의 어머니가 되었다.

청계천 노동자들은 부모, 특히 어머니에 대한 애정결핍을 느끼는 사람이 많았다. 열서너 살에 청계천으로 흘러들어온 소년, 소녀들은 대부분 부모의 사랑을 제대로 받지 못했다. 일찍 부모를 잃은 이도 있고 아버지가 병들어 어머니가 집을 나가버리거나, 부모가 있다고 해도 자기 자신도 추스르지 못해 자식들에게 애정을 베풀 여유도 없이 아직 어리광도 떼지 못한 아이들을 공장으로 보낸 이들이 대부분이었다. 이소선 어머니는 그들에게 친어머니 이상의 존재가 되었다. 이승철뿐 아니라 모두들 그녀를 그냥 어머니로 불렀다. 이소선 어머니는 가장 사랑하는 아들을 잃은 대신, 더 많은 아들딸들을 얻어 모든 사랑을 바치기 시작했다.

초라하기 그지없는 이소선 어머니의 쌍문동 오두막은 이제 모두의 본가가 되고 친정집이 되었다. 법적인 주소지는 쌍문동이지만 15번 버스 창동 종점에서 내리는 탓에 모두에게 '창동집'이라 불리기 시작한 이 집이야말로 청계노조의 젖줄이자 모두의 고향 같은 곳이었다.

훗날 아파트촌으로 바뀌었지만 전태일 분신 무렵의 쌍문동은 숲과 묘지로 둘러싸인 한적한 변두리 마을이었다. 버스 종점에서 내려 창동집으로 가는 나직한 야산 오른쪽은 참나무가 빽빽이 우거져 있고 왼쪽은 오랫동안 돌보지 않은 공동묘지였다. 잡풀 사이로 석물들이 흩어진 공동묘지는 귀신이라도 나올 듯이 황량했다. 아무래도 낮에 가는 일보다는 작업이 끝나고 한밤중에 가는 일이 많았기 때문에 여성 조합원들끼리 걷기에는 으스스한 길이었다.

겨우 고개를 넘어가면 판자와 블록으로 벽을 쌓고 회색 슬레이트 아니면 루핑이라 불리는 검은 기름종이로 지붕을 덮은 스무 가구 가량 되는 옹색하고 초라한 무허가 건물들이 나타났다. 집들은 하나같이 사람 키 정도로 낮았고, 집으로 들어가는 초입의 도랑에는 공동묘지에서 나온 두터운 관 뚜껑으로 발판이 놓여 있었다. 공동변소는 판자로 얼기설기 엮어놓아 안이 들여다보일 정도로 허술했다. 노조가 만들어진 후 처음으로 그곳에 갔던 이승철은 새삼 전태일을 존경하게 되었을 정도였다.

'나도 참 못살지만, 너무한 동네다. 이런 데 살면 부지런히 벌어서 자기 잘살 생각만 할 텐데 어떻게 남을 위해 살 생각을 했을까?'

전태일의 가족이 쌍문동에 자리잡게 되기까지는 우여곡절이 많았다. 1964년 겨울, 전태일의 가족은 남산 기슭의 무허가 건물에 방 한 칸을 얻어 살고 있었다. 본래 호텔을 지으려다가 골조 공사만 하고 중단된 곳에 500가구나 되는 빈민들이 모여들어 이리저리 나무와 거적으로 방을 만들어 살던 곳이었다. 그런데 12월에 큰 불이 나서 무허가촌이 모두 불타는 사건이 일어났다. 사람들을 내쫓기 위해 일부러 방화를 했다고 알려진 이 화재로 30명이나 불타 죽고, 난민들은 근처 남산초등학교에 임시 수용되었다가 상도동과 도봉동으로 분산되었다.

전태일의 가족은 도봉동으로 실려 갔는데 허허벌판에 사람들을 내려놓고 몇 세대당 하나씩 대형 천막을 던져주는 것이었다. 한겨울 모진 추위 속에 거의 아무 세간도 없이 천막 속에서 사는 것은 너무 끔찍한 일이었다. 게다가 얼마 뒤에는 다시 일부를 분리해 쌍문동으로 강제이동시켰고 전태일의 가족도 그 차량에 실렸다.

관리들은 쌍문동에 난민들을 버려놓을 때도 천막 하나씩만 던져주었다. 40가구 정도 되는 난민들은 공동묘지의 봉분 사이사이 공터에 천막을 치고 살다가 하나 둘씩 움막을 짓기 시작했다. 다가올 겨울 추위를 피해 되도록 땅을 깊이 파고 시멘트도 바르지 않고 그냥 블록을 쌓아 올리고 슬레이트나 루핑으로 얼기설기 지붕을 덮은 후 바람에 날아가지 않도록 돌이나 버린 타이어를 얹어 눌러놓았다. 시멘트로 접착하지 않은 채 쌓아놓은 블록은 기울거나 무너지기 일쑤였고 빗물이 새지 않는 집이 없었다.

천막 대신 집 모양이 갖춰지자 구청에서는 무허가라는 이유로 수시로 철거반을 투입해 때려부숴다. 공무원이나 철거반에 맞서 싸우는 일은 엄두도 내지 못하던 시절이었다. 철거반은 인정사정없이 무조건 다 때려부쉈다. 철거반이 지나간 자리는 폭격을 맞은 듯 황폐해졌다. 움막 속에 버티다가 다치거나 매를 맞지 않으면 다행이었다. 사람들은 철거반이 온다 하면 벌벌 떨었다.

영리한 전태일은 철거반이 나타나면 다른 집을 부수고 있는 동안 재빨리 지붕 슬레이트를 내리고 블록을 분해해 바닥에 다 내려놓았다. 철거반원들이 들이닥쳤을 때는 그의 집은 이미 분해되어 바닥에 깔려 있었다. 철거반은 그냥 지나쳐버리기 마련이었다. 그러면 다시 블록을 쌓아 집을 만들었다. 그런데 전태일은 매번 새로 지을 때마다 집 크기를 넓혔다. 천장은 여전히 머리에 닿을 정도로 낮았으나 방 크기는 점점 커졌다.

"태일아, 힘들구로 뭐 하러 자꾸 집을 크게 늘리냐?"

어머니가 물으면 태일은 웃으며 대답했다.

"앞으로 친구들이 많이 올 거예요. 친구들이 와서 모임도 하고 그러려면 넓어야 해요."

마치 미래를 내다보듯 자꾸만 넓혔기 때문에 방 두 칸 중 하나는 스무 명이 앉아 회의를 하다가 이리저리 쪼그려 잠을 잘 수도 있을 만큼 넓어져 동네에서 가장 큰 집이 되었다.

전태일의 바람대로 1971년 1월 최종인과 임현재, 이승철이 이사를 하여 안방을 차지했다. 세 친구뿐 아니라 매일 열 명에서 때로는 스무 명 넘는 노동자들이 함께 밤을 지새우며 이야기를 나누고 밥을 먹고 술을 마셨다. 나머지 가족은 안방을 내주고 작은 방을 썼는데 사람이 많을 때면 그나마도 내주고 이웃집에 건너가 잤지만 불만은 없었다.

조합원들은 혼자 있으면 의기소침해도 뭉쳐놓으면 힘이 나고 행복해했다. 새로 조합에 가입한 노동자들을 창동집에 데리고 가서 전순옥이 차려준 맛있는 음식을 나눠 먹고 이소선 어머니가 따듯하게 손을 어루만지며 위로해주면 오랜 친구처럼 마음의 문을 열었다. 나이 어린 조합원들에게 창동집은 추억과 낭만이 서린 소중한 장소가 되었다.

전순옥은 어린 나이에도 음식을 무척 잘했다. 매일이다시피 열 명에서 스무 명의 조합원들이 들이닥쳐도 그 자리에서 쓱쓱 음식을 해냈다. 콩나물 하나를 무쳐도 입에 딱 맞게 맛을 냈고 멸치조림이며 고추무침은 사람의 혀를 녹였다. 특히 닭도리탕을 맛있게 해서 인기를 끌었다. 바람이 불면 날아갈 듯 작은 체격으로 하루도 빠짐없이 그 많은 음식을 해낸 전순옥의 야무지고 똑똑한 모습은 조합원들에게 깊은 인상을 남겼다.

워낙 많은 사람이 드나들다 보니 식비를 대는 것도 보통 일이 아니었다. 이소선 어머니는 떡 장사, 헌옷 장사 등 온갖 궂은일을 하여 쌀을 사고 반찬거리를 사댔다. 고등학교에 진학하지 못한 전순옥은 조합원이 없는 낮 동안에는 어머니가 영안실 등지에서 구해 온 헌옷을 하루 종일 빨고 널어 말려야 했다.

전태일이 죽음으로 청계노조를 만들었다면, 이소선 어머니와 전순옥, 그리고 사생활이라곤 전혀 없는 힘든 생활을 버텨낸 전태삼과 어린 막내 전순덕 등 가족들이 그 뒷바라지를 했다 해도 과언이 아니었다. 나중에 전태삼과 결혼한 윤매실 역시 집안의 며느리로서만이 아니라 청계노조의 소리 없는 후원자로서 온갖 부엌일과 잡일을 도맡아 사랑을 받았다.

결혼 바로 전날까지 6년여를 창동집에 살다가 담장 하나를 사이로 아랫집으로 이사가 신혼살림을 차린 이승철은 누구보다 이 점을 잘 알았다. 노조 간부로서 크리스찬아카데미에서 교육을 받을 때, 세상에서 누구를 가장 존경하는가라는 질문에 다른 이들은 전태일이라 했지만 그는 이소선 어머니라고 대답했다.

"이소선 어머님이 더 존경스러운 것은 이런 훌륭한 어머니이기에 전태일 같은 아들이 태어났고, 아들이 죽고 나서 지금까지 저렇게 헌신적으로 운동을 하시기 때문입니다. 이소선 어머니가 구심점이 되었기에 우리가 노동조합을 할 수 있었습니다."

창동집은 비록 다 쓰러져가는 허름한 오두막이었지만, 사랑과 인정이 넘치는 마음의 고향이었다. 생각을 새롭게 하고 의지를 다지는, 청계노조와 노동운동의 요람이자 젖줄이었다. 전태일의 정신이 실현되던 또 하나의 소중한 공간이었다.

3 목격자들

노조의 첫 운영위원 중에는 박명옥이라는 처녀가 있었다. 1942년 서울 신당동 출생으로 전태일보다 여섯 살이 더 많아 노조가 결성될 당시 벌써 서른을 바라보는 '노처녀'였다.

박명옥의 아버지는 일제강점기에 배재고보를 다닌 지식인으로, 자유당 시절에 독재자 이승만에 맞서 민주당 선거운동을 하다가 재산을 다 날리고 중풍으로 쓰러져버렸다. 당장 굶주림에 내몰린 아이들은 줄줄이 생업을 찾아 나가야 했다. 박명옥은 열네 살이던 1956년 집에서 가까운 평화시장에 들어가게 되었다. 평화시장에서 바느질을 배우면 돈도 잘 벌고 시집가는 데도 좋다는 이야기 때문이었다. 교복 입고 학교 다니는 같은 나이 여학생들에 대한 열등감 때문에 교복을 입고 출퇴근하는 시다들이 많았다. 박명옥도 여중생 교복을 입고 출근을 시작했다.

한국전쟁이 끝난 지 겨우 3년이 지났을 때였다. 아직 복개되지 않은 청계천 일대는 나직한 판잣집들만 즐비할 뿐 번듯한 건물 하나 없었다. 개천 위에 나무기둥을 세우고 그 위에 수상가옥처럼 판잣집을 지은 다음, 안에서 만든 옷을 인도 쪽에 진열해 팔았다. 나무판자로 엉성하게 집을 짓다 보니 1년에 한두 차례는 꼭 화재가 일어났는데 불이 나면 급한 대로 미싱이건 다리미건 개울 바닥으로 집어던졌다가 다시 건져 와 솔로 닦아 사용했다.

점포 주인의 상당수는 전쟁 때 이북에서 공산주의를 피해 내려온 피난민들로, 인간성 자체가 고약하고 야박스러운 데다 상스럽기 이를 데 없는 이가 많았다. 박명옥이 처음 일한 공장의 사장 역시 철저히 타산적인 사람이었다. 툭하면 여자들에게 '쌍놈의 에미나이'라고 퍼부어대는 욕쟁이에다 지독한 구두쇠였던 사장은 시다들에게는 처음 1년 간 월급이 따로 없이 차비 정도를 용돈으로 주었다. 명절 때 며칠씩 철야작업을 해도 돈 한 푼 더 주지 않고 2, 3일 놀려주면 그만이었다. 오야미싱사가 자기 돈으로 극장 구경이나 하라고 몇 푼씩 나눠주면 감지덕지였다.

공장에서 금호동 집까지 걸으면 꼭 30분이 걸렸다. 이를 알고 있는 사장은 통금시간에 맞춰 밤 11시 30분이 되어서야 일을 마치게 했다. 그렇지만 마지막 정리를 하다 보면 5분, 10분 늦는 날이 잦았고 어김없이 금호동 고개에서 통행금지에 걸렸다. 골목길로 피해 걸어가도 순경들이 숨어 있다가 붙잡았다. 착한 순경을 만나 공장에서 일하고 들어가는 길이라 말하면 집을 확인한 후 보내주었지만 깐깐한 순경을 만나면 경찰서로 넘겨져 대기실에서 밤을 새워야 했다. 경찰이 잡지 않더라도 통금에 임박한 한적한 밤길은 무섭기 그지없어서 다른 시다들과 모여서 걸어가기도 했다. 시내버스가 생긴 것은 몇 년이나 지나서였는데, 그때도 버스비가 아까워서 계속 걸어다녔다.

박명옥은 오로지 돈을 벌어 어머니에게 갖다 줄 생각으로 너무나 열심히 일을 한 나머지 사장과 부인의 귀여움을 받아 시다 생활 6개월 만에 미싱을 타게 되었다. 전기 미싱이 아니라 발로 발판을 눌러 돌리는 구형이어서 하루 종일 돌리고 나면 다리가 후들거렸다. 수동이지만 이보다는 조금

나은 '백삼동'이라는 미싱이 유행한 것은 얼마 후였고 일본에서 만든 공업용 전기 미싱이 들어온 것은 아주 나중이었다.

부자들은 세탁기에 냉장고, 에어컨까지 갖추고 살았지만, 일반 가정집은 물론, 찜통 같은 공장에도 선풍기가 거의 없던 시절이었다. 무더운 여름이 되면 엉덩이부터 얼굴까지 온통 땀띠로 뒤덮였다. 땀띠에 먼지가 앉으면 뭉쳐서 혹이 되어 곪아터지기 일쑤였다. 여름 내내 얼굴에 '이명래고약'을 붙이고 다녔다. 한 달 내내 일만 하니 공장 동료 이외에 다른 사람을 볼 일이 없었지만, 통행금지 위반으로 파출소에 잡혀가면 얼굴 가득한 좁쌀 같은 땀띠와 검정색 고약들이 창피해 고개를 들지 못했다.

전기 다리미도 없어서 숯불을 담을 수 있도록 높게 만들어진 무거운 쇠다리미를 쓰던 시절이었다. 아래층에 피워놓은 숯불덩이들을 다리미에 집어넣고 뚜껑을 덮어 올라와 옷을 다리다가 불이 약해지면 다시 내려가 바람 일으키는 풍구로 불길을 되살려 올라갔다. 아침에 남보다 한 시간 일찍 출근해 다리미에 넣을 숯불을 피워놓는 것도 일이었다. 신문지로 화장지를 대신하던 시절이라 불쏘시개로 쓸 종이쪽 하나 구하기가 힘들었다. 부지런한 박명옥은 맨 먼저 나와 숯불을 피워놓았다가 늦게 나온 시다들이 하나만 달라고 사정하면 인심 좋게 나눠주곤 했다. 나중에 연탄난로가 생기자 연탄불 위에 쇠판을 달궈서 다림질을 하니 상감마마라도 된 기분이었다.

공장 바닥은 나무판자라 발걸음을 옮길 때마다 삐걱삐걱 소리를 냈고 화장실은 몇 집 건너 하나씩 있었는데 대소변이 그대로 청계천으로 떨어지도록 바닥에 구멍만 뚫어놓았다. 화장실 벽은 나무판자로 엉성하게 가려놓았는데 남자들이 훔쳐보기 위해 나무판을 자꾸 떼어놓아 여자들은 손으로 판자를 든 채 볼일을 보아야 했다. 그나마 하루 종일 줄이 늘어서 있어 오래 머물 수도 없었다.

업주들은 나중에 청계천을 복개하고 평화시장을 지을 때도 그 큰 건물에 화장실을 세 군데밖에 안 만들었다. 눈치를 보느라 아무 때나 화장실에 가지도 못하고 점심시간이 되어야 한꺼번에 우르르 몰려나오다 보니 항상 길게 줄을 서야 했다. 밥 먹는 시간보다 화장실 앞에 줄 서는 시간이 더 걸렸다. 그나마 다른 공장 친구들과 만나 몇 마디라도 수다를 떨 수 있는 시간이라곤 이때뿐이었다. 남자들 역시 점심시간에 화장실 앞에서 친구들을 만나 담배 한 대 피우는 게 하루의 유일한 휴식이었다.

판잣집 공장에서 대소변이 직접 떨어지는 데다가 미군부대에서 흘러나온 군복에 물을 들이면서 생긴 물감을 그대로 쏟아버려 청계천 물은 말도 못 하게 더럽고 악취를 풍겼다. 상류에서는 여전히 빨래도 하고 한가로이 낚시질을 하는 사람도 있었으나 동대문 일대를 지나면서 남한에서 가장 더러운 물이 되어 욕설을 잘하는 사람에게 '입이 청계천 같다'는 말을 할 정도가 되었다. 천변 판자촌에 사창가까지 있어 '청계천에서 일한다'고 잘못 말했다가는 오해받기 십상이었다. 여공들은 청계천 미싱사라는 사실을 결혼 후까지도 숨기는 게 보통이었다.

군사정권은 박명옥이 일을 시작한 지 10년이 지난 1960년대 후반부터 청계천 복개 공사를 시작했다. 청계천을 정화하기보다는 당장 눈에 보이지 않게만 덮어버리는 군대식 정책이었다. 불과 몇 해 만에 청계천은 두터운 시멘트 도로 밑으로 자취를 감추었고, 그 옆에 평화시장이 들어서고 동화시장이 지어졌다. 그리고 봉제공장 몇 년이면 갑부가 된다는 평화시장 호시절이 시작되었다. 수많은 노동자가 빈혈과 폐병으로 쓰러져가는 동안 역시 수많은 사장들이 막대한 돈을 벌어들였다.

박명옥은 물욕의 노예가 된 사장들을 많이 보았다. 자기들은 고급 요정에 가서 몇십만 원어치씩 술을 먹고 와서 1년에 상가 하나씩 산다며 자랑하면서도 일하는 사람들에게는 너무나 인색하고 지독했던 사람들이었다. 그녀가 보기에, 딴 데 가서는 흥청망청 써도 노동자에게는 저녁에 빵 한 개 사주는 것도 아까워 밤 10시까지 굶고 일하게 하는 그들이야말로 정말 무식한 사람들이었다. 인간의 도리가 뭔지, 자비심과 동정심이 무언지 전혀 듣도 보도 못한 것 같은, 너무나 야만적이고 무지막지한 사람들이었다. 객공은 자기 맘에 따라 일 없으면 놀기라도 하지만 월급제 노동자가 일이 없으면 자기 집에 데려가 설거지라도 하라고 시킬 사람들이었다.

작고 깡마른 박명옥에게도 청계천 일은 참으로 가혹했다. 일요일도 휴일도 없이 거의 일 년 내내 아침 6시에 일어나 7시까지 출근해서 밤 11시 30분이 넘어 퇴근할 때까지 꼬박 16시간씩 일했다. 한 달에 겨우 하루를 놀려주니까 최소한 주당 110시간을 일하는 셈이었다. 다른 아이들은 8시나 9시까지 출근하기도 하고 집이 먼 사람은 밤 10시면 퇴근했으나 유독 열심히 일한 박명옥은 예외 없이 시간을 다 채웠다. 통행금지라도 없었다면 더 일을 부려먹었을 것이었다. 몸이 당해낼 리 없었다. 특히 옷감에서 나는 먼지가 심했다. 한밤중 버스 안에서 콧구멍을 후비는 여자는 청계천 미싱사가 분명했다. 분진은 솜을 집어넣어 만드는 겨울 점퍼 공정에서 가장 심했다. 나중에는 미리 솜을 누벼서 공장으로 가져왔지만, 당시는 미싱사와 시다가 일일이 솜을 채워넣기 때문에 공장 안으로 굴뚝을 낸 것처럼 뿌옜다. 반찬이라고 김치 한 가지뿐인 도시락을 까면 몇 숟가락 먹기도 전에 시커먼 꽁보리밥 위에 먼지가 하얗게 앉아 흰 쌀밥처럼 보였다. 간혹 마스크를 쓰고 일하는 사람도 있지만 숨이 가빠져 오래 버티지 못했다. 어떤 사장은 어린 시다가 마스크를 쓰고 일하자 건방지다며 따귀를 때린 일도 있었다. 박명옥은 흰 쌀밥으로 변해버린 보리밥을 떠 넣으며 자조하곤 했다.

"의사가 이걸 보면 일주일 안에 죽는다고 그럴 거다."

결국 박명옥은 6년 만에 쓰러져 죽을 고비에 빠졌다. 밥도 못 먹고 토하기만 하면서 기침을 계속했다. 서울대병원에 가도 정확한 병명이 나오지 않았다. 공기가 나쁜 데다 알레르기가 있어 그렇다는 막연한 진단만 나왔다. 한약방에 가니 기가 모두 빠져서 그렇다고 했다. 기진맥진이라는 말 그대로 생명을 유지할 수 있는 기가 다 빠져나가버린 것이다.

이대로 놔두면 죽는다는 의사의 강력한 권유로 한 달 간 시골 외갓집으로 요양을 가서 할머니, 할아버지의 지극한 간호를 받으면서도 내가 이러고 있으면 우리 식구들은 누가 먹여 살리나 그 생각뿐이었다. 놀랍게도 한 달 동안 맑은 공기를 쏘이니 잃었던 기운이 되살아나 밥도 한 그릇씩 다 먹고, 다시 일할 자신도 생겼다.

지옥 같은 노동이지만, 그래도 청계천에 돌아와 돈을 벌 수 있게 되니 마음이 놓였다. 더러운 물이 흐르는 개천 주변은 온종일 구름처럼 몰려다니는 사람들로 붐볐고 수없이 오가는 자전거와 리어카로 제대로 걷기도 힘들었지만 이곳이 그녀의 삶의 터전이었다. 자전거로 원단을 배달하는 남자들을 구경하는 것도 재미있었다. 용달차나 오토바이가 귀하던 시절이라 전문 배달부가 원단을 자전거에 싣고 이화동이나 창신동 산동네 구석구석으로 날랐는데 원단 배달부들은 거의 서커스 단원 수준의 자전거 솜씨를 가지고 있었다. 원단 한 절이면 보통 20킬로그램이 나가는데 자전거에 스무 절 이상을 싣고 그 위에 조수까지 태우고도 썰매를 지치듯 대로와 골목을 누비고 다녔다. 자전거에 500킬로그램이 넘는 짐을 싣고 달리는 것은 몹시 위험한 일이었기 때문에 교통경찰은 이들을 잡으면 자전거 바퀴의 바람을 빼버렸다. 조수들은 원단 위에 올라앉아 타고 가다가 배달부가 원단을 공장에 갖다 주는 동안 누가 훔쳐가지 않나 지켰다. 버스에는 차장과 조수가 둘이나 붙어 있었고 자전거에도 조수가 딸린 시절이었다.

박명옥이 전태일에 대해 처음 이야기를 들은 것은 분신사건이 난 직후 라디오를 통해서였다. 공장마다 본체보다 더 큰 건전지를 고무줄로 칭칭 묶은 트랜지스터 라디오를 켜놓고 일했는데 뉴스에 전태일이 죽었다는 이야기가 나온 것이었다. 밖에 나갔다 온 이들이 떠도는 소문을 속삭였다.

"어떤 깡패가 환경도 안 좋고 그래서 고쳐달라고 하다가 죽었대."

"사장하고 싸웠나 보지?"

"아니래. 싸운 것도 아니고 혼자서 죽어버렸대. 아휴 무서워."

점심시간에 직접 분신 현장을 본 사람들도 있었다. 다들 국민은행 근처에는 가기도 무섭다고들 했다.

참으로 이상했다. 다들 깡패가 불타 죽어 무섭다고 하는데 이상하게도 박명옥은 도리어 전태일이란 사람에게 호감을 느꼈다. 청계천에서 일하기 시작한 지 15년이 넘어가는 그녀도 근로조건을 개선해보려고 애썼지만 아무 소용이 없던 경험이 여러 번 있었기 때문이었다.

월급 때가 되면 공장장에게 다른 공장은 블라우스 한 장 만드는 데 얼마 받으니까 우리도 얼마를 달라는 식으로 말하는 경우가 종종 있었다. 공장장은 알았다고 해놓고 사장과 둘이 알아서 월급을 봉투에 담아서 한 명씩 호출했다. 그것도 누구누구 이름이나 직책을 부르는 게 아니라 꼭 1번, 2번 하며 '술집 여종업원들을 부르듯' 했다. 월급봉투를 받아보면 아까 말한 것은 아무 소용없었다. 박명옥은 봉투를 집어던지고 그냥 나오기도 하고, 당장 그만두겠다고 싸우기도 했다. 기술이 좋고 아래 사람들을 잘 이끄는 그녀를 놓치기가 아까운 사장은 그제야 조금 더 얹어주었다. 그러나 아직 일이 서툴거나 성격이 순한 사람들은 주면 주는 대로 받고도 아무 불평을 못 했다. 어떤 공장에서는 모두들 월급인상을 요구하며 일을 하지 않기로 했는데 남자들이 배신하고 일을 한 적도 있었다. 박명옥이 여자들을 대표해 혼자 올라가 야무지게 따져서 받아냈다. 그녀가 보기에 남자들은 강자에게 비겁하고 약자에게는 강했다. 같은 노동자 처지에 사장이나 된 듯이 1번, 2번 하고 미싱사를 불러대는 것도 역겨웠다. 그렇게 부르지 못하게 싸우기도 여러 번 했다. 하지만 잠깐뿐, 이내 원래대로 돌아갔다.

공장의 이런 모든 사정을 사무치게 겪어온 박명옥은 전태일이란 사람이 오죽했으면 죽음을 택했을까, 오죽 답답했으면 그랬을까 이해가 되었다. 전태일의 친구들이란 사람들도 만나보고 싶었다.

며칠인가 지났을 때, 공장 동료들이 죽은 이의 엄마가 평화시장 옥상으로 오르는 계단에 앉아 있는 것을 보고 왔다는 말을 했다. 죽은 이의 엄마와 친구들이 평화시장 옥상에 무슨 사무실을 차리려 하는데 잘 안 된다는 것이었다.

'만약 내가 그렇게 죽었다면 우리 엄마가 얼마나 슬퍼할까?'

불현듯 그 엄마라는 이를 보고 싶었다. 혼자 옥상으로 오르는 계단으로 가보았다. 검은 치마에 하얀 저고리를 입고 쪽 찐 머리를 한 조그마한 중년 여인이 계단에 앉아 자기 무릎에 머리를 박고 있는 게 눈에 들어왔다. 직감적으로 죽은 이의 엄마라는 것을 알 수 있었다. 여인은 누가 옆에 왔는지 돌아보지도 않고 혼자 흐느껴 울고 있었다. 박명옥은 자기도 모르게 여인의 등에 손을 살짝 얹고 말했다.

"아드님을 그렇게 잃으셔서 얼마나 기가 막히세요……."

여인의 울음소리는 더 커졌다. 울컥, 박명옥도 눈물이 솟구쳤다. 그녀는 터져 나오는 눈물을 참지 못하고 함께 비죽비죽 울면서 말했다.

"간 사람은 갔지만, 그래도 저희들, 일하는 저희들이 있잖아요. 힘을 내세요."

말하는데 기어이 엉엉 울음이 나왔다. 박명옥은 여인의 어깨를 안은 채 엉엉 소리 내어 울고 말았다. 한참 울다가 조용히 일어나 내려왔다. 이소선 어머니는 그때까지도 누가 옆에 왔다 갔는지, 무슨 말을 하고 갔는지도 의식하지 못한 채 흐느껴 울고만 있었다.

돌아와서 일을 하고 있는데 공장으로 누군가 찾아왔다. 나중에 알았지만 최종인이었다. 박명옥은 복받치는 슬픔에 빠져 주위도 둘러보지 않았는데 그녀가 이소선 어머니를 끌어안고 울다가 내려가는 모습을 지켜본 최종인이 슬그머니 뒤따라온 것이었다.

"사실은 제가 죽은 이의 친구인데요, 옥상에 좀 놀러오면 안 되겠습니까? 사무실을 얻었거든요."

박명옥은 막상 낯모르는 남자가 찾아와 말을 거니 두려워졌다. 스물여덟 살이 되도록 연애 한번 해보지 못한 그녀였다. 말을 걸어온 이가 갸름하니 귀공자처럼 잘생기고 착해 보여 마음이 놓였으나 우물쭈물 거절했다.

"나는 그런 데 한가하게 놀러가고 할 시간이 없어요. 그러니까 내게 그런 데 오라고 하지 마세요."

정말 시간이 없었다. 점심시간에 밥 먹고 화장실 다녀오는 것 빼고는 단 1분도 마음 놓고 쉬지 않으며 일하는 그녀에게 놀러 다닐 시간 같은 것은 없었다. 그러나 다음날 최종인이 다시 찾아왔을 때 마음이 흔들리고 말았다. 최종인은 구체적으로 어떤 일이라는 것을 말해주지도 않은 채, 박명옥처럼 오래 일을 한 이들이 참가해야 한다고 간절히 말했다. 그저 와서 자리에 앉아 있기만 하면 된다는 것이었다. 마음이 약해져 따라 올라가보니 노사협의회가 열려 있었다. 노동조합이 뭔지, 노사협의회가 뭐하는 회의인지도 모르는 채 엉겁결에 노동자 대표의 한 사람이 된 것이다.

놀랍게도 사장 대표로 나온 사람은 박명옥이 처음 일했던 공장의 사장이었다. 15년 전 판잣집에서 옷을 만들어 길바닥에 좌판을 깔고 옷을 팔던 사람이 이제는 큰 공장에다가 점포도 무수히 가진 부자가 되어 평화시장 회장이 되어 있었다.

반면 박명옥은 15년 전 그대로 가난에 찌든 노동자였다. 기술은 청계천 최고라 불려도 될 만큼 뛰어났지만, 오랜 중노동으로 몸은 하나도 자라지 않아 구부정하게 등이 굽고 공기를 제대로 마시지 못해 창백하고 메마른 얼굴의 '노처녀'가 되어 있었다. 번 돈은 모두 가족들의 생활비로 써서 모아둔 돈 한 푼 없이, 하루하루 근근이 살아가는, 어딜 가나 천대받고 무시당하는 '공순이' 그대로였다.

"야, 너 어디서 일하냐?"

회장은 박명옥을 보자 대뜸 반말을 하며 반가워했다. 모두에게 노사협상이 처음이라 마구 반말을 해도 어색하지가 않았다. 일 잘하는 박명옥이 노동자 대표로 나오자 회장이 된 사장도 반가운 모양이었다. 회의가 끝난 후 박명옥이 일하는 공장의 재단사에게 '성실한 아가씨니까 잘 해주라'고 부탁까지 하고 갔다.

이 일을 계기로 대의원 겸 운영위원이 된 박명옥은 노조를 내 집처럼 드나들게 되었다. 노동자 대표로 단체협약을 해보니 전태일이 왜 죽었는가 확실히 알 것 같았다. 철벽처럼 자기들 이익만 지키고 조금도 양보를 하려 들지 않는 사장들을 보니 청계천을 확 뒤집어놓지 않으면 도저히 해결할 수 없겠다는 생각만 들었다. 협상장 뒤편에는 형사들이 늘어서 지켜보곤 했는데 어느 날 자기도 모르게 흥분해서 목청을 높여 고함쳤다.

"좋아요. 이렇게 나온다면 할 수 없어요. 내가 청계천을 세 시간만 막아놓고, 차 못 다니게 동대문 네 군데를 세 시간만 막아놓고, 우리나라를 한번 뒤집어놓고 내가 죽든지 누가 살든지 해봅시다!"

성이 나서 고함을 쳐놓고 회의장을 나와버렸다. 그러자 정보과 소속 박 형사가 뒤따라오면서 말을 거는 것이었다.

"미스 박, 〈나는 살고 싶다〉라는 영화 봤어요?"

흑백텔레비전을 통해 여러 번 본 외국 영화였다. 여자 주인공이 살인누명을 쓰고 사형선고를 받은 후 법정에서 무죄라고 애타게 주장하지만 결국 가스실에서 처형되고 마는 내용이었다. 마음만 먹으면 너 같은 건 쥐도 새도 모르게 죽일 수도 있다는 협박인 셈이었다. 소름이 오싹 끼쳤지만 짐짓 겁을 숨기고 앙칼지게 쏘아붙였다.

"봤는데요, 왜요?"

"주인공이 억울하게 뒤집어쓰고 죽는 걸 보고 느낀 거 없어요?"

"왜요? 무슨 말을 하고 싶으세요? 난 이제 알 것 같아요. 전태일 씨가 왜 죽었는지 알겠어요. 박 형사님이 그 영화 봤으면 그 여자가 억울하다는 걸 신문기자가 다 밝혀낸 것도 알겠네요? 내가 죽어도 언젠가 진실은 다 밝혀질 수 있어요. 나는 그렇게 생각해요. 아무것도 무섭지 않아요."

형사는 어이가 없는지 피식 웃었다.

"같은 박씨끼리 너무 그러지 맙시다. 나도 식구가 많이 딸린 사람이야. 미스 박이 까닥 잘못하면 나도 모가지야. 서로 도우며 살자고."

"제 뒷조사를 했으면 다 아시겠네요? 저도 지금 우리 형제가 육남매나 돼요. 다섯 동생을 부양해야 할 처지예요. 우리가 하는 게 뭐가 잘못이죠? 나라를 뒤집자는 것도 아니고, 법대로 살아보자는 건데 왜 그래요? 난 태일 씨 죽기 전까지는 8시에 끝나도 되고 주일마다 노는 게 정당하다는 걸 진짜 몰랐어요. 아니, 그렇게 좋은 일을, 당연히 지켜야 할 법을 지키자는 게 왜 잘못이죠?"

흥분해서 두서없이 따지는 말에 박 형사는 고개를 설레설레 흔들며 돌아가버렸다. 다른 노조 간부들과 마찬가지로, 박명옥은 스스로의 체험으로 정부가 노동자의 편이 아니라는 것을 깨닫고, 법은 강한 자의 것이라는 것, 싸우지 않으면 아무것도 얻을 수 없다는 것을 체득했다. 나이가 많은 데다 공부에 관심이 없던 그녀는 별도의 노동운동 교육을 받거나 지식인들로부터 소모임 교육을 받은 적도 없지만 자기 삶의 시선으로 이 사회의 모순을 투시할 수 있었다. 초기 노조의 대의원과 운영위원을 거쳐 부지부장으로서 직무대행까지 하다가 1977년 서른다섯 살의 늦은 나이에 결혼하면서 현장을 떠날 때까지 그녀는 청계노조의 큰누나요 큰언니로 커다란 족적을 남겼다.

박명옥의 경우처럼 전태일사건을 목격하거나 전해듣고 제 발로 노동조합을 찾아온 여성 노동자가 여럿 있었다. 임금자, 유정숙, 정선희 등이었다. 임영란, 황명옥, 이정희, 김명례 같은 이들은 생전의 전태일과 함께 일하거나 같은 동네에 살아 잘 알던 사이들로 초창기 노조가 자리잡는 데 큰 도움을 주었다.

충청남도 부여 출신의 16세 소녀 임금자는 동문시장에서 미싱사로 일하고 있다가 전태일의 분신 현장을 목격한 경우였다. 점심시간에 도시락을 싸오지 못하면 칼국수 가게에서 줄을 서서 사 먹곤 했는데 그날도 칼국수를 사 먹으려고 줄을 서 있다가 창문 너머로 한 사람이 불길에 휩싸여 막 뛰어가는 장면을 목격했다. 너무 놀라서 현실인지 환상인지 구별이 되지 않았다. 칼국수고 뭐고 뛰쳐나갔다.

불에 타 쓰러진 전태일의 모습은 몰려온 사람들에 둘러싸여 보이지 않았다. 왜 자살을 기도했는지도 알 수 없었다. 그러나 누군가 저 사람들 너머에서 죽어가고 있다는 생각만으로도 안타까움에 가슴이 옥죄었다. 너무 가슴이 뛰어 밥도 못 먹고 돌아와 일을 하는데 손이 떨려 일이 되지를 않았다. 그가 누구인지는 몰라도, 누군가 자살했다는 사실만으로도 그렇게 불쌍해 보이고 안타까울 수가 없었다.

얼마 후 임금자는 한 남자가 노동조합에 관한 벽보를 붙이는 것을 보고 다가가 도대체 무슨 일이 있었는가 물어보았다. 벽보를 붙이던 청년은 임현재였다. 그는 전태일이 나쁜 사람이 아니며, 청계천 근로자들을 위해 죽었다고 말했다. 임금자는 아직 어린 나이였으나 임현재의 듬직한 인상과 점잖은 음성을 보고 거짓말을 하거나 나쁜 사람이 아니라는 생각을 했다.

임금자는 평화시장 옥상의 사람들이 하는 일을 관심 있게 지켜보다가 노조 결성식 때 자진해서, 스스로 옥상으로 걸어 올라가 참여했다. 전태일의 분신 장면을 목격했다는 사실만으로도, 그녀는 영원히 전태일로부터 벗어날 수 없는 운명이 되어버렸다. 전태일과 상관없는 임금자는 존재할 수 없었다. 그녀는 사람을 두 종류로 나누었다. 전태일의 죽음을 목격한 사람과 그렇지 않은 사람으로 나누었다. 임금자는 노조에 빼놓을 수 없는 사람이 되었다.

김명례는 전태일과 한 동네에 살던, 당시 나이가 스물일곱이나 되는 미싱사였다. 초등학교를 나오자마자 시다 생활을 시작해 가족을 먹여 살리고 있던 그녀는 전태일이 분신한 후에야 그가 어떤 일을 했다는 것을 알게 되었다. 자기보다 나이도 어린 사람이, 더군다나 바로 이웃의 동생이 남을 위해 죽었다는 소식을 들은 그녀는 쏟아져 나오는 눈물을 참을 수 없었다. 회사도 나가지 않고 자기 발로 영안실에 찾아갔다. 영안실에는 동네 사람들만 모여 경황없이 웅성대고 있을 뿐, 먹을 것 하나 없었다. 김명례는 집에 가서 들통 하나 가득 팥죽을 끓여 와 사람들에게 나눠주었다. 회사까지 안 나가고 장례식까지 매일 병원을 지켰다. 노조가 만들어질 때 사람이 부족하다는 말에 부녀부장을 맡아 일하기도 했다. 계속되는 싸움과 남자들만의 거친 사무실 분위기를 못 이겨 얼마 후 그만두기는 했으나 마음은 늘 노조를 잊지 않았다.

노동조합을 만들고 사무실도 차렸지만, 조합원이 없었다. 이렇게 자진해서 노조를 찾아오는 이는 극소수에 불과했다. 집행부는 떠돌이 행상처럼 조합 가입을 권유하는 녹음을 해가지고 시장 내부의 수백 개 공장을 돌아다니며 녹음기를 틀어주고 노동자만 보면 무조건 인사를 하고 가입원서를 내밀었다. 개인적으로 아는 재단사나 오야미싱사를 찾아가 공장 노동자를 단체로 가입시키기도 했다. 이렇게 매일 드넓은 시장을 돌아다니느라 발에 물집이 마를 날이 없어도 가입원서는 크게 늘지 않았다.

우선은 사장들의 방해가 심했다. 노조의 탄생에 잔뜩 긴장한 업주들은 작업 중 화장실에 가는 것은 엄격히 제한하고 점심시간에도 밖에 못 나가게 막았다. 특히 노조 사무실 근처에도 못 가도록 엄명을 내리고 경비원들이 옥상 입구에 지켜 서서 감시했다. 조합에 가입하면 조합비를 내야 하고 갑근세를 내야 하니 노동자만 손해다, 너희가 노조에 가입하면 회사가 세무조사를 당해 망한다고 협박하기도 했다. 노조에 가입하면 해고라는 말은 기본이었다.

노동자들 자신도 노동조합을 이해하지 못했다. 평화·동화·통일·동신·신평화 등 다섯 개 주요 상가의 노동자 8,800명 중 7,000명이 여성이었다. 이들 여성 노동자의 70퍼센트가 초등학교 졸업을 못 했고 고등학교를 다녀본 이들은 단 1퍼센트에 불과했다. 남자의 경우는 한결 학력이 높아 중학교 중퇴 학력 이상이 50퍼센트에 고등학교 중퇴 이상도 10퍼센트는 되었으나 당시 공장 노동자의 일반적인 학력에 비해서는 낮은 수준이었다. 겨우 초등학교를 마친 13세나 14세에 일을 시작하여 오로지 공장 안에서 세월을 보내는 노동자들이 바깥세상에 대해 잘 모르는 것은 당연했다.

도리어 세상과의 유일한 통로는 사장이었다. 나이가 너무 어려 다른 공장에서는 받아주지도 않는 소녀들에게 먹고 잘 곳을 제공하고 기술을 가르쳐준다는 것만으로도 사장들은 절대적인 권위를 누렸다. 사장들이 노조 간부를 깡패라고 하면 그대로 깡패가 되었고 박정희 대통령이 위대하다고 하면 그대로 성인이 되었다. 노동조합에서 교육을 활성화하여 임금노동의 본질을 가르치고 넓은 세상을 바라보는 시각을 열어줄 때까지, 노동자들은 몸만이 아니라 정신까지 사장에게 예속되어 있기 마련이었다. 많아야 스물한두 살, 스스로 깨닫기에는 아직 어린 이 노동자들을 조직하기 위해서는 다른 공장의 두 배, 세 배의 노력이 필요했다.

처음 조합이 문을 열었을 때는 매일 스무 명 가까운 청년들이 살다시피 했다. 때문에 시장 상가에는 노동조합이 깡패들이나 가는 곳으로 소문이 나기도 할 정도였다. 삼동회 회원들과 가까운 친구들 외에도 전태일의 또 다른 친구들이었다. 모두들 친구의 죽음으로 흥분해 있는 데다 노동조합이 만들어졌으니 무언가 할 수 있으리라는 기대감으로 가득했다. 하지만 현실은 전혀 그렇지 못했다.

조합 간부들과 청년 조합원들은 매일 둘씩 짝지어 현장을 순회하며 조합원 가입원서를 받으러 다녔는데, 공장 문을 두드리면 대개 사장이나 공장장이 나왔다.

"안녕하세요? 청계노조에서 나왔는데 노조 가입원서를 받으려 합니다."

사정을 말하면 서너 집 중 한 군데 정도는 억지로나마 문을 열어주고 들어와 이야기할 기회를 주었다. 하지만 대다수 공장은 박정했다.

"우리는 그거 필요 없어요."

"사장이 없습니다."

자기가 사장이면서도 사장이 없다며 문을 탁 닫아버리기 예사였다. 어떤 곳은 다짜고짜 욕을 퍼부어대며 미친 짓 한다고 밀어냈다. 일하기 싫어서 그 딴 짓이나 하는 껄렁껄렁한 놈들이라고 대놓고 욕했다. 심지어 재수없다며 소금을 뿌려대는 사장까지 있었다. 그때마다 수치심과 설움으로 눈앞이 깜깜했지만 매번 싸울 수도 없었다. 다음날이면 또다시 찾아가 공손히 문을 두드렸다. 상대방이 지칠 때까지 끈질기게 찾아갔다.

일단 문을 열어준 집도 사정은 크게 다르지 않았다. 공장 안에 들어가서 전태일이 분신한 이유와 노조의 필요성을 말하고 가입해달라고 말하는 동안 일을 멈추는 곳은 거의 없었다. 귀가 먹먹하도록 소음을 내며 미싱들이 돌아가는 가운데 빽빽 소리를 질러대니 제대로 들릴 리가 없었다. 겨우 말이 통하는 경우도 노동자들 자신이 외면하기 일쑤였다.

"아, 저는 여기 오래 안 다닐 거예요. 이번 달만 다니고 그만둘 거예요. 그래서 가입 안 해요."

마치 전도하러 다니는 교인을 대하듯 했다. 온종일 발이 붓도록 돌아다녀봐야 가입원서 몇 장 받기가 힘들었다. 종일 헛고생을 하고 돌아오면 맥이 빠져 눈물이 나올 지경이었다.

어렵사리 조금씩 가입원서가 늘기는 했으나 당장 조합비가 걷히는 것도 아니었다. 돈이 없으니 당장 끼니 걱정까지 생겼다. 이소선 어머니에게 장례 때 들어온 약간의 조의금이 있었으나 매일 집에 오는 수많은 노동자들 밥해 먹이고 차비 내주고 낮에는 사무실에 라면까지 사 넣어주다 보니 금방 바닥나버렸다. 떡 장사로 나섰으나 경비원들이 시장 안에 얼씬도 못하게 막았기 때문에 그것조차 여의치 않았다. 사정을 하여 겨우 밀고 들어가 어린 여자 시다들을 만나 팔기도 하고 그냥 나눠주기도 하면서 조합을 알려나갔으나 경비원 등살에 열흘 만에 포기하고 말았다.

당장 사무실 사람들의 식사가 문제였다. 김성길 지부장이 집에서 들통에 밥을 해가지고 와서 점심에 먹고 남은 것은 저녁에 죽을 끓여 먹었다. 나중에는 그것조차 여의치 않아서 라면 여덟 개로 스물네 명이 먹은 적도 있었다. 라면을 끓일 때는 일부러 물을 잔뜩 붓고 오랫동안 끓여 퉁퉁 불어 터지게 했다. 그래야 조금이라도 양이 늘어나 허기를 메울 수 있었다. 추운 겨울임에도 불을 피울 기름도 연탄도 없어 밤중에 동대문시장에 가서 생선 궤짝을 주워 와 난로에 불을 지피면 생선 타는 냄새가 코를 찔렀다. 청년 노동자들은 난로에 빙 둘러 앉아 우스갯소리를 하기도 했다.

"생선 냄새 좋다! 콧구멍이라도 기쁘니 살 것 같네."

한때 스무 명이나 되던 청년들은 하나 둘씩 먹고살 길을 찾아 떠나기 시작했다. 남은 간부들도 한 명이라도 입을 덜기 위해 취직을 하기로 결정했으나 조합 활동을 한다는 사실이 알려지면서 막상 취직도 잘 되지 않았다.

조합원 모집을 포기할 수는 없었다. 집행부는 좀더 효과적으로 조합원을 모으는 방법으로 현수막을 생각해냈다. 12월 21일, 빨간 글씨로 '분신으로 쌓은 터전, 단결하여 주권 찾자'는 커다란 현수막을 만들어 평화시장 옥상에 내걸었다. 바로 아래를 지나는 고가도로에서 바라볼 수 있게 하기 위함이었다. 파란색 글씨로 조합 가입을 권유하는 내용을 적은 현수막도 여러 장 만들어 시장 곳곳의 전봇대 사이에 걸었다.

경찰은 발칵 뒤집혀졌다. 고가도로를 지나던 고위 관리들이 붉은 글씨를 보고 난리를 친 것이다. 밤중에 형사들이 노조 사무실에 들이닥쳐 고함을 쳐댔다.

"저렇게 빨간 글씨로 근로자를 선동하는 플래카드를 거는 것은 이북놈들이나 하는 짓이야. 빨갱이 사상을 가진 사람들은 노동조합을 할 수 없으니 콩밥을 먹을 줄 알아! 당장 철거해!"

밤중에 뗄 수 없으니 다음날 뜯겠다고 해도 막무가내였다.

"좋다! 이 더러운 놈들아! 내가 당장 뜯겠다. 우리가 죽어줄 테니 어디 너희 놈들끼리 잘 살아봐!"

흥분한 이소선 어머니가 컴컴한 전신주에 기어올라가 플래카드를 뜯어 내리자 사무실에 있던 십여 명의 조합 간부들도 울분을 참지 못하고 화분이며 서류철, 사무집기들을 닥치는 대로 내던졌다.

"경찰 놈의 새끼들 다 죽여버린다!"

간부들은 의자며 화분들을 계단이며 창문 밖으로 내던졌고 전신주에서 내려온 이소선 어머니는 바닥에 널린 플래카드를 주워 형사의 목을 조르다가 형사에게 떠밀려 바닥에 나뒹굴었다. 이소선 어머니와 형사의 옷에는 채 마르지도 않은 페인트가 덕지덕지 엉겨 붙어 있었다. 볼일을 마친 형사들은 황망히 사라졌다.

형사들이 물러나고도 흥분을 가라앉히지 못한 이들은 엉망이 되어버린 노조 사무실에서 긴급회의를 열었다. 플래카드 하나 못 붙이는 노조가 무슨 노조냐는 탄식과 함께 다 같이 죽어버리자는 말이 나왔다. 부리나케 한 사람이 나가더니 정말로 석유 두 말을 사왔다. 전태일처럼 분신을 하든지 몸에 불을 붙이고 옥상에서 뛰어내리자고 고함을 질러댔다. 아무도 말릴 분위기가 아니었다.

"잠깐만, 우리가 매일 굶다시피 하다가 이제 죽기로 했으니 기왕에 죽는 거 먹는 거나 실컷 배터지게 먹고 죽읍시다."

전태일이 배가 고프다는 말을 유언으로 남긴 것처럼, 너무나 배고픈 삶을 살아온 이들의 마지막 소원이었다. 정말로 갈비탕을 시켰다. 노조가 만들어진 후 노동 문제에 관심을 가진 교회나 사회단체 사람들이 와서 필요한 게 없느냐 물으면 무조건 라면이라고 대답해 몇 박스씩 라면을 쌓아놓고 먹기를 벌써 얼마인지 몰랐다. 갈비탕이라도 먹어보자는 이야기야말로 진실로 죽자는 결심의 표현이었다.

이날 노조 사무실에는 대학원생 이영희가 와 있었다. 전태일 분신 이후 자기 발로 평화시장을 찾아와 간부들을 격려하고 도와주어온 그는 이소선 어머니를 붙잡고 분신은 안 된다고 설득했다. 이소선 어머니도 흥분이 지나치다는 생각이 들기는 했다. 그러나 간부들은 이영희의 말에 귀를 기울이지 않았다.

밖에는 벌써 경찰이 몰려와 진을 치고 있었다. 화분과 사무실 집기로 바리케이드를 치고, 열두 명이 모두 집단분신을 결의하고 온몸에 석유를 끼얹었다. '허수아비 근로기준법'이라고 혈서를 써서 벽에 붙여놓기도 했다. 마지막으로 전태일 추도식도 했다. 추도식 도중에 경찰이 진입하려 했으나 라이터를 꺼내 들고 분신하겠다고 고함치니 물러갔다.

연좌농성이 시작되었다. 석유 냄새가 진동하는 좁은 사무실에서 한 시간여 구호를 외치고 있었을까, 갑자기 사방의 유리창이 일시에 깨지며 소방호스가 사무실 안으로 들이닥치더니 거센 물줄기가 뿜어 들어왔다. 밤 11시 30분경이었다. 수압이 얼마나 강한지 간부들은 물을 맞기만 하면 뒤로 벌렁벌렁 넘어가버렸다. 마스크를 쓰고 군복을 입은 경찰기동대들이 이소선 어머니와 간부들을 하나씩 체포했다. 고함치고 발버둥쳤으나 역부족이었다. 물과 기름이 뒤엉킨 몸으로 줄줄이 끌려 나가 경찰차에 실려야 했다.

경찰서에 가니 경찰은 별다른 조사도 하지 않은 채 이들을 한 곳에 가둬놓았다. 그러고는 맛없는 관식 대신 질 좋은 사식을 사서 넣어주었다. 맛있는 음식 냄새가 진동했다. 모두들 허기가 져 있었다. 먹고 싶은 마음이 굴뚝같았다. 그러나 죽기로 결심한 마당이었다.

"왜 우리를 살려 왔냐? 누가 밥 먹는댔어?"

"경찰이 사준 밥은 안 먹어, 이 새끼들아!"

간부들은 고함을 지르며 밥을 집어던지기 시작했다. 사무실은 엉망이 되어버렸다. 어떤 이유든 경찰이 사주는 밥이나 술은 절대 먹지 않는다는 것이 이날 이후 청계노조의 철칙이 되었다.

단식을 계속하던 다음날, 노총 사무총장과 연합노조 간부가 찾아왔다. 그들은 노총에서 책임지고 노조 가입 방해를 중지시키고 노동자들이 노조 사무실에 출입할 수 있도록 하겠다고 설득했다. 간부들은 그때 처음 노사협의회라는 것을 알게 되었다.

"사업주들이 노조 가입을 방해하는 것은 노사협의회가 없기 때문입니다. 우선 노사협의회를 구성해서 사업주들에게 노동조합의 존재를 알리고 서로를 교섭대상으로 인정해야 합니다. 우리가 책임지고 노사협의회를 구성하도록 도와줄 테니 흥분을 가라앉히고 식사들을 하세요."

간부들은 그제야 경찰서에서 나와 밥을 먹고 곧장 사무실로 출근했다. 함께 잡힌 이영희는 집중적인 수사대상이 되었다. 외부불순세력이라는 이유였다. '배후조종을 하지 않았느냐' '죽으라고 석유를 사주지 않았느냐' 같은 심문이 가해졌다. 이영희는 우연히 사무실에 들른 것뿐이라고 버텨 풀려날 수 있었다.

노조 간부들이 석방된 때는 성탄절 주간이었다. 거리에는 화려한 트리들이 세워지고 시장은 연말특수로 붐벼대고 있었다. 그러나 노조 사무실에 와보니 삭막하기만 했다. 집기들은 엉망으로 널려 있었고 바닥에는 깨진 화분이며 흙덩이가 나뒹굴고 있었다.

"들어가도 되나요?"

청소를 하고 있는데 사무실 문이 열리고 얌전하게 생긴 이십대 초반의 아가씨 한 사람이 조심스럽게 들어왔다. 점심시간마다 노조 사무실에 와서 별 말도 없이 다소곳이 한쪽 책상에서 카드를 그리곤 하던 22세의 미싱사 유정숙이었다. 그녀는 이소선 어머니에게 다가와 얌전하고도 차분한 음성으로 말했다.

"어머니, 사무실 운영이 어렵지요? 이거 받으세요. 그동안 만든 크리스마스 카드를 팔아 모은 돈이에요. 많지 않지만 도움이 될까 해서요."

조심스레 내놓은 돈은 만 원이나 되었다. 꼬깃꼬깃한 10원짜리 지폐와 동전부터 100원짜리까지 한 움큼이었다. 웬만한 재단사의 한 달 월급에 맞먹는 액수였다. 어머니와 간부들이 감동을 거두지 못하고 멍하니 바라보고만 있는데 유정숙은 팔을 걷어붙이고 침착하게 깨진 화분들을 하나하나 정리하기 시작했다. 못쓰게 된 화초는 버리고 살릴 수 있는 꽃은 따로 가려내 화분까지 사다 심어놓고 바닥의 흙까지 깨끗이 청소를 하는 것이었다.

비교적 유복하게 살아가던 유정숙이 아버지가 갑자기 돌아가시는 바람에 중학교를 중퇴하고 청계천으로 들어온 것은 1965년이었다. 동대문 근처 창덕여중을 다닌 유정숙은 친구들을 만나 부끄러운 모습을 보일까 봐 일체 인연을 끊은 채 학생들이 등교하는 시간을 피해 남보다 한 시간 일찍 공장에 나갔다. 새벽에 공장 문을 두드리면 다락에서 잠자는 재단보조가 문을 열어주었고, 그녀는 오야미싱사가 일하기 좋도록 미리 준비를 해주고 청소도 도맡아하면서 일을 배워나갔다. 숯불 다리미 대신 연탄난로 다리미가 쓰이던 시절이었다. 한여름에도 연탄난로를 피워놓고 그 위에 쇠판을 올려 달구었다가 다리미에 끼워 재빨리 옷을 다리고 다시 분해해 불 위에 올려놓고 했다. 시다들에게는 이 쇠판을 두 개씩 주었는데 시다 중에도 오래 일한 소녀들은 처음 들어온 시다의 쇠판을 밀어놓고 자기 것 먼저 달구기 일쑤였다. 마음 약한 유정숙은 늘 양보를 하는 바람에 일이 늦어지기도 했으나 그럴수록 더 열심히 일해 오히려 귀여움을 받았다. 덕분에 1년도 채 안 되어 미싱으로 남방에 단춧구멍 만드는 '마도메사'가 될 수 있었고, 전태일이 분신하던 무렵에는 일급 미싱사로 대우받고 있었다.

전태일이 분신한 날 오후, 유정숙이 일하던 신평화시장이 우연히 정전이 되었다. 정전이 흔하던 시절이라 컴컴한 공장에 앉아 전기가 들어오기를 기다리고 있으려니까 밖에서 사람이 죽었다는 이야기가 들려왔다. 아무래도 일이 되지를 않을 것 같아 다들 퇴근하고 말았다. 다음날 길거리에서 만난 중학교 동창을 통해서야 평화시장 재단사가 근로기준법을 지키라고 요구하다가 죽었다는 이야기를 알게 되었다. 시장에 떠도는 나쁜 소문과 달리 중학교 동창은 전태일에 대해서 호의적이었다. 유정숙도 그가 다른 노동자들의 근로조건을 개선하기 위해 자살했다는 말에 동정심과 호기심을 갖게 되었다.

얼마 후 노조 운영위원으로서 현장 설문조사를 다니던 김태원으로부터 평화시장 옥상에 있는 사무실에 와보라는 권유를 받으면서 더욱 호기심을 갖게 된 유정숙은 옥상의 화장실에 갈 때면 노조 사무실을 기웃거리기도 했다. 우중충하고 비좁은 사무실 분위기는 영 낯설었으나 까만 한복치마에 쪽 찐 머리를 한 이소선 어머니의 모습은 퍽 인상 깊게 와 닿았다. 그러던 어느 날, 이제나 저제나 누가 올까 눈이 빠지게 노동자를 기다리고 있던 이소선 어머니는 문가에 기웃대는 처녀를 발견하고는 얼른 나와서 양손을 쥐며 반갑게 끌어들였다.

유정숙은 이소선 어머니의 환대와 전태일에 대한 이야기에 깊은 감명을 받았다. 아들을 잃고서도 이렇게 나와서 젊은 청년들과 사무실에서 어려운 문제를 해결하기 위해 힘들게 노력하는구나 생각이 들자 자기도 돕고 싶어졌다. 이소선 어머니는 무어라도 돕고 싶다는 그녀에게 조합 사무실에 와주는 것만으로도 큰 힘이 된다고 했다. 유정숙은 다음날부터 거의 매일 점심시간마다 사무실에 들러 이소선 어머니와 대화를 나누게 되었다.

조합에 드나들면서 유정숙은 자신이 변하는 것을 느끼기 시작했다. 이전에는 직장이란 그저 일만 하는 곳이라 생각하고 사람에게 정을 붙이지 않았다. 다람쥐 쳇바퀴 돌 듯 어두울 때 공장에 나와 어두워서 돌아가는 하루하루를 보내면서 자신의 처지를 부끄럽고 비참하게만 여겼다. 이 상황에서 탈출하거나 해결하려는 방법은 생각하지 못한 채 어린 나이에 너무 일찍 좌절해 옛 친구들을 만나고 싶지도 않고 새로 친구를 만날 생각도 없이 혼자서 몰래 조용히 살아왔다. 조합은 그녀의 밝은 감수성을 뒤덮고 있던 그늘을 거둬내주었다. 불어터진 라면으로 허기를 때우면서도 한 명이라도 더 조합원을 만들기 위해 온종일 돌아다니는 간부들의 모습은 벅찬 감동을 주었다. 함께 노력만 한다면 자신이 처한 암담한 현실을 조금씩 바꿀 수 있겠다는 희망이 생겨났다. 조합에 가면 자기와 비슷한 처지와 생각을 가진 이들이 있다는 생각만으로도 외로움의 긴 터널에서 빠져나오는 느낌이었다. 말수가 적고 내성적이었던 성격까지 변해 수다도 많이 늘었다. 주위 사람들에게도 노조의 필요성에 대해 설득하는 데 아무 부끄러움도 느끼지 않았다.

차분하게 이야기를 잘하는 유정숙은 텔레비전 아침 프로그램에 나가 청계천의 노동실태에 대해 이야기를 하기도 했다. 처음에 집행부로부터 권유를 받았을 때는 아무것도 모르는데 무슨 말을 어떻게 해야 할지 몰라 망설였으나 사장들과 싸움을 못 할 바에야 이런 일이라도 해야겠다는 생각에 다른 몇 사람과 함께 방송에 출연해 비참한 노동현실에 대해 설명해 박수를 받았다.

매일 점심시간마다 노조 사무실에 들르는 그녀는 누구보다도 조합 운영의 어려움을 잘 알았다. 돕기는 도와야겠는데 돈이 없었다. 1966년도에 3,000원으로 시작된 월급이 이제 3만 원으로 늘었으나 아버지가 없는 가족의 생활비로 전부 들어가고 있었다. 용돈 1,000원도 빼지 않고 몽땅 어머니에게 갖다 바치는 궁색한 처지였다.

어떻게 돈을 마련할까 연구한 끝에 나무와 숲이 많은 워커힐호텔 근처에 사는 친구가 단풍잎을 책갈피에 모아놓은 것을 보고 크리스마스 카드를 만들어 팔자는 생각을 해냈다. 집에 가도 자기 방이 따로 없어 불을 켜놓을 수 없는 데다 밤늦게 가면 졸기에 바빠 집에서는 작업을 할 수 없었다. 유정숙은 점심시간마다 노조 사무실 한편에서 카드를 만들었다. 난로 곁에서 일하다 실수로 손을 데기도 했지만 멈추지 않았다. 다 만든 카드는 공장 동료들이나 친구들에게 노조를 지원한다는 취지를 설명하고 팔았다. 대개 미싱사들은 노조에 관심이 없었고 조합 근처에도 가지 않았으나 평소 신뢰가 깊었던 유정숙의 권유에는 순순히 응해주었다. 그렇게 모은 만 원을 고스란히 가져온 것이었다.

유정숙 외에도 자기 발로 노조를 찾아온 소녀들이 또 있었다. 조합에서는 평화시장과 동화시장에 세 개씩, 통일상가에 두 개의 조합 소식판을 걸고 노동조합의 활동을 알리고 있었는데 어느 날 평화시장 화장실의 조합 소식판에 손바닥만한 종이에 깔끔하고 예쁜 글씨로 쓴 '조합에 부탁합니다'라는 쪽지가 붙어 있었다. 수많은 사람이 이용하다 보니 화장실에 낙서가 많았다. 쪽지에는 이렇게 적혀 있었다.

'화장실에 페인트칠을 해주시면 감사하겠습니다. 또다시 낙서를 하는 사람의 경우에는 저희들은 인간이 아니라고 생각하겠습니다. 두 소녀 드립니다.'

16세 동갑내기 친구인 정선희와 임금자가 한 일이었다. 두 소녀는 같은 내용의 쪽지를 화장실마다 붙여놓아 실제로 낙서를 줄이고 조합을 알리는 데 도움을 주었다. 조합 일에도 자발적으로 참여했다.

이소선 어머니가 행여나 누가 노조 문을 두드릴까 해서 목을 빼고 기다리고 있노라면 이제 겨우 초등학교나 마쳤을 나이 어린 시다들이 1원짜리 떡을 봉지로 사 오기도 하고, 현장을 누비다 보면 사업주가 보지 않는 곳에서 수줍게 웃으며 인사를 해 오는 여성 노동자도 갈수록 늘어났다.

자기 발로 찾아와 어머니를 끌어안아주던 박명옥, 누가 말하지 않아도 혼자 생각으로 온 정성을 기울여 카드를 만들고 팔아서 가져온 유정숙, 그리고 임금자와 정선희 같은 앳된 소녀들의 출현은 아들을 잃고 친구를 잃은 어머니와 삼동회 회원들을 따뜻하게 위로하여 힘을 주었다. 하나 둘씩 늘어나는 처녀들로 인해 노조 사무실은 한결 부드러워졌고 노조가 깡패집단이라는 악선전을 막는 데도 도움이 되었다.

이 여리고 착한 여성들을 노조 사무실로 불러들인 것은 어떤 힘이었을까? 누구의 강요나 꼬임도 아니었다. 공부를 통해 배운 것도 아니었다. 친구 때문에 찾아온 것도 아니었다. 전태일이 그러했듯, 본인들이 천성적으로 타고난 순수하고 순결한 성품이 자기 발로 찾아오게 만든 것이었다. 이들의 한없는 순수함이야말로 청계노조를 살아남게 한 힘의 원천이었다.

순수함은 삼동회 출신 중에 노조 간부를 맡은 이들의 공통점이기도 했다. 성격이 원만해서 포용력이 있고 친구 간에 의리가 깊어 선후배 모두에게 인정을 받는 인격을 갖춘 최종인은 누구나 인정하는 지도자였다. 두뇌가 총명하고 행동이 기민한 데다 맺고 끊음이 명확한 이승철은 조직력이 뛰어나고 의식도 빠르게 발전해 이론적인 지도자가 되었다. 온건한 성품임에도 매사에 뚝심을 가지고 추진력 있게 일을 진행시키는 임현재는 언변이 매우 좋아 많은 사람들 앞에서도 사회를 잘 보고 연설과 교육도 잘해냈다. 신진철은 다소 껄렁하고 참을성이 없어 문제를 일으키곤 했으나 누구 못지않게 열성적이었다. 이들 외에도 많은 노동자들이 차례로 초창기 노조에 합류해 젊음을 바쳤다.

이들의 열의는 대단했다. 노조가 뭔지도 몰랐던 조합 간부들은 아예 노동조합법부터 근로기준법, 쟁의조정법을 몽땅 외우기로 했다. 전태일이 힘들어했던 대로 법률 책이 거의 한문투성이이던 시절이었다. 조합 간부들은 한문 공부를 해가며 법률 조항들을 외웠다. 여성 간부들도 현장활동을 위해서는 노동법 암기가 필수적이었다. 111개 조항이나 되는 노동법을 달달 외우다시피 했다.

일부 간부들은 장기표 등을 통해 사회과학 서적들도 읽었다. 대부분 금지된 서적들이었다. 『들어라 양키들아』나 신동엽 시집 같은 금지서적도 읽고 베트남 전쟁에 관한 책이며 쿠바혁명에 관한 책도 읽었다. 베트남전쟁의 진실은 이들에게 엄청난 충격이었다. 『들어라 양키들아』라는 책에는 쿠바 사람들이 미국인들을 향해 '너희들이 우리를 얼마나 착취했나' 항의하는 내용의 편지들이 들어 있어 역시 큰 충격을 주었다. 이들 서적들은 청계 노동자의 고통이 단순히 사업주들의 욕심 때문만이 아니라 자본주의의 근본적인 모순의 결과이며, 미국의 하수인이나 다름없는 군부정권이 이를 더욱 악화시키고 있다는 인식을 갖게 해주었다.

비밀리에 조금씩 행해진 사회과학 학습은 일부 간부들의 시야를 대폭 넓혀주었다. 그 중에서도 가장 열심히 공부한 이승철 같은 경우는 애초에 '남들처럼 잘살고 싶다'는 생각으로 평화시장에 올라왔으나 곧 '남들과 함께 더불어 잘살자'는 것으로, 나아가 '남들을 위해 살자'는 것으로 생각이 바뀌게 되었다. 그는 장기표가 모택동 사상에 관한 책을 읽어보라고 권하자 청계천 7가 헌책방마다 뒤지고 다니기도 하고, 신동엽의 민중시 「껍데기는 가라」를 적어 집에 붙여놓기도 했다.

공부만 한 것은 아니었다. 휴일이면 가까운 산으로 야유회를 가서 단합을 다지는 것도 주요 일과였다. 조합 사무실에 있는 들통과 냄비를 들고 가 나무로 불을 때 떡라면을 끓여 먹고 놀았다. 성격들이 급한 데다가 워낙 힘이 들다 보니 술자리가 벌어지면 사소한 일로 주먹질까지 하며 싸우는 일도 잦았으나 곧바로 잊어버리고 세상에서 가장 친한 친구로 돌아갔다.

이소선 어머니는 비록 아들 하나를 잃었지만 이렇게 똑똑하고 믿음직스러운 여러 아들들, 그리고 너무나 착하고 예쁜 무수한 딸들을 얻은 것에 크게 위안을 받았다. 너무나 힘이 들고 외로워질 때, 새로 얻은 아들과 딸들이 힘이 되고 용기가 되었다.

이들의 헌신적인 노력이 처음 결실을 맺은 것은 이듬해인 1971년 봄이었다.

4 아카시아처럼

동대문 일대에는 조선시대부터 옷감과 의류가 거래되는 장터가 발달되어 있었다. 관리들의 월급을 옷감으로 주던 시절이었다. 동대문 주변에는 관리들이 내놓은 옷감을 팔고 사거나 옷을 만드는 집들이 즐비했다. 이 전통은 일제시대로 이어져 전차 종점이 있던 동대문에서 청량리까지 종연방직 등 많은 옷감공장이 세워졌고 여기에 이재유, 이현상, 이순금, 박진홍 등 당대의 유명한 노동운동가들이 뛰어들어 여성 노동자를 조직하고 파업을 주도해 사회를 떠들썩하게 만들기도 했다. 해방공간에서도 동대문 일대 방직공장은 전투적인 노동운동의 근거지였다. 그러나 좌우대립과 한국전쟁의 혼란을 겪으면서 전투적인 노동운동의 싹은 뿌리째 뽑혀버리고 말았다. 전태일 자신은 이러한 역사적 배경을 전혀 알지 못했으나, 그의 죽음은 죽어버린 노동운동을 다시 살리려는 작고도 큰 불꽃이었다.

1971년 1월 9일의 노사협의회 구성은 노조활동의 일대 전기가 되었다. 한국전쟁을 거치면서 청계천이 남한 의류업의 중심이 된 이래 노동자가 사용주와 대등한 위치에서 대화를 할 수 있는 협의회가 구성된 것은 처음이었다. 실로 역사적인 일이었다.

노사교섭이 이뤄진 것은 집단분신까지 시도한 결과이지만, 연합노조 본조의 법규부장으로 근무하던 최일호가 담당자로 파견 내려와 도와준 덕도 컸다. 최일호는 노조 간부들에게 노동조합 운영에 대한 구체적인 방법을 가르쳐주는 한편, 노사협의회 구성 방법과 회의 요령에 대해서도 상세히 알려주었다. 또한 사업주들에게도 노사협의회에 대해 가르쳐주고 대표를 뽑아 나오도록 했다. 노사협의회를 통해 사업주들은 비로소 노동조합을 인정하고 협상에 나오지 않을 수 없었다.

교섭이 시작되었다고 당장 결과가 나오는 것은 아니었다. 교섭은 4월까지 지루하게 계속되었고 노조 운영의 어려움은 크게 나아지지 않았다. 교섭에서 큰소리를 치기 위해서라도 한 명이라도 더 많은 조합원을 확보해야 했으나 조합원 모으기의 어려움은 여전했다. 간부들은 하루 두 끼니도 제대로 먹지를 못한 채 온종일 허기진 몸으로 사업장을 누비고 다녔다.

얼마나 돌아다니는지 매일이다시피 양말에 구멍이 나서 창동집에서는 밤마다 이소선 어머니와 전순옥이 양말을 거두어 빨아 연탄불에 말린 다음 꿰매주어야 했다. 전순옥은 낮에 시장 바닥을 뒤져 우거지를 주워 연탄불에 푹 삶아놓는 것이 일과였다. 남들이 뜯어 버린 배추 우거지에 콩비지나 보리쌀을 넣고 죽을 끓이면 모두들 정신없이 먹어댔다. 거기에 콩나물이나 무를 넣고 죽을 끓이면 한층 시원한 맛이 나서 인기 최고였다.

이소선 어머니는 경비들의 방해로 떡 장사를 못 하게 된 뒤로 시장 노점에서 헌옷 장사를 했다. 헌옷은 군복, 작업복, 고물 등 여러 경로를 통해 나오는데 그 중에서도 죽은 사람의 옷이 돈이 되었다. 보통 사람들은 죽은 사람에게서 벗겨낸 옷이라며 무섭다고 취급하지 않았으나 이소선 어머니는 가릴 처지가 아니었다. 병원 영안실을 다니며 죽은 사람의 옷을 모아 밤새도록 깨끗이 빨고 고치면 아무 손색이 없는 깔끔한 옷이 되었다. 게다가 영안실에서 나온 옷은 작업복으로 팔고 사는 다른 헌옷들과 달리 서민은 입어보기 힘든 좋은 제품들이었다. 때문에 헌옷을 사려는 이들 중에는 그것이 죽은 이에게서 벗겨낸 옷이라는 것을 알면서도 상관하지 않고 사가는 이도 있었다.

영안실에서 나온 헌옷은 조합 간부들이 등에 지고 머리에 이어 창동집에 나르곤 했는데 어머니는 그 중에서도 깨끗하고 몸에 맞는 양복을 골라 간부들에게 입혀주었다. 노조가 깡패집단이라는 사업주들의 악선전을 막기 위함이었다. 이 무렵 노조 간부들은 질 좋고 반듯한 양복에 깨끗한 와이셔츠를 입고 다녔지만 영안실에서 나온 헌옷이었을 뿐, 돈 주고 산 것이 아니었다.

이렇게 느리고 힘든 과정에 맨 먼저 좌절한 이는 다름 아닌 김성길 지부장이었다. 그는 나름대로 서울 지역 최대의 노조를 만들겠다는 야심을 갖고 노총 간부직까지 사퇴하고 왔으나 막상 적극적인 조합 지지자들이 수십 명도 되지 않음을 알고 나서 무척 실망해 있었다. 한때 스무 명이나 바글대던 전태일의 친구들도 대부분 떠나버린 마당이었다.

김성길의 희망은 청계노조의 명성을 이용해 복지센터를 유치하는 것이었다. 작업장의 먼지뿐 아니라 영양부족으로 인한 질병인 결핵도 흔했는데 노조 결성 직후 평화·동화·통일시장 세 곳의 취업자에 대한 노동청의 진단 결과 166명의 결핵환자가 발견되었다. 그는 이를 토대로 노동청 등 정부기관에 노동자를 위한 의약품 지원을 요청하는 한편, 의료복지센터 건립을 추진했다. 정부로부터 5,000만 원을 지원받아 건물까지 짓겠다는 야심이었다.

하지만 전태일 분신 직후 집중되었던 언론의 관심도 사라져버렸고 열성 조합원이라야 한줌도 안 되는 상황에서 막대한 자금을 달라는 요구가 받아들여질 리 없었다. 조바심이 난 김성길은 간부들이 모두 노동청을 점거해 노동청장을 인질로 삼자고 제의했다.

이소선 어머니와 간부들은 이 과격한 제안을 호의로 받아들일 수 없었다. 삼동회 출신들이 몽땅 구속되어버리면 노조는 와해될 게 분명했다. 조합원을 조직하는 일에 온 힘을 기울여야 할 시기에, 급하지도 않은 복지회관 문제로 집행부를 날려버리려는 계획에 정부의 공작이 있는 게 아닐까 하는 의심까지 하게 되었다. 심지어는 지난번 농성 때 김성길이 박수를 치자 경찰이 난입했다고 해서 경찰과 내통한 게 아니냐는 무고한 의혹까지 제기되었다. 김성길과의 갈등은 심해졌고 그는 결국 새해 2월 25일 자진해서 사표를 낸 후 미국으로 이민을 가버렸다. 지부장이 된 지 3개월밖에 안 된 시기였다.

지부장 공백에 따라 임현재가 직무대리를 맡아 한 달 남짓 운영하다가 4월 6일에 임시 대의원대회를 소집했다. 이날 대의원들은 김성길뿐 아니라 임원 전체의 사퇴를 받아들여 그 중에서 황종옥과 양태정 등 노조꾼들의 이름을 지웠다. 노동자 출신 중에서도 신기호와 김명례는 이미 현장으로 돌아가 대의원으로만 활동하고 있었다.

이날 대의원대회는 지부장에 한국노총 출신 구건회, 상근직 부지부장에 임현재, 부지부장에 최종인, 양승조, 신진철을 선출했다. 사무장으로는 역시 한국노총 출신인 김윤근을, 회계감사로는 김영문, 김태원, 신정은을 선출했다. 운영위원으로는 박정근, 장종배, 이승철, 유정숙, 황재원, 전재훈, 장병화, 하인수, 정상민을 선출했다.

며칠 후 열린 운영위원회는 부위원장 중에서 신진철을 총무부장으로, 최종인은 조사통계부장, 양승조는 교육선전부장, 임현재는 법규부장으로 상근하도록 했다. 이소선 어머니는 고문으로 추대되었다. 다음 달까지도 공석이던 부녀부장으로는 가톨릭노동청년회(지오쎄)에서 일하던 정인숙을 초빙해 임명했다.

새로운 지부장으로 선출된 구건회는 한국노총 소속의 서울운수노조 지부장 출신이었다. 김성길이 떠나면서 소개해준 사람이었는데, 애초에 이소선 어머니와 이승철은 모르는 인물이 지부장을 맡는 것을 반대했다. 두 사람은 최종인을 지부장으로 생각했다. 그러나 당사자인 최종인은 나이도 어리고 능력도 없다며 한사코 거부를 했다. 이승철은 이 문제로 최종인과 다투기까지 했으나 고집을 꺾을 수 없었다. 이때 이승철에게 총무부장직을 인수하고 현장으로 돌아가 대의원으로서 조합 일에 관여하고 있던 신기호가 나이 어린 최종인보다는 경륜 있는 구건회가 낫겠다고 추천하여 따르기로 했다. 함께 소개를 받아 들어온 김윤근도 사무장으로 영입되었다. 얼마 후에는 운수노조에서 일하던 정경희도 청계노조에 들어와 일하게 되었다.

구건회 지부장 임기가 시작된 지 며칠 지나지 않아 노동계는 또 한 번 아픔을 겪었다. 영등포에 있는 600명 규모의 편직물공장인 한영섬유에서 3개월 전에 노조가 만들어졌는데 회사 측은 주동자를 해고시키고 이에 항의하던 노동자 김진수의 머리를 드라이버로 찍어 죽이는 사건이 일어난 것이었다.

장기표를 통해 소식을 들은 이소선 어머니는 최종인과 이승철을 데리고 병원으로 달려갔다. 김진수는 아직 숨이 끊어지지 않은 채 식물인간이 되어 있음에도 치료도 못 받고 방치되어 있었다. 김진수의 모친과 친구들은 무얼 어떻게 해야 할지 망연자실 넋이 빠져 있었다. 이소선 어머니는 김진수의 모친에게 싸워야 한다고 가르쳐주고 의사들에게는 당장 치료를 하라고 호통을 쳐서 치료를 시작하게 했다.

그러고는 상급 노조로 쫓아갔다. 먼저 섬유노조에 찾아가 이 문제를 해결해라고 요구하니 개인적이고 우발적인 사건이라며 회피하였다. 한국노총에 가서 따지니 도리어 큰소리를 쳤다.

"자기들끼리 싸우다가 발생한 일까지 회사가 책임을 지고 보상해줘야 하다니, 기업이 무슨 자선사업하는 곳이오? 우리는 그런 일은 맡을 수 없어요. 가족보고 알아서 하라고 해요."

최종인과 이승철, 임현재는 한국노총을 가만히 두어서는 안 되겠다고 생각했다. 마침 지난번 농성으로 함께 고생했던 이영희가 대학원을 졸업한 뒤 3월부터 한국노총 조사부 차장으로 들어가 근무하고 있었다. 이영희와 상의한 두 사람은 한영섬유 노동자들에게 노총 위원장 사무실에서 농성을 하라고 가르쳐주고 '김진수를 살려내라'고 쓴 티셔츠 같은 준비물을 만들어주는 한편, 노총 사무실 내부의 약도까지 상세히 그려주었다. 당시 노총은 시내 한가운데 미도파백화점에서 조선호텔로 이어지는 뒷골목에 있었다.

막상 노총에 들어간 한영섬유 노동자들은 위원장 사무실을 찾지 못하고 복도에서 시끌벅적하게 소란을 피웠다. 난데없이 사람들이 들이닥치자 노총 직원들이 몰려나왔다.

"당신들 여기 어떻게 왔어?"

"위원장 최용수 만나러 왔다. 위원장은 앞장서서 김진수를 살려내라!"

김진수의 친구들은 흥분해서 마구 소리쳤다.

"이 자식들 어디서 함부로 말하는 거야?"

노총 직원들은 완력을 쓰며 이들을 몰아내려 했다. 몸싸움이 벌어지자 흥분한 노동자들은 노총 사무실을 다 부수기 시작했다. 노총 사무실은 3면이 유리였는데 이를 모조리 깨버리고 서류는 물에 넣어 짓이겨버리고 사무실 집기까지 모조리 박살내버렸다. 한국노총이 많은 노동자의 원망을 받고는 있었으나 이토록 직접 노동자의 손으로 부서져버리는 일은 처음이었다.

경찰에 연행된 한영섬유 노동자들은 청계피복 간부들이 시키는 대로 노총에 갔다고 진술했다. 노총에서는 자기들이 청계노조가 만들어지도록 얼마나 도와주었는데 이럴 수가 있느냐고 발칵 뒤집혔다. 노총 위원장은 청계노조를 고발하겠다고까지 공언했다. 차마 그러지는 못하고 유야무야 되었으나 청계노조로서는 한국노총의 어용성을 실감하게 된 계기가 되었다. 또한 청계노조가 한국전쟁 이후 최초의 민주노조로서 연대투쟁을 선도한 사건이었다.

이소선 어머니는 김진수의 모친에게 테러를 지시한 공장장 유해풍을 상대로 싸우라고 가르쳤다. 그러나 여호와의 증인인 김진수의 어머니는 누구하고도 싸울 줄을 몰랐다. 도저히 안 되겠다 싶어 이소선 어머니와 최종인 등 청계노조 간부들이 직접 공장장 집에 가서 항의를 하다가 경찰에 연행되어 구류까지 살기를 몇 번, 줄기찬 싸움 끝에 죽은 지 3개월이 지난 6월 하순에야 위자료와 장례비를 받아낼 수 있었다. 김진수는 마석 모란공원 전태일 근처에 묻혔다.

집행부 중 김진수 사건에 앞장선 간부는 최종인과 이승철, 임현재 등 삼동회 출신들이었다. 한국노총 출신인 구건회와 김윤근은 노총의 보수성과 관료주의가 몸에 배어 있어 조합이 외부 일에 간섭하여 한국노총과 대립하는 것을 오히려 경계했다. 뿐만 아니라 이소선 어머니가 함석헌과 장기표 등 진보인사들과 교류하는 것도 몹시 못마땅하게 생각하고 있었다.

한국노총 출신들은 조합원을 모아 함께 싸우는 일에는 관심이 없고 임금을 체불하거나 약속을 어긴 업주들을 개인적으로 불러 앉혀놓고 공갈과 협박을 가해 문제를 해결하는 데 능했다. 실제로 업주들을 사무실에 불러 놓고 기물을 집어던지거나 주먹으로 때려 항복을 받아내는 일이 생기기 시작했다. 물론 폭력이 나오게 되는 근본적인 이유는 대화가 통하지 않기 때문이었다.

"나이 어린 것 데려다 기술 가르쳐줬는데 무슨 임금이오? 오히려 돈 내고 기술 배워야 하는 거 아닙니까?"

사장들의 일반적인 생각이었다. 미리 소문을 듣고 찾아온 업주들은 순순히 노동자의 요구를 들어주었지만 어떤 업주는 맘대로 하라며 덤벼들었고 그러면 참지 못하고 주먹이 날아가고 의자가 엎어지고 했다. 명색이 사장이라지만 적게는 서너 명에서 많아야 수십 명 노동자를 데리고 일하는 영세업주인 이들은 눈앞의 폭력에 꼼짝없이 당하기 마련이었다.

삼동회 출신 중에도 이런 방식에 익숙해진 이가 있었다. 신진철이 가장 통제를 못 하는 편이었다. 단순하고 과격한 그는 화가 나면 자제를 하지 못했다. 한번은 체불임금을 주지 않는 사장을 불러다 다그치다가 발뺌을 하니까 유리로 된 재떨이를 던져버렸다. 사람을 맞추려던 것은 아니었는데 공교롭게도 재떨이가 벽에 맞아 깨지면서 사장의 머리에 떨어져 상처를 입혔고, 신진철은 그 길로 달아나버렸다. 경찰서 조사과정에서 다친 사장이 병역기피자인 것이 드러나고 상처도 심하지 않아 흐지부지되고 말았으나 위험천만한 사건이었다. 여성 노동자를 성희롱하고 임금도 주지 않은 공장장을 불러다가 야단치는 과정에서 싸움이 벌어져 공장장의 이를 부러뜨린 일도 있었다.

베트남에 파병되기도 했던 해병대 대위 출신 사장과 치고받는 싸움이 붙었을 때는 도저히 당할 수가 없어 남녀 할 것 없이 노조 간부 일곱 명이 한꺼번에 덮쳐 늘씬하게 패버리기도 했다. 이런 일이 있을 때마다 고소를 한다고 난리가 났고 실제로 여러 차례 고소가 되어 경찰의 조사를 받아야 했다.

노동법은 배웠지만 일반법을 잘 모르는 간부들이 이미 법원에 차압되어 공중이 되어 있는 기계들을 사장으로부터 포기각서를 받고 팔아서 체불임금을 청산해주었다가 호되게 당한 일도 있었다. 검찰에 불려간 양승조, 이승철, 임현재, 최종인 네 사람은 검사보들에게 수치스럽도록 무자비하게 구타를 당했다.

"아무리 그 돈을 근로자 임금으로 나눠줬다 하더라도 법원에서 차압한 물건을 파는 것은 불법이야. 안 되는 거야. 그러면 끝이야!"

검사는 온몸이 멍투성이가 되어 분노와 수치심으로 일그러진 이들에게 한바탕 훈계를 하고는 벌금 2만 원씩을 물렸다. 1953년 생으로 호적에 어리게 기록된 이승철만 미성년자라 해서 벌금도 봐주었다. 정상을 참작해 봐준 것이지만 몇 달치 월급이니 적은 돈이 아니었다. 이렇게 매일 사장들과 싸우고 각서를 받고 노동청에 쫓아가는 일은 눈에 보이는 보람도 없이 힘만 드는 일이었다. 더구나 옳은 일을 하고서도 매를 맞을 때는 너무 비참한 기분이었다.

일부 부작용에도 불구하고, 노조는 꾸준한 상담을 진행해 노동자들의 신뢰를 얻어갔다. 노조가 사장들에게 위협적인 단체로 부각되자 오히려 노동자들 사이에서는 '노조에 가면 밀린 임금을 받을 수 있다' '노조가 필요하다'는 이야기가 돌기 시작했다. 체불 문제가 생기면 절반은 노동청으로, 절반은 노동조합으로 진정서를 내러 가는 현상이 벌어졌다. 소문은 서울 전역의 봉제업체에 퍼져 서울 각지에서도 임금을 받아달라고 찾아왔다. 거의 매일 열 건 이상의 진정서가 들어와 이를 처리하는 일만도 힘에 부칠 지경이 되었다. 조합 가입원서는 빠르게 늘어났다.

반면, 업주 사이에서는 노조가 깡패집단이라는 말이 더욱 합리화되었다. 처음에 스무 명의 청년들이 모여 있던 데서 시작된 깡패노조라는 말은 해가 지나면서 전라도 깡패들이라는 말로 비화되었다. 전태일은 경상도 대구 출신인 반면 삼동회의 주력은 대부분 전라도 출신인 게 사실이었다. 하지만 1970년 이전에는 지역차별이라는 단어 자체를 듣기 힘들었다. 전라도냐 경상도냐를 따지게 된 것은 청계노조가 결성된 지 몇 달 지나지 않은 1971년 4월 27에 실시된 대통령 선거 이후였다. 이 선거에서 전라도 출신인 김대중이 당선될 가망이 높아지자 경상도 사람들에게 경상도 출신 박정희를 밀어야 한다는 지역감정이 조장되고 전라도 출신에 대한 비하가 시작되었다. 김대중이 70만 표라는 근소한 차이로 지고 난 후에는 더욱 심하게 지역감정이 조장되어 이 나라의 고질적인 문제로 정착되어갔다. 여기에 마침 노동조합 상근자의 다수가 전라도 출신이다 보니 그런 비난을 듣게 된 것이다.

상근 간부들은 깡패노조라는 말을 불식시키기 위해 나름대로 애썼다. 어머니가 영안실에서 가져온 옷을 깨끗이 빨아 공무원처럼 단정한 양복에 하얀 와이셔츠 깃을 내놓고 머리칼을 짧게 다듬었으며 말투도 부드럽게 고쳤다. 의식적으로 노력을 기울이다 보니 말주변도 늘어 어떤 자리에서나 부끄럼 타지 않고 술술 말하는 달변가로 발전해갔다.

조합원이 하루가 다르게 늘어나고, 삼동회 회원들이 지도자로서의 능력을 갖춰나가는 반면, 구건회 지부장과 김윤근 사무장은 집행부 내부의 갈등의 핵으로 등장하고 있었다. 가장 중요한 두 직책을 한국노총 출신에게 맡긴 대가였다.

김진수의 죽음에 개입하여 한국노총과 마찰을 일으킨 이래 이소선 어머니를 경계하던 구건회는 노골적으로 그녀를 노조에서 밀어내려 들었다. 어느 날 구건회는 헌옷 장사를 하는 이소선 어머니에게 '앞으로는 옷 보따리를 들고 사무실에 들어오지 말라'고 했다. 매일 거리를 돌아다니며 헌옷을 팔아 라면이라도 대려 애쓰던 그녀에게 옷 보따리를 가지고 오지 말라는 것은 노조에 오지 말라는 뜻이었다.

충격을 받은 이소선 어머니는 중앙시장 길바닥에 옷을 펴놓은 채 장사할 생각도 못 하고 온종일 넋이 빠져 있었다. 노조 사무실에 오지 말라는 것은 아들을 다시 한 번 죽이는 말과도 같았다. 생각하다 못한 그녀는 옷 보따리를 노조 사무실 옆 화장실에 감춰두고 사무실에 들어갔으나 이마저 구건회에게 드러나는 바람에 모욕을 당하기도 했다.

이런 사정 속에서도 쉽사리 한국노총 출신들을 내쫓지 못한 데에는 합법적인 절차에 의해 선출되었다는 점과, 그들이 가진 실무능력을 배울 필요가 있었다는 점 때문이었다. 노조체제를 갖추는 데는 초기 지부장 김성길의 도움이 컸고 구건회와 김윤근 외에도 이선두, 최일호, 정경희 등 한국노총 출신들로부터 노조의 일상활동과 임금협상 절차 등의 실무를 배운 게 사실이었다.

최일호 같은 사람은 실제로 많은 도움이 되었다. 집단분신을 기도했던 사건을 계기로 연합노조에서 파견되어 상근직 지도위원으로 들어온 그는 노동조합 실무 전문가로서 능력을 인정받는 사람이었다. 지긋한 나이에 꼼꼼한 성격으로 과도한 법률규제를 받고 있던 노동조합의 일상활동에 상당한 도움을 주었다. 조사·통계와 법률적인 문제들, 노사협상, 교육사업 등 모든 문제에서 자신의 경험을 쏟아부었다. 같은 한국노총 출신인 이선두 같은 사람은 상부 단체인 연합노조 위원장에 출마할 욕심으로 무리하게 의무금을 지출하기도 했으나 최일호는 개인의 정치적인 야심이나 금전욕이 없던 사람이었다. 조합 운영에 대해 전혀 모른 채 시작했던 삼동회 출신들이 그로부터 많은 것을 배운 것은 부인할 수 없는 사실이었다.

노총 출신들이 뭐라고 한다 해서 기죽어 살 이소선 어머니도 아니었다. 구건회의 구박에도 불구하고 계속 노조 사무실에 나가는 한편으로 후생식당의 문제점 개선에 나섰다.

노조에서는 서울시에 건의해 1971년 2월부터 동화상가 4층에 후생식당을 운영하고 있었다. 열두 명이 몸에 기름을 붓고 농성한 결과이기도 했다. 서울시의 보조금으로 운영하는 후생식당은 국수 한 그릇에 5원을 받다가 이듬해 여름부터 10원으로 인상했는데 하루 300그릇에서 500그릇까지 수량을 정해 도시락을 싸 오지 못하는 노동자들에게 팔았다.

그런데 아무래도 이상했다. 하루에 정해진 숫자가 있음에도 국수가 금방 떨어져 뒷줄에 선 사람들은 못 먹기 일쑤였다. 이 문제를 조사하기 위해 박명옥이 나섰다. 그녀는 몰래 줄에 끼어들어 배식인원을 일일이 세어보았다. 예상대로 겨우 200명이 넘자 배식이 끝나버리는 것이었다. 나머지 분량은 애초에 빼돌리고 안 만든 것인지 그냥 버리는지 알 수 없었다.

"왜 300명분을 다 배식하지 않는 거예요?"

주방에 들어가 따졌다. 그러자 식당직원이 대뜸 멱살을 잡고 끌어내는 것이었다.

"공장에서 일하는 주제에 건방지게 어디 와서 간섭이야?"

분을 참지 못한 박명옥은 이소선 어머니와 함께 한 떼의 조합원을 몰고 가서 탁자를 다 뒤집어 엎어버렸다. 그리고 서울시청까지 쫓아가서 시장을 직접 만나 따졌다. 시장은 내일부터 제대로 하겠다며 무마하려 들었다. 조합원들은 관리인들을 전부 바꾸라고 요구했다. 시장은 식당직원들이 원호대상자 가족이라 해고시킬 수 없다고 했으나 만 하루를 쫓아다니며 싸운 끝에 담당직원들을 바꿀 수 있었다.

이 일을 계기로 이소선 어머니는 후생식당에 들어가 일을 시작했다. 그녀는 직원들이 싫어하거나 말거나 급료도 받지 않고 설거지를 해주면서 남는 국수 없이 모두 나눠지게 하는 데 힘썼다.

1971년 4월 15일, 첫 단체협약이 이루어졌다. 평화·동화·통일 등 세 개 대형 상가에 동신상가 상인번영회까지 포함된 역사적 체결이었다. 사용주 대표들이 요구마다 거부해 험악한 싸움의 일보 직전까지 가기를 여러 번 끝에 이뤄낸 힘겨운 타결이었다.

난생 처음 해보는 단체협약이었다. 집행부는 한 달 동안 실태조사를 한 뒤 통계를 내어 요구사항을 정리하느라 며칠 동안 여관에서 밤을 꼬박 새웠다. 그 결과 미흡한 수준이기는 하지만 근로기준법에 기준한 여러 근로조건들이 결정되고 노조 상근자의 임금을 소속회사에서 지급하고 조합비도 회사에서 일괄공제해주도록 되었다. 조합 전임자에 대한 임금 지급 이외의 근로조건은 크게 달라질 게 없었으나 사상 최초의 단체협약이라는 자체가 의미가 있었다.

단체협약이 체결되고 전임자 임금도 지급받게 되면서 조합 활동은 단연 활기를 찾게 되었다. 조합에서는 노조 가입을 권유하는 유인물 「여러분은 왜 노동조합에 가입하여야 하는가?」를 대량으로 찍어 배포했다. 임현재와 최종인은 동화시장, 양승조와 신진철은 평화시장, 이승철과 세 명이 통일상가를 맡아 돌리고 다녔다.

단체협약이 체결되었다고 해서 사용주들이 이를 모두 수용한 것은 아니었다. 2,000명이 넘는 사용주들의 성향은 제각기 달랐다. 노조에서 사용주 단체에 공식적으로 유인물 배포를 알리는 공문을 보냈음에도 이에 대한 거부반응이 만만치 않았다. 어린 시다들이 받아온 유인물을 뺏거나 노조를 비난하고 협박하기 일쑤였다. 4월 20일 아침 일찍 동화상가에서 유인물을 나눠주던 간부들을 경비원들이 제지하는 바람에 승강이가 벌어지고,

노조 간부가 경비실에 끌려가 욕설과 구타를 당하는 일도 벌어졌다.

이 무렵 조합 사무실에서 전태일의 사진을 떼어내고 박정희의 사진을 거는 사건도 일어났다. 누구의 지시를 받았는지, 어느 날 갑자기 동화상가 사장인 유인규가 나서서 전태일의 사진을 떼라고 요구해 왔다. 그러지 않으면 조합비 일괄공제와 상근 간부 전임료 지급을 중단하겠다는 압력이었다. 전태일이 분신한 후 평양에서 전태일의 사진을 걸어놓고 군중대회를 했으니 빨갱이들에 동조할 수 없다는 것이었다. 이에 구건회는 즉시 사진을 떼겠다고 나섰다. 최종인이 열을 받았다. 지부장인 구건회에게 대놓고 욕을 하지는 못하고 동화시장 사장 유인규를 빗대 욕했다.

"유인규, 이놈의 새끼, 내가 칼 갖고 쑤셔버린다!"

최종인은 흥분해서 칼을 들고 나서다가 간부들이 뜯어말리자 분을 참지 못하고 자신의 동맥을 끊어버렸다. 사무실이 피로 얼룩지고 난장판인 가운데 기어코 전태일의 사진은 떨어지고 박정희 사진이 붙었다. 그러자 이소선 어머니가 나섰다.

"왜 태일이 사진을 떼고 박정희 사진을 붙이는 거야?"

어머니는 직접 뛰어올라 사진을 떼어 바닥에 팽개쳐 박살내버렸다. 절대권력자의 사진을 공개적으로 훼손한, 당시로서는 상상할 수 없는 사건이었다. 감옥행을 두려워 않는 이소선 어머니의 기세와 최종인의 분노에 노총 출신들도 더 나서지를 못했다. 노조 벽은 한동안 전태일의 사진도, 박정희 사진도 걸리지 못한 채 비워져 있었다.

이소선 어머니는 이날 이후 전태일의 사진에 종이를 붙여 구겨지지 않게 한 후 목에 걸어 옷 속에 감추고 다녔다. 장사를 하다가도 가슴이 메어지면 사진을 꺼내 어루만지며 '꼭 너의 뜻을 이루겠노라'고 다짐했다. 지부장은 엉터리지만 아들의 친구들이 노조에 남아 열심히 일하고 있는 것,

모두들 저녁이면 창동집에 몰려와 '어머니, 어머니' 부르며 하루 동안 있던 일들을 낱낱이 털어놓는 것이 그녀의 빈 가슴을 채워주었다.

일련의 사건을 거치면서 구건회와 김윤근에 대한 불신이 최고조에 이르다 마침대 분노가 폭발한 것은 8월이었다. 어느 날 이승철이 땀 흘려 돌아다니며 조합원 가입원서를 받아 사무실에 들어서니 여성 조합원 하나가 지부장에게 "이 아저씨가!" 하고 얼굴을 붉히고 화를 내며 나가버리는 것이었다. 직감적으로 '뭔가 나쁜 일이 있었구나' 노려보니 구건회는 실실 웃으며 슬그머니 책상 위에 있던 종이를 구겨 쓰레기통에 버렸다.

구건회가 나간 후 이승철이 종이를 펼쳐보니 남자 성기가 그려져 있었다. 열이 확 치받혀 올랐다. 화를 내며 나간 조합원을 찾아가 물어보니 지부장이 성기 그림을 보여주며 그거 만져봤냐고 물어보더라는 것이었다. 사무장 김윤근이 여성 조합원들에게 극장 구경을 가자고 꼬이다가 거절당한 일도 알고 있던 이승철은 모두 모였을 때 문제를 제기하기 위해 낙서 종이를 창동집에 잘 보관해두었다.

1971년 8월 20일, 간부들이 모두 모인 자리에서 이승철이 지부장에게 이야기 좀 하자고 서두를 꺼냈다. 여성 조합원들을 희롱하지 않느냐고 물으니 구건회는 펄쩍 뛰었다. 이승철이 증거를 가지고 있다고 해도 아니라고 했다. 이승철이 부녀부장 정인숙에게 창동집에 가서 어디어디에 숨겨놓은 종이를 가져오라 하니 금방 가져왔다. 그제야 그림을 본 임현재, 최종인, 신진철 모두 자리에서 일어나 펄펄 뛰었다.

"이 새끼들, 이 자리가 어딘 줄 알고 이런 짓을 해? 어떻게 만든 노조인데 너희 같은 놈들이 더럽혀?"

"뭐 이런 새끼들이 다 있어? 죽여버려야 해!"

성희롱이란 단어조차 없던, 남성 위주의 폭력적인 문화가 일상화되어 있던 시대였다. 구건회나 김윤근의 행동은 다른 노조에서는 전혀 문제가 되지 않을 수도 있었다. 그러나 청계노조에서 그런 일은 있을 수 없었다. 자신의 차비를 털어 어린 여성 노동자들에게 풀빵을 사주고 먼 밤길을 홀로 걸어가던 전태일의 정신으로는 상상도 할 수 없는 짓이었다.

"당장 사표 쓰고 나가, 이 새끼들아!"

간부들이 무섭게 몰아치자 겁을 먹은 두 사람은 그 자리에서 사과문을 쓰고 모든 직책을 사퇴한 뒤 황망히 사라져버렸다.

한국노총 출신이라 해서 전부 타락했던 것은 아니고 오히려 큰 도움을 준 사람들도 여럿 있었다. 그러나 김성길에 이어 세 명째 사표를 쓰는 과정에서 이제는 노총 출신이 아니라 삼동회 출신이 지부장을 해야 한다는 의식이 높아졌다. 최종인도 더 이상 자기에게 맡겨진 책무를 회피할 수 없게 되었다.

1971년 9월 12일 대의원대회는 제3대 지부장에 스물네 살의 청년 최종인을 선출했다. 사무장에는 이승철을 보선해 조사통계부장을 겸임하게 했고 공석 중인 부위원장에는 계효경과 김재일, 조직부장에 신정은이 보선했다. 운영위원으로 이상길, 유왕준, 은태열, 김진태, 전명순, 임길선, 전인영을 추가 선출했다. 상임지도위원으로 박정근, 고문으로 이용주도 추가로 추대했다.

현장 출신 중에 처음으로 지부장을 맡게 된 최종인은 전남 영암 출신으로 열일곱 살이 되던 1967년 평화시장에 올라와 재단을 배웠다. 달리 갈 곳이 없던 그는 먼 친척인 이승철의 친형네 집에서 하숙을 하게 되었는데 그나마 남의 집 방 두 칸을 빌린 곳이었다. 여기에 이승철과 그 친형 부부, 또 외숙과 이종사촌형에다가 먼 친척인 양승조까지 10여 명이 바글거리며 살았다. 이승철의 형은 공장에 다녔고 형수는 집에서 봉투 붙이는 일을 하면서도 불평 없이 이들을 받아주었다.

모두들 어려운 시절이었다. 단칸방에 다 큰 남자 여섯, 일곱 명이 끼어 살아도 등을 대고 누울 방이 있다는 것만도 고마웠다. 여름이면 마당에 나와서 잤고 각자 돈을 버는 대로 알아서 조금씩 밥값을 냈다.

평화시장에 재단보조로 취직한 최종인은 1969년부터 신기호 밑에서 일하면서 전태일을 알게 되었다. 중년의 마음씨 좋은 재단사 신기호는 한때 자기 밑에서 기술을 배웠던 전태일이 노동운동을 하려는 뜻을 잘 이해하는 편이었다. 최종인을 좋게 본 그는 서로 친구를 하라며 전태일을 소개해주었다.

최종인이 느끼기에 전태일은 '굉장히' 착한 사람이었다. 남에게 조금도 나쁜 인상을 주지 않는 착한 사람이었다. 술 취해 실수를 하거나 자기 감정을 드러내 보이는 일도 없었다. 재주는 많아서 다른 친구들은 할 줄도 모르던 탁구와 당구를 잘 쳤다. 최종인은 전태일을 따라 처음으로 당구장과 탁구장에 가보았다. 놀기를 좋아하고 어디 가나 사람을 즐겁게 하면서도 늘 이해하기 어려운 이야기를 하는 전태일은 가까우면서도 먼, 따뜻하면서도 차가운 느낌을 주는 친구였다. 최종인은 이 매력적인 친구에게 푹 빠져버렸다. 휴일이면 여러 친구들과 함께 뚝섬유원지에도 놀러가고 탁구도 치면서 거의 매일 만나다시피 했다.

전태일은 항상 지도자 역할을 했다. 거만하거나 독재를 해서가 아니라, 그만이 가진 어떤 힘 때문이었다. 체격은 친구들 중에 가장 작고 힘도 없었으나 검은 눈망울을 반짝이며 노동자의 현실과 미래에 대해 이야기하면 모두들 홀린 듯 푹 빠져들었다. 삼동회 회의에서 전태일이 먼저 이야기를 주도하면 이승철, 임현재처럼 강한 성격의 친구들은 적극적인 토론자로 나섰다. 모가 나지 않아 언제 어디서건 중재자 역할을 잘하는 최종인은 열떤 토론이 시작되면 뒷전에 물러나 말없이 지켜보다가 가끔 한마디씩 던져 분위기를 잡는 편이었다.

삼동회 친구들도 하나같이 마음에 맞았다. 신기호가 임현재의 직장이던 태진사로 옮겨 가면서 재단사 일을 물려받은 최종인은 삼동회 회원들과 실태조사를 하러 다니다가 직장까지 잃었지만, 그래도 좋았다. 좋은 친구들과 함께 좋은 일을 한다는 생각이 그를 기쁘게 했다. 신문을 사기 위해 값비싼 탱크시계를 서슴없이 풀어 내놓은 데는 그런 만족이 숨겨져 있었다.

최종인을 포함한 삼동회 출신들이 단순히 전태일의 친구였기 때문에 노조에 남은 것은 결코 아니었다. 바보회는 물론 삼동회 회원들 대부분은 전태일 분신 전후로 떠나버렸다. 남은 사람들은 타고난 정의감으로 똘똘 뭉친 청년들이라 보아도 좋았다.

최종인 지부장 아래 삼동회 출신의 전면 등장은 노조의 물결을 바꿔놓았다. 새 집행부에 대해 경찰과 중앙정보부의 사찰과 회유가 맹렬해지는 한편으로, 사업장에 활동을 나가면 업주들이 잘 봐달라고 돈을 찔러주며 회유하는 일이 벌어지기도 했다. 물론 기관원의 회유에 넘어가거나 돈을 받는 일은 있을 수 없었다. 엄혹한 군사독재라는 시대적 한계와 개인적인 두려움 때문에 뜻을 다 펼치지 못한 적은 있어도, 노동자를 배신하거나 외면하는 일은 진정코 없었다. 전태일의 죽음 위에 탄생한 노조였기에, 여기 속한 사람들은 무슨 일이 있어도 노동자를 배신할 수는 없는 이들이었다.

이때 새로운 활력소로 등장한 이가 정인숙이었다. 정인숙은 가톨릭 신학교를 다닌 아버지의 영향으로 어려서부터 성당에 다니던 독실한 신도였다. 1961년, 가난 때문에 중학교를 졸업하고 돈을 벌기 위해 서울에 올라온 그녀는 작은아버지의 제과점에서 일하던 중 돈암동성당의 '가톨릭노동청년회' 모집공고를 보고 스스로 가입하게 되었다.

돈암동에는 삼호방직이라는 큰 회사가 있었는데 회원들은 대부분 그곳에 다니는 봉제 노동자들이었다. 정인숙은 열두 명의 여성 노동자로 구성된 초보반에 들어가 일주일에 한 번씩 공부를 하면서 노동운동을 배워 나갔다. 초보적인 노동자를 조직하는 일에 가톨릭청년회의 방식은 매우 효과가 있었다. 그녀는 현장에서 소모임을 만들어내는 과정을 통해 노동운동에 대한 자신감과 신념을 가질 수 있었다.

청계노조에 관심을 갖게 된 것은 우연히 연동교회에서 이소선 어머니의 감동적인 연설을 듣고 나서였다. 전태일에 대해 알고 있던 그녀는 이소선 어머니와 함께 청계노조에서 일하고 싶다는 생각을 가지게 되었다. 그런데 마침 가톨릭노동청년회 전국회장인 윤순녀가 청계노조에서 부녀부장을 모집하니 해보라고 권유했다. 청계천 노동자의 절대 다수가 여성임에도 노조에는 전태일의 남자 친구들만 상근하는 데다 한국노총 출신들까지 버티고 있을 때라서 다소 거칠고 삭막한 분위기였던 게 사실이었다. 때문에 정인숙에 앞서 부녀부장을 맡았던 김명례 등 두 처녀는 몇 달 버티지 못하고 그만두어버렸다. 그러나 정인숙은 기다렸다는 듯이 수락하고 청계노조를 찾았다. 1971년 5월이었다.

먼저 그녀를 맞이한 것은 검은 한복 치마에 흰 저고리를 입은 이소선 어머니였다. 이소선 어머니는 앞서 두 명의 부녀부장이 나가버린 것을 알면서도 자진해서 찾아온 정인숙을 딸처럼 반갑게 맞이하며 함께 일하자고 했다.

조합에서는 매일 간부들이 두 명씩 조를 짜서 현장을 돌아다니며 조합원 가입원서 받는 일에 총력을 기울이고 있었다. 부녀부장으로 임명된 정인숙도 다른 간부들과 함께 매일같이 발이 부르트도록 노조 가입원서를 받으러 다니는 한편, 가톨릭노동청년회에서 배운 소모임 조직방식을 제안했다. 아무것도 모르는 노동자들에게 조합원이 되어 돈을 내라고 직접 다가가기보다는 거부감이 적은 소모임부터 만들자는 제안이었다. 집행부는 소모임을 통한 조직 확대에 적극 찬성했다.

정인숙은 우선 유정숙, 박명옥, 임금자, 정선희 등 제 발로 노조에 찾아와 열성적으로 활동하고 있던 이들을 단합시키는 데 착수했다. 밤 10시가 넘어야 끝나는 이들을 공장 앞에서 기다렸다가 집까지 함께 걸어가며 어떻게 조직을 할 것인가 상의했다. 찻값을 아끼기 위해 다방 같은 곳에는 가지 않았다. 정인숙은 창신동 판자촌에 방을 한 칸 얻어 자취했는데 주변에 미싱사들이 많이 살았다. 유정숙과 박명옥 등의 소개를 받아 창신동과 충신동 판자촌을 누비고 다니며 미싱사 친목회를 만들자는 이야기를 하고 다니니 반응이 좋았다. 하나같이 어려서부터 공장 생활만 해 진정한 친구도 제대로 없이 외롭게 살아온 이들이라 친목회를 만든다고 하니 무척 좋아했다. 얼마 되지 않아 열 명 넘게 확답을 받을 수 있었다.

모임을 발족하기 위한 야유회 준비에 들어갔다. 장소는 동구릉으로 정해졌다. 노조에서 따로 비용을 낼 처지가 아니었으므로 각자 도시락이나 김밥을 싸가지고 오도록 했다. 노조 부녀부장인 정인숙이 회의를 주도하면 노조 산하의 모임이라는 거부감이 생길 수 있으므로 유정숙이 이끌어가기로 했다.

동구릉 야유회는 성공적이었다. 노동운동을 위한 노래가 따로 없던 시절이었다. 열한 명의 참가자는 먼저 각자 소개를 하고 인기가수이던 전석환이 작곡한 건전가요들을 배우고 게임을 했다. 건전가요는 당시 박정희 정권이 새마을운동과 함께 국민들을 집단주의로 계몽하기 위한 정책의 하나였으나 공식적인 모임에서 부르기에 달리 좋은 노래가 없었다. 노래와 게임이 얼마나 재미있는지 모두들 배가 아프도록 웃어댔다.

분위기가 한창 고조되었을 때 유정숙이 차분한 음성으로 모임의 취지를 설명하고 회의 이름을 '아카시아'로 하자고 제안했다. 막 아카시아가 꽃을 피우는 5월이었다. 유정숙의 집으로 가는 길에는 커다란 아카시아 나무가 있어 새벽이나 밤중에 지날 때면 향기가 너무 좋아 한참 서서 킁킁거리곤 했다. 아카시아처럼 풍성하게 열린 하얀 꽃이 좋은 향을 풍기는 모임이 되자는 의미와 함께 노조에 뿌리를 둔 나무라는 뜻을 설명하니 모두들 좋아했다. 모임의 이름은 아카시아회로 정해졌고 초대 회장으로 유정숙이 뽑혔다.

나중에 경찰은 유정숙에게 아카시아라는 이름이 불순하다고 따지기도 했다. '가지마다 가시가 달려 가시에 찔리면 얼마나 아프냐, 씨앗이 무수히 달려 번식력이 강하고 뿌리도 지독하게 억세지 않느냐? 아카시아는 아주 나쁜 나무가 아니냐'고 묻는 것이었다. 유정숙은 순수한 의도로 이름을 지었을 뿐, 나쁜 의도는 전혀 없었다고 항변했다. 가시니 번식력 같은 것은 생각해보지 않고 향이 좋고 송이송이 매달려 있는 게 좋아서 정한 게 사실이었다. 그러나 번식력이 너무 강하다는 경찰의 지적은 맞았다. 아카시아회는 실제로 놀랍도록 빠르게 성장했다.

아카시아회는 매주 월요일 1시 10분에 노동조합 사무실에서 정기 모임을 갖기로 했는데 첫 모임에 회원들은 한 명도 빠짐없이 모였다. 대개 도급제로 일하는 객공 미싱사여서 어느 정도 자기가 시간을 조절할 수 있었다.

우선 정인숙은 회원들 자신에 대한 구체적인 소개를 하도록 했다. 가족 숫자와 자신의 역할에 대해 말하게 하니 대부분 식구들을 먹여 살리는 가장들이었다. 아버지는 대개 변변한 직업이 없는 이농민이고 어머니는 시장통에서 좌판을 하거나 계란 따위를 머리에 이고 다니며 파는 행상이었다. 말하다가 눈물을 흘리지 않는 이가 없었다. 정인숙은 말했다.

"들어보세요. 우리 모두 가족을 책임지는 가장이에요. 자부심을 가져야 해요. 가족을 책임지는 우리 자신들은 얼마나 훌륭한 사람들인가요? 이제부터는 정말로 이 귀한 우리 자신을 발전시켜서 앞으로 행복한 삶을 살아갈 수 있도록 해봐요."

다음번 모임에서는 '돈 쓰는 방법'이라는 주제를 가졌다. 얼마나 버는가 질문을 하니 모두들 부끄러워 이야기하지 않으려 들었다. 설득을 해서 임금 현황을 파악하는 한편으로, 용돈을 어디 쓰는가 말하도록 유도했다. 거의 대부분을 가족들 생활비로 주고 약간의 용돈은 화장품 사는 데 쓰는 이가 많았다. 온종일 먼지를 뒤집어쓰는데 화장품이 무슨 소용이냐, 화장품 살 돈으로 책을 사 읽어 머리를 윤택하게 하자는 실천약속을 했다. 또한 다음 모임까지 해올 숙제로는 각자 직장의 작업환경을 조사하도록 했다.

그 다음 모임에서는 회원들이 조사해온 내용을 토대로 현장의 문제를 개선하기 위한 실천과제들을 모아보았다. 다락 문제, 환풍기 문제 등 고질적인 문제들이 나왔다. 이를 개선하기 위해서는 현장 노동자들끼리 단합을 하자, 그러기 위해서는 현장 분위기부터 바꿔보자는 이야기도 나왔다. 구체적인 과제로 가장 먼저 떠오른 것은 현장에서 일상화되어 있는 욕설과 상소리였다. 미싱사인 자신부터 욕을 하지 않는 운동을 해서 현장 분위기를 바꿔보자, 이를 통해 다른 노동자들을 내 편으로 만들자는 과제를 주었다. 다음번 모임에서 어떻게 실천했으며 어떤 결과가 오던가를 물으니 시다들에게 욕을 하지 않고 인간적으로 대하니 분위기가 좋아져 일의 능률이 더 오르더라며 만족해했다.

매번 모임마다 실천과제를 정하고 이를 얼마나 지켰나 점검해보는 일은 회원들의 흥미를 끌었다. 화장품이나 언어사용 등 아주 작은 일부터 설정을 했기 때문에 거부감 없이 받아들여졌다. 얼마 지나지 않아 각자 자기 공장에서 한 명씩을 회원으로 가입시키자는 과제가 주어졌을 때 실패한 사람은 하나도 없었다.

이 과정을 거쳐 새로 모집한 회원은 '무궁화클럽'이란 이름으로 묶어 같은 과정을 시작했다. 그러자 얼마 지나지 않아 '레몬클럽'이 만들어졌다. 마치 아카시아 꽃송이가 주렁주렁 매달리는 것과 같았다. 이름 그대로 아카시아처럼 번창하기 시작한 것이다. 새로운 소모임들은 아카시아회라는 큰 이름 아래 들어가게 되었고, 아카시아 자체는 공식적으로 청계노조 산하 조직으로 자리잡았다.

노조는 아카시아회를 통해 나이 어린 노동자를 위한 연소 근로자 위안 잔치, 미용과 꽃꽂이 강좌, 바자회와 야유회 개최, 수재민돕기운동 등을 벌여나갔다. 내 집 앞 쓸기, 직장에서 시다들에게 반말 하지 않기와 함께 '감사합니다, 미안합니다, 천만의 말씀입니다'라는 말을 입에 달고 살자는 뜻으로 '감미천운동'을 벌이기도 하고 아끼고 나눠 쓰자는 뜻의 '아나바다운동'을 벌이기도 했다. 은행에서 아라비아 숫자 대신 어려운 한문으로 숫자를 사용하던 시절이라 한문 선생 이동호가 한자를 가르친 후 은행에서 통장을 개설하도록 숙제를 내준 것을 계기로 1인 1통장 갖기 운동도 했다. 모임이나 공부는 노조 사무실이나 동화시장 옥상 등지에서 했다.

이런 초보적인 대중활동은 조합원 확장에 큰 공헌을 하게 되었다. 노조에 대해서는 잘 모르지만 아카시아 모임이 좋아 가입했던 회원들은 노조 사무실에서 모임을 가지면서 자연히 노조와 가까워졌고, 노조 간부들이 모임에 찾아와 인사를 하는 것이 당연시되었다. 소모임마다 적극적인 조합원이 회장이 되니 자연스럽게 노동조합의 필요성이 거론되었고, 조합원에 가입하는 회원이 대다수였다. 회원 본인만이 아니라 주변 사람들로부터도 노조 가입원서를 받아 오니 현장순회를 아무리 해도 받기 어려웠던 조합 가입원서가 눈에 띄게 쌓여갔다. 조합에서는 아카시아회 출신의 신규 조합원 중 열성적인 이들을 대의원이나 운영위원으로 영입해 더 적극적으로 활동하도록 했다.

조합 간부들은 아카시아회에 소속된 여러 소모임에 지도위원으로 배정되어 일주일에 한 번씩 교육을 맡아 노동조합과 근로기준법을 가르쳤다. 한 달에 한두 번 동화시장 옥상에서 열리는 전체 모임에도 조합 간부나 외부 강사가 강연을 했다. 모임 숫자는 급속히 늘어나 8월에 태릉에서 열린 야유회에는 90명이나 참석해 오락과 함께 노조에 대한 강연을 듣기도 했다. 아카시아회는 청계노조 초창기, 수많은 여성 노동자를 조직하고 뛰어난 여성 지도자를 배출하는 주된 통로가 되었다.

이숙희도 아카시아회 활동을 계기로 본격적으로 활동을 시작한 경우였다. 전태일 분신 당시 17세의 미싱사였던 이숙희는 공장 다니는 게 창피해서 동네 친구들과 일체 인연을 끊고 아침저녁 출퇴근만 하면서 일요일에 교회 가는 일을 유일한 낙으로 삼아온 내성적인 소녀였다.

전태일의 죽음에 대한 소문이 돌고 동화상가 옥상에 사무실이 생겼다는 이야기는 들었으나 가본 적도 없던 그녀가 전태일의 장례식에 참석한 것은 그 사람들이 매일 옥상에서 찬송가를 부른다는 소문 때문이었다. 사장은 노조를 깡패집단이라고 말했지만, 찬송가를 부르는 이들이라면 나쁜 사람들은 아닐 거라는 막연한 믿음이 있었다.

마침 전태일의 장례식 날은 시장 전체가 임시 휴일로 정해져 친구들을 데리고 마석 모란공원까지 따라갈 수 있었다. 처음에는 호기심으로 따라갔으나 한 젊은 재단사의 비장한 장례식은 그녀에게 큰 충격을 주었다. 이소선 어머니가 너무나 애절하게 우는 모습을 보고 가슴이 저렸다. 장례식을 통해 전태일이 평화시장 일대 3만여 노동자의 인간다운 삶을 위해 죽었다는 사실을 확실히 알게 된 그녀는 노조 대의원을 맡아달라는 권유에 망설이지 않고 응했다.

이숙희를 본격적으로 활동하게 만든 계기는 이듬해 5월의 아카시아회 첫 모임인 동구릉 야유회였다. 놀러가자는 정인숙의 권유를 받고도 쑥스러워 혼자 가지 못하고 친구 한 사람을 데리고 야유회에 참가했던 그녀는 이내 소모임 활동에 푹 빠져버렸다. 공장에 다니는 사람끼리도 이처럼 다정한 친구가 될 수 있다는 것, 서로서로 위로하며 다독여주는 관계가 될 수 있다는 게 너무나 좋았다. 이 땅에서 노동자로 사는 것이 결코 부끄러운 일이 아니라는 자부심도 갖게 되었다.

실로, 아침저녁으로 청계천 일대를 가득 메우는 수많은 여성 노동자들, 구로공단과 남쪽의 수출공단 대로에 밀려드는 그 많은 여성 노동자들이 없었다면 한국의 기적과도 같은 경제 발전이란 있을 수 없는 일이었다. 박정희 정권은 선진국에서는 부가가치가 떨어져 사양화된 노동집약적 산업을 유치해 이들 여성 노동자들의 저임금 장시간 노동을 기반으로 역수출하여 달러를 벌어들였고 이 달러는 다시 중공업 육성의 기반이 되었다. 학교 다닐 나이에 머리칼을 길게 기르거나 사복을 입고 지나가는 소녀들을 보고 '공순이 간다'고 놀려대던 남녀 학생들이야말로 이들 여성 노동자들의 희생 위에 잘 먹고 잘 살게 된 수혜자들이었다. 1970년대 여성 노동자들이 없었다면 1990년대 한국이 세계 10대 경제대국으로 성장하는 일도 없었을 것이다.

노동자의 존재가치에 대한 자부심으로 충만해진 이숙희는 밝고 활동적인 아가씨로 변해갔다. 어둡고 내성적이던 성격은 외향적이고 강한 성격으로 바뀌었다. 전에는 의례적인 인사와 일에 관한 이야기만 주고받던 동료들에게 애정을 가지고 마음을 주니 상대방도 전혀 다르게 대해 왔다.

힘들고 지루했던 현장은 기쁨이 넘치고 재미있는 곳으로 변했다. 옳고 그름을 선택하는 데 있어서 자기 주관이 뚜렷하고 타협을 모르는 그녀의 성품은 조합 활동에 적격이어서 열일곱 살에 대의원이 된 이래 줄곧 주요 직책을 맡으며 조합을 이끌게 되었다.

이숙희 외에도 1970년대 후반까지 10년 간, 수많은 열성적인 여성 조합원들이 아카시아회라는 큰 틀 아래 소모임 활동으로 조합 일에 나섰다. 이영순, 장순복, 신영란, 안선옥, 최용금, 김선주, 전덕순, 전순복, 이광선, 김연희, 최영미, 이선재, 이혜경, 박선애, 권성미, 정정숙, 장선애, 장윤옥, 장현주, 김혜심, 최옥분, 강순옥, 한애심, 조영화, 김은숙, 임경숙, 정만복, 성양자, 심형란, 차인애, 김기숙, 서민희, 강순자, 박정안, 김영섭, 박복실, 김진숙, 신연옥, 김향숙, 이정순, 이정희, 이금숙, 강명숙 등 헤아릴 수 없이 많은 여성 노동자들이 노조의 기틀이 되었다. 강명숙은 글을 잘 써서 아카시아 회보의 단골 필자인 데다 〈아카시아회가〉의 가사를 짓기도 했다. 아카시아회는 6개월에 한 번씩 임원이 교체되었는데 초대 회장인 유정숙부터 신방식, 김혜숙, 이숙희, 이봉순, 전덕순, 정선희, 신순애, 최옥분, 최현미, 조미자 등이 차례로 회장을 맡아 이끌었다.

최초의 아카시아회는 정인숙이 가톨릭노동청년회 방식에서 착안해 만든 것이 사실이나, 이후에는 종교와 상관없이 집행부의 지도를 받는 여성 조합원 조직으로 발전했다. 아카시아회는 노동조합의 직접적인 지도와 통제를 받았고 정인숙은 가톨릭노동청년회 소속이 아닌, 노조의 부녀부장으로서 이를 이끌었다. 이후 생겨난 수많은 모임들도 점진적이고 인성개발적인 가톨릭노동청년회 방식을 그대로 거치기보다는 노조 간부나 대학생의 지도를 받아 회원들을 빠른 시간에 노동운동에 관심을 갖도록 이끌었다.

이 점은 이후 생겨나는 여러 민주노조들과 청계노조와의 큰 차이점이기도 했다. 대개 1970년대 민주노조들은 기독교 도시산업선교회나 가톨릭 노동청년회의 직접적인 영향 아래 조직을 시작하고 민주노조로서 활동했지만 청계노조는 이들 종교의 영향으로부터 매우 독립적으로 운영되었다. 청계노조가 다른 민주노조들과 다른 점 또 하나는 수많은 지식인들이 직접 노조를 찾아와 조합원 교육을 맡아주었다는 것인데, 이들 진보적인 지식인들은 대개 종교로부터 자유로운 편이었다. 1970년대 후반부터는 교회나 성당의 야학을 통해 많은 중견 조합원이 배출되었지만 이들 역시 종교적인 영향과는 거의 무관했고 오히려 무신론적인 변혁사상에 더 많은 영향을 받았다.

아카시아 산하 소모임은 빠르게 늘어났다. 나이가 제일 많은 사람들은 백합, 다음이 무궁화, 이런 식으로 늘어나 연말에는 일곱 개, 이듬해 봄에는 열네 개의 소모임으로 커졌으며 이후에도 계속 늘어났다. 봉선화, 물망초, 크로바, 장미, 태양, 세븐, 레몬, 목화, 옥자매, 스마일, 일심, 코스모스 등 이름만으로도 어여쁜 소모임들은 노조의 든든한 바탕이 되었다.

청계노조에서 '평화새마을교실'을 열어 여성 조합원들을 대상으로 공부를 가르치기 시작한 것도 이즈음이었다. 이화여자대학교 사회학과 학생들을 강사로 초빙해 매일 저녁 노조 사무실에서 야학을 열었다. 기수별로 스무 명씩 학생을 뽑아 가르쳤는데 한문, 영어 같은 실용적인 공부와 함께 정치·사회·노동 문제에 대한 대화를 통해 자연스럽게 조합원들의 정치의식을 높이는 데 일조했다. 제1기 평화새마을교실에 수강한 신순애, 이순자는 모범상까지 받을 정도로 열심히 공부하여 1970년대 내내 조합의 핵심으로 활동했다.

남성들의 소모임도 속속 탄생하였다. 수많은 사업장으로 흩어진 데다 여름철 같은 비수기면 대량의 실업자가 생겨나는 청계천의 특성 때문에 현장 단위의 모임을 만들기 어려운 현실에서 친목회 단위의 모임은 매우 효과적이었다. 이전에도 재단사나 시야게사(완성된 옷을 마지막으로 손질하는 직종), 또또사(점퍼에 똑딱이 쇠단추를 박아넣는 직종) 등 기능별로 다양한 남성 친목회가 있어 서로 취업을 알선해주고 회비를 모아 경조사 부조를 하고 있었는데 노조 대의원이나 운영위원이 만든 소모임은 자연히 노조활동과 연계되었다. 이들 남성 소모임들은 아카시아회와 함께 1970년대 전반에 노동조합이 자리를 잡는 데 결정적으로 기여했다. 노조 간부는 아니더라도 소모임을 지도할 수 있는 정도의 역량과 열성을 가진 조합원들을 지칭하는 중견 조합원이라는 단어도 이때부터 생겨났다.

남녀 혼성 모임인 등산모임도 신규 조합원 모집과 단합에 큰 역할을 했다. 여가선용을 할 만한 오락이나 장소가 따로 없던 시절이라 등산이 유일한 취미인 이들이 많았다. 특히 건장한 젊은이들로 이뤄진 노조 상근자들은 하나같이 등산을 좋아했다. 이들은 휴일만 되면 조합원이나 아는 노동자들에게 등산을 가자고 제안해 적게는 수십 명, 많게는 100명 이상 단체로 산에 올랐다.

등산화니 등산복, 등산모, 버너와 코펠 같은 등산 기구들을 가진 사람이 거의 없던 가난한 시절이었다. 여자들은 나팔처럼 생긴 넓은 바짓단이 발을 덮는 나팔바지나 짧으면서 몸에 딱 붙는 링고바지 차림 그대로, 남자들 역시 나팔바지에 점퍼 차림으로 모였다. 여자는 대개 생머리를 길게 늘어뜨리거나 묶었고, 남자들은 하나같이 귀를 덮는 장발들이었다. 남자든 여자든 머리칼이 이마를 모두 덮어 눈썹을 가리는 답답한 모습을 한 것도 1970년대의 유행이었다.

처음 등산을 한 것은 몹시 추운 한겨울이었는데 목표는 망월사였다. 20여 명이 모여 커다란 솥단지를 짊어지고 가래떡을 사가지고 갔다. 계곡에 들어가 나무를 해서 떡국을 끓이는데 불이 약해 잘 끓지 않았다. 떡국이 아니라 곤죽이 되어버렸다. 그래도 즐겁게 먹고 산에 오르는데 등산화 신은 사람은 하나 없었다. 더구나 험악하기로 이름난 난코스를 택하는 바람에 서로 밀고 당기고 끌어주며 힘겹게 올라야 했다. 덕분에 등산을 함께 갔던 이들은 하루 만에 절친한 사이가 되었다.

이 일을 계기로 정기 산행이 만들어졌다. 조합에서 주최한 정기 등산대회에서는 등산복과 등산화도 제대로 갖춰 입고 팀을 짜서 누가 먼저 산에 오르나 경연을 벌였다. 울긋불긋한 등산복에 다양한 모양의 등산모까지 갖추어 예쁘게 차린 처녀들이 백 명도 넘게 웃고 떠들며 지나가면 사람들이 무슨 일인가 바라보곤 했다. 여성 노동자의 대부분이 한 가정을 책임진 가장들이어서 화장을 하거나 비싼 옷을 입은 사람이 드물었지만 정선희 같은 멋쟁이들도 가끔은 눈에 띄었다. 매년 열리게 된 등산대회는 '지부장컵쟁탈 축구대회'와 더불어 조합원 확대에 큰 보탬이 된 대회였다.

소모임이 활성화되다 보니 비좁고도 바쁜 노조 사무실은 모임 장소로 쓰기가 어려워졌다. 주로 사무실 앞 옥상 바닥에 앉아서 모임을 가졌는데 어쩌다가 의자를 갖다 앉기도 하지만 숫자가 모자라 다 앉을 수 없었다. 아카시아회 같은 경우는 매월 첫 주에 전체 회원이 모이는 월례회를 열어 조합 간부로부터 교육을 받았는데 매번 장소가 없어 중앙청소년회관이나 가톨릭노동청년회 본부 등을 빌려 썼다. 멀리 떨어진 곳으로 이동하다 보면 회원들끼리 잃어버리고 헤매기도 하고 결국 찾지 못해 돌아가는 이도 있었다.

이 무렵 조합 대중사업의 하나로 자리잡은 것은 '연소 근로자 위안잔치'였다. 공장에는 심지어 열한 살에서 열세 살짜리 어린 시다가 숱했다. 공장 문을 열고 들어가면 아빠 따라 놀러온 사장 딸로 착각될 정도로 조그마한 아이들이 자욱한 먼지 속에서 넋을 잃은 얼굴로 실밥을 따거나 심부름을 했다. 초등학교나 다닐 어린 나이에 꿈도 희망도 없이 꾸물꾸물 일하다가 미싱사에게 야단을 맞거나 가위나 실패가 날아와도 고개를 푹 수그린 채 그냥 시간만 지나가라는 식으로 체념하고 있었다. 그 모습이 더욱 안쓰럽고 눈물 나게 했다.

조합에서는 1971년 성탄절을 맞아 이들 소녀들을 위한 잔치를 열어주기로 했다. 아카시아 회원들이 각자 성탄절 카드를 만들어서 자기 공장에서 제일 나이 어린 시다에게 주자는 소박한 제안으로 시작된 이 일은 위안잔치를 여는 것으로 커졌다. 정인숙이 명동성당으로 김수환 추기경을 찾아가 장소를 빌려달라고 요청해 문화관을 쓰도록 승낙을 받아냈다. 카드와 선물이 준비되고 간단한 다과와 노래 팀도 준비되었다.

잔치는 대성황을 이루었다. 명동성당 문화관에는 무려 500명이나 되는 나이 어린 시다들이 몰려왔다. 제대로 자라지 못해 조그만 키에 비쩍 마른, 눈망울만 초롱초롱한 어린애들이 모여 바글바글 떠들고 있는 모습이 마치 초등학교 조회시간 같았다. 김수환 추기경이 축사를 하고, 신문사에서도 취재를 왔다. 노래 공연과 선물 증정식 등이 이어지면서 문화관은 웃음소리와 박수로 한껏 홍겨웠다. 금전으로 따지자면 별로 해준 것은 없지만, 난생 처음 사람으로서 대우를 받는다는 자체가 아이들을 즐겁게 했다. 아이들은 까르르 웃어대며 즐거워서 어쩔 줄 몰랐지만 보는 사람들은 가슴이 저려와 남몰래 눈물을 훔쳐야 했다.

이후 연소 근로자 위안잔치는 청계노조의 가장 중요한 연례행사의 하나로 정착되었다. 전태일의 마음을 그토록 아프게 했던, 그를 노동운동으로 이끌었던 어린 동심들을 위로하는 일이야말로 청계노조가 맨 먼저 해야 할 일의 하나였다. 근본적으로는 한창 자라고 배워야 할 어린이들에게 노동을 시키지 못하도록 막아야 했지만 그것은 당장 이루기 힘든 목표였다. 임금을 대폭 올리거나 노동시간을 법정시간 이하로 단축하는 일조차 요원했다. 당장 할 수 있는 일은 그들의 상처받은 마음을 위로하고, 위축된 어깨를 펴도록 두드려주는 정도였다. 그 일이라도 해야 했다. 아니, 어쩌면 이 어린아이들에게 필요한 것이야말로 사랑이었는지도 몰랐다. 그들의 눈물을 닦아주고 얼어붙은 마음을 녹여주는 진심 어린 사랑이 필요했는지도 몰랐다.

이런 온갖 노력의 결과, 조합원 숫자는 1년 만에 4,000명을 넘어섰다. 단체협상 이후 상근자들도 최소한의 활동비는 받을 수 있게 되었다. 말 그대로 최소한이어서 아홉 명의 상근자가 받는 월급은 1인당 2,000~3,000원으로 차비와 담뱃값 수준에 불과했다. 대신 다른 노조에서는 거의 지출하지 않는 교육비나 유인물 제작비에 대부분의 조합비를 썼다. 1년 간 거둔 총 조합비 86만 원 중 인건비로 지불된 비용은 23만 원에 불과하고 나머지는 대부분 교육선전비로 지출했을 정도였다. 하지만 교육비로 아무리 많이 써도 아깝지 않았다. 교육이야말로 자주적이고 투쟁적인 노조의 토대였고, 실제로 청계노조는 이를 통해 굳건히 설 수 있었다.

5 배움의 나날들

청계노조가 한창 기반을 다지기에 여념이 없던 1971년, 박정희 정권은 쿠데타 10년 만에 최대의 위기에 빠져 있었다. 이해 4월에 실시된 대통령 선거에서 야당 후보 김대중은 박정희에게 불과 70만 표 차이로 패했다. 전라도에 대한 지역감정 조작과 대대적인 관권 개입만 아니었다면 승리한 것이나 다름없었다. 선거 결과는 국민들의 억눌렸던 정서를 자극했다. 각계각층의 민주화 요구가 봇물처럼 터져 나왔다.

양심적인 언론인들은 5월 15일 「언론자유수호 행동강령」을 발표하였다. 정보기관의 언론기관 상주와 출입을 배제하고, 관계기관의 불법부당한 연행을 일절 거부하며, 기사삭제에 대한 타당성을 확인할 것 등을 결의했다.

7월에는 정치범에 대해 잇따라 무죄판결을 내린 판사 두 명이 뇌물수수 누명을 쓰고 구속되자, 서울지방 판사 전원이 사표를 제출하였다. 이에 동조해 전국의 판사 415명 중 153명이 사표를 내고 사법부의 독립과 압력배제를 결의하는 선언을 채택했다. 이른바 '사법파동'이었다.

서울시의 일방적인 판자촌철거정책에 따라 서울 전역에서 강제철거가 이뤄지고 있는 가운데, 8월 들어 경기도 광주로 밀려간 주민 5만여 명이 토지불하가격 인하 등을 요구하며 경찰지서와 경찰차를 불태우고 진압경찰과 난투극을 벌이는 사건이 일어났다. 그것이 바로 경찰과 주민 100여 명이 부상하고 주동자 23명이 구속된, 광주대단지사건이었다.

노동자의 저항도 봇물처럼 터져 나왔다. 1971년도의 노동쟁의는 전년도에 비해 열 배가 넘는 1,656건을 기록했다. 특히 9월에 서울 도심 한복판에서 일어난 격렬한 공방전은 당국자들의 간담을 서늘하게 하기에 충분했다. 한창 전쟁이 벌어지고 있던 베트남에 보내졌던 한진상사 소속 기술자 300명이 체불임금 149억 원을 요구하며 대한항공 빌딩에 진입해 방화하는 등 격렬한 시위를 시작해, 출동한 경찰과 치열한 난투극을 벌이다가 다섯 시간 만에 연행된 사건이었다.

대학가에서는 교련교육 철폐와 학교 내 현역군인 교관의 철수를 요구하는 시위가 전국을 휩쓸었다. 자신의 이념적 기반이 되는 군사 교육의 철폐 요구에 격분한 박정희는 10월 5일 수도경비사령부 소속 군인들을 고려대에 진입시켜 학생들을 무자비하게 구타해 연행했다. 이에 분개한 대학생 5만 명이 거리로 뛰어나와 가두시위를 벌이자 서울 전역에 위수령을 발동, 서울 여덟 개 대학에 군대를 주둔시켰다. 2,000명에 이르는 대학생들이 연행되어 119명이 구속되고 117명은 제적되어 군대에 강제징집되었다.

급박하게 돌아가는 정치현실 속에서 최종인 집행부는 빠르게 민주노조의 틀을 잡아가고 있었다. 노조의 가장 시급한 임무는 근로시간 단축이었다. 장시간 노동은 노동자들의 심신을 갉아먹을 뿐 아니라 시간당 임금액을 현저히 떨어뜨렸다. 임금이 얼마간 오른다 해도 하루에 두세 시간만 더 일을 시키면 인상 효과는 사라졌다. 또한 매일 밤 10시가 넘어 끝나는 상황에서는 조합원을 위한 교육도 원활히 이뤄질 수가 없었다. 교육이 없으면 노동자의 눈을 가린 무지의 굴레를 벗길 수 없고, 단결된 힘에 의한 투쟁도 없었을 것이다.

1971년 4월 9일 노조를 교섭단체로 인정하는 등의 기본적인 단체협약이 조인된 후 매월 1회 월례 노사협의회가 개최되어 세부적인 항목에 대한 협상에 들어갔다. 구건회 지부장 때에는 임현재, 김윤근, 이승철 등이 협상대표로 나가다가 최종인이 지부장이 된 후로는 이승철, 박정근, 계효경, 하인수, 김재일, 유정숙, 정인숙, 이숙희 등이 교대로 대표로 나갔다.

협상은 난항을 거듭했다. 상집회의에서 결정한 단체협약안의 주요사항은 사용자 측으로부터 대부분 거부되었다. 취업만 하면 자동으로 조합원이 되도록 하는 유니언숍 제도의 채택이나 저녁 8시 퇴근의 타결은 요원하였고, 사업장에서의 노조활동 보장, 건강진단 실시 등을 타결하는 데만도 반년이 걸렸다.

주휴제를 타결한 것도 협상이 시작된 지 7개월이 지난 11월 6일의 노사협의회에서였다. 단, 두 번째 일요일은 다른 날로 대체할 수 있으며 일을 할 경우는 100퍼센트 수당을 추가지급하는 조건이었다. 불완전하나마 주휴일을 쟁취하는 데만도 노조 결성 후 꼬박 1년의 세월이 흐른 것이다.

노조와 사용주 측이 밀고 당기는 동안, 양심적인 지식인과 민중들의 항거로 궁지에 몰렸던 박정희 정권은 1971년 12월 6일 국가비상사태를 선포했다. 공화당이 압도하는 국회는 12월 27일에는 대통령에게 무제한적인 권력을 부여하는 '국가보위에 관한 특별조치법'을 통과시켰다. 이 법에 의하면 대통령은 옥외집회와 시위를 규제하고 언론·출판에 대한 특별조치를 취하고 노동자들의 단체행동권과 단체교섭권을 규제할 수 있었다. '국보법'은 1년 후 닥쳐오는 암담한 유신시대를 예고하는 서곡이었다.

한결 강화된 독재체제의 압박과 함께, 사업주 대표단과의 협약 체결에도 불구하고 개별 사업주들은 끊임없는 반발로 노조를 무력화시키려 들었다. 그들은 단체협약을 무시하고 조건부 주휴제조차 지키려 들지 않았다. 단체협약이 체결되지 않은 신평화·동문·부관상가 같은 곳은 물론, 단체협약을 맺은 평화·동화·통일·동신상가에서도 위반업체가 부지기수였다. 협약이 체결된 지 5개월이 지난 1972년 4월과 5월 네 차례에 걸쳐 전 집행부 간부들이 일요일에 출근해 시장을 돌며 실태조사를 한 결과 매회 평균 88개소, 총 347개의 사업장에서 일요일에도 일을 시키다가 적발되었다.

조합에서는 5월 28일에 위반업체 중 27개소의 사장으로부터 시정하겠다는 각서를 받고 이에 불응하는 세 개 업체는 근로감독관실에 진정서를 제출하는 등 이후 매달 두 차례씩 현장순회를 통해 각서를 받거나 진정서를 제출했다. 단속의 결과는 조금씩 나타나 1972년 하반기에는 10회 단속에 367개 사업장이 적발되었다. 이는 매회 평균 37개로, 상반기 평균 88개소에 비하면 절반 이하로 줄어든 셈이었다. 각서를 받거나 진정서를 내는 과정을 통해 사업주들에게 단체협약의 의미를 알리고 노동조합의 존재를 부각시킨 결과였다.

시간초과도 심각했다. 1972년 3월과 4월 두 차례에 걸쳐 밤 9시 30분 이후 전체 시장을 순회한 결과 8시 퇴근을 어기고 연장근로를 시키는 사업장이 631개소나 적발되었다. 상집 임원들은 철야작업을 단속하기 위해 4월 22일 밤 자정부터 새벽 4시까지 현장을 순회하였는데 추석이나 설날 특수도 없던 그 하룻밤에만 84개 사업장에서 철야를 시키다가 적발되었다. 철야작업이 존재하는 한, 시간단축이나 주휴제는 아무런 의미가 없었다.

조합에서는 매번 단속 때마다 즉각 작업을 중지할 것을 요구하고 상가번영회에 항의하여 시정하겠다는 서면 회신을 받아내거나 적발된 사업주를 노조 사무실로 불러 각서를 받았다. 이마저 불응하는 사업주는 근로감독관실에 진정하여 시정케 했다.

노조의 요구에 순순히 응하는 사업주는 거의 없었다. 단속하는 과정에서 공장장이나 사업주와 몸싸움이 벌어지는 것은 물론, 노조 사무실에 와서 각서를 쓰는 과정에서도 마찰이 끊이지 않았다. 조합 사무실에는 매일 고성과 욕설이 오갔고 치고받는 주먹다짐에 기물이 날아가 박살나는 일이 계속되었다. 엄연히 헌법과 노동법에 보장된 권리들이 거의 하나도 지켜지지 않고 있는 청계천에 아무 문제 없이 단체협약이 적용되리라 기대하지는 않았으나 참으로 힘겨운 싸움이었다. 최종인 지부장 이하 임현재, 양승조, 이승철, 신진철 등 완력 있는 간부들이 온몸을 내던져 현장을 순회하고 육박전을 벌이는 데는 한계가 있었다.

조합원 교육이야말로 이 어려운 문제를 해결할 수단이었다. 한 줌도 안 되는 조합 간부들이 3만여 노동자를 대리해 싸워주는 데는 한계가 있었다. 고작 일곱 명밖에 안 되는 노조 상근자들이 2,000명이 넘는 업주들을 상대로 몸으로 부딪쳐 싸우는 것은 현실적으로도 불가능했다. 노동자 스스로 자신의 권리를 알고, 그것을 쟁취하기 위해 싸우도록 만드는 교육이야말로 이 암담한 현실을 타개할 수 있는 최선의 방책이었다.

조합원 교육을 위해서는 조합 내부에서 지도자를 양성하는 게 필요했다. 이미 조합 간부들은 각종 소모임을 지도하고 있었으나 노동조합이란 무엇인가 하는 정도의 지식으로는 한계가 있었다.

강원룡 목사가 운영하던 크리스찬아카데미는 지도자 양성에 큰 도움이 되었다. 이희재 원장이 책임자로 있으면서 한명숙, 신인령, 장상환, 이광택, 황환식, 김세균 등 당대의 진보적 지식인들이 강사를 맡아 노동운동가를 양성하던 크리스찬아카데미는 강사도 쟁쟁했지만 전국의 노조 간부들이 모이기 때문에 참가하는 자체가 산교육이었다. 전국 각지에서 올라온 40~50명의 노동운동가들과 함께 5박 6일 간 먹고 자면서 사회·정치 문제를 배우고 현장 문제에 대해 대화하는 동안 많은 것을 배울 수 있었다. 교육 내용도 경험을 중심으로 하여 재미있는 데다 참석한 사람들도 모두 한가락 하는 명물들이라 입담이 세고 노래니 연설에 뛰어나 시간이 가는 줄을 몰랐다.

크리스찬아카데미 교육에는 원풍모방노조, 동일방직노조, 청계노조 같은 민주노조 간부들이 다수 참가해 만남 자체가 노동연대의 기초가 되었는데 엉뚱하게도 전형적인 어용노조 간부들이 참석하기도 했다. 그들은 휴식시간이면 회사와 협상 과정에서 어떻게 돈을 갈취하는가 같은 이야기를 자랑 삼아 떠들었다. 먼저 무리한 요구를 내세워 회사를 압박한 후 조건을 완화시켜주는 대가로 돈을 받아 챙기는 수법이었다. 민주노조 간부들은 역지사지로 그들의 행실을 통해서 민주노조와 어용노조의 차이가 무엇인가를 배울 수 있었다.

영등포 돈보스코센터에서 이틀 간 실시한 노동조합 간부 교육에는 조합 간부 전원과 함께 운영위원인 유정숙, 전영순, 박용자, 임영란, 이숙희 등이 참가해 노동운동의 방향과 조합 간부의 자세에 대해 강의를 들었다.

고려대 노동문제연구소에서 운영하는 6개월 과정의 고급 교육에 이승철이 혼자 수강했는데 한 번도 빠지지 않아 개근상까지 받았다. 연구소장인 김낙중 교수는 상장을 주면서 '이렇게 열심히 공부해주어 고맙다'고 감격하기까지 했다.

4월부터 두 달 간 서강대학교 산업문제연구소에서 주최한 교육에는 신정은, 신진철, 양승조, 임현재가 수강했다. 임현재는 노총에서 실시한 조사·통계 교육, 돈보스코센터의 노동조합 간부 교육 등에 두루 참석하면서 교육 담당자의 자질을 쌓았다. 그는 싸울 때는 대담해도 평소에는 성악가처럼 그윽한 음성으로 차분하게 교육을 잘해 조합원들에게 인기가 매우 좋았다.

조합 간부들을 위한 고급 교육 외에도 조합원 위탁 교육도 계속되었다. 동서울 도시산업선교회의 후원으로 금곡릉에서 열린 노동조합론 교육에 54명의 조합원이 참석했다. 중앙청소년회관도 여러 차례 이용했다. 국회의원 편정희가 강사로 나선 '바람직한 현대 여성의 자세' 강연에는 150명, 서독의 인권단체인 에버트재단에서 실시한 노동조합론 교육에도 175명의 많은 조합원이 참가했다. 같은 장소에서 열린 근로기준법 해설에는 250명이나 참석해 성황을 이루었다. 그밖에 노동청 후원으로 청평 호반의 집에서 열린 노동조합론 강의에는 95명이 참가하는 등 일일이 나열할 수 없을 만큼 많은 위탁 교육이 실시되었다.

조합에서는 자체 교육 프로그램도 강화해 1972년 4월, 학교를 제대로 다니지 못한 여성 노동자들을 대상으로 중등 기초과정을 가르치는 '평화새마을교실'을 열었다. 대개가 초등학교 졸업이나 중학교 중퇴의 학력을 가진 청계천 여성 노동자들에게 배움의 기회를 주기 위해서였다. 이화여대 여학생들이 무급 강사로 지원을 나왔다. 노동야학의 효시인 셈이었다.

모집공고를 붙이니 응모자가 200명이나 되었다. 대단한 열기였다. 문제는 교실이었다. 책상이며 집기까지 잔뜩 들어 찬 일곱 평짜리 노조 사무실에 200명이 들어가기는 불가능했다. 조합에서는 우선 56명을 선정해 시작하려고 했으나 무더운 여름철이어서 그 인원이 들어가는 것도 힘들었다. 결국 26명에게 양해를 구해 다음번에 우선적으로 선발하기로 약속하고, 30명의 학생으로 교육을 진행하게 되었다.

교육기간은 3개월, 하루에 두 과목씩 가르쳤는데 과목은 국어, 수학, 영어, 역사, 과학, 교양, 가정이었고 토요일 둘째 시간은 자치회를 갖도록 했다. 시간은 저녁 8시 30분부터 10시까지였다. 저녁때가 되면 노조 간부들은 책상과 의자를 정리해 학생들을 맞이할 준비를 했다. 8시가 넘으면 일을 마치고 뛰다시피 달려온 어린 소녀들이 그 좁은 노조 사무실을 꽉 메웠다. 배우고자 하는 열기가 대단하여 비좁고 더워 불편하기 짝이 없는데도 누구 하나 불평하는 사람이 없었다.

막상 제1기 새마을교실을 수료한 인원은 17명밖에 되지 않았다. 8시 이전에 끝나는 공장이 거의 없었기 때문이다. 입학만 해놓고 나오지 못하는 이가 많았고, 매일이다시피 둘째 시간이 끝나갈 무렵이 되어서야 헐레벌떡 달려오는 이도 있었다. 어차피 공부를 할 수 없는데도 뛰어오는 것은 수업 시간 끝나고 선생님이며 다른 학생들과 이야기를 나누는 게 좋아서였다.

1972년 10월부터 시작된 제2기 새마을교실은 학과목을 여섯 개로 줄였다. 하루에 두 과목씩 하는 게 현실적으로 어려웠기 때문에 한 과목을 두 시간 동안 가르쳤고, 토요일은 '노동조합'을 교과목으로 하여 노조에 대한 인식을 높였다. 제2기 입학생은 22명, 이 중 14명이 수료했다.

1971년이 두 차례나 지부장을 교체하고 단체협약을 체결하여 노조의 기초를 닦은 한 해였다면, 1972년은 가히 '교육의 해'라고 불러도 과언이 아니었다. 수많은 위탁 교육은 이후 연도에도 계속되어 탁월한 지도자들을 양성하는 데 큰 몫을 했고 자체 새마을교실은 주휴일 쟁취와 함께 노동조합이 일반 노동자들에게 한 걸음 더 다가가는 역할을 했다.

교육사업이 활발해지면서 계속 문제가 된 것은 장소였다. 유일하게 확보된 공간인 노조 사무실은 매일 밤 새마을교실로 붐벼 아카시아회 월례 교육이나 각종 소모임은 옥상 바닥에서 열어야 했다. 옥상조차도 6월부터 8월까지 13회에 걸쳐 야간에 건전가요 보급을 위한 노래 모임을 가졌기 때문에 제한된 전기시설을 나눠 써야 하는 등 불편함이 계속되었다.

노동운동에 관한 교육은 외부 위탁 교육에 의존할 수밖에 없었으나 이 정도로는 부족했다. 노동운동에 대한 지속적이고 체계적인 학습을 실시하려면 넓고 안정된 교실을 확보해야만 했다. 따로 교육을 위한 재정을 갖지 못한 조합에서는 평화시장 일대에 싸게 빌릴 수 있는 장소를 물색해보았으나 실패했다.

1972년 9월 15일, 정인숙 부녀부장이 모범근로여성으로 뽑혀 대통령 부인 육영수 여사가 주최한 청와대 모임에 초청되었다. 집행부는 청와대에 가서 무슨 건의를 할 것인가 논의했다. 당연히 교실을 만들어달라고 요청하기로 했다. 조합의 결정에 따라, 청와대 다과시간에 육영수가 청계노조에 필요한 것이 무어냐고 묻자 정인숙이 또렷또렷한 음성으로 대답했다.

"평화시장 여성들은 한 2만 명 됩니다. 그 중에 15세 미만 여성 근로자가 상당히 많습니다. 이 사람들은 지금 굉장히 공부를 하고 싶어합니다. 그런데 공부할 장소가 없어서 공부를 못 하고 있습니다. 공부할 장소를 마련해주셨으면 좋겠습니다."

정인숙은 대통령 부인 앞이라 해도 조금도 기가 죽지 않았다.

"좋은 생각이네요."

육영수는 웃음을 머금은 얼굴로 정인숙을 격려하고는 옆에 따라다니며 보조하던 노동청장을 향해 말했다.

"청장님, 여기 이렇게 나이 어린 여성들이 일하면서 공부하고 싶어하는데, 어떻게 하나 좀 해줄 수 있도록 노력해보시죠?"

육영수의 말투는 겸손하고 부드러웠으나 대통령 부인도 최고 권력을 행사하던 시절이었다. 영부인의 말 한마디에 교실 설립이 추진되게 되었다.

노동청장은 며칠 후 시장 상가 주식회사 대표들을 호출해 육영수 여사가 나이 어린 노동자들이 공부할 수 있도록 교실을 만들어주라고 하는데 어떻게 했으면 좋겠냐고 말머리를 풀었다. 육영수의 지시라는 말은 회사 대표들을 꼼짝 못하게 했다. 노동청장의 주선에 따라 10월 13일 노동청 상황실에 사용주 대표 31명과 노총 사무총장, 최종인 지부장이 간담회를 열어 '새마을 노동교실 설립 추진위원회'를 구성했다.

노동교실 추진위원회가 만들어진 직후 마른하늘에 날벼락 같은 사건이 일어났다. 불과 나흘 후인 1972년 10월 17일, 난데없이 계엄령이 선포된 것이다. 전쟁이 벌어진 것도 아니고 시위도 거의 없는 평온한 시기에 아무런 사전예고도 없이 떨어진 계엄령이었다. 국회와 모든 정치정당이 해산되고 언론기관은 계엄사령부의 통제를 받게 되었다. 그리고 유신헌법이 선포되었다.

'10월유신'이라고도 불리는 유신헌법은 민주공화국의 근간을 뿌리째 흔드는 사상 초유의 악법이었었다. 통일주체국민회의에 의한 대통령 간접선거를 채택하고 대통령에게 초헌법적인 긴급조치권을 부여하며, 대통령 출마 제한을 폐지하여 영구대통령의 길을 열어놓고 지방자치제 실시를 통일 이후로 미루는 등 모든 분야에서 민주주의를 압살하는 독소조항으로 가득했다.

영구집권을 보장하는 가장 핵심적인 조항은 대통령긴급조치권이었다. 박정희는 긴급조치권을 이용해 유신헌법에 대해 반대하는 것은 물론 헌법에 대해 논의하는 것도 불법화시킬 수 있었다. 일제 군국주의의 기초가 된 메이지유신과 대만의 총통제를 모방해 만든 유신헌법은 헌법보다도 상위법이 된 긴급조치권에 의해서만 유지가 가능했기 때문이었다.

이런 독소에도 불구하고 유신헌법은 11월 21일 국민투표에서 91퍼센트가 넘는 압도적인 찬성으로 통과되었다. 박정희 집권 이후 눈에 띄게 경제가 발전하면서 박정희에 대한 지지도가 높기는 했으나 이렇게까지 높은 찬성률이 나온 것은 계엄령하의 언론이 철저히 검열을 받고 있었고 그나마 야당성이 강한 기자들은 무더기로 해직되어 반대여론을 형성할 통로가 사라져버린 탓이었다. 모든 정당이 해산되고 일체의 정치 활동이 금지되어 누구 하나 발언할 수가 없는 상황에서 공무원과 언론, 교육기관을 총동원한 일방적 선전의 결과였다.

심지어 청계노조도 11월에만 세 차례에 걸쳐 '개헌은 왜 필요한가?' '유신헌법의 의의' 같은 제목의 교육을 받아야 했다. 이와 별도로 아카시아회 전체 모임에 이선두 지도위원이 '10월 유신헌법의 해설'이라는 제목으로 교육을 해야만 했다.

국민투표를 통해 자신감을 얻은 박정희는 당선된 지 1년밖에 안 된 대통령직을 사퇴하고 보수적인 지역 유지들로 구성된 통일주체국민회의에 의해 간접선거로 재당선되었다. 국가체제를 빈대떡 다루듯 이리저리 마음대로 뒤집고 난도질한 박정희는 12월 27일 제8대 대통령 취임식에서 정식으로 유신헌법을 공포하였다.

수렁에 빠져 들어가고 있는 불안한 정치 상황 속에서도 청계노조는 노동교실 설립을 계속 추진하는 한편 기본적인 활동을 계속했다. 일상활동으로 고정화된 것은 체불임금과 주휴제 문제였다.

조합 사무실에는 끊임없이 체불임금에 대한 진정이 들어와 이를 해결하느라 사업주를 호출하고 언쟁을 벌이는 일이 계속되고 있었다. 1972년 연말부터 6개월 사이만 해도 104명으로부터 진정이 들어와 이 중 65명의 임금을 받아주었고 해결이 어려운 나머지는 노동청에 진정을 넣어주었다.

노조가 활성화되기 전에는 말없이 직장을 옮겼다는 등의 이유를 들어 임금을 주지 않아도 찾아가 따지는 사람이 많지 않았다. 노동청에 진정하면 낮에 일을 빠지고 몇 번씩 출두를 해야 하고 사장과 맞대면을 해야 하기 때문에 기피했다. 노동조합은 직접 진정서를 받아 해결할 법적인 권한이 없었으나 이런 이들에게는 노조의 도움이 절실했다.

임금을 받아주려고 싸우다가 사장을 때려 거꾸로 근로감독관으로부터 추궁을 받은 적도 있었다.

"당신들이 무슨 법적인 권리로 진정을 받고 사장을 때리는 거야?"

노조 간부들이 기죽을 리가 없었다.

"뭐요? 근로감독관이 줄 돈을 안 주는 나쁜 놈 편을 드는 거요?"

언성을 높여 싸우다가 해결이 안 되면 노동청 소장에게 쫓아 올라가기도 했다.

"저 새로 온 근로감독관이 사장한테 돈을 먹고 저러는 것 같은데 저 사람 모가지 자르지 않으면 지금 이 자리에서 농성에 들어갈 겁니다."

엄포를 놓으면 노동청 소장은 못 이기는 척 근로감독관을 야단쳐서 무마시키고, 사장은 씩씩대면서도 어쩔 수 없이 돈을 지불하기 마련이었다.

너무 싸움이 심해져 사장이 경찰에 고소까지 하는 경우도 드물게 일어났다. 그러면 이번에는 노조 담당형사나 중앙정보부 요원들이 나서서 무마시켜주었다. 군사독재체제는 자신을 위해 복무하는 사람들조차 소신을 가지지 못하고 오로지 윗사람 눈치만 보게 만들었다. 공식적으로는 청계노조를 무력화시키기 위해 총력을 기울였으나 개인적으로는 청계노조에서 말썽을 일어나면 자기 밥줄이 끊어질까 전전긍긍하며 조용히 끝나도록 도와주곤 했다.

줄기찬 주휴제 단속은 일정 부분 효과를 거두고 있었으나 여전히 노조의 눈을 피해 몰래 작업을 시키는 현장이 무수히 발각되었다. 특히 연말연시와 구정 때는 한 번 단속을 나가면 100건이 넘는 사업장을 적발했다. 비수기 때도 한 번 나갈 때마다 평균 60개소는 적발했다. 이들 사업장에 대한 각서와 노동청 진정 처리는 기본 일과의 하나가 되었다.

초창기 조합비 사용의 가장 큰 부분은 선전비였다. 1973년 상반기 조합비 160여만 원 중 선전비로 28만 원을 지출해 20퍼센트를 차지했다. 이는 사무실 운영비 총액과 같은 액수였다. 나눠주는 일도 큰일이었다. 식당이나 경비실 등 몇 군데 장소를 정해 대자보를 붙이면 그만인 다른 사업장과 달리 청계노조는 사업장이 흩어져 있기 때문에 근로계약 체결에 대한 안내문 하나도 8,000장이나 찍어야 했고, 이를 전체 시장에 나눠주기 위해서는 전 간부가 동원되어도 부족했다.

1972년 12월 1일에 창간한 기관지는 매달 5,000~6,000부씩 인쇄해 배포했다. 조합원들에게 신뢰를 주기 위해 문화공보부에 정식으로 등록을 하고 깔끔하게 타블로이드판으로 찍었다. 최종인 지부장과 이승철, 정인숙, 유정숙, 임현재 등이 편집위원을 맡아 시장의 현실에 맞는 신문을 만들기 위해 애썼다. 노보에는 독재정치를 우회적으로 비판하는 기사를 싣기도 했는데 문화공보부에서 이를 문제 삼아 『청계피복노보』의 등록을 취소하자 『청계피복노조 소식』이라는 새로운 제목으로 발행을 계속했다.

1973년 4월 5일 식목일에는 마석 모란공원의 전태일 묘소를 새로 단장했다. 그가 간 지 어느덧 3년째, 초겨울 추위 속에 제대로 심지도 못 했던 잔디가 어느새 촘촘히 뿌리를 내리고 있었다. 조합 간부들은 잔디를 손보고 묘소 앞에 나직하게 석축을 쌓아 제단을 만들었다. 그의 뜻을 이루기 위해 온몸을 던져 일해온 지도 벌써 3년째, 정리를 마치고 제단 앞에 무릎을 꿇은 삼동회 친구들의 가슴에는 가버린 친구에 대한 그리움이 밀려왔다. 원망스럽기도 하였다. 그 무거운 짐을 자신들에게 짊어지게 하고 홀연히 떠나버린 친구가 못내 그립고도 원망스러웠다.

소속된 소모임 숫자가 17개로 늘어난 아카시아회는 매달 수십 명이 참가한 가운데 을지로 5가에 있는 '이향의 집'이나 분도회관 등을 빌려 미용 강습부터 바자회 준비, 레크리에이션 지도자 교육 등을 실시했다. 12월 17일 분도회관에서는 600명 이상이 참여해 성황리에 '새마을노래잔치 공개 방송'이 열려 청계 노동자들이 처음으로 방송을 타기도 했다.

노조 사무실에서도 '여성이 지켜야 할 예의범절' '폐품이용법' 등 기초적인 지식 교육을 계속했다. 이런 교육들은 일단 초보자들이 노조에 관심을 갖고 좋은 곳이라는 인상을 심어주는 데 도움이 되었다. 노조 사무실에서 실시된 강좌에는 '건전한 이성 교제란 무엇인가' '헤어스타일' 등의 이채로운 내용도 있었다.

새마을노동교실을 만들기 위한 노력도 계속되었다. 350만 원을 목표로 건립기금을 모금했는데 업주들의 협조가 잘 이뤄지지 않아 매달 노사협의회 때마다 독촉한 결과 이듬해인 1973년 5월까지 258만 원을 징수할 수 있었다. 추진위원장인 동화시장 유인규 사장이 소유한 6층짜리 동화시장 빌딩 옥상에 50평 규모의 사무실을 임대했다.

5월 21일 개관식을 앞둔 노조에서는 정성을 들이느라고 비싼 돈을 주고 자주색 색깔까지 들어간 초청장을 만들어 그동안 노조를 도와준 많은 사람들에게 돌렸다. 그 중에는 장준하 선생과 함께 당대 민주화운동의 상징적인 인물이던 함석헌 옹도 있었다.

함석헌 옹은 작고 마른 체구에 하얀 수염을 기른 노인이었으나 당당하게 빛나는 눈빛에 단호한 의지가 새겨진 해맑은 얼굴이 마주치기만 해도 신비감을 느끼게 하는 인물이었다. 전태일 분신 당시 미국을 방문하고 있던 함석헌 옹은 미국에서 돌아오자마자 이소선 어머니의 집에 찾아와 위로를 해주고 자신이 발행하던 『씨올의 소리』에 전태일의 기사를 실어 널리 알리는 데 일조했다. 이후에도 수차례 노조를 방문해 격려를 해주었고 전태일 추도식도 『씨알의 소리』 주최로 열어주고 있었다.

노동교실 개관식에 함석헌 옹을 초청한 것은 당연한 일이었다. 이소선 어머니와 상의한 이승철은 전화로 참석을 부탁하고 정식으로 초청장도 보냈다. 함석헌 옹도 기꺼이 개관식을 축하하기 위해 찾아왔다.

그런데 함석헌 옹이 동화시장에 나타났다는 사실을 안 정보기관과 노동청은 발칵 뒤집혀버렸다. 육영수의 지시로 어쩔 수 없이 돈을 갹출해 교실을 만들기는 하였으나 신문기사에 '새마을노동교실'이 아니라 '전태일기념회관'으로 실린 데도 민감하게 반응을 보였던 그들이었다. 특히 문제가 된 것은 개관식에 육영수가 참석하기로 예정되어 있었기 때문이었다. 영부인의 일정은 기밀이기 때문에 노조 측에서는 모르고 있었던 것이다.

대통령 부인과 반정부운동의 지도자가 한 자리에서 축사를 하는 일은 있을 수 없었다. 정보기관은 즉각 육영수의 방문을 취소시키고 노동교실에 나타난 함석헌 옹을 끌어내기 위해 무더기로 달려들었다. 일대 몸싸움이 벌어졌다. 너나없이 앞장서 경찰을 밀치고 함석헌 옹을 안으로 들이려 했으나 역부족이었다. 함석헌 옹은 개관식장에 들어오지도 못한 채 발걸음을 돌려야 했다. 이 사건으로 개관식은 엉망이 되어버렸다. 형식적인 행사는 치러졌으나 분위기는 삭막했다.

함석헌초청사건의 여파는 컸다. 정부와 기업주는 이를 핑계로 애써 마련한 노동교실의 운영권을 일방적으로 빼앗아가버렸다. 노동교실이 입주한 동화시장 사장 유인규는 재산권을 내세워 노동교실을 노조와 상관없이 독자적으로 운영할 것을 선언하고 관리실장 등 실무자를 자신이 임명해버렸다.

다른 한편, 중앙정보부에서는 누가 함석헌 옹에게 초청장을 보냈는가 집중조사에 들어갔다. 전화를 건 이승철은 어딘지도 알 수 없는 골방에 끌려가 몇 시간을 두들겨 맞으며 심문당해야 했다. 이승철은 사무장으로서 노동교실이 생긴 게 기분 좋아서 아는 사람들에게 다 보냈을 뿐이라고 대답했으나 정보부에서는 데모하려고 부른 것 아니냐고 다그쳤다. 초청장에 넣은 자주색도 문제가 되었다. 빨갱이들이라 빨간색을 사용한 게 아니냐며 이소선 어머니와 노조 간부들을 다그쳤다. 지부장 최종인도 잡혀가 호되게 고생을 하고 나왔다.

동화시장 사장 유인규는 이 사건으로 노조가 궁지에 몰린 틈을 이용해 노동조합 활동 자체에도 개입하고 들었다. 1973년 6월 22일의 대의원대회를 앞두고 최종인 지부장을 포함해 노조 임원을 전부 해임하라고 요구하면서 노조 지도위원인 이선두를 지부장으로 선출하도록 압력을 넣었다.

최일호, 정경희 등과 함께 한국노총에서 영입되어 지도위원을 맡은 이선두는 노사교섭이나 노조실무에는 능했으나 기관이나 사용주 대표와는 친한 반면, 개별 사업장의 영세사업주들에게는 대단히 폭력적인 인물이었다. 임금체불이나 주휴일 문제로 노조를 방문한 사업주들을 지나치리만큼 심하게 윽박지르고 따귀를 때리는 등 조합의 정당성을 훼손하고 있었다. 다른 간부들이 미리 손발을 맞춰 한 사람은 소리치고 다른 사람은 적당히 말려서 좋게 끝내는 것과는 본질적으로 달랐다. 이런 모습은 조합원들에게도 거부감을 불러일으켜 이소선 어머니와 삼동회 회원들은 그러지 않아도 이선두를 내보내려 생각하던 중이었다.

반면 유인규는 이선두를 지부장으로 해야만 청계노조가 살 수 있다고 떠들고 다녔다. 중견 간부들을 직접 만나 이선두가 아니면 노조는 망한다고 협박하고 대의원들까지 찾아가 이선두를 뽑지 않으면 청계노조를 가만두지 않겠다며 노골적으로 협박했다. 한 술 더 떠 사용자 대표 회의를 소집해 이선두를 지원하자는 결의를 이끌어내기까지 했다. 공식적으로 사업주들의 지지를 받는 후보가 탄생한 꼴이었다.

이선두 같은 인물이 지부장이 된다면 청계노조의 어용화는 불 보듯 훤했다. 이선두를 제외한 집행부 임원들이 모여 대책에 들어갔다. 모두의 결론은 최종인이 물러나지 말고 계속해서 지부장을 해야 한다는 것이었다. 당사자인 최종인만 반대였다. 그는 궁지에 몰린 노조를 정상화하기 위해서는 일단 자신이 물러나야 한다고 생각했다. 삼동회 친구들과 이소선 어머니가 설득을 하다못해 욕을 하고 삿대질을 하며 싸워도 최종인의 고집을 꺾을 수 없었다.

결국 전체 임원이 사퇴한 후 새로운 지부장 후보로 최일호를 밀기로 했다. 1973년 6월 22일 대의원대회는 최일호를 지부장으로 선출했다. 최종인은 상임 부지부장에, 부지부장에는 유정숙과 박정근이 뽑혔다. 회계감사로는 박명옥과 전석기, 김영태가 선출되고 운영위원으로 이영호, 이숙희, 이봉순, 박준옥, 오운선, 임영란, 이상희, 이정은, 채희정, 김봉순, 김혜숙이 뽑혔다.

이선두가 낙선하자 유인규는 바로 다음날 노동교실의 문을 잠가버렸다. 자기 개인의 소유물이니 마음대로 하겠다는 것이었다. 유인규는 업주들의 연대서명을 받아 노동청에 진정서를 내는 한편 각 시장에 청계노조에 협조하지 말라고 선동하여 노조파괴 공작의 전권을 위임받았다. 동화시장에는 청계노조와 다른 새로운 단일노조를 결성한다고 소문을 내기까지 했다.

노조에서는 일단 물리적 희생이 따르는 투쟁보다는 평화적인 협상을 택했다. 여성 조합원들과 상의해 노동교실을 돌려달라고 탄원하는 편지를 쓰기 시작했다. 유인규 사장 앞으로 무수한 편지들이 배달되었다. 주로 애원하는 내용이었으나 때로는 협박을 하기도 했다. 도움은 되지 않았다. 여성 노동자들의 편지에 감동받아 교실을 돌려줄 정도로 감상적인 사람들은 아니었다.

최일호는 일단 지부장을 맡기는 했으나 앞장서서 감옥에 갈 의지를 가진 사람은 아니었다. 그는 한국전쟁 때 북한군으로 잡혀 포로수용소에 들어갔다가 전향해 석방된 반공포로 출신으로, 자신의 전력 때문에 빨갱이로 몰릴까 두려워 운동의 전면에 나서기를 꺼렸다. 이선두를 몰아내기 위해 임시로 지부장을 맡기는 했으나 계속해서 사임 의사를 밝힌 최일호는 결국 두 달 만에 스스로 물러나 최종인 직무대리 체제가 되었다. 최일호는 사임 후에도 비공식적인 활동은 계속했다.

이선두 밀기에 실패한 정보부와 사업주들은 이번에는 이승철을 해임하라고 요구했다. 조합에서는 공식적으로 이승철의 해고를 거부했다. 이승철은 한동안 버텨냈다. 부서 부장 직함도 부담이 되자 법규부장 서리로 내려앉기까지 했다. 그러자 회사는 전임자에 대한 임금 지급을 거부하고 노조 간부들의 활동을 방해하고 나섰다. 시장 경비들을 동원해 조합 간부들의 공장 출입을 가로막았다. 간부들은 날마다 공장에 나가 경비들과 몸싸움을 벌이다가 저녁때는 진이 빠져서 사무실로 돌아왔다. 탄압은 끈질겼고, 간부들은 지치기 시작했다.

여름이 지나갈 무렵 우이동 계곡에서 간부들이 모두 모여 술자리를 열었을 때, 마침내 최종인이 어려운 이야기를 꺼냈다.

"승철아, 노조가 너무 힘들다. 이런 때는 숨통을 터서 살아나야 하지 않냐? 솥뚜껑을 완전히 덮어버리면 터지니까 조그만 구멍을 내서 터지는 것을 방지해야 하지 않겠냐?"

최종인은 지혜로운 사람이었다. 이소선 어머니는 자식을 잃는 듯 마음이 아팠으나 일단 노조를 살려놓고 돌아오게 할 생각으로 최종인의 말에 찬성했다. 이승철 자신도 이미 사퇴를 결심하고 있었다. 노조 간부 자리에 연연하는 마음은 전혀 없었다. 이날 모임에서는 이번 기회에 집행부를 쇄신하기 위해 집행부 전원이 일괄퇴진한 후 새로 뽑기로 했다. 모두들 할 말을 잃고 술만 들이켰다.

1973년 9월 18일 운영위원회에서 상근직 간부 전원이 사표를 제출해 이 중에서 이승철과 양승조, 신진철, 신정은의 사표가 수리됨으로써 노동교실 개관식 사건은 일단락되었다. 교선부장 임현재와 부녀부장 정인숙의 사표는 반려되었다. 이로써 아홉 명이던 상근자는 다섯 명으로 줄어들었다.

최종인 직무대리 체제의 노조는 다음 달인 10월 5일 임시 대의원대회에서 정식으로 최일호의 사표를 수리하고 최종인 지부장을 재선출했다. 공석이 된 부지부장에는 송재형을, 박춘옥과 이영호가 사표를 냄에 따라 장현순과 전풍현을 운영위원으로 보선했다. 또한 2주 후 열린 운영위원회는 총무부장에 정경희를 전임자로 인준하고 비상임으로는 법규부장에 정동수, 조사통계부장에 김혜숙, 복지대책부장에 전명순을 임명했다.

일체 단체협약이나 노사협의회를 거부하던 회사 측은 그제야 단체협상에 들어와 시다 최저임금 6,000원, 임금삭감 불가 등의 조항을 신설했다. 노조 상근자의 임금도 미싱사 월급 수준인 1인당 3만 원으로 인상되었다. 뺨 치고 어른 격이었다.

이승철은 상근을 그만둔 직후 재단사 친목회 회장의 소개로 재단사로 취직해 일을 하면서도 조합원 자격으로 노조 사무실에 드나들며 비공식적인 활동을 했다. 어느 날은 이승철이 노조에 드나드는 것을 보고 담당형사가 문제 삼았다가 혼쭐이 나기도 했다.

"이승철이는 노조에서 손 떼기로 했는데 왜 온 거야?"

형사의 말이 떨어지기 무섭게, 듣고 있던 이소선 어머니가 형사에게 달려들어 멱살을 틀어잡았다.

"이 무식한 짭새야, 조합원이 점심시간에 조합 사무실에 오는 것도 죄냐? 너나 어서 꺼지지 못해?"

이소선 어머니는 창동집에 함께 살고 있는 이승철이 노조에 가지 못하게 된 것에 화병이 날 지경이었다. 이승철은 작전상 물러나는 것일 뿐, 노조가 힘이 생기고 상황이 바뀌면 돌아갈 테니 걱정 말라고 달랬다.

사임한 다른 간부들도 취업을 했다. 회사와 사업주들은 일하기 싫어하는 사람들이 노조를 한다며 악선전을 했지만, 노조 집행부들만큼 열심히 일하는 이들도 없었다. 개인적으로는 공장에 돌아가면 훨씬 더 많은 돈을 벌고 마음도 편했다. 노조 간부가 상근을 그만두면 바로 현장에 취업해 누구보다도 열심히 일하는 것이 전통의 하나로 자리잡을 정도였다.

집행부 교체를 통해 자신들의 힘을 과시하는 데 성공한 회사 측은 마음 놓고 노동교실을 주물렀다. 유인규는 '청계피복지부 새마을노동교실'이라 쓴 간판을 떼어버리고 '시장 상가 새마을노동교실'로 이름을 바꿨다. 자기 편 관리실장으로 하여금 노조 간부들의 출입을 막도록 하는 한편, 어린 시다들을 모집해 중등반 기초과정 교육을 진행했다. 교육 과정에서 노동운동에 대한 의식이 심어지지 못하도록 철저히 검정고시 위주의 교육을 하면서 장차 고등공민학교로 발전시킬 것이라고 선전까지 했다.

노조는 가끔 대의원대회나 기술 교육 장소로 허가를 얻어 사용하는 정도뿐, 일체 관리권이 없었다. 노조에서 기획했던 교육·문화 사업은 수포가 되어버렸다. 노조는 노동조합이 운영하라는 애초의 취지와 어긋난 점을 노동청에 진정했으나 '노사가 협조해 정상적으로 운영하라'는 회답만 돌아왔다. 노동교실 정상화는 정부나 기업주의 손을 떠나 노조의 과제로 넘겨졌다.

함석헌초청사건의 여파로 물러났던 이들은 1974년 들어 하나씩 노조에 돌아왔다. 지부장을 사임한 후에도 비공식적으로 노조를 도와온 최일호가 3월 1일에 신설된 기획연구위원을 맡아 돌아왔다. 같은 날, 공석이던 조직부장에 신기호가 임명되었는데 석 달 후 신진철에게 인수하고 사퇴하자 신진철도 돌아왔다. 6월 8일에는 김혜숙이 사표를 제출한 비상근직 조사통계부장 자리에 이승철이 임명되어 상근직으로 전환됨으로써 최일호, 신진철, 이승철이 다시 노조에 근무하게 되었다. 5월 30일에는 부녀부장 정인숙이 가톨릭노동청년회 전국회장을 맡아 사임하면서 부지부장 유정숙이 부녀부장을 맡아 상근하게 되었다. 이로써 양승조를 제외한 주요 간부들이 모두 돌아와 다섯 명의 부서 부장이 상근을 하게 되면서 노동교실 정상화 문제는 이들의 숙제로 넘어갔다.

그러나 정부와 회사 측은 노동교실뿐 아니라 노조의 다른 복지기관들도 없애려 시도하고 있었다. 먼저 문제가 된 곳은 후생식당이었다. 노조 설립 직후인 1971년 2월에 복지의원과 동시에 만들어져 서울시의 지원으로 운영되어온 후생식당이 돌연 폐쇄된 것은 1973년 11월 1일이었다. 도시락을 싸 오지도, 점심 사 먹을 여유도 없는 가난한 노동자들에게 단돈 10원으로 푸짐한 국수를 나눠주던, 비수기인 여름철에는 하루 300명, 성수기에는 하루 600명까지 이용하던 식당이 문을 닫게 되자 노동자들의 항의가 빗발쳤다.

조합에서는 서울시장과 중구청장에게 식당의 부활을 요청하는 진정서를 내고 조합원들이 중구청과 서울시청에 몰려가 항의하는 사태가 벌어졌다. 후생식당을 영등포구 신월동 철거민 정착 단지로 이전했다는 답변만 하던 서울시는 한 달 만에 후생식당을 부활시키지 않을 수 없었다.

복지의원은 동화시장 6층 옥상에 의료시설을 갖추고 시간과 돈이 없어

병원에 가지 못하는 조합원들에게 의료봉사를 하고 있었다. 첫해만도 무려 1만 1,000명 노동자의 건강진단을 하여 2,770명을 치료하였는데 이 중 무료진료와 무료진찰이 2,700건에 이르는 등 조합원 복지에 큰 역할을 해오고 있었다. 그런데 1974년 1월 1일부터 노동청에서 더 이상 복지의원 운영비 지원을 못 하겠다고 통보해 왔다. 이에 실무를 맡아왔던 대한산업보건협회에서도 독자적으로 운영할 대책이 없다며 복지의원을 폐쇄해버렸다. 노조에서 팔방으로 뛰어다니고 항의를 해도 소용이 없었다.

복지의원을 되살려준 곳은 '아세아아메리카자유노동기구'였다. 통상 '아프리'라 불리던 이 단체는 한국을 포함한 제3세계 노동운동을 물질적으로 지원하는 미국노동총연맹(AFL) 산하 조직이었다. 아프리는 이미 노동교실에 시청각자재, 교육용 미싱 등을 지원하고 있었는데 운영이 제대로 되지 않자 더 이상 자재를 공급하지 않기로 결정하고 있었으나 노조에서 직접 복지의원을 운영하겠다고 설득하자 다시 자재류를 지원하겠다고 밝히고 이를 노동청에 통고했다.

아프리 개입으로 문제가 확대되자 노동청에서는 한 달 후인 2월 1일, 원장과 엑스레이 기사, 간호사 등 세 명의 인건비를 지원하는 조건으로 그 운영을 종래의 대한산업보건협회에 계속 맡기겠다고 제안해 왔다. 노조에서는 대한산업보건협회에 운영권을 일임할 수 없다며 아프리와 노조의 참여를 제시, 몇 차례 협상 끝에 절충안 타결에 이르렀다. 복지의원 운영위원회는 보건협회뿐 아니라 노동청·노조·시장 상가 대표가 참여하며 아프리에서 지원하는 물품의 소유권은 청계노조에 있다는 내용이었다.

조합에서는 복지의원이 6층이나 되는 동화시장 옥상에 있어 아픈 사람들이 오르내리기가 어렵다는 점을 들어 새로운 장소로 이전할 것도 제안했다. 을지로 6가 18번지에 있는 4층 건물인 유림빌딩이 적소였다. 각기

22평인 2층과 3층을 600만 원에 전세 내 최종인 지부장 명의로 등기하여 2층은 복지의원으로, 3층은 노동교실로 쓰기로 했다. 이에 들어가는 전세 비용과 집기류 일체는 아프리에서 지원받았다. 복지의원 개관식은 1974년 8월 20일에 열렸다.

이로써 복지의원은 정상화되었고 노동교실도 한 군데가 더 확보되었다. 그러나 노동교실의 운영권은 여전히 회사 측이 가지고 있어 일일이 회사 측 관리실장의 허락을 맡아 사용해야 했기 때문에 대의원대회 정도 외에 노동운동과 관련된 용도로는 쓸 수 없었다. 노동교실 정상화는 계속해서 모두의 과제로 남았다.

6 노동교실을 되찾다

1974년은 실로 노조의 일상활동이 전성기를 맞은 시기였다. 이 무렵 아카시아회 전체 회장은 김봉순이 맡고 있었고 산하의 크로바클럽은 최용분이, 정선희의 언제나클럽, 강춘옥의 매화클럽, 이영미의 비둘기클럽, 임현숙의 민들레클럽, 유영빈의 토끼클럽, 이숙희의 이화클럽, 임금자의 달무리클럽 등이 활발히 움직였다. 박종화를 중심으로 한 이본침회(주로 청바지 옆선을 두 줄로 박는 바늘 두 개짜리 미싱기계인 이본침을 담당하는 노동자들의 모임)와 박원섭의 산울림회는 남성들만의 조직으로 활동했고 작업복 미싱사의 모임인 시우회, 와이셔츠업체 모임도 준비되고 있었다. 그 밖에도 일일이 나열할 수도 없는 많은 소모임들이 노동조합의 기틀로서 신규 조합원들을 조직하고 의식화하는 역할을 했다.

제한적이나마 노동교실을 이용해 여성의 질병, 이성교제, 영양관리, 요리법, 사춘기 자녀의 성 문제 등 다양한 교육을 실시해 초보적인 조합원들을 조직했다. 노동운동에 관련된 교육은 서울청소년회관, 선명회수양관, 한국노총 버들캠프장, YWCA 강당 등을 빌려 강연회를 열거나 야유회를 통해 진행했다.

1974년 4월부터 매주 월요일 오후 1시부터 2시까지 조합 사무실 앞에서 점심시간을 이용해 '밝은노래부르기대회'를 열었다. 레크리에이션협회 안상호의 협조를 받아 당시 유명한 건전가요 작곡가이자 강사이던 전석환과 윤중석이 이끄는 가수들이며 뽀빠이라는 별명으로 유명한 이상룡이 출연해 대단한 인기를 끌었다. 총 24회에 걸쳐 실시된 대회 때마다 노조 사무실 앞 옥상에는 당시 유행이던 미니스커트에 긴 생머리를 한 여자들이 통기타로 반주를 하는 가운데 매회 90명에 이르는 노동자들이 빼곡히 모여 앉아 악보를 들고 노래 따라 배우며 즐거워했다.

아카시아회는 불우이웃돕기 기금 마련을 위해 해마다 5월 8일 어버이날에 카네이션을 팔았고 평소에도 점심시간을 이용해 귤을 파는 등의 일을 통해 조합원을 조직했다. 이렇게 모은 돈은 연소 근로자 위안잔치 등에 사용했다. 한 푼이라도 아끼기 위해 떡이나 음식을 모두 직접 만들어 날랐는데 여성 간부들은 잔치에 쓸 떡을 해서 두 말씩 머리에 이고 나르느라 목이 빠지는 것 같았다. 창동집에서는 여성 간부들과 전순옥, 이소선 어머니가 전날 밤부터 김밥을 쌌는데 양이 엄청나 모두들 파김치가 되었다. 때로는 이영순, 신순애 등이 신당동 집에서 음식을 만들었다. 위안잔치뿐 아니라 각종 행사들에서도 모두 직접 음식을 만들었다. 김밥을 한번 말면 최소한 300개에서 500개였고, 김치며 식기를 준비하는 일도 보통 큰일이 아니었다. 그래도 신이 나고 재미있었다.

노조 운영위원회는 1974년 2월 5일 회의에서 시장별 구역담당위원 제도를 만들어 조직의 안정적인 관리에 들어갔다. 빈번한 직장이동과 퇴직 등으로 조직의 현황을 파악하는 데만도 상당한 시간이 허비되는 현황을 개선하기 위해 시장을 중부 구역 3개, 동부 구역 1개로 나눠 유정숙, 임현재, 정경희, 신진철, 이승철 등이 책임을 지게 하고 그 밑에 53명의 구역담당위원을 두었다. 구역담당위원들은 주 1회 구역별 회의를 갖는 등 연간 71회의 모임을 통해 조직을 정비한 결과 전년도 조합원 8,000명 중 2,000명을 탈퇴나 전출로 정리했는데, 이 활동 자체로도 중견 조합원을 양성하는 효과가 있었다. 10월 20일에는 돈보스코센터에서 제1차 구역담당위원 훈련회를 열기도 했다.

초보적인 조합원을 조직하는 데에는 야유회나 오락 교육도 효과적이었다. 뚝섬은 물론, 하일동 등 한강변이 모두 유원지로 쓸 수 있을 정도로 깨끗한 시절이었다. 1974년 8월 11일 성동구 하일동의 가래울유원지에서 아침부터 밤중까지 열린 야외 교육에는 102명이 참가해 수영을 배웠다. 10월에는 노동교실에서 5일에 걸쳐 기타 연주 교육을 했고 12월에는 5일 동안 점심시간에 레크리에이션 지도자 교육을 했는데 매회 30여 명이 참가해 조직가로서의 자질을 키웠다.

유명인사들도 많이 와서 가르쳤다. 1975년 1월에는 국가대표 축구선수인 김호곤, 박병주, 허승표가 직접 노동교실을 방문해 축구의 기초상식 및 국내외 축구시합의 경험담을 들려주는 특별 교육을 했다. 훗날 문화계의 거목이 되는 김명곤을 초대해 진도아리랑 같은 창도 배우고 유인렬과 김경란이 춤도 가르쳐주었는데 마땅한 장소가 없어 서울대까지 가서 연습을 하기도 했다.

추석 때는 달맞이 행사도 개최했다. 추석이 와도 집에 못 가고 철야를 하는 노동자들을 위로하기 위함이었다. 처음에 덕수궁에서 시작해 종묘에서도 한번 행사를 열었는데 역대 임금의 신위가 모셔진 곳이라 음주가무는 안 된다고 하여 금곡릉으로 옮겼다. 달맞이 행사에는 매번 수백 명도 넘는 노동자들이 참석해 흥겨운 하루를 보냈다. 다 같이 한복 입고 강강술래를 돌고 줄다리기도 했는데 다들 얼마나 열성인지 그 굵은 밧줄이 끊어진 일도 있었다.

이 무렵 야유회나 수련회가 열리면 꼭 '써니텐'이라는 별명으로 불리던 할아버지가 나타나곤 했다. 자식들을 공부시켜 의사하고 변호사를 만들었더니 도둑질만 하고 산다며, 이소선 어머니는 이렇게 훌륭한 자식들을 두어 너무 부럽다고 말하곤 하던 써니텐 할아버지는 수련회마다 기금을 내고 나무현판을 만들어주기도 한, 잊지 못할 후원자였다.

홍보작업도 활발했다. 주휴제 실시에 대한 안내 등 노조활동을 알리는 포스터들과, 6개월에 한 번씩 발행되는 소식지를 6,000부나 찍어 시장에 배포하여 조합의 활동을 알렸다. 이 유인물과 포스터는 조합 간부들은 물론 소모임에 참가한 노동자들에 의해 현장 곳곳에 배포되었다. 단체 활동에 대한 통제가 극심한 유신시대에 경찰이나 사업주의 방해를 뚫고 유인물을 나눠주는 일도 열성 조합원들을 훈련시키는 좋은 방법이었다.

이런 과정을 거쳐 열성적으로 조합 활동을 하게 된 나이 어린 여성 노동자들이 무수히 많았다. 이들 중견 여성 조합원들은 노조의 가장 든든한 기초가 되었다. 이들이 존재하지 않았다면 1980년도까지 수천 조합원을 유지하며 수다한 싸움을 해낼 수는 없었을 것이다.

박태숙도 대표적인 인물의 하나였다. 박태숙은 열네 살 어린 나이에 큰언니가 일하던 아동복공장에서 일을 시작한 전형적인 미싱사였다. 아직 전기 미싱이 나오기 전이었다. 큰언니는 소아마비라서 발로 밟아 돌리는 미싱을 다룰 수 없었기 때문에 단춧구멍 만드는 일인 마도메를 했는데 명절 때면 한 달 전에 옷 보따리를 싸가지고 공장에 들어가 다락에서 먹고 잤다. 명절을 맞으면 미싱사들도 보름씩 철야를 하는 게 예사였다. 1970년대 초반까지도 단추 다는 기계가 따로 없었기 때문에 낮 동안 미싱사들이 만들어놓은 옷에 수공으로 단춧구멍을 내고 단추를 달다 보면 밤을 꼬박 새우기 마련이었다. 한 달 만에 집에 오는 언니의 얼굴은 햇볕을 받지 못해 하얗다 못해 푸르딩딩했다.

언니를 따라 들어간 공장은 박태숙에게도 가혹했다. 토요일에는 미싱사들도 새벽 2시, 3시까지 일하기 때문에 새벽시장에 옷 나가는 시간에 맞춰 시다들까지 꼬박 밤을 새워 단춧구멍을 내고 단추를 달았다. 시다들이 천근같이 무거운 눈꺼풀을 버티며 바느질을 하고 있노라면 다락에서 새우잠을 자던 미싱사들이 누에처럼 시멘트 바닥으로 툭 떨어지곤 했다. 떨어진 미싱사들은 몽유병 환자처럼 엉금엉금 기어 다시 다락에 올라가는데 아침에 "언니, 새벽에 다락에서 떨어진 거 알아요?" 물어도 기억을 하지 못했다.

이렇게 열심히 일을 한다 해서 돈을 버는 것도 아니었다. 제품공장 7~8년이면 일급 미싱사가 되지만, 시다 생활 몇 년, 미싱보조 생활 몇 년 동안 거의 돈을 벌지 못하기 때문에 미싱사라 해도 단칸 사글셋방을 면하기 힘들었다. 겨우 일류 객공이 되어 성수기 몇 달 동안 돈 좀 모을라치면 비수기가 닥쳐 몇 달 동안 다 까먹기 마련이었다. 와이셔츠는 나은 편이지만 일감의 변동이 심한 점퍼나 대인복(성인복)은 몇 달 동안 일감을 얻지 못해 놀다가 겨우 몇 달 일하고 그나마 월급도 받지 못해 노조에 찾아와 하소연하는 이십대 후반의 고참 미싱사도 종종 있었다. 가방끈이 길어 안정된 직장에서 꾸준히 돈을 모으는 사람들은 객지 생활 7~8년 동안 뭐를 했기에 한 푼 모아놓은 게 없냐고 시장 노동자들을 핀잔주지만, 이 땅에서 피복 노동자로 살기가 얼마나 팍팍한 일인지, 당사자가 아니면 알 수 없었다.

자신을 포함한 주위 사람들 모두가 이 깊은 가난의 구렁텅이에서 벗어날 수 없음을 너무 일찌감치 깨달은 박태숙에게 사람답게 사는 기쁨을 알려준 곳은 노동조합이었다. 노동운동을 통해 세상을 바꿀 수 있다는 희망은 그녀에게 두려움을 없애주었다.

1974년도 가을, 열여섯 어린 나이에 노조에 드나들기 시작한 그녀는 샛별모임, 비둘기모임 같은 소모임을 거쳐 김덕순, 조미자, 이정임, 성양자와 함께 '나란히모임'을 만들어 1980년도까지 줄기차게 싸움에서 앞장섰다. 나란히모임에는 여성 강학인 윤경원이 늘 함께하며 학습을 이끌었다. 박태숙뿐 아니라 열성 조합원들은 단 하루도 쉬는 날이 없이 조직하고 학습하고 또 싸우는 데 동원되었다. 경찰서를 내 집처럼 드나들고 몸에 매 맞은 상처가 가실 날이 없는 나날을 보내면서도 늘 활기차고 기분 좋았다. 그녀는 다른 친구들이 노조를 떠날 때도 끝까지 남아 앞장서서 싸운다.

전북 정읍 출생의 김덕순은 시다로 일하던 열여섯 살 때 유정숙 부녀부장의 소개로 정선희와 임금자를 만나 노동교실에서 공부하는 한편 비둘기클럽을 통해 무용을 배우면서 노조활동을 시작한 경우였다. 어린 나이여서였을까, 무용은 너무 재미가 있었다. 점심시간만 되면 간단히 도시락을 먹고 노동교실로 달려가 30~40분 정도 무용을 배우고 다시 현장으로 달려갔다. 어버이날이면 도매시장에서 카네이션을 떼어다가 상가와 거리를 누비고 다니며 팔았다. 곳곳에 음악다방이 있어 젊은이들 사이에 디제이들이 인기 최고이던 시절이었다. 키 크고 날씬한 김덕순은 인기가 좋았다. 디제이에게 애교스럽게 커피를 사주고 방송을 타게 하면 가져간 꽃을 다 팔고도 모자랐다. 연말이면 연하장이나 카드를 만들어 팔고 귤도 팔아 모은 기금으로 봉사활동을 했다. 모든 게 너무 재미있었다. 소모임은 여러 가지 이유로 해산되거나 새로 만들어졌는데 김덕순은 비둘기클럽이 깨진 후 샛별모임을 거쳐 나란히모임까지 하면서 빠르게 변해갔다.

봉사활동은 그녀에게 많은 것을 깨우치게 했다. 가난한 이웃을 돕는 사이에 자기보다 더 못사는 사람들이 많다는 것을 알게 되고 '나만 왜 이렇게 못살고 고생할까?' 하는 한탄을 넘어 나보다 더 어려운 사람들, 그리고 청계천의 불쌍한 어린 노동자들을 도와야겠다는 생각을 하게 되었다. 김덕순은 자신이 노동자라는 것, 초등학교밖에 나오지 못했다는 것을 더 이상 부끄러워하지 않는 당당한 소녀로 다시 태어났다. 그녀는 1975년부터 시작된 온갖 싸움에 빠짐없이 참가하는 열성 조합원이 되었다. 남자에게 손목만 잡혀도 아파 비명을 지르는 나약한 체격이었으나, 기동경찰의 방망이 앞에 아무 방패도 없이 노출될 때의 두려움도, 시커먼 군홧발에 짓밟힐 때의 설움도 그녀를 꺾지 못했다. 어린 나이였지만, '이건 아니다. 이런 세상은 옳지 못하다'는 깨달음이 있었기 때문이었다.

조합 활동을 한다고 해서 일에 게으를 수는 없었다. 먹고살기 위해서라도 최선을 다해 일했다. 저녁에 일찍 끝내고 노동교실에 가는 시간을 맞추기 위해 낮 동안 남보다 두 배는 더 열심히 빨리 일했다. 교도소에 면회 가느라 부득이하게 낮에 일을 못 하게 된 날은 아침에 남들보다 한두 시간 일찍 출근해 점심도 안 먹고 일했다. '조합하는 사람은 일 안 한다'는 욕을 먹지 않도록, 정말 열성을 다했다.

이렇게 7년 이상 계속된 조합 생활은 그녀의 인생에 가장 황금 같은 시간이었다. 오랜 세월이 흘러서도 그녀는 그때 그 언니들을 만나지 못했다면 자신의 인생이 얼마나 초라해졌을까 생각했다. 결혼을 하고 살림을 하면서 사람들을 자주 보지 못하게 된 후에도 마치 그 모든 사람들이 주변 어디선가 자신을 수호하고 있다는 느낌을 잊은 적이 없었다.

박태숙이나 김덕순뿐이 아니었다. 장윤주, 조미자, 장선애, 고영화, 윤매실, 임미경, 임경숙, 전덕순, 정만복, 김혜진, 최현미, 김선주, 최옥분, 이영숙, 김은숙, 조선희, 김인령, 정인주, 이강숙, 이광선, 이수진, 서경애, 이애경, 이연순, 조선영, 서연자, 조안심, 조명심, 김명숙, 서장순, 차외숙, 조세휘, 이지선, 장옥자, 박인숙, 최순희, 이정임, 서녕곤, 유동선, 전경숙, 홍지연, 오경아, 유미숙, 이상두, 박현전, 정미숙, 김행자, 이종희, 김영분, 이경숙, 이애경 등 열댓 살 비슷한 나이에 아카시아회나 노동교실을 통해 노조활동을 시작한 수많은 여성 노동자들 대부분이 이와 비슷한 경로를 거쳐 변치 않는 청계 식구가 되었다.

이들 중견 조합원들의 탄탄한 지지 위에, 1974년은 임금협상을 위한 실태조사가 최초로 광범위하고 체계적으로 이뤄진 해이기도 했다. 직접적인 임금교섭에 들어가지는 못했으나 이를 준비하기 위한 토대를 만들기 위함이었다. 조합에서는 우선 1월 31일 자로 '임금인상 및 제도개선 대책위원회'를 구성, 박정근을 위원장으로 점퍼부에 정동수와 유정숙, 숙녀복부에 장병오와 김혜숙, 아동복부에 박기옥과 김진숙, 작업복부에 차엽과 정만복, 와이셔츠부에 신순애와 이연수, 블라우스부에 장현순과 이봉순을 책임자로 지명하고 임현재가 이를 총괄했다.

대책위는 2월 18일부터 일주일 간 부문 및 직능 별로 표본추출한 146개 업체 노동자 1,196명을 대상으로 설문을 실시하여 임금 현황을 파악하는 한편, 3월 한 달 간은 사업장의 이사나 폐쇄 등 변동사항을 조사해 사업장대장을 새로 작성했다. 4월에는 또다시 144개 사업장을 대상으로 임금인상 현황을 조사했다. 장차 임금교섭의 토대가 될 이 작업을 위해 대책위원을 포함한 24명의 조사원들은 발바닥에 물집이 잡히도록 돌아다녔다.

시간단속도 계속되었다. 상근자의 감소로 인력이 절대 부족한 가운데서도 조합 간부들은 주휴제와 철야작업 단속을 위해 야간도 휴일도 없이 시장을 누비고 다녔다.

주휴제는 2년째 수십 번이나 단속을 벌여 조금 나아지기는 했으나 여전히 지켜지지 않는 사업장이 많았다. 예년과 마찬가지로, 일요일에 일을 시키다 적발되면 노조 간부들은 즉석에서 작업 중단을 요구했다. 대개 사업주들은 조합 간부들의 말에 따랐으나 상습적으로 걸린 을지상가의 6개 업체는 노동청에 진정서를 제출할 수밖에 없었다. 노조 간부들의 단속을 거부하고 싸움까지 벌인 동화상가, 신아사 등 4개 업체는 정식으로 고발조치했다. 추석을 앞둔 노사협의회에서는 성수기 때 일시적으로 셋째와 넷째 주휴일 작업을 용인하되 휴일수당 100퍼센트를 지급하기로 결정했는데 무슨 이유가 있더라도 철야작업만은 절대 금지하기로 합의했다.

철야작업 중단은 주휴제보다 더 빨리 정착되고 있었다. 1974년 초 네 차례에 걸쳐 자정 이후에 야간순찰을 돈 결과 79개 업체가 적발되었는데 이는 2년 전의 순회에서 단 하룻밤에 84개소가 적발된 데 비해 4분의 1 이하로 줄어든 것이었다. 1973년 순회에서 1회 평균 53개소를 적발한 데 비해서도 상당한 발전이었다. 노조에서는 겨울 성수기에 적발된 업체들은 시장의 특성을 감안해 시정을 약속받거나 노동청에 진정하는 정도로 그쳤으나 1974년 들어서도 철야를 하다 적발된 통일상가의 삼미사 등은 고발조치해 벌금을 물게 했다.

이렇듯 청계노조가 활발하게 움직이는 동안에도 정치 상황은 악화일로에 있었다. 유신헌법을 관철시킬 때만 해도 침묵에 빠졌던 민주세력이 계엄령이 해제되면서 다시 목청을 높이기 시작하고 현장에서는 속속 민주노조들이 결성되어 노동자의 정치의식을 높여나가자 박정희는 더욱 강도 높은 탄압을 가했다.

1974년 1월 8일, 개헌운동을 금지하는 대통령긴급조치1호를 발동하는 것을 시작으로 모든 집회와 시위를 원천적으로 금지하는 긴급조치9호까지 잇달아 발동시키면서 온 국민의 일거수일투족을 철저히 억조였다. 이름만 민주공화국일 뿐, 봉건시대와 다름없는 위계질서가 강요되었다. 이른바 긴급조치시대가 시작된 것이다.

집회와 시위는 물론 정치 문제에 대한 어떤 발언도 용납되지 않는 미증유의 독재는 족쇄처럼 노동운동을 제약했다. 폭력과 억압으로 이 사회를 유지하려는 극우보수적인 군사문화는 노동자들의 일상 속에도 깊숙이 파고들어 모든 진보운동과 저항은 불온한 것으로 인식되고 금권과 폭력에 순종하도록 훈련받았다. 민주공화국의 근간이 되는 민주주의의 기본원칙들은 한국적 민주주의라는 신조어에 의해 경멸의 대상으로 전락했다. 이런 악조건 속에 노동자를 조직하고 투쟁하기란 너무나 힘겨웠다.

박정희 정권은 봇물 터지듯 흘러나오는 지식인들의 유신철폐운동을 탄압하는 한편으로, 기층민중을 달래는 방편으로 이전보다 다소 유리한 몇 가지 법률을 제시하기도 했다. 1974년 1월 14일 발표된 긴급조치 3호의 4항은 노동 문제에 대한 내용으로, 회사가 망했을 때 우선적으로 임금을 받아낼 수 있는 임금채권 우선변제권이 만들어졌고 강제근로나 폭행, 중간착취, 임금체불 등에 대한 벌금과 징역형도 상향조정되었다.

조합에서는 이런 조항들을 역으로 이용해, 단체협상에 응하지 않거나 협약을 이행하지 않는 사업주들에게 보내는 공문에 "만약 회신이 없거나 이행이 되지 않을 시는 '국가보위에 관한 특별조치법' 위반으로 임의처리하겠음을 첨언합니다" 같은 문구를 박아넣어 엄포의 효과를 볼 수 있었다. 그러나 체불임금을 받기가 조금 더 쉬워졌다는 것이 임금이 오르는 것을 의미하지는 않았다. 오히려 임금을 올리기 위한 어떠한 단체행동도 금지시킴으로써 노동자에게 훨씬 더 많은 희생을 강요할 뿐이었다. 정부에서 주도하는 관제데모 이외의 모든 집회와 농성이 철저히 금지되자 근로조건 개선을 위한 노조의 활동은 극히 위축될 수밖에 없었다.

이 철저한 폭압의 시절에도 노동운동 내부에는 새로운 싹이 터 오르고 있었다. 1972년 원풍모방과 동일방직, 1974년에는 반도상사, 1975년에는 YH무역에 만들어진 노조들이 활발하게 움직이고 있었다. 이들은 법적으로는 한국노총 소속이었으나 회사나 기관과 타협하지 않고 노동자의 권익을 위해 자주적으로 싸우는 지도부와 높은 정치의식을 가진 다수 조합원으로 이뤄졌기 때문에 통칭 '민주노조'라 불렸다. 이들 민주노조는 독재정권과 자본의 무자비한 탄압에도 불구하고 암흑의 시대를 밝히는 불꽃으로서 단절된 노동운동의 맥을 지켰다.

최초의 민주노조이자 가장 많은 열성 조합원을 가진 청계노조는 수많은 교육을 통해 축적된 중견 조합원들의 역량을 분출할 곳을 찾기 시작한다. 그 힘이 모아진 곳은 창동 어머니 댁이었다.

이 무렵 창동집에 매일처럼 드나들던 이들 중에는 이순자가 있었다. 어려운 가정에서 태어난 죄로 열네 살이던 1967년부터 봉제 일을 시작한 이순자는 다른 소녀들과 마찬가지로 열등감에 찬 어린 시절을 보냈다. 전태일이 분신하던 해, 열일곱 살 나이로 동화시장 현대사에서 시다로 일을 하던 그녀는 밖에 나갔다 온 사람들이 누가 자기 몸에 불을 붙였다며 두런대는 소리를 들었다. 순진했던 그녀는 사장에게 물었다.

"사장님, 밖에 무슨 일이 있어요?"

현대사 사장은 훗날 사업주 대표로서 노동조합에 나름대로 협조적이던 최용갑으로, 개인적으로는 화통하고도 인정 많은 사람이었다. 그럼에도 그의 대답은 이런 것이었다.

"깡패들이 나쁜 짓을 했으니 너희들은 밖에 나가지 마라."

신문도 라디오 뉴스도 접하지 못했던 시절이라 그런 줄만 알았다. 노동조합이 생겼다는 소문은 들었으나 접할 기회는 없었다.

노동조합에 가입한 것은 2년 후 오야미싱사가 되어 평화시장에서 일할 때였다. 오야가 되었다지만 여전히 배고픈 열아홉 살이었다. 밤 10시까지 일해도 사장은 빵 한 개 사주는 일이 없어 화장실 간다고 나와 라면 부스러기를 튀겨 만든 싸구려 과자 '라면땅'이나 '자야'를 한 봉지 사서 옥상에 올라가 먹고 내려오곤 했다. 명절이라 며칠 밤을 새워 일할 때도 밥을 주는 일은 없었다. 고작 과자나 사탕으로 쓰린 속을 달래게 하고는 집에 보낼 때 설탕 3킬로그램짜리 하나 주면 다행이었다.

어느 날, 검게 물들인 군복을 입은 한 남자가 돌아다니며 가입원서를 받았다. 나중에 알았지만, 양승조였다. 가입원서를 나눠주자 어떤 사람은 쓰고 어떤 사람은 그냥 돌려주었는데 야무진 이순자는 사장 눈치를 보지 않고 이름을 써냈다. 막연하게나마 자신들의 딱한 처지를 개선하려 노력하는 곳이라는 생각을 가졌기 때문이었다. 그러나 이후로 조합비를 낸 적도 없고 조합에 가본 적도 없었다. 다시 2년이 지나 성인복공장인 시은사에 다닐 때서야 함께 일하던 이숙희를 통해 노조에 나가게 되었다.

모두에게 그랬듯이 청계노조는 이순자의 삶에도 엄청난 변화를 가져왔다. 대학생들이나 가는 줄 알았던 등산도 가고, 다시는 배움의 기회가 없을 줄 알았는데 다양한 교양 프로그램에 나가면서 학교보다 더 좋은 것을 배운다는 기쁨에 피로한 줄도 몰랐다. 노동조합에 대한 그녀의 애착은 바로 자기 자신에 대한 애정의 표현이기도 했다. 이순자가 속한 크로바클럽은 이승철을 지도위원으로 일주일에 한 번씩 사무실 옥상에서 모임을 가졌는데 봄에는 수원의 딸기밭으로, 여름이면 안양의 포도밭으로, 또 가을이면 배밭으로 야유회를 다니며 결속을 다졌고 우이동 4·19묘소를 참배하기도 했다. 이 무렵 박복실, 신연옥, 변성미, 이선재, 차인혜, 박정환, 최용분, 이숙희, 김기숙, 서민희, 강순자, 김진숙, 김연선 등을 회원으로 한 크로바클럽은 아카시아회 중에도 가장 열성적인 모임의 하나였다.

이순자는 열심히 소모임 활동을 하는 한편 이숙희와 함께 이승철이 살고 있던 창동 이소선 어머니 댁에 자주 가서 이야기도 하고 공부도 했다. 처음 창동에 드나들 때 가끔 검은 바바리코트를 입고 사라지는 장기표도 보았는데, 이야기를 나눈 적은 없었다. 사람들은 장기표의 신분을 감춰주기 위해 '김 사장'이라고 부르기도 하여 그냥 손님인 줄 알았다. 나중에 그가 체포되어 재판 받을 때 방청하러 가서야 그가 재판장을 압도하는 지식과 언변으로 자기 변론을 하는 것을 보고 '저런 사람을 보고 천재라고 하는구나' 감탄했다.

창동집에 자주 드나들던 사람 중에는 14년째 평화시장에서 일해온 스물여덟 살의 노처녀 김혜숙도 있었다. 충남 보령에서 농사를 짓다가 서울로 이주한 김혜숙의 가족은 전농동의 일본인이 쓰던 창고를 개조한 단칸방에 살았는데 벽 위에 구멍을 내고 거기에 백열등을 달아 두 가족이 함께 쓰는 곳이었다. 바닥이 안 보일 정도로 까마득한 동네 우물에서 두레박으로 물을 길어다 썼기 때문에 쌀을 씻고 난 한 바가지 물에 어른부터 아이까지 차례로 세수를 할 정도로 아껴야 했고 빨래는 개천에 나가야 했다. 동대문 너머 서울의 동쪽은 아직도 개발이 덜 된 시골이었다. 제기동 시대극장 앞의 개울까지 빨랫감을 이고 가서 오물이 둥둥 떠내려가는 더러운 물에 빨래를 해 왔다. 나중에는 깨끗한 물을 찾아 장안동 너머 중랑천까지 5리가 넘는 길을 걸어 다니기도 했다.

이런 사정이니 공부를 제대로 할 수가 없었다. 초등학교 1학년 때 서울에 올라온 김혜숙은 몇 해가 지나 열두 살이 되어서야 동네에서 무료로 가르치는 공민학교 2학년에 편입할 수 있었다. 낼모레면 중학교 갈 나이에 어린애들과 섞여 2학년 공부를 하자니 적응이 되지 않았다. 아이들이 반장을 하라고 조르는 것도 부끄러워 싫었다. 4학년이 되었을 때였다.

"평화시장에는 니들만한 아이들도 돈 벌어."

평화시장에서 국수 장사를 하던 친구 어머니의 말에 솔깃해 취직시켜 달라고 졸랐다. 선생님에게 이야기도 하지 않고 공장으로 바로 출근해버렸다. 동네의 동갑내기 친구 두 명과 함께였다.

"니들 학교 안 가고 어디 가냐?"

열네 살짜리 조그마한 소녀 셋이 교복 대신 낡은 사복을 입고 도시락을 싸들고 버스에 오르면 기사들이 물었다. 소녀들은 부끄러움도 모르고 까르르 웃어대며 대답했다.

"제품집 다녀요."

처음에 왕십리의 가정집 공장에 들어갔는데 실밥 따고 시키는 대로 이것저것 갖다 주고 하다 보면 어린 나이라 의무감도 없고 시간만 지나가라 빌다 보니 꾸벅꾸벅 졸기 일쑤였다. 주인아저씨가 쇠자로 재단판을 탁탁 두드려 깨우면 깜짝 놀라 고개를 들고 일하다가 또다시 꾸벅꾸벅 졸았다. 밤늦게 집에 돌아와 만화책이라도 보느라 제대로 잠을 못 잔 날은 정신없이 졸다가 미싱 바늘에 찔리기도 했다. 사장은 얼른 뛰어와 미리 준비해놓은 테라마이신 연고를 발라주고 심할 때는 자기 손으로 주사까지 놓아주었다. 어떤 미싱사는 바늘이 뼈에 박히는 바람에 병원에 가서 뽑기도 했다. 이 정도만 해도 좋은 사장이었다. 다른 공장에서는 바늘에 찔리면 상처에 미싱 기름을 발라주거나 미싱 기름통에 손가락을 담갔다. 사람이 기계도 아닌데, 기계에나 치는 기름을 쳐주는 것이었다. 노동자는 기계가 되고 손가락은 부품이 된 셈이었다.

약간 기술을 배워서 옮긴 집은 명절 때 사흘 노는 게 전부일 정도로 일년 내내 일이 많았다. 크리스마스 날, 저녁 6시에 일이 끝나자 만세를 부르며 좋아했던 기억이 생생할 정도였다. 어떤 집은 한 달에 한 번씩 논다느니, 일 잘하는 사람에게 명절 때 쌀 한 포를 준다더라 하는 소문에 솔깃했으나 막상 알고 보면 거기서 거기였다.

한 달 내내 밤 11시까지 일해봐야 월급이라고는 차비밖에 되지 않았다. 처음에는 멋모르고 버스를 타고 다녔지만 정작 월급을 타면서부터는 차비도 아까워 전농동 집까지 40분이 넘게 걸어 다니다가 동상에 걸려버렸다. 약 살 돈을 아낀다고 민간요법에 따라 양말에 김칫국물을 붓기도 하고 콩을 넣어 풀어보려 했으나 나을 리가 없었다. 겨울만 되면 발이 가려워 따뜻한 곳에 들어가면 창피한 줄도 모르고 발을 긁었다. 얼음물에 발을 담그는 생고생 끝에 겨우 풀 수 있었다.

매일 밤늦게 집에 돌아가 수제비 한 그릇에 찬밥을 말아 먹고 잠들었다가 새벽 5시가 되면 일어나는 매일이 되풀이되었다. 수제비가 지겨워 반쯤 남기면 싸늘하게 식은 것을 새벽에 어머니가 먹었다. 나중에 어머니는 그 반 남은 수제비도 반가웠노라고 회상했다. 늦게 일하고 돌아오는 딸에게 주기 위해 어머니 자신은 저녁을 굶다시피 하고 있던 것이었다.

어떤 날은 점심시간에 도시락을 열어보니 차 안에서 이리저리 밀려 밥이 반으로 줄어 있었다. 밥이 질게 된 탓이었는데 김혜숙은 쌀이 없을 때 물을 많이 부어 죽을 만들어 먹던 광경을 떠올리고 '엄마가 쌀을 아끼려고 물을 많이 부었나?' 생각하며 눈물을 흘리기도 했다.

공장들이 한 달에 한 번 놀다가, 다시 두 번씩 놀기 시작한 것은 전태일이 죽고 노동조합이 생긴 후의 일이었다. 사장들 스스로는 놀게 해주지 않았다. 인간답게 살아야 한다는 의식이나 의지조차 없는 나날을 보내던 김혜숙에게 이러한 진실을 깨닫게 해준 곳은 노동교실이었다. 현장을 순회하던 조합 간부 신정은에 이끌려 노동교실에 등록한 김혜숙은 그곳에서 비로소 자신을 둘러싸고 있는 사회의 현실에 대해 눈을 떴고 무엇을 해야 하는가도 생각하게 되었다.

비상근 조사통계부장이 된 김혜숙은 매일이다시피 창동집에 드나들며 이소선 어머니와도 가장 가까운 사람이 되었고 장기표하고도 친해졌다. 그녀가 보기에 장기표는 더없이 따뜻한 사람이었다. 창동집에서 밤늦도록 토론을 하고 이리저리 구겨져 잠든 새벽에도 장기표는 마지막까지 남아 사람들이 춥지 않도록 이불을 덮어주고 담배연기를 빼기 위해 창문을 열어주는 사람이었다. 민청학련사건으로 수배 중일 때 김혜숙이 그를 중부시장의 아는 공장에서 기거하도록 소개해주기도 했는데 장기표는 다른 사람들이 다 퇴근하고 나면 물을 길어다 더러워진 공장 바닥을 반들반들하게 닦아놓아 동료 노동자들에게 감명을 주기도 했다.

전태일의 죽음 직후부터 청계천 사람이 된 장기표는 청계노조에 부여된 역사적 책임을 항상 염두에 두고 있던 사람이었다. 그는 노동운동이 말살되다시피 한 유신시대에 민주화운동의 전폭적인 지지를 받고 있는 청계노조는 단위노조로서의 일상적인 대중활동을 넘어 전체 노동운동의 선도자로서 역할을 해야 한다고 생각했다. 그러기 위해서는 노조 집행부가 정부 관리들과의 타협으로 현장 문제를 해결하려 들거나 기업주와의 타협으로 경제적 이익을 확보하는 데 매몰되어서는 안 된다고 생각했다. 타협으로 두 개를 얻는 것보다 투쟁을 통해 한 개를 얻는 것이 장기적으로 훨씬 더 큰 힘이 되리라는 노동운동의 원칙에 충실했다.

이소선 어머니 역시 장기표와 다르지 않았다. 노동조합이 만들어진 후 김진수사건, 동일방직사건 등 노동자가 탄압받는 일이면 어디든 달려가 맨 앞에서 몸을 던져 싸워온 그녀는 이미 전태일의 어머니나 청계노조의 어머니를 벗어나 전체 노동자의 어머니가 되고 있었다. 민주화가 되어야만 노동운동이 제대로 이뤄질 수 있다는 그녀의 현실인식은 청계노조로

하여금 정치권력과의 비타협적인 투쟁에 나서도록 끊임없이 독려했다.

물론 이러한 투쟁의 밑바탕에는 조합원들이 있었다. 최종인 집행부의 일상활동은 의식화된 조합원을 배출하는 기본적인 역할을 했고, 그 힘들고 지루한 일상활동이 없다면 민주노조란 선언에 불과했을 것이었다. 때로는 초보적인 노동자를 조직하고 조합의 틀을 유지하는 일에 여력이 없는 집행부 간부들과, 청계노조에게 부여된 역사적 책임을 최우선에 놓은 이소선 어머니를 중심으로 새롭게 등장한 투쟁적인 조합원들과의 갈등이 불거지기도 했으나 이야말로 발전을 위한 불가피한 갈등이었다.

김혜숙과 이순자는 이 무렵 창동집을 드나들며 이소선 어머니와 장기표의 영향으로 새롭게 성장한 강경파의 일부라 할 수 있었다. 상집 간부 중에는 이승철, 대의원 중에는 이숙희, 정선희, 임금자, 차인애 등이 함께했다. 이들은 최종인 집행부의 일상적인 대중활동을 바탕으로 이제는 더 투쟁적인 노동조합이 되기를 지향했다. 그 첫 번째 사건은 1975년 2월 7일의 노동교실 점거농성이었다.

이 무렵 조합원들의 가장 큰 숙원은 노동교실의 정상화였다. 사용주들은 노동교실 설립 비용을 자신들이 갹출했으므로 자신들의 소유라고 주장했지만 노동교실 설립취지 자체가 노동조합을 위한 것이었고, 노동조합에서도 한 달 간 작업시간을 연장해 얻은 돈을 모금해 보탠 것이 사실이었다. 무엇보다도 노동교실이 사용주의 입장에 따라 운영됨으로써 노동자들에게 권리의식을 심어주기보다 헛된 출세주의를 권장하는 게 문제였다.

이소선 어머니를 중심으로 한 이들은 지금까지의 편지쓰기나 탄원 같은 온건한 방식을 넘어 보다 강경한 투쟁을 통해서만 노동교실 운영권을 되찾을 수 있다고 인식했다. 노동교실을 점거해 농성을 벌이자는 이야기가 나온 것은 자연스러운 일이었다.

이들은 집행부가 공식적으로 농성을 주도하면 노조 자체가 깨질 수 있다는 우려로 집행부에게는 비밀로 하기로 했는데, 그 배경에는 상근자 중 최일호, 정경희 같은 한국노총 출신들에 대한 불신도 작용하고 있었다. 이전의 한국노총 출신에 비해 양심적으로 열심히 활동하는 사람들이기는 했지만 나이나 경륜으로 보아 보수화된 사람들이어서 준비과정이 알려질 경우 당연히 반대하리라 예상했기 때문이었다. 현직 지부장으로서 신중을 기할 수밖에 없는 최종인과도 미리 상의할 것 없이 거사 직전에 알려주기로 했다.

야간노동으로 피로에 지친 몸을 이끌고 며칠 동안 창동집에서 계획을 짠 이들은 1975년 2월 7일 점심시간에 최대한 인원을 동원해 노동교실을 점거하기로 결정했다. 예정대로, 최종인 지부장에게는 거사 직전에 이 사실을 알려주었다.

몹시도 추운 날이었다. 점심시간이 끝날 무렵인 1시 20분, 동화상가와 통일상가 등 주요 상가에 나누어 대기하고 있던 조합원 동원조가 일제히 상가 복도를 누비며 외쳤다.

"조합원 여러분! 못 배운 우리들이 지친 몸을 무릅쓰고서라도 배우고자 노동교실을 만들었습니다. 그런데 그 노동교실을 사용주들이 일방적으로 운영하여 노동교실의 주인인 우리들은 쫓겨나고 말았습니다. 여러분, 노동교실을 우리 힘으로 되찾읍시다. 모두들 곧바로 동화시장 옥상에 있는 노동교실로 모입시다!"

얼마 지나지 않아 노동교실에는 조합원들이 모여들기 시작했다. 미리 농성 계획을 알고 온 이들도 있었으나 노동교실에 재미있는 일이 있으니 모이라는 말만 듣고 별 생각 없이 찾아온 어린 여성 노동자도 많았다. 이렇게 노동교실 안팎에 모여든 숫자가 250명에 이르렀다. 교실은 발 딛고 서기도 힘들 만큼 빽빽이 메워졌다. 농성 지도부는 곧장 출입문에 책걸상으로 바리케이드를 쳤다. 경찰의 진입을 막는 한편으로 점심시간을 넘긴 노동자들이 일하러 돌아가지 못하게 하기 위함이었다.

"문 열어주세요! 일하러 가야 해요!"

별 생각 없이 따라왔다가 놀라서 문을 열어달라고 우는 어린 시다들도 있었다. 뛰어난 조직가로, 얼마 후부터 노조의 중요한 지도자가 되는 신순애 같은 경우도 우연히 들어왔다가 울면서 보내달라고 사정해 기어이 나가기도 했다.

일부 노동자의 동요는 〈우리 승리하리라〉 같은 노래와 구호에 묻혔다. 너도나도 앞에 나가 즉석연설을 시작했다. 그 중에서도 선동에 천부적인 재능을 가진 이숙희의 연설이 조합원들을 휘어잡았다. 이숙희는 자연스럽게 농성의 주도자가 되었다. 불안하던 분위기는 점차 가라앉고 비장하게 바뀌어갔다.

얼마 안 가 형사들과 기자들이 몰려오고, 창문으로 카메라 불꽃이 펑펑 터지기 시작했다. 이런 기사가 신문에 실릴 리도 없었으나 기자들이 나타나자 조합원들은 기가 살아 더욱 크게 목청 높여 노래하고 구호를 외쳤다. 이숙희가 혼자 소리치느라 목이 쉬자 불쑥 한 청년이 나서서 시원스레 구호를 선창하기 시작했다.

"노동교실을 돌려달라!"

충북 제천 출신의 재단보조 박원섭이었다. 그에게 전태일과 노동조합을 알려준 이는 유정숙이었다. 현장순회를 다니던 유정숙으로부터 전태일 이야기를 듣고 노조에 찾아간 그는 이승철로부터 전태일 기사가 난 『신동아』 한 권을 받았다. 거기에는 전태일의 일기나 편지가 실려 있었는데 「원섭에게 보내는 편지」도 있었다. 전태일의 생애와 글에 감동을 받은 박원섭은 전태일이 대구의 친구 원섭에게 보낸 편지가 마치 자기에게 보내온 것 같다고 느꼈다. 사실 그는 전망이라고는 없어 보이는 청계천을 떠나기로 마음먹고 있었는데 그 글을 읽고 생각을 고쳐먹었다. 전태일이 그러했듯이 어린 노동자들을 위해 남기로 결심했다.

박원섭은 이날 노동교실 점거 때 앞에 나선 것을 계기로 대여섯 명으로 이뤄진 남성 조합원 소모임 산울림회를 대폭 확장하여 등록회원 200명에 70명 이상이 적극적으로 활동하는 큰 조직으로 만들고 대의원을 거쳐 교육선전부장까지 했다. 재주가 많았던 그는 〈전태일 추모가〉를 만든 장본인이기도 했다. 고향 마을에 살 때 아침마다 이장집에서 〈충북도민가〉를 틀어주었는데 그 곡조에 자신이 쓴 가사를 붙여 만든 것이었다.

농성이 계속되자 뒤늦게 근로감독관이 나타나 중재를 시도했다. 최종인 지부장과 함께 다섯 명이 농성 조합원 대표로 뽑혀 노동청 중부지방소장과 동화시장 사장 유인규를 비롯한 사용주 측과 협상에 들어갔다.

유인규는 욕설과 막말을 일삼는 상스런 성격의 소유자였다. 노동교실 문제뿐 아니라 이선두 선거운동으로 노조와 사이가 나빴던 그는 회의 벽두부터 앞뒤가 맞지 않는 주장들을 펼쳤다. 임대료 중 사용주들의 찬조금 200만 원은 설립추진위원장인 자신에게 반환되었으니 노조에게 줄 수 없고, 정부기관과 육영수 여사가 기증한 350권의 도서도 내줄 수 없으니 노조에서는 아프리에서 기증한 비품만 가져가라는 것이었다. 노동교실을 도서관으로 개방하겠다는 이야기였다. 노동청 관계자들도 유인규의 주장에 동의를 표명했다. 최종인은 발끈했다.

"지금 무슨 말들을 하는 겁니까? 애초에 교실을 추진한 게 누구입니까? 노동조합 아닙니까? 우리가 독서실 하자고 고생한 줄 압니까?"

최종인은 노동교실의 설립취지와 설립과정을 일깨우고 회사 측 주장의 허구성을 조목조목 짚어나갔다. 설립기금은 물론, 모든 기자재도 노동조합의 소유이니 함께 인수하라는 결론에 이르자 할 말이 없어진 유인규는 버럭 화를 냈다.

"교실 운영권 다툼이나 하는 노조는 필요 없어. 그런 노조는 내가 해산시켜버리겠어!"

순간 최종인도 벌떡 일어나 탁자를 뒤집어엎었다.

"뭐요? 말 다했어? 망발을 취소하고 사과하시오!"

다른 간부들도 들고 일어나 거칠게 항의를 퍼붓는 바람에 회의장은 엉망이 되었다. 여러 사람이 말려 겨우 진정되었다. 사흘 이내에 합리적인 처리방안을 사용주 측에서 내놓기로 합의를 본 후에야 노동자들은 농성을 풀었다. 일곱 시간 만이었다.

농성의 효력은 컸다. 수차례의 협의를 거치는 동안 노조의 주장이 대부분 수용되는 선에서 합의가 이뤄진 것이다. 한 치의 양보도 없이 버티던 회사 측과 상부 지시를 기다린다며 시간을 끌던 노동청은 노조에서 3월 7일 대의원대회를 열어 강력하게 투쟁하겠다고 선언하자 마침내 3월 5일자로 임대료와 비품을 모두 인계하겠다고 나왔다.

조합에서는 지부장 최종인과 교선부장 임현재, 부녀부장 유정숙, 회계감사 박명옥 외에 노조 운영위원 차엽과 김봉순, 조합원 김용경과 황교환 등을 노동교실 운영위원으로 선출하고 운영 규칙을 만드는 한편 노동교실 인수를 위한 실무에 들어갔다.

1975년 3월 19일 동화시장 노동교실의 비품을 유림빌딩 3층으로 모두 옮기고 4월 21에는 4층까지 300만 원에 추가 임대해 기술교육반과 도서실을 설치했다. 부족한 임대료는 아프리와 연합노조의 지원금으로 충당하고 조합원들로부터 100만 원을 목표로 모금 활동도 벌였다.

마침내 1975년 4월 30일, 100여 명의 조합원과 한국노총, 연합노조, 아프리 관계자와 노동청 관리 등이 모인 가운데 유림빌딩 노동교실이 개관되었다.

다음날부터 시작된 노동교실은 매주 월요일부터 금요일까지 5일 간 저녁 8시 30분부터 10시까지 1시간 30분 간 교육을 실시했다. 내용은 검정고시를 목표로 하기보다 생활에 필요한 상식에 초점을 맞추었다. 월요일은 한규상이 레크리에이션을, 화요일은 최일호와 김성준이 노동상식을, 수요일은 손태휴와 이정호가 일반상식을, 목요일은 한규상이 한문을, 금요일은 정경희가 생활영어를 가르쳤다. 노동자들의 삶에 실제로 필요한 내용이었다. 새로운 교과는 노동자들의 흥미를 끌어 5월 한 달만 하더라도 22회 강의에 매회 40명 넘게 참여했다.

정기 교육뿐 아니라 조합의 각종 회의, 소모임, 일반 조합원 회합, 행사와 기념식 등으로 노동교실은 매일 시장통처럼 붐볐다. 5월 한 달 간 공식적으로 기록하고 사용한 횟수가 총 142회, 연인원 3,000명이 넘었다. 비좁은 노조 사무실에서 할 수 없던 많은 일들이 노동교실에서 이뤄지면서 조합은 한결 활성화되었다.

노동교실의 개관은 향후 노조의 활동에 지대한 영향을 미치게 된다. 무엇보다도 이를 가능케 한 점거농성은 조합원이 직접 참여한 싸움이라는 데 의의가 있었다. 이기는 싸움을 경험한 조합원들의 자신감은 대단한 것이었다. 조합원의 직접 참여가 시작되면서 이후 청계노조의 활동 양상은 매우 큰 변화를 겪게 된다.

7 저녁 8시 퇴근의 감동

노동교실 문제로 우여곡절을 겪던 1975년은 임금인상 투쟁의 원년이기도 했다. 전체 노동자의 임금대장을 비치하고 근무기간에 따라 자동적으로 수당을 올려주는 일반 공장과 달리 사장이 마음대로 임금을 정하는 게 관례이던 평화시장에는 똑같은 옷을 만드는 미싱사끼리도 서로의 임금을 밝히기를 꺼려하는 전통이 있었다. 천태만상의 임금실태를 조사하고 이를 토대로 임금인상을 요구하는 작업 자체가 대단히 어렵고, 더군다나 요구를 관철시킨다는 것은 요원했다. 전체 노동자 임금에 대한 정식 교섭은 조합이 결성된 지 4년 만에 처음이었다.

급속한 경제성장과 더불어 매년 기록적인 물가인상이 계속되던 시절이었다. 1974년도 물가상승률은 무려 44.6퍼센트에 달했다. 집행부는 지난해부터 추진해온 시장의 노동조건 현황조사를 토대로 최소 43.8퍼센트 이상의 임금인상을 요구하기로 하고 이를 위해 상집 간부들이 직종별 임금실태 조사에 들어갔다.

조사 결과 재단사 평균 4만 9,000원, 미싱사 3만 원, 보조 1만 9,000원, 견습공은 9,500원으로 나타났다. 평균 노동시간은 12.7시간이었다. 이를 수출업체 노동자 임금에 비교한 결과 재단사는 10퍼센트, 미싱사는 30퍼센트 정도나 낮은 것으로 나타났다.

조합에서는 우선 이미 합의된 바 있는 견습공 임금부터 챙겼다. 견습공 월급이 8,000원에 미치지 못하는 사업장에 대해 시정 촉구 공문을 보내고 노조 간부들이 직접 사업장을 방문해 사장들과 일일이 교섭해 대부분 합의를 볼 수 있었다.

5월 20일에는 임금제도 개선대책위원 중 결원된 위원을 보강했다. 위원장은 최종인 지부장, 점퍼부 위원은 정동수와 정선희, 숙녀복부는 김규순과 방창혁, 아동복부는 김태원과 김진숙, 작업복부는 유연익과 김순옥, 와이셔츠 남방부는 조인숙과 신순애가 맡았다. 이를 총괄하는 간사로는 이승철이 결정되었다.

임금대책위원회는 5월 23일부터 시작된 노사협의회에서 임금인상 45퍼센트를 요구하는 한편, 이러한 내용을 담은 유인물 1,500장을 인쇄해 전 사업장 업주들에게 배부하고 각종 소모임과 교육을 통해 임금인상 투쟁의 의의를 설명했다.

이때, 임금투쟁의 분위기를 고양시킨 사건이 일어났다. 동화시장 5층의 와이셔츠업체인 광진복장사 미싱사 열 명이 단합해 와이셔츠 한 장당 공임을 35원에서 40원으로 인상해줄 것과 퇴직금 지급을 요구한 것이다. 점퍼나 대인복과 달리 와이셔츠는 한 곳에서 몇 년씩 일하는 노동자가 흔해 퇴직금을 받을 사람이 많았다. 더구나 당시 근로기준법은 30명 이상 사업장에만 적용되었는데 광진복장은 30명이 넘는데도 퇴직금을 주지 않아 싸움이 일어난 것이었다. 진정을 접수한 노조 집행부가 직접 나서서 사장과 교섭을 벌였으나 사장은 '퇴직금을 법정에 내더라도 개들에게 주면 안 된다'고까지 하며 버텼다. 이에 노조 간부들과 와이셔츠 소속 조합원들이 집단으로 항의방문을 계속, 퇴사한 이들에게 퇴직금을 지급하고 자동 퇴사로 처리되었던 주동자 열 명이 재취업할 경우 부당한 대우가 없도록 하는 데 합의를 보았다.

광진복장 합의에서 특히 중요한 부분은 지금까지 오야미싱사가 지불해온 견습공의 임금을 사장이 직접 지불하도록 한 조항이었다. 이로써 사실상 공임인상보다 훨씬 더 높은 30퍼센트 정도의 임금인상 효과를 얻게 되었다. 이는 이듬해인 1976년 전 품목 견습공의 임금을 사장이 직불하도록 하는 견습공 직불제 투쟁의 근거가 된다.

광진복장 싸움의 승리를 계기로 와이셔츠업체 조합원은 일치단결하여 조합의 행사나 농성, 항의방문 같은 일이 벌어질 때마다 적게는 120명에서 많게는 150명까지 참석했다. 이 무렵부터 시작된 수많은 싸움은 와이셔츠 조합원들의 힘이 절대적이었다 해도 과언이 아니었다. 신순애, 이연수, 이광숙, 오은선, 문금숙, 조선희, 김애란 등이 주도한 와이셔츠 조직은 이후 수년 간 청계노조의 모든 싸움에서 주력이 된다.

집행부가 노동교실 문제와 임금 문제로 한창 바쁜 시기에 조합의 다른 한편에서는 보다 강력한 투쟁을 요구하는 중견 조합원들의 흐름이 점점 강해지고 있었다. 노동교실을 되찾는 데 고무된 중견 조합원들은 1975년 11월 들어 전태일 추도식 문제로 또 한바탕 싸움을 벌이게 되었다.

전태일이 숨진 이듬해의 1주기 추도식은 평일이던 11월 13일을 휴일로 대체해 현장 노동자들도 참석할 수 있게 하는 등 상당한 규모로 치러졌다. 그러나 유신시대로 접어들어 모든 집회가 감시와 통제를 받게 되면서 추도식 역시 대폭 축소되어 있었다. 무엇보다도 노동자들이 일해야 하는 평일에 치러지기 때문에 노동자들의 참여가 어려웠다. 지난해인 1974년 4주기 때도 김봉순이 회장으로 있던 아카시아회 회원 열 명을 포함한 수십 명이 참석해 조촐하게 조화를 헌화하는 정도에 그쳤다.

추도식을 통해 전태일 정신을 널리 알리려면 보다 많은 노동자들을 참석시켜야 하며, 그러기 위해서는 묘소만이 아니라 평화시장에서도 추도식을 열어야 한다는 생각을 가진 중견 조합원들이 모이기 시작했다. 양승조, 김혜숙, 이숙희, 이순자, 임금자, 정선희, 차인애, 박복실, 배철수, 윤현숙, 전인철, 박형만 등이었다. 이들은 매일처럼 창동집에 드나들며 계획을 짰다.

추도식 열흘 전인 1975년 11월 2일 경기도 안양의 삼성산에서 '지부장컵쟁탈 등산대회'가 열렸다. 중견 조합원들은 이 대회를 조합원을 규합하는 계기로 삼기로 했다. 해마다 열리는 등산대회는 200~300명이 참가해 조합원 단합을 도모해왔는데 이번 등산대회는 각별한 의미를 가지고 있었다. 준비를 맡은 이들은 삼성산을 등산하면서 믿을 만한 사람들에게 유림빌딩 노동교실에서 추도식을 하자는 의사를 타진했다. 생각 이상으로 반응들이 좋았다.

등산대회가 끝난 저녁시간, 창신동 산꼭대기 시민아파트 박형만의 셋방에 사람들이 모여들었다. 앉기는커녕 들어서기도 비좁은 방에 빼곡히 모인 이들은 양승조의 설명에 적극적으로 찬성하고 그 자리에서 '전태일동지 5주기 추도위원회'를 만들었다. 대표는 함석헌초청사건의 여파로 노조간부직에서 물러나 있던 양승조가 맡았다. 이숙희가 대외섭외를, 얼마 전부터 조합에 가입해 활동해온 민종덕이 기획과 선전업무를 맡기로 했다.

민종덕은 전라북도 정읍 출신이었다. 남달리 글을 잘 쓰던 그는 장차 문학가가 되려는 꿈을 가졌으나 가난 때문에 일찍 상경해 인쇄소 등지에서 노동자 생활을 하며 시간만 나면 청계천 헌책방을 돌아다니며 책을 모으는 게 낙이었다. 그러던 1974년 봄, 우연히 철 지난 월간 『신동아』를 읽다가 전태일에 관한 기사를 보고는 쇠뭉치로 머리통을 얻어맞은 듯 충격에 사로잡혔다. 어려운 이웃을 위해 기꺼이 목숨을 바친 전태일에 대한 무한한 존경심이 좌절감과 불안으로 싸여 있던 그의 미래를 확 밝혀놓는 기분이었다.

여기에는 동학농민혁명의 고장인 정읍에서 어린 시절을 보낸 영향도 있었다. 어렸을 때 어른들로부터 부패한 관리들에 맞서 봉기를 일으킨 농민군 이야기를 들으면 자신도 모르게 흥분이 되고 불의에 저항하다 죽는 것이야말로 인간이 할 수 있는 가장 훌륭한 일이 아닌가 생각하게 되었다. 아버지 또한 청년 시절에 이승만반대투쟁을 하다가 경찰에 잡혀가 모질게 고문을 받은 후 버려진 재래식 화장실에 고인 똥물을 약으로 마시고 살아난 사람이었다. 아버지는 이후 어떤 정치적인 활동도 하지 않았으나 아들에게 은연중에 저항정신을 심어주었다.

민종덕이 창동집으로 이소선 어머니를 찾아간 것은 1974년이었다. 장발단속이 심하던 시절이었다. 경찰들이 길거리를 가로막고 머리칼이 길다 싶으면 무조건 가위로 흉하게 싹둑 잘라버렸다. 민종덕도 길거리에서 잡혀 한쪽 머리칼을 흉하게 잘렸는데 반항심에 이발소에도 가지 않고 비뚜름히 빵떡모자를 쓰고 다녔다. 영양실조라도 걸린 듯 호리호리 약한 몸에 빵떡모자까지 쓴 낯선 청년이 찾아와 전태일처럼 살고 싶다고 했을 때, 이소선 어머니는 선뜻 반가운 내색을 하지는 않았다. 중앙정보부의 감시와 간섭이 극심해 낯선 사람만 보면 혹시 정보원이 아닐까 경계를 하던 시절이었다. 이소선 어머니는 뜻이 그렇다면 우선 평화시장에 취직해 열심히 일하라 말하고 돌려보냈다.

이전에 잠시 평화시장에서 일을 해본 적도 있던 민종덕은 시다로 취업하는 한편 이승철과 자주 만나 노동운동에 대한 책을 소개받아 읽기 시작했다. 처음에는 다소 냉랭하게 돌려보냈으나 현장에서 열심히 일하는 모습을 지켜보았던 이소선 어머니는 그를 장기표에게 소개해주었다. 장기표는 따로 소모임을 만들어 지도하거나 책을 놓고 공부를 가르치기보다 편안한 대화를 통해 자기 생각을 전달하는 사람이었다. 민족주의니 사회주의니 하는 특정한 이론을 주장하기보다 사건이나 시대별로 자신만의 독특한 견해를 제시하는 사람이기도 했다. 장기표는 자기가 민청학련사건으로 수배되어 운신이 자유롭지 못하게 되자 친구인 조영래를 소개해서 주기적으로 만날 수 있게 했다.

민종덕은 두 사람의 영향을 받았을 뿐 아니라 스스로도 끊임없이 사회과학 서적을 탐독하면서 민주화가 이뤄지지 않으면 노동 문제도 해결하기 어렵다는 확고한 정치인식을 갖게 되었다. 노동자야말로 이 사회의 진정한 주인이며 자본 및 정치권력과의 비타협적인 투쟁을 통해 정치의식화되고 나아가 정치세력화되어야 한다고 생각한 그는 노동조합의 활동 역시 경제적 이익을 위한 소극적인 투쟁에 머물지 않고 정치권력에 대항해 더 적극적으로 싸워야 한다고 생각하게 되었다. 그 첫 번째 계기가 추모위원회 활동이었다.

양승조, 이숙희, 민종덕을 중심으로 한 추모위원회는 광희동 배철수의 자취방을 모임 장소로 정해놓고 매일 밤 모여 토론하고 실무적인 일을 진행했다. 배철수는 동화시장 재단사로서 사내답게 잘생긴 얼굴에 체격도 좋고 주먹도 잘 쓰는 멋쟁이였다. 회원들은 날마다 일을 끝내고 배철수의 집에 모여들었다. 아침 8시에 출근해서 하루 종일 일하고 밤 10시나 11시에 모여 밤이 새도록 이야기를 나누고 해가 뜨면 또다시 출근해야 하니 모두들 피로에 찌들어 눈가장이 까맣게 죽어갔다. 그래도 지칠 줄을 몰랐다. 이들의 열정은 단순히 젊음 때문만은 아니었다. 힘이 들면 들수록 더욱 기쁨을 느끼고 열성을 다하게 만드는 표현하기 어려운 그 무엇인가가 있었다.

또 이들 곁에는 항상 이소선 어머니가 있었다. 오전에 노조 사무실에 잠깐 들렀다가 낮에는 중앙시장에 가서 헌옷을 팔고 밤이 되면 배철수의 방으로 가서 낮에 번 돈으로 밥과 반찬을 해서 먹이는 것이 이소선 어머니의 일과였다. 어머니는 노조가 강경투쟁을 하도록 이끄는 견인차 역할을 했다.

추모위원회는 전태일의 영정사진을 표지로 한 몇 쪽 분량의 얇은 팸플릿도 만들었다. 아카시아회에서 기금을 대어 만든 팸플릿에는 '시장 상가 근로자 1만 2,000명 일동' 명의로 된 「최소한의 요구」를 실었다. 지난 수년간의 노조활동에도 불구하고 여전히 지켜지지 않고 있는 시간단축과 부분적으로만 적용되는 주휴제 전면시행과 다락 철폐의 요구가 담겨 있었다.

1975년 11월 13일 이른 아침, 여느 해와 마찬가지로 대절한 관광버스 한 대가 노조 간부들과 결근을 하고 온 조합원들을 태우고 마석 모란공원 묘지로 떠났다. 싸늘한 늦가을 바람 속에 추도식은 엄숙하게 진행되었고, 감시를 위해 다른 차량으로 따라온 경찰은 이들로부터 아무런 낌새를 채지 못한 것처럼 보였다. 최종인을 비롯한 집행부 역시 별도의 추모행사가 있다는 사실을 모르고 있었고 아는 이도 일단 비밀에 부쳤다.

마석에서 돌아온 이소선 어머니가 배철수의 방에 갔을 때는 몇몇 준비위원들이 모여 마지막 점검이 한창이었다. 팸플릿과 유인물, 플래카드, 추도식에 필요한 영정사진과 도구들, 구호를 적은 종이들만 해도 상당한 양이었다. 과연 노동교실에서 추모행사를 열면 경찰은 어떻게 나올 것인지, 뒤늦게 사실을 알게 된 집행부는 어떤 반응을 보일 것인지, 조합원은 얼마나 동원될 것인지, 행사 진행에 실수는 없을지, 모두들 은근히 걱정하고 긴장되어 있었다.

광희동 배철수의 방으로부터 노동교실까지는 걸어서 5분 거리였다. 저녁 7시, 준비위원들이 짐들을 안고 노동교실 3층에 도착하니 문은 잠겨 있었다. 사무실이 있는 4층에 올라가 실장을 만나 문을 열어달라고 하니 실장은 사전에 사용요청이 없었다며 난색을 했다. 노동교실이라고 해서 누구에게나 아무 때나 개방할 수는 없으므로 사전에 사용신청을 하는 게 정당한 절차였다. 그러나 어머니를 포함한 다수 조합원이 이용하자는데 예약이 없다고 막는 것 역시 지나친 규제였다. 양측이 옥신각신하는 사태가 벌어졌다.

뒤늦게 소식을 듣고 달려온 노조 간부들 역시 이런 식으로 집회를 열면 불법으로 몰린다며 난색을 표했다. 최종인은 지부장인 자기가 모르게 이런 일이 계획된 데 대해서도 화를 낼 수밖에 없었다. 이소선 어머니가 집행부를 보호하기 위해 밑에서 알아서 한 일이라고 설득해서 마음을 풀어야 했다. 최종인의 결단으로 비로소 문이 열렸다.

노동교실 강당 전면에는 5주기 추도식을 알리는 플래카드 아래 전태일의 영정사진이 걸리고 벽에는 근로조건 개선을 요구하는 구호들이 붙었다. 윤보선 전前대통령이 보낸 화환도 앞에 놓였다. 얼마나 사람이 모일까, 긴장 속에 기다리고 있으려니 8시가 넘으면서 노동자들이 모여들기 시작했다. 9시가 되자 200명에 이르렀다. 예상보다도 많은 인원이었다. 조바심을 내던 추모위원들은 비로소 안도의 한숨을 내쉬었다.

막 추모식을 시작하려는데 출입구에서 소란이 벌어졌다. 중부경찰서 정보과 형사들이 입구로 들어와 해산을 종용하면서 조합원들과 몸싸움이 벌어진 것이다. 양승조가 맨 앞에서 고함을 쳐댔다.

"불법은 무슨 얼어 죽을 놈의 불법이야! 추모행사도 불법집회라면 도대체 불법 아닌 게 아무것도 없겠네!"

"아 글쎄, 이렇게 불순한 목적으로 사람이 모이면 불법인 거야! 유인물을 만들어 배포하고 사람들을 선동하는 것이 집단행동이 아니고 뭐란 말이야?"

형사의 말을 들은 이소선 어머니가 형사의 멱살을 움켜쥐고 고함을 질러댔다.

"야, 이 썩을 놈의 새끼야! 너희 집은 에미애비 제사도 안 지내냐? 죽은 사람 제사 지낸다고 사람들 모인 것이 뭐가 잘못됐다고 시비냐, 시비가? 그리고 이 유인물이나 저 구호가 어떻다고 지랄이야? 이 유인물이 박정희를 잡아먹는다고 하든? 저 사람들이 너희 들어엎겠다고 하든? 빨리 꺼지지 못해!"

이소선 어머니의 담당형사로 평소에 안면이 있는 박원식이 나섰다.

"아, 이 여사, 왜 이러십니까? 흥분하지 말고 얘기를 들어보세요."

"지금 흥분 안 하게 생겼어? 할 말 있으면 다음에 해! 꼭 이 판국에 해야 겠어? 빨리 이 자리에서 나가!"

이소선 어머니의 두려움 없는 삿대질에 용기를 얻은 노동자들도 일제히 일어나 형사들에게 물러가라고 고함쳐댔다. 형사들은 할 수 없이 교실 밖으로 밀려났으나 철수를 하지는 않은 채 병력이 증원되기를 기다렸다.

양승조의 개회사로 추도식이 시작되었다. 이소선 어머니가 초빙한 목사의 주도로 추모예배가 열리고, 이어 전태일의 수기가 낭독되면서 분위기는 고조되었다. 결의문을 채택할 때는 분위기가 절정에 달했다. 구호 소리는 밤늦은 주변 상가까지 퍼져 나갔다.

"우리 근로자도 사람이다, 시간단축을 하라! 우리도 일주일에 한 번만이라도 햇빛을 보아야 한다!"

"주휴제를 이행하라!"

"우리는 쓰레기가 아니다, 다락을 철폐하라!"

갈수록 분위기가 고조되자 밖에 진을 치고 있던 경찰은 다시 진입을 시도하기 시작했다. 경찰은 이소선 어머니와 함께 추모위원장 양승조와 아카시아회 회장 이숙희를 연행하기 위해 집중적으로 밀고 들어왔다.

"어딜 들어와? 여기는 우리 노동교실이야! 막아!"

중견 조합원들이 온몸을 던져 입구를 막고 연행을 저지하는 가운데 추도식은 무사히 끝을 맺을 수 있었다.

이날 행사에서 결의한 사항은 시간단축, 주휴제 이행, 작업환경 개선, 다락 철폐 등의 근로조건 개선과 아울러 부정축재 일소, 이익의 균등분배 등의 정치적인 요구까지 들어 있었다. 게다가 공식적인 순서가 끝나자 상당수 조합원들은 요구조건이 관철될 때까지 농성에 들어가자고 주장했다. 여전히 밖을 지키고 있던 경찰은 바싹 긴장하는 모습이었다. 최종인 등 조합 간부들이 나서서 이렇게 무계획적으로 농성에 들어가면 피해만 본다고 설득하고서야 해산했다. 경찰은 끝내 아무도 연행하지 못한 채 물러갔다.

두 번째 투쟁의 성공은 중견 조합원들을 더욱 고무시켰다. 어떤 싸움을 해도 이길 것 같은 자신감으로 충만했다. 준비 과정에서 상대적으로 소외된 노조 집행부와의 마찰도 있었으나 결과적으로 싸움에서 이김으로써 노조 집행부는 더 큰 힘을 얻게 되었다.

이제는 최종인 집행부가 나설 때였다. 노조가 만들어진 이래 수많은 단체협약과 노사협의회를 통해 노동조건 개선에 합의를 해왔으나 잠시 개선되는 듯하던 근로조건은 어느새 원상복귀되어버리기 일쑤였다. 두 차례 농성의 승리에 힘입은 노조는 집단투쟁을 통해 그동안 유야무야되어온 근로조건들을 개선할 좋은 기회로 삼았다.

추도식을 마친 지 한 달이 넘어가는 1975년 12월 14일, 둘째 주 일요일이었다. 조합 간부들은 몇 해째 해온 대로 일요일에도 출근해 주휴일 작업 단속에 나섰다. 특히 이날은 을지상가에서 많은 공장이 작업하고 있다는 소식이 들렸다. 을지상가에는 67개 공장이 있었는데 그 중 절반가량이 일을 하고 있었다. 조합 간부들은 이들 공장을 일일이 찾아가 조합원 교육을 실시하고 전원을 내려 퇴근하도록 하고 돌아왔다.

얼마 있다가 조합 사무실로 다급한 전화가 왔다. 을지상가의 많은 공장이 다시 작업을 하고 있다는 것이었다. 간부들이 몰려가 진상을 알아보니 조합 간부들이 돌아온 뒤로 노동청 근로감독관들이 현장에 돌아다니며 엉뚱한 말을 한 것이었다.

"주휴제는 일주일 중 아무 때나 하루를 쉬면 된다는 뜻이지 꼭 일요일마다 쉬라는 건 아닙니다. 노조에서 나와 단전을 하는 것은 억지이니 작업을 계속해도 좋습니다."

근로감독관의 응원에 사용주들은 얼씨구나 다시 일을 시킨 것이었다. 즉석에서 최종인 지부장의 주재로 대책회의가 열렸다. 주휴제 단속을 위해 정경희, 최일호 등 지도위원까지 모두 나와 있었고 일요일마다 노동교실에서 열리는 소모임에 나온 노동자도 40명쯤 되었다.

최종인은 이들을 이끌고 먼저 노동청 중부지방사무소로 쳐들어갔다. 일요일이라서 소장은 나와 있지 않고 직원 대여섯 명이 앉아 있다가 놀라서 맞이했다. 소장실로 밀고 들어가 농성을 시작하자 근로감독과장 노준석이 나타났다.

"오늘 을지상가에서 노사 합의사항을 무시한 휴일작업 발언의 진상을 밝히십시오!"

최종인이 다그치고 조합원들이 일제히 해명하라 구호를 외치자 감독과장은 어색한 웃음을 머금은 채 더듬댔다.

"여러분, 진정하세요. 뭔가 오해를 하고 있는 것 같은데 여러분이 사실과 다르게 알고 있어요. 우리가 오늘 얘기한 것은 근로기준법상의 휴일근무에 대해 말해준 것이지 다른 뜻은 없어요."

과장의 말에 선뜻 앞에 나선 것은 이순자였다. 작은 키에 왜소한 몸집을 가진 이순자는 한마디 한마디 야무지게 따지고 들었다.

"단체협약에 명시되어 있는 사항을 무시하고 무책임한 발언을 하니까 그것을 빙자해서 사용주들이 일을 시키는 것 아닙니까? 청계천의 현실을 볼 때 일요일도 쉬지 않으면서 대신 다른 날 쉬게 해줄 사용주가 어디 있습니까? 이런 사정을 뻔히 알고 있으면서 그 같은 무책임한 발언을 한 저의가 대체 무엇입니까?"

이순자의 말은 단 한마디도 끊어지거나 틀리지 않은 채 10분 넘게 계속되었다. 얼마나 말을 잘하는지, 근로감독과장은 어안이 벙벙해서 바라보기만 했고 듣던 노동자들이 박수를 치며 옳다고 외쳤다. 과장은 그제야 말을 바꿨다.

"일요일이 아닌 다른 날의 휴일 실시는 사용주들이 잘못 알아들은 겁니다. 즉시 시정조치를 하여 일요일마다 쉴 수 있게 하겠습니다."

그러자 최종인이 한술 더 떴다.

"좋습니다. 주휴일은 과장의 명예를 지키도록 하십시오. 우리들이 지켜보도록 하겠습니다. 그건 그렇고 지금 근로기준법에 어긋난 작업시간 문제를 비롯해 다락 문제, 건강진단 문제 등은 어떻게 할 작정입니까?"

상황이 악화되면 자신이 책임을 져야 하는 과장은 무조건 무마를 하려 했다.

"그 문제도 다 해결하겠습니다."

"아, 그렇게 어물쩍 대답하지 마시고 확실하게 대답해요. 만날 시정하겠다, 검토하겠다, 연구하겠다 하면서 구렁이 담 넘어가듯이 하지 말고 언제까지 어떻게 해결하겠다는 것을 밝혀요!"

조합원들이 몰아치자 과장은 이틀 후인 12월 16일까지 모든 행정력을 동원해서 문제들을 해결하겠다고 말했다. 조합원들은 지금까지 너무 속아 왔기 때문에 말로는 믿을 수 없으니 각서를 써달라고 요구했다. 근로감독관은 쩔쩔매며 애걸했다.

"각서는 쓸 수 없고 여러분이 나를 믿어주세요. 내가 감독과장의 자리와 명예를 걸고 여러분한테 약속하는 것이니 믿으세요. 여러분의 요구가 없어도 이러한 문제를 진작부터 시정하려고 계획해왔어요."

자기 모가지가 달린 일이니 각서만은 쓸 수 없다는 애걸에 최종인이 양보했다. 그는 약속이 이행되지 않으면 이틀 뒤에 더 많은 인원을 데리고 사무실을 점거하겠다고 엄포를 놓은 후 조합원을 이끌고 노조로 돌아왔다.

놀랍게도 근로감독과장의 약속은 지켜졌다. 이틀 후인 1975년 12월 16일 저녁, 청계천 일대 10여 개 상가에 있는 580여 공장이 일제히 어둠에 잠기는 사건이 일어났다. 저녁 8시가 되자 전체 시장 상가에 전깃불이 나간 것이다. 더욱이 각 공장의 사장들과 경비들이 노동자들에게 퇴근하라고 종용하는 사태까지 벌어졌다.

"작업이 끝났으니 어서 집으로 돌아가시오!"

경비들의 고함에 노동자들은 어리둥절한 얼굴로 서로를 바라보았다. 청계천에 제품공장이 생긴 이래 단 한 번도 없던 일이었다. 비수기에 일감이 없어서 일찍 끝난 적은 있어도 한창 바쁜 연말연시 성수기에 사장들이 앞장서서 일을 끝내라고 하다니 상상도 못 한 일이었다. 노동자들은 무슨 일인가 믿을 수 없다는 표정을 하면서도 하나 둘씩 공장 밖으로 나오기 시작했다.

"진짜야? 정말 집에 가도 돼?"

나이 어린 시다들로부터 웃음이 나오기 시작했다. 웃음은 전염병처럼 번져나갔다. 한 장이라도 더 뽑을 욕심이 앞서는 재단사나 객공 미싱사들조차도 좋아했다. 누군들 매일 밤 11시까지 일하고 싶으랴. 자기 혼자만 놀면 불안해도 다 같이 놀면 마음이 편한 법이었다. 캄캄한 복도를 나와 거리로 나서는 이들의 얼굴은 하얀 웃음으로 가득했다. 믿을 수 없다는 듯 서로 얼굴을 쳐다보며 웃기도 하고, 장난을 치기도 하면서 썰물처럼 빠져나오는 사람들을 바라보면서 노조 간부들 역시 흐뭇한 웃음을 거두지 못했다. 기쁜 가운데도 마음 한편으로 스쳐가는 안쓰러움을 느끼는 사람도 있었다. 다른 직장인들은 이미 집에 돌아가서 씻고 밥 먹고 가족들과 즐거운 시간을 보내고 있는 이 늦은 시간에 퇴근을 하면서도 저렇게 좋아하는 것을 보니 마음이 싸하게 아려오는 것이었다.

노동청 항의에서 수훈을 세운 이순자는 가정집에서 일하고 있을 때라서 8시 퇴근의 기쁨을 맛보지 못했다. 그런데 밤늦게 모임에 가니 다른 사람들과 함께 먼저 와 있던 김혜숙이 와락 손을 잡는 것이었다.

"순자야! 순자야!"

김혜숙의 음성에는 벌써 울음이 배어 있었다. 이순자는 깜짝 놀랐다.

"왜? 언니 왜 그래?"

김혜숙은 눈에 눈물이 가득한 채 팔짝 뛰며 외쳤다. 눈물 글썽한 얼굴에는 환한 웃음이 가득했다.

"우리 8시에 끝났다. 8시에 끝났어!"

"정말? 언니!"

두 사람은 끌어안고 겅중겅중 뛰며 기쁨과 감격으로 엉엉 소리 내어 울었다. 다른 사람들도 두 사람이 우는 광경을 보며 슬그머니 눈물 어린 시선을 돌렸다.

감격은 며칠 가지 않았다. 다음 날부터 근로감독관이 지나가고 나면 다시 불을 올리고 작업을 시키는 곳이 많았다. 처음에는 일찍 끝나 좋아하던 재단사나 객공 미싱사 중에도 공전이 인상되지 않은 조건에서 작업시간만 줄면 벌이가 적어진다는 생각에 스스로 일을 하려는 이가 늘었다. 며칠 후에는 아예 감독관이 나타나지도 않아 전원을 내리는 곳도 없어지고 말았다. 8시 퇴근은 닷새를 넘기지 못하고 유야무야되었다.

추모위원회는 근로감독관을 믿은 게 잘못이라 결론짓고, 스스로의 힘으로 시간단축을 쟁취하기 위해 12월 23일 저녁 8시부터 노동교실에서 무기한 단식농성에 들어가기로 했다. 이를 위해 추모위원회와 함께 산울림회에 소속되어 있던 일부 조합원과, 이본침회, 재단사 모임인 삼진회가 모여 '근로기준법 지키게 하는 투쟁위원회'를 만들었다.

어떤 집단행동도 용납하지 않는 암흑시대였다. 일반인들에게는 투쟁위원회라는 이름조차 낯설었다. 결성 자체만으로도 구속의 대상이 될 수 있었다. 청계노조가 결성된 이래 공식적으로는 처음 만들어진 비합법 투쟁조직이기도 했다. 몇 푼 안 되는 월급으로 가족을 먹여 살리고 있던 대부분의 회원들에게는 커다란 용기를 필요로 하는 일이었다.

점거농성 당일, 노동교실 3층에서는 산울림회 회장 박원섭의 주도로 '노동조합이란 무엇인가'라는 주제의 교육이 열리고 있었다. 교육이 진행되는 동안, 투쟁위원들은 사방으로 흩어져 노동자들을 끌어 모았다. 다른 한편으로는 농성이 몇날 며칠이 될지 모르는 데다가 경찰이 물과 전기를 끊을 것에 대비해 목욕탕 욕조에 잔뜩 물을 담아놓고 탈진에 대비해 소금도 준비했다. 교육이 끝날 무렵, 노동교실은 200명 가까운 노동자로 빼곡해졌다.

노동교실 셔터가 내려진 것은 교육이 막 끝날 시간이었다. 갑자기 셔터가 내려지고 유인물이 날리더니 천부적인 선동가 이숙희가 단상에 뛰어

올라 열변을 토하기 시작했다.

"여러분, 우리도 인간입니다. 우리도 먹고 자고 쉴 수 있는 권리가 있습니다. 그런데 우리의 처지는 어떻습니까? 쉬는 날도 없이 하루 열네 시간씩 뼈 빠지게 일을 해야 합니다. 날마다 먹고 자고 일하고, 마치 다람쥐 쳇바퀴 돌 듯 생활을 해야 하니 이게 어디 사람 사는 거라고 할 수 있습니까? 다른 사람들은 놀러도 다니고 극장 구경도 다니는데 우리는 죽어라고 일만 하지 언제 한번 마음 놓고 쉴 수가 있습니까? 그렇다고 잠을 편히 잘 수가 있습니까? 이렇게 우리의 청춘, 우리의 인생을 소모할 수는 없습니다. 우리도 최소한 쉴 수 있어야 합니다. 지난 16일부터 시장에 전깃불이 나가고 8시에 일이 끝나니까 얼마나 좋았습니까? 그런데 그게 일주일도 못 가서 말짱 도루묵이 되어버렸습니다. 이제 저들의 사탕발림에 더 이상 속지 말고 우리가 싸워서 일하는 시간을 줄입시다. 그래서 우리도 좀 사람 사는 것 같이 살아봅시다. 여러분의 적극적인 참여가 시장 상가 1만 2,000명의 운명을 결정짓습니다. 한 사람도 빠짐없이 이 자리에 남아 함께 밤을 새웁시다!"

"옳소! 이 자리에서 끝장을 냅시다!"

농성 사실을 알고 있던 참석자들이 박수를 치며 환호했다. 힘찬 투쟁의 노래가 시작되었다. 그러나 열기가 달아오르는 농성장 뒤편에서는 약간의 언쟁이 벌어지고 있었다. 본래 교실을 사용하고 있던 산울림회 내부에서 갈등이 일어난 것이었다. 농성 주동자 중에는 일부 산울림회 회원도 있었으나 회장인 박원섭과 박상돈 등 산울림 지도부는 농성 계획을 알지 못했기 때문에 당황할 수밖에 없었다. 박원섭은 회원 중에 농성 준비에 가담한 김기철, 임상훈 등에게 따졌다.

"뭐야? 이거 뭐 하는 거야? 너는 어디 소속된 녀석이야?"

박원섭은 농성하는 자체를 거부하지는 않았다. 그는 이전에 일어난 농성에 빠진 적이 없었고 어떤 싸움을 제안하더라도 함께 할 의사가 있었다. 그를 흥분시킨 것은 김기철 등 일부 회원들이 전혀 사전에 이야기를 하지 않은 채 산울림회 교육시간을 이용했다는 사실이었다. 이를 주도한 양승조에 대한 반감도 컸다.

"우리가 적이냐? 같은 편끼리 서로 상의를 해야지 왜 일방적으로 밀어붙이는 거야? 이러려면 지부장이 무슨 필요가 있고 회장은 또 뭐란 말이야?"

박원섭이 흥분해 소리치자 이소선 어머니가 나섰다. 산울림회 모임을 방해하려는 의도는 없으며 목표는 임금투쟁일 뿐이니 오해하지 말라고 설득해서 겨우 진정을 시켰다. 그러나 이날 이후 조합 내의 가장 큰 남성 조직이던 산울림회는 사실상 와해되었다. 이름은 남았으나 회원 수는 급감했고 실질적인 활동도 거의 하지 않게 되었다. 더욱이 박상돈 등 상당수 회원들은 이날의 갈등으로 인해 노조활동을 그만두기까지 했다.

농성 계획을 사전에 알지 못했던 것은 최종인 지부장도 마찬가지였다. 최종인은 뒤늦게 소식을 듣고 달려와 매번 이런 식으로 일을 벌이면 어떻게 하느냐고 야단을 쳤다. 그러나 이해심 많은 그는 이내 노동자들의 대표로서 사용주·노동부와 교섭을 책임졌다. 농성 준비에 자신을 소외시켰다는 불만보다는 지부장으로서 조합원의 요구를 대변하는 데 충실히 나선 것이다.

이날 농성에 들어간 조합원 중에는 아래위로 모두 시퍼런 청카바를 입고 옷깃을 활짝 벌린 가슴에는 커다란 목걸이를 한 껄렁껄렁한 모습의 소년도 있었다. 신승철이라는 가명으로 불리던, 18세의 재단보조 신광용이었다. 그는 역시 불량기가 넘치는 친구 두 명까지 데리고 와서 누구보다도 열심히 노래를 하고 구호를 외치며 밤을 꼬박 지새웠다. 신광용은 이날 농성을 계기로 청계노조 최고 투사의 한 사람으로 활동한다.

이숙희가 열변을 토한 후 이어 연단에 오른 이순자의 절절한 이야기도 노동자들을 눈물 흘리게 했다. 단짝인 이숙희가 논리 정연한 열변으로 듣는 이를 흥분시킨다면 이순자의 가냘프면서도 마음에 쏙 와 닿는 달변은 듣는 이들을 저절로 빨아들이는 매력을 가지고 있었다. 두 여성 지도자의 감동 깊은 연설에 이어 미국의 노동운동사를 기록한 슬라이드가 상영되자 또다시 여기저기서 훌쩍이는 소리가 들렸다. 하루 여덟 시간 노동을 하게 해달라고 평화적으로 행진하는 노동자들에게 폭탄을 던지고는 그 누명을 씌워 지도자들을 처형한 내용은 여러 사람을 겁먹게 만들기도 했다.

슬라이드 상영이 끝난 후에는 조를 짜서 분반 토론을 열었다. 희망사항을 적어 발표하는 시간을 가졌을 때 조합원 정석호가 말했다.

"나는 보너스 1,000퍼센트를 받아보았으면 좋겠어요."

모두들 "우와—" 소리를 내며 웃었다. 청계천에는 상여금 제도가 전혀 없었으며 대기업들도 많아야 200퍼센트를 주던 시절이었다. 훗날 1,000퍼센트를 주는 기업도 생길 줄은 상상도 하지 못했을 때였다.

"저는 전국의 버스가 한번 파업을 해봤으면 좋겠어요."

신순애의 말에 이어 다른 조합원도 거들었다.

"나는 기차도 한번 서봤으면 좋겠습니다."

당시 한국에서 버스나 철도가 선다는 것은 생각하기 힘든 일이었다. 훗날 버스, 기차는 물론 의사와 공무원들까지 파업을 벌이는 세상이 오리라고는 상상도 하지 못했을 때였다. 박태숙, 조미자, 김덕순 등 처음으로 농성에 참가한 나이 어린 조합원들도 너도나도 희망을 이야기하며 즐거운 한때를 보냈다.

분반 토론을 통해 절정에 이르렀던 분위기는 밤 11시가 넘어 통행금지

시간이 다가오면서 흔들리기 시작했다. 지금 집에 돌아가야 눈을 붙이고 내일 아침에 출근할 수 있다는 조바심이 조합원들에게 갈등을 일으키기 시작했다. 개개인의 책임도가 낮아 한 사람의 결근이 미치는 영향이 적은 대기업과 달리 소규모 영세공장에서 미싱사나 재단사의 역할은 절대적이어서 한 사람만 출근을 하지 않아도 공장이 마비되었다. 사장과의 개인적인 친밀도도 높아서 미안해서라도 일을 빠지기가 어려웠다. 막 기술을 배우는 보조들의 경우는 더욱 눈치를 보지 않을 수 없었다.

막차시간이 다가오면서 농성장은 술렁이기 시작했다. 미리 약속을 정하고 온 사람보다는 투쟁위원들이 저녁에 현장에 찾아가 선동하는 이야기를 듣고 갑자기 합류한 이들이 더 많았기 때문에 집에 알리지도 못한 채 철야농성을 한다는 것을 부담스러워했다. 농성 조합원의 대부분이 여자여서 더욱 그랬다. 분위기를 파악한 이소선 어머니가 앞에 나가 간곡히 말했다.

"여러분, 늦게까지 일하고 밤이 늦었는데 또 여기까지 와서 얼마나 고생스러운지 우리도 다 압니다. 하지만 생각해보세요. 언제까지나 우리가 이렇게 멸시받고 천대받으며 살아야겠어요? 주면 주는 대로 시키면 시키는 대로 해서는 안 돼요. 특히 여러분들은 시집가서 아이도 낳아야 하는데 여러분이 건강해야 여러분의 후세들도 건강할 거 아닙니까? 그런데 우리는 너무나 심한 일을 끊임없이 해야 하기 때문에 온몸이 시들어가는 처지가 아닙니까? 여자로서 갑자기 집에 들어가지 않으면 부모님이 걱정하실 것도 잘 압니다. 그러나 여러분이 공장에서 며칠씩 철야작업을 할 때와는 비교도 안 되는 일입니다. 여러분의 부모님도 진실을 알면 여러분을 이해하실 겁니다. 나이가 어린 사람들 중에 집에 들어가지 않으면 도저히 안 되겠다 싶은 사람이 있으면 그런 사람들만 집에 가시고 내일 아침에 다시 이곳으로 오세요."

이소선 어머니는 연설을 따로 배우거나 훈련받은 일이 없지만 명석한 판단, 풍부한 언어구사, 재치 있는 임기응변으로 좌중을 사로잡는 뛰어난 연설가가 되어 있었다. 모순되는 단어 하나 없이 가슴을 콕콕 찔러 열렬한 박수갈채를 받기 마련이었다.

꼭 집에서 잠을 자야 할 사람은 돌아가도 좋다는 말에 여기저기서 일어나는 사람들이 생겼다. 특히 열네 살에서 열다섯 살밖에 안 된 어린 시다들이 자리를 뜨기 시작했다. 농성장은 어수선해졌다. 이때, 남자 조합원 하나가 불쑥 강단으로 올라갔다. 산울림회 회원 김기철이었다. 그는 선뜻 이빨로 자신의 손가락을 물어뜯었다. 생살이 터지며 붉은 피가 뚝뚝 떨어졌다. 여성 조합원들 사이에 낮은 비명이 일었다. 그는 고통을 참고 혈서를 써서 펼쳐 보였다.

'계속 투쟁합시다.'

박수가 터져 나왔다. 열기는 다시 오르는 것 같았다. 일어나 나가려던 이들 중에 다시 자리에 돌아와 앉는 이도 생겼다. 분위기를 돋우기 위해 다시 이숙희가 앞에 나가 노래를 부르기 시작했다. 언변만큼이나 뛰어난 노래 솜씨에 반한 사람들이 몇 번이고 재창을 소리쳤다. 박수와 환호 속에 분위기가 다시 살아났다.

노동교실 안에 난방장치라곤 별 화력도 없는 석유난로 하나밖에 없었다. 인원이 줄어드니 추위는 더 심해졌다. 차가운 맨바닥에 신문지를 깔고 앉아 노래도 부르고 즉석연설도 들어도 물리칠 수가 없었다. 새벽 2시가 되자 모두들 지칠 대로 지쳐 신문지 위에 아무것도 덮지 못한 채 이리저리 꼬부리고 누워 잠을 청했으나 바닥에서 올라오는 냉기와 차가운 공기에 잠을 이룰 수가 없었다.

날이 밝아오자 시체처럼 널브러졌던 사람들이 한 사람 한 사람 눈을 뜨고 일어나더니 약속이라도 한 듯 훌훌 털고 밖으로 나가기 시작했다. 출근하러 가는 것이었다. 가면 안 된다고 간곡히 부탁을 해도 소용이 없었다. 미안하니까 말도 않고 슬그머니 가버리는 이도 있었다. 그때 작달만한 키의 한 여자 조합원이 이소선 어머니에게 다가와 말했다.

"어머니, 저도 집에 좀 갔다 올게요."

이소선 어머니는 그녀의 얼굴도 잘 몰랐지만, 동화시장의 와이셔츠공장 '다림사'의 오야미싱사 신순애였다. 지난 2월 농성 때 문을 걸어 잠그고 농성에 들어가자 공장으로 돌아가야 한다고 울부짖어 기어이 나갔던 이들 중 한 명이었다. 신순애는 영등포의 둘째 언니네 집에 얹혀살고 있었는데 전화가 없어서 어젯밤에 못 들어간 이유도 말해줄 수가 없었다. 집에 가서 이런저런 일로 못 들어갔으니 걱정 말라는 말만 하고 돌아오겠노라 했다. 옆에 있던 한 투쟁위원이 만류했다.

"안 돼요. 한 사람씩 다 빠져나가면 어떻게 해요? 개인사정도 있겠지만 전체를 생각해봐요."

이소선 어머니는 가만히 그녀의 인상을 살펴보았다. 평화시장 고참 미싱사 중에는 너무 어려서부터 일을 하여 겨우 이십대 초반의 나이에 등이나 허리가 노인처럼 굽어버린 처녀들이 흔했다. 초등학교도 마치지 못한 채 열두 살 때부터 일을 하느라 키가 자라지 못해 작달막한 데다가 미싱에 적응되어 구부정하게 굽은 등을 보니 진짜 노동자라는 믿음이 갔다. 말하는 것도 차분하니 한마디 한마디가 정이 갔다.

"그럼 가봐요. 대신 꼭 돌아와야 해요. 기다릴게요."

이소선 어머니는 간곡히 부탁을 하고 그녀를 보내주었다. 돌아오리라 믿지는 않았으나, 설사 오지 않더라도 보내줘야 할 아가씨 같았다.

아침 7시가 넘자 농성장에 남은 인원은 스무 명도 되지 않았다. 전날 밤 꼭 돌아오겠다며 집에 간 사람들이 하나도 돌아오지 않은 것이다. 낭패였다. 조금 있으면 경찰이 몰려올 텐데 이렇게 적은 숫자로 농성을 하고 있으면 우습게 보여 가볍게 들려 나가리라는 걱정이 앞섰다. 투쟁위원회는 급히 모여 회의를 했다. 경찰과 맞서기 위해서는 최대한 인원을 늘려야 한다는 데 동의들을 했다. 투쟁위원들은 작업시간이 시작되기 전에 사람들을 데리고 와야 한다는 결론을 내리고 사방으로 흩어졌다.

결과는 신통치 않았다. 출근하는 길에 투쟁위원들에 붙잡혀 반강제로 끌려와 불안하게 앉아 있는 이도 있고, 하도 애원을 하니까 따라오기는 했으나 막상 몇 명 되지도 않는 삭막한 분위기를 보고는 슬그머니 돌아가버리는 이도 있었다. 다 해야 겨우 스무 명 남짓했다.

노동교실 3층에서 내려다보면 건물 입구로 들어오는 좁은 골목이 내다보였다. 이소선 어머니와 투쟁위원들은 눈이 빠지도록 골목을 내려다보며 한 사람이라도 더 오지 않나 애타게 기다렸다. 이소선 어머니는 돈으로 사람을 살 수 있다면 그렇게 해서라도 채워넣고 싶은 심정이었다.

"어? 저 아가씨는 누구야?"

검정색 바바리코트를 입은 작달막한 아가씨가 골목길에 들어선 것은 오전 7시 40분, 절박감이 한계에 다다른 때였다. 새벽에 어머니에게 사정하고 나갔던 신순애였다. 약속대로 영등포 언니네 집에 가서 외박을 하게 된 사정만 말해주고 곧장 돌아온 것이다.

"한 사람 돌아왔다!"

긴장과 불안으로 침묵에 잠겼던 교실에 갑자기 환호성이 터져 나왔다. 투쟁위원들은 마중을 나가 문까지 열어놓고 그녀를 기다렸다. 이소선 어머니는 검정 바바리가 들어오자 와락 끌어안고 좋아했다. 사람들은 손바닥이 아프도록 박수를 치며 그녀를 환영했다. 이날부터 그녀의 별명은 '검정 바바리'가 되었다.

신순애는 전남 남원에서 자기 땅이라고는 1,000평밖에 없는 가난한 농민의 칠남매 중 막내딸로 태어났다. 아버지는 키우던 소에 받히는 바람에 내장을 심하게 다쳐 아무 일도 할 수 없는 처지가 되어 그 많은 자식들에게 지긋지긋한 가난밖에 물려줄 것이 없었다. 전교 일등을 도맡아하던 오빠들도 학교를 제대로 다닐 수 없어 구두닦이나 학교 앞에서 뽑기 장사 같은 것을 해야 했다. 신순애도 육성회비를 못 내 등교만 하면 선생이 돈 가져오라며 집으로 돌려보냈다. 그녀는 어려운 처지의 부모님에게 돈 달라 재촉을 못 하고 스스로 학교를 포기하고 말았다.

자퇴한 지 1년이 지난 1966년, 가족과 함께 서울에 올라온 그녀는 겨우 열두 살 나이에 평화시장에 들어가 시다로 일하게 되었다. 어서 돈을 벌어 공부를 계속하는 것이 유일한 꿈이었다. 그런데 오빠가 사고로 불구가 된 데다 아버지까지 돌아가시는 바람에 홀로 남은 어머니와 오빠를 먹여 살리는 가장이 될 수밖에 없었다.

아직 체형조차 형성되지 않은 열두 살 때부터 하루 열여섯 시간 이상 일하면서도 거의 제대로 된 밥을 먹어보지 못한 그녀는 키가 크지를 못했다. 초등학교 다닐 때는 키만 껀정하게 크다 해서 별명이 꺽다리였으나 평화시장에 들어와 일하기 시작한 이래 키가 전혀 크지를 않았다. 죽도록 일을 해도 자기를 위해서는 한 푼도 쓰지 못해 여름 겨울 따로 없이 바지 하나로 1년을 꼬박 버텼다. 저녁에 와서 빨아서 널었다가 아침에 입고 나가는데 마르지 않았으면 수건으로 꾹꾹 눌러 물기를 빼고 다려서 입고 나갔다.

노조를 알게 된 것은 다림사에 다닐 때 노동교실에 입학하면서였다. 노동교실은 그녀에게 노동자의 권리는 스스로 싸워서 찾아야 한다고 가르쳤다. 그러나 싸움은 언제 해도 무서웠다. 지난번 노동교실에서 농성할 때도 아무것도 모른 채 들어갔다가 갇혀 울고불고했던 그녀였다. 이번에 농성장으로 돌아올 때도 너무나 고민이 되었다. 집에 누워 있다시피 한 장애인 오빠와 어머니를 위해 일을 해야 하는데 농성에 들어가면 어떻게 될지, 무섭기도 하고 걱정이 되어 아침밥이 넘어가지를 않았다. 이른 새벽 버스를 타고 언니네 집을 오가면서 극심하게 갈등하던 그녀의 마음을 잡게 한 것은 이번에도 공부를 하고 싶은 욕심이었다. 저녁 8시에는 퇴근을 해야 그토록 하고 싶은 공부를 할 수 있을 것 같았다.

신순애에게 공부는 또 다른 의미를 가지고 있기도 했다. 자기가 먼저 공부를 하여 글을 모르는 이들에게 배움의 기회를 주고 싶은 마음이었다. 다림사에서 함께 일하는 시다 중 한 명이 옷에 붙이는 라벨을 거꾸로 잘라 놓기 일쑤였다. 알고 보니 한글도 영어도 몰라 라벨의 아래 위를 구별하지 못했던 것이다. 저녁에 일찍 끝나 글 모르는 시다들을 노동교실에 데려올 수 있다면 그것을 위해 싸울 수 있다고 결심했다. 실제로 그녀는 나중에 여섯 명의 어린 시다를 따로 모아 한글을 가르치기도 했다. 융통성이 뛰어난 그녀는 한글 교본에 따르지 않고 '시다' '미싱사' 같은 일상용어를 먼저 가르쳐 쉽게 한글을 깨우치게 했다.

신순애의 등장으로 농성장은 다시 활기를 찾았다. 그녀는 이날을 계기로 조합 일에 적극적으로 나서서 매일처럼 창동에 드나드는 또 한 명의 열성 조합원이 되었다. 어느 겨울날은 연탄가스를 맡아 사경을 헤맨 적도 있었다. 이소선 어머니와 조합 간부들이 김칫국물을 먹이고 손발을 주물러 주어서야 되살아났다. 신순애가 검정 바바리코트를 입고 나타나던 이야기와 연탄가스를 마시고 죽다 살아난 이야기는 오랫동안 이야깃거리가 되었다.

아침 해가 완전히 떠오른 8시가 넘자 공장장이나 사장들이 자기 공장 노동자들을 찾으러 왔다. 설득을 하다가 안 되면 해고시킨다고 위협하기도 하고 정에 호소하기도 했다. 안 되겠다 싶어 셔터를 내려버리니 이본침회 회장인 박종화의 공장장이 셔터를 발로 걷어차며 소리쳤다.

"종화야! 너 당장 안 나와? 너 지금 안 나오면 해고다!"

박종화는 셔터를 붙잡고 대답했다.

"공장장님, 나는 이 자리에서 나갈 수가 없어요. 우리는 각오했어요. 작업시간이 단축될 때까지 물러서지 않기로 했어요. 그러니 시간단축이 되기 전에는 나를 데리러 올 생각을 마세요."

당장 공장이 마비될 수밖에 없는 공장장은 물러나지 않았다.

"야 인마, 니가 그럴 수 있냐? 내가 섭섭하게 해준 게 있으면 직접 얘기할 것이지, 이런 데 와서 이렇게 할 수가 있어? 너 일단 나와서 공장에 가서 나하고 얘기하자! 공장이 문을 닫고 있으면 손해가 얼마인 줄 알아? 그러지 말고 내려와서 일단 공장에 가서 이야기하자."

"나는 우리 공장의 문제만 가지고 이러는 게 아닙니다. 시장 전체가 시간단축이 안 되면 우리 공장도 말짱 헛것입니다. 그러니까 우리 공장만 일찍 끝낸다고 될 문제가 아니니까 돌아가세요."

"너 잔소리 말고 빨리 못 나와?"

"공장장님, 자세한 얘기는 이 농성이 끝난 다음에 해요. 나 들어가요."

안에 있는 사람의 말소리가 멀어지자 공장장은 박종화의 이름을 부르다 못해 막무가내로 셔터를 걷어찼다. 듣다 못한 신항철, 박재익 등 조합원들도 일제히 일어나 외치기 시작했다.

"공장장은 물러나라!"

간혹 욕설도 터져 나왔다.

"야 이 새끼야! 여기가 어딘 줄 알고 행패야? 너 죽고 싶냐? 빨리 꺼지지 못해?"

분위기가 험악해지자 공장장은 혼자 열을 내다가 물러가버렸다.

오전 11시경 경찰들이 몰려와 건물 밖을 에워쌌다. 현장 지휘자는 중부경찰서 정보과 장 계장으로 커다란 체격에 사나운 성격이었다. 강제진압을 위해 국방색 전투복에다 옆구리에는 커다란 권총까지 찬 장 계장은 형사 몇을 거느리고 노동교실 안으로 밀고 들어왔다.

"지금 때가 어느 땐데 겁도 없이 집단행동이야! 불법인지 모르고 하나? 모두 다 긴급조치로 구속돼볼래?"

농성장은 초라했다. 명목상 조합원이 8,000에 이르는 데 고작 20여 명이 농성을 한다고 모여 있다는 게 스스로 부끄러울 정도였다. 신문기자들에게 전화를 했음에도 겁을 먹었는지 아무도 오지 않은 게 오히려 다행일 지경이었다. 경찰이 마음만 먹으면 얼마든지 밀고 들어올 수 있는 상황이었다. 이소선 어머니가 경찰을 막아섰다.

"그래, 긴급조치로 잡아넣어볼 테면 넣어봐! 노동자들이 노동시간이 너무 길어서 단축해달라고 요구하는데 긴급조치가 뭐라고 협박이야? 잡아넣을 테면 나부터 잡아가!"

육중한 장 계장에 맞서 바락바락 대드는 이소선 어머니의 체구는 너무나 왜소해 보였다. 장 계장은 금방 꺼내어 쏘아버리기라도 할 듯 권총을 쩔그럭거리며 그녀를 내려다보았다.

"이 여자는 무슨 자격으로 노동운동을 하는 거야? 근로자도 아니면서 선동이나 하고!"

"나보고 무슨 자격으로 노동운동 하느냐고 묻기 전에, 본인이 무슨 자격으로 노동 문제에 관여하는지 생각해봐! 근로자들이 아무리 무식하다고 해도 근거도 없이 협박하는 것은 무슨 자격으로 하는 거야? 근로자들을 짓밟으라는 자격을 누가 줬어?"

흥분한 장 계장이 버럭 고함을 질렀다.

"이 여자 당장 끌어내 차에 실어!"

경찰이 체포를 위해 움직이자 여성 조합원들이 비명을 지르며 이소선 어머니를 에워쌌다. 유별나게 키가 큰 남자 조합원 전인철이 경찰을 밀어붙이며 거칠게 소리 질렀다.

"우리 어머니 절대 못 데려가! 경찰은 물러가라!"

박종화, 신항철 등 남자 조합원들이 가세해 몸싸움이 벌어졌다. 조합원들의 필사적인 저항에 경찰은 30분 말미를 주며 물러났으나 자극을 받은 조합원들은 더 큰 소리로 구호를 외치고 노래를 불렀다. 사실, 남녀 할 것 없이 모두들 겁은 먹고 있었다. 전날 미국에서 노동자들을 학살하고 사형까지 시키는 슬라이드를 본 탓이기도 했다. 무슨 짓이든 할 수 있는 군사정권이었다. 정보과 계장이 평소와 달리 군복에 권총을 차고 나타난 것만으로도 공포심을 불러일으키기에 충분했다. 진짜 권총을 처음 본 이가 대부분이었다. 겁이 날 만도 했다. 그러나 아무도 자리를 이탈하지 않았다.

경찰은 예정된 시간이 지나자 다시 10분을 줄 테니 순순히 나오라고 했으나 역시 아무도 나가지 않고 버텼다. 이번에는 근로감독관들이 우르르 들어왔다.

"여러분의 의사는 충분히 들었습니다. 노동청의 모든 행정력을 동원해서 시간단속을 강화할 테니 농성을 풀도록 하시오."

노동청 중부지방사무소장이 설득했으나 지난번 약속에서 속은 조합원들은 그의 말을 믿지 않았다.

"댁들의 말을 어떻게 믿습니까? 무조건 저녁 8시에 시장 상가의 전깃불을 내린다는 서면 약속을 해주어야지 아니면 우리는 죽을 때까지 이 자리를 지킬 겁니다."

"전깃불 내리는 것은 우리의 권한이 아니라 한국전력 소관입니다. 우리가 마음대로 끌 수는 없고 한전에 적극적으로 건의는 해보겠습니다. 그러니 먼저 해산을 하고 이야기합시다. 이러면 큰일 납니다."

소장은 서약서를 쓰지 못해도 최선을 다할 테니 이번만은 믿어달라고 애원하다시피 했으나 이미 근로감독과장에게 한번 당한 적 있는 조합원들은 야유를 퍼부었다. 시간은 12시를 지나고 있었다. 1시가 되면 점심시간이라 노동자들이 몰려올 게 분명했다. 그들은 그 점을 우려하고 있는 듯 먼저 조바심을 냈다. 소장은 시간이 갈수록 간곡하게 통사정을 했다.

"나 자신의 모든 명예와 관의 명예를 공개적으로 걸고 여러분의 요구를 수용하겠습니다."

지난번과 달리 서울 중부 지역의 노동 문제를 총괄하는 소장의 약속이었다. 투쟁위원회는 이번 한 번만 더 믿어보기로 하고 구체적인 합의에 들어갔다. 12시 50분이 넘었을 때였다. 오늘부터 당장 저녁 8시에는 어떠한 이유에서라도 작업을 할 수 없도록 한다, 다락은 지금 당장 일률적으로는 안 되지만 내년 3월까지 전부 철거한다, 기타 근로조건도 즉각 개선한다 등의 조항이 합의되었다.

다음날 저녁 8시, 또다시 평화시장 일대 상가들마다 엄청난 사람들이 한꺼번에 쏟아져 나와 거리를 가득 메웠다. 노동청 소장의 약속대로 다시 8시 퇴근이 시작된 것이다.

마지막까지 남은 인원은 불과 열여덟 명, 사실상 투쟁위원들만의 농성이었고 집행부와 사전합의도 되지 않은 소수의 주동으로 이뤄진 농성이었으나 그 파급 효과는 컸다. 직접 참여했던 사람이든 오지 못한 사람이든 농성을 통해 경찰과 노동청을 굴복시켰다는 사실에 크게 고무되었다.

하지만 노동청의 강력한 명령도 수많은 업주들을 통제하지는 못했다.

이번에도 며칠 지나지 않아 또다시 원상복귀되기 시작했다. 노동청 관리들에게 매일 저녁마다 전기를 내리러 오고 시장을 순회할 정도의 열성을 기대할 수도 없었다. 두 차례의 시정조치를 통해 사업주들에게 8시에는 퇴근시키는 게 원칙이라는 인식을 심어준 것만으로도 제 역할을 다했다고 인정할 수밖에 없었다.

다시 조합이 나설 차례였다. 일단 노동청에서 8시 퇴근을 인정했기 때문에 조합에서도 당당히 이를 따질 수가 있게 되었다. 집행부 전원과 중견 조합원들이 조를 짜서 시장을 순회하며 8시 이후까지 작업시키는 사업장을 단속하기 시작했다. 일을 하고 있는 공장을 발견하면 간부들이 문을 두드리며 공장장 나오라고 고함을 질렀다. 공장장이나 사장이 나오면 '본인은 누구로서 몇 월 며칠 몇 시 현재 몇 명이 작업하고 있다'는 내용의 확인서를 쓰게 했다. 엄밀히 따지면 법적으로 효력은 없었으나 영세업주와 공장장들에게는 신경이 쓰이는 문서였다. 확인서를 받은 후에는 간부들이 직접 전원을 내려 퇴근하도록 독려했다. 항의하는 사장도 많았지만 한가락 하는 체격의 노조 간부들이 단체로 몰려다니니 어쩔 수 없이 퇴근을 시켰다.

주휴제를 단속할 때와 마찬가지로 조합 간부들이 발이 부르트도록 고생해도 8시 퇴근이 완전히 관철되지는 않았다. 사업주들은 적발된 날은 어쩔 수 없이 쉬지만 다음날은 또 일을 시키려 들었다. 주휴제 단속은 하루 종일 다닐 수나 있다지만, 8시 반부터 다니기 시작해 서너 곳에서만 말다툼이 벌어져도 벌써 밤 10시가 되었다. 주변 상가와 가정집의 무수한 공장들을 뒤로 미룬다 해도 단체협약 대상인 주요 상가만 해도 600개나 되는 사업장이 널려 있었다. 모두 순회하기에는 인력이 턱없이 부족했다. 너무 힘이 들어 매일 밤 나갈 수도 없었다. 그러나 단속이 뜸해지면 여기저기 훤히 불이 밝혀져 있기 마련이었다. 주기적으로 꾸준히 단속을 하는 수밖에 없었다.

이런 어려움에도 불구하고 시간단속은 시장 전체에 적지 않은 영향을 미쳤다. 주요 시장 상가의 사업주들에게는 8시 퇴근이 당연한 것으로 인식되어 이에 따르는 곳도 점차 늘었다. 반면 통제가 심한 상가를 아주 빠져나가려는 업주도 많았다. 이 무렵부터 시장을 빠져나가 서울 전역의 개인주택으로 봉제업체가 퍼진 데는 노조의 영향이 컸던 게 사실이었다.

가장 많이 영향을 받은 이들은 다름 아닌 노동자들이었다. 저녁 8시 퇴근의 기억은 수많은 노동자들에게 환희의 추억으로 남았다. 매일 밤 10시 반이 넘어야 일을 마치고 집에 돌아가 찬 밥 한 술 먹고 시체처럼 쓰러졌다가 다시 새벽 6시에 집을 나오는, 하루 종일 자유시간이라고는 한 시간도 없이, 오로지 노동과 수면으로 안타까운 인생을 소모해본 경험이 있는 사람들만이 8시에 일이 끝나는 기쁨의 의미를 알 수 있었다. 불과 두어 시간의 자유지만, 자유시간이 전혀 없던 이들에게는 열 시간 이상의 가치를 갖는 것이었다. 그들은 그것을 몸으로 배웠다.

시간단축 싸움은 노동자들의 육체적·정신적 건강만이 아니라 노동조합이 조합원들에게 굳은 신뢰를 얻는 데도 큰 도움이 되었다. 이 일로 노조에 대한 지지도는 수직으로 상승했다. 노조를 찾아와 상의하는 사람들이 부쩍 늘었고 저녁이면 노동교실이 붐벼 들어갈 수도 없을 정도가 되었다. 전에는 노동교실에 등록을 해놓고도 차마 혼자 일을 마치지 못해 결석을 하던 이들이 이제는 저녁마다 당당하게 일을 중지하고 나왔기 때문이었다.

청계노조에 대한 소문은 청계천뿐 아니라 서울 전역에 알려져 임금을 받지 못하거나 어용노조 문제로 싸움이 일어난 여러 현장에서 찾아와 상담을 요구하곤 했는데 이들이 대신 상담자로 나서서 자문을 해주기도 했다.

이 무렵 엉뚱한 일도 생겼다. 어느 날 지부장 최종인에게 한 통의 전화가 걸려왔다. 육영수 암살사건을 맡기도 했던 박 모 검사였는데 당시 쟁쟁한 권력을 누리고 있던 유명한 사람이었다. 그는 자기 친척이 모 와이셔츠 공장의 공장장인데 잘 좀 해결해달라고 하는 것이었다. 최종인은 전화를 끊자마자 간부들에게 이 사실을 알리고 바로 플래카드를 쓰게 했다. 세상이 다 무서워하는 검사도 청계노조를 겁먹게 할 수는 없었다. 오히려 결정적인 꼬투리를 잡은 셈이었다. 노조 간부들은 박 모 검사가 부당한 압력을 행사했으니 사죄하라는 내용의 플래카드를 써가지고 바로 그 친척이 일한다는 공장 앞에 가서 시위를 벌였다. 말썽이 번질까 걱정되었던지 검사는 다시는 간섭하지 않았다.

그러나 작업시간의 단축은 일부 노동자의 반발을 사기도 했다. 저녁 8시 퇴근이 실시되던 어느 날이었다. 통일상가 점퍼 집에서 일하는 나이 든 아줌마 미싱사 10여 명이 노동교실에 찾아왔다. 흥분한 표정이나 거친 태도로 보아 한바탕 붙어볼 작정으로 찾아온 게 분명했다. 들어서자마자 소리를 질렀다.

"누가 시켜서 작업시간을 줄인 거예요? 괜히 우리들 수입만 줄어들게 되었잖아? 이걸 어떻게 할 거야?"

어느 정도는 예상했던 일이었다. 일단 흥분한 아줌마 미싱사들을 자리에 앉히는데 때마침 같은 점퍼집 미싱사인 정선희와 임금자가 와 있었다. 두 사람은 아줌마들과 마주 앉았다. 먼저 정선희가 침착하게 대화를 유도했다.

"무슨 이유 때문에 오셨는지 차분하게 얘기를 하세요. 여기 있는 분들도 다 여러분하고 똑같이 공장에서 미싱 밟고 있는 사람들이니까 우리 사정을 어느 누구보다도 잘 알아요. 그렇게 다짜고짜 시비조로 얘기하면 어떡합니까?"

정선희 특유의 다정다감한 말씨에 아줌마 미싱사들은 다소 누그러졌다.

"아, 다른 게 아니라 우리들은 점퍼집 미싱사인데 대목 한 철 일을 해서 비철에 먹고사는데 이 바쁜 철에 일을 일찍 끝내니까 수입이 줄어들잖아요. 그래서 우리는 더 일을 해야 하겠다고 사장한테 말했더니 사장이 하는 말이 노조에서 못 하게 해서 일을 시킬 수가 없으니까 따질 테면 노조에 가서 따지라고 하대요?"

점퍼는 추운 계절에 입는 옷이기 때문에 겨울 한 철 눈에 불을 켜고 일해서 돈을 모아야 비수기인 여름철을 버틸 수 있다. 또한 손질이 많이 필요한 일이기 때문에 오야미싱사 밑에 미싱보조가 있고 이들 밑으로 두 명의 시다가 딸려 있었다. 오야미싱사가 이들 세 명에게 월급을 주어야 하는데 시간이 단축되면 자신의 수입이 줄 뿐 아니라 이 세 명을 놀리면서도 돈이 나가기 때문에 화가 난 게 당연했다. 같은 업종에서 일한다는 동료의식으로 아줌마 미싱사들의 마음의 문을 연 정선희와 임금자는 차분하게 대화를 이끌어나갔다.

"들어보세요. 저도 사실은 같은 객공이에요. 하지만 시간이 줄어드는 대신 공임을 올리면 되지 않겠어요?"

"그게 어디 가능해? 누가 우리에게 공임을 더 준단 말이야?"

아줌마 미싱사들의 반문에 청계천 여성 노동자로는 드물게 큰 체격에 목청도 크고 활달한 임금자가 대답했다.

"물론 쉬운 일은 아니죠. 그러나 불가능한 일도 아니에요. 여러분이 중심이 되어 잠바 만드는 미싱사, 보조, 시다들이 똘똘 뭉쳐 요구하면 해결할 수 있어요. 객공 미싱사의 월급을 어떻게 올리느냐고요? 쉬운 방법이 있어요. 지금은 시다 월급을 오야미싱사인 여러분이 주지요? 앞으로는 시다 월급을 사장들이 직접 주게 해야 해요. 그렇게 되면 여러분은 공전인상을 따로 안 해도 시다에게 나가던 돈만큼 수입이 늘게 되죠. 그리고 시다들은 여러분에게 받던 임금보다 많이 요구해서 사장에게 직접 받게 하면 시다 임금도 인상돼요. 시다들이 코피 터져가며 일하는 것은 미싱사 일을 해주기 위해서가 아니라 사장의 일을 해주는 것 아닌가요? 고용은 사장이 하고 월급은 미싱사가 주는 그런 잘못된 제도가 어디 있어요? 근로기준법에도 임금은 사용주가 직접, 본인에게, 일정한 날, 전액을 현금으로 주게 되어 있어요."

견습공 직불제는 이미 작년에 광진복장에서 쟁취한 적이 있는 제도였다. 갓 스물을 넘긴 두 처녀의 자신감 넘치는 설명에 아줌마 미싱사들은 여전히 미심쩍어하면서도 한결 안색이 밝아졌다.

"그렇게만 된다면 얼마나 좋겠어요? 그런데 단합이 되겠어요?"

"단합이 잘되도록 노력해야죠. 우리들 생활과 직결되어 있는 문제인데 누가 외면하겠어요?"

평소에도 단짝인 정선희와 임금자는 둘이 변죽을 맞춰 상대방의 기분을 상하지 않게 하면서도 해야 할 말을 다 해 자기편으로 만드는 수완을 가지고 있었다. 말재주 때문이 아니라 그녀들 자신이 가지고 있는 내면의 순수함이 그대로 드러나기 때문이었다. 잔뜩 화가 나서 노조를 뒤집어엎으려고 왔던 아줌마 미싱사들은 도리어 조합의 방침에 동조하여 돌아갈 때는 사뭇 정겹게 인사까지 하게 되었다.

점퍼집 아줌마 미싱사들의 불만은 일리가 있었다. 임금인상이 뒤따르지 않는 시간단축은 실패할 수밖에 없었다. 그리고 이 문제를 해결할 수 있는 가장 좋은 방안은 광진복장의 경우처럼 견습공의 임금을 사장이 직접 지불하도록 하는 것이었다. 그렇게 되면 자동적으로 미싱사들의 임금은 오르게 되어 있었다. 이는 직종별·제품별·능력별로 다양한 임금체계를 가진 평화시장에서 일률적으로 임금을 올릴 수 있는 현실적인 방법이기도 했다.

1976년 3월 6일, 점퍼집 미싱사들이 사장에게 견습공 임금 직불제를 요구하면서 본격적인 임금투쟁이 시작되었다. 이 싸움은 지난 1월 31일 노조에서 주관해 결성한 '임금제도 개선위원회'의 점퍼 부문 대책위원을 맡기도 한 임금자와 정선희가 주도했다.

점퍼집 직불제 요구는 보름 동안 25개 공장으로 번져나갔다. 매주 금요일 노동교실에서 열리는 금요토론회에서도 이 문제를 토론 주제로 삼아 많은 점퍼 미싱사들이 모인 가운데 열띤 토론을 벌였다. 점퍼 객공은 성수기가 짧기 때문에 동료들 간에도 경쟁이 치열하고 작업시간도 길었다. 따라서 개인주의적인 성향이 강해 이들을 조직하기란 쉽지 않았다. 그러나 임금자와 정선희는 점퍼 미싱사로서 기술과 경력이 오래된 데다 타고난 친화력으로 점퍼 미싱공들을 엮어냈다.

점퍼 사장들은 해마다 10원 정도씩 올리던 공임을 이번 해에는 50원까지 올려주겠으니 견습공 임금은 계속 미싱사가 부담하라고 나왔다. 몇몇 공장에서는 주동자들을 해고시켜 말썽을 일으키기도 했다. 기업주 개개인으로서는 자기 공장만 제도를 바꿀 경우 주위 공장들로부터 비난을 면할 수 없어 꺼리는 측면도 있었다.

한편 '근로기준법을 지키게 하는 투쟁위원회' 소속 중견 조합원들은 '횃불회'라는 이름의 조직을 따로 만들어 점퍼집 투쟁을 지원하고 있었다. 횃불회는 체계가 잘 잡혀 있는 조직은 아니었으나 그동안 어렵게 함께 투쟁해온 중견 조합원들 사이에 뜨거운 애정과 신뢰로 이뤄진 의미 있는 모임이었다.

횃불회는 비공개적으로 활동해야 하기 때문에 경찰의 감시가 집중된 창동집을 자유롭게 쓸 수가 없었다. 광희동 배철수의 방이 없어진 때라서 이소선 어머니는 이 모임을 위해 종로 5가 동대문시장에 있는 허름한 여인숙 방을 잡아놓았는데 매일 숙박비 내고 밥 사 먹는 돈이 만만치 않았다. 헌옷 장사로 버는 푼돈으로는 댈 수가 없었다. 회원들이 회비도 내고 각자의 활동비는 본인이 번 돈으로 쓴다 해도 하루 이틀이 아니다 보니 어려움이 많았다. 이소선 어머니는 창동집 근처에 값싼 여인숙을 얻어 모임방을 옮기고 밥은 집에서 직접 해 날랐다. 반찬은 낮 동안 헌옷 장사를 하면서 시장에서 주운 푸성귀로 해결했다. 이소선 어머니는 회원들과 이야기를 나누다가 다들 잠들 시간이 되면 혼자 집에 돌아와 잠시 눈을 붙이고 새벽에 일어나 아침밥을 지어 날이 밝기도 전에 여인숙으로 나르는 고된 일과를 버텨냈다.

횃불회는 몇 날 며칠을 이 여인숙, 저 여인숙으로 옮겨 다니며 논의하고 고민한 끝에 투쟁 계획을 확정했다. 시다 임금을 월 1만 2,000원에서 2만 원으로 인상할 것, 미싱사와 재단사는 현재 임금에서 50퍼센트 인상할 것, 시다 임금을 사장이 직접 지불할 것, 객공도 기본급을 정할 것 등을 요구하는 가두시위를 결정했다. 시위 날짜는 애초에 3월 10일 노동절로 했으나 휴일이기 때문에 효과가 적다고 판단되어 3월 26일로 바꿨다. 이날로 잡은 것은 노조와 사용자 간의 임금교섭이 있는 날이기 때문이었다. 집행부에서 임금교섭을 하는 동안 가두시위를 벌임으로써 회사 측에 압력을 행사해 교섭을 유리하게 이끌 수 있으리라는 판단이었다.

횃불회는 시위 전날인 25일 밤새 쌍문동의 여인숙 방에서 피켓이며 머리띠, 어깨띠를 만들고 등사기로 선언문을 미느라 진땀을 뺐다. 민종덕이 쓴 선언문은 대단히 선동적이었다.

'우리의 이 숨 막히는 현실을 보라! 열세 시간 이상 뼈와 살을 깎는 아픔을 이겨가면서 건강과 젊음을 송두리째 빼앗겨가면서 휴식과 공부는커녕 몸 아플 시간마저 갖지 못한 채 일을 하고서도 밥 먹는 것마저 제대로 해결하지 못하고 당장 허기진 배를 움켜잡고 죽지 못해 일하고 있는 것이다. 치솟는 젊음은커녕 핏기마저 바싹 마른 노동자의 얼굴을 보면서도 살이 너무 쪄서 걱정들을 하는 저 사장족들을 보면 우리 노동자들은 기껏 저들의 살을 찌우는 인간 비료밖에 아니란 생각에 치솟는 분노를 억누를 길 없다…….'

밤을 꼬박 새운 이들을 위해 이소선 어머니는 없는 돈을 구해 쇠고기에다 대파를 큼직큼직하게 썰어 넣고 고춧가루를 벌겋게 넣어서 얼큰한 소고기국을 끓였다. 다들 고생을 많이 해서 혈색이 말이 아니었다. 국물을 푸짐하게 떠서 수북이 밥을 말아 먹는 이들을 보며 이소선 어머니는 흡족해서 먹지 않고도 배가 불렀다.

이렇게 치밀하게 준비했으나 이날의 시위는 시도조차 못 한 채 실패하고 말았다. 어떻게 정보를 입수했는지 오후 1시가 되자 경찰 병력이 평화시장 일대를 장악해버린 것이었다. 이런 상태에서 시도를 해봐야 몇 사람만 끌려가고 말 것이었다. 평화시장 건너편 현저다방에 모인 회원들은 상의 끝에 포기하기로 결정했다. 그러나 가두시위가 시도되었다는 사실만으로도 효과는 있었다. 놀란 노동청은 노조의 요구가 관철되도록 적극적으로 중재에 나서게 되었고, 회사 측도 이에 밀려 점퍼집 견습공 직불제를 합의하지 않을 수 없었다.

일단 급한 불은 껐으나 경찰은 일련의 사건을 좌시하지 않았다. 경찰은 직불제투쟁의 주동자로 임금자와 정선희를 지목하고 체포에 나섰다. 다행히 임금자는 잠적해버린 가운데 먼저 연행된 정선희에게 질문이 쏟아졌다. 경찰은 어떻게 사장을 설득해 직불제를 통과시켰는지, 누가 배후조종을 했는지 캐물었다. 갓 스무 살의 정선희는 당당하게 대답했다.

"보세요, 내가 일한 값을 제대로 달라고 한 게 무슨 죄가 됩니까? 장사꾼은 옷 한 벌에 원가가 얼마니까 얼마를 달라고 해도 죄가 되지 않는데, 왜 근로자는 일한 대가로 이만큼은 달라면 죄가 되나요? 상인은 가격이 안 맞아 안 팔아도 죄가 되지 않는데, 왜 노동자는 파업을 하면 죄가 됩니까? 말씀해보세요."

어디서 배운 논리가 아니라, 진심으로 생각해왔던 이야기였다. 담당형사는 고개를 절레절레 흔들었다.

"배후조종이 따로 없어도 아가씨 혼자서 사장을 설득하고도 남았겠어."

배후조종자를 찾을 수 없다고 판단한 경찰은 일단 그녀를 석방시켰다. 겉으로는 큰소리를 쳤으나 속으로는 너무나 긴장이 되어 있던 정선희는 풀려난 길로 창동집에 갔다. 거기에는 연행되었던 다른 이들도 다 와 있었다. 그녀는 맥이 풀려 기절하듯 쓰러지고 말았다.

창동집에서 하루를 쉬고 다음날 공장에 출근하니 사장이 다방으로 불러 공장을 그만두라고 했다. 순간, 왜 그렇게 가슴이 아프고 눈물이 나는지 몰랐다. 사장은 가버리고 혼자 다방에 앉아 엉엉 울기 시작했다. 노조활동 때문에 생산량이 줄어드는 일이 없도록 그렇게 열심히 일을 해주었는데 해고라니 너무나 억울하고 허탈했다. 사장과 싸워서 복직을 해야겠다는 생각보다는 누구에게나 사랑만 받던 자신이 정든 회사에서 쫓겨난다는 사실이 그렇게 서러웠다.

한참을 그렇게 울고 있으니 재단사가 내려와서 다시 일을 하라고 달랬다. 사장이 보낸 것이었다. 정선희는 다시 기쁜 마음으로 출근해 열심히 일했다. 복직시켜준 사장이 너무나 고맙고 감사해서 더욱 열심히 일해주었다. 겨울이 되어 사장이 적자가 난다는 이유로 공장 문을 닫아버렸을 때도 자기가 조합 활동에 노동자들을 자꾸 데리고 나가는 바람에 공장이 어려워진 게 아닐까, 사장에게 미안한 마음뿐이었다.

그러나 사장이 노조의 반발을 우려해서 그녀를 복직시켰을 뿐임이 곧 드러났다. 일단 문을 닫은 사장은 노조의 영향력이 미치지 않을 만한 곳에 새로 공장을 차리고는 '내성사'라는 상호를 '네성사'로 바꾸어 재개업한 것이다. 물론 정선희를 포함한 조합원들은 일체 고용하지 않았다. 정선희는 그제야 자본의 논리란 게 정말 무섭고 냉정하다는 사실을 깨달았다.

정선희만 해도 조합 간부이기 때문에 우대를 받은 편이었다. 농성에 적극 참가한 일반 조합원들은 대부분 심한 차별대우를 당해야 했다. 일이 까다로워 생산량을 높일 수 없는 일감만 배정하면서도 매일 새로운 일감으로 바꾸어 적응하지 못하게 하기 일쑤였다. 노골적으로 해고를 시키면 조합에서 나서기 때문에 제 발로 그만두게 하려는 술책이었다. 조합의 지도부였던 정선희까지도 해고를 당하고 펑펑 울었을 정도였으니 그 나이 어린 여성 노동자들은 가슴에 퍼렇게 멍이 들기 마련이었다. 자신이 먹고살 뿐 아니라 가족을 위해 죽어라고 일하는 사람에게 돈을 못 벌게 하고 나가라고 압력을 넣으면 마치 먹던 밥그릇을 빼앗기는 것처럼 서러웠다.

임금자는 끝까지 잡히지 않은 채 수배가 유야무야되었는데 그녀를 가장 앞장서서 숨겨주고 보호해준 이는 다름 아닌 아버지였다. 대개 부모가 농성하는 자식에게 쫓아와 욕을 하거나 강제로 끌고 가려고 들었으나 임금자의 아버지는 전혀 다른 모습으로 조합원들을 마음 아프게 했던 사람이었다. 임금자의 아버지는 위로 아들 셋을 가르치느라 막내딸을 어린 나이에 공장에 보낸 것을 평생 미안해했다. 그는 딸이 농성장에 들어가기만 하면 찾아와 밖에서 지켜보았다. 다른 부모들처럼 자식을 때려서 끌고 가거나 욕을 하지 않고, 묵묵히 지켜보며 다치지 않도록 지키기만 했다. 멀쩡히 공부 잘 하는 딸을 공장에 보내 오빠들 뒷바라지를 시킨 죄책감으로, 딸이 어떤 일을 하더라도 자신들 잘못이라 생각했다. 딸이 수배가 되어 피신 다닐 때에도 아버지는 어떻게든 잡히지 않도록 도와주었다.

'시다 직불제'로 불리게 된 견습공 임금 직불제 승리의 이면에는 장기표의 노력도 있었다. 그는 시다 임금을 왜 주인이 직접 주어야 하는가에 대한 이론적 근거를 제공한 사람이었다. 같은 노동자인 미싱사가 시다의 임금을 주는 것이 왜 불합리하며 시다가 노동자로서 어떤 권리를 가지는가 등 몇 가지 논점을 명쾌하게 정리한 글을 다른 사람의 이름으로 함석헌 옹이 발행하던 『씨올의 소리』에 싣기도 했다. 「시다의 권리」라는 이 글은 논리적일 뿐 아니라 대단히 감동적이어서 당대 지식인과 민주화운동가들에게 다시 한 번 청계천 문제를 생각하게 하는 계기가 되었다.

견습공 직불제 쟁취로 노동조합의 위상은 한결 높아졌다. 이를 주도한 중견 조합원들의 사기도 하늘을 찌를 듯 높아졌다. 반면 집행부와 중견 조합원 사이의 갈등도 불거졌다. 중견 조합원들이 가장 크게 불만을 느낀 것은 싸움 과정에서 최일호, 정경희 등 한국노총 출신들이 소극적일 뿐 아니라 장애가 된다는 점이었다. 한국노총 출신들이 초창기 조합이 자리를 잡는 데 매우 큰 도움이 되어온 것을 부인하는 사람은 없었고 고마움도 잘 알았으나 일련의 사건을 거치면서 젊은 조합원들과의 거리감이 커져 있었다.

이소선 어머니도 그들에 대해 개인적인 감정은 없었다. 특히 최일호에 대해 깊은 고마움을 갖고 있었다. 조선대학교를 수석으로 졸업한 인재이고 사심이 없는 사람으로 그가 노조를 위해 많은 일을 했다는 것을 잘 알았다. 그러나 발목을 잡는 사람이 없어야 노조가 제대로 일을 할 수 있다고 말해왔던 그녀는 이번 기회에 한국노총 출신들을 내보내야 한다는 결론에 이르렀다.

하지만 사퇴를 할 정도의 특별한 잘못이 없는 상태에서 무리 없이 물러나게 하기가 쉽지 않았다. 그들을 물러나게 하는 데 결정적인 역할을 한 것은 다름 아닌 최종인이었다. 따뜻한 인간성을 바탕으로 조직의 구심점이 되어 청계노조가 오늘에 이르기까지 지대한 공헌을 해온 최종인은 개인적으로는 최일호는 물론 정경희까지 신뢰하고 그동안 고생해준 데에 깊은 고마움을 가지고 있었으나 조합원들의 의견을 받아들였다.

1976년 4월 9일, 최종인 지부장 이하 상집 간부 전원이 사표를 제출했다. 지부장과 함께 한국노총 출신들도 어쩔 수 없이 물러나지 않을 수 없었다. 이는 청계노조 역사의 한 획을 긋는 사건이었다. 최종인과 임현재가 함께 그만둔 것은 대단히 안타까운 일이었으나 한국노총 출신들의 영향에서 벗어나 청계 출신들만으로 노조를 이끌게 된 것은 매우 의미 있는 일이었다.

조합원들은 최종인과 임현재가 동반 사퇴하기를 원했던 것은 아니었다. 전태일의 친구로서 삼동회를 결성하고 노조를 만들어 모든 것을 바쳐온 두 사람에 대한 조합원들의 애정은 각별했다. 집행부가 아닌 외부에서 강경투쟁을 선동하는 일은 쉽지만, 2만여 노동자의 맨 앞에 서서 독재정권과 기업주의 전방위적인 억압에 맞서는 일은 또 다른 책임감과 연륜이 필요한 일이었다. 이소선 어머니를 비롯한 여러 중견 조합원들은 두 사람이 노조에 남아주기를 원했다. 김혜숙 같은 경우는 최종인을 붙잡고 노조에 돌아와야 한다고 울며 애원하기까지 했다.

사표를 내고 떠나는 최종인의 심정도 착잡하기 이를 데 없었다. 일찍 결혼해 아이들이 딸린 가정을 꾸리면서 사글셋방에서 고생하는 아내에게는 오히려 반가운 일이 될 수 있었다. 정부와 노동자와 기업주의 첨예한 대립각 한가운데서 단 하루도 마음 편히 다리를 뻗고 잘 수 없던 지난 5년 반의 긴장에서 해방되는 자유로움도 좋았다. 그러나 서운한 마음도 없지 않았다. 열 손가락으로 꼽을 필요도 없을 만큼 극소수의 인원을 시작으로 수천 조합원을 가진 당당한 노조가 되기까지 항상 맨 선두에 서서 겪어온 이루 말할 수 없는 고생이 이렇게 사표 형식으로 끝나는구나 생각하면 마음이 편안하지만은 않았다.

동반 사퇴한 임현재와 신진철은 얼마 후 노조에 복귀했지만, 최종인은 평범한 생활로 돌아갔다. 하지만 아주 떠날 수는 없었다. 청계 사람이라면 누구나 최종인을 좋아했다 해도 과언이 아니었다. 벗어나고 싶어도 벗어나지 못할 정도로 많은 친구와 후배들이 수시로 그를 찾아갔다. 본인 역시 몸은 떠나도 마음은 떠날 수가 없었다. 자신도 사글셋방에 사는 처지였지만 늘 이소선 어머니 곁에 머물며 전태일 추도식이나 관련 행사를 도왔고, 돈을 조금씩 벌기 시작하면서는 살기 어려운 조합원들에게 금전적인 지원을 마다하지 않았다. 조합 일을 걱정하며 후배들 만나는 것을 낙으로 삼던 그는 몇 해 후 김영문이 지부장을 맡았을 때는 잠시 지도위원을 맡기도 했다. 최종인은 떠나려야 떠날 수 없는 영원한 청계의 맏형이었다.

1976년 4월 16일에 열린 임시 대의원대회는 새 지부장에 이승철을 선출하고 부지부장에 김봉순, 운영위원에 황교환, 김영문, 차인애, 이순자를 보선했다. 사흘 후 열린 운영위원회는 양승조, 민종덕, 전태삼, 임금자, 이숙희, 김혜숙, 이순자 등을 부서 부장으로 임명했다. 새로운 노동교실 실장에는 이소선 어머니를 지명했다.

새로 구성된 집행부에는 투쟁적인 인물이 많았다. 부서 부장들은 하나같이 맨 앞에서 싸워온 인물들이었다. 두 달 후 열린 정기 대의원대회에서 부위원장 김봉순이 사임하고 싸움이라면 누구에게도 지지 않는 박명옥이 선출됨으로써 투쟁력은 더욱 탄탄해졌다. 이때 보선된 운영위원 중에도 강경파로 불리던 이들이 대폭 늘어났다.

이소선 어머니가 노동교실 실장을 맡게 된 것도 큰 변화였다. 이소선 어머니가 노동교실에 상주하면서 유림빌딩 3, 4층은 활기로 가득해졌다. 낮에는 노조 사무실에 몰리던 사람들이 저녁 8시가 넘으면 노동교실로 몰려왔다. 교양교육반은 중등교실과 교양교실을 운영하고 기술교육반은 재단교실과 봉제교실을 운영했는데 늘 수강생으로 붐볐다. 재단교실 1기에는 박재익, 신항철, 박원섭 등 산울림회 회원들이 참가해 장차 중견 조합원의 토대가 되었다. 공부만이 아니라 온갖 소모임들이 회합을 하느라 노동교실은 매일 저녁 발 디딜 틈도 없었다. 이제 누구든 교실 문을 두드리고 들어가면 작은 키에 통통한 체구를 가진 어머니의 따뜻한 영접을 받을 수 있었다. 명절에 고향집에 갔을 때 포근하게 맞아주는 엄마를 이제는 언제든지 그곳에서 찾을 수 있었다. 이소선 어머니는 적이다 싶으면 무섭게 싸우지만 자기편이라면 어루만지고 끌어안으며 무한정 애정을 쏟는 격정적인 여인이었다. 기억력도 뛰어나서 그 수많은 사람들을 만나면서도 한두 번만 보면 기억해주었기 때문에 처음에는 서먹서먹했던 이들도 이내 노동교실과 노동조합을 자기 것으로 여기게 되었다.

청계노조는 이후 2년 간 하루도 조용할 날 없는 투쟁의 시대를 맞는다. 이는 기본적으로 최종인 집행부의 안정적인 조직 활동과 교육으로 선진적인 의식을 다진 조합원들이 축적된 성과 위에 투쟁적이고 헌신적인 이승철 집행부가 등장한 결과였다.

다른 한편으로는 수많은 진보적 지식인들의 영향이기도 했다. 당대 민주노동운동의 상징으로 떠오른 청계노조에는 지식인들이 몰려들었다. 1970년대 후반까지 장기표, 조영래, 윤조덕, 이우재, 한명숙, 장상환, 김세균, 이태복, 장명국, 이우정, 김근태, 이효재, 이재오, 김문수, 김세균, 최한배, 천상경, 문성현 등 이루 기록할 수도 없이 많은 지식인들이 노동교실이나 외부 교육을 통해 직접 혹은 간접적으로 노조를 지원했다. 야학이나 소모임을 지도한 이름 없는 대학생들의 숫자는 일일이 나열할 수 없을 정도로 많았다.

이들 진보적 지식인들은 청계노조로 하여금 민주노조운동의 구심점이 되도록 지원했다. 역설적으로 저임금에 의존한 공업화정책의 가장 큰 피해자인 노동자·농민들이야말로 유신정권을 지탱하는 정치적 지지기반이었다. 농민은 물론, 그들의 자녀인 저임금 노동자들의 대다수가 박정희 정권을 맹목적으로 지지하고 있었다. 올바른 정보와 지식으로부터 차단된 결과였다. 청계노조 조합원들이 수많은 지식인들과 접촉하면서 민주주의 의식에 투철해진 것은 일종의 혜택이라 할 수 있었다.

8 유신을 거슬러 올라

이승철이 전태일을 처음 만난 것은 1970년 9월 중순, 추석이 지난 직후였다. 명절 때 직장을 그만둔 최종인이 직장을 구하기 위해 친구들을 만나러 가는데 함께 가자고 해서 따라나섰다. 평화시장 앞길에서 검정 바바리코트에 빵떡모자를 쓴, 메마른 청년 전태일을 만난 것은 우연이었다.

"태일이 아니냐? 야, 오랜만이다."

최종인은 전태일에게 이승철을 소개시켜주고 같은 나이니 친구 하라고 말했다.

"요즘 뭐 하냐?"

최종인의 물음에 전태일은 가볍게 대답했다.

"어, 또 그거 일 시작이야."

이승철은 무슨 말인가 몰랐으나 최종인은 그가 근로기준법을 지키게 하기 위해 설문조사를 하고 진정서를 낸다는 것을 알고 있었다.

"그래? 어디 가는데?"

"동양방송 가는 길이야. 니들도 같이 갈래?"

이승철은 일개 재단사가 방송국에 간다는 말에 다소 놀랐으나 전태일은 아무렇지도 않게 제안하는 것이었다. 동양방송에는 〈시민의 소리〉라는 프로그램이 있어 자기가 하고 싶은 말을 할 기회를 준다는 것이었다. 마침 심심하던 차였다. 두 사람은 전태일을 따라 난생 처음 방송국에 가기 위해 버스를 탔다. 당시 시내버스는 양쪽 창 밑으로 길게 의자가 붙어 있었는데 전태일은 빈자리가 나도 앉지 않고 노동법 책을 꺼내 두 사람에게 큰소리로 읽어주고 설명하기 시작했다. 주위 사람들이 쳐다봐도 신경 쓰지 않았다.

"여기를 봐. 근로기준법 제42조에 하루 여덟 시간 일하고 두 시간만 연장근로를 시킬 수 있다고 되어 있지? 또 연장근로시간에는 수당을 따로 주도록 되어 있어."

이승철은 짧은 시간이지만 전태일의 설명에 충격을 받았다. 사장이 시키면 시키는 대로 일하고 주면 주는 대로 받아야 한다고 생각해왔는데 법률에 이토록 자세히 규정이 되어 있다니 놀라웠다.

서소문에 있는 동양방송에 도착한 세 사람은 성질이 급해서 승강기 오기를 기다리지 않고 5층까지 걸어 올라가 담당자를 만났다. 전태일이 바보회에서 모은 30부가 안 되는 설문조사서를 보이며 평화시장의 노동실태를 이야기하니 담당자는 주관적으로 그럴지라도 객관적인 자료가 필요하다면서 방송을 해줄 수 없다고 했다.

실망한 전태일은 서소문에서 가까운 시청의 근로감독관에게 고발하러 가자고 했다. 두 사람은 취직 때문에 약속이 있어 함께 갈 수 없었다. 재단사는 공장에 한두 명씩밖에 쓰지 않았기 때문에 마땅한 일자리를 구하기가 쉽지 않아 일이 나왔을 때 잡아야 했기 때문이었다.

일단 헤어졌던 두 사람은 오후에 다시 전태일을 만날 수 있었다. 그 자리에는 김영문, 신진철, 임현재도 와 있었다. 전태일은 근로감독관에게도 거절을 당하고 직접 노동청에 찾아갔는데 거기서도 거절당했다는 말을 해주었다. 다만 노동청에서 신문기자를 만났는데 기자들이 실태조사를 더 많이 해가지고 와서 노동청에 진정서를 제출하면 그것을 토대로 기사를 써줄 수 있다고 했다는 것이었다.

삼동회가 결성되면서 매일이다시피 만난 전태일은 순하고 예의바르고 반듯한 친구였다. 친구들이 아무리 욕을 하고 떠들어도 전태일은 욕 한마디 하는 법 없이 주일학교 선생처럼 굴었다. 실제로 주일학교 선생이기도 했던 그는 술·담배도 하지 않았는데 삼동회모임에서 친구들이 술을 권해도 처음에는 사양했다.

"한 잔 마셔! 술 안 마시면 나 삼동회 안 해."

"태일이가 술 안 마시면 삼동회장 잘라버려!"

친구들이 농담으로 떠들면 그제야 "알았어, 알았어!" 하며 막걸리 한 잔 마시고 담배도 받아 피우며 씩 웃었다. 도대체 무슨 바쁜 일이 있는지 항상 뛰듯이 빠르게 걸어다니고 좀처럼 웃는 모습도 보기가 쉽지 않았다. 그러나 노는 것은 좋아해서 야유회 가면 춤도 잘 추고 〈맨발의 청춘〉 같은 유행가도 잘 불렀다.

이렇게 시작된 전태일과의 만남과 그의 죽음은 이승철의 인생을 바꾸어놓았다. 본래 타고난 성격도 그랬지만, 전태일과의 만남은 그로 하여금 사소한 불의도 용납하지 못하게 했다. 노조 초창기인 1972년, 담당구역인 동문시장에 시간단속을 나가니 사장이 재단사의 한 달 월급 정도 되는 3만 원을 찔러 넣어주며 봐달라고 했다.

"이 양반이? 내 인격이 3만 원밖에 안 돼 보여?"

불같이 화를 내며 돈을 던져버리고 당장 전원을 꺼버렸다. 이 일이 소문이 나면서 청계노조 간부들이 나이는 어리지만 인격적으로 괜찮은 사람들이라는 소리를 듣게 되었다.

이승철이 지부장으로 선출된 지 두 달 후인 제6차년도 정기 대의원대회는 임기 만료된 임원들을 새로이 선출했다. 김봉순의 사임으로 공석이 된 부지부장에 박명옥과 김용경을 보선하고, 회계감사에 김영태, 전덕순, 최현진을 선출했다. 운영위원으로는 문준식, 민종덕, 배철수, 김기철, 이영순, 신순애, 정선희, 이순자, 전태삼, 김영문, 임영란, 박종화, 김병남, 이상훈, 안승원이 선출되었다. 새로운 경리로 나성자, 노동교실 관리인으로는 이송우를 채용했다.

노동교실에서 열린 이날 대의원대회에서는 노조의 정체성을 바로잡으려는 시도가 있었다. 노동조합 벽면에서 전태일 사진이 떼어진 지는 이미 오래였다. 노동교실에는 전태일 사진 대신 육영수의 사진이 걸려 있었다. 이날 대회의 마지막 순서인 기타 토의사항을 논의하는 시간이 되자 민종덕이 벌떡 일어나 긴급제안을 했다. 그는 칠판 옆에 걸린 육영수 사진을 가리키며 말했다.

"대의원 동지 여러분! 우리 다 같이 저 앞을 보십시다. 저 앞에는 지금 누구의 사진이 걸려 있습니까? 육영수 여사의 사진이 걸려 있습니다. 본인은 어떤 연유로 해서 육영수 여사의 사진이 걸리게 되었는지는 모르겠습니다. 그러나 그것에 대해 시비하자는 것이 아닙니다. 제가 여러 동지들께 말씀드리고자 하는 것은, 우리 청계피복지부의 노동교실에 육영수 여사의 사진은 이렇게 걸려 있는데 왜 전태일 동지의 사진은 걸리지 못하느냐는 것입니다."

흥분한 민종덕은 숨 쉴 틈도 없이 말했다. 전태일의 희생으로 노조가 생겼는데 노동교실에 전태일의 사진이 없다는 건 말이 안 된다, 이 자리에서 결의해서 우리 손으로 직접 걸어놓자고 주장했다. 대의원들은 열렬히 박수를 치며 환호했다. 이승철 지부장이 이 긴급제안에 동의하는 사람은 손을 들라고 하자 한 명도 남김없이 번쩍 번쩍 손을 들었다.

곧바로 육영수의 사진이 떼어지고 그 자리에 전태일의 사진이 걸렸다. 전태일이 평화시장에 다닐 때 어딘가 야유회를 갔다가 입에 사탕을 문 채 찍은 사진을 확대한 것이었다. 칠판을 가운데 두고 다른 쪽 공간에는 전태일이 생전에 쓴 글을 걸어놓았다. 바보회가 깨지고 삼각산 공사장에서 방황하다가 청계천으로 돌아가리라 맹세하며 쓴 일기였다.

정보를 입수한 중앙정보부는 비상이 걸렸다. 담당관이 이소선 어머니를 찾아와 육영수 사진을 어떻게 했는지, 누가 주동했는지 물었으나 이소선 어머니는 일절 모른다고 입을 다물어버렸다. 중앙정보부는 이승철에게 전태일 사진을 떼라고 종용했으나 조합의 최고의결기구인 대의원대회의 결정을 지부장이 번복할 수는 없다고 버텨냈다.

이날 만장일치로 전태일 사진이 걸리게 된 것은 민종덕의 충동적인 제안 때문만이 아니었다. 중견 조합원들 사이에 사진을 바꿔야 한다는 논의가 있어왔고 이를 여러 대의원과 공유한 결과였다. 일기 액자도 종합시장 액자 가게에서 미리 만들어온 것이었다. 전태일의 사진을 건다는 것은 단순히 감정적인 문제가 아니었다. 청계노조의 정신적인 정체성을 바로 세우는 일이기도 했고 향후 활동방향을 예시하는 사례이기도 했다.

정기 대의원대회를 통해 선출 두 달 만에 더욱 투쟁성이 강화된 이승철 집행부는 의욕적으로 단체협약 갱신에 들어갔다. 이번 단체협약에서 제일의 목표로 삼은 것은 유니언숍 제도화였다. 단체교섭 대상 사업장에 취업만 하면 무조건 조합원에 가입하여 기업주로 하여금 조합비를 일괄공제하도록 하는 유니언숍은 노조가 결성된 직후인 1971년 단체협상 때부터 줄곧 목표로 삼아온 숙원사업이었다.

이승철은 1976년도 단체협약의 최우선 과제로 유니언숍을 내걸고 각

상가별로 협상에 들어갔다. 상가 대표들은 난색을 표했다. 견습공 직불제를 수용함으로써 자동적으로 임금 30퍼센트 인상의 손해를 보았는데 번번이 밀릴 수는 없다는 것이었다. 이승철은 요구가 관철되지 않을 경우 또다시 농성을 할 수밖에 없다며 회사와 노동청을 압박했다. 마침 남북대화가 열려 북한 대표단이 평화시장을 방문하겠다고 요청하던 시점이었다. 평화시장에서 또다시 소란이 일기를 원하지 않은 노동청은 사업주들에게 유니언숍을 들어주지 않으면 직권으로 조정할 수도 있다고 언질을 주어 압박했다.

마침내 8월 24일 을지상가를 시작으로 유니언숍을 인정하는 새로운 단체협약이 체결되기 시작했다. 8월 26일에는 연쇄·종합·을호빌딩의 유니언숍이 체결되었고 동문상가는 11월 2일에 체결되었다. 가장 중요한 평화·동화·통일·동신의 네 개 주요 상가는 여덟 차례나 난항을 거듭한 끝에 이듬해인 1977년 4월20일이 되어서야 타결할 수 있었다.

유니언숍의 채택은 실질적인 조합원의 급속한 증가를 가져왔다. 2년 전인 1975년 6월 실제로 받아놓은 가입원서를 토대로 한 조합원 수는 6,022명으로 집계되었다. 그러나 이 중 상당수는 이미 전직을 하거나 공장을 따라 타 지역으로 가버려 자동적으로 탈퇴한 상태였다. 1976년 이승철 집행부가 출범하면서 대대적인 점검을 한 결과 실제 조합원 숫자는 3,561명인 것으로 나타났다. 그런데 유니언숍의 체결을 통해 조합원으로 확정된 노동자는 여자 4,690명, 남자 1,258명으로 도합 5,948명이었다. 약 2,500명이 증가한 것이었다. 1,500만 원 수준이던 연간 조합비도 2,000만 원으로 증가했다.

이번 단체협약에는 유니언숍 외에도 견습공 최저임금 2만 원, 퇴직금제도 신설 등 매우 중요한 요구들도 대폭 반영되었다. 불과 1년 전에 8,000

원에 불과하던 견습공 임금이 2만 원으로 확정된 것과 노동법에 기준하여 30인 이상 사업장에만 적용하던 퇴직금을 모든 사업장에서 지불하게 된 것은 법률을 뛰어넘은 대단한 성과였다.

단체협상이 진행되는 중에도 주휴제와 근로시간 위반 단속은 계속되었는데, 의욕에 가득한 집행부 간부들은 과거 어느 때보다도 자주 현장에 나갔다. 1976년 하반기에는 모두 일곱 번 나갔는데 1977년 들어서는 매월 네 차례 이상 나갔으며 5월에는 한 달 간 여섯 번이나 단속을 나갔을 정도였다.

최종인 지부장 시절부터 시작되어 이승철 지부장 시기에 한층 강화된 시간단속은 상당한 효과를 거두고 있음이 드러났다. 여전히 위반업체가 나오고는 있었으나 총 24회 단속에 298개 사업장이 적발되어 평균 12.4개 사업장이 위반한 것으로 나타났는데 이는 2년 전인 1974년에 1회 평균 33건에 비해 현격히 줄어든 것이었다. 주휴제 위반 건수 역시 2년 전 하루 단속 평균 37건에서 25건으로 많이 줄어들었다. 조합에서는 주휴제와 근로시간 위반 단속에 걸린 476건 중에서 359건의 경우 즉시 작업을 중지하도록 강제하고, 이에 불응하거나 반복해서 위반하는 77개 업체를 노동청에 진정했다. 또 경미하거나 처음인 40개 업체는 경고조치를 했다.

여전히 조합 간부들이 작업을 중단시키는 과정에서의 마찰은 끊이지 않았다. 통일상가의 삼양사가 대표적인 경우였다. 6월 2일 저녁 9시경, 노조 사무실과 노동교실로 다급한 전화가 왔다. 통일상가에 시간단속을 위해 나갔던 교선부장 이숙희가 삼양사 공장장에게 매를 맞고 있다는 다급한 목소리였다.

이숙희가 삼양사에 처음 도착한 시각은 8시 30분이었다. 아직 작업 중이어서 이숙희는 빨리 끝내달라고 좋게 말하고 다른 공장을 순회했다. 그런데 9시가 되어 돌아와보니 여전히 작업 중이었다. 단체협약 위반이니 작업을 중지하라고 요구했으나 공장장 부부는 무시하고 계속 일을 시켰고, 이숙희는 전원을 내려버리고 노동자들에게 집에 돌아가라고 했다. 이숙희는 조합 간부들 중에서도 가장 선동적이고 투쟁적으로 알려졌으나 누구와 싸우더라도 '새끼' 따위의 욕은 쓰지 않았다. 그런데 공장장 부부는 갑자기 이숙희의 머리채를 잡아 넘어뜨리고 짓밟기 시작했다.

통일상가는 자잘한 건물들이 이리저리 달라붙어 내부는 어두침침하고 통로는 개미굴처럼 엉켜 있어 후미진 구석에서 싸움이 나도 직접 옆에서 보지 않으면 모를 정도였다. 마침 위층에서 일을 마치고 내려오던 미싱사가 이를 목격하고 노조 사무실과 노동교실에 급히 전화를 한 것이었다.

이승철은 즉시 바위솔회 소속 남자 조합원들을 이끌고 삼양사로 몰려갔다. 바위솔회는 민종덕, 배철수, 최현진, 이한성, 김기철, 백기범, 박석화 등 혈기왕성한 남성 노동자 50여 명으로 구성된 조직으로 산하에 야생마 클럽과 육가클럽을 두고 있었다. 바위솔회가 한번 움직이면 시장에서는 건드릴 사람이 없었다. 이승철과 바위솔회 회원들이 도착했을 때 공장장은 술에 만취되어 횡설수설하고 무슨 말을 해도 욕설만 퍼부으며 저항했다. 조합원들은 그를 강제로 노동교실 4층으로 끌고 왔다.

"당신이 뭔데 노조 간부를 넘어뜨리고 머리끄덩이를 잡아채는 거야! 사장이 그렇게 하라고 시켰어?"

"뭐야? 당신들 누구야?"

공장장이 만취해 씩씩거리기만 하자 부인이 대신 대답했다.

"누가 넘어뜨리고 머리채를 잡았다고 그래요? 자기가 굴러 떨어져서 그랬지."

"그럼 당신이 가만히 있었는데도 우리 교선부장이 일부러 자빠져서 억지를 쓴단 말이야?"

조합원들은 흥분해서 폭력이라도 쓸 것 같은 분위기였다. 이승철은 조합원들을 말리는 한편, 공장장에게 오늘 있었던 사건의 확인서와 사과문을 쓰고 돌아가라고 좋게 말했다. 그러나 술 취한 공장장은 절대 못 써준다며 맘대로 하라고 버텼다. 부인이 설득을 해도 소용이 없었다. 할 수 없이 부인이 자기라도 써주겠다며 도서실에서 확인서를 쓸 때였다. 도서실에 와 있던 여성 조합원 하나가 공장장의 부인을 보더니 갑자기 펑펑 울음을 터뜨리는 것이었다. 한쪽 눈이 멀어 흰자위만 허연 임은숙이었다. 임은숙은 통곡을 하며 말했다.

"3년 전에 저놈의 집구석에서 일하다가 눈을 다쳤어요. 치료비를 요구했더니 이 핑계 저 핑계 대면서 돈을 안 주는 거예요. 나중에야 겨우 1,000원을 주더라고요. 그 돈으로는 도저히 병원에 갈 수 없어서 치료도 못 받고, 눈 병신이 되었다고요."

한 맺힌 울음을 보면서 조합원들은 더욱 흥분하기 시작했다.

"이런 것들은 인간도 아냐! 아무리 돈에 환장했기로서니 자기네 공장에서 일하다가 눈을 다쳤는데 치료비 1,000원이 뭐야, 1,000원이! 남을 눈 병신까지 만들면서 번 돈 죽을 때 다 싸가지고 갈래?"

이때 엉뚱하게도 공장장이 펄펄 뛰기 시작했다. 옆방에서 여자의 울음소리와 조합원들의 고함소리가 들리자 자기 부인을 때리는 줄로 착각한 것이었다. 머리를 벽에 들이받더니 4층에서 뛰어내린다며 유리창을 깨려고 날뛰었다. 도리어 놀란 조합원들이 붙잡아 말리느라 노동교실은 엉망이 되어버렸다. 부인으로부터 간단한 확인서만 받고 얼른 내보내야 했다.

다음날 술이 깬 공장장은 노조 사무실에 찾아와 어제 일은 미안했다고 사과를 해 왔다. 조합에서는 진짜 책임은 공장장이 아니라 사장에게 있으니 걱정 말라고 돌려보내고 점심시간에 조합 간부와 조합원 30여 명이 모여 삼양사 점포로 몰려가 퇴근시간을 준수하겠다는 서약서를 요구했다. 삼양사 사장은 노동자들의 위압에 눌려 각서를 쓰려 했다. 그러자 주위 상인들이 몰려와 쓰면 안 된다고 떠드는 것이었다. 상인들과 조합원들이 충돌하기 직전이었다. 이승철이 만류해 일단 철수하기로 했다.

그런데 점심시간이 끝나면서 조합원들은 흩어지고 노조 사무실에 간부들만 있을 때였다. 느닷없이 경찰 몇 명이 노조 사무실로 들이닥쳤다. 폭력사건으로 이소선 어머니와 이승철, 양승조, 이숙희에게 조사할 것이 있으니 경찰서에 가자는 것이었다. 폭행사실이 없으니 떳떳하다는 생각에 경찰서에 가보니 삼양사 사장이 기다리고 있었다. 삼양사 사장은 경찰관과 함께 나가더니 두 시간쯤 지나 돌아와 종이 한 장을 내밀었다. 공장장이 구타를 당해 일주일 치료가 필요하다는 진단서였다. 스스로 자기 머리를 벽에 들이받고는 조합 간부에게 맞았다고 누명을 씌운 것이었다.

지부장 일행은 조사를 못 받겠다고 실랑이를 벌이다가 밤이 되어서야 대충 조서에 응해주고 10시 반이 되어 경찰서에서 나왔다. 노동교실에 가보니 조합원들이 교실에 빽빽이 앉아 농성을 하고 있다가 세 사람이 들어서자 박수와 환호성으로 맞이했다. 여성 조합원들은 안도의 한숨을 몰아쉬며 눈물을 흘리기도 했다. 조합원들은 함께 노래를 부르고, 같은 사태가 일어나면 다시 모이기로 하고 흩어졌다.

다음날 점심시간, 시장 상가 곳곳에 '삼양사사건을 주시하고 있는 노동자 일동'의 명의로 된 '삼양사사건의 진상은 이렇다'라는 제목의 유인물이 뿌려졌다. 바위솔회에서 제작한 것이었다. 유인물은 업주와 경찰의 야비한 처사를 폭로하고, 네 사람에 대한 불구속입건을 취소할 것, 삼양사 사장은 6월 24일 노조 대의원대회장에 와서 사과할 것, 삼양사 공장장과 그

부인을 무고혐의로 구속할 것을 요구하고, 요구가 받아들여질 때까지 끝까지 투쟁하겠다고 선언했다.

곧바로 중부경찰서 정보과장이 노조에 찾아와 유인물을 뿌린 주동자가 누구냐고 캐묻고 그 문구가 이북에서 내려 보낸 삐라하고 비슷하다며 협박했으나 노조에서는 일절 모르는 일이라고 잡아떼어 넘어갔다.

조합원들은 매일 점심시간만 되면 수십 명이 삼양사 점포로 몰려가 구호와 노래를 부르며 농성을 했다. 6월 24일 열린 제6차 정기 대의원대회장에 마침 삼양사 공장장을 폭행했다는 혐의로 네 사람에게 벌금통지서가 날아와 대회장이 발칵 뒤집히기도 했다. 대의원들은 어떤 경우에도 벌금을 내서는 안 되며 끝까지 싸워 진실을 밝혀야 한다고 결의했다.

결국 삼양사 사장은 조합원들의 줄기찬 항의농성에 질려 공식적으로 사과를 하였고 조합 간부들에게 불구속으로 벌금 5만 원을 선고했던 법원도 불기소처분으로 물러났다.

청계천에서 전태일과 같은 심성을 가진 재단사를 만나기란 쉬운 일이 아니었다. 사람 좋은 재단사도 많았지만, 온갖 여성 비하적인 모욕으로 가득한 욕설은 기본이었고 실수를 하거나 졸다가 걸린 나이 어린 시다들의 뺨을 때리는 일은 예사였다. 대낮부터 술을 마시고 미싱사나 시다들을 아무 이유 없이 마구 때리거나 야간에 피로에 찌들어 다락에서 잠든 미싱사를 강간하는 일도 종종 일어났다. 또 이런 재단사들이 사장이 되어 노동자를 학대하고 노조활동을 폭력으로 제지하기 마련이었다. 단지 못 배워서는 아니었다. 천성적으로 이기적인 데다가, 공장 노동자를 인간 이하로 천시하는 사회풍토와 여성을 종처럼 생각하는 남녀차별의식, 여기에 폭력이 일상화된 군사문화가 합쳐진 결과였다. 이런 수많은 공장장, 사장들과 싸워야 하는 것이 청계노조의 애로사항이기도 했다.

임금자가 다니던 대도사에서 일어난 사건이 대표적이었다. 대도사 사장은 견습공 임금 직불제를 주동했다는 이유로 임금자를 해고시켰는데 퇴직금 13만 원을 요구하자 5만 원만 주겠다고 했다. 노동청에 진정을 하자 사장은 빚이 300만 원이나 된다며 죽는 소리를 했는데, 조합 간부들이 집에 가보니 지하실에 테니스 코트까지 차려놓은 초호화주택이었다. 조합에서 노동청에 이 사실을 밝히고 압력을 넣자 할 수 없이 퇴직금을 전액 지불하지 않을 수 없었다. 이에 사장은 공장을 을지로 7가로 옮긴 후 조합에 가입한 노동자들을 집단으로 해고시키더니 또다시 조합에서 항의를 하고 나서야 할 수 없이 복직을 시켰다.

동대문종합시장 4층에 있던 유진산업의 경우도 1976년 7월 초 노동자 83명이 조합에 가입하자 7월 19일부로 직장을 폐쇄하고 이들을 전원 해고해버렸다. 이에 83명의 조합원들은 즉시 농성에 들어갔고 다음날인 7월 20일에는 다른 공장 조합원 50명까지 가세해 120여 명이 농성을 벌였다. 이에 노동청이 중재에 나섰는데 공장을 가동시키지는 않고 6개월 이상 근무자는 2개월분, 6개월 이하 근무자는 1개월분의 월급을 받고 물러나는 것으로 타협하게 되었다. 노조에 대한 사용주들의 피해망상을 보여준 사건이었다.

중구 신당동 신일산업사의 경우도 비슷했다. 신일산업에도 81명의 노동자가 일하고 있었는데 임금이 320만 원 이상 체임되자 재단반장이 노조를 찾아왔다. 사장은 매일같이 술에 취해 돌아다닐 뿐 체불임금을 지불할 의지가 전혀 없다는 것이었다. 이승철은 우선 이들을 전부 노동교실로 오게 하여 조합원 가입원서를 받아 노조가 개입할 근거를 만들었다. 함께 대책을 논의한 결과 우선은 자체적으로 싸움을 시작하기로 했다.

조합원이 된 신일산업 노동자들은 1977년 1월 15일부터 전원이 회사에서 농성에 들어갔다. 한파가 몰아치는 한겨울이었다. 조합원들이 추위를 견디다 못해 만들어놓은 제품을 덮고 자니 자정 무렵 나타난 사장은 도난 우려가 있다면서 이들을 지하실에 있는 재단실로 몰았다. 조합원들은 추위에 덜덜 떨며 불기 없는 재단실에서 밤을 새우고, 다음날 밀린 임금을 주겠다는 각서를 받고서야 해산했다. 그러나 약속은 지켜지지 않았고 조합에서는 이때부터 공식적으로 나서서 노동청과 협상을 벌였다. 조합원들은 19일부터 또다시 철야농성을 시작했고, 1월 22일 노동청의 책임 아래 모든 자재를 팔아서 임금의 대부분을 지급받을 수 있었다.

이런 종류의 진정은 1년에 120건이나 조합에 접수되었다. 임금과 퇴직금의 체불이 주종을 이루었는데 조합에서 나서서 해결해준 금액만도 500만 원이 넘었다. 접수된 숫자만 보면 사흘에 한 번 꼴이지만, 한 번에 해결된 경우는 거의 없었다. 진정이 들어온 사업장을 방문하여 사장과 일차적으로 면담을 하고 싸우다가 안 되면 노동청에 진정이나 압력을 가해 당사자들 사이의 최종 담판까지 수차례는 쫓아다녀야 했다. 몇 명 안 되는 조합간부들은 하루를 열흘처럼 바쁘게 살아야 했다.

교육과 행사 역시 노조 집행부를 숨 가쁘게 했다. 노동교실에서 매일 열리는 교육과 무수한 소모임을 제외하고도 1976년 6월부터 이듬해 5월까지 12개월 동안 공식적으로만 60회에 가까운 교육과 행사가 치러졌다. 일주일에 한 번 이상 치러진 셈이었다.

노조 자체적으로 '한국 경제구조 속의 노동자의 위치'라는 제목 아래 6~7시간씩 두 차례에 걸쳐 실시한 교육에 100여 명이 참석했고, '우리가 자꾸 가난해지는 이유' '노동운동이란?' '조직의 원리' 등의 제목으로 매회 40~50명의 중견 조합원들에게 하루나 이틀씩 교육을 실시하는 등 집중적인 의식 개발에 나섰다. 노동교실에서는 초보적인 노동자를 위한 '노동조합이란 무엇인가' '노동법 해설' 같은 기초적인 내용뿐 아니라, 중견 조합원을 대상으로 정치, 경제 등에 대한 상당히 수준 높은 학습도 이뤄졌다. 이숙희는 교선부장으로서 이승철 지부장의 지시에 따라 장명국을 초빙해 1박 2일 동안 노동경제론을 배울 기회를 만드는 등 여러 지식인을 불러들여 의식화 교육을 주도했다.

청계노조와 지식인의 연대는 중앙정보부에서 가장 신경 쓰는 부분이었다. 이러한 의식화 교육은 문제가 될 소지가 많았기 때문에 강사나 간부가 연행되어 조사를 받게 될 경우를 대비해야 했다. 조합에서는 노동교실 강사를 구할 때 미리 강사들과 합의를 해놓은 후 신문에 '야학에서 봉사할 선생님을 구합니다'라는 광고를 내어 이력서까지 제출하게 한 후 채용하는 형태를 취했다. 문제가 되더라도 신문을 통해 알게 되었다고 말하기 위함이었다. 노동교실은 의식 있는 조합원을 배출하는 중요한 통로가 되었다.

비공식적인 야외 모임도 활발했는데 이해 여름 경기도 여주의 남한강 백사장으로 이소선 어머니까지 58명의 중견 조합원들이 놀러갔다가 몽땅 수장될 뻔한 사건이 일어났다. 여주 남한강은 백사장이 넓고 강물을 떠서 마실 정도로 물이 맑아 해마다 찾는 야영지였다. 그날도 낮부터 물고기를 엄청 잡고 남자들은 모닥불을 피우기 위해 손수레를 빌려 나무까지 잔뜩 해놓고 신나게 놀았다. 비가 내리기 시작하자 불안하기는 했으나 기왕에 준비를 다 해놨으니 물이 불면 그때 언덕으로 피하자고 했다. 동네 아저씨가 와서 여긴 물이 차는 곳이니 피하라고 말해주어서야 읍내의 한 공사 중인 건물에 들어가 밤을 지새웠다. 다음날 나가보니 강물이 바다처럼 불어 모래사장의 미루나무 꼭대기까지 누런 물살에 휘감겨 있는 것이었다. 청계노조의 역사가 뒤바뀌었을지도 모를 간담이 써늘한 사건이었다.

바위솔회에서 주최한 '4·19학생의거기념 웅변대회'도 관심을 끌 만했다. 4·19가 공식적으로 인정된 기념일이기는 했으나 대학생들의 민주화 요구와 대립하고 있는 군사독재로서는 썩 달갑지 않은 날이었다. 바위솔회가 이를 기념하여 웅변대회를 개최한 것은 상당한 정치적 의미를 가지고 있었다. 4·19의 역사적 의미를 제대로 이해하여 웅변으로 표현할 수 있는 노동자는 거의 없어 별 성공을 거두지는 못했으나 대학에서도 하기 어려운 웅변대회를 열었다는 사실만으로도 획기적이었다.

견습공 직불제 투쟁이 한창일 때는 집행부와 점퍼집 미싱사 42명이 야외에 나가 토론회를 여는 등 당면한 문제를 해결하기 위한 모임도 잇달았다. 소그룹이나 모임별로 가진 무수한 비공식적인 야유회에도 조합 간부들이 참석해 즐거운 오락 속에서 단합하는 계기를 만들었다. 부녀부에서는 매월 노동교실의 월례 교육과 각종 야외 교육을 통해 매회 30~40명의 조합원을 대상으로 꽃꽂이·손님접대 에티켓·요리·수영 강습 등을 함으로써 초보적인 조합원들에게 조합과 가까워지는 계기를 만들었다. '우리가 처해 있는 직장에서의 문제점 토의' '여성의 성 문제와 건강관리' 등의 교육에도 매번 수십 명의 초보적인 여성 조합원들이 참가해 이를 계기로 노동조합에 관심을 갖게 되었다.

노동교실이 활성화된 이후 필요할 경우 외부 강사를 초빙해 강연을 하게 됨으로써 이리저리 돌아다니며 교육을 받는 일은 줄어들었다. 정기적으로 실시해온 크리스찬아카데미 교육에 간부들을 보내는 정도가 전부였다. 1976년 7월 4박 5일 일정으로 열린 크리스찬아카데미의 노조 간부 교육에 김혜숙, 이숙희, 정선희가 참가하고 10월에는 운영위원 김기철, 이듬해 1월에는 부녀부장 이순자, 4월에는 운영위원 염인옥과 신순애, 중견 조합원 신영란과 이찬분이 1박 2일 교육을 받았다. 1977년 4월 30일에는 양승조와 신광용이 4박 5일 교육을 받았고, 5월 4일에 열린 특별강연에 조합원 100명이 참가해 두 시간 동안 조합원의 자세에 대한 강연을 들었다. 아카데미 제5기 교육에는 이숙희, 민종덕, 전태삼이 참가했다. 전태삼은 한글은 물론 한문까지 글씨를 무척 잘 쓰는 데다 철학적인 학습 내용도 잘 이해하는 모범적인 학생이었다.

외부 교육 중에는 중앙정보부에서 전국의 노동조합을 대상으로 실시하고 있던 반공교육도 세 차례 있었다. 1976년 8월 2일 노동교실 실장인 이소선 어머니를 포함해 조합원 52명이 북한이 남침을 위해 뚫어놓았다는 철원 지구 제2땅굴을 견학했다. 이승철은 지부장으로서 11월에는 2박 3일 간 남해공업단지를 시찰하기도 했다. 반공교육과 산업시찰은 이승철 집행부 시기만이 아니라 유신체제가 붕괴될 때까지 계속되었다.

중앙정보부는 특히 지부장에 대한 정신교육을 중시해서 이승철은 1976년 7월 26일부터 3주일 간 남산 세무서 근처 자유아카데미 건물 4층에서 실시된 반공교육에 출석해야 했다. 중앙정보부는 그에게 당시 일반인들은 구경조차 하지 못한 기록물을 보여주었다. 북한에 대한 상투적인 비판 대신 북한에서 만든 신문과 영화를 그대로 보여줌으로써 스스로 북한을 혐오하게 만들려는 의도였다. 눈이 시리도록 빨간 색깔 일색인 집회 장면들, 조그만 다리 하나도 김일성이 놓아주었다고 우상화하는 뉴스들, 남한의 못사는 모습만 보여주는 편향된 선전물들을 보면서 이승철은 북한이 민주적인 나라는 아니구나 하는 생각을 하지 않을 수 없었다.

얼마 후 양승조구속사태가 벌어지자 정보부는 이승철에게 북한의 뉴스를 녹음해서 들려주기도 했다. AP통신사 보도를 그대로 인용해 전태일이 분신자살한 평화시장에 만들어진 청계노조 조합원들이 광장시장 앞에서 시위를 했다는 짤막한 내용이었다. 정보부는 청계노조가 싸워봐야 북한에 이용될 뿐임을 보여주려는 뜻이었으나 이승철은 다른 의미에서 실망했다. 노동자와 농민을 위한다는 북한에서 미국 통신사의 보도를 살도 붙이지 않고 그대로 방송하는 것에 실망한 것이다. 아예 한 줄도 기사화하지 않는 한국의 언론도 한심하지만, 형식적인 보도에 그치는 북한도 맘에 들지는 않았다.

이처럼 중앙정보부가 직접 나서서 감시하니 집행부의 처신의 폭은 좁을 수밖에 없었다. 경동교회에서 '노동해방'이라는 단어가 들어간 유인물이 나오자 정보부에 비상이 걸려 글을 쓴 사람을 찾던 것도 이 무렵이었다. 중앙정보부 요원들은 '해방'은 '혁명'과 같은 뜻의 북한 용어라면서 노조 간부들을 연행해 누가 이 글을 썼는가를 추궁했다.

반공이 제1의 국시가 되는 극우보수정권 치하였다. 노동조합 문서를 포함한 모든 공문에 '반공으로 뭉친 마음 승공으로 통일하자' '혼란 속에 간첩 오고 안전 속에 번영 온다' 같은 표어를 인쇄해야 했다. 중고등학교는 물론, 한국노총 산하 노조의 집회장마다 '북괴 집단을 쳐부수고 북한 동포를 구출하자' '새마을을 가꾸고 승공통일을 이룩하자' 같은 구호가 빠지지 않던 시절이었다.

청계노조도 살아남기 위해서는 형식적으로나마 권력의 요구에 따라야 했다. 청계노조의 강령 첫 항은 '우리들은 반공체제를 강화하고 자유경제 확립으로 민주적 국토통일을 기한다'였다. 노조 간부들은 동대문구 홍릉에 있는 중앙정보학교에 한 명씩 차례로 가서 일주일 동안 반공교육을 받아야 했다. 이해 4월의 대의원대회 결의문에는 '순수한 우리의 조직을 정치적 또는 사회적으로 악용하려는 불순한 흉계를 과감히 분쇄한다'는 조항도 들어 있었다.

이런 시대 상황에서 노동해방이란 말은 곧 노동혁명으로 이해되었다. 중앙정보부는 범인을 찾아내라고 줄기차게 종용해왔다. 이승철은 모른다고 버티는 한편, 연행은 정보부 마음이지만 조합원이 구속되면 가만있지 않을 것이라고 큰소리쳐서 겨우 유야무야시킬 수 있었다.

이 무렵 쟁의부를 신설한 것도 나름대로 큰 사건이었다. 박정희 정권이 '국가보위에 관한 특별법'을 제정해 단체행동권을 제약하자 한국노총은 이에 발맞춰 산하 노조에 쟁의부를 없애도록 지시, 대부분 노조에서 쟁의부가 사라지고 있었다. 그러나 청계노조는 1976년 10월 집행부 개편 시 거꾸로 쟁의부를 신설해 박석화를 초대 부장으로 임명했다. 정치적으로 의미가 큰 사건이었다. 이번 집행부 개편에서는 조직부장 임금자의 후임으로 김태원이 임명되고 공석 중인 조사통계부장에 최현진, 복지부장에는 안선옥이 임명되었다.

가히 청계노조의 전성기였다. 과거 어느 때보다 큰 행사가 줄을 이었다. 1976년 6월 20일의 아카시아 야유회에는 115명의 조합원이 참석했고 10월 31일 청계산에서 열린 등산대회에는 250명의 조합원이 참가했다. 11월 13일 노동교실에서 열린 전태일 6주기 추도식에는 역대 최대 인원인 615명이나 참석해 발 디딜 틈도 없었다. 그 다음 주에 도봉구 한국전력 연수원에서 열린 축구대회에도 조합원 140명이 신나는 하루를 보냈다. 이듬해인 1977년 3월 10일 한국노총에서 열린 노동절 행사에도 600명의 조합원이 참석하는 등, 행사마다 조합이 결성된 이래 최대 인원이 참가했다.

조합 활동을 하면서 경찰로부터 당사자 이상으로 괴로움을 당하고 있던 부모님들을 위로하기 위해 1977년 5월 8일 어버이날을 기해 어린이대공원에서 위로잔치를 열기도 했다. 그동안 자식들이 노조활동을 한다는 이유로 매일이다시피 경찰과 정보부 직원들로부터 시달려오면서 노조활동을 못 하도록 말려온 어머니들은 그래도 말끔히 한복을 차려입고 나왔다. 조합원들은 부채춤, 연극, 단막극, 노래, 포크댄스, 글 낭독 등 다양한 프로그램으로 어머니들을 즐겁게 해주었다. 어색한 표정으로 굳어 있던 어머니들은 결국에는 배꼽을 잡으며 웃었고 조합 간부들에게 열심히 하라고 격려를 해주는 분도 있었다. 어머니 위로잔치는 이후에도 수차례 더 치러졌다.

복지의원 역시 노조활동의 일부였다. 1976년 시장 상가에 소속된 노동자는 676개 업체에 9,418명으로 집계되었는데 그 중에서 7,334명이 건강검진을 받은 것으로 나타났다. 눈에 띄는 직업병인 결핵환자는 90여 명으로, 1976년 한 해 동안 조합에서 새로 치료를 의뢰한 환자만 38명이나 되었다. 그밖에 바늘에 찔리는 등의 외상이나 위장병 등으로 치료받은 노동자도 878명이나 되었다.

이 모든 교육과 행사를 실무적으로 준비해야 하는 집행부 상집 간부들은 눈코 뜰 새 없이 바쁜 나날을 보내야 했다. 특히 여성 간부들과 경리 나성자는 야유회에 필요한 음식까지 준비하느라 밤을 새우기 일쑤였다. 조사와 통계에서 뛰어난 역량을 발휘하던 최현진도 군대 가느라 퇴직하기 전까지 정말 열정적으로 일했다. 최현진의 후임으로 임명된 이광숙도 성실성으로는 어디 내놔도 빠지지 않는 인물이었다. 순수하게 청계 노동자 출신들로만 이루어진 이승철 집행부의 노고는 아무리 강조해도 지나치지 않았다.

이들의 노력은 헛되지 않았다. 최종인 집행부를 거치면서 일일 평균 12.5시간으로 줄인 작업시간은 이승철 지부장 임기 동안 10.14시간으로 더욱 짧아졌다. 월평균 작업일수도 초창기 최소 29일 노동으로부터 26일로 단축되었다. 조합의 단속을 거부한 많은 사업장이 상가를 빠져나가 주택가로 숨어버린 영향도 있었으나 아직도 상가에 남아 있는 1만여 노동자에게는 커다란 혜택이었다.

근로조건 개선을 위한 이러한 일상활동이 더욱 의의를 갖는 것은 5개월여에 걸친 양승조석방운동과 병행되었기 때문이었다. 1976년 9월 16일 풍천화섬사건으로 총무부장 양승조가 구속되어 이듬해 2월 8일 석방되기까지 청계노조는 경찰서와 재판정, 교도소에 이르기까지 국가 권력기관을 상대로 치열한 싸움을 벌였다. 이는 넓은 의미에서의 정치투쟁의 시작으로, 이후 청계노조의 방향을 가름하는 중요한 사건이었다. 애초에 전태일의 죽음과 더불어 출발한 청계노조는 평화시장 노동자의 근로조건 개선에 국한되지 않고 한국 노동운동 전체를 상징하는 정치적인 의미를 가질 수밖에 없었다. 양승조의 석방을 위한 노조 차원의 치열하고도 조직적인 싸움은 청계노조와 정치권력과의 직접적인 대결을 알리는 서곡이었다.

풍천화섬사건이 터지기 전에도 이미 청계노조는 민주노조의 선봉으로서 활발한 대외활동을 벌이고 있었다. 원풍모방노조의 농성을 지원·방문하기도 하고 인천 동일방직노조의 투쟁을 지원하기도 했다. 대다수가 여성인 조합원 1,400여 명의 동일방직노조는 1975년 이영숙 지부장이 당선되면서 활발한 노조활동이 시작되었다. 이에 회사는 이듬해 7월 이영숙 지부장이 경찰에 연행된 틈을 타서 회사 측 대의원들만으로 대의원대회를 열어 어용 지부장을 선출하게 했다. 여성 노동자들의 항의농성이 시작되었고 경찰의 폭력적인 연행과 해고가 뒤따랐다.

이소선 어머니는 경찰에게 매를 맞아 입원한 동일방직 여성 노동자들을 위로하고 돌아와 노조에 그 내용을 알려주었다. 노조에서는 기독교회관에서 열린 동일방직노조를 위한 기도회와 집회 같은 곳에 조합원들을 참가시켰다. 이 과정에서 조합원들은 지역과 업종을 초월해 노동자는 하나라는 것을 몸으로 체득하게 되었다. 원풍모방이든 반도상사든 동일방직이든 삼성제약이든 노동자들끼리는 만나기만 하면 곧바로 친해졌다. 마치 같은 색깔의 물감이 자연스레 섞이듯이 아무 이질감 없이 그 자리에서 하나가 되어 언니, 동생이 되고 누나가 되는 것이었다.

청계노조가 노동계에 널리 알려지면서 스스로 찾아오는 노동자도 줄을 이었다. 삼성제약 같은 곳과도 깊은 연대를 가지고 있었고 섬유계통 노동자 중에 임금을 받지 못하거나 노조를 만들고자 청계를 찾아와 지원을 요청하는 경우도 많았다. 섬유노련이 워낙 어용이라서 의지할 곳이 없던 탓이었다. 청계노조는 공개적으로, 혹은 비공개적으로 여러 봉제업체의 노조 결성을 지원하고 근로조건과 임금 문제 등에 개입해오고 있었다.

성수동 남진산업 임금인상투쟁, 월곡동 극동피혁의 파업농성과 노조 결성은 전적으로 청계노조의 지원 아래 이뤄졌다. 동대문종합시장 유진사와 신당동 신일산업사 사건의 경우도 따지고 보면 지원투쟁이라 할 수 있었다. 이들 사업장 노동자들이 모두 처음부터 조합원이었던 것은 아니었다. 단체교섭대상이 아닌 이들 사업장 문제에 관여하기 위해서 먼저 노동자 전원을 조합원으로 가입시킨 후 조합이 대표권을 행사했던 경우였다.

총무부장 양승조 구속의 시발점이 된 풍천화섬사건도 지원투쟁의 하나였다. 서울 성동구 성수동에 있는 풍천화섬은 '에이원저지'라는 옷감을 생산하는 공장이었다. 800명의 생산직 노동자 대부분이 어린 여성 노동자인데 공휴일, 생리휴가도 없이 하루 열두 시간 맞교대로 일하고 있었다. 임금도 형편없어서 3년 근무한 사람의 일당이 480원에 불과했다.

풍천화섬에 다니는 여성 노동자 다섯 명이 청계노조에 찾아온 것은 1976년 늦봄이었다. 아직 스무 살도 안 된 앳된 얼굴에 생머리를 길게 기른 박숙녀라는 처녀가 인솔자였다. 나이는 어렸지만 야무지고 대담한 박숙녀는 풍천화섬의 노동조건을 설명하며 도움을 요청했고 청계노조 간부들은 이들을 위한 별도의 학습 모임을 만들어주었다.

현장에서 신망이 두터운 박숙녀는 스무 명의 노동자를 더 데리고 와서 노조 결성을 준비했는데 전남대에서 학생운동을 하다가 수배를 당해 서울로 도피해 온 이양현이 노동교실 관리인으로 있으면서 이들에게 필요한 유인물이며 준비물을 만들어주었다. 이양현은 생긴 게 워낙 시골 사람 같아서 진짜 청소부처럼 보였다. 몇 해 후 광주민주화항쟁 때 끝까지 전남도청에 남아 계엄군과 총격전을 벌이다가 붙잡혔어도 시골 아저씨 같아서 풀려났을 정도였다. 노동자들은 그에게 아무런 거리감 없이 친근해질 수 있었다.

예기치 못한 사건이 일어난 것은 1976년 9월 9일 새벽 5시였다. 추석날인데 집에도 안 보내주고 일을 시키는 데 불만이 팽배해 있던 어린 여성 노동자 500여 명은 박숙녀 등의 선동에 따라 기숙사 베란다에 모여 농성을 시작했다. 기숙사 외출의 자유 보장, 공휴일 근무 폐지, 노조 결성 등 7개 요구사항을 외치고 〈단결의 노래〉를 부르던 이들은 그 자리에서 노동조합을 결성해버렸다. 계획에 없던 일이었다.

한껏 흥분된 노동자들은 지부장에 선출된 박숙녀의 지휘에 따라 운동장으로 내려와 빙빙 돌며 시위를 했다. 이때 마침 중앙일보 취재차량이 회사 안으로 들어와 취재를 했는데, 흥분해 있던 노동자들은 취재를 마치고 회사 정문을 나가는 취재차량을 따라 나서서 가두시위를 하게 되었다. 노조를 결성하였으면 등록절차부터 밟고 지속적인 투쟁을 위해 준비하여야 하는데 추석이라는 분위기 때문에 계획에 없던 충동적인 시위를 벌이게 된 것이었다. 120명의 어린 여성 노동자들은 즉석에서 작업용 테이프에 요구를 적은 휘장을 두르고 약 3킬로미터를 아무런 제지도 받지 않고 가두시위를 했다.

살벌한 유신독재 치하에서 국가보위를 위한 특별조치법, 대통령긴급조치9호, 집회 및 시위에 관한 법률이 엄존하고 있는 가운데 벌어진 초유의 가두시위였다. 가두시위라는 자체가 존재하지 않았던 시대라서 경찰조차도 미처 대응을 못 하고 한 시간 이상 지체했을 정도였다. 마침 조총련계 재일동포들이 고국방문 중이던 때였다. 사건이 해외로 알려질까 놀란 경찰은 뒤늦게 출동해 한양대 부근에서 이들을 덮쳤다. 해산을 종용하거나 경고도 하지 않은 채 무차별 연행이 시작되었다. 경찰은 어린 여성 노동자들을 군홧발로 걷어차고 머리채를 휘어잡고 주먹을 휘두르며 연행해버렸다. 이 과정에서 일부는 도망쳤으나 76명이 동부경찰서로 끌려갔고 박숙녀 등 두 명은 너무 심하게 매를 맞아 실신하는 바람에 동부시립병원에 입원했다.

박숙녀로부터 노동교실에 전화가 온 것은 그날 저녁 8시경이었다. 시립병원 2층에 입원해 있다가 경찰 감시가 소홀한 틈을 타서 창문으로 뛰어내려 달아난 것이었다. 어린이대공원 근처 공중전화였다. 총무부장 양승조는 바로 택시를 타고 달려가 박숙녀를 안전한 곳에 숨겨주었다.

경찰은 다음날 노조와 노동교실에 몰려와 달아난 박숙녀와 유인물을 만들어준 이양현의 행방을 찾았으나 아무 성과도 얻지 못하자 새벽에 창동집을 기습해 잠자고 있던 배철수와 양승조를 연행했다. 이에 이승철 지부장을 중심으로 조합원 수십 명이 노동교실에서 매일 밤 농성을 했다. 그러나 경찰은 배철수를 공무집행방해로 구류 4일에 처하고 양승조는 범인은닉혐의로 구속해버렸다.

청계노조 역사상 구속자가 생긴 것은 처음이었다. 양승조의 구속은 노조를 크게 자극했다. 9월 17일 오후 1시 점심시간, 이승철 지부장은 노조 간부들과 조합원 100여 명을 이끌고 동부경찰서로 갔다. 대낮에 100여 명이 갑자기 나타나 면회하러 왔다고 하자 이런 일을 처음 당하는 경찰은 우왕좌왕하더니 일단 앞부터 가로막았다.

"이 무식한 빨갱이 년들이 어디 와서 행패야?"

여자라 만만히 여긴 젊은 기동경찰들이 대놓고 쌍스런 욕을 퍼부어댔다.

"어디다 대고 욕이야? 욕한 놈 너 이리 나와!"

여성 조합원들도 일제히 삿대질을 하며 맞섰다.

"양승조를 석방하라! 총무부장 석방하라!"

조합원들은 일제히 외치면서 길바닥에 주저앉아버렸다. 자연히 경찰서 정문에서 농성이 벌어지게 되었다. 풍천화섬의 가두시위도 그렇지만, 경찰서 앞에서의 농성이란 상상도 못 할 시대였다. 길 가던 행인들이 빙 둘러서서 구경을 하고 차들도 서행하며 진기한 풍경을 바라보았다. 경비과장이 나와 해산을 종용하다가 조합원들이 반발하자 모두 연행하게 했다. 조합원들은 경찰서 옆의 선양파출소에 연행되고서도 구호를 외쳐댔다. 경찰은 결국 열 명을 대표로 면회를 시켜주지 않을 수 없었다.

면회실에 들어간 조합원들은 며칠 만에 몸이 형편없이 상해버린 양승조를 창살 너머로 만날 수 있었다. 한번 입을 다물면 어떤 고문으로도 열 수 없을 만큼 뚝심이 강한 양승조는 박숙녀의 행방에 대해 끝까지 모른다고 버티고 있었다. 덕분에 얼마나 매를 맞았는지 입이 헐고 목이 부어 말도 제대로 못 했다. 조합원들이 왔는데도 입술만 움직거리다가 그만 입을 다문 채 멀건이 바라보기만 하는 것이었다. 조합원들도 눈물이 나와 말도 못 건넨 채 울다가 나와야 했다.

면회투쟁은 이제부터 시작이었다. 그날 저녁 8시 반, 작업이 끝난 조합원 70명이 또다시 동부경찰서 정문에 몰려가 면회를 요구했다. 경찰은 즉각 방망이로 조합원들을 두들기고 총부리로 밀어내기 시작했다. 핸드백이 바닥에 나뒹굴어 손수건이며 동전들이 사방에 흩어지고 여기저기 구두와

운동화가 널리는 난장판이 되었다.

야간 면회는 실패하고 말았으나 경찰의 폭력에 분개한 조합원들은 더욱 강경해졌다. 다음날 점심시간이 되자 다시 150여 명의 조합원이 경찰서 정문에 몰려가 농성을 벌였다. 또 저녁 8시가 되자 면회를 가자며 노동교실에 조합원들이 모여들기 시작했다. 삼엄한 군사독재 아래 아무도 시도하지 못했던 경찰서 농성이 이제 아예 정례화되어버린 것이다. 집행부는 조합원이 오는 대로 조를 짜서 먼저 경찰서로 보냈다. 경찰서 주변 골목에 대기하고 있다가 9시 정각에 정문에 집결해 농성하기로 했다.

이윽고 9시가 되었다. 경찰서 근처에 흩어져 있던 조합원들이 일제히 경찰서 앞으로 몰려나왔다. 지금까지 최대 규모인 300명이 넘는 숫자였다. 경험이 쌓인 경찰은 기동대를 동원해 정문 앞을 봉쇄하고 있었다.

"구속자를 석방하라!"

"면회를 허용하라!"

조합원들은 구호를 외치고 박수를 치며 밀고 들어가려 했다. 경찰은 면회를 시켜주겠으니 이소선 어머니와 남자 조합원들부터 차례로 들어오라고 했다. 이소선 어머니와 힘 좋은 남자들을 여성 조합원들과 분리해 진압하려는 작전이었다. 아니나 다를까 제안을 거부하기 무섭게 기동대가 밀고 들어와 남자들을 잡아가려 들었다. 몰려온 기동대가 남자 조합원 한 명을 가볍게 들어 올리자 놀란 여성 조합원들이 일시에 함성을 지르며 남자들을 뺏기지 않으려고 몰려가 잡아끌었다. 진흙탕 속 같은 몸싸움이 벌어졌다. 청계 여성들은 참 지독했다. 잘 훈련된 기동대는 여성들에 밀려 남자 조합원을 놓치고 말았다.

이때 이소선 어머니가 다른 경찰들에게 붙잡혔다. 여성 조합원들이 몰려가 이소선 어머니의 허리를 붙잡고 늘어졌다. 이소선 어머니의 몸을 붙잡고 밀고 당기기를 10여 분, 앞에는 경찰이, 뒤에는 조합원들이 잡아당기니 어머니는 몸이 끊어지는 고통으로 기절해버리고 말았다. 놀란 조합원들이 먼저 손을 놓고 말았다. 대신 조합원들은 이소선 어머니를 들고 가는 경찰을 따라 경찰서 안마당까지 밀고 들어갔다.

예기치 않은 육박전이 벌어지게 되었다. 몽둥이와 군화로 무장한 기동대와 싸움은 무리였다. 경찰서 마당으로 들어간 조합원 60여 명은 군홧발로 채이고 몽둥이로 두들겨 맞으며 연행되었다. 그 와중에 기동대가 여성 조합원의 가슴을 주무르며 욕을 하여 또 한바탕 항의소동이 벌어지기도 했다.

일단 끌려간 여성 조합원 47명과 이소선 어머니는 경찰서 2층 강당에 수용되고, 남자 조합원 열 명은 1층 수사계로 끌려갔다. 강당으로 연행된 조합원들에게 경찰이 집주소와 직장을 대라고 하자 어떤 조합원은 말할 수 없다고 버티기도 하고 어떤 이는 엉터리 주소와 이름을 대기도 했다. 간단한 조사가 끝나니 경찰 간부가 강단에 올라가 훈계를 하려 들었다. 사지가 찢어지는 고통으로 축 늘어져 있던 이소선 어머니가 흥분해서 일어나 고함쳐댔다.

"들어볼 것도 없어! 경찰은 무슨 자격으로 우리를 교육한다는 거야? 우리한테 개 같은 년, 빨갱이 같은 년 등 욕을 마구 해대고 노동자들을 무조건 개 패듯이 패고 여자 조합원의 젖가슴을 더듬는 경찰이 무슨 자격으로 교육을 한단 말이야?"

여성 조합원들도 일제히 떠들어댔다.

"경찰은 민중의 지팡이냐? 민중을 때려잡는 몽둥이냐?"

"폭력 경찰 물러가라!"

경찰 간부는 교육을 포기하고 나가버렸다. 강당은 완전히 조합원들 차지가 되었다. 조합원들은 노래를 부르면서 웃고 떠들며 단상에 올라가서 연설하는 흉내를 내기도 하고 강당 안의 기물들을 이것저것 만져보기도 하면서 시간을 보냈다.

밤 12시가 되자 경찰은 조합원들을 차에 태워 노동교실로 출발했다. 그런데 막상 노동교실에서도 150명이 농성을 하고 있음을 알고는 차를 다시 경찰서로 돌려 강당에서 재운 후 다음날 새벽 6시에 내보내주었다.

여성 조합원들이 비교적 편하게 하룻밤을 보낸 한편, 남자 조합원들은 한 명씩 분리되어 밤새 호되게 폭행을 당하고 있었다. 누가 먼저 면회를 가자고 했는지, 주동자는 누구인지 밤새워 두들겨 팼다.

"이 새끼들, 이북에서는 김일성이한테 어버이라고 하는 것 잘 알지? 너희들이 이소선을 어머니라 부르는 것은 빨갱이 교육을 받았기 때문에 그런 것 아냐?"

"누구한테 빨갱이 교육을 받았어?"

경찰은 남자 조합원들을 한잠도 안 재우고 두들겨 패고 고문을 하다가 다음날 아침 중부경찰서로 이송했는데 이승철과 이소선 어머니가 중부경찰서에 쫓아가 면회하러 간 것도 죄가 되냐며 따지자 겨우 석방해주었다.

조합에서는 투쟁 소식을 현장에 알리는 일도 게을리 하지 않았다. 이승철은 8절지에 「양승조사건의 진상」이라는 제목으로 자신이 직접 글을 써서 종로 5가 인쇄소에서 3,000부를 찍어 시장 일대에 대대적으로 배포했다. 사건의 줄거리와 함께 그동안 면회를 와준 조합원들에 대한 감사와 며칠에 몇 명이 모였다는 내용을 일일이 기록했다. 이승철의 기록은 정확했다. 10월 13일 밤 농성에 100여 명, 14일 밤에는 140명, 17일 점심시간 면회에 170명, 18일 밤 면회에 300명, 27일 밤 농성에 200명, 28일 밤 농성에 역시 200명, 30일 점심시간 면회에 150명, 그리고 11월 13일 추도식 후 철야농성에 300여 명 등 많은 노동자가 참가했다.

유인물이 뿌려지자 경비원들이 수거를 하느라 법석을 피우더니 곧장 이승철을 연행해 갔다. 유인물에 언제 몇 명이 모여 항의방문했다는 내용이 들어 있는 것이 집회와 시위를 금지한 긴급조치 위반의 증거라는 것이었다. 경찰은 특히 유인물을 누가 써주었는가 추궁했다. 노동자들이 이렇게 글을 잘 썼을 리 없고 누군가 대학생이나 교수들이 써주었을 테니 그 이름을 대라는 것이었다. 이승철은 기가 막혀 소리쳤다.

"이것 보십시오! 내가 이 정도 글도 못 쓰면서 지부장을 하겠습니까? 다른 문제면 몰라도, 나한테 노동 문제에 대한 주제를 하나 내봐요. 단번에 쓰지는 못해도 딱 두 번에는 쓸 수 있습니다. 이렇게 근로자를 무시해도 되는 겁니까?"

이승철이 큰소리를 치자 경찰은 유인물 문제에 대해서는 더 이상 추궁하지 못했다. 더욱이 지부장 연행에 항의하는 농성이 시작되었다는 소식이 들어오자 바로 석방시키지 않을 수 없었다.

양승조면회투쟁이 계속되자 경찰은 조합원들을 하나씩 분리하는 작전을 썼다. 형사들은 이광숙, 이영순, 윤미숙, 오홍순 등 앞장선 여성 조합원들의 집에 찾아가 '당신 딸이 빨갱이 교육을 받고 있으니 노조에 나가지 못하게 하라'고 겁을 주었다. 숙녀복 미싱사로 나중에 총무차장을 하는 이영순 같은 경우는 부모가 노골적인 협박까지 받았다.

"당신 딸이 노동교실 같은 데 한 번만 더 가면 쥐도 새도 모르게 없애버릴 거야."

고향의 면사무소로 신원조회를 보내 아무것도 모르는 농부인 부모님들을 겁먹게 만들기도 했다. 놀란 부모들이 딸을 찾아 올라와 야단치거나 때리기도 하고 노동교실로 이소선 어머니를 찾아와 왜 자기 딸을 나쁜 길로 들게 했냐고 시비를 걸기도 했다.

하지만 아무리 부모를 협박해도 면회투쟁은 멈추지 않았다. 조합원들은 저녁만 되면 만나기로 약속을 정해놓고 삼삼오오 버스를 타고 가 경찰서 주변 골목에 숨어 있다가 밤 9시 정각이 되면 우르르 몰려나와 시위를 했다. 밤새도록 농성을 하고 다음날 출근해서는 꾸벅꾸벅 졸며 일하다가 점심시간이 되면 다시 구치소에 시위하러 간다고 몰려나갔다.

이소선 어머니와 조합원들의 애타는 투쟁에도 불구하고, 양승조는 기어이 구치소로 넘어갔다. 재판과 함께 이제는 법정투쟁이 시작되었다. 11월 10일 성동지원에서 열린 1심 공판에 참석한 많은 노동자들은 검사의 심리 내용에 항의를 보내다가 재판이 끝날 무렵 나타난 동부경찰서 형사들에게 몰려가 난투극을 벌였다. 구속되지 않고 금방 나갈 거라고 거짓말을 해온 데에 대한 분노였다. 여러 사람이 쓰러져 기절하는 등 치열한 육박전 끝에 형사들은 혼비백산해서 이리저리 달아나버렸다. 뒤늦게 기동경찰이 출동했으나 큰 충돌 없이 해산할 수 있었다.

12월 1일 열린 3차 공판에서도 또 한바탕 난투극이 벌어졌다. 이승철 지부장이 맨 앞장서고 김혜숙 등 여성 조합원 수십 명이 검찰청과 법원이 시작되는 도로 입구에서부터 네 줄로 나란히 노동가를 부르며 행진을 하자 창문마다 검사들이 내려다보며 손가락질을 해댔다. 몇 분 지나지 않아 요란한 구둣발 소리와 함께 기동대가 몰려왔다.

"지부장부터 잡아!"

정보과장의 말이 떨어지기 무섭게 기동대가 대열을 덮쳐 30여 명을 연행해 경찰버스에 싣고 동부경찰서로 향했다. 이승철은 사지가 붙잡혀 경찰버스에 실리자마자 무지막지하게 구타를 당해야 했다. 경찰기동대는 그를 버스 복도에 쓰러뜨려놓고 발로 짓밟고 주먹질을 해댔다. 조합원들도 일방적으로 당하지만은 않았다. 지부장을 보호하기 위해 비좁은 버스 안에서 곤봉을 빼앗아 경찰의 머리통을 때리고 물어뜯으며 저항했다.

뒤늦게 끌려온 이들까지 40여 명의 노동자들은 동부경찰서 안에 들어가서도 저항을 계속했다. 견디다 못한 경찰은 그냥 집에 가라고 풀어주고 말았다. 노동자들은 경찰버스로 데려다 달라고 요구해 서울운동장까지 죄수 호송용 철창버스를 타고 올 수 있었다. 오는 버스 안에서 조합원들은 목이 터져라 투쟁가를 불러 길 가던 행인들이 걸음을 멈추고 구경할 정도였다.

12월 8일 공판에서 검사는 징역 1년을 구형했다. 노동자들은 터무니없는 형량이라 항의하고 고함을 쳤으나 소용없었다. 재판이 끝난 후에는 양승조를 다시 한 번 보겠다고 호송차 앞에 주저앉거나 길바닥에 드러눕기도 했다. 이를 진압하기 위해 기동대버스가 오자, 지난번과 달리 노동자들이 먼저 우르르 기동대버스에 몰려가 올라타려고 했다. 놀란 버스기사는 재빨리 핸들을 돌려 달아나버렸다. 노동자들은 법원 앞에서 〈우리의 소원은 통일〉을 개사한 〈우리의 소원은 석방〉이라는 노래를 불렀다.

일주일 후 오전 10시에 열린 선고공판에서 검은 망토를 입은 판사는 위엄 있는 표정으로 선고문을 읽어 내려갔다.

"피고 양승조는 조직의 힘을 믿고 사회에 물의를 일으키고도 아직도 죄에 대해서 뉘우치는 기색이 전혀 없으며 또한 이번 일을 잘못 판단하고 있는 많은 사람에게 경각심을 불러일으키기 위해서 재판장으로서는 부득이 실형으로 징역 8개월을 선고한다."

선고가 떨어진 직후, 방청석은 갑자기 울음바다가 되었다. 무죄 아니면 최소한 집행유예로 나오리라는 예상이 깨지자 여성 조합원들이 서로 부둥켜안고 울음을 터뜨린 것이었다. 남성 조합원들은 판사석을 향해 의자를 집어던지고 고함을 지르며 흥분했다. 재판이 끝나고도 재판정 앞마당에 주저앉아 엉엉 통곡을 계속했다. 이때 누군가 외쳤다.

"동부경찰서로 갑시다! 양 부장에게 누명을 씌운 동부경찰서를 작살냅시다!"

조합원들은 일제히 일어나 성동지원에서 동부경찰서까지 행진을 시작했다. 인도를 따라 목이 터지게 투쟁가를 부르며 경찰서에 도착하니 이미 중무장한 기동경찰이 삼엄하게 차단하고 있었다. 이성을 찾고 냉정하게 대처하자는 지도부의 설득으로 큰 마찰 없이 해산했다.

이승철 지부장의 책임 아래 맨 앞에서 싸움을 이끈 사람들은 주로 이순자, 이숙희, 신순애, 박명옥 등 여성들이었다. 하나같이 키가 150센티미터를 겨우 넘고 바람에 날아갈 듯 나약한 체구를 가진 이십대 초반의 처녀들이었다. 오죽하면 중부경찰서 형사들이 '저 도토리 같은 세 년들만 없으면 청계가 조용해질 거다'라고 떠들 정도였다.

최현진, 정태섭, 황기홍, 박종화, 배철수, 민종덕, 안승원, 김기철 등 남성 조합원들뿐 아니라 박태숙, 조미자, 김덕순, 김경희, 이광선 등 어린 세대들도 빠짐없이 투쟁에 참가했다. 경찰은 특히 이들 어린 남녀 조합원들에게는 인정사정없는 폭력을 가했다. 겨우 16세 안팎의 어린 소녀들이 매를 맞는 광경은 눈물겨웠다. 이소선 어머니는 경찰서 강당으로 끌려가는 과정에서 신발을 잃은 소녀 조합원에게 신발을 사주기도 하고, 옷이고 몸이 엉망으로 더럽혀지면 목욕하라고 5,000원을 준 적도 있었다. 이승철은 이들 소녀들이 매를 몹시 맞고 나온 날 안쓰러운 마음에 식당에 데려가 돼지고기를 사주기도 했다.

이 모든 싸움에 가장 많은 인원이 참가한 것은 와이셔츠업체 소속 조합원들이었다. 이 무렵부터 수년 간 와이셔츠업체들이 가장 잘 단결되어 매번 집회나 싸움 때마다 결정적인 역할을 했다. 매번 100명에서 최대 200명까지 동원되었다.

와이셔츠업체 중에서도 다림사가 선봉이었다. 신순애, 이광숙, 이연수 등 청계노조를 주도했던 간부들과 장선애, 조선희, 정은자, 이경숙, 조안심 등 여러 열성 조합원을 배출한 곳이었다. 이는 현장에서 잔뼈가 굵은 신순애와 이광숙의 조직력 때문이었다. 먼지구덩이에서 함께 배를 주리며 일하며 누구보다도 노동자들의 마음을 잘 알고 있는 신순애는 따뜻하고 진솔한 성품과 이해력으로 동료를 규합했다. 나이든 아줌마 미싱사부터 열댓 살 어린 시다들까지 그녀의 말이라면 무조건 신뢰하고 따랐다.

다림사는 직원이 30명이 넘어 청계천에서는 규모가 있는 편이었는데 살금살금 하나씩 불러내다 보면 재단사와 시야게사 등 남자 몇을 빼고는 실밥 따고 단춧구멍 박는 사람들까지 거의 한 명도 남지 않고 다 나와버리기 일쑤였다. 구치소에 가서 항의시위를 벌이고 노동교실에 돌아와 철야농성을 하고 다음날 출근하면 사장과 공장장은 화가 나서 미칠 지경이었지만 워낙 잘 단결되어 있어 대놓고 야단도 치지 못했다. 미안한 마음에 더 열심히 일해주고 점심시간이 되면 깨진 바가지 물 새듯이 또다시 한 명씩 살그머니 빠져나가 구치소로 달려갔다. 그 중에는 결혼한 아줌마도 있었다. 신순애와 마찬가지로 어려서부터 미싱을 타서 등이 구부정하게 굽어버린 정은자와 만순 언니, 경옥 언니로 불리던 이들이었다. 살림을 하는 처지라서 저녁에 일찍 돌아가야 함에도 싸움에는 빠지지 않았다.

조합 활동이 왕성했다고 해서 다림사가 망한 것도 아니었다. 조합원들은 사장에게 미안한 마음에 더 열심히 일해주었다. 라인 작업으로 하루에 티셔츠를 700장이나 뽑아주는 게 예사였다. 한 사람은 가사리(옷의 모양에서 주요한 부분을 미싱으로 박는 것) 놓고, 한 사람은 누르고, 한 사람은 주머니를 달고, 에리(칼라) 하나 가사리 놓는 데 10초밖에 걸리지 않았다. 누구든 화장실에 한 번 갔다 오면 일감이 쌓여 정신없이 바빴다. 맨 앞의 공정을 맡은 신순애는 남들보다 30분 먼저 출근해 일감을 만들어놓았다. 대신 조합 일을 해야 하기 때문에 퇴근시간은 정확히 지켰다. 다림사 사장은 불만이 많았음에도 불구하고 나중에 '그래도 그때 돈을 가장 많이 벌었다'고 고마움을 토로했을 정도였다.

다림사에 신순애라면 삼정사에는 공순녀가 있었다. 신순애의 이웃 동네에 사는 데다 삼정사사건이 일어났을 때 그녀의 도움을 받은 바 있어 친해진 공순녀는 싸움이 났다 하면 25명의 조합원을 다 데리고 왔다. 공순녀뿐 아니라 그 어머니도 조합원들에게 큰 의지가 되었다. 노동조합이 하는 일이 정당하다 여기고 자신의 딸을 믿었던 공순녀의 어머니는 농성장에 커다란 들통 가득 잡채를 해가지고 와서 나눠주기도 했다.

"야, 나는 다른 때는 말고 싸울 때만 불러라!"

청계에는 두 명의 박명옥이 있었는데 부위원장 박명옥과 다림사 박명옥이었다. 이름이 같을 뿐 아니라 늘 하는 말도 같았다. 싸우고 매 맞을 때만 나오고 이익이 되거나 이름이 날 만한 때는 나오지 않는, 노조 간부는커녕 대의원이나 운영위원 한번 해보지 못한 채 온갖 싸움과 농성은 다 쫓아다니던 이들이었다. 특히 와이셔츠업체에는 그런 사람들이 많았다. 이정순, 이정희, 이미경, 정옥주, 김혜진, 장현주, 이선미 등등 150명이면 150명 모두가 싸울 때만 나타났다가 떠나갔다 해도 과언이 아니었다.

남자 중에도 이낙천 등 수많은 조합원들이 이름 없이 싸우고 매만 맞다가 떠났는데 나중에 조합이 파괴되면서 1만 장에 이르는 조합원 가입원서가 압수되는 바람에 아무런 공식적인 기록도 남지 않게 되었다. 청계노조에는 탁월하고 헌신적인 지도자도 많았지만, 그들 이름 없는 투사들이 아니었다면 청계라는 이름이 이처럼 중요하게 기록되지는 못했으리라.

대인복, 아동복, 점퍼 등 장기 근속자가 적어 조직하기가 어려운 직종에서 일하던 이들은 상대적으로 더 어려움을 겪었다. 한 공장의 전체 노동자가 일치단결하기도 어려운 일이지만, 다른 사람들은 일하고 있는데 자기만 시간투쟁을 한다고 8시 정각에 미싱 모터를 꺼버리고 앉아 있는다거나 경찰서나 농성장에 초보적인 노동자를 데려가는 일은 보통 용기로는 하기 힘들었다. 사장과 공장장이 노려보는 가운데 미싱을 끄고 앉아 있으면 심장이 얼마나 떨리는지 입술이 바짝바짝 타서 누가 말을 시켜도 발음이 잘 나오지를 않았다. 노동교실에 모인 적극적인 노동자들 앞에서 선동하고 이야기하는 것에 비해, 온종일 사장과 마주 서서 일하는 나이 어린 소녀들을 사장과 싸우게 만드는 일은 훨씬 힘들었다. 실제로 면회투쟁이나 농성에 나오는 조합원의 상당수는 현장에서 사장들과 직접 대면하며 싸우는 일은 하지를 못해 사장에게 이리저리 거짓말을 하고 일찍 퇴근하거나 객공의 지위를 이용해 잠시 외출을 나왔다. 밖에 나와서는 경찰봉을 빼앗아 형사들을 두들겨 패고 이로 물어뜯는 여걸들이었으나 회사에 돌아가면 조합 활동을 하는지도 모르게 시치미를 떼고 일만 열심히 하는 이들도 많았다.

이렇게 매일 양승조면회투쟁이 벌어져 청계천이 시끄러워졌으나 『조선일보』 『동아일보』 『중앙일보』 어느 한 신문도 단 한 줄 기사화하지 않았다. 반면에 AP 통신 같은 외국 언론은 현장에 계속 찾아와 취재를 해가고 보도했다. 국내 언론은 다 알고 있어도 쓰지 않았다. 관심도 없거니와 관심이 있다 해도 독재권력의 눈초리가 무서워 입도 벙긋하지 않는 것이었다. 중앙정보부는 외신기자들과 청계노조의 연결고리를 찾는 데도 촉각을 곤두세워 보도가 나갈 때마다 집행부를 괴롭혔다.

1976년 11월 13일의 전태일 추도식은 경찰의 방해 속에서도 성대하게 치러졌다. 낮에는 전 집행부와 현 집행부 간부, 그리고 문금숙, 조선희, 이낙현 등 조합원 50여 명이 모란공원에서 간단한 추도식을 하고 돌아와 노동교실에서 야간 추모식을 열었는데 형사들이 상가 곳곳에서 감시하며 방해했음에도 무려 600명이나 몰려왔다. 3층과 4층을 꽉 채우고 계단조차 설 틈이 없어 2층의 복지의원까지 들어가야 했다. 추도식이 끝난 후에도 200여 명의 노동자들이 남아 양승조 석방을 요구하는 농성을 벌였다.

해가 바뀌어도 양승조는 석방되지 않았다. 면회투쟁과 함께 재야단체와 대학생들에게 양승조 구속의 부당성을 알리는 일이 계속되었다. 1월 5일 기독교회관에서 열린 집회에 신순애가 참가해 양승조의 약력과 함께 지금까지의 상황일지를 보고했는데, 원고도 없이 술술 이야기를 잘해서 사람들을 감탄시켰다. 나중에 이화여자대학교 총장이 된 신인령 같은 이는 이소선 어머니와 신순애 두 사람을 모녀 사이로 빗대어 '어쩌면 그 엄마에 그 딸이냐'며 탄복했다. 교수인 자기들도 경과보고를 할 때는 기록을 보며 이야기하는데 다 외워서 술술 이야기한다며 놀라는 것이었다. 신순애는 서울대학교 학생들에게 초빙되어 강연을 하기도 했다. 장기표와 함께 청계노조를 도와주고 있던 조영래와 손학규가 주선한 강연회였다. 신순애가 이야기보따리를 풀면 학생들은 기침 소리 하나 없이 귀를 기울였다.

"어떤 영상물을 보니까 영국에서는 의사나 노동자나 변호사나 월급이 별 차이가 없다고 합니다. 여러분 중에 의사가 될 분도 있을 텐데, 의사 생활 15년이면 일류가 되어 150만 원은 받는다고 쳐요. 우리 노동자는 150만 원은 바라지도 않습니다. 여러분이 돈 들여 공부한 거 인정하니까요. 그렇지만 우리 노동자도 15년 일하면 100만 원은 받아야 하지 않겠어요? 그런데 10만 원을 받기도 힘든 게 현실입니다. 왜 이런 불평등이 있을까요? 어떻게 해야 되겠습니까?"

청산유수 같은 연설 솜씨에 반한 대학생들은 두 번이나 더 그녀를 강사로 초빙했다. 이런 신순애도 처음부터 대중 앞에서 말을 잘했던 건 아니었다. 신순애가 다림사에 처음 들어와 일할 때 오야미싱사 박명옥은 그녀가 벙어리인 줄 알았다. 하루 종일 한마디도 하지 않고 일만 했기 때문이었다. 열두 살 때부터 하루도 쉬지 않고 일만 하고 살았으니 친구를 사귈 일도, 수다를 떨 기회도 없던 탓이었다. 조그만 체구에 입을 꾹 다물고, 웃을 줄도 모르며 재봉틀만 내려다보며 일했다. 심지어는 남자 화장실에만 들어가도 임신이 되는 줄 알고 남자 화장실이 텅 비었음에도 여자 화장실 앞에서 줄을 섰을 정도로 순진했다. 벙어리처럼 살던 그녀를 수많은 청중을 웃고 울게 하는 명연사로 만들어준 것은 노동조합 활동이었다. 그녀는 노조활동을 통해 자신의 가치를 발견하고 개발해낸 수많은 사람들 중 하나였다.

양승조는 1977년 2월 8일 20만 원의 보석금을 내고 석방되었다. 구속된 지 5개월 만이었다. 양승조가 나오는 날 노조는 잔칫집 같았다. 저녁 7시 30분 영등포교도소 입구, 양승조는 그 먼 곳까지 찾아간 조합원들의 열렬한 환영을 받으며 걸어 나왔다.

다음날 밤에는 노동교실에서 서 있기 힘들 만큼 많은 노동자들이 모여 양승조 석방 환영회를 열었다. 조합원들은 즉흥적으로 모의재판을 열어 양승조가 무죄라는 판결을 내려 박수갈채를 받기도 했다. 또 조합에서는 석방을 기념하는 페넌트를 만들어 나누어주었는데 나중에 색깔이 빨갛다고 해서 중부경찰서 정보과에서 빨갱이라고 트집을 잡기도 했다.

양승조는 이소선 어머니가 면회를 올 때마다 5,000원씩 넣어주고 간 돈을 쓰지 않고 모아두었다가 다섯 돈짜리 금반지를 만들어 돌려드렸다.

양승조석방투쟁은 여러 가지 기록을 남겼다. 그때까지 어떤 노동자나 대학생들도 시도하지 못했던 경찰서 앞 시위와 농성을 감행했고, 재판정까지 엉망으로 만들어버렸다. 청계노조의 역사에서도 큰 진전이 있었다. 집행부와 조합원들은 관념적으로만 배웠던 독재정권의 문제를 직접 체험하게 되었고, 이후 청계노조는 경찰과의 직접적인 싸움에 거리낌 없이 나서게 되었다.

이 무렵 정부는 청계피복 노동자들의 근로조건에 대한 불만을 적당히 해소시켜주는 한편으로 노조를 감시·통제하는 방편으로 동화시장 옥상에 근로감독관 주재실을 개설했다. 노동자들이 언제든지 쉽게 찾아와 진정서나 고발장을 접수시킬 수 있도록 하겠다는 명목이었으나 거꾸로 근로감독관이 자유롭게 노조에 드나들며 노조를 감시하고 통제할 수 있도록 하기 위한 목적이었다.

동화시장 주재실에서 근무했던 근로감독관 황경산은 부임할 때 명확한 임무를 부여받고 있었다. 상부에서는 그에게 '평화시장은 화산이 묻혀 있는, 언제든지 폭발할 수 있는 데니까 폭발하지 않도록, 문제를 일으키지 않도록 하는 것이 너의 임무다'라고 못을 박았다. 재야운동권이 청계노조를 거점으로 해서 문제제기를 계속하는 데다 북한까지 평화시장 노동자 문제를 선전에 이용하고 있었기 때문에 박정희 대통령도 평화시장 문제에 매우 민감하니 철저히 통제하라는 내용의 지시였다.

청계 문제를 잘 알고 있던 황경산은 자신의 임무를 수행할 자신이 없었다. 청계천 노동자의 근로조건을 획기적으로 바꾸는 일이 자신의 재량 밖인 상황에서 청계노조를 잠재운다는 것은 불가능해 보였다. 그는 화산을 잠재울 능력이 없기 때문에 여기서 자신의 공무원 생애가 끝날 거라고 내다봤다. 자신이 스스로 사표를 쓰든지 쫓겨나든지 둘 중 하나라 생각했다. 그래서 주재실에 부임한 이후 하루도 마음 편히 옷을 벗고 잔 적이 없었다. 어느 날 새벽, 밤새 농성을 벌이던 신광용이 전화를 걸어왔다.

"야, 이 새끼야! 옷 입고 나와!"

황경산 역시 거칠게 대꾸했다.

"나는 옷 안 벗고 자!"

황경산의 예상대로 동화시장 주재실은 청계노조를 잠들게 하지 못했다. 조합 간부들 누구도 그들이 노동자를 위해서 왔다거나 그들의 말을 들어야 한다고 믿지 않았다. 근로감독관을 만나는 일 자체에 거부감을 가지고 있어 감시 역할도 제대로 하지 못했다. 청계노조는 어용화나 무력화 전략의 상대가 되기에는 이미 너무 크게 성장해 있었다. 철벽같은 유신의 장애를 뛰어넘어, 단위 노동조합의 한계를 넘어 민주노조운동의 선봉이 된 청계노조는 유신정권의 가장 아픈 부위가 되어 끝없는 투쟁과 탄압의 소용돌이로 휘말려 들어갔다.

3월 10일에 청계노조는 한국노총 주최로 장충체육관에서 열린 근로자의 날 행사에서 일대 소란을 일으켰다. 그때까지 한국노총의 근로자의 날 행사는 노사협조를 다짐하는 결의대회나 다름없었다. 단위 지부들은 따로 행사를 갖는 대신 한국노총 행사에 간부 서너 명씩을 보내는 게 관례였다. 청계노조는 1977년 근로자의 날을 맞아 노조에서 별도의 행사를 가지려 했다. 이에 중앙정보부는 독자적인 집회를 막기 위해 노총 행사에 300명을 참석시켜주겠다며 입장권을 가져왔다. 그런데 간부들이 현장에 돌아다니며 참가신청을 받으려니까 서로 가겠다고 나섰다. 집행부는 중앙정보부에 300장으로는 안 되니 800장을 달라고 요구했다. 결국 800명을 보낼 수 있게 되었다. 사업주들에게 말해 수건도 800장 받아 나눠주었다.

그런데 중견 조합원들은 '한국노총은 각성하라' '노동삼권 보장하라'는 구호들을 쓴 플래카드들을 만들어 한바탕 시위를 벌이기로 작정했다. 근로자의 날 행사에는 정부 고위층이 참관하기 때문에 입구에서 삼엄하게 경비를 서고 검문검색을 했다. 이들은 점퍼 속이나 여성 조합원 가방 속에 넣기 좋도록 한 손에 들고 흔들 수 있을 정도로 작은 플래카드를 여러 장 만들어 제각기 숨겨 들고 입장했다.

노동자를 위한 내용이라곤 하나도 없이, 노사화합과 나라에 대한 충성 따위를 주장하는 어용 노총의 행사가 마무리되고 정부 관리들이 퇴장할 무렵, 청계 조합원들이 모여 앉은 자리에서 구호가 시작되었다.

"한국노총 각성하라!"

"노동삼권 보장하라!"

김태원, 임미경 등 조합원들이 플래카드를 펼쳐들고 흔드는 가운데 조합원들은 일제히 〈노총가〉를 부르기 시작했다. 행사장은 발칵 뒤집히고 말았다. 한국노총 간부들이 몰려와 이들을 제지하고 플래카드를 빼앗느라 일대 소동이 벌어졌다. 조합원들은 연행되거나 하지 않고 마음껏 구호와 노래를 부르며 식장을 나왔다.

흥분한 한국노총 간부들은 지부장 이승철에게 전화를 걸어 '관례를 깨고 좌석의 10분의 1이나 배정해줬더니 자기들을 욕할 수가 있냐' 며 항의해 왔다. 이승철은 수천 명 조합원이 하는 일을 어떻게 일일이 감독할 수가 있느냐며 시치미를 떼버렸다.

1977년 임금인상은 어느 해보다도 치밀한 준비 아래 시작되었다. 견습공 직불제와 유니언숍 제도화를 위해 여섯 개 상가별로 벌여온 단체협약이 네 개 주요 상가를 마지막으로 최종 마무리된 것은 1977년 4월 20일이었다. 곧바로 임금협상을 시작해야 했다. 치밀하다 못해 철두철미하기로 소문난 이승철은 본격적으로 임금투쟁 준비에 들어갔다.

임금인상의 핵심적인 부분은 주요 품목에 대한 공임 기준을 정하는 일이었다. 청계천에는 대인복, 아동복, 작업복, 학생복, 숙녀복, 와이셔츠, 학생복, 신사복, 트레이닝복, 꽃수, 잠옷, 점퍼, 청바지 등 외우기도 어려울 만큼 많은 품목이 생산되고 있었고, 이에 대한 공임은 사업주가 마음대로 책정하고 있었다. 이 많은 품목의 공임을 조사해 인상률을 적용하는 일은 쉬운 일이 아니었다. 최종인 집행부 시기에도 매년 6, 7개 기본 품목별로 평균임금을 조사하여 임금협상에 임했으나 주로 시간단축에 역점을 두던 시기라 임금 문제는 '권장'하는 차원에 머물러 있었다. 권장이 아닌 '요구'를 하기 위해서는 좀더 구체적인 실태 파악이 필요했다.

이 일을 맡은 것은 업종별 조직이었다. 1975년도까지는 상가별·지역별로 구역위원회 제도를 두고 직종별·연령별·취미별·성별 조직까지 만들어왔으나 이는 조직을 위한 체계였다. 임금협상을 하려면 업종별 모임이 필수적이었고 이에 따라 이미 2년 전부터 조합원들을 업종별로 조직하는 작업이 준비되고 있었다.

우선 조직된 곳은 와이셔츠업종이었다. 와이셔츠업종은 옷의 디자인이 단순해서 어떤 공장에서 만들더라도 작업 형태가 유사해 근로조건도 비슷할 수밖에 없었다. 타 업종보다 비교적 규모도 커서 한 공장에 노동자 숫자가 30명 안팎인 곳이 많았다. 철에 따라 옷감의 두께나 팔 길이가 변할 뿐, 연중 소비되는 제품이라서 비수기도 짧아 이동도 많지 않았다. 무엇보다도 내부적으로 단결이 잘 되어 있었다.

조합에서는 청계천에 있는 모든 와이셔츠업체의 실태를 파악하기 시작했다. 공장의 위치, 사용주 성명, 가게 위치, 규모, 자본 크기, 조합원의 분포를 적고 근로조건의 실태와 조합원의 요구를 조사해나갔다. 기초 자료가 상당히 모인 후에는 우선 에리 미싱사 조직에 들어갔다. 와이셔츠에서 가장 중요하고 어려운 부분은 에리를 만드는 일로 에리 미싱사는 고참 중에서도 기술이 뛰어난 미싱사였다. 에리 미싱사가 일손을 놓으면 다른 공정이 돌아간다 해도 완성제품이 나올 수가 없었다. 이들은 다른 직종과 달리 재단사보다도 임금이 많았다. 당연히 공장 안에서 가장 큰 영향력을 행사할 수 있었다. 조합에서는 각 공장마다 한두 명씩밖에 없는 이들 오야 미싱사를 조직하는 데 초점을 맞췄다.

이 일을 해낸 것은 신순애, 이광숙, 이연수, 이영숙 등이었다. 다림사가 중심에 있으니 조직이 안 될 수가 없었다. 강춘옥, 강명숙, 한희진, 이광선 등도 열심히 따라주었고 진선미의 이만순, 정은자 등도 열성이었다. 광진 복장, 삼성사, 엠파이어, 진선미 등 여섯 개 공장 미싱사 20명이 모인 회의에서 임금인상투쟁에 들어가기로 결정했다. 와이셔츠 한 장을 만드는 데 받는 공임은 34원으로, 해마다 오른다 해도 겨우 1, 2원 정도였다. 그나마 작년에는 시다 임금을 사장이 직불한다는 이유로 공전이 5원씩 깎이기까지 했다. 조합에서는 올해 공임을 50원으로 인상할 것을 목표로 삼고 오야 미싱사들과 투쟁 계획을 세워나갔다.

와이셔츠뿐 아니었다. 숙녀복은 이숙희와 이순자가, 아동복은 이선희, 점퍼는 임금자와 정선희가 맡는 등 모든 간부가 총동원되어 발바닥이 부르트도록 돌아다니며 실태조사를 한 결과, 주요 품목 숫자만 70가지가 넘었다. 청바지 한 품목만 해도 14종류가 있을 정도였다.

실태조사 결과를 정리해 임금인상안을 만드는 일도 많은 시간이 필요했다. 이 일은 지부장 이승철이 직접 했다. 완벽한 임금실태표와 요구안을 만들기까지 이승철은 한 달 동안 거의 잠을 자지 못하고 매달려야 했다. 인상률 요구안은 물가인상을 감안해 37.5퍼센트로 정해졌다.

협상은 1977년 5월 9일에 시작되었다. 평화·통일·동화·동신의 4대 상가 단체와의 협의회에 37.5퍼센트 요구안이 제시되자 사용주 측은 펄쩍 뛰었다. 불과 20일 전에 체결된 단체협약에서 견습공 직불제를 채택해 30

퍼센트 이상을 인상해준 효과가 났는데 다시 37.5퍼센트를 인상하라는 것은 지나치다며 아우성이었다. 첫 번째 협상은 바로 결렬되고 말았다.

한 치도 물러날 뜻이 없던 회사 측을 압박해 들어간 것은 와이셔츠 조합원들이었다. 임금협상을 일주일 앞둔 5월 1일 신순애, 이광숙, 이연수 등 와이셔츠 지도부 몇 명은 이승철 지부장의 집을 찾아가 상의했다. 이때 이승철은 '지는 싸움은 안 된다. 그렇지만 여러분의 열성적인 노력이면 나도 할 수 있다'고 자신감을 주었다.

이에 힘입은 와이셔츠 대표들은 다음날 곧바로 파업에 돌입하기로 했다. 5월 2일 아침부터 동화상가의 광진복장, 유림사, 안광사, 통일상가의 삼정사, 그리고 다림사까지 다섯 개 공장 조합원들이 공임 34원을 50원으로 인상해달라고 요구하며 작업 거부에 들어갔다.

사업주들은 견습공 직불제 이전의 임금 수준인 40원은 주겠지만 그 이상은 줄 수 없으니 일하기 싫은 사람은 나가라고 했다. 이에 5월 4일 아침 출근시간, 와이셔츠업체로 출근하던 오야미싱사들이 돌연 발길을 바꾸어 노동교실로 향했다. 오전 내 회의가 벌어졌다. 당장 전면파업을 하자는 주장도 있고 일단 오전 근무를 하지 않는 선에서 의지를 보여주자는 주장도 있었다. 논란 끝에 오늘은 일단 오후부터 작업에 들어가지만 저녁에도 반응이 없으면 내일 아침부터 일제히 파업에 들어가기로 했다.

이 결정에 따라 모두들 점심을 간단히 먹고 오후가 되어 각자 공장에 출근해보니 사장들은 왜 늦게 출근했느냐고 야단만 쳐댈 뿐, 공전인상에 대해서는 이렇다 저렇다 말이 없었다. 철저히 무시당한 오야미싱사들은 치밀어 오르는 화를 억누르며 저녁 8시가 오기를 기다렸다가 다시 노동교실에 모여 내일의 파업을 확인했다.

다음날 아침, 오야미싱사들은 정상적인 출근시간에 맞춰 공장에 나가서 출근하는 사람들을 몽땅 노동교실로 보내버렸다. 다섯 군데 와이셔츠 공장이 멈췄다. 청계천이 생긴 이래 처음 일어난 조직적인 파업이었다. 농성에 참가한 노동자만 150명이었다.

노동교실 실장 이소선 어머니는 자리를 지키며 이들이 흔들리지 않도록 격려해주었다.

"와이 근로자 여러분! 100명이 모여 싸우면 사흘 걸리고 1,000명이 모이면 한 시간이면 됩니다. 만 명이 모이면 30분이면 됩니다. 단결하면 못 이룰 게 없습니다!"

이소선 어머니의 연설은 큰 설득력이 있었다. 교실을 꽉 메운 이들은 임금인상 구호를 외치고 서로서로 앞에 나와 회사 측의 무성의를 성토했다. 사용주들은 그제야 허둥지둥 몰려다니며 어떻게 해야 할지 우왕좌왕했다. 노동청 중부지방사무소도 노동조합으로 찾아와 이승철 지부장을 붙잡고 어떻게 해야 작업에 들어갈 수 있겠느냐 물었다. 중부경찰서 정보과에서도 찾아와 전후사정을 알고자 법석을 떨었다.

"조합원들의 요구를 들어주는 이외에는 무슨 방법이 있겠습니까?"

이승철은 도리어 한술 더 떠서 노조의 등사기로 파업농성을 알리는 유인물을 만들어 시장 상가에 배포했다. 아침에는 양승조, 민종덕 등의 주도로 조합원들의 가슴마다 '37.5퍼센트 인상'이라고 찍힌 리본이 달렸다. 오후 4시에 시작된 협상은 밤이 깊도록 계속되었고 조합원들은 해산할 줄을 몰랐다. 여기에 다른 업종 조합원들까지 합류하자 농성장 분위기는 더욱 고조되었다.

중부경찰서 정보과에서는 강제해산으로 사건을 확대시키기보다는 사용주들에게 압력을 가해 적당한 선에서 요구조건을 수락하도록 하는 방침을 택했다. 경찰은 노사협의회 사용주 측 의장인 동화상가 최용갑 전무를 불러내어 그로 하여금 와이셔츠업체 사용주들을 모이게 했다. 이 자리에서 최용갑 전무는 공전인상을 해주지 않고는 문제를 해결하기 어렵다면서 사용주들의 올바른 판단을 기대한다고 말했다. 버스회사를 하다가 망한 후 현대사를 차려 재기에 성공해 사업주 대표까지 맡은 그는 사용자이지만 나름대로 합리적인 판단력에 추진력과 과단성까지 갖추어 업주들을 잘 통솔하고 있었다. 노사협의회 자리에서도 다른 사용주들은 노조의 요구에 막무가내로 반대만 하는 데 비해 최용갑 전무는 들어줄 것은 깨끗이 들어주고 안 될 것은 사용주 편에서 그들을 대변함으로써 노조를 설득할 줄 아는 인물이었다.

동화시장 전무실에서 계속된 사용주 회의는 밤을 꼬박 지새우고 다음날 새벽에야 끝났다. 타결사항은 노동자들의 요구가 완전히 관철된 공전 50원이었다. 임금이 오르기는 했으나 기업주들은 이를 이유로 완성품 도매금을 한 장당 100원씩 인상하여 오히려 더 많은 돈을 벌게 되었다.

"만세! 협상이 타결됐다!"

노동교실에서 밤샘을 하다가 소식을 전해들은 조합원들은 팔짝팔짝 뛰며 좋아했다. 이래도 저래도 눈물이 많은 청계천이었다. 여기저기서 서로 부둥켜안고 울음을 터뜨리는 이들이 많았다. 공전 16원이 올랐다고 좋아서 우는 것이 아니었다. 여자로 태어난 데다 못 배운 죄로 부모에게나 형제에게나 회사에서나 자신을 위한 요구라고는 해보지를 못했고 큰맘 먹고 우물쭈물 말을 건네보았자 차가운 냉대만을 받아온 그들이었다. 지금까지 사장 덕에 산 것처럼 생각했는데, 일을 하지 않겠다는 말에 사장이 저렇게 쩔쩔매다니 믿을 수가 없었다. 자신의 존재가치를 인정받을 때처럼 인간이 감동할 때가 있을까? 승리의 환호로 노동교실은 잔칫집처럼 홍겨웠다. 밤새 뜬눈으로 지새운 피로에도 불구하고 모두의 얼굴에는 만족스런 웃음이 떠나지 않았다.

아침 8시, 이승철은 조합원들 앞에 나가 마무리 발언을 했다. 이승철 역시 밤을 꼬박 새워 눈꺼풀이 가라앉고 있었음에도 싸움을 승리로 이끈 지도자로서 당당하게 조합원들을 격려했다.

와이셔츠 싸움의 영향은 컸다. 5월 21일까지 네 차례에 걸쳐 열린 네 개 시장 대표와의 임금협상 결과 모든 업종의 임금을 32퍼센트 인상하기로 합의한 것이다. 과거의 임금협상이 권장 차원에 머무른 데 비해 이번의 인상률은 실제로 그대로 적용할 수 있는 것으로 큰 의미가 있었다. 최종인 지부장이 주휴제 시행과 시간단축의 업적을 쌓았다면 이승철 지부장은 임금인상의 현실화까지 이뤄낸 것이다.

그런데 이번 싸움을 거치면서 조합 지도부 내부에는 묘한 기류가 형성되고 있었다. 이승철 지부장에 대한 불신임 분위기였다. 이를 주도한 것은 양승조였다. 기록에 남길 만한 결정적인 불신 사유가 있던 것은 아니었다. 석방된 양승조에게 감옥에서 고생했으니 며칠 쉬었다가 나오라고 한 것이 양승조의 노조 복귀를 거부한 것으로 오해를 샀다. 임금인상 요구를 정하는 과정에서 37.5퍼센트 요구는 무리라고 한 적이 있다든가, 양승조가 리본을 달자고 했을 때 오후 4시에 노사협의가 있으니 협상 결과를 보고 다음날부터 달자고 한 점, 노조 사무실로 찾아오는 형사들과 커피를 마셨다든가 하는 사소한 일들이 다 사유가 되었다.

이런 사소한 이유들이 탄핵 사유까지 된 것은 잇단 승리에 고양된 조합원들이 노조에 대한 기대치를 점점 더 높여간 탓이었다. 조합원들의 정서가 그랬다. 김덕순, 박태숙, 조미자 등 나이 어린 조합원들조차 경찰서에 잡혀가서도 형사들이 밥을 사주면 절대 먹지 않았다. 한국노총이나 연합노조에서 모범조합원상 같은 것을 준다 해도 거부했다. 부지부장 김봉순은 모범근로자로 대통령상을 수상했다는 이유로 조합원들로부터 심한 질책을 듣고 울면서 상장을 찢어버렸을 정도였다. 청계노조 이름으로 받는 상은 자랑스럽게 걸었지만 정부나 노총에서 주는 상을 받는 것은 모욕으로 생각되던 시기였다.

대의원들이 결정적으로 불신임 분위기로 돌아선 계기가 된 것은 일명 '딸기밭사건' 때문이었다. 양승조가 대의원들을 딸기밭에 데려가 모의했다고 해서 그런 이름이 붙은 사건이었다. 양승조, 민종덕, 신광용 등이 주도한 이 모임을 계기로 다수 대의원들이 지부장 불신임으로 돌아섰다. 여기에는 이소선 어머니도 상당한 역할을 했다.

유니언숍의 제도화, 최초의 임금인상 등을 이루기 위해 그토록 열심히 일했음에도 자신을 몰아내려 한다는 데 분노하고 좌절한 이승철은 지부장직을 지키기 위해 항변하거나 자기 사람을 모아 대응하려 들지도 않았다. 1977년 6월 27일, 그는 스스로 지부장직을 사임해버렸다. 최종인에 이어 노조의 책임자가 된 지 14개월 만이었다. 부지부장이던 박명옥도 회의를 느끼고 노조를 떠나버렸다.

갑작스런 지부장 공백에 맞춰 일주일 후에 열린 대의원대회는 새로운 임원진을 선출했다. 새 지부장에는 양승조가 선출되고 부지부장에 신순애, 황규홍, 이승철이 선출되었다. 임금자, 이광숙, 김영태가 회계감사로 뽑혔고 운영위원으로 이영순, 김은숙, 최옥분, 신광용, 유명순, 이순관, 이희선, 김영문, 신영란, 임현재, 박재익, 한순임, 정선희, 정태섭, 황덕순이 선출되었다. 이날 이승철은 전례에 따라 지도위원으로 추천되었으나 본인의 고사로 상근직 부지부장에 머물며 동화시장을 담당하는 일선 활동을 계속했다.

교선부장 이숙희, 부녀부장 이순자, 조사통계부장 최현진, 조직부장 전태삼 등 주요 상근 간부는 그대로 유임되었다. 지금까지 비상근 운영위원으로 활동하던 민종덕이 공석이 된 총무부장에 임명되어 상근을 하게 된 정도였다. 다른 간부들은 재임기간 동안 부분적으로 바뀌는데, 조사통계부장으로는 최현진에 이어 이광숙이 임명되고 복지부장은 조명심이 맡았다. 이듬해에는 이영순이 총무부 차장에 임명되었고 교선부 차장은 박원섭이 맡았다가 임미경에게 인수했다. 부지부장 황교환은 이 무렵 사임했다.

이승철의 퇴진 과정에서 어용이라는 말까지 나왔지만, 이에 합당한 큰 잘못이 제기된 적은 없었다. 그런 말까지 나오게 된 주된 이유는 그가 정부 관리들과의 협상을 중시한다는 지적 때문이었다. 노조가 자주성을 잃을까 우려한 이소선 어머니와 중견 조합원들로서는 충분히 제기할 수 있는 문제였으나 합법 노조의 지부장으로서 관공서 사람들을 상대하지 않을 수 없던 당사자로서는 답답하고도 억울한 일이었다. 삼동회 회원 출신 누구나 그렇듯이 전태일의 죽음을 목도한 그는 애초에 어용으로 변질될 가망성이라곤 없는 사람이었다. 관리들과 친하다고 해서 양심에 꺼릴 만한 거래를 한 적은 물론 없었을 뿐더러 개인적 친분 때문에 일을 그르칠 심약한 성품도 아니었다. 이승철을 지부장에서 물러나게 한 것은 중견 조합원들의 과도한 투쟁열기가 빚어낸 과오라 해도 과언이 아니었다.

실제로 지부장 퇴진을 주도했던 민종덕, 신광용 등은 얼마 지나지 않아 자신들의 조급한 행동을 후회하여 두고두고 이승철에게 미안해했다. 역시 퇴진에 동조했던 이소선 어머니는 얼마 후 9·9사건으로 구속이 되었을 때 이승철이 감옥으로 면회를 오자 눈물을 흘리며 말했다.

"승철아, 너를 지부장에서 쫓아낸 거 정말 잘못했다. 절대로 걱정 말고 거기 있어라. 내가 나갈 때까지. 넌 꼭 복귀해야 한다."

이소선 어머니는 면회 내내 울면서 시간이 다 될 때까지 노조를 지켜달라고 부탁했다. 이소선 어머니의 나약한 모습을 처음 본 이승철은 그러겠다고 약속하지 않을 수 없었다. 그는 부지부장으로서 열심히 활동하려 애썼으나 불신임을 주도한 새 집행부의 일원으로 일하기는 쉽지 않았다. 결국 얼마 후에 상근을 그만두고 현장에 취업해 일하다가 임현재가 지부장이 되고 나서야 다시 상근직에 복귀했다.

9 장기표와 이소선 어머니의 구속

우여곡절 끝에 출발한 양승조 집행부는 벽두부터 사건에 휘말려들었다. 지부장 선거가 있기 바로 전날인 1977년 7월 2일 영등포구 등촌동 협신피혁 공업사 폐수처리장에서 작업 중이던 노동자 세 사람이 유독가스에 중독되었다. 그 중 32세의 노동자 민종진은 사망하고 다른 두 명은 중태에 빠졌다.

협신피혁은 폐수처리시설을 가동하지 않고 이틀에 한 번씩 폐수가 빠져나간 후 사람이 들어가 배수로를 청소해왔다. 유독가스가 남아 있는 배수로에 사람이 들어가 작업하는 것은 매우 위험한 일이었다. 날씨가 추울 때는 그나마 낫지만 이번처럼 7월 무더위 속에 독가스가 끓어오르는 배수로에 사람을 들여보내는 것은 살인행위나 마찬가지였다.

사망한 민종진은 다름 아닌 민종덕의 친형이었다. 지부장 선거를 맞아 총무부장으로서 한동안 집에도 못 들어가고 바쁘게 뛰고 있던 민종덕은 형이 죽었다는 소식을 듣고 황망히 병원으로 달려갔다. 겨우 서른두 살 나이에 비참히 죽은 것도 억울하지만, 죽음에 이르게 된 과정을 알고 보니 더욱 기가 막혔다. 그는 자신의 형을 죽인 것은 유황이나 메탄가스가 아니라 경비절감을 위해 죽음의 통로로 사람을 밀어넣은 사업주라며, 사장을 구속시키고 감독 소홀의 책임이 있는 노동청장을 사퇴시킬 것을 요구하는 호소문을 만들었다.

소식이 알려지자 경인 지역 민주노조 소속 노동자들이 모여 '고 민종진 씨의 죽음에 항의하는 노동자 일동'이라는 명의로 「노동자들을 더 이상 죽음으로 몰아넣지 말라!」는 성명서를 냈다. 민종진의 시신이 안치된 한강성심병원에는 청계 조합원들과 원풍모방, 동일방직 등 여러 민주노조 조합원들이 모여들어 유족들과 함께 밤을 새우기 시작했다. 조합원들은 민종덕의 호소문과 노동자들의 성명서를 등사해 각자 자기 공장에 뿌리고 대학교와 사회단체를 찾아다니며 나눠주었다.

잡혀갈 각오가 아니면 길거리에서 이런 유인물을 나눠줄 수 없던 시절이었다. 그런데 열여덟 살밖에 안 된 신광용은 유인물 200장을 들고 봉천동 자기 집 근처인 서울대학교 정문 앞에 가서 학생들에게 나눠주기 시작했다. 이러면 잡혀간다는 사실도 몰랐다. 노동자가 죽었는데 개죽음 취급하니 알려야겠다는 생각뿐이었다. 한참 나눠주고 70장쯤 남았을 때 우르르 형사들이 몰려와 경찰서로 연행해 갔다. 경찰은 어린 신광용을 간첩으로 몰았다. 들어가자마자 옷을 홀랑 벗게 하고 수색을 한 다음 신원조회를 하며 심문에 들어갔다.

"노조에서 주기에 가지고 와서 뿌렸는데 잘못된 내용 하나도 없습니다."

"뭐야? 이 새끼 이거 구속시켜야겠군. 너 이런 짓 하면 감방 가는지 알아, 몰라?"

땅땅한 키에 다부진 체격, 부리부리한 눈을 가진 신광용은 어린 나이에도 겁도 없이 항변했다.

"구속이요? 내가 무슨 죄를 졌다고 구속합니까? 여기 나온 내용은 다 사실이에요. 거짓말을 한 것도 아니고 잘못한 것도 아닌데 왜 사람을 구속합니까?"

신광용이 대차게 따지자 경찰은 조그만 놈이 까분다며 두들겨 패기 시작했다.

"왜 때려! 죄 없는 사람을 왜 때리는 거야!"

신광용은 악을 쓰며 저항했다. 아무리 열성적인 조합원도 경찰서에 처음 들어가면 기가 죽기 마련인데 특이하게도 신광용에게는 그런 면이 없었다. 노조 집행부 선배들이나 하는 시간단속에도 꼭 함께 나가서 공장장이니 사장들과 몸싸움을 벌이는 데 앞장서던 그였다. 경찰서에서도 있는 성질, 없는 성질 다 부리며 난동을 부리니까 경찰들이 고개를 저으며 노조에 전화를 걸었다. 양승조가 달려와서 훈방될 수 있었다.

민종진의 영안실에는 청계노조뿐 아니라 동일방직, 인선사, 반도상사 등 민주노조들에서 조합 간부와 조합원들이 찾아와 함께 밤을 새우며 대책을 세웠다. 충분한 보상뿐 아니라 이 같은 사고가 재발되지 않도록 행정당국과 협신피혁이 600만 노동자에게 사과하는 성명을 내고 예방대책을 발표하도록 요구하기로 했다.

그러나 사고 후 닷새가 지나도록 회사나 노동청은 아무런 해결책도 제시하지 않았다. 이에 200여 명의 노동자와 사회단체 인사들이 7월 8일부터 한강성심병원 영안실을 점거해 무기한 단식농성에 돌입했다. 회사와 경찰은 그제야 650만 원의 보상금을 제시하고 다른 요구도 모두 수용하겠다고 약속, 열두 시간 만에 농성을 풀었다. 경찰은 청계 조합원들을 따로 노동교실까지 데려다 준다며 철망버스에 태웠다. 그런데 달리는 버스 안에서 경찰은 노동자들에게 온갖 욕설과 폭언을 퍼붓더니 급기야 M16 자동소총을 조합원들의 가슴에 들이대는 것이었다.

"이 총에는 실탄이 들어 있어! 또다시 농성하면 전부 죽여버리겠어! 내가 지금 당장 총을 못 쏠 줄 알아? 너희들은 검문에 불응했어. 검문에 불응하면 사살해도 돼!"

경찰은 실제로 탄알이 장전된 탄창을 꺼내 보이기까지 했다. 노동자들은 검문을 받은 적도 없고 불응한 적도 없지만, 일단 사살해놓고 검문에 불응해서 쏘았다고 하겠다는 것이었다. 실탄이 장전된 소총을 들이대는 협박 앞에 반항도 못 하고 노동교실까지 끌려가는 수밖에 없었다.

민종진의 장례식은 사망 8일 만인 7월 10일에야 이뤄졌다. 한강성심병원 영안실에는 200명이 넘는 노동자들과 사회단체 인사들이 모였다. 청계노동자들은 노동청장과 노총 위원장에게 보내는 공개편지를 낭독했다. 공개편지는 수많은 노동자들이 산재사고로 죽어가는데도 감독 책임을 회피하는 노동청을 비난하고 대책을 강구할 것을 촉구했다. 노총 위원장에게는 노동자의 권익을 위해 누구보다도 앞장서 싸워야 할 노총이 이를 외면하고 조직 유지에 급급하고 있음을 비난하고 즉각 노동자의 권익 쟁취에 앞장서라고 촉구했다. 추도사에서는 다시는 노동자들이 비참하게 죽어가는 일이 없도록 연대해 투쟁하자고 했다.

한 시간 반가량의 장례식을 마치고 오후 3시경 영구차가 병원을 출발하게 되었다. 참석한 노동자들은 영구차를 뒤따라 걸어가며 구호를 외쳤다.

"산재사고 감독 소홀 노동청장 물러가라!"

"노동삼권 보장하라!"

영구 행렬은 자연스럽게 시위대열로 변해버렸다. 제2한강교 방향으로 300미터쯤 가니 기동대가 대기하고 있었다. 기동대는 해산하라고 종용했으나 대열은 멈추지 않았다. 아스팔트 위에서 육박전이 벌어졌다. 이날 처음 등장한, 작고 아담한 모습이 귀여워 '토끼'라는 별명으로 불렸던 열아홉 살의 미싱사 서재덕 등, 시위대의 대부분은 여성들이었다. 경찰은 무자비하게 대열로 뛰어들어 여성들의 머리채를 잡아 흔들고 군홧발로 짓밟고 경찰봉을 휘두르기 시작했다. 양승조 구속으로 수없이 경찰서와 구치소에서 싸움을 벌였으나 여성 조합원들이 이처럼 집단적으로 심하게 구타당하기는 처음이었다.

"때리지 마! 나쁜 새끼들아!"

영구차에 타고 있던 남자 조합원들이 참지 못하고 달리는 차에서 뛰어내려 경찰과 맞붙으러 뛰어갔다. 그때 갑자기 도로 위에서 경찰과 싸우던 임미경이 영구차를 못 가게 하기 위해 뛰어드는 광경이 목격되었다.

"멈춰! 사람 죽는다!"

임미경을 발견한 노동자들이 고함과 비명을 질렀으나 영구차 운전사는 경찰의 지시만 듣고 오히려 속도를 높였다. 임미경은 기어이 차 밑으로 빨려들어가버렸다. 임미경이 보이지 않게 되자 조합원들은 비명과 함께 일제히 뛰어 일어났다. 유리창이 박살나고 박재익이 고함쳤다.

"차 세워! 세우지 못해!"

영구차는 가까스로 급정거를 했고, 차 안의 노동자들은 숨을 멈추었다. 너무도 길게 느껴지는 짧은 순간이 흐르고, 임미경이 차바퀴 밑에서 아슬아슬하게 기어 나오는 모습이 보였다. 안도의 한숨도 잠깐, 뒷좌석에서 또 다른 비명이 터져 나왔다.

"재익이 오빠가 다쳤어요!"

주먹으로 차창을 깬 박재익의 팔뚝에서 검붉은 피가 샘처럼 솟고 있었다. 밑에서 위로 밀어 올려 여는 겹유리창인데 아래쪽 유리가 깨지자 충격으로 위쪽의 유리창이 떨어지면서 박재익의 팔뚝의 살을 거의 절단시켜 버린 것이었다. 놀란 노동자들은 박재익을 급히 병원으로 데려갔다.

박재익은 전형적인 도시 빈민의 자녀였다. 아버지는 학교 앞에서 사과 궤짝을 놓고 연탄불 위에 설탕을 녹여 만드는 뽑기 장사, 어머니는 가난한 산동네를 돌아다니며 머리카락을 사서 가발공장에 파는 일을 했다. 그는 전태일이 그랬던 것처럼 초등학교를 마치고 신문 장사, 우산 장사로 안 해본 일 없이 밑바닥을 떠돌다가 평화시장에 들어와 재단보조로 일하게 되었다.

공장에 다니면서 처음으로 해본 일이 많았다. 첫 월급을 타서 어머니에게 가져다주니 그렇게 좋아할 수가 없었다. 어머니는 이제 살겠다며 하염없이 웃었다. 성격이 좋아 친구들을 사귀면서 술을 알게 되었는데 삼겹살을 그때 처음 먹어보았다. 이전에는 시장에서 네모난 식용유 깡통에 돼지기름을 굳혀놓은 것을 비닐봉지에 조금씩 사다 김치찌개도 해먹고 부침도 해먹는 정도였지 제대로 된 돼지고기를 먹어본 적이 없었다. 그 흔한 순대조차 먹어보지 못해서 초등학교 다닐 때 사흘이나 아버지를 졸라 처음으로 순대를 배불리 먹고 심하게 체한 적도 있었다. 일을 하다가 오후 시간에 배가 고프면 없는 돈 털어가지고 간식을 사 먹기도 했다. 동화시장에는 떡이나 막걸리를 이고 다니며 파는 아줌마가 있었다. 주전자에 밀가루로 빚은 막걸리를 담고 다니며 한 잔씩 팔았다. 안주는 김치나 단무지였는데 한창 자랄 나이에 도시락 한 개 까먹고 일하느라 속이 허전하던 이들에게 막걸리 한 잔은 더 없는 즐거움이었다. 막걸리 한 잔 먹고 얼굴이 살짝 달아올라 일하면 기분이 그리 좋을 수 없었다.

작업조건은 형편없었다. 일 자체가 힘들기보다는 장시간 노동과 더러운 환경이 힘들었다. 주로 점퍼집에서 일을 하다 보니 무엇보다 먼지가 심했다. 환풍기 하나를 온종일 틀어봤자 시끄럽기만 하지 공기를 정화시키지는 못했다. 밥 위에 비듬처럼 쏟아지는 먼지 때문에 도시락 뚜껑을 다 열지 못하고 조금씩 열어가며 먹는 것은 기본이고, 머리는 물론 눈썹에까지 먼지가 수북이 쌓였다. 결국 몇 년이 지나지 않아 기침이 나기 시작하더니 좀처럼 낫지를 않았다. 담배를 많이 피워서 그런가 보다 하고 몇 달 간 끊어보아도 마찬가지였다. 감기약도 소용없고 따뜻한 물을 마시면 통증이 가라앉는 정도였다. 병원비도 아깝고 시간도 없어 버티다가 복지의원의 무료건강검진을 받아보니 결핵이라는 진단이 나왔다. 하지만 1년 동안 약을 먹어도 낫지를 않았다. 완치가 된 것은 나중에 1980년도 정화조치로 군수사기관에 연행되었을 때 미제 군용 약을 먹고서였다.

박재익이 노조를 알게 된 것은 박원섭을 통해 산울림회에 가입하면서였다. 더 이상 몰릴 곳이 없는 최악의 가난한 삶을 살았음에도 부드럽고 원만한 성격으로 대인관계가 좋은 그는 운영위원으로서 활발히 활동하고 있었다.

박재익이 병원으로 실려 가자 노동자들은 더욱 흥분했다. 벌떼같이 기동경찰에 달려들어 육박전을 벌였다. 악착같이 싸우던 신순애는 기절해 실려 갔다. 힘으로 당해낼 수가 없던 이소선 어머니는 여성 조합원을 마구 때리는 경찰의 다리를 붙잡고 물어뜯기도 했지만 역부족이었다. 경찰의 폭력에 밀린 노동자들은 뿔뿔이 흩어졌다.

얼마 후 다시 한강성심병원으로 모여든 노동자들은 부상자까지 발생한 마당에 이대로 물러설 수는 없다는 결론을 내리고 새로 작전을 짰다. 마침 노동청이 병원에서 300미터밖에 떨어지지 않은 한강변에 있었다. 즉석에서 노동청 점거 계획이 세워졌다. 200여 명의 노동자들이 우르르 노동청 정문으로 몰려 들어가니 처음에는 일반 방문객인 줄 알고 멀건이 보고 있던 경비들이 뒤늦게 막아섰다. 정문이 봉쇄되자 나머지 노동자들은 담을 넘어 뛰어 들어갔다. 청사 안으로 몰려간 노동자들은 현관문 앞에 앉아 연좌농성을 시작했다.

즉석에서 요구조건이 정해졌다. 노동청장은 이 사건에 책임을 지고 물러날 것, 노동청은 직권조정한 청계천 상가의 단체협약을 기업주가 지키도록 철저히 감독할 것을 요구했다. 또 출판사인 인선사의 유령노조를 없앨 것, 반도상사와 동일방직의 기숙사를 정상운영하고 해고자를 복직시킬 것 등도 요구했다. 농성 노동자들은 이소선 어머니와 박문담, 유동우 등 사업장별로 한 명씩 대표를 뽑았다.

대표들이 노정국장을 찾아가 요구조건을 제시하자 집단행동은 불법이니 빨리 철수하라는 말만 되풀이했다. 이소선 어머니가 청계노조 임금인상은 조합원들의 싸움으로 이뤄졌는데 노동청에서 자신들의 직권조정으로 타결이 되었다고 거짓 발표한 이유가 뭐냐고 따지자 그는 알아보겠다는 말만 앵무새처럼 되풀이할 뿐이었다. 열불이 난 이소선 어머니는 노정국장의 멱살을 틀어잡고 소리 질렀다.

"왜 노동자를 기만하는 거야! 동일방직에서 사람이 얻어맞아 죽어가게 생겼는데도 알아보겠다고만 하면, 죽어 나자빠지고 나서 뭘 하겠다는 거야?"

소리소리 지르자 몰려온 노동청 직원들이 대표들을 끌어내기 시작했다. 같은 시각 현관에서는 기동경찰이 들이닥쳐 농성자들을 연행하는 중이었다. 순순히 연행되는 노동자는 없었고, 경찰 역시 곱게 연행하지도 않았다. 경찰은 온몸으로 저항하는 노동자들을 몽둥이와 구둣발로 한 명씩 처절히 짓이겨 끌어갔다. 이 과정에서 만 15세밖에 안 된 청계 조합원 임경숙은 경찰의 군홧발에 아랫배가 채여 그 자리에서 기절해 성모병원으로 실려 갔다. 현관을 진압한 기동경찰은 곧장 노정국장실로 몰려와 직원들과 승강이하고 있던 노동자들도 닥치는 대로 두들겨 패서 질질 끌고 갔다.

연행된 농성자들은 이소선 어머니를 포함해 모두 42명이었다. 연행자들은 경찰차에 실려 영등포경찰서로 이송되었는데 달리는 버스 안에서 경찰들이 계속해서 등짝을 때리며 돌아다니는 것이었다. 있는 힘껏 내리치는 당수로 목덜미를 맞으면 머리가 띵하고 목이 부러지는 듯 아팠다. 일단 붙잡힌 처지라 모두들 그냥 맞고 있는데 갑자기 남자 조합원 이승진이 벌떡 일어나 대들었다.

"야! 죄 없는 사람들을 왜 때리는 거야?"

이승진은 비좁은 버스 안을 비집고 다니며 전경들을 걷어차기 시작했다. 이를 본 다른 노동자들도 자리에서 일어나 경찰과 치고받는 싸움을 벌였다. 비좁은 버스 안에서 졸지에 엉망진창 난투극이 벌어졌다. 노동자들의 기세에 밀린 전경들은 더 이상 때리지 못하고 경찰서 가서 두고 보자고 별렀다.

한바탕 시원하게 분풀이는 했으나, 아무래도 경찰서에 들어가면 이승진은 크게 당할 게 분명했다. 버스가 신호등에 선 사이 여성 조합원들이 차 뒤편에 있던 비상구를 열어 이승진을 도피시켰다. 동시에 여기저기서 소란을 피워대는 바람에 경찰은 미처 이승진이 달아나는 광경을 보지 못했다.

영등포경찰서 마당에 도착하자 현관까지 길게 두 줄로 늘어선 경찰들 사이를 지나야 했다. 연행된 여성 노동자들만큼이나 새파란 기동경찰들은 자기 앞을 지나가는 노동자들을 등이고 머리고 마구 때려댔다.

"이 빨갱이 같은 년들! 머리 숙여!"

"고개 드는 년은 죽여버려!"

기동대의 고함과 등짝 때리는 소리만이 요란할 때였다. 갑자기 이숙희가 고개를 들더니 기동대를 향해 침을 뱉었다. 기동대원들은 어이가 없기도 하고 흥분해서 죽이라고 소리치고 때렸으나 이숙희는 끝까지 고개를 숙이지 않고 당당하게 걸어 들어갔다.

"아까 그 새끼 어디 갔어? 우리 때린 새끼 어디 있어?"

경찰은 특히 버스 안에서 발길을 휘두른 이승진을 때리려고 별렀다. 그런데 당사자가 귀신처럼 사라져버리고 없었다.

경찰서 안에 끌려가서도 조합원들은 죄인처럼 고개를 처박도록 강요당했으나 번쩍 고개를 들고 대드는 소녀가 있었다. 차 밑으로 빨려들어갔다가 살아난 임미경이었다.

"우리가 뭘 잘못했다고 고개를 숙이라는 거예요?"

늘씬한 키에 커다란 눈의 미녀인 임미경은 인정이 많고 착해서 모두의 사랑을 받고 있었다. 화장은 하지 않았으나 몸에 딱 붙는 청카바를 입고 베레모를 쓴 멋쟁이 차림으로 등산대회에 나타나 갈채를 받곤 했는데 막상 싸울 때는 물불을 가리지 않았다.

"너 잘 걸렸다. 어디 맛 좀 봐라. 네가 주동자지?"

임미경의 항의를 받은 경찰은 몽둥이를 뽑아들고 그녀의 머리를 두드리기 시작했다.

"왜 때려? 나쁜 놈들아!"

임미경이 완강히 저항하자 몇몇 노동자들도 일어서서 항의했다. 빼곡히 둘러섰던 기동경찰들이 일제히 몽둥이를 휘둘러 여성 노동자들을 두들겨 패기 시작했다. 사람 때리는 훈련으로 단련된 데다가 몽둥이까지 든 기동경찰과 여성 노동자들은 상대가 될 수 없었다. 모두들 무참히 얻어맞아 온몸 곳곳이 멍투성이가 되어야 했다.

수사가 시작되었다. 이순자도 보통내기가 아니었다. 경찰이 아무리 때리고 구속한다고 겁을 주어도 기가 죽지 않고 도리어 형사들에게 투쟁의 정당성을 설파했다. 이순자가 한 단어도 막히거나 틀리지 않고 자신의 생각을 펼치자 형사들은 어이가 없어했다.

"야, 새마을 지도자 나오면 잘하겠다. 말 잘하니까."

형사 하나가 말하자 이순자는 곧장 대들었다.

"그런 거 시켜줘도 안 해요!"

형사는 욕을 하며 이순자의 뒷목을 내리쳤다. 순간, 이 장면을 목격한 임미경이 또다시 벌떡 일어났다.

"사람을 왜 때려요? 우리가 뭘 잘못했다는 거예요? 우리는 이런 식으로는 수사받을 수 없어요!"

다른 사람들도 함께 일어나 항의를 시작했다. 수사실은 시장통처럼 시끄러워졌다. 도저히 수사를 계속할 수 없는 상황이었다. 경찰은 질려버렸는지 머리를 내둘렀다.

연행자들은 다음날까지 잡혀 있다가 이숙희 등 청계 조합원 다섯 명과 이소선 어머니만 남고 풀려났다. 남은 이들은 계속 조사를 거부했다. 그 중에서도 이숙희가 가장 맹렬했다. 평소에도 조합에 형사들이 찾아오면 다른 간부들은 인사하는 시늉이라도 하고 엽차라도 갖다 주는데 이숙희는 대놓고 형사는 나가라며 싸우는 기질이었다.

풀려난 노동자들과 전날 연행되지 않은 노동자들은 다시 노동청에 몰려가 남은 여섯 명의 석방을 요구하며 시위를 시작했다. 유동우가 주동이 된 이들 노동자들이 노동청 앞에 있는 영등포로터리 분수대에 올라가 연행자를 석방하라고 구호를 외치기 시작했다. 지나는 차들마다 구경하느라 머리를 내밀었다. 경찰은 차량통행을 차단시키고 연행을 시도했으나 노동자들은 미리 준비한 석유를 몸에 끼얹고는 라이터를 꺼내 들고 경찰이 접근하면 불을 붙이겠다며 버텼다. 대치는 몇 시간이나 계속되었다. 이 바람에 서울역, 청량리역과 함께 서울의 교통요지인 영등포로터리가 마비되는 초유의 사건이 벌어졌다. 경찰은 결국 노동자들의 요구를 들어주지 않을 수 없었다. 농성자들은 남은 여섯 명이 석방되고서야 자진 해산했다.

한편, 응급실에 실려 간 박재익은 경찰의 압력으로 여덟 시간이나 방치되어 있다가 조합원들이 몰려가 농성에 들어가자 겨우 수술을 받을 수 있었다. 서른여덟 바늘을 꿰매고도 부분적으로 신경이 연결이 안 되어 손의 일부는 감각을 잃어야 했다. 신경세포가 죽은 부분은 담뱃불로 지져 살이 타는 냄새가 나도 아무런 아픔을 느끼지 못했다. 평화모임 회장이기도 했던 박재익은 이 사건 이후 조사통계부장으로 1980년까지 헌신적으로 활동한다.

또 다른 사건도 터졌다. 1977년 2월, 민청학련사건으로 오랫동안 수배 중이던 장기표가 긴급조치9호 위반이라며 구속된 것이다. 청계피복노조와 관련을 맺은 것도 구속 사유에 포함되었다. 그는 노조 간부를 맡은 적은 없지만 자타가 공인하는 청계 식구였다. 조합원들은 교대로 면회를 갔고 재판이 시작되자 법원에 몰려가 응원했다.

첫 재판에는 청계 노동자들과 대학생, 민주인사들 외에 경찰 정보원까지 법정을 가득 메웠다. 긴급조치와 반공법 위반으로 기소된 장기표는 사형을 언도받을 처지임에도 불구하고 논리정연하고도 당당하게 자신의 생각을 밝혀 방청객들을 감탄시켰다. 검사가 청계 노동자들을 만난 목적이 임금투쟁을 종용하기 위함이 아니었느냐고 묻자 그는 당당히 대답했다.

"내가 근로자들을 만난 것은 사실이지만 임금인상투쟁을 종용하기 위해서는 아닙니다. 임금인상을 종용한다고 해서 그대로 따라한다고 생각하는 자체가 근로자들의 현실을 무시하는 것입니다. 근로자들 자신이 어느 누구보다도 임금인상의 필요성을 절실히 깨닫고 있는 것이지, 누가 시킨다고 될 문제는 아닙니다. 사실, 근로자들을 만나면서 내가 그들에게 배우는 것이 훨씬 더 많습니다. 이 땅에서 가장 열심히 땀 흘려 일하는 근로자들이야말로 우리 사회에서 가장 중요한 존재이며 역사발전의 주체라는 것을 배우게 됩니다. 그럼에도 불구하고 이 정권은 근로자의 문제를 외면한 채 그들의 정당한 요구를 짓밟는 데만 급급합니다."

"아, 피고, 됐어. 묻는 말에 예, 아니오로만 대답해."

검사가 고압적으로 말을 제지하자 방청석에서 야유가 터져 나왔다.

"방청석! 조용히 하세요!"

판사의 말에 법원 정리廷吏가 돌아다니며 방청객의 소란을 가라앉히려 애썼다. 이소선 어머니는 장기표를 위해 찬물을 떠다 주려다가 제지하는 교도관들과 싸움을 벌이기까지 했다. 생전 이런 일을 당해보지 못했던 판사와 검사는 당황하고만 있었다. 검사가 재차 같은 질문을 했다.

"피고! 피고는 근로자들과 만나서 임금인상투쟁에 대해 논의한 일이 있지?"

"임금인상에 대해서 논의했느냐 아니냐가 중요한 것이 아니라, 지금 우리나라 근로자들의 현실이 어떤가가 중요합니다. 우리나라 근로자들은 세계에서 최장시간 노동에다 최저생계비에도 훨씬 미달하는 저임금에 시달리고 있습니다. 통계수치로 따져보자면……."

장기표는 원고도 없이 정확한 통계수치를 들이대기 시작했다. 진술이 길어지자 검사가 가로막았다.

"아, 피고! 묻는 말에만 대답할 것이지 무슨 말이 그렇게 장황해?"

이에 조합원들이 소리를 질렀다.

"계속 말하게 해! 제지하지 마라!"

이소선 어머니도 큰소리로 외쳤다.

"심문도 지랄같이 하네. 매년 올려준다는 임금인상은 해주지 않고 무슨 죄가 있다고 사람을 잡아다가 재판을 해?"

재판은 일시 중단되고 말았다. 판사는 이소선 어머니를 지목하여 나가라고 했다. 법원 정리가 어머니를 잡아 끌어내려 하자 조합원들이 에워싸고 방어했다. 한참 만에 소란이 가라앉고 재판이 다시 시작되었다.

장기표는 왜 반정부운동을 했느냐는 질문에 더욱 당당히 대답하기 시작했다. 그는 박정희의 유신정권은 민주적인 절차를 깡그리 무시한 1인 장기 독재정권이라고 맹공을 퍼붓고 박정희 정권이 어떻게 남북대화를 정권 연장을 위해 이용하고 있는가에 대해 설명했다. 국민들의 통일 열기를 이용해 남북대화를 진행하는 척하다가 남북통일에 능동적으로 대처하려면 강력한 정권이 필요하다는 논리를 내세워 유신을 했다는 것, 남북대화가 중단된 책임은 박정희 정권에 있으며 분단이야말로 이 땅의 모든 비극의 원천이라고 말했다.

한마디 한마디가 살아 있는 시사 교육이었다. 옥에 갇힌 사람을 위로하기 위해 방청을 간 조합원들이 도리어 그의 당당한 태도와 사회분석에 감동을 받았다. 판검사들에게는 누가 피고이고 누가 재판을 하는 사람인지 알 수 없게 되어버린 시간이었다.

성북지원에서 속개된 2차 재판에서도 장기표는 박정희 정권이 통일에 대한 의지가 없이 안보 문제를 정권 유지에 악용하고 있다고 신랄하게 비판했다. 논쟁이 벌어지자 검사는 상투적인 안보논리를 폈다.

"피고, 피고가 배후에서 조종해 근로자들이 임금인상을 요구함으로써 사회불안이 현저하게 야기되고, 이 틈을 이용해 북괴가 내려온다면 어떻게 하겠는가?"

흥분한 이소선 어머니가 또다시 벌떡 일어나 있는 대로 목청껏 고함을 질렀다.

"아, 배고파서 임금인상 해달라고 하는데 이북하고 무슨 상관이야?"

법정은 일대 소란에 빠졌다. 판사가 끌어내라고 명령했으나 청계 조합원들이 이소선 어머니를 에워싸서 끌고 나가지 못하게 되면서 법정은 더욱 엉망이 되어버렸다. 세 번째 공판에서도 재판장과 언쟁을 벌이다가 퇴정 명령을 받자 나가기를 거부하고 '나를 긴급조치 위반으로 잡아넣으면 될 것 아니냐'며 방청석을 붙잡고 버텨 재판이 중단되는 사태까지 벌어졌다.

민종진장례식사건이 정리된 직후인 7월 15일에 열린 재판에서도 장기표가 감탄스러울 정도의 논리정연한 답변을 하자 검사가 이를 제지했고, 장기표는 항의의 표시로 답변을 거부했다. 이에 판사가 답변을 종용하자 이소선 어머니가 다시 일어났다.

"질문을 지랄같이 하니까 대답을 안 하지!"

판사의 퇴정 명령이 떨어지자 이소선 어머니는 정리에게 이끌려 나가면서 쏘아붙였다.

"검사나 판사나 다 똑같은 놈들이야. 재판장 저 새끼부터 뒈져야 우리가 잘살 수 있어."

평소 이소선 어머니의 생각을 드러낸 말이기는 했으나 일련의 재판정 소란은 우발적으로 일어난 일이었다. 그런데 네 번째 재판 이후 상황이 이상하게 돌아가기 시작했다. 이전에도 창동집은 늘 감시의 대상이어서 담장 바로 옆에 방범초소를 세우기까지 했으나 이번에는 낯선 사내들이 노골적으로 주위를 배회하더니 며칠 지나지 않은 7월 19일 밤 9시에 다섯 명의 사복 형사들이 들이닥쳤다. 경찰이 창동집 마당까지 들어온 적은 처음이었다. 노조를 담당해온 중부경찰서가 아닌 태릉경찰서 소속이라 처음 보는 형사들이었다.

"누군데 밤중에 남의 집에 허락도 없이 들어오는 거요?"

"아, 이 여사님이시죠? 태릉경찰서에서 나왔습니다. 서에 잠깐 가서 조사할 것이 있어서 왔습니다."

"가자는 이유가 뭐요? 이유를 모르고는 갈 수가 없어요!"

"지난 7월 15일 성북지원 법정에서 검사와 판사에게 욕을 한 것 때문에 조사할 것이 있어서 그러니 잠깐만 가시죠."

한밤중에 여러 명이 몰려온 것으로 보아 잠깐 가서 될 일이 아님이 분명했다.

"조사할 것이 있으면 여기서 조사를 하든지 아니면 낮에 올 것이지 밤중에 와서 뭐 하자는 거야? 아무튼 나는 못 가!"

이소선 어머니가 완강히 버티는 동안 큰딸 전순옥이 재빨리 노조와 노동교실에 전화를 했다. 평소 이런 일을 당해보지 못한 태릉경찰서 형사들이 상부의 지시를 기다리며 시간을 보내는 사이, 가난한 동네 입구에 잇달아 택시가 들이닥쳤다. 노동교실에서 공부하던 조합원들이었다. 50명이나 되었다.

"우리 어머니를 왜 끌고 가려고 하는 거야?"

"끌고 갔다가는 난리날 줄 알아!"

조합원들이 가로막고 나서자 물리적으로 불리하다고 판단한 형사들은 일단 집 앞에서는 철수했으나 멀찌감치 떨어져 감시를 계속했다. 대치가 시작되었다. 밤늦은 시간이었다. 저녁도 못 먹고 노동교실에서 공부하던 노동자들은 배가 고팠다. 전순옥은 늘 그랬듯이 갑자기 몰려온 그 많은 노동자들을 위해 능숙한 솜씨로 밥을 차려주었다. 밥상도 따로 없이, 보리밥에 된장국, 짠지 하나를 모두들 꿀처럼 맛있게 먹었다. 무더운 여름밤이었다. 배불리 먹은 조합원들은 그 비좁은 집에 이리저리 끼어서 모기를 쫓아가며 새우잠을 청했고 일부는 경찰의 기습에 대비해 뜬눈으로 경비를 섰다.

다음날 오전 11시, 경찰은 아직도 진을 치고 있었다. 조합원들은 회사도 못 간 채 이소선 어머니를 에워싸고 집을 나섰다. 경찰은 강제로 연행하지는 않고 뒤에서 졸졸 따라오기만 했다. 목적지는 노동교실이었다. 집에 있으면 조합원들이 지키는 데 한계가 있기 때문이었다. 노동교실에 가 있어야 아침에 일을 나간 조합원들도 저녁이면 합류해 지킬 수 있을 것이었다.

이소선 어머니가 집에서 연행되려다가 노동교실에 와 있다는 소식이 퍼지자 점심시간에 조합원들이 몰려들었다. 경찰은 노동교실을 봉쇄하고 노동자들의 접근을 막으려 들었다. 치열한 몸싸움이 벌어졌다.

"우리 교실에 왜 못 들어가게 하냐?"

"어머니 연행을 중단하라!"

노동교실 3층에서 내려다보던 조합원들이 경찰을 향해 물과 석유를 뿌리고 유리병과 몽둥이를 날렸다. 입구를 지키려던 경찰은 이리저리 도망쳐버렸다. 저지선이 무너지고 조합원들이 떼 지어 몰려 들어왔다.

다음날, 경찰이 거짓말처럼 퇴각해버렸다. 또 다음날도 마찬가지였다. 농성은 계속되었지만 다소 맥이 빠지는 일이었다. 어쩌자는 건지 알 수가 없었다. 마침 부지부장 이승철과 이소선 어머니는 아프리를 통해 미국 피복노동조합의 초청장을 받아놓고 출국수속을 밟는 중이었다. 출국 서류 준비를 위해 이소선 어머니를 집에 보내기로 했다. 경찰이 포위하고 있는 것도 아닌데 조합원들이 직장도 못 가고 농성을 계속할 수도 없었다.

7월 22일 청년 조합원 몇이 호위하는 가운데 이소선 어머니는 창동집에 돌아갔다. 숨통 막히는 한여름이었다. 제일 급한 것이 목욕이었다. 며칠째 무더위 속에 제대로 씻지도 못해 온몸이 엉망이었기 때문이다. 이소선 어머니는 자기 집 바로 아래에 있는 이승철의 집으로 목욕을 하러 갔다. 전태일이 죽은 이래 이소선 어머니의 집에서 아들처럼 함께 살아온 이승철은 얼마 전 청계노조 경리 출신인 김수정과 결혼해 바로 아래 집을 얻어 살고 있었다. 수십 명의 경찰이 이소선 어머니의 집 일대를 덮친 것은 그녀가 김수정의 도움으로 막 목욕을 끝내고 겨우 속옷을 걸쳤을 때였다.

"문 열어요! 여간첩을 잡으러 왔어요!"

이집 저집 문을 두드리며 떠들던 경찰은 그녀를 보자마자 우르르 달려들어 속옷 차림 그대로 연행해버렸다. 조합원들이 미처 가로막을 겨를도 없었다.

이소선 어머니는 연행 당일 성동구치소에 수감되었다. 일찌감치 구속이 결정된 데다가 경찰서에 놔둘 경우 조합원들이 경찰서를 뒤집어놓을 게 뻔하니까 경비가 삼엄한 구치소에 넣어버린 것이었다.

이소선 어머니의 구속은 조합원들에게 엄청난 심리적 충격을 주었다. 어머니는 청계노조의 절반을 차지한다고 해도 과언이 아니었다. 통계상 조합원은 6,000명에 이르지만 실제로 싸움에 나서는 적극적인 조합원은 수백 명에 머물던 게 현실이었다. 양승조석방투쟁 때 최대 동원인원이 400명이 되지 않았고 그나마도 한 번 싸움에 참가했다가 경찰 폭력에 놀라서 다시는 나오지 않는 조합원이 많았다.

이소선 어머니는 그 수백 명의 적극적인 조합원의 힘을 다 합친 것만큼의 위력을 가지고 있었다. 경찰과 마찰이 날 때마다 맨 앞에서 가로막고 몸싸움을 벌이며 듣기 민망할 정도의 욕설을 퍼부어 조합원들을 연행하지 못하도록 보호했다. 어머니가 나부터 잡아가라고 소리치며 버티면 경찰은 난감해하며 물러난 적이 수도 없이 많았다. 어머니를 잡아갈 경우 조합원들이 광적으로 저항하리라 두려워한 탓이었다. 그러나 조합원들이 보지 않는 곳에서는 그 작고 힘없는 몸을 무참히 짓밟았다. 몸싸움이 벌어지면 고의적으로 어머니를 노려 집중구타했고, 조합원이 보지 않는 복도나 경찰서에서는 구둣발과 주먹으로 인정사정없이 두들겨 팬 것이 한두 번이 아니었다. 어머니는 그때마다 온몸이 시퍼렇게 멍들고 피를 흘리면서도 조합원들의 사기를 죽이지 않으려고 끝까지 고함치며 저항했고 조합원들에게는 괜찮다는 말로 자신의 아픔을 숨겼다. 조합 간부들은 그때마다 구두 발자국도 선명한 새까맣게 멍든 몸을 주물러주며 눈물을 흘리곤 했다.

경찰이 장기표 재판에서의 소란을 이유로 이소선 어머니를 구속한 것은 누가 보아도 핑계에 불과했다. 조합 활동으로 인한 구속 사유를 찾으면 수십 가지는 될 것이었다. 그런데 조합 활동을 이유로 구속시키면 현장 노동자들에게 전태일에 이은 순교자를 만들어주는 셈이었다. 반면, 빨갱이 사건으로 선전된 민청학련 주모자의 재판을 구경 갔다가 난동을 피워 구속되었다고 하면 조합원들이 남의 일로 생각하고 거리를 두리라 판단한 것이었다. 양승조 재판 때 훨씬 많은 조합원들이 어머니의 지휘에 따라 재판정을 뒤집고 의자까지 내던지는 소란을 일으켰어도 구속하지 않았던 점, 그리고 어머니의 구속과 동시에 장기표 재판과는 아무 상관도 없는 노동교실을 폐쇄한 것만 보아도 경찰과 중앙정보부의 의도는 확실했다.

석방투쟁이 시작되었다. 처음부터 구치소에 들어가버렸기 때문에 가족 이외에는 면회가 불허되었다. 집단으로 면회를 갔다가 거절당한 조합원들은 성동구치소 담장 밖에 모여들었다. 여자 사동이 담 쪽에 있어 밖에서 소리를 지르면 감옥 안에서 들을 수 있었다. 조합원들은 하나, 둘, 셋, 숨을 고른 후 힘껏 외쳤다.

"하나 둘 셋, 이소선 어머니 내놔라!"

"하나 둘 셋, 어머니 건강하세요!"

감옥 안의 이소선 어머니는 가녀린 소녀들의 합창 소리를 들으면 뼛속, 살 속까지 쓰리고 아팠다. 철없는 열다섯 살, 열여섯 살짜리 시다들이 감옥의 담장 밑에 모여 어머니를 부르짖게 만드는 세상이 너무나 답답하고 야속했다. 여러 목소리 중에도 임미경의 음성이 유별나게 잘 들렸다.

"미경아! 청계!"

어머니도 마주 고함을 지르다 못해 눈물이 쏟아져 목이 메어버렸다. 구치소 측은 담장 안팎에서 매일 소란이 벌어지니까 나중에는 조합원들과 특별면회를 시켜주기도 했다. 회사까지 결근하고 면회를 온 여성 조합원들은 너무 기뻐 발을 구르며 울었다. 조합원들은 교대로 조퇴를 해가며 이소선 어머니를 면회하러 다녔다.

한번은 여성 조합원들이 구치소 안으로 몰려 들어오는 사건도 있었다. 이소선 어머니가 조합원들과 특별면회를 하는데 뒤쪽에 서 있던 여성 조합원들이 구치소 안으로 우르르 몰려 들어가버린 것이었다. 열여섯 명이나 되었다.

"나도 엄마하고 같이 감옥살이할 거야!"

"우리 어머니 방이 어디야? 나도 같이 살 거야!"

난데없이 나타난 어린 소녀들이 감방 안을 휘젓고 다니며 소리를 지르자 간수들은 초비상이 걸렸다. 이리저리 도망치는 소녀들을 잡느라 난리가 났다. 간수들은 이들을 잡아 끌어내는 한편, 이소선 어머니는 독방에 가두어버렸다.

이소선 어머니의 구속이 더 이상 청계노조를 내버려두어서는 안 되겠다는 정권의 방침이라는 우려가 현실로 드러난 것은 노동교실의 폐쇄였다. 이소선 어머니가 구속된 후 경찰이 갑자기 노동교실의 문을 걸어 잠그고 기동경찰 병력이 입구를 막아버린 것이다. 명분으로는 장기표 재판을 내세웠으나 이소선 어머니의 구속이 청계노조에 대한 탄압의 일환임이 명백해졌다. 계약기간이 끝나지도 않았는데 유림빌딩 건물주로부터 임대계약을 해지하자는 요청이 왔다. 노동교실이 경찰병력에 의해 봉쇄되자 조합원들은 평화시장 옥상 노조 사무실 앞에 모여 정기 오락회를 열었는데 경찰은 이것도 불법집회라고 해산 경고문을 보내왔다. 조합의 모든 활동을 막으려함이 분명해졌다.

조합원들은 매일 점심시간에 노동교실 앞에 몰려가 교실 문을 열라며 항의집회를 했으나 아무 소용 없었다. 재야인사들까지 노동교실을 되찾아 주려고 잇달아 방문했다. 이해학 전도사, 공덕귀 여사, 빈민운동가 이철용 등이 교실 입구에서 경찰에 항의를 하다가 구타당하는 사건까지 벌어졌다. 검찰은 9월 3일 재판에서 이소선 어머니에게 징역 3년을 구형했다. 판검사에게 욕 몇 마디 한 대가로는 지나친 것이었다. 이소선 어머니를 석방시키고 노동교실을 되찾아야 한다는 생각은 모든 조합원의 염원이 되었다. 노동조합과 노동교실에서 겪은 기쁨을 결코 잊을 수 없었기 때문이었다. 난생 처음 인간다운 대접을 받아보고, 배우지 못한 한을 풀고, 진정한 친구들을 만나 우정을 쌓은 추억을 빼앗길 수가 없었기 때문이다. 기동경찰에 입구를 봉쇄당한 채 밤낮으로 시커먼 어둠에 잠긴 노동교실을 올려다보는 노동자들의 마음은 형용할 수 없는 상실감과 허탈에 빠져들었다. 또다시 노동교실을 찾기 위한 극한적인 싸움이 시작되었다.

10 9·9결사투쟁

이소선 어머니를 석방시키고 노동교실을 되찾기 위해서는 사회에 충격을 줄 만한 결사적인 싸움을 해야 한다 생각하고 농성을 추진한 것은 부지부장 신순애와 총무부장 민종덕, 그리고 전태일의 동생 전순옥과 전태삼 등이었다.

전순옥은 현직 조합원은 아니었으나 청계 식구의 한 사람이자 가족으로서 어머니의 석방운동에 가담하기로 했다. 동광산업, 남양물산 등에 취직해 일하면서 노조를 결성하다 해고되는 등 노동운동을 하고 있던 그녀는 어머니가 옷도 입지 못한 채 잡혀가는 광경을 목격하고 자신을 희생해서라도 어머니를 감옥에서 꺼내 와야 한다고 결심했다.

민종덕은 친형 민종진의 죽음과 더불어 정신적 지주였던 장기표와 이소선 어머니의 잇단 구속으로 큰 충격과 상실감에 빠져 있었다. 이대로 밀릴 수만은 없다고 생각했다. 방법은 하나, 죽음으로써 항거해야 한다고 결심했다. 막상 죽음을 생각하니 온갖 번뇌가 밀려왔다. 과연 지금이 목숨까지 바칠 정도로 위급한 시기인가, 다른 방법은 없을까, 형이 죽은 지 얼마 지나지도 않았는데 자기까지 죽는다면 부모님은 얼마나 절망하실까, 온갖 잡념이 밀려왔다. 이제 막 삶의 기쁨과 슬픔을 알 만한 나이인 25세의 청년에게 다가온 죽음은 낯설고도 두려웠다. 노동교실에서 투신해서 죽자는 구체적인 결정을 내리기까지 그는 입술이 다 마르고 갈라지도록 죽음의 두려움과 싸웠다. 여름이라 밥맛도 없는 데다 고민으로 계속 굶다시피 하니 가뜩이나 핼쑥하던 그의 얼굴은 새까맣게 쪼그라들었고 눈은 쑥 들어가 마치 해골바가지처럼 되었다. 그래도 일단 죽겠다고 결심하고 나니 한결 마음이 가라앉았다. 농성을 준비하는 과정에서 결심은 더욱 확고해졌다. 스스로 쓴 「결사선언」은 그의 결심을 표현한 결의문이었다. 조영래에게 이를 보여주니 뭔가 심상치 않음을 느꼈는지 몇 번이고 몸조심하라고 말했을 정도였다.

신순애는 노동교실을 되찾기 위해서 싸워야 한다고 생각했다. 이는 그녀뿐 아니라 대다수 조합원들의 염원이었다. 노동교실에 대한 조합원들의 애정은 바깥 사람들은 이해하기 어려울 정도로 깊었다. 경찰에 폐쇄된 후에도 노동교실 앞 골목에는 어린 여성 노동자들이 아무 일 없이 찾아와 안타깝게 교실을 올려다보곤 했다. 혼자 찾아와 교실에 올라가려다 경찰과 싸우고는 울며 돌아가는 앳된 소녀들도 있었다. 인간답게 대접받고 인간답게 대화를 나눠온 유일한 공간인 노동교실의 폐쇄는 모든 조합원들에게 크나큰 상처였다. 신순애는 이들의 마음을 대변해 투쟁에 앞장선 것이었다.

논의 과정에는 조영래도 도움을 주었다. 조영래는 천재적인 두뇌를 가진 당대의 젊은 지식인이었으나 그보다도 더 마음이 따뜻한 사람이었다. 그는 이대로 넘어가지 말고 투쟁할 것을 주장하는 한편으로, 전순옥을 따로 만나 다이아몬드 반지와 목걸이 등 열 개가 넘는 자신과 아내의 결혼패물을 건네 왔다. 팔아서 이소선 어머니에게 영치금으로 넣어드리라는 것이었다. 전순옥이 받을 수 없다고 하자 야단까지 치면서 강제로 주는 바람에 할 수 없이 집에 가지고 왔지만, 차마 팔 수가 없어서 장롱 속에 깊이 넣어두었다.

신순애, 민종덕, 전순옥, 전태삼으로 이뤄진 준비팀은 김주훈이라는 이름으로 불리던 조직부장 김주삼, 운영위원 신광용, 이미경 등 중견 조합원들과 더불어 결사항쟁을 준비해나갔다. 이들이 작성한 「결사선언」은 독재정권이 제2의 전태일을 요구한다는 것을 밝히고, 이소선 어머니와 노동교실을 되찾기 위해 죽음을 각오하고 싸우겠다고 결의하고 있었다. 신광용은 경찰의 기습을 막기 위해 중앙시장에서 산 플라스틱 통 두 개에 석유를 채워 날랐다. 날짜는 9월 9일로 정해졌다. 유림빌딩 건물주가 9월 10일까지 교실을 비우지 않으면 책걸상을 들어내겠다고 내용증명을 보내 왔기 때문이었다.

준비팀은 이승철 지부장 때 그랬던 것처럼, 농성 계획을 양승조 지부장에게는 알리지 않았다. 노조 지부장이 직접 농성을 주도하게 되면 노조 자체가 파괴될 수 있다고 판단한 한편으로, 양승조가 어머니 구속에 대해 별다른 대책을 내놓지도, 대책회의를 열지도 않은 채 기도회나 어머니 면회 같은 소극적인 활동만 한다고 불만을 가진 탓이었다.

다만 굳게 잠긴 채 경찰의 감시에 놓인 노동교실 열쇠를 가지고 있는 교선부장 이숙희에게는 사전에 협조를 구해야 했다. 거사 전날 저녁, 민종덕과 전태삼은 이숙희와 부녀부장 이순자를 중국식당 2층에서 만나 농성 계획을 알려주고 노동교실 문을 미리 열어둘 것을 요청했다.

갑작스레 싸움 계획을 통보받은 이숙희와 이순자는 현재 상황에서 극단적인 싸움을 벌이는 일이 옳은가에 대해서는 회의적이었다. 미리 상의를 하지 않고 일 다 추진해놓고는 하루 전에 일방적으로 통고하는 것에도 화가 났다. 그러나 이미 준비된 싸움을 말릴 수는 없었다. 두 사람은 일단 노동교실 문을 열어놓기만 하고 자기들은 관여하지 않겠노라 대답했다. 이날 저녁, 시장 일대에 「결사선언」이라는 제목의 격문이 뿌려졌다.

다음날인 1977년 9월 9일 점심시간 무렵, 이숙희와 이순자는 양승조 지부장과 다른 간부들에게는 비밀로 한 채, 부지부장 이승철에게 농성에 들어간다는 사실을 알렸다. 그리고 노조 사무실을 나와 노동교실로 향했다. 민종덕에게는 화가 나서 교실 문만 열어놓고 빠지겠다고 말했으나 이미 둘 다 농성에 동참하기 위해 간편한 차림에 운동화까지 신고 있었다. 선동가인 자기들이 빠지면 싸움이 제대로 이뤄지지 않음을 잘 알고 있었기 때문이었다.

노동교실 입구 1층에는 두 명의 경찰이 졸고 있었다. 이순자는 사람들이 얼마나 모이나 동정을 살피러 가고, 이숙희 혼자 살그머니 경찰을 피해 노동교실 문을 따고 들어갔다. 그녀는 농성을 시작하면 단전·단수가 된다는 경험을 상기하고 마실 물과 변기용 물을 위해 목욕탕 욕조에 물을 받아놓으며 사람들이 오기를 기다렸다.

조합원들이 모이기 시작한 것은 1시 20분이 넘어서였다. 평화시장 입구 인간시장에 긴장된 얼굴들이 모여들기 시작했다. 전태일이 쓰러진 바로 그 자리였다. 40명이 넘었다. 마침내 1시 30분, 이들은 일제히 노동교실로 몰려갔다. 김주삼이 몽둥이를 들고 앞장서고 신광용 등은 두 개의 기름통을 들고 뒤따랐다. 입구를 지키고 있던 중부경찰서 강원평 경위와 최원이 순경 등 네 명의 경찰이 황급히 좁은 계단을 막아섰다.

"우리 교실에 좀 들어가겠습니다."

민종덕이 말하고 밀고 들어가려 하자 순경이 그의 멱살을 잡고 뒤에서 목을 졸랐다. 순간, 김주삼이 들고 간 쇠파이프로 순경의 다리를 내리쳤다. 신순애가 경찰의 멱살을 잡아 벽에 밀어붙이는 사이 임미경은 순경의 경찰봉을 뽑아 마구 손등을 때려버렸다. 전경들이 어느 쪽에 곤봉을 차고 있으며 어떻게 빼야 하는지 사전모의까지 해둔 터였다. 전경이 차고 있는 곤봉은 위에서 잡아 빼야 했다. 붙잡기 좋다고 밑에서 잡아 빼면 빠지지 않았다.

비좁은 계단에서 난투극이 벌어졌다. 김주삼이 쇠파이프를 휘두르는 사이, 신광용과 다른 조합원이 준비해 간 석유를 반 통씩 순경들에게 뿌렸다. 신광용은 자신의 몸에도 석유를 뒤집어쓴 다음 라이터를 꺼내 들고 외쳤다.

"빨리 꺼져 이 새끼들아! 아님 당장 불붙일 거야!"

놀란 경찰관들은 석유를 뒤집어쓴 채 허둥지둥 달아나버렸다.

"올라가자! 와—!"

모두들 함성을 지르며 밀려 올라가기 시작했다. 신광용은 남은 석유 한 통을 들고 신나게 달려 올라갔다. 제일 먼저 노동교실에 뛰어든 것은 임미경이었다. 그녀는 빈 교실을 지키고 있던 이숙희를 보고 반갑게 외쳤다.

"숙희 언니!"

눈이 빠지게 사람들을 기다리고 있던 이숙희는 나이 어린 임미경을 보자 차마 빠져나올 수가 없었다. 조합원들이 싸우는데 책임 있는 간부가 모른 척하고 내려간다는 것은 그녀의 원칙이 아니었다. 애초에 이럴 줄 알고 간편한 옷차림을 하고 있기도 했다. 이숙희는 자연스럽게 농성에 합류하게 되었다. 먼저 진입에 성공한 40여 명은 경찰의 습격을 막기 위해 급히 셔터를 내리고 책상과 의자로 창문들을 틀어막았다.

밑에서는 벌써 출동한 기동대가 노동교실 입구를 봉쇄하고 있었다. 박태숙 등 조금 늦게 도착해 미처 들어오지 못한 노동자들은 입구에서 경찰에 가로막혀 발을 동동 굴렀다. 그때 누군가 창문으로 들어가면 된다고 알려왔다. 건물 뒤편에 한 사람이 겨우 들어갈 만한 창문이 열려 있었다. 열일곱 살 박태숙이 치마를 입은 불편한 몸으로 창문을 힘겹게 타고 넘어 건물 안으로 들어가고 뒤따라 몇 명이 진입하는 데 성공했으나 곧바로 경찰에게 봉쇄당했다.

덕수중학교 입구 삼거리로 나가 상황을 살펴보던 이순자가 도착한 것은 그즈음이었다. 사람들을 모아 노동교실에 들어갈 생각으로 기다리다가 조금 늦게 와보니 자기처럼 늦게 도착한 몇 명이 발을 구르고 있었다. 노동교실 바로 옆에는 3층 건물이 붙어 있어 옥상으로 올라가면 노동교실 4층 창문으로 건너갈 수가 있었다. 이순자는 사람들을 이끌고 이웃 건물 계단을 달려 올라갔다.

옥상에 올라가니 노동교실 4층 창문으로 조합원들이 보였다. 뛰어서 건너갈 테니 창문을 열어달라고 소리쳤다. 건물 옥상에서 이웃 건물 창문으로 뛰어넘는 일은 위험천만이었다. 자칫하면 건물 사이 바닥으로 떨어져 크게 다칠 수도 있었다. 유리창이 깨지고, 옥상의 노동자들은 교실에서 내민 손을 잡고 차례로 건물을 건너뛰었다. 한 명 한 명 아슬아슬하게 창문으로 건너뛰기를 14명째, 경찰이 옥상까지 올라와 연행하면서 더 이상 건너갈 수 없었다.

집결한 노동자의 숫자는 53명이었다. 무기한 단식농성을 하기 위해서는 물이 필요했다. 4층 목욕탕에는 이숙희가 이미 물을 받아놓았고 3층에도 물을 받아놓아야 한다는 이야기가 나왔다. 이순자는 정석호, 박태숙 등을 이끌고 3층으로 내려갔다.

이순자 일행이 3층 화장실에서 통마다 물을 받는 사이 경찰은 벌써 진입을 시도하고 있었다. 급히 바리케이드를 치기로 했다. 2층에는 복지의원이 있었는데 몇 번 도둑이 든 후 이를 막으려고 입구 계단에 셔터를 만들어 놓았다. 이들은 셔터를 내려 안으로 잠가버리고 3층의 의자가 붙어 있는 일인용 책상을 접어 바리케이드를 쌓기 시작했다.

4층에 있던 민종덕이 후다닥 뛰어내려온 것은 바로 그때였다. 그는 곧바로 창틀 위로 올라서더니 아래 경찰을 향해 소리치기 시작했다.

"물러가라! 물러가지 않으면 내가 뛰어내려 죽겠다!"

이순자가 놀라 달려갔다. 다른 사람들은 의자를 아래층으로 날라 바리케이드를 쌓느라 보지도 못하고 있었다.

"안 돼!"

이순자는 와락 민종덕의 다리를 잡고 다른 조합원들에게 외쳤다.

"얘들아! 빨리 와! 붙잡아!"

이때 시위진압 장비로 무장한 기동대가 들이닥치자 민종덕은 두 눈을 질끈 감고 훌쩍 창문 밖으로 뛰었다. 이순자는 힘에 부쳐 잡은 다리를 놓치고 말았다. 달려온 조합원들이 비명을 질렀으나 이미 늦었다. 3층 아래 떨어진 민종덕은 시멘트 바닥 위에 사지를 뻗은 채 꼼짝도 하지 않았다.

이순자는 민종덕의 투신 소식을 4층에 알리기 위해 계단으로 뛰어갔다. 그러나 4층의 조합원들이 재단판으로 바리케이드를 쳐놓아 올라갈 수가 없었다. 이미 경찰은 사방에서 밀고 들어오고 있었다. 계단 벽에는 옆집 옥상과 통하는 문이 따로 달려 있어 경찰을 막으려고 못을 박아놓았는데 경찰이 밖에서 문을 부수기 시작했다. 1분도 채 되지 않아 '우지끈' 소리와 함께 나무문은 박살나고, 우르르 전투경찰이 몰려 들어왔다.

이순자, 정석호, 박태숙, 임경숙 등 몇 명 되지 않은 3층의 노동자들은 곧바로 체포되었다. 경찰은 이들이 쌓아놓은 책상을 치우며 분풀이하듯 집어던져 지난번 싸움에서 배를 걷어차여 입원까지 했던 임경숙이 또다시 허리를 다쳐 쓰러지고 말았다. 바리케이드를 치운 경찰은 이들을 건물 아래로 연행해 내려갔다.

조합원이 집중된 4층의 저항은 완강했다. 이웃 건물 옥상에 빽빽이 들어찬 경찰이 4층 창문을 통해 진입하려 하는 동시에 3층을 통해 올라와 재단판 두 개로 막아놓은 출입구를 부수기 시작하자 조합원들은 너도나도 형광등, 거울, 책장 유리 등 손에 잡히는 모든 물건을 집어던지며 대항했다. 여자들까지 걸상에서 빼낸 나무막대를 휘둘렀다.

처절한 저항이었다. 어린 노동자들은 두려움과 공포로 비명을 지르며 울부짖었다. 나이든 노동자들 역시 경찰이 새까맣게 몰려 들어오는 상황에서 긴장하고 겁먹지 않은 사람은 없었다. 깨진 유리에 손을 찔려가면서, 경찰의 몽둥이에 얻어맞아가면서 처절하게 버티는 자체가 두려움과 공포의 표현이기도 했다. 단단히 무장한 경찰에 맞서 반팔 셔츠 차림으로 각목을 휘둘러대며 악을 쓰는 순간마다 지켜야 할 것과 잃어야 할 것의 갈등이 스쳐지나갔다. 자신을 잃음으로써 타인을 얻고 자신의 자유를 잃음으로써 타인의 자유를 지키려던 위대한 선택조차도 폭력의 공포 속에 빛을 잃고, 오로지 저항의 본능만이 남아 절규를 쏟아냈다. 다른 동료들이 어떻게 싸우다가 어떻게 연행되는가 돌아볼 겨를조차 없었다. 이날 벌어진 일들에 대해서 당사자들이 충분히 이야기할 수 있는 기회는 아주 나중에서야 주어졌다.

"물러가! 물러가지 않으면 모두 뛰어내릴 거야!"

신광용이 4층 창문틀로 뛰어오른 것은 난투극이 극에 달했을 때였다. 그는 혼신을 다해 외치면서 깨진 유리조각으로 자신의 배를 갈랐다. 서늘한 통증과 함께 붉은 선혈이 흘러나왔다. 그러자 키가 커서 꺽다리라 불리던 재단보조 박해창도 자기 팔의 동맥을 끊으려고 유리조각으로 팔목을 그었다. 깊이 베이지는 않았으나 맨살이 갈라지며 피가 끓어올랐다. 피가 흩뿌려지기 시작하자 노동자들은 극도로 흥분했다.

"경찰이 들어오면 다 같이 죽자!"

신광용의 고함과 함께 경찰의 진입을 막기 위해 석유를 뿌려두었던 신문지 더미에서 불길이 솟았다. 스물한 살의 재단보조 김주삼이 불을 붙여버린 것이었다. 순식간에 연기가 교실을 채워나갔다. 일부 노동자는 비닐을 뒤집어쓰고 연기를 피해 버텨보려 했으나 소용없었다. 나무로 만든 재단판에도 불이 번져 나갔다. 밀고 들어오던 경찰은 그제야 철수를 시작했다.

"불 꺼! 이건 노조 재산이야. 타면 안 돼! 빨리 불 꺼!"

이숙희가 고함쳤다. 기침을 쿨룩이며 눈물을 쏟던 조합원들은 목욕탕으로 몰려가 물을 퍼 나르고 옷을 벗어 불길을 잡았다. 경찰도 건물 밖으로 완전히 물러가 소란도 잦아들었다. 매캐한 연기와 수증기가 시야를 혼탁하게 하는 가운데 신광용과 박해창은 피를 흘리며 시멘트 바닥에 쓰러져버렸다. 불은 이미 꺼졌는데 그제야 뒤늦게 사다리차를 타고 올라온 소방대가 창문을 통해 물을 뿜기 시작했다. 억센 물줄기에 조합원들은 이리저리 나가동그라졌다. 교실은 온통 물바다가 되었고 조합원들의 머리칼과 옷은 물에 흠뻑 젖어버렸다. 불탄 잿물과 신광용의 배와 박해창의 팔목에서 흘러내린 피가 벌겋게 물들어 피비린내가 역겨웠다. 전쟁이라도 훑고 지나간 듯 처절한 광경이었다. 저녁마다 젊은 처녀들의 물방울 튕기는 것 같은 웃음소리와 수다들로 가득했던 공간, 평화시장 앞 노점 아줌마에게 사온 떡이며 순대를 놓고 서로 더 먹겠다고 장난치는 여학생들의 반짝이는 눈에서 인류의 미래를 보았던 강사들, 반대로 어쩌면 저렇게 똑똑하고 올곧은 사람들이 있을까 감동의 눈으로 강사를 바라보던 처녀들의 향기로 가득 찼던 공간은 시커먼 그을음과 피비린내로 메워져버렸다.

"이소선 어머니를 당장 모셔와라!"

"아니면 다 같이 자살하겠다!"

소방호스 물에 몸까지 흠뻑 젖은 조합원들은 4층 창문을 통해 아래를 내려다보며 고함을 쳤다. 건물 입구에는 여전히 전투경찰들이 새까맣게 들어찬 사이로 최종인을 비롯해 공덕귀 여사와 훗날 국회의원을 하는 빈민운동가 이철용, 여러 교회의 목사 등 많은 민주인사들이 이리저리 밀고 당기며 경찰에 항의하고 있었다. 특히 다른 사건으로 감옥살이를 하고 나온 지 얼마 되지도 않았던 이철용은 진압경찰들과 맨 앞에서 몸싸움을 벌이다가 연행되어 구속까지 되고 말았다.

"여러분의 요구조건을 다 들어줄 테니 모두 내려오시오."

경찰의 선무 방송이 시작되었다. 중부경찰서장과 정보과장이 마이크를 잡고 외쳤다.

"지금 이소선 여사를 데리러 갔으니까 흥분을 참고 조금만 참아주시오."

실제로는 아무것도 하지 않으면서 사고를 막기 위해 시간을 끄는 것이었다. 모두들 목이 쉴 대로 쉬고 마음까지 지쳐 이리저리 널브러진 가운데 시간이 흘러 저녁 6시가 되었으나 경찰의 약속은 지켜지지 않았다. 조합원들은 다시 흥분하기 시작했다. 또다시 자해가 시작되었다. 김주삼이 유리조각으로 배를 몇 차례 그었다. 이미 피가 낭자한 신광용도 다시 자신의 배를 그었다. 불에 덴 듯 끔찍한 고통이 온몸을 훑어갔지만 긋고 또 그었다.

신광용은 전남 영산포 출신으로 열네 살이 되던 1972년부터 평화시장에 들어와 재단사로 일하고 있었다. 자정 넘도록 일하고 잠깐 눈을 붙인 후 새벽 5시에 일어나 전날 만든 옷들을 주인의 점포까지 나르는 고된 일과였다. 그러나 초등학교를 마치고 1년 동안 일일공부 시험지를 돌리기도 했던 그는 안정된 기술을 배운다는 생각에 힘든 줄도 모르고 열심히 일했다. 비슷한 또래의 남자애들이 주위에 많아서, 비록 같이 놀러 다닐 시간은 없어도 외롭거나 진학을 못 한 설움은 덜 느꼈다. 성격이 괄괄하고 화통했던 그는 운동이라면 다 좋아했는데 특히 축구를 좋아해 남자애들을 모아 운동하는 것이 유일한 낙이었다.

노조를 알게 된 것도 축구 때문이었다. 축구를 같이 하는 친구를 따라 노조에 드나들며 이소선 어머니와 양승조 같은 이들을 알게 되었고 베트남전쟁의 진실에 대해 들으면서 박정희 정권과 미국에 대한 믿음이 깨지게 되었다. 미국이 고의로 통킹 만에서 무력충돌을 일으킨 후 이를 핑계로 전쟁을 일으켜 수백만 베트남 사람을 죽였다는 것, 박정희가 여기에 편승해 수천 명 한국 젊은이의 피를 바쳤다는 이야기는 미군 뒤를 따라다니며 초콜릿과 캐러멜 따위를 얻어먹으며 미국이 세상에서 가장 좋은 나라라고 믿었던 그를 혼란에 빠뜨렸다.

미국에 대한 반감을 품게 된 그는 1975년 여름에 한탄강에 놀러갔다가 미군들이 나타나 여자들을 희롱하자 그 중 한 명의 뒤통수를 야전삽으로 때려 기절시킨 일도 있었다. 미군은 죽었는지 살았는지 들것에 실려 갔고, 신광용은 한국 경찰과 미군 헌병이 범인을 잡으려 돌아다니자 철길을 따라서 밤을 꼬박 새워 달려 도망쳤다.

싸움뿐 아니라 조직가로서 열성도 남달랐던 신광용은 청계노조에 젊고 활력 있는 남자 조합원을 만드는 데도 많은 공헌을 했다. 축구회 회원들이나 현장 친구들을 열성 조합원으로 만드는 열의가 대단했다. 그는 훗날 청계노조뿐 아니라 전체 노동운동의 중요한 역할을 하는 황만호, 김영대, 김준용 등과 함께 새로운 세대를 형성해나가고 있었다.

신광용이 통증과 현기증으로 이를 악물고 있을 때였다. 전순옥의 절규가 들려왔다.

"안 돼! 할복은 안 돼! 너희들은 죽으면 안 돼! 이건 내가 해야 해!"

전순옥은 어린 남자애들이 희생되는 광경을 더 이상 지켜볼 수 없었다. 그들을 죽거나 다치게 해서는 절대 안 된다고 생각했다. 죽음이 필요하다면 자신이 죽어야 한다고 생각했다. 오빠의 죽음으로 해결할 수 없다면, 자신도 죽으리라 순간적으로 결심했다. 그녀는 다짜고짜 웃옷을 벗어 던지고 브래지어 차림으로 4층 창틀 위에 올라서서 고함쳤다.

"우리 엄마를 모셔 와! 아니면 뛰어내린다!"

사람들은 경악을 하며 달려들었다. 전순옥이 창문 아래로 훌쩍 몸을 던진 순간, 여성 조합원들이 아슬아슬하게 발목을 붙잡았다. 4층에서 떨어지면 죽지 않으리라는 보장이 없었다. 전순옥은 발 하나만 잡히고 머리는 땅을 향한 채 거꾸로 대롱대롱 매달려 울부짖었다.

"놔! 놔! 날 죽게 내버려둬!"

여자들이 울며불며 끌어올리려 했으나 힘이 없었다. 남자 조합원 김석태가 뛰어와서야 끌어올릴 수 있었다. 김석태는 조그만 체구에 바싹 마른 전순옥을 번쩍 안아다 구석방에 가두어버렸다.

기진해서 방에 갇힌 전순옥의 가슴속에 그리움이 밀려왔다. 오빠 전태일에 대한 사무치는 그리움이었다. 전태일은 참 좋은 오빠였다. 어린 시절 각박한 삶 속에는 슬픈 추억도 많았지만 아름답고 정겨운 추억이 더 많았다.

전태일은 어린 세 동생에게 누구보다도 믿음직하고 따뜻한 오빠요 형이었다. 남산 기슭에 살 때 초등학생이던 그는 어머니가 아파 눕자 동생들 옷을 홀랑 벗겨 개울물에 빨아 바위에 널었다가 다음날 아침에 입혀주고, 이태원의 미군부대 음식물 쓰레기통을 뒤져 미군이 먹다 버린 음식을 거둬 끓여 먹이는 가장이었다. 대구부터 시작해 서울 남대문, 신설동, 용두동으로 가족이 이사를 갈 때마다 동생들을 데리고 학교에 데려가 전학 절차를 밟아주었고 일요일마다 유원지로 데리고 나가 함께 놀아주었다. 막내 순덕이 태어난 지 백일 정도 지났을 때부터 자기 등에 갓난아이를 업고, 보리밥 도시락을 싸서 허리에 묶은 태삼과 순옥의 손을 잡고 걸어서 유원지에 데리고 나갔다. 세검정에 있는 자두밭이며 광나루, 뚝섬유원지, 한강변 모래사장으로 안 가본 데 없이 다녔다. 한강이 아직 깨끗하던 시절이라 뚝섬에 갈 때는 누런 양은 주전자를 들고 가서 다슬기를 주워 삶아 먹기도 하고, 맑은 물이 폭포가 되어 흐르는 세검정에서 자두를 사 먹고 물놀이를 하기도 했다.

사남매의 가난한 소풍은 동생들이 초등학교 들어간 후에도 계속되었다. 타고난 매력으로 늘 주위에 친구들을 끌어 모으던 오빠는 친구들이 어린 동생들은 데리고 오지 말라고 하면 자기는 동생들과 갈 테니 너희들끼리 놀라고 동생들 편을 들었다. 그러면 거꾸로 친구들이 오빠를 따라왔다. 오빠가 너무 재미있게 해주었기 때문이었다.

오빠는 사람을 모아놓고 이야기하는 일을 무척 좋아했다. 자기가 읽은 동화책을 재미있게 각색해서 들려주기도 하고, 즉석에서 짐승들을 등장시킨 창작동화를 지어 동물 울음소리를 흉내내며 들려주기도 했다. 노래는 잘 못했지만 춤을 잘 춰서 온몸을 흐느적거리는 웃기는 춤으로 폭소를 자아냈고 스스로 창작한 코미디로 배꼽 빠지게 웃기기도 했다. 놀이를 해도 조직적으로 했던 오빠는 뚝섬 같은 곳에 가면 즉석에서 연극 대본을 만들어 동생들과 친구들에게 역할을 맡겨 연극을 하며 즐거운 하루를 보내기도 했다. 잘 웃는 편은 아니어서 골똘히 생각에 잠겨 있거나 심각한 표정을 짓고 있던 때가 많았으나 일단 사람들 앞에 나서면 아무런 부끄럼 없이 바보 역할을 해냈다. 그럴 때면 오빠가 정말 바보가 아닐까 생각될 정도였다.

어느 누구보다도 자상하고 정이 깊은 오빠였으나 공부에 대해서만큼은 엄격했다. 비록 자신은 제대로 학교를 다니지 못했지만 동생들만큼은 제대로 배우기를 바랐던 오빠는 저녁마다 동생들을 앉혀놓고 공부를 가르치거나 책을 읽게 했다. 동생들이 시험을 잘 못 치른 날은 베개 위에 서서 바지를 걷게 한 다음 대나무자로 하나 틀린 데 한 대씩 때렸다. 어려서부터 개구쟁이였던 작은 오빠 태삼은 한 대라도 덜 맞으려고 동생 순옥의 시험지와 바꾸어 형에게 보여주려 하곤 했다. 순옥은 시험지를 뺏기지 않으려고 이리저리 달아나는데 장난꾸러기 태삼이 기어이 시험지를 빼앗아 홧김에 진흙탕에 담가버린 적도 있었다. 순옥은 젖은 시험지를 볕에 말리려고 양손에 펴들고 집까지 오며 울었다. 막상 집에 돌아와서는 아직 눈물도 덜 마른 얼굴로 오빠들과 배시시 웃고 말았다. 별나게 고집 세고 영특한 여동생을 오빠는 무척 사랑하고 아껴주었다.

오빠는 고지식함으로도 남달랐다. 여럿이 놀러갔다 돌아오는 길에 돈을 주운 적이 있었다. 늘 차비도 없이 걸어갔다가 꽁보리밥 도시락 하나 먹고 모두들 허기에 지쳐 있었다. 순옥은 물론 친구들 모두 주운 돈으로 먹을 것을 사 먹자고 떠들었다. 그러나 오빠는 돈 잃어버린 사람은 얼마나 마음 아프겠냐고 하면서 기어이 파출소에 돈을 갖다 주며 주인을 찾아주라고 하는 것이었다. 순옥과 친구들은 크게 실망하고 말았다. 이 일로 너무 야속했던 순옥은 한동안 오빠 대신 아버지를 따라 놀러가기도 했다. 아버지는 거듭된 사업의 실패와 친구의 배신으로 몸과 마음이 극도로 피폐한 상태였으나 맏딸에게는 누구보다 좋은 사람이었다. 일요일이면 같은 봉제업종 친구들과 함께 대나무 소쿠리를 들고 물고기를 잡으러 가곤 했는데 유일하게 어린 딸을 데리고 다녔다. 순옥은 아버지를 따라가면 전차도 타고 배도 고프지 않아 좋았다. 초등학교 1학년 때 놀러갔을 때는 팬티가 젖어 벗어버리고 알몸으로 돌아다니자 아버지가 불러 자신의 속옷을 벗겨 입혀준 적도 있었다. 아버지의 낡은 러닝셔츠를 원피스처럼 걸치고 부끄럼도 없이 뛰놀던 날들이 순옥의 가슴에는 소박한 풍경화처럼 새겨졌다.

오빠와의 추억 중 가장 잊지 못할 것은 동대문시장에서의 재회였다. 1964년 경 서울 생활에 적응하지 못한 온 가족이 대구로 내려가 살았으나 거기서도 살기가 어렵게 되자 어머니가 먼저 서울로 올라가 식당에 취직하고, 오빠는 막내 순덕을 등에 업고 엄마를 찾는다며 가출해버렸다. 태삼도 그 뒤를 따라 가출하고, 순옥은 뒤늦게 아버지와 함께 서울로 돌아왔으나 드넓은 서울 바닥에 흩어진 가족을 만날 길이 없었다. 아버지는 노점상이나 집 없는 사람들이 집단으로 잠자는 더러운 다락에 그녀를 맡겨놓고 평화시장으로 일을 나갔다. 학교에도 다니지 못하고 아버지가 주고 간 돈으로 동대문시장 노점에서 국수나 순대로 점심을 때우기를 며칠 만인가, 어느 날 좌판에 앉아 수제비를 먹고 있는데 등 뒤에서 귀에 익은 음성이 말을 걸어 왔다.

"순옥아, 너 순옥이 아니니?"

너무나 그립던 목소리였다. 깜짝 놀라 돌아보니 꿈에도 그리던 큰오빠가 서 있었다. 봉제공장에서 일하던 그도 점심으로 수제비를 먹으러 온 것이었다.

"오빠? 큰오빠야?"

말보다 눈물이 앞섰다. 순옥은 자리에서 일어나 와락 오빠를 끌어안았다. 아무 말도 할 수가 없었다. 오빠도 목이 메어 아무 말도 하지를 못했다. 오누이는 껴안은 채 한없이 울기만 했다. 두 사람은 수제비도 먹는 둥 마는 둥 울기만 하다가 다음날 다시 만나기로 하고 헤어졌다. 순옥은 당장 오빠를 따라가겠다고 했으나 태일은 각자 아버지와 어머니에게 이 사실을 알리자고 했다.

오빠와 엄마를 다시 만나기로 한 하룻밤이 얼마나 긴지 몰랐다. 거지와 다름없는 남자들의 더러운 발 냄새와 코 고는 소리에다 오빠와 엄마에 대한 그리움으로 한숨도 못 자고 날을 지새웠다. 혹시 다시 못 보는 게 아닐까 하는 두려움은 아니었다. 그녀는 세상 누구보다도 오빠를 믿었다. 오빠의 말이라면 얼마든지 기다릴 수 있었다. 약속대로, 다음날 오빠는 국수집에 와서 아버지와 동생을 만나 얼마 후 어머니가 사는 무허가판자촌으로 이끌었다. 이렇게 흩어졌던 가족은 다시 하나가 되었다.

아버지의 거듭된 사업 실패와 어머니의 병으로 무척 힘든 시기였지만 배고픔이 아이들을 슬프게 한 것은 아니었다. 오빠의 보살핌 아래 아름다운 추억들이 차곡차곡 쌓여가던 시절이었다. 사람을 진정으로 슬프고 고통스럽게 하는 것은 가난이 아니라 이별이었다. 사랑하던 아버지가 돌아가신 지 얼마 되지도 않아 오빠가 가족을 남겨두고 죽었을 때의 충격은 영원히 치유할 수 없는 상처가 되었다.

오빠의 주검을 목도한 그녀의 머릿속에 처음 떠오른 생각은 이제 어떻게 살아가나 하는 것이었다. 오빠가 가족을 먹여 살렸기 때문만은 아니었다. 바보회를 만든 이래 거듭 해고를 당하면서 오빠는 생활에 큰 도움이 되지 못하고 있었다. 오빠는 그녀에게 아버지요 어머니요 선생님이요 친구였다. 가장 무서운 사람이면서도 가장 친근한 사람이었다. 극한적인 어려움 속에서도 온 가족을 지켜온 마음의 기둥뿌리가 뽑혀 나간 상실감이 그녀를 오랫동안 우울하게 만들었다.

정신적인 지주를 잃어버린 순옥에게 그나마 위안이 된 것은 다름 아닌 오빠 전태일의 삶, 그 자체였다. 맨 처음 오빠의 시신이 안치된 병원 영안실을 지켜준 이들은 동네 사람들이었다. 오빠와 어머니가 다니던 교회 사람들은 자살이라는 불경죄를 범했다면서 오기를 꺼려했으나 동네 사람들은 자신들의 가족이 죽은 이상으로 진심으로 태일의 죽음을 아까워했다. 텔레비전도 없던 시절, 동네 사람들은 저녁마다 오빠의 재담을 듣기 위해 집에 놀러오곤 했다. 오빠가 타고난 이야기 솜씨로 자기가 본 영화며 소설, 위인전을 재미있게 각색해 들려주면 사람들은 넋이 빠진 채 눈물을 주르르 흘리기도 하고 배꼽 빠지게 폭소를 터뜨리기도 했다. 오빠의 이야기 중에는 평화시장 노동자에 대한 것도 있었다. 재미있는 이야기 끝에 정색을 하고 평화시장에서 고생하는 미싱사와 시다들에 대해 이야기를 하곤 했다. 그가 폐병에 걸려 쓰러진 미싱사 이야기며, 겨우 열서너 살짜리 여자아이들이 깜깜한 먼지구덩이 다락에서 비참하게 살아가는 이야기를 하면 사람들은 눈물을 글썽이기 시작했다. 너무나 진지한 얼굴로 이들의 삶을 개선해야 한다는 말로 결론을 맺을 때면 여기저기서 훌쩍이는 소리가 들려왔다.

오빠가 죽은 후 경찰과 시장 간부들이 돌아다니며 깡패들과 어울리다가 홧김에 자살을 했다느니, 맞아 죽었다느니 거짓말을 퍼뜨릴 때 동네 사람들은 그들의 말을 믿지 않았다. 그들은 태일이 왜 죽었는지 알고 있었고, 그래서 경찰의 삼엄한 감시를 뚫고 영안실을 지켜준 것이었다. 이웃집에 살면서 남대문에 미싱 일을 다니던 김명례 언니가 자진해서 영안실에 팥죽을 쑤어 오고 노조가 만들어진 후 일할 사람이 없다는 말에 부녀부장까지 맡았던 것도 오빠가 어떤 사람인가를 미리 알고 있었기 때문이었다.

따지고 보면 전순옥 자신이나 어머니도 마찬가지였다. 오빠가 생전에 어머니에게 노동법을 배우라고 권유하고 평화시장 근로조건에 대해 누누이 설명한 것이 어머니로 하여금 수천만 원의 유혹을 뿌리칠 수 있게 했다. 또한 나이 어린 동생들도 바른 정신을 가지게 했다. 아직 오빠가 살아 있을 때, 전순옥은 오빠의 일기장을 읽어본 적이 있었다. 거기에는 노동자들의 문제가 너무나 자세하게 적혀 있었다. 전순옥은 읽다 말고 엉엉 울어버리고 말았다. 오빠가 죽은 후 어머니가 자신들에게 돈을 받고 합의를 할까, 아니면 끝까지 싸워 오빠의 뜻을 이룰까 물었을 때 돈을 받지 말라고, 학교 안 가고 공장에 다니겠다고 대답한 데는 그런 영향이 있었다. 돈을 받으면 오빠가 그토록 원했던 것을 하지 못하게 되는구나 하는 생각이 그녀로 하여금 고등학교 진학의 꿈을 접게 한 것이다.

오빠의 죽음 이후 7년, 결코 짧지 않은 시간 동안 참으로 많은 사람들이 그의 뜻을 기리기 위해 싸워왔건만 여전히 노동자들의 고통은 계속되고 있었고 오히려 현실은 과거로 돌아가려 하고 있었다. 죽음을 결심한 것은 결코 우발적인 행동만은 아니었다. 오빠 한 사람만으로는 안 되고 제2, 제3의 전태일이 나와야 이 사회가 양심을 찾을 것인가? 참을 수 없는 분노와 슬픔이 오열이 되어 터져 나왔다. 전순옥은 작은 방에 갇힌 채 엉엉 울음을 그치지 않았다.

죽음마저 저지당한 전순옥이 울부짖고 있을 때, 또 다른 여성 조합원이 웃통을 벗어버리고 브래지어 차림으로 혼자 다른 창문틀에 올라가고 있었다. 임미경이었다. 창틀에 올라선 그녀의 손에는 날카로운 유리조각이 번쩍였다.

"평화시장에서 남자 한 사람이 목숨을 바쳤으니까, 제2의 전태일은 여자가 될 거야. 딴 사람 희생할 것 없이 내가 죽을 거야!"

임미경은 소리를 지르며 유리조각으로 자신의 배를 그었다. 놀란 조합원들이 뛰어가 그녀의 손에서 유리조각을 빼앗고 끌어내리려 했다. 임미경은 제지를 뿌리치고 창문 아래로 훌쩍 뛰어내렸다.

"안 돼! 미경아!"

"아악! 잡아!"

간발의 순간, 이번에도 조합원들이 그녀의 발목을 잡아챌 수 있었다. 전순옥과 마찬가지로 임미경도 머리를 땅으로 향한 채 대롱대롱 매달리게 되었다. 조합원들은 계속 죽겠다며 버둥대는 임미경을 힘겹게 끌어올려 구석방에 가두어버렸다.

"순옥아! 미경아! 죽으면 안 된다! 절대 죽으면 안 돼!"

건물 밑에서 지켜보던 최종인과 이승철, 양승조 등은 눈물을 흘리며 목이 터지게 소리를 질렀다. 노조 지도부와 민주인사들은 경찰의 강경진압을 막는 한편 노동자들이 더 이상 다치지 않도록 흥분을 가라앉히기 위해 목이 쉬도록 고함을 질렀다. 이들의 애원으로 잠시 흥분을 가라앉힌 노동자들은 기진맥진해 쓰러졌다.

할복으로 이미 많은 피를 흘린 신광용은 이웃 빌딩 옥상에 가득한 경찰을 향해 힘이 다 빠진 쉰 목소리로 외쳤다.

"앞으로 40분 간의 여유를 주겠어. 그 안에 어머니를 이 자리에 모셔오지 않으면, 너희들도 다 여기 들어와서 싸워서 같이 죽자. 우리만 착취, 혹사당하다가 죽을 때도 억울하게 혼자 죽으라는 법이 있냐? 어머니를 모셔오든지 같이 죽든지 40분 안에 결정해!"

다른 노동자들도 이웃 건물 옥상에 올라와 있는 중부서 정보과장을 향해 소리 질렀다.

"어서 들어와! 우리가 기운 있을 때 너희들 하나라도 더 죽이고 같이 죽을 테니까!"

또다시 분위기가 심각해지자 정보과장은 마침내 기동대에게 철수 명령을 내렸다. 이웃 건물 옥상에서 경찰은 모두 물러났다. 또 경찰은 40분 안에 어머니를 데려올 테니 진정하라고 달랬다.

이때부터 40여 분 남짓, 노동자들은 '어머니를 석방하라' '노동교실을 돌려달라'는 구호를 종이에 적어 밖에 내려뜨리고 창문에 나란히 서서 〈억울가〉 〈투쟁가〉 등을 합창했다. 이미 여섯 명이 할복을 하거나 투신을 기도한 농성장에 더 이상의 두려움은 없었다. 죽음으로써만 싸움이 끝나리라는 절박감이 모두를 사로잡고 있었다.

한편 인근 건물들의 옥상과 창문, 그리고 빌딩 주변 골목에는 사람들이 빽빽이 몰려서서 이 광경을 지켜보고 있었다. 3층에서 잡힌 이순자와 박태숙 등이 철망차에 실려 대기하고 있었는데 구경하던 동네 사람들이 손가락질을 하면서 욕을 퍼부어댔다.

"나쁜 년들! 쪼그만 계집애들이 뭘 안다고 불을 지르고 난리야?"

주로 업주나 상인들이었다. 조합원들은 창문을 닫아버렸다. 주위가 시끄러워지자 경찰은 이들을 먼저 중부경찰서로 이송해 갔다.

약속한 40분이 지나고도 아무런 소식이 없자 노동자들이 다시 흥분하기 시작했다. 이때 양승조 지부장이 올라왔다. 농성을 한다고 해서 재판 중인 죄수를 즉석에서 풀어줄 리가 없다는 것을 잘 아는 양승조는 노조의 책임자로서, 우선 조합원들의 안전을 지키는 일이 가장 시급하다고 판단하고 있었다. 이미 민종덕이 투신해 입원한 데다 여러 명이 할복을 해서 피를 흘리고 있었고, 언제 누가 창문 아래로 뛰어내릴지 몰랐다. 이소선 어머니와 노동교실을 빼앗아간 것이 얼마나 잘못인가를 충분히 알린 이상 더 큰 피해가 생기기 전에 해산시키는 게 자신의 임무라고 판단했다. 그렇다고 무작정 해산하라고 요구하면 더욱 흥분을 부채질할 뿐이었다.

"조합원 여러분, 저 사람들이 어머니를 석방하는 데 법적인 절차가 있어서 한 열흘은 걸린다고 좀 기다려달라고 말합니다. 내가 책임지고 내려가서 교섭을 더 해보고 올라올 테니까 그때까지 절대 다치지 말고 기다리십시오."

양승조는 진정하라고 누누이 당부하고 경찰과의 교섭에 들어갔다. 해산만이 목적인 경찰로서는 어떤 거짓말이라도 할 수 있었으나 노조 집행부로서는 그들의 약속이 거짓으로 드러난다고 해도 일단 오늘은 해산해야 한다는 생각을 굳히지 않을 수 없었다.

밤 8시 30분, 양승조는 농성장에 돌아와 경찰이 이소선 어머니의 석방, 노동교실을 원래 계약기간인 10월까지 사용하게 할 것, 오늘의 사태에 대해 어떤 심문도 하지 않고 구속도 하지 않는다고 약속했음을 알리고 이제 해산하고 내려가자고 달랬다. 지부장의 해산 제의는 조합원들을 혼란에 빠뜨렸다.

"합의문서도 없는 구두 약속을 어떻게 믿어요? 경찰이 각서를 쓰지 않는 한 해산할 수 없어요!"

조합원들은 경찰의 말을 믿으려 하지 않았다. 양승조는 경찰이 각서를 써주는 일은 전례가 없으니 구두 약속을 믿어보자고 설득했다. 한 시간 넘게 논쟁이 계속된 끝에 결국 밤 11시, 해산이 결정되었다. 깊은 상처를 입어 아직 피를 흘리고 있는 신광용과 박해창, 김주삼을 생각한 결론이었다. 비록 각서는 안 썼지만 마이크를 통해 몇 시간째 계속되고 있는, 이소선 어머니를 석방하고 농성자를 일절 처벌하지 않겠다는 경찰의 약속을 믿어보자는 실낱같은 희망도 없지는 않았다.

배고픔과 피로에 지친 조합원들이 4층 계단을 밟아 내려오니 건물 현관에서 큰길까지 양쪽으로 기동대가 빼곡히 늘어서 한 사람씩만 지나갈 수 있도록 길을 터놓았다. 큰길에는 철망버스가 대기하고 있었다. 경찰과 지부장의 약속을 믿고 있던 노동자들은 순순히 철망버스에 올랐다. 그런데 노동자들이 버스에 타자마자 경찰의 태도는 돌변했다.

"이년들 아까 죽으려고 했지? 이년들 어디 우리 손에 죽어봐라!"

경찰들은 의자에 앉은 노동자들의 얼굴에 주먹을 날리고 등줄기를 몽둥이와 구둣발로 내리찍기 시작했다.

"이년들, 여기서 다 죽어버려!"

경찰은 길길이 날뛰며 노동자들을 무참히 짓밟아댔다. 특히 남자들은 더 심하게 맞았다. 어머니의 석방이니 하는 말은 모두 해산을 유도하기 위한 속임수임이 명백해졌다.

"속았어! 이 더러운 새끼들!"

"죽일 테면 죽여라, 이 새끼들아!"

비명과 절규로 맞섰지만 이미 아무런 소용이 없었다. 노동자들은 울부짖으며 저항했지만 전투경찰의 무자비한 발길질 앞에 맥없이 쓰러졌다.

미리 병원으로 후송된 민종덕과 출혈이 심해 별도로 영락병원으로 후송된 신광용을 제외하고, 연행된 노동자들은 50명이 넘었다. 중부경찰서 지하 대기실로 옮겨진 이들에게 형사들이 우르르 몰려 내려와 주소와 이름, 부모의 신상 등을 조사해 간 후 한 명씩 호출하기 시작했다. 철창을 발로 차고 벽을 때리고 울며 분노를 터뜨렸지만 아무 소용 없는 짓이었다.

경찰의 사진촬영을 통해 주동자로 분류된 전순옥과 이숙희가 먼저 불려가 조사받고 김주삼, 이순자, 신순애가 차례로 불려가 이번 일을 모의한 사람이 누군지, 방화하고 구호를 선창한 사람은 누구고, 플래카드를 쓴 사람과 유인물을 만들어 뿌린 건 누군지 심문당했다. 정보과에서 기초조사를 마치면 지하실로 내려왔다가 다시 수사과로 불려가 구속여건에 맞추기 위한 상세한 조사를 받았다.

해산하고 내려오라고 간청했던 형사들은 조사가 시작되자 마음껏 욕설과 폭력을 휘둘렀다. 겨우 열네 살짜리 견습공 장선애는 그 중에서도 가장 심하게 맞았다. 작달만한 키에 통통한 체구로 아직 소녀티도 벗지 않은 그녀는 따귀를 너무 맞아 입이 퉁퉁 부어 말도 못 하고 며칠 동안 밥도 먹지 못했다.

조합 간부들은 농성 날짜인 9월 9일이 북한 정부 수립일이라는 엉뚱한 이유로 매를 맞기도 했다. 그날이 북한의 기념일이란 것을 아는 사람은 하나도 없었다. 퇴거 날짜에 맞춰 농성을 했을 뿐인데 경찰은 북한을 지지해서 그날로 정한 것 아니냐고 두들겨 팼다.

시간이 갈수록 폭력과 고문이 심해진 이유에는 조합원들이 제대로 된 진술을 거부한 것도 있었다. 김주삼은 농성을 모의하고 동원하고 불을 붙인 것이 모두 자신이 한 일이라 주장했다. 모든 일은 자기 혼자 결정하고 선동한 것이며 다른 사람들은 아무것도 모르는 채 농성장에 들어온 거라고 주장했다. 평조합원인 김주삼이 모든 것을 주도했다는 말도 되지 않는 주장에 형사들이 달려들어 의자에 앉은 그의 무릎을 구둣발로 짓이기고 일으켜 세운 후 발끝을 지근지근 밟아댔으나 김주삼은 선천적으로 두려움 불감증이라도 걸린 사람처럼 나 죽여라 하고 버텼다.

김주삼의 주장과 정반대로 이숙희는 석유를 뿌린 기물과 신문지에 불을 붙인 것은 고의적이 아니라 담배를 피우려다 붙인 것이라고 주장했다. 경찰이 불을 붙인 김주삼의 진술서를 들이대고 경찰 사진사가 찍어놓은 사진까지 내밀어도 끝까지 아니라고 주장해서 경찰관들로 하여금 혀를 차게 만들었다.

신순애는 악명 높은 장 계장이 직접 무릎을 꿇려 땅바닥에 앉혀놓고 발길로 차고 따귀를 때리며 욕설을 퍼부었으나 자기는 아무것도 모르기 때문에 아무 말도 할 게 없다고 버텼다. 신순애가 유별나게 맞은 것은 농성이 시작될 시간 마침 장 계장과 면담을 하다가 점심 사준다는 제안을 뿌리치고 바쁜 일이 있다며 달아나 농성장에 들어왔기 때문이었다.

"이 계집애가 말이야, 밥 사준다고 그랬더니 뭐, 중요한 약속이 있어? 넌 나한테 죽었어! 여기서 살아 나갈 생각을 마!"

장 계장의 거듭되는 매서운 따귀에 신순애는 고막까지 터지고 말았다. 그래도 아무것도 모른다고 버텼다.

노동자들이 제대로 된 진술을 거부하는 바람에 경찰의 조사는 엉터리가 많았다. 이숙희는 미리 혼자 올라가 있었음에도 조서에는 그녀가 다른 사람들과 함께 순경들을 때리고 들어간 것으로 기록되었다. 또 이숙희와 이순자는 체격도 비슷하고 단짝으로 어울려 다녀 경찰은 두 사람을 잘 구별하지 못했다. 이순자는 맨 앞에서 농성을 주도했음에도 경찰은 그녀가 한 일도 대부분 이숙희가 한 것으로 기록하는 바람에 이순자는 구속을 면할 수 있었다.

취조는 밤을 새워 계속되었다. 피로와 굶주림에 지친 노동자들이 졸기라도 하면 형사들이 따귀를 때리고 일으켜 밤을 꼬박 지새우게 만들었다. 그래봐야 경찰은 주동자들로부터 전혀 앞뒤가 맞지 않는 엉터리 진술만을 얻었을 뿐이었다. 자신들이 찍은 사진과 과거 자료를 토대로 구속자를 선별하는 수밖에 없었다.

같은 시각, 많은 피를 쏟은 신광용은 농성 해산 직후 배가 갈라진 자리가 퉁퉁 부르튼 상태로 중부경찰서 지정병원인 영락병원으로 옮겨져 있었다. 담당의사는 상처가 깊은 부분을 다섯 바늘 가량 꿰매고 다른 상처도 약을 발라 장기간 치료해야 한다고 했으나 신광용은 일절 치료를 거부하고 단식농성에 들어가버렸다. 조사를 받으러 온 형사에게도 조서를 거부하고 입을 열지 않았다.

경찰은 다음날인 9월 10일 새벽 신광용을 병원에서 데리고 나와 중부서 유치장 옆 지하실로 데려다가 고문을 시작했다. 얼마나 심하게 때리고 고문을 하는지 20미터 떨어진 곳에 갇혀 있던 다른 노동자들의 귀에도 그의 처절한 비명 소리가 들렸다. 경찰은 곪기 시작한 할복 상처를 바늘로 후벼 파기까지 했다. 그래도 신광용은 구속될 때까지 조서를 거부했다. 그는 묵비권이 뭔지 들어본 적도 없었다. 자신에게 불리한 진술을 거부하기 위해 묵비권을 행사한 게 아니라 경찰에 대한 적개심으로 끝까지 입을 다문 것이었다.

다른 연행자들도 마찬가지였다. 뻔한 증거가 있음에도 진술을 거부하거나 거짓말을 한 것은 죄를 피하려 함이 아니라 거짓 약속과 폭력을 휘두르는 경찰에 대한 저항이었다. 스스로 죽으려 한 것이 죄라면 죄일까, 남을 다치게 하거나 피해를 준 것도 아니었다. 그럼에도 말을 하지 않고 버틴 것은 순순히 사실을 털어놓는 자체가 자신을 죽이고 동료를 욕되게 한다는 자존심 때문이었다.

사건 이튿날인 9월 10일 오후 5시, 체포된 53명의 노동자 중 14명을 제외한 나머지는 석방되었다. 석방된 사람들에게는 한 사람마다 형사가 하나씩 달라붙어 관할 경찰서에 들러서 요주의 인물로 등록을 한 후 집까지 데려다주었다. 형사들은 조합원의 부모에게 '앞으로 공장에 내보내지 말라, 월급이 얼마냐? 돈이 없으면 우리가 주겠다'고 협박하기도 했다.

경찰은 주동자로 분류한 다섯 명에 대해 구속영장을 청구했는데 신광용과 김주삼은 방화 및 특수공무집행방해로 바로 구속영장이 떨어졌으나 이숙희와 신순애, 임미경은 기각되었다. 하나같이 제대로 된 진술을 거부한 때문이었다. 수사과 형사들은 도대체 아무리 조사를 해봐도 구속 사유가 없는데 왜 꼭 구속시키려는지 모르겠다고 자기들끼리 화를 낼 정도였다. 결국 이숙희와 신순애는 2년 전인 1975년 2월에 노동교실을 찾기 위해 벌였던 농성부터 전태일 추도식, 시간단축 농성, 삼양사사건, 와이셔츠업체 임금투쟁 등 그들이 주도했던 모든 농성을 걸어 구속시켰다.

임미경도 매번 싸움마다 앞장서서 싸운 죄로 구속영장이 떨어졌다. 임미경은 호적에 1962년 생으로 되어 있어 만 15세에 불과했다. 실제 나이로 해도 겨우 17세였다. 경찰은 기록에 올리기에도 창피했는지 검찰 송치 자료에 주민등록번호 13자리를 모두 0으로 표기해버렸다. 주민등록번호도 없이 이름만으로 구속시킨 것이다. 그래도 감옥에 가는 데는 아무 지장이 없던, 권력이 곧 법인 시절이었다. 임미경은 먼저 석방되는 조합원들의 손을 잡고 말했다.

"나는 조합을 위해 싸우다 죽으려고 그런 거니까 아무 후회 없어요. 우리 언니네 집에 있는 옷가지를 모두 조합 사무실이나 창동으로 옮겨놓고 나중에 내가 죽었다는 소리가 들리면 불태워주세요."

임미경의 말을 듣는 이들도 통곡을 터뜨렸다. 전북 전주에서 팔남매의 막내딸로 태어난 임미경은 어려서 어머니를 잃고 아버지와 언니들을 따라 서울에 올라와 초등학교를 졸업하자마자 평화시장에 나왔다. 임미경은 일을 빨리 배우고 귀여움을 독차지해 월급도 다른 시다들보다 항상 더 많이 받았지만, 남들 1만 8,000원 받을 때 2만 원을 받는 그녀의 손가락이며 손등은 상처가 가실 날이 없었다. 열심히 일할수록 바늘에 찔리고 가위에 베어 꿰맨 상처들이 늘어났다.

그렇게 열여섯 살이 되었을 무렵 추석 때 겪었던 일을 그녀는 생생히 기억했다. 주인이 죽으라면 죽었다고 할 정도로 착실했던 그녀는 추석을 앞두고 15일째 철야를 계속하니 졸린 것은 둘째고 머리가 터질 듯 아프고 어지러워 이대로 죽을 것만 같았다. 점심시간이 되었을 때, 임미경은 몽롱한 정신으로 함께 일하는 시다 둘을 데리고 밥도 먹는 둥 마는 둥 하고 난생 처음으로 거리로 나섰다. 파란 하늘이 얼마나 아름다운지 몰랐다. 매일 철야를 하느라 꿈에서나 볼 수 있었던 하늘을 바라보니 그렇게 눈부시고 아름다울 수가 없었다. 목적은 남산에 가서 잠을 자는 것이었다. 단 한 시간이라도 마음 놓고 자고 싶었다. 그러나 높고 높은 남산 계단을 오르다가 지쳐버렸다. 현기증과 졸음으로 휘청거리던 세 사람은 계단 중간에 자리를 잡아버렸다. 관광객들이 유유자적 산책하고 있는 계단에 나란히 앉아 서로에게 기대 잠을 청했다. 누구라도 '웬 거지야' 할 정도로 차림은 초라했고 머리는 다 헝클어져 있었다. 막상 잠은 잘 오지 않았다. 눈은 가시에 찔린 듯 아프고 눈꺼풀은 천근처럼 무거운데 깊은 잠은 오지를 않았다. 주인의 얼굴이 어른거렸다. 정말 죽을 것만 같아 잠깐이라도 눈을 붙이려고 무작정 본능을 좇아 나왔는데 막상 주인의 무서운 얼굴이 어른거려 깊이 잠들 수가 없었다. 억지로 몇 분이나 눈을 감았을까, 누가 시키지도 않았는데 세 사람은 몽유병자처럼 스르르 일어나 다시 청계천으로 향했다. 공장에 돌아가야만 한다는 본능이었다.

막상 지긋지긋한 공장을 눈앞에 두고는 마음이 떨려 발걸음이 점점 느려졌다. 마주 지나는 사람들의 시선이 모두 자기들을 바라보는 것만 같았다. 화사한 옷차림에 예쁜 화장을 한 아가씨, 아줌마들, 아무 걱정거리 없어 보이는 학생들과 돈 많은 아저씨들 모두가 초라한 세 사람을 아래위로 훑어보며 멸시하는 것만 같았다. 공장으로 오르는 계단은 지옥으로 가는 길보다 더 무섭고 고통스러운 길이었다. 세 사람은 마지막 계단을 몇 개 앞두고 용기를 잃어버린 채 주저앉아버렸다.

"우리가 잘못한 거야."

"어쩌면 좋니, 이제 어떻게 하지?"

겁에 질려 두런대고 있는데 임미경은 또다시 밀려오는 졸음을 참을 수 없었다. 타고나기를 활달하고 배포가 컸던 그녀는 자기 처지를 잊고 말했다.

"얘, 너 졸리지 않니? 우리 한 사람씩 망을 보고 자자."

차가운 계단에서 셋이 꾸벅꾸벅 졸고 있을 때였다. 어떻게 알았는지 공장장이 나와 들어가자고 했다. 세 사람은 이제는 살았구나 싶었다. 그러나 공장에 들어가자마자 사장이 마구 고함을 치기 시작했다.

"나가! 꺼져버려! 이 나쁜 년들! 꼴도 보기 싫어!"

온갖 욕설이 쏟아졌다. 세 사람은 겁에 질려 돌아 나올 수밖에 없었다. 따라 나온 공장장은 셋 중에도 제일 어린 시다만 봐준다고 하며 데리고 들어갔다. 공장 안에서는 다시 욕하는 소리와 함께 뺨을 때리는 소리가 들려왔다. 그러고는 잠잠해졌다. 막내만 몇 대 얻어맞고 용서가 된 것이었다.

"얘, 우리도 들어가자."

임미경이 말하는데 오야미싱사가 나왔다.

"아이고, 병신같이! 빨리 잘못을 빌어! 그리고 빨리 일을 해야지! 들어와!"

오야를 따라 들어가려니 사장은 또다시 펄펄 뛰며 나가라고 했다. 임미경은 놀란 토끼가 되어 큰 눈을 반짝이며 용서를 빌었다.

"아저씨, 다시는 안 그럴게요. 다음 바쁜 철에는 이것보다 몇 배 더 열심히 일할게요."

손바닥을 비벼 용서를 비니 사장은 평소에 일 잘하는 그녀를 놓치고 싶지 않았는지 들어오게 했다. 임미경은 몇 번이나 고맙다 인사를 하고 자리에 앉았다. 그나마 성격이 활달해서 용서라도 빌었던 그녀는 정든 시다 판을 찾을 수 있었으나 다른 시다는 결국 해고를 당하고 말았다.

할머니가 되어서도 잊지 못할 기억이었다. 도대체 진정 누가 잘못을 했단 말인가? 다음에 바쁠 때는 더 열심히 일하겠다고 빌었는데, 과연 15일

철야작업보다 어떻게 더 열심히 일할 수가 있을까? 돌이켜 생각만 해도 눈물이 솟는 아픈 기억이었다.

이처럼 열심히 일만 하던 임미경이 노동조합을 알게 된 것은 노동교실이 있는 유림빌딩 골목에서 일하게 되면서였다. 못다 한 공부를 하고 싶은 욕심에 중등 과정에 입학하니 김세균 등이 교사로 있으면서 여덟 시간 노동과 월차, 연차, 야간수당 등 노동법에 대해 가르쳤다. 서울대 농대를 다니던 천상경은 레크리에이션 강사였다. 그는 경동교회 야학 강사 출신으로 치열한 논리나 투쟁성을 가진 학생은 아니었으나 훌륭한 노래 실력과 따뜻한 인품, 훤칠한 키에 잘생긴 얼굴로 조합원들의 인기를 끌었다. 여성뿐 아니라 남자들도 그를 좋아해서 신광용이 자기 공장에 취직시켜 함께 일한 적도 있었다. 전혀 육체노동을 해보지 않고 귀공자처럼 자란 천상경은 입술이 온통 부르트고 코피를 흘리는 악전고투 끝에 한 달을 채우지 못하고 포기했다. 또 다른 소모임 강사로 활동한 최한배의 경우 노동자 같은 용모에 철저한 신념을 가지고 나중에 대우어패럴에 취업해 몇 년이나 일하면서 노동자를 조직한 것과는 또 다른 모습의 지식인이었다.

천상경의 낭만적이고 따뜻한 성품은 많은 남녀 조합원들의 기억에 남았다. 임미경도 그런 조합원들 중 한 명이었다. 임미경은 천상경을 무척 좋아하여 노동교실에서 살다시피 했다. 자연스럽게 노동교실은 임미경의 머릿속을 완전히 바꾸어놓았다. '착취'라는 말을 통해 왜 일하는 사람은 거지같이 못사는데 사장들은 빈둥빈둥 놀면서도 몇 년 만에 집을 사니 빌딩을 사니 자랑하는지 알게 되었다. 대범하고 다혈질인 임미경은 2년 과정을 마치고 수료증을 받을 무렵 최고의 투사 중 한 사람이 되어 있었다. 양승조에 이어 장기표, 이소선 어머니의 구속투쟁으로 중부경찰서를 이웃집처럼 드나들었고 동부경찰서, 영등포경찰서까지 원정을 다녔다. 시위만 했다

하면 연행이 되었는데 강사인 천상경도 꼭 끼었다가 연행되곤 했다. 그러면 임미경은 자신의 기지로 어떻게든 천상경을 빼돌려주려 애썼다. 대학생이 잡히면 외부세력이라 해서 고생을 더 하기 때문이었다. 이는 임미경만이 아니라 당시 중견 조합원들의 일반적인 생각이었다. 조합원들은 연행될 만한 싸움이 시작될 때면 미리 서로 말을 맞추어두었는데 특히 학생 출신들은 우연히 노조를 찾아왔다가 연행되었다는 식으로 축소하여 보호하기 마련이었다.

연행당할 때면 무차별 구타가 쏟아지기 마련인데 임미경은 일방적으로 맞지는 않았다. 앞장서서 전경들의 곤봉을 빼앗아 거꾸로 두들겨 패기도 하고 돌멩이로 저항하기도 했다. 영등포경찰서에 잡혀갔을 때는 경찰이 모두 벽을 보고 무릎 꿇고 있으라 했는데 임미경이 혼자 돌아서서 우리가 무슨 죄를 졌느냐, 다들 편하게 앉으라고 선동하며 싸운 일이 있어 유명해졌다.

자신이 죽으면 화장해달라는 임미경의 유언으로 울음바다가 되어 있을 때 이숙희가 힘차게 소리쳤다.

"우리 신상은 염려하지 말고 열심히들 싸워요!"

신순애도 애끓는 애정의 시선으로 한 명씩 눈을 맞추며 말했다.

"우리는 감옥 안에서 단식투쟁밖에 할 수 없으니 나가는 사람들은 밖에서 계속 싸워주세요. 부탁은 이것 하나뿐입니다."

유치장에는 밤 12시가 되면 통행금지로 잡혀온 사람들이 가득 찼다가 아침이면 훈방이 되어 나가는데 경찰은 이들을 계도한다며 아침마다 훈화를 하고 라면을 먹여 내보냈다. 어느 날 심부름하는 아이가 라면을 가져왔다가 훈화시간에 걸리는 바람에 그냥 가져갔는데, 훈화가 끝나고 나니 아까 그 라면을 그대로 다시 가져오는 것이었다. 퉁퉁 불은 정도를 넘어 국물이라곤 하나도 없는 밀가루 덩이가 되어 있었다.

"야, 이 라면 다시 끓여갖고 와."

이순자가 라면 덩어리를 밀어내자 심부름하는 어린 남자애는 가소롭다는 듯이 말했다.

"죄수 주제에! 야, 그냥 먹어!"

"다시 끓여 와! 이 팅팅 불은 걸 어떻게 먹냐? 우리가 죄인인 줄 알아?"

이순자가 당당히 따지자 남자애는 비웃으며 말했다.

"야, 너희들 혼숙해서 잡혀왔냐?"

미성년자가 혼숙하다가 잡혀와 구류를 사는 일이 종종 있었다. 심부름꾼의 눈에는 고만고만한 남녀들이 무더기로 잡힌 것이 그런 경우로 보여 지레짐작했던 것이다.

"저런 싸가지 없는 새끼가! 저 새끼 잡아!"

구류가 떨어져 함께 갇혀 있던 성질 급한 정석호가 벌떡 일어나 남자애를 걷어차려고 했으나 철창 안이라 어쩔 수 없었다. 남녀 할 것 없이 조합원들이 들고 일어나 죽인다고 소리치자 남자애는 후다닥 달아나버렸다. 그런데 나중에 이 일이 와전되어 조합원들이 철창문을 열고 몰려나가 경찰관을 두들겨 팼다고 기록되기도 한다.

구속자들은 특수공무집행방해죄, 폭력행위 등 처벌에 관한 법률 위반 등의 죄목을 받았는데 유치장 죄수 명단에 '특공방'으로 적혔다. 대학생들은 보통 집회 및 시위에 관한 법률 위반이어서 '집시'로 표시되었는데 청계 사람들은 '특공방'이니 지나던 학생들이나 교도관마다 이게 무슨 죄냐고 물어보았다.

유치장 생활은 힘들었다. 딱딱한 보리알과 콩이 이 사이로 제각기 이리저리 도망을 다니고 짠지는 시궁창에 담갔다가 꺼낸 듯 시커먼 게 짜디짰다. 그래도 감옥에 가면 콩밥 먹어야 되니까 지금부터 연습하자고 서로를 격려하며 군말 없이 먹었다. 나쁜 음식은 참을 수 있었으나 옷이 문제였다. 농성 날은 따뜻해서 모두 얇은 옷을 입고 있었는데 연행된 뒤로 날씨가 빠르게 추워졌다. 밤이면 이가 덜덜거리도록 추웠다. 농성장에서 연기에 쏘이고 물에 젖었던 옷을 갈아입지도 빨아 입지도 못해 쾌쾌한 냄새가 나는 데다가 배급되는 담요는 너무 더럽고 악취가 나서 덮을 수도 없었다.

무엇보다도 속옷을 갈아입지 못한 불편함은 견디기 힘들었다. 열흘 동안 팬티를 갈아입지 못하니 모두들 따갑고 가려워서 걸음을 못 걸을 정도가 되었다. 앙심을 품은 경찰은 구속자들을 독방에 가둬놓은 채 열흘 동안 면회조차 시키지 않았다. 가족들이 찾아왔다가 면회도 못 한 채 속옷과 돈을 영치하고 가도 일절 들여보내지 않았다. 여자들에게는 정말 징그러운 나날이었다.

서대문구치소로 넘어가니 여자 간수들이 30명쯤 되는 여자들을 강당에 모아놓고 옷을 몽땅 벗으라고 지시했다. 일반수들 중에 몸속에 돈이나 담배를 숨겨 오는 것을 검사한다는 것이었다. 범죄를 저지르고 왔다지만 아무래도 여자들이다 보니 쑥스러워하며 옷 벗기를 주저했다. 그런데 신순애는 말이 떨어지기 무섭게 맨 먼저 홀랑 옷을 벗어던졌다. 너무 가려워서 참을 수가 없었던 것이다.

"얘, 너 별이 몇 개니? 여기 많이 와봤나 봐?"

함께 입감된 일반수들이 놀라서 물을 정도였다. 몇 번이나 감옥에 드나들었기에 그리 쉽게 옷을 벗느냐는 질문이었다. 감방에 들어가니 비로소 몸을 씻고 옷도 갈아입을 수 있어 살 것 같았다.

위로가 되는 것은 조합원들의 면회와 편지였다. 조합원들은 매일 순서를 정해 구속된 이들에게 면회를 가거나 편지를 썼다. 지학순 주교, 함세웅

신부 등 사회 각계 민주인사들뿐 아니라 조합원들의 영치금 차입도 줄을 이었다. 얼굴만 알 뿐 친하지 않았던 이들까지도 편지 왕래를 통해 서로를 알게 되고 친해지기도 했다. 감옥에 있어도 호강을 한다고들 말했다. 비록 자유는 잃었어도, 일하지 않고 갖다 주는 밥 먹으며 책이나 읽고 편지나 쓰는 호강을 누려보기는 처음이었다.

밖에 남은 이들은 누구보다도 어린 임미경을 감옥에 보낸 것을 못내 미안해했다. 이광숙과 이영숙, 이영순 등 구속되지 않은 이들은 미안하다는 말로 시작해 미안하다는 말로 끝나는 마음 아픈 엽서를 보내곤 했다. 그 중에는 경찰에게 호되게 당한 후 좌절과 실의에 빠져 노조를 멀리하게 된 이들도 있었다. 임미경과 함께 가장 열심히 싸운 한 명으로 경찰에 맞아 입원까지 했던 임경숙은 아픈 심정을 이렇게 썼다.

"미경 언니. 그동안 몸 건강히 잘 있는지? 편지를 쓰다가 찢어버리곤 했어. 편지 쓴다는 게 그렇게 쉬운 것은 아니야. 나 지금 이화대학병원 뒤에서 자취해. 이모하고 둘이서. 집을 떠나오니까 정말 집이 그립고 하루에도 몇 번씩 우는지 몰라. 이젠 모든 게 다 지겨워. 일도 하기 싫고 집 생각만 나. 나 요즘 조합에도 안 가. 왠지 모르게 가기가 싫어. 다 귀찮아. 만날 같은 꿈을 꾸는데 내가 누구한테 쫓기는 꿈만 꿔. 언니, 보고 싶다. 언니, 나 보고 싶으면 꿈을 꾸어. 그리고 마음이 괴로울 땐 기도를 하고 항상 마음을 약하게 먹지 말고 면회하러 나와서는 울지 마. 울면 우리가 괴롭잖아……."

경찰관들이 질려버리도록 억세게 싸운 임미경과 임경숙이었으나 내면에는 어느 누구보다 부드럽고 나약한 심정을 갖고 있었다. 임미경은 조합원들이 면회를 오면 자기도 모르게 눈물이 나와 자꾸만 울었던 것이다. 경찰의 폭행으로 사무치는 공포에 사로잡힌 임경숙은 노조 출입을 중지한 채 매일 밤 무서운 사람들에게 쫓기는 꿈을 꾸며 우울한 나날을 보냈다.

임경숙뿐 아니라 이름도 없이 싸우다가 사라져간 조합원은 무수히 많았다. 만 14세에 불과한 장선애는 즉결재판에서 미성년자라 하여 닷새 만에 풀려났고 이순자, 고영화, 김석태 등 여덟 명은 구류 15일씩을 받아 성동서와 동대문서, 남부서 등에 분리 수감되었다가 풀려났는데 그 중 장선애와 고영화는 이 일을 계기로 점차 노조 출입이 적어지더니 언제부터인가 나타나지 않는 사람이 되었다.

'중부서 장 계장과 청계 장선애가 만나면 쿠데타가 일어난다'는 노랫말이 만들어졌을 정도로 용맹했던 장선애가 떠난 것은 가장 안타까운 일이었다. 겨우 열네 살 나이임에도 구류를 살고 나온 장선애는 얼마간 노조에 드나들었으나 심리적인 충격이 몹시 컸던 듯했다. 어느 날 누가 농담으로 "저기 장 계장 온다!"고 한마디 했더니 얼굴이 하얗게 질려 책상 밑으로 쏙 숨어 벌벌 떠는 것이었다. 그러고는 다시 나타나지 않았다.

장래 희망이 여군 장교였을 정도로 씩씩한 고영화도 이듬해까지는 동화모임 회보에 글도 쓰고 하더니 소리 없이 사라졌다. 동화모임에는 고영화 말고도 홍지연, 김정숙, 정영옥 등 여군 장교가 되고 싶어했던 어린 조합원들이 여럿 있었는데 이들 역시 조용히 사라졌다.

앞장서 싸운 간부들은 외부에 나가면 청계노조 출신이라는 대접이라도 받지만, 나이 열다섯에서 열여덟밖에 안 된 평조합원들은 이름도 없이, 명예도 없이 고생만 하다가 몸과 마음의 큰 상처만을 입은 채 떠난 것이었다. 옳은 일이니까 한다는 단순한 마음만으로 나서기에는 청계노조의 싸움은 너무 격렬했고, 군사독재의 폭력은 너무나 잔인했다. 옳은 일에 따를 수밖에 없는 희생을 감당하기에는 너무 어린 소녀들이었다.

정보과 형사들은 조합 간부들을 만날 때면 정보를 캐낼 목적으로 적당히 도움을 주기도 하면서 친해지려 애썼지만, 보이지 않는 곳에서는 어린 조합원들을 혹독하게 구타했다. 이소선 어머니에게조차도 보이지 않는 곳에서 개처럼 두들겨 패는 그들이었다. 얼굴이 알려진 조합원들은 단체로 연행이 되어도 따로 불려 나와 머리채를 잡아채이고 몽둥이로 맞고 구둣발로 짓밟히는 게 예사였다. 형사들은 그 어린 소녀들에게 이단 옆차기로 날아와 가슴을 때리기도 했다. 아무리 자기 직업이 그렇고 먹고살기 위해 하는 짓이라지만, 마치 깡패들처럼 나약한 소녀를 가운데 놓고 돌려가며 패는 그들은 인간이기를 포기한 사람들이었다. 방금까지도 목이 터지게 구속자 석방을 외치며 경찰과 싸우던 여성 조합원들은 막상 경찰서 안에 끌려가 하나씩 흩어져 매를 맞으며 조사를 받게 되면 비명으로 울부짖지 않을 수 없었다.

그토록 매를 맞고도 떠나지 않고 남은 소녀들도 있었다. 박태숙과 조미자, 김덕순 같은 소녀 조합원들이었다.

9·9사건 후 제일교회에서 대학생들이 단식기도회를 열었는데 여기에 참석하기 위해 다방에서 만나던 박태숙과 조미자는 우연히 백 형사 눈에 띄어 아무 이유도 없이 중부경찰서에 끌려가 모질게 구타를 당하느라 출근도 못 한 적도 있었다. 노조 담당인 백 형사나 이 형사는 간부들을 만나면 인간적으로 친밀함을 내세워 노동자 입장을 이해하는 듯 이야기를 했으나 보이지 않는 곳에서는 조합원들에게 무지막지하게 폭력을 휘둘렀다.

박태숙과 조미자는 두들겨 맞고서도 기어이 기도회에 참석해 꼬박 이틀 동안 단식을 했다. 기도회가 끝나고 어질어질한 몸으로 거리에 나오니 동대문운동장에서는 한창 연고전 야구가 열리고 있었다. 하늘에 구름 한 점 없는 맑은 가을날, 동대문 일대는 야구장에서 들려오는 함성과 인파로 흥청이고 있었다. 주린 배를 움켜쥔 채 이소선 어머니와 다섯 동료를 석방해달라고, 노동자도 사람답게 살게 해달라고 애절히 기도를 하고 나온 두 사람에게는 마치 딴 세상 같은 풍경이었다.

당장은 배가 너무 고팠다. 같이 농성을 했던 학생들은 돈이 있어 이리저리 몰려 밥을 먹으러 가는데 두 사람은 주머니에 한 푼도 없었다. 박태숙이나 조미자나 1년 넘게 수도 없이 경찰서에 드나들면서 해고와 퇴직을 거듭해 기술도 제대로 익히지 못하고 돈도 거의 벌지 못하는 상태였다. 낯익은 대학생들이 밥을 사 먹으러 가는 모습을 부럽게 바라보고 있는데 함께 농성을 하고 나온 노동자 출신 지도자 박문담이 꾀를 냈다. 양승조 지부장이 대놓고 먹는 식당으로 가자는 것이었다.

빈속에 백반 한 그릇씩 먹고 양승조 지부장용 수첩에 이름을 적고 나오니 살 것 같았다. 그런데 밖에 나오니 방금 식당에 갔던 대학생들이 서울운동장에서 열리고 있던 연고전을 본다고 표를 사는 것이었다. 두 사람은 역시 자신들과 대학생은 처지가 다르다는 생각으로 씁쓸함을 감출 수 없었다.

9·9사건 이후 조합원 개개인에 대한 경찰의 감시와 협박은 최고조에 달했다. 조미자의 집은 파출소 바로 옆이었는데, 담당인 양 순경이 하루도 빠짐없이 집에 찾아와 오늘은 어디서 무얼 하는가 보고하라고 했고 확인하기 위해 시내까지 졸졸 쫓아다녔다. 보고를 않고 사라지면 곧장 아버지를 찾아가 딸을 찾아내라고 괴롭혔다. 조미자의 아버지는 아침마다 신문에 청계 소식이 나왔는지, 자기 딸이 구속된 건 아닌지 확인해보는 게 일과였다. 당사자보다 부모님이 더 애태우고 가슴 아파하던 시절이었다.

개인적으로 감당하기 어려운 고난 속에서도 모진 매를 맞고 풀려난 지 또 며칠 만에 끌려가기를 되풀이하던, 최소한 200명 이상, 많게는 400명 이상의 조합원들을 지탱하게 해준 힘은 무엇이었을까? 경찰은 의식화 교육을 받았기 때문이라고 보았고 실제로 그런 측면이 없지는 않았지만, 근본적으로는 그 자신들의 삶에서 우러난 것이기 때문이었다.

조미자는 매번 싸움 때마다 공포에 질리곤 했음에도 경찰서에서 풀려나와 사람들을 만나면 금방 두려움을 망각하고 다시 힘을 냈다. 노동자도 인간답게 살아야 한다는 선언보다 더 직접적으로 그녀를 감동시킨 것은 저녁 8시 퇴근이었다. 아직 조합에 드나들기 전, 임현재가 나타나 전원을 탁 내리고 가버리면 깜깜한 공장 안에 촛불을 켜놓았다. 더 이상 일은 할 수 없었다. 어둠 속에 타오르는 조그만 촛불들을 보는 게 그렇게 좋을 수가 없었다. 그녀를 각성시킨 것은 야학이나 노동교실 공부 이전에 8시 퇴근의 감동이었다.

조미자를 끝까지 조합에 남게 한 것은 조합 언니들에게서 받은 감동이었다. 어느 날은 그 무서운 백 형사가 노조 사무실에 들어오자 이숙희가 벌떡 일어나 '여길 어디라고 들어왔냐'며 따귀를 때리는 장면을 목격했다. 유별나게 초롱초롱한 눈을 반짝이며 형사들에게 삿대질을 하고 연행하려는 전경들 앞에 침을 뱉기까지 하는 이숙희의 영웅적인 모습은 어린 소녀에게 깊은 인상을 주었다. 늘 노조 사무실에서 말없이 열심히 일만 하다가도 농성장의 마이크만 잡으면 토씨 하나 틀리지 않고 30분이건 한 시간이건 열변을 토해내는 이순자, 친언니처럼 부지런히 허드렛일을 도맡아하는 신순애와 이광숙, 임금자에게도 감동하지 않을 수 없었다.

조미자뿐 아니었다. 사람들은 서로가 서로에게 감동하며 힘을 얻었다. 이들 탁월한 여성 간부들의 존재는 여성의 존엄성을 깨닫는 계기도 되었다. 철저한 가부장제를 전제로 한 군사문화에 짓눌린 시절이었다. 여성 노동자들은 임금노동자의 설움과 여성 천대라는 이중의 억압에 눌려 살아야만 했다. 남자들보다 더 뛰어난 능력과 헌신성으로 조합을 이끄는 여성 간부들의 모습은 어린 소녀들에게 여성도 당당하게 설 수 있다는 자부심을 주었다. 반면, 이들 선배들은 겨우 열다섯, 열여섯 나이에 정의를 위해 온 몸을 바쳐 싸우는 소녀 후배들을 거울로 삼아 더 열심히 싸웠다.

이소선 어머니와 임미경, 이숙희, 신순애는 서대문구치소 여감방에서 감격의 상봉을 했다. 아침 세면시간이 끝나고 독방에서 홀로 배식을 기다리고 있던 이소선 어머니의 귀에 그리운 음성들이 들려왔다.

"이소선 어머니! 저희들이에요!"

얼른 밥을 넣어주는 조그만 구멍으로 머리를 내미니 여섯 번째 방 너머에서 이숙희가 역시 배식구로 머리만 내놓고 있었다. 몸체는 보이지 않고 목만 내놓은 기괴한 풍경이었다.

"어머니, 식사 잘 하시고 건강하게 지내세요. 여기 와서는 어찌 되었든 건강이 최고예요. 우리들은 젊으니까 끄떡없어요."

"그래, 숙희야! 고생이 많구나! 어디 아픈 데는 없지?"

반가움의 감격으로 목이 메어 말이 잘 나오지를 않았다. 교도관은 사납게 외치며 통방하지 말라고 했으나 두 사람은 들은 척도 않고 계속 소리를 쳤다.

"어머니, 밖에 있는 사람들도 모두 잘 있어요. 승철이, 주삼이도 무사하고요."

"너희들은 빨리 나가야 하는데, 불편한 점은 없냐?"

"우리들은 염려 마세요. 우리 모두 징역살이 잘 하고 있어요. 우리들이 어디 가서 기죽고 사는 것 보셨어요? 우리들은 항상 떳떳하고 어디 가도 까딱없잖아요."

"그래, 너희들이 그렇게 생각하니까 내 속도 편하다. 순애하고 미경이도 한번 봤으면 좋겠다."

"이따가 운동시간에 볼 수 있을 거예요. 그럼 식사 많이 하시고 이따 또

봐요."

같은 여자 사동에 살게 된 네 사람은 서로를 격려하고 보살피기를 아끼지 않았다. 교도관들의 고함에도 불구하고 시시때때로 배식구로 통방을 계속했고 운동시간이 되면 이숙희, 신순애, 임미경이 차례로 이소선 어머니의 방문 앞을 지나며 조그만 철창으로 얼굴을 마주보고 이야기를 나눴다.

힘들기는 독방에 있는 이소선 어머니가 가장 심했다. 처음 들어갔을 때는 한여름이었는데 머리를 감기는커녕 얼굴 씻을 물도 부족했다. 그녀는 늘 긴 생머리를 말아 올려 비녀로 꽂고 다녔는데 도저히 유지할 수가 없었다. 50년을 길러온 긴 머리칼을 자를 수밖에 없었다. 머리칼을 잘라내고 나니 육신의 한쪽이 떨어져 나간 듯 허전했다. 그녀에게 쪽 찐 머리는 남다른 사연이 있었다. 남편의 잇단 사업 실패와 좌절 때문에 온전한 부부의 정을 느끼지 못하고 살아온 그녀에게 커다란 마음의 의지가 되어준 이는 시아버지였다. 자신의 아들보다도 며느리를 더 미더워했던 시아버지는 돌아가시게 되었을 때 말했다.

"태일이 에미야. 우리 상수가 부족하더라도 네가 꾹 참고 열심히 살아라. 나는 너를 믿는다. 그리고 태일이 저놈도 참 똑똑하다. 네가 어떤 어려운 일이 있어도 꾹 참고 전씨 집안 사람으로 살면 나중에 좋은 일도 있을 것이다."

"예, 아버님. 염려하지 마세요. 열심히 잘 살게요. 아이들도 훌륭하게 키울게요."

"암, 그래야지. 그리고 에미야, 내가 죽더라도 그 쪽 찐 머리는 자르지 말고 그대로 살아야 한다."

"예, 아버님."

시아버지의 유언대로 여태껏 비녀를 꽂은 머리를 하고 살았는데 결국 감옥에 와서 잘라야 하다니 시아버지에게 한없이 죄스러웠다. 그녀는 그날 밤 시아버지의 꿈을 꾸었다. 또 아들보다 먼저 저 세상에 간 남편의 꿈도 꾸었다. 생전에 살뜰하게 대해주지 못한 남편에게 속죄를 하고 또 했다.

겨울이 오니 감방 생활은 더욱 어려워졌다. 평생 안 해본 고생이 없는 그녀였지만 한겨울의 독방 생활은 적응하기 힘들었다. 물도 안 주고 콩이 반도 넘게 섞인 꽁보리밥은 꽁꽁 얼어 플라스틱 숟가락으로 두드리면 통통 소리가 났다. 손으로 한참 비벼대면 겉만 녹았다. 조금씩 긁어 먹고 다시 손으로 비벼 녹여 긁어 먹었다. 김치라고 무 대가리를 그대로 잘라 만들었는데 무청 속에 흙이 달라붙어 있어 숟가락으로 긁어내며 먹어야 했다.

청계 식구들은 영치금이 들어오면 빵이나 김치, 고추장 같은 것을 사서 함께 나누고, 이소선 어머니가 머리를 감을 수 있도록 물을 보내주기도 했다. 또 감방 안에서 심부름하는 죄수인 소지들에게 이소선 어머니를 특별히 잘 해달라고 부탁해 소지들의 태도도 한결 좋아졌다. 어느 때는 유행가 곡조에 가사를 붙인 개사곡을 만들어 간수들이 쩔쩔매도록 큰소리로 합창하기도 했다.

"빵 터졌네, 빵 터졌네. 서울구치소 빵 터졌네. 이렇게 다 잡아들이면 빵 터져서 들어가지 못하리라……."

감옥의 겨울은 유난히 춥게 느껴지기 마련이었다. 이숙희와 신순애는 남자 사동에 갇힌 신광용과 김주삼이 추위에 견디도록 교도관 몰래 마스크를 만들기로 했다. 피복류 만드는 일이라면 이력이 나 있는 두 사람은 놀라운 재주로 수건의 올을 풀어 뜨개질을 하여 마스크를 만들었다. 전달 방법도 기가 막히게 궁리해냈다. 남사와 여사는 철저히 분리되어 있었고, 더군다나 교도소 안에 금지된 마스크를 건네는 일은 있을 수 없었다. 그러나 간통으로 들어와 남사의 공범과 함께 재판을 받는 여인의 도움을 받아 편지와 마스크를 무사히 전달해줄 수 있었다. 여인의 공범이 신광용과 같은 사동에 있다는 것을 알았기 때문이었다.

뒤늦게 마스크가 오갔다는 사실이 드러나자 교도소는 발칵 뒤집혔다. 교도소 측은 청계 사람들이 한 짓이라는 것은 짐작했으나 구체적인 증거를 잡을 길이 없어 통방만 강화했을 뿐 유야무야 지나갈 수 있었다.

특이할 정도로 겁이 없던 신광용조차도 처음 구치소에 들어설 때는 겁을 잔뜩 먹었다. 등 뒤로 철문이 쾅 소리 내며 닫힐 때는 갑자기 귀마개로 귀를 틀어막는 것처럼 멍하고 혼란스러웠다. 경찰이나 관리들보다는 막무가내로 주먹을 쓰는 사람이 더 무섭다는 사실을 잘 알고 있던 그는 흉악범들이 가득한 감방에 처음 들어섰을 때 다른 구속자들보다 더 긴장할 수밖에 없었다. 그러나 막상 적응을 하면서 자신감을 되찾았다. 일반수들은 자기들끼리는 잘 싸워도 경찰이나 간수 같은 관리들은 무서워하기 마련이었다. 신광용이 입감하자마자 간수들에게 큰소리 탕탕 치며 싸우자 죄수들은 나이도 어린 그를 정치범으로 깍듯이 우대해주어 편한 감옥살이를 할 수 있었다.

1977년 11월 3일부터 청계 조합원들에 대한 재판이 시작되었으나 피고에 대한 재판이라기보다 거꾸로 정부와 법원이 청계 조합원들에게 재판받는 형국이 되었다. 타고난 연설가인 이숙희와 신순애, 어디에 가도 순수한 본성을 그대로 드러내어 청중을 감동시키는 임미경은 재판정에서 자신과 노동자의 현실을 너무나 조리 있고 감동적으로 진술해 방청석의 조합원들을 흐느끼게 했다. 때로는 청계 식구들만 아니라 다른 사건으로 방청 온 이들까지 눈물지었다. 지금까지 노동자의 현실을 어렴풋이 알고만 있던 이들이 정말 노동자의 현실이 그런 줄은 몰랐다며, 초등학교밖에 못 나온 노동자들이 어찌 그렇게 똑똑할 수가 있느냐며 눈물을 글썽거렸다. 청계 여자들이 똑똑하다는 이야기는 죄수들뿐만이 아니라 교도관들 사이에서도 화제가 될 정도였다.

재판 도중 신순애가 기절하는 사태가 벌어지기도 했다. 아무것도 모르는 청소년들이 직업전선에 뛰어들었다가 길을 잘못 들어 죄를 범하게 된 것이 가슴 아프다는 상투적인 위로로 시작한 검사의 논고는 이들이 프롤레타리아 혁명의 이론에 따라 소규모 폭동을 일으켰으므로 엄벌에 처해야 한다는 결론에 이르렀다. 9·9사건에 관한 내용을 담은 북한의 삐라가 관악산과 남산 등지에 뿌려져 있었다는 것이었다. 이에 신순애가 '나는 빨갱이가 아니며 빨갱이를 만난 적도 없다'고 항변하다가 분에 못 이겨 기절해 버린 것이다.

맹렬히 옥중투쟁을 한 신광용은 재판정에 나올 때 간수들과 싸운 흔적으로 눈 주위가 퍼렇게 멍들어 있기도 했다. 또 구속되지 않은 박문담, 이순자, 이영순, 임경숙 등은 증인으로 증언대에 올라 구속자들을 변호하기도 했다.

검사 구형이 있던 날, 김주삼과 신승철에게 각각 단기 3년, 장기 5년, 다른 이들에게 단기 2년, 장기 3년 등 가혹한 형량이 구형되자 법정 여기저기서 흐느끼는 소리가 터져 나왔다. 집에서 아버지가 나가지 못하게 하자 어린 조카를 봐준다는 핑계로 방청을 왔던 한 어린 조합원은 갓난아이를 품에 안고 엉엉 울음을 터뜨리기도 했다. 또 공덕귀 여사와 문익환 목사의 부인 박용길 여사가 단골로 방청을 와 박수를 치고 함께 눈물을 흘리곤 했다.

주요 간부 구속으로 힘이 많이 약화된 조합에서는 면회와 함께 구속자들의 구명운동을 벌였다. 윤보선 전대통령, 김수환 추기경, 함석헌 옹, 지학순 주교, 윤공희 대주교 등 민주화운동 지도자 15명의 명의로 된 「국민의 글」과 조합원 명의로 된 「호소문」을 대량 인쇄해 청계천 일대에 배포했다. 이 일을 맡은 이영순과 전순옥이 을지로 인쇄소에 유인물을 찾으러 갔는데 양이 엄청나 택시에 실을 수가 없어 트럭을 빌렸다. 그런데 막 트럭에다 실었을 때 중부서 장 계장이 멀리 어슬렁거리는 게 보였다. 조합으로 가져가면 압수될 게 뻔했다. 두 사람은 계획을 바꾸어 교문리의 이영순 집으로 향했다. 이영순의 집에는 양승조 지부장의 짐도 맡겨져 있었다. 조합에서는 이영순의 집에 유인물을 숨겨놓고 시장 일대에 배포를 계속했다. 일부 젊은 조합원들은 조직적으로 청계천 일대 공중화장실에 돌아다니며 이소선 어머니를 석방하라거나 경찰을 비난하는 낙서를 하기도 했다.

이소선 어머니는 12월 28일의 2심 재판에서 징역 1년을 언도받은 직후 수원교도소로 이감 통보를 받았다. 이 사실을 안 세 사람은 이감에 반대하는 단식까지 벌였으나 철회되지 않았다. 어머니가 이감되는 날, 세 사람은 울고불고하며 교도관들과 싸워 잠시나마 상봉할 수 있었다.

"어머니, 안녕히 가세요!"

"어머니, 건강하세요!"

손을 잡는 세 사람의 얼굴은 온통 눈물로 얼룩져 있었다. 이소선 어머니는 떨어지지 않는 발길을 내딛으며 목이 메어 말했다.

"숙희야, 순애야, 미경아! 너희들도 밥 잘 먹고 건강해라! 아무리 힘들어도 용기를 잃지 말고 꿋꿋이 살아야 한다!"

마지막으로 한 사람씩 잡아보는 손이 얼마나 따뜻했던지, 이소선 어머니는 수원교도소에서 심한 병고를 치르는 내내 그 온기를 떠올리며 힘을 얻었다.

구속된 이들은 모두 정신적으로 힘들었지만 그 중에서도 신순애가 가장 고통받았다. 12세 소녀 가장으로서 미싱을 시작해 그날까지 가족을 부양하던 그녀가 감옥에 가버리자 어머니는 끼니도 잇기 어려운 곤란에 빠졌기 때문이었다. 워낙 재정이 취약한 데다 세 명의 간부를 잃어 활동력이 떨어진 조합에서는 상근 간부이던 이숙희에게만 공식적으로 임금을 지급했을 뿐, 구속자들에게는 약간의 영치금 이외의 지원을 할 수 없었다. 더욱이 구속자의 가족들까지 돌볼 여력은 없었다.

이런 사정을 잘 알고 있던 전순옥은 농성 직전에 조영래로부터 받은 패물을 떠올렸다. 차마 자기가 쓸 수는 없어 장롱 깊숙이 숨겨놓았던 패물을 전당포에 잡혀서 신순애의 어머니를 도와야겠다고 생각했다. 그런데 장롱을 뒤져보니 패물이 몽땅 사라지고 없었다. 식구들이 어머니 구속으로 자주 집을 비운 사이 누군가에게 도둑을 맞은 것이었다. 전순옥은 조영래를 만나 패물을 잃어버렸다고 이야기하며 펑펑 울었다. 조영래는 너그러운 얼굴로 오히려 그녀를 달래주었다.

한편, 민종덕은 영락병원에 실려 간 상태에서 불구속입건되었다. 검사를 받은 결과 추락 당시 척추가 부러져 3개월 간 입원 치료하라는 진단이 나왔고 양손은 부러져 깁스를 해야 했다. 경찰은 그가 입원한 병원 주변을 봉쇄하여 조합원들의 접근을 막고 형사 두 명이 병실에 상주하며 같이 먹고 같이 잤다. 이를 보다 못한 민종덕의 아버지가 형사들에게 고함을 질렀다.

"나가! 꼴도 보기 싫으니까 나가란 말이야! 당신들이 간호, 치료 다 해주겠다면 내가 이 자리에서 나가겠지만, 아니면 당신들이 나가!"

비록 몸은 늙고 가난하게 살아도 젊은 시절 이승만의 독재에 반대해 몸 바쳐 싸웠던 패기로 거세게 몰아붙이자 형사들은 슬그머니 자취를 감춰버렸다.

치료비를 낼 수 없던 민종덕은 며칠 만에 퇴원해 집에 들어갔다. 경찰은 그가 고의로 달아난 것도 아닌데 기소중지처분을 해버렸다. 여기에 군대입영영장까지 나왔다. 일단 신체검사에 응한 민종덕은 훈련소까지 갔으나 부상의 후유증이 심해 귀가조치를 당한 후 국군통합병원에서 소집면제 판정을 받았다. 민종덕은 한동안 집에 누워 있다가 불편한 몸으로 다시 노조활동을 시작했다. 경찰은 그가 군대까지 갔다 왔음에도 기소중지 조치를 지우지 않은 채 내버려두었다가 아주 오래 뒤에야 문제를 삼기도 했다.

집행부는 구속된 부장들을 대신해 차장 체제로 운영했다. 교선부장 이숙희의 공백을 메우기 위해 박원섭이 차장으로 들어와 상근했다. 민종덕의 총무부 공백은 이영순이 차장으로 상근하며 메웠다. 황교홍, 정태섭, 최옥분 등 중견 조합원들도 어려움에 빠진 노조 사무실에 매일 나오다시피 열심히 활동했다.

임미경은 이듬해 2월에 열린 1심 재판에서 집행유예 3년을 선고받고 석방되어 박원섭에 이어 교선부 차장으로 상근을 시작했다. 신순애와 이숙희는 9개월 만인 1978년 6월에 집행유예 3년으로 석방되었고 이소선 어머니도 8월 22일 만기 출소했다. 신광용과 김주삼은 1년 6월의 실형을 모두 살고 1979년 4월이 되어서야 석방되었다.

구속자들은 하나 둘씩 나왔으나 분위기는 예전 같지 않았다. 정규 학교를 다니지 못한 조합원들에게 노동교실은 단순한 배움터 이상의 의미를 가지고 있었다. 군사정권 아래 정규학교가 입신출세를 위한 대학진학을 목표로 강제와 폭력으로 유지된 반면, 노동교실은 자발적인 참여와 사랑과 동지애로 뭉쳐진 행복한 공간이었기 때문이다. 9월 9일의 결사적인 농성에도 불구하고 유림빌딩 노동교실을 되찾지 못한 이후 조합원들은 마음 둘 곳을 찾지 못하고 실의에 빠져 방황하고 있었다.

창신동 가정집에서 일하며 태양회원으로 활동하던 스무 살의 객공 미싱사 이수나의 기록은 그 마음을 잘 보여준다. 일요일마다 노동교실에서 즐거운 하루를 보냈던 추억을 잊지 못한 이수나는 어느 비오는 일요일, 혼자 노동교실을 찾아갔다. 교실 입구에 두 명, 2층에 세 명의 경찰이 지키고 있었다.

"저, 교실에 좀 들어갈 수 없나요?"

들어갈 수 없음을 잘 알면서도 자기도 모르게 나온 말이었다. 그러자 경찰관들은 다짜고짜 욕설을 퍼붓는 것이었다.

"계집애가 할 일 없으면 낮잠이나 자지 왜 이런 못된 곳에 찾아오고 지랄이야?"

화가 치솟은 이수나는 마구 대들었다.

"경찰이 이렇게 함부로 욕해도 괜찮은 거예요? 물어보지도 못해요?"

그러자 2층에 서 있던 경찰이 마치 짐승을 몰듯 '쉬이—쉬이—' 하며 물러가라는 손짓을 했다. 더욱 화가 났다.

"내가 무슨 똥 묻은 개라도 되는 줄 알아요? 사람한테 무슨 짓이에요?"

당돌하게 따지고 들자 경찰은 나이를 묻고 주민등록증을 내놓으라 했다. 주민등록증을 소지하지 않은 사람은 언제든지 임의 연행할 수 있던 시절이었다.

"그런 것 없어요. 왜요? 내가 무슨 죄라도 졌나요?"

경찰은 그러면 경찰서에 가자고 정색을 했다. 순간 겁이 더럭 났다. 혼자인 데다가, 조합원이 연행되면 당장 쫓아와 경찰과 싸우고 석방시켜주던 이소선 어머니도 없다는 생각 때문이었다. 그래도 기가 죽을 수는 없었다.

"좋아요! 가요! 가서 공짜 밥 좀 먹읍시다!"

경찰관들은 어이없는 표정이 되어 멀건이 쳐다보다가 그냥 집에 가라고 놔주었다. 돌아오는 길에 왠지 서러운 생각이 들었다. 자기를 노동자로 만들어놓은 부모님이 원망스럽기까지 했다. 얼마 전까지 노동교실 친구들과 즐겁게 걷던 시장 길이 그렇게 낯설고 외로울 수가 없었다. 비를 맞으며 걷는데 눈물이 앞을 가렸다. 빗물과 눈물로 젖은 눈을 훔치며 참으려 해도 참을 수가 없었다. 기어이 엉엉 울고 말았다.

조합원들의 이러한 상실감을 메우기 위해 노조에서는 1977년 10월 11일 창신동 가정집에 세를 얻어 임시 노동교실로 쓰게 되었다. 허름한 건물 2층에 방 두 개가 딸린 살림방이었다. 이영순, 이광숙, 이순자 등이 그곳에서 자취하면서 중등교실을 이끌었다.

여자들이 살림을 하니까 어떤 면에서는 모이기가 더 좋았다. 자정이 가까운 시간에도 불쑥 찾아와 국수를 끓여달라는 조합원들도 있고 고향에서 먹던 달래를 발견하고 사가지고 와서 무쳐달라는 남자 조합원도 있었다. 고향집에서 고추장을 가져왔는데 발효가 되는 바람에 한밤중에 '뻥!' 소리를 내며 뚜껑이 폭발해 놀란 적도 있었다. 알뜰한 이순자는 국수를 삶고 걸러낸 뜨거운 물을 버리지 않고 소화에 좋다고 마시게 하기도 했다.

그러나 이곳도 오래 사용하지는 못했다. 조합원들이 매일 모이니 형사들이 주인에게 해약하라고 압력을 넣었다. 전세 등기를 하겠다고 큰소리를 치자 도리어 주인이 제발 해약해달라고 사정사정해 나올 수밖에 없었다.

한동안 창신동 꼭대기에 툇마루가 딸린 단칸방을 얻어 요긴하게 사용하기도 했다. 다섯 명이 겨우 앉을 정도로 비좁은 방이었기 때문에 사람이 모이면 툇마루까지 나와 엉덩이를 붙여야 했다. 열쇠는 모두가 아는 곳에 숨겨놓고 일주일 내내 각기 다른 모임을 열었다.

조합에서는 조합비 일부를 기금으로 적립해 이듬해 5월 창신동에 방 세 칸짜리를 얻어 한문교실을 열기도 했으나 두 달 만에 동대문경찰서로부터 건물 주인에게 심한 압력이 들어와 또다시 계약이 해지되고 말았다. 조합원들은 모임을 가지려면 동화시장 입구나 공원, 다방 등을 전전해야 했다. 겨울에 갈 곳이라곤 다방뿐이었는데 돈도 들고 이야기도 마음대로 할 수 없었다.

모임 장소가 마땅치 않다 보니 교회를 많이 이용하게 되었다. 경동교회에서 이뤄진 동화모임이 가장 대표적이었다. 구속자 면회, 임금인상투쟁에서 두드러지게 활동해온 동화모임은 9·9농성에서 회장인 김주삼과 총무인 신광용이 구속당한 이후 1977년 11월 들어 김준용과 황만호의 주도 아래 서재덕, 김선주, 이애경 등이 나서서 소모임 연합회로 재출발했다. 진달래, 사슴, 도라지, 복숭아, 크로바 등 각기 6, 7명의 회원을 가진 신규 소모임의 연합체였다. 이들은 매일 밤 경동교회에 모여 모임을 가지고 구속자 면회 투쟁에 나가는 등 활발한 활동을 벌였다. 조선영, 김명숙, 안미선, 정익성 등 남녀 조합원들이 열심히 활동했다. 그러나 매일 밤마다 노동자들이 몰려와 율동을 배우고 노래를 외쳐대니 일반 신도들의 불만이 쌓여가지 않을 수 없었다. 1978년 3월부터는 교회에서 문을 열어주지 않아 사용할 수 없게 되었다.

9·9농성 이후 회원이 대폭 줄어든 데다 경동교회마저 쓰지 못하게 되자 활동에 나서는 회원은 급속히 감소되었다. 노동교실이 있을 때만 해도 수련회를 가면 70~80명 이상 모였는데 이제는 모란공원 전태일 묘소나 금곡릉 같은 곳에서 야유회를 열어도 고작 열다섯 명이 모이면 다행이었다. 한동안은 명맥만 유지하는 수준이었다.

또 다른 모임방으로는 신순애가 얻은 자취방이 있었다. 1978년 6월 7일 이숙희와 함께 석방된 신순애는 어머니와 함께 살던 7만 원짜리 단칸 전세방에서 독립해 나와 창신동에 5만 원짜리 전세방을 얻었다. 오랫동안 모시던 어머니로부터 독립을 하게 된 것은 그녀가 감옥에서 나와 노조에 상근을 시작하자 형사들이 집주인에게 찾아가 빨갱이니 못 살게 하라고 압력을 넣었기 때문이었다. 그 말을 들은 50대 집주인은 보증금 7만 원을 들고 와서 65세 된 어머니 혼자 있던 방바닥에 휙 던졌다.

"당신 딸이 빨갱이라면서요? 당장 방 빼요."

신순애의 어머니는 충격으로 쓰러져 눕고 말았다. 그래도 저녁에 딸이 들어오니 손을 잡고 다짐하는 것이었다.

"나는 너 간첩 아닌 거 믿는다. 너 간첩 아니지?"

"엄마, 내가 왜 간첩이야? 나 빨갱이 아냐."

반공의식이 투철한 나이든 어머니가 신순애를 믿은 것은 그녀가 그만큼 평소에 성실하게 살았기 때문이었다. 신순애는 더 이상 어머니를 힘들게 하고 싶지 않았고 비밀스런 공부방도 필요했기 때문에 따로 방을 얻게 되었는데 형사들이 찾지 못하도록 자신의 주민등록을 창동으로 옮겨 이소선 어머니의 동거인으로 만들어놓았다.

1978년은 서민 생활에 절대적인 식료품비가 기상천외하게 급등한 해였다. 돼지고기 한 근이 500원인데, 배추 한 포기에 2,000원, 고추 한 근에 8,000원이었다. 이런 시절에 5만 원은 보잘 것 없는 돈이었다. 신순애의 5만 원짜리 방은 입구 문을 열고 들어서면 한 사람이 서서 움직거릴 정도 공간이 부엌이라고 달렸고, 방문을 열고 들어가면 밥상 하나 놓고 댓 명이 무릎을 맞대고 앉으면 꽉 차는 작은 공간이었다. 그래도 매일 조합원들이 들끓었다.

저녁에 일이 끝나면 집에 와서 밥을 해먹고 할 여유가 없었다. 덕수중학교나 동화시장 앞에서 모여 자장면 하나씩을 사 먹고 들어와 공부를 하고 자정 전에 헤어졌다. 인격적으로 신뢰할 수 있는 사람들끼리만 모임방을 이용했는데 한글을 배우는 모임부터 노동법을 배우는 모임까지 거의 일주일 내내 공부가 계속되었다. 일주일 중 하루는 최한배의 지도 아래 김행자, 김선주, 신순애, 서재덕, 김준용, 황만호 등 핵심들이 모여 노동운동에 필요한 공부를 했는데, 어떤 날은 사람들이 다 가고 신순애와 최한배 둘만 남아 밤을 지새우며 이야기를 나누기도 했지만 이성 간의 불미스런 사건 같은 건 없었다.

이 무렵 중견 조합원 조직을 강화한 신순애의 역할은 아무리 강조해도 지나치지 않았다. 와이셔츠 노동자들을 단결시켜 수많은 싸움에 참여시킨 데 이어, 새로 등장한 젊은 조합원들을 조직해 한결 수준 높은 의식화 교육을 시킴으로써 훗날 노조를 이끌어갈 새로운 세대를 양성해낸 그녀의 역할은 지대했다.

이소선 어머니를 비롯해 이숙희, 신순애, 임미경, 신광용, 김주삼이 구속된 상황에서 1977년 12월부터 시작된 단체협상은 5개월 만인 1978년 4월 20일에 끝났다. 12월 협상에서는 동문·부관·을지·연쇄상가의 단체협약을 신규 체결하고 4월에는 이들 상가를 포함한 여덟 개 주요 상가의 단체협약이 갱신·조정되었다.

이해 단체협상의 가장 큰 성과는 여덟 개 주요 상가를 하나의 노사협의회로 묶게 되었다는 점이다. 노조 초창기에는 모든 상가에 별도로 노사협의회를 구성해 오랜 시간 단체협상을 했던 것을 이승철 지부장 시절 들어 네 개 협의회로 줄였는데 이제는 평화·동화·통일·동신·을지·연쇄·부관·동문상가로 이뤄진 단 한 개의 협의회와 교섭을 벌이게 된 것이다.

그러나 새로운 단체협약으로 이승철 집행부 시기에 체결되지 않았던 신규 상가까지 유니언숍이 확대 적용되었음에도 6,000명에 이르던 조합원은 5,110명으로 줄어들었다. 전체 노동자 숫자가 8,600명에서 7,600명으로 계속 감소하고 있던 영향이었다.

새로운 노사협의회와의 임금교섭에서는 월급제 노동자의 임금 부문이 조정되었다. 견습공 최저임금은 3만 원, 미싱보조, 오바로꾸사(단이 풀리지 않게 촘촘히 꿰매는 기계를 맡은 노동자), 재단보조, 그 외 하찌사시(오바로꾸된 단의 끝부분을 안으로 접어 꿰매는 기계), 이본침 등을 다루는 보조공들은 4만 2,000원, 월급 미싱사는 6만 원으로 타결되었다. 이 중 견습공들의 최저임금이 지난해 2만 원에서 3만 원으로 33퍼센트나 인상된 것이 큰 소득이었다.

주요 간부가 구속된 상태에서 부장석을 비워둔 채 차장으로 들어와 상근하게 된 이광숙, 이영순, 이순자 등 간부들은 조합의 일상활동을 살리기 위해 혼신을 다했다. 이들은 함께 구속되지 못했다는 죄인 같은 마음으로 더욱 열심히 활동하려 애썼다. 그러나 노동교실이 없어져서 모일 수 있는 곳이 없었다. 약간의 상근비는 조합원들을 만나느라 찻값으로 식비로 다 들어가고 여기저기 흩어진 구속자들 면회 다니고 영치금이라도 조금 넣어 주다 보면 시간도 돈도 항상 부족했다. 더구나 근로감독관이나 정보과 형사들하고 이야기만 해도 변질되었다고 의심하던 시절이었다. 누구는 이래서 못 믿고 누구는 저래서 못 믿고 다 거르고 나면 믿을 사람이 몇 안 되었다. 이래서는 안 된다는 마음으로 조합 간부들은 서로서로 중견 조합원들의 집에 찾아가 이야기를 나누고 함께 잠을 자면서 마음을 묶기에 애썼다. 노동교실을 이용한 공개적인 교육을 할 수 없는 상황이라 상대적으로 소모임 교육이 늘어나는 시기이기도 했다. 상근 간부, 중견 조합원들 모두 죄인의 심정으로 열성을 다했다.

이들의 헌신적인 노력으로 주휴제와 시간초과 단속은 주기적으로 계속되었으며 다섯 번의 자체 야외 교육과 별도로 다섯 번의 크리스찬아카데미 교육이 실시되었다. 아카데미 교육에는 조명심, 문금숙, 김영숙, 김혜란, 이찬분, 윤매실, 박태숙, 조미자, 이광숙, 임미경, 임경숙이 참석했다. 아카시아회를 중심으로 한 부녀부 교육도 네 차례 열려 100여 명이 참석했고 1977년 12월 25일에는 연소 근로자 위안잔치를 열어 25명의 어린 소녀들을 위로했다. 10월 23일 백운산에서 개최한 정기 등산대회에는 250명이 참가하고 11월 13일 모란공원에서 거행된 전태일 7주기 추도식에는 내빈을 포함한 200명이 참석하여 침체된 분위기를 되살리는 데 도움이 되었다.

전체적인 통계로 보아서는 조합의 활동이 예전보다 위축된 것이 사실이지만 이는 주요 간부들의 구속과 옥바라지로 동력이 약해진 이유뿐 아니라 전반적인 정치 여건 때문이었다. 유신독재가 최악의 단계에 이르러 노동운동은 물론, 학생들과 재야운동도 거의 마비되어 있던 시절이었다. 노동운동권에서 독재정권과 가장 첨예하게 대립해온 청계노조에 대한 감시와 제약은 극도에 달했다. 양승조 지부장이나 조합 간부들이 아무리 최선을 다해 노력한다 해도 한계가 있을 수밖에 없었다. 이 점은 이후 들어선 김영문, 임현재 지부장 때도 마찬가지였다.

이런 상황에서 양승조 지부장에 대한 반발이 일어나고 있었다. 과거 지부장들이 경찰과 커피만 한 잔 마셔도 어용이라 매도되던 분위기가 여전한 상황에서 양승조가 노동청 간부들과 식사를 하고 술을 마신 사실이 알려지면서 문제가 되었다. 양승조가 봉제공장에서 일해본 적이 없는 외부 출신이라는 것, 삼동회 출신들과 화합하지 못해 노조의 융화에 소홀히 한다는 점도 문제가 되었다. 양승조가 물러나야 한다는 여론이 형성되기 시작했다. 집행부의 주축이던 이숙희와 신순애, 그리고 이소선 어머니도 아직 감옥에 있던 시점이었다.

적극적으로 문제를 제기한 이들은 삼동회 출신들이었다. 최종인과 임현재, 신진철, 김영문 등 일선에서는 물러났으나 여전히 많은 조합원과 대의원들로부터 애정과 신뢰를 받고 있던 선배들이 앞장서자 다수 중견 조합원과 대의원들이 양승조 불신임 분위기로 돌아섰다. 조직부장 전태삼도 이에 공조했다. 양승조는 궁지에 몰리게 되었다.

총무부장 민종덕은 이번 단체협상을 맺는 과정에서 양승조가 다른 협상 대표들이 미처 인식하지 못하는 가운데 노동청에서 미리 작성해 와 제시한 결의문에 서명한 것을 문제로 보았다. '그동안의 오도된 노조활동을 반성하고 외부세력을 배격한다'는 내용이 담긴 6개항의 결의문이었다. 민종덕은 지금까지 청계노조의 활동을 '오도된 노동운동'이라고 표현한 것은 청계노조의 정당성을 부인하는 것이며, 외부세력 배격이야말로 지금까지 청계노조를 도와준 수많은 민주인사, 지식인들을 배격하자는 것으로서 오히려 민주노조의 자주성을 해치는 중대한 사안이라고 보고, 결의문에 서명한 양승조를 도울 수는 없다고 생각했다. 물론 이는 다른 집행부 간부들과는 상관없는, 양승조 개인에 대한 비판이었다. 민종덕은 삼동회와 동조하지는 않았으나 관망하는 태도를 취함으로써 양승조퇴진운동을 도운 결과가 되었다.

이소선 어머니는 과거 집행부가 바뀔 때마다 큰 영향력을 행사해왔다. 어머니에게 아들의 친구들은 어느 하나도 버릴 수 없는, 이제는 자식과 다름없이 귀한 아들들이었다. 그럼에도 불구하고 온 생애를 바쳐 아들의 뜻을 지키겠다는, 청계노조를 올바르게 이끌어 청계천 노동자를 인간답게 살도록 만들겠다는 집념이 더 강했다. 이러한 간절한 바람으로 인해 누구든 조금이라도 틀렸다 싶으면 가차 없이 야단을 쳤다. 최종인과 이승철 집행부의 교체 과정에서 이소선 어머니의 역할은 결정적이었던 게 사실이었다. 그렇다고 해서 어머니가 이들을 인간적으로 미워하거나 이들이 어머니를 등진 적은 없었다. 잠시 서운함을 거두면 금방 내 어머니요, 내 아들이었다. 어떻게든 노조를 잘 해보려는 마음은 똑같다는 것을 서로가 잘 알고 있었기 때문이었다.

최종인, 김영문, 임현재, 신진철 등 삼동회 회원들이 이소선 어머니를 찾아온 것은 감옥에서 나온 지 얼마 되지 않았을 때였다. 최종인은 말했다.

"어머니, 지금 양승조는 문제가 많습니다. 조합원들과 화합하지 못하고 과격한 투쟁만 계속하니 노조가 너무 약화되었습니다. 노동청 관리들하고 밥 먹고 술까지 마셨다는데 이것도 있을 수 없는 일입니다. 승철이가 사무실에 찾아온 형사들하고 차를 마셨다고 어용이라 내몰던 친구가 이러면 되겠습니까? 이대로 놔두면 노조가 망가집니다. 어머니, 우리가 승조를 몰아낼 테니 그리 알고 계세요."

양승조가 투쟁적임을 잘 알던 어머니였지만, 노조의 화합을 위해 최종인의 설득에 따르지 않을 수 없었다. 어머니까지 용인하자 불신임 분위기는 더욱 거세졌다.

양승조는 처음에는 불신임 요구를 받아들이지 않았다. 이승철 지부장 시절, 누구보다도 앞장서서 투쟁을 주도했던 그였다. 지부장이 된 후로 거듭된 싸움과 구속자 뒷바라지로 정신이 없어 조합의 일상 업무가 어려웠던 것은 사실이지만 결코 소홀히 했다고는 생각하지 않았다. 밖에서 볼 때와 달리, 막상 지부장이 되고 보니 관리들이나 경찰과 만나지 않을 수 없기도 했다. 하지만 어려운 여건 속에서도 노사협의회를 하나로 통합하고 유니언숍의 범위를 넓히는 등 최선을 다해 활동해왔는데, 무엇보다도 어용을 한 일이 없는데 물러나라고 하는 것은 부당하다고 보았다.

집행부를 지켜온 이숙희, 이영순, 이광숙, 이순자 모두 마찬가지였다. 주요 간부들이 구속되고 경찰과 기관원들의 압박이 최악에 이른 상황에서 노조를 살리기 위해 얼마나 애써왔는데 지부장 불신임이라니 받아들일 수 없었다. 삼동회를 비롯한 중견 조합원들이 지목한 것은 양승조 개인으로, 다른 집행부 간부들은 전혀 상관이 없었으나 당사자들의 입장은 그게 아니었다. 뒤늦게 감옥에서 석방된 이숙희를 중심으로 한 여성 간부들은 삼동회 선배들의 주장에 강하게 반발했다. 그런데 이때 일부 중견 조합원들이 8절지에 양승조 퇴진을 요구하는 유인물을 만들어 공장마다 돌린 사건이 일어났다. 양승조는 여성 간부들에게 같이 싸우자고 했다. 그러나 여성 간부들은 이렇게 조직 싸움으로 대응했다가는 여태껏 자신들을 믿고 따라온 조합원들에게 상처와 피해만 주리라 판단했다. 여성 간부들은 조합의 분열을 막기 위해 스스로 일괄 사퇴함으로써 사태를 수습하기로 했다. 버티려던 양승조도 포기하지 않을 수 없었다. 양승조는 1978년 8월 10일자로 자진 사퇴했다. 지부장이 된 지 13개월 만이었다.

이로써 과거 한국노총 출신 지부장들은 물론, 최종인, 이승철, 양승조 세 사람도 모두 정식 임기를 채우지 못하고 사퇴하는 기록을 남기게 되었다. 그러나 청계노조의 집행부 교체는 일반적인 어용노조의 민주화운동과는 전혀 다른 내용을 갖고 있었다. 어떤 지부장도 기업주로부터 돈을 받아먹거나 권력과 결탁해 노동자를 탄압하고 외면하는 짓을 한 적은 없었다. 내부의 조직적인 갈등이 없지는 않았지만 이권을 위한 파벌 싸움과는 전혀 질이 달랐다.

도리어 지부장의 잦은 교체야말로 청계노조가 민주노조라는 반증이기도 했다. 당시 대개 어용노조들은 회사나 관청과 유착된 지부장의 장기집권 아래 집행부 교체 시도는 철저히 봉쇄되어 있었다. 반면 청계노조는 지부장의 매우 사소한 잘못조차도 자유롭게 지적하고 반대세력을 형성할 수 있을 만큼 민주화되어 있었다. 하부로부터 올라오는 자유로운 비판과 의견 개진, 그리고 새로운 이들의 요구에 부응하지 못한다고 판단되면 스스로 깨끗이 양보하고 물러나는 전통, 책임자에서 물러난 후에도 계속해서 노조를 지원하는 풍토야말로 진정 청계노조를 민주노조의 상징으로 세운 또 다른 힘이었다.

또한 겉으로는 계속해서 갈등을 겪는 것처럼 보여도 내면적으로는 서로 간에 형제보다 끈끈한 의리가 살아 있었다. 신순애 같은 경우는 활동 방식을 두고 민종덕과 의견 차이가 잦아 사이가 썩 좋지는 않았음에도 감옥에서 석방되어 나온 후 민종덕이 투신으로 몸이 상해 있는 것을 보고 감옥살이하는 동안 조금씩 모은 영치금 7만 원으로 보약을 해주기도 했다. 7만 원이면 웬만한 기능공의 한 달 월급으로, 집에 쌀이 떨어질 정도로 어려운 실정이었음에도 소중한 돈이니까 함부로 쓰면 안 된다는 생각에 보약을 해준 것이다. 전혀 모르는 사람과 싸울 일은 없는 법, 가까운 사람들끼리 가장 많이 싸우는 것은 당연한 일이었다. 노조의 운영을 놓고 소리치고 싸우다가도 문제가 해결되면 언제 그랬는가 싶게 다시 절친해지는 것이 1970년대 간부들의 공통점이었다. 신순애뿐 아니었다. 거의 매번 목숨을 건 싸움을 함께 해온 청계 조합원들 사이의 동지애는 다른 어떤 민주노조들과 비교할 수 없이 깊었다.

양승조는 정기 대의원대회를 한 달 앞두고 퇴진했기 때문에 자연히 한 달이라는 선거기간이 주어졌다. 어떤 인물이 지부장이 되어야 청계노조를 올바르게 이끌어갈 것인가 새로운 고민이 시작되었다. 양승조의 사퇴와 함께 감옥에서 갓 나온 부지부장 신순애가 직무대리를 맡았는데 집행유예 중이라는 이유로 연합노조 중앙으로부터 해촉解囑 명령을 받아 또 다른 부지부장 이연수가 직무대리를 맡게 되었다.

이숙희를 중심으로 한 일부 여성 간부들은 직무대리 이연수를 지부장으로 밀기로 했다. 호적상 이름이 이연순인 이연수가 지부장 후보로 추대된 것은 가녀린 외모와 달리 예리한 판단력과 곧은 기질을 가진 데다가 말도 조리 있게 잘하고 인격적으로도 흠잡을 데가 없다고 판단했기 때문이었다. 청계천 노동자의 절대 다수가 어린 여성인 상황에서 여성 간부들은 이연수가 지부장이 된다면 권위적이거나 독단적이지 않고 포근한 분위기로 노조가 활성화되리라고도 생각했다. 이런 점 때문에 3년 전 최종인이 물러난 후 지부장 선거에서도 박명옥을 지지했던 경험이 있었다.

하지만 이번에도 다수 대의원들은 험난한 투쟁의 선봉이 될 수밖에 없는 지부장은 남성이 되어야 한다고 생각했다. 이연수는 여성 간부들의 지원을 받아 선거운동을 벌이기도 했지만, 그들의 뜻을 받아들여 스스로 부지부장에 머물렀다.

11 70년대에서 80년대로

1978년 9월 27일, 제8차년도 정기 대의원대회는 지부장에 김영문을 선출했다. 부지부장에는 신순애, 이연수, 임금자, 강신걸을 선출하고 임현재는 사무장에, 회계감사로는 최순희, 김계열, 전덕순을 뽑았다. 지도위원으로 최종인, 고문으로는 이소선 어머니가 위촉되었다. 이숙희, 이광숙, 이순자, 이영순은 현장에 취업했다.

김영문은 지부장의 권한으로 총무부장에 민종덕을 유임시키고, 조직부장 신진철, 조사통계부장 박재익, 교선부장 전태삼, 부녀부장으로는 신순애를 지명했다. 벌써 여러 해 동안 일선에서 물러나 있던 최종인은 김영문을 보조하기 위해 지도위원으로 돌아와 활동을 재개했다. 이승철은 집행부에서는 빠졌으나 단체교섭의 노조 측 위원으로 나가는 등, 삼동회 핵심 네 사람이 다시 뭉친 셈이었다. 그 중에서도 임현재는 사무장으로서 실질적으로 노조를 이끌어나갔다.

운영위원으로는 지선옥, 전인순, 박태숙, 손옥자, 이상우, 김재규, 임영란, 이남순, 문금숙, 김덕순, 조미자, 이희순, 김세열 등 새로이 성장한 젊은 중견 조합원들이 대거 선출되었다. 최고 지도부는 삼동회 출신들이지만 하부조직은 빠르게 새로운 인물들로 교체되고 있었다.

전태일의 가장 오랜 벗이자 청계노조의 터줏대감으로서 어려운 시기에 지부장을 맡은 김영문은 특출하게 앞에 나서서 싸움을 이끌거나 지도한 적은 없어도 노조가 결성된 이래 한 번도 운영위원이나 대의원에서 빠져본 적이 없는 성실파였다. 최종인과 임현재가 '지부가 어려움에 빠졌으니 네가 한번 지부장을 해보라'고 권하자 군말 없이 응낙했다.

노동조합이 결성된 지 8년째, 청계 노동자들의 노동조건은 꾸준히 개선되고 있었다. 김영문이 지부장을 맡은 지 석 달 후인 1978년 12월부터 한 달 간 1,718명을 대상으로 설문조사를 해본 결과 일일 평균 근로시간은 10.2시간으로 줄었고 월평균 근로일수도 25.3일로 줄어들어 있었다. 월평균 임금도 재단사 13만 8,000원, 미싱사 9만 5,000원, 시다 3만 9,640원 등 일반 공장 노동자들의 임금 수준보다도 높은 편이었다. 지부장의 교체와 집행부 변동과 상관없이 매년 꾸준히 노력해온 결과였다.

하지만 노동자들의 건강상태는 여전히 나빴다. 같은 기간 500명의 노동자를 표본으로 추출해 조사해본 결과 그 중 100명이 넘는 21.6퍼센트가 인후염, 폐결핵, 기관지염, 위장염, 치질 등의 구체적인 질병을 앓고 있었다. 이들 중 10퍼센트 정도만이 병원에 다니고 65퍼센트는 약국 처방만 받았으며, 나머지는 아무것도 하지 않고 질병을 방치하고 있었다. 만성피로와 현기증 같은 신경계통 이상을 호소하는 노동자가 68퍼센트를 넘고 진단이나 치료를 받지 못한 채 눈과 피부, 소화기관의 고통을 호소하는 노동자가 각각 절반을 넘었다.

그런데 조합원의 건강을 보호하기 위해 만든 복지의원은 청계노조가 중심이 된 운영위원회를 무시하고 대한산업보건협회에서 일방적으로 운영하고 있었다. 운영비가 부족하다 보니 청계 노동자들을 위한 실비치료와 무료진료보다는 외부인에 대한 건강진단 주 업무가 되어 오전에만 진료를 하고 오후에는 외부로 건강진단을 나가 문을 닫아버렸다. 1978년에는 4월부터 9월까지는 의사가 없어 아예 공백상태가 되기도 했다.

이런 사정으로 1977년 조합원의 복지의원 이용 건수는 1,461회로, 하루 네 건에 불과했다. 복지의원의 실적으로 올라간 구충제 투약은 서울시에서 한 일이었고, 결핵 치료는 메리놀수녀회에서 직접 투약을 맡고 있었다. 임대보증금과 의료기기, 검진차량 일체는 아프리에서 청계노조를 위해 제공한 것이었고 구급차도 메리놀신부회가 청계노조 앞으로 지원한 것으로, 이런 상태로 운영한다면 설립의 의미가 없었다.

김영문 집행부는 보건협회 측이 당장 수입이 되는 외부 건강진단에 매달리는 이유가 의사와 간호사의 인건비 때문임을 감안해, 복지의원을 서울시립병원의 분원으로 만들거나 근로복지공사 소속으로 만들어 인건비 지원을 받는 방안을 제시하고 이를 위해 이들 기관들과 협의를 벌였다. 그러나 청계노조의 이름으로 이들 기관의 지원을 받아내는 일은 사실상 힘들었다. 함께 나서주어야 할 보건협회 측도 사명감 없는 무성의한 태도로 일관해 도움이 되지 못했다. 노조 초창기에 폐쇄까지 거론되다가 부활시킨 복지의원은 끝내 유명무실한 기관이 되고 말았다.

김영문이 지부장을 맡은 8개월 동안, 눈에 띄는 큰 사건은 일어나지 않았다. 단체협약이나 임금협상이 없던 시기였기 때문이다. 아직 감옥에 김주삼과 신광용이 남아 있었으나 재판이 벌써 끝난 상태라 면회투쟁이나 재판투쟁도 일어나지 않았다. 중견 조합원들이 노동교실을 잃은 대신 사방에 흩어져 더욱 내실 있는 학습을 하던, 정중동의 시기라 할 만했다. 일주일에 한 번꼴로 들어오는 체불임금 등 진정을 처리하고 근로시간과 조합 전임자 임금지급 문제 등 10여 건의 단체협약 위반사항을 해결하는 정도였다. 8개월 간 세 차례의 공식 교육에 매회 20명이 참석하고, 10월 29일 조합원 160명이 등산대회를 열고, 12월 31일에 열린 연소 근로자 위안잔치에 나이 어린 조합원 235명이 참석해 성황을 이룬 것 정도가 활동의 대부분이었다.

사용자들은 조합이 이렇게 약화된 것을 기회로 삼아 조합 사무실 이전을 추진하기도 했다. 평화시장 옥상의 사무실을 내주고 자기들끼리 제비뽑기로 결정한 부관상가로 이전해달라고 요청했다. 이전의 단체협상에서 조합의 요청에 의해 다른 상가에도 사무실을 마련해주기로 협약한 적이 있기는 했으나 이제 와서 사무실을 옮기라는 것은 조합을 우습게 보는 것 밖에 되지 않았다. 김영문은 이 문제에서만큼은 단호히 요구를 거절하고 평화시장 옥상을 고수했다.

노동교실이 폐쇄되고 조합 차원의 공식적인 교육이 거의 마비된 상태에서 중요하게 부각된 곳은 야학이었다. 이미 1976년부터 몇몇 교회에 야학이 생겨 활동하고 있었으나 노동교실이 없어진 이후 초보 노동자를 모을 수 있는 효과적인 방법으로 떠올랐다. 기관원들의 감시와 통제가 워낙 심해 모든 것이 은밀하게 이뤄지지 않을 수 없는 상황이기도 했다.

기본적으로 야학을 주도한 것은 노동조합이었다. 경동교회, 제일교회, 형제교회, 복음교회, 동신교회, 시온교회, 동대문성당 등에 개설한 야학들은 교회 건물을 빌려 열었으나 종교와는 사실상 관련이 없었다. 김승훈 신부, 김동완 목사, 박형규 목사 등 목회자들의 도움도 컸으나 이들 역시 신앙을 강요하거나 종교의식을 요구하지 않았다. 대개 교과목은 국어, 영어, 수학, 역사 등으로 짜였으나 강사로 온 대학생들이 정치의식을 가지고 한국의 정치 상황과 노동자로서의 자부심, 그리고 권리의식을 가르침으로써 중견 조합원 배출구 역할을 했다. 강학들 중에는 자기가 다니는 대학에서 민주화시위에 참가해 수배가 되거나 구속되는 사람도 있었다.

강학들에게는 야학생을 모집하러 다니는 일 자체가 현장 경험이자 감동이었다. 점심시간을 택해 어두컴컴한 공장 복도에 들어서면 줄지어 서 있는 합판 문들이 반쯤 열려져 있고 왱왱거리는 환풍기 소리와 뿌연 섬유 먼지에 가슴까지 답답해졌지만 난간 곳곳에 두세 명씩 모여 까르르 웃고 떠드는 어린 소녀들을 보면 다가가 이야기를 걸고 싶은 용기가 생겼다.

어떤 작업장은 공장장이나 사장의 거부로 들어가지도 못하지만 대개는 문을 두드리고 들어가도 막지는 않았다. 노조 간부와 강학이 모집 전단을 들고 작업장에 들어가면 열네 살에서 많게는 스물두세 살의 처녀들이 한곳에 모여 도시락을 먹고 있다가 호기심 어린 시선을 던져 왔다.

"안녕하십니까? 야학에서 나왔습니다."

꾸벅 인사를 하고 노동자도 인간답게 살아야 하며 어떻게 인간답게 살 것인가를 배워야 한다는 이야기를 하노라면 나이가 든 처녀들은 고개를 푹 숙인 채 도시락만 먹기도 하지만 아직 한창 학교에 다녀야 할 나이 어린 소녀들은 까만 눈을 반짝이며 관심을 보이기 마련이었다. 한 명이 열띤 연설을 하는 동안 다른 한 명은 모집 안내문을 나눠주었다. 대개 그대로 지나치지만 살그머니 다가와 야학이 어디에 있는지, 몇 시부터 시작하고 과목은 뭔지 자세히 묻는 소녀들도 있었다. 모집하러 갔던 이들은 처음 들어갈 때의 쑥스러움은 사라지고, 소녀들의 손을 잡아주고 싶을 정도로 반갑고 정이 솟구쳐 신이 나서 설명했다.

강학들은 노동자들에게 지식을 나눠주는 것보다 귀한 것을 얻어갔다. 학생을 모집하기 위해 현장을 돌면서 관념으로만 배웠던 노동현실을 비로소 경험하고 스스로 변혁운동가가 되기도 했다. 어두침침한 먼지구덩이 다락에서 하루 열 시간을 꼬박 일하고 저녁도 먹지 못한 채 8시 30분 수업 시작에 맞춰 숨이 턱에 닿도록 뛰어오는 어린 소녀들, 지식에 대한 갈망과 미래에 대한 희망으로 반짝이는 그들의 눈빛을 보면서 이 사회에 대한 분노와 노동자에 대한 애정을 쌓아갔다.

노동조합은 이들 야학이 노동자들의 개인적인 신분상승 욕구를 채워주는 수준에 머물지 않도록 적극적으로 지원하고 지도했다. 중견 조합원들은 각각 야학을 맡아 지도하거나 야학에서 배출한 노동자를 조직해냈다.

동화모임은 경동교회 야학 출신을 중심으로 만든 모임으로, 1978년에는 정석호가 회장을 맡아 활동하고 있었다. 김준용, 황만호, 김주삼, 서재덕, 김선주, 이애경, 이남숙, 박해창, 고영화, 홍지연, 김정숙, 정영옥, 서경애, 박연주 등 수많은 열성 조합원을 배출한 동화모임 역시 노동교실이 폐쇄된 이후 모임조차 제대로 이뤄지지 않는 심각한 어려움에 처하기도 하지만 황만호와 김준용 등의 꾸준한 노력으로 빠르게 되살아났다. 1979년부터는 여러 경로를 통해 들어온 김영대, 박계현, 김성민, 김한영, 이승숙 등이 주력이 되어갔다. 동화모임은 〈집 없는 거리의 천사〉라는 개사곡과 '뻥 터졌네, 뻥 터졌네. 가세 가세 구치소로 몽땅 가세' 하는 노래의 개사곡을 만들어 부르기도 했다.

1976년 10월 박재익이 주도했던 상록수회를 토대로 만들어진 평화모임도 중요했다. 평화모임은 제2기 회장 김석태를 비롯해 박원섭, 정정희 등 많은 중견 조합원을 배출했는데 박원섭은 이소룡에 심취해 있을 때라 콧수염을 기르고 나타나 건전가요부르기 대회에 참가해 인기를 얻기도 했다. 평화모임은 산하에 상록수회부터 새마음회, 울타리회, 아리회 등 여러 소모임을 두었다. 회보 『상록수』와 『평화의 메아리』는 현장의 목소리를 생생하게 담은 뛰어난 글들로 인기가 높았고 강학 김명원이 개사한 〈평화모임회가〉는 감동적인 가사로 많은 사람의 기억에 남았다.

아카시아회 역시 노동교실 폐쇄라는 어려움에도 불구하고 수많은 열성 조합원을 배출해온 유서 깊은 여성 조합원 조직으로서 활동을 계속하고 있었다. 이 시기에는 최옥분에 이어 최현미가 회장을 맡아 구속자 면회와 재판 싸움에 회원들을 동원했다. 회지 내용은 과거와 달리 직접적으로 정부와 기업주를 비판하는 기사가 많아졌다. 동화모임과 더불어 복지병원의 무성의한 진료 행태를 비판하고 개선하는 운동을 하기도 했다.

이들 모임들을 지도하고 지원하는 것은 노동조합 집행부였다. 조합 간부들은 각자 몇 개씩 소모임을 맡아 거의 매일 이들과 만남을 가졌다. 또 휴일마다 열리는 각종 모임에 참가해 지도하거나 뒷바라지를 했다. 일요일에 조합원 교육을 간다 하면 신순애와 나성자는 전날부터 시장을 봐서 밤을 새우다시피 50개에서 70개가 넘는 김밥을 쌌다. 교육이 진행되는 동안에도 이들은 뒤편에서 된장국이며 카레를 끓이느라 땀을 뻘뻘 흘렸다. 등반대회나 체육대회는 조합원들에게는 즐거운 날이었으나 조합 간부들은 며칠 전부터 실무 준비를 하고 당일 날은 뒷바라지에 안전사고가 날까 전전긍긍하는 힘든 작업이었다.

야학이나 학습 소모임을 통해 체계적인 변혁이론을 배우며 성장한 이들은 처음부터 강도 높은 투쟁성을 띠었다. 모임마다 발행된 회보에는 반독재 정치의식과 계급의식이 직설적으로 담겨 있었다. 노동교실이 폐쇄된 1978년을 전후로 중견 조합원이 된 이들의 상당수가 훗날 청계노조가 강제해산되었을 때 이를 복구하고 비합법 노조를 이끌어가는 주력이 되는 것은 결코 우연한 일이 아니었다.

김영문이 사표를 낸 것은 지부장이 된 지 8개월 만인 1979년 3월이었다. 여러 해 동안 다니던 공장이 그가 빠져나간 이후 문을 닫게 될 지경이 되자 아내와 사장의 간절한 설득으로 공장을 아예 인수하게 되었기 때문이었다.

1979년 3월 14일에 열린 임시 대의원대회는 김영문의 사표를 수리하고 임현재를 지부장으로 선출했다. 김영문 지부장 시절 실질적으로 노조를 운영해왔던 임현재가 전면에 나선 것이었다. 회계감사로 이정님과 정명옥을 보선하고 이승철이 3월 24일자로 기획연구위원으로 임명되어 상근자로 돌아온 이외에 큰 변화는 없었다.

다만 사무장으로 민종덕이 임명된 것이 예외적이라 할 수 있었다. 애초에 사무장으로 내정된 사람은 민종덕이 아니라 신진철이었다. 그런데 민종덕과 신순애 두 사람이 새 집행부 구성에서 제외되는 분위기에 반발한 황만호 등 일부 대의원들이 문제를 제기했다. 지금까지 투쟁에 가장 앞장서온 두 사람을 빼놓으면 안 된다는 대의원들의 주장에 따라 민종덕을 지부장이 마음대로 해임할 수 있는 총무직이 아닌, 선거를 통해 당선되어 임기를 보장받을 수 있는 사무장으로 선출했다.

이날 강경한 의견으로 대의원대회의 분위기를 바꿨던 스물한 살의 대의원 황만호는 경남 창원 출생으로 두 살 때 어머니를 잃은 데다 소아마비까지 걸린 어려운 여건 속에 어린 나이에 청계천에 올라와 미싱사로 성장한 청년이었다.

처음 취직한 곳은 동화시장 5층이었는데 이때 함께 일하게 된 미싱사는 다름 아닌 김혜숙이었다. 다른 미싱사들은 불구의 몸에 남자인 그를 시다로 받아주려 하지 않았는데 천성이 착한 김혜숙은 기꺼이 받아주었다. 황만호는 양팔로 두 개의 목발을 짚고 다녀야 하기 때문에 물건을 들어 옮기는 일은 잘 못했지만 눈썰미가 있고 성실해서 보통 시다 이상으로 도움이 되었다. 물건을 옮기는 일은 옆에서 시다로 일하던 조합원 전정숙이 도와주었다.

김혜숙은 몇 달 뒤에 다른 공장으로 이직을 해서 떠났으나 황만호는 그녀를 통해 노동조합을 알게 되었다. 어린 나이에 객지에서 홀로 노동자가 되어 이리저리 떠도느라 특별히 친한 친구도 없던 그는 노동교실과 노조 사무실에 드나들면서 비로소 친구를 사귀게 되었다. 노는 날이나 일찍 일이 끝나는 저녁이면 노동교실에 찾아가는 게 일과가 되었다.

본격적으로 노조에 관심을 갖게 된 것은 1978년 후반, 경동교회 야학 출신인 김준용이 주도해 정석호, 박해창 등과 만든 소모임 돌멩이에 가입하면서부터였다. 돌멩이모임은 경동교회 야학 강학인 최한배를 초빙해 정치·사회·노동 문제에 대한 강의를 듣는 한편 경동교회 출신들이 만든 7, 8개의 소모임을 엮어 동화모임으로 발전시키는 주춧돌이 되었다.

동화모임 중에서도 김준용, 황만호, 정석호와 아카시아회의 서재덕, 김선주 등 다섯 명은 따로 소모임을 갖고 공부를 하기도 했다. 소모임의 강사로는 최한배, 문성현, 정금채 등이 교대로 초빙되었는데 이들 세 사람은 대단한 열성과 투지로 감동을 주었다. 다섯 사람은 왕십리의 문성현 자취방 등지에서 주말마다 하룻밤을 새워 공부했다. 우리나라 역사, 철학, 노동법, 단체교섭의 실제 등 다양한 공부가 4개월 넘게 계속되면서 황만호는 노동운동가로서의 굳은 신념을 갖게 되었다. 이때부터 민종덕, 신광용 등과 단짝이 된 그는 1978년부터 대의원으로 선출되어 활동했다.

황만호는 노동교실 폐쇄 이후 야학이나 비밀스런 소모임 학습을 통해 성장한 새로운 세대라 할 수 있었다. 이들 신세대는 선배들로 이뤄진 노조 지도부가 일상활동에 매몰되거나 타성에 빠지지 않도록 끊임없이 문제를 제기하는 역할을 하게 된다. 이러한 문제제기는 때로 집행부 내부 갈등으로 비화되기도 하지만 노동운동의 발전이라는 측면에서 불가피한 진통이기도 했다. 황만호는 석 달 후의 정기 대의원대회에서 회계감사로 선출되었고, 신순애도 부녀부장으로 인준받아 상근하게 된다.

새 집행부는 출범하자마자 1979년도 단체협상에 들어갔다. 노사협의회의 노동자 측 위원으로는 임현재, 신순애, 이연수, 임금자, 민종덕, 신진철, 전태삼, 박재익, 이승철, 황만호, 김준용, 최옥분, 박태숙, 김혜숙, 이상우, 정정자, 정명옥, 지선옥, 이화영, 김행재, 김연화, 전인순, 최용례, 손애자, 이낙현, 임홍, 문준식 등이 나섰다.

4월 7일부터 시작된 단체교섭은 여덟 번이나 장시간 교섭을 벌인 끝에 5월 4일에 최종 협상을 마무리했다. 견습공 하루 여덟 시간 기본급으로 최저 4만 3,000원, 미싱보조 6만 원, 2급 미싱사는 월 10만 원, 1급 미싱사 12만 원을 보장하되 급수 등급은 입사 시 근로계약서에 명시하기로 했다. 원칙적으로 객공제도는 폐지하되 부득이하게 객공으로 일할 경우는 전년도 협정 공임에 50퍼센트를 가산 지급하기로 했다.

큰 싸움 없이 관철되었으나 이번 임금협정은 대단히 파격적인 것이었다. 지난 해 3만 원이던 견습공 임금이 4만 3,000원으로 오른 것은 무려 69퍼센트 인상을 의미했다. 미싱보조 역시 70퍼센트, 객공 미싱사는 50퍼센트, 월급제 일급 미싱사는 100퍼센트나 인상된 액수였다. 더구나 이것은 하루 여덟 시간 기준으로, 실제로 적용되기만 한다면 전 품목에 걸쳐 임금이 두 배로 오르는 효과가 있을 것이었다. 객공제를 폐지키로 합의한 것 역시 매우 파격적이었다. 이로써 이승철 지부장 이래 매년 32퍼센트에서 100퍼센트까지 임금이 인상된 셈이었다.

매년 파격적인 임금인상이 계속된 것은 그만큼 물가가 폭등하고 있다는 반영인 동시에 또한 전 국민의 생활수준이 급격히 상승하고 있다는 뜻이기도 했다. 때문에 임금이 인상되었다고 해서 상대적인 빈곤이 사라진 것은 아니었다. 고도의 경제성장과 함께 상품의 질이 갈수록 고급화되고 생활필수품도 급속히 늘어나 필요한 돈이 갈수록 많아졌기 때문이다. 이제 중산층들이 과거 부유층의 생활수준에 도달한 대신, 새로운 부유층은 과거에는 상상도 못 했던 호화로운 생활을 하게 되었음을 의미했다. 아무리 임금이 올라보았자 한 달 생활하면 바닥이 나는 노동자들과 달리, 그들은 여유자금을 이용해 더욱 빠르게 재산을 축적해나갔다.

이런 상대적 빈곤에도 불구하고, 1975년부터 시작된 본격적인 임금투쟁에 힘입어 청계 노동자들의 임금이 매년 파격적으로 인상된 것은 부인할 수 없었다. 노동조합이 존재하지 않았다면 이렇게까지 오르는 일은 불가능했을 것이다. 임금이 인상되자 노동조합의 재정도 크게 나아져, 1979년도 조합비 총수입은 4,100만 원으로, 1년 전의 2,030만 원에 비해 꼭 두 배로 늘어났다.

부작용도 없지 않았다. 노조가 강력한 요구를 제기할수록 사업주들의 시장 이탈도 가속화되었다. 1979년 4월 단체교섭 당시 조합원 수는 총 5,600명으로 지난해보다 500명이 더 늘었고 이듬해인 1980년 봄에도 5,300명 선을 유지했으나 이는 중부시장 노동자들이 신규 가입하였기 때문으로, 기존의 여덟 개 주요 상가 노동자 숫자는 계속해서 감소하고 있었다.

6월 20일의 정기 대의원대회는 이소선 어머니를 상임고문에, 이승철을 상임지도위원으로 선출하고 부지부장에 문준식, 손애자, 이연수를, 회계감사에는 황만호와 홍성필, 최순희를 선출했다. 운영위원으로는 이정님, 정명옥, 김연화, 김선주, 임보섭, 윤명숙, 박재윤, 최규란, 이춘옥, 이남숙, 김덕순, 조미자, 최현미가 선출되었다.

상근자 인선에서 문제가 되었던 것은 고옥자였다. 복지부장으로 임명되었다가 교육부장을 맡은 고옥자는 가톨릭노동청년회 소속이었는데 처음 들어올 때 이 사실을 알리지 않았다는 게 드러나면서 이소선 어머니와 이숙희, 신순애, 황만호 등이 문제를 제기한 것이다. 이는 고옥자 개인에 대한 반발이라기보다 가톨릭노동청년회에 대한 부정적 인식 때문이었다.

'지오쎄' 혹은 '가노청'이라 불리던 가톨릭노동청년회는 다른 여러 민주노조에서는 주도적인 역할을 해왔으나 유별나게 치열한 투쟁이 계속되어온 청계노조에서는 투쟁에 소극적이라는 지적을 받아오고 있었다. 이는 지오쎄 활동 자체가 초보적인 노동자들을 위한 인성교육 중심으로 편성된 데다 종교와 결합되어 있어 발생한 문제였다. 야학을 통해 전투적인 정치의식을 갖추고 극한적인 싸움을 해온 중견 조합원들의 눈에는, 점진적이고 장기적인 프로그램 아래 소모임 활동을 할 뿐 아니라 교회 행사를 우선시하는 지오쎄 소속 조합원들이 못마땅할 수밖에 없었다. 대개 막 소모임을 시작해 초보적인 의식을 가진 지오쎄 회원들은 치열한 농성 현장에 잘 나타나지 않았고 조합의 모임과 교회 모임이 겹치면 교회 쪽으로 가버려 번번이 갈등을 빚곤 했다. 지오쎄 회원인 고옥자반대사건은 그러한 갈등이 전면에 드러난 사례였다.

사태는 지오쎄와의 직접 마찰로 비화되었다. 1979년 8월, 이소선 어머니와 30여 명의 중견 조합원들은 지오쎄 사무실까지 몰려가 고옥자 파견에 대해 항의하는 농성을 벌였고 외국인 신부가 이를 저지하는 과정에서 신순애가 머리를 다치는 불상사까지 생겼다. 장충동에 본부를 두고 민주화운동과 노동운동에 상당한 도움을 주어온 지오쎄 측에서는 왜 이런 일이 벌어졌는가 의아해했다. 어떻게 청계노조가 지오쎄 자체를 그렇게까지 불신하게 되었는가 하는 것이 이해가 안 되었던 것이다. 이에 이숙희와 중견 조합원들이 담당인 전미카엘 신부를 직접 만나 그동안 청계노조에서 있었던 일들을 상세히 설명함으로써 서로 간의 오해를 풀기도 했다.

임현재 지부장은 중견 조합원들의 요구에 따라 고옥자가 사퇴한 교선부장 자리에 이숙희를 임명했다. 양승조 지부장 퇴진과 함께 물러난 이후 1년여 만의 복귀였다. 또한 상근직 부녀부장으로 신순애를 임명하고 전태삼은 법규부장에 임명했다.

약간의 우여곡절을 겪기는 했으나, 임현재 집행부는 1970년대 청계노조 사상 가장 투쟁적이고 헌신적인 정예들로 구성되었다. 임현재와 이승철이 방패막이가 되고 신순애, 이숙희, 민종덕, 전태삼 등 1970년대 수다한 상징적인 투쟁을 이끌어온 인물들이 일선에 섰다. 박재익과 박원섭은 이들에 비해 상대적으로 온유하고 원만한 성향으로 분류되었지만, 각기 평화모임과 산울림회를 이끌던 지도자로서, 모든 싸움에 빠져본 적이 없던 인물들이었다. 여기에 5년째 한 식구가 되어 한 치의 빈틈도 없이 노조 살림을 챙기는 경리 나성자가 뒤를 꾸려주고 있었다. 이들 정예 지도자로 구성된 새 집행부의 저력은 이듬해 1980년 봄의 역사적인 임금인상투쟁에서 마음껏 발휘된다.

임현재는 유년시절을 한국전쟁의 혼란과 빈곤 속에서 보낸 세대였다. 전쟁으로 인해 아버지가 10년 가까이 사병으로 군대 생활을 하는 동안, 논밭 합쳐야 1,200평밖에 안 되는 그의 집은 극도의 가난 속에 살아야 했다. 평화시장에 들어온 것은 1968년도였다. 처음 공장에 들어섰을 때 원단가게 직원으로 오해를 받을 정도로 덩치가 컸던 그는 체격 조건이 좋은 만큼 뭐든지 빨리 배워 그해 겨울에는 거의 모든 작업을 자신이 맡아했을 정도였다.

전태일을 처음 만난 것은 태진사에서 재단보조로 일할 때였다. 한미사에서 전태일의 재단사였다가 이곳으로 직장을 옮겨온 신기호 밑에서 일을 하고 있으려니 전태일이 자주 놀러왔던 것이다. 점심시간이 되면 예술가처럼 빵떡모자를 쓰고 책과 서류를 옆에 낀 조그마하고 깡마른 청년이 신기호를 찾아와 이야기를 하다 가곤 했는데 어느 날 신기호가 임현재를 불러 인사를 시키고는 말했다.

"태일이가 옳은 일을 하고 있으니 현재 니들도 합세해라."

전태일은 시장의 실태조사를 하러 다니는 중이었다. 늘 끼고 다니던 책은 『근로기준법』이었고, 서류는 설문조사 용지였다. 임현재는 재단사답지 않게 책과 서류를 옆에 끼고 빵떡모자까지 쓰고 다니는 전태일을 좀 건방진 녀석이라 생각했지만 이상하게 끌리는 데가 있었다. 알 수 없는 매력이었다. 자기 자신의 이익이나 즐거움에 대해서는 한마디도 이야기하지 않고 오로지 타인의 고통에 대해, 타인을 위해 자기가 무엇을 해야 하는가에 대해서만 이야기하는, 한번도 만난 일이 없는 아주 특별한 인간이라는 느낌이었다.

몇 번 따로 만나 이야기를 나눈 임현재는 모임을 만들자는 제안에 아무 거부감 없이 나가게 되었다. 1970년 추석이 지난 직후였다. 최종인, 이승철, 신진철 등은 이미 신기호를 통해 알고 지내던 사이였고 자신을 처음 평화시장에 소개해준 김대열도 와 있었다. 이날 '삼동회'라 이름을 제안한 것은 다름 아닌 임현재였다. 그는 부회장직을 맡게 되었다.

노조라는 단어를 처음 알게 된 것도 이 무렵이었다. 설문조사를 하고, 자신들의 기사가 난 신문을 사다 팔 때 임현재는 최종인, 이승철, 신진철과 함께 가장 앞장섰다. 그러던 중 평화시장주식회사 부사장과 노동청 근로감독관들을 만나는 자리에서 부사장 박영선이 전태일에게 말하는 것이었다.

"노조는 걸 수 없어."

"우리도 노조를 걸 생각은 없습니다. 단, 근로기준법을 지켜주십시오."

전태일은 참 다부지고 똑똑한 친구였다. 그 높은 사람들 앞에서도 아무 거리낌 없이 당당하고 평화시장 노동자의 노동현실과 요구조건을 이야기하는 것이었다. 임현재는 그 자리에서 처음으로 언젠가는 노동조합이 필요하겠구나 생각하게 되었다. 그런데 전태일의 분신이 있기 직전 횡단보도를 건너다가 노인과 부딪혀 이를 부러뜨리는 엉뚱한 사고가 났다. 단순한 실수였으나 이를 해줄 돈이 없던 그는 감옥에 갇혀 40일이나 나올 수 없었다. 전태일의 죽음도, 노조 결성도 보지 못한 채 40일 만에 석방되어 나와 보니 이미 노조 사무실이 만들어져 있었다. 생각보다는 근사해 보이는 사무실이었다. 삐거덕거리는 나무책상과 의자도 하나씩 갖다 놓았고 임현재를 위해서는 조사통계부장 자리를 비워놓고 있었다. 이후 지부장이 되기까지 7년 동안, 그의 모든 것은 청계노조를 위해 바쳐졌다.

임현재 집행부가 출범한 1979년 3월은 유신독재가 내부균열로 붕괴되기 불과 7개월 전으로, 임박한 몰락을 앞둔 군사독재의 사상통제가 최악에 달하던 시기였다. 자체 교육은커녕 정부의 명령에 따라 강제교육에 끌려다녀야 했다. 4월 27일 조합원 35명이 철원의 제2땅굴을 견학하고 5월에는 이승철이 '통일안보와 유신과업 수행에 대한 특수 교육'이라는 명목으로 중앙정보부에 불려가 교육을 받기도 했다. 모든 집회와 모임이 금지된 것과 다름없는 상태에서 최소한의 근로조건 개선과 소모임 운영 정도로 만족해야만 하던 시절이었다.

임현재도 지부장으로서 강제로 산업시찰을 가야 했는데 동행한 이들은 하나같이 어용노조 간부들이었다. 일류 호텔에서 대통령보다 잘 먹고 다녔다. 당시 산업체 견학의 기본 코스이던 포항제철이며 울산 현대조선소 등을 다녔는데 그 거대한 규모에 압도당하지 않을 수 없었다. 임현재는 그 뜨거운 용광로며 거대한 선박 위에서 위험하게 일하는 이들이 어떤 대우를 받는가 가장 궁금했다. 하지만 일하는 사람들을 붙잡고 월급이 얼마냐 묻고 있으면 금방 안내자가 쫓아와 떼어놓았다. 그나마 다른 노조 간부들은 아예 그런 건 관심도 없는지 일하는 사람들에게는 말도 붙이지 않았다.

어용노조 간부들의 생활과 청계노조 간부들의 그것은 하늘과 땅 차이였다. 청계노조는 가입 조합원이 5,400명에 연간 조합비가 5,000만 원에 이르는 대규모 노조였음에도 조합비의 대부분은 조합원 교육비와 선전비에 들어갔다. 조합 간부들은 재단보조나 미싱보조 수준에 불과한 최소한의 임금을 받았고 그나마도 조합원을 만나기 위한 활동비로 대부분을 쓰기 마련이었다. 어용노조에서 개인용돈처럼 사용하는 막대한 판공비나 임금교섭 때마다 기업주들이 제공하는 비밀합의금 같은 것은 청계노조에서는 상상도 할 수 없는 일이었다. 조합비가 한 푼도 쓸데없이 새나가지 않아야 한다는 원칙을 무서울 정도로 엄격히 지켜야 했다. 실제로 최종인, 이승철, 양승조, 김영문 모두 노조를 그만둘 때는 단칸 사글셋방에 살았다.

심지어는 도덕적 우월성을 지키기 위해 연애조차도 마음 놓고 하지 못했다. 일찍 결혼한 최종인은 운이 좋은 경우였다. 노총각이 된 임현재나 이승철은 휴일이면 둘이서 등산도 가고 안양의 저수지나 온양 현충사 같은 곳에 돌아다녔다. 여성 조합원이 그렇게 많아도 함부로 처신해서는 안 되었다. 워낙 얼굴이 널리 알려져서 더욱 그랬다. 총각 둘이 북한산이나 관악산에라도 다녀온 다음 주에 조합비를 걷으러 다니면, 휴일에 산에서 보았다며 알은 체하는 사람이 여기저기서 나올 정도였다. 임현재와 이승철이 결혼한 것은 노조가 창립된 지 각각 6, 7년이 지난 후였다.

임현재는 언변이 좋으면서도 말을 아끼고 행동으로 보여주는 사람이었다. 그는 『삼국지』의 장비라는 별명을 들을 정도로 거친 일면을 가지고 있는 동시에 사소한 일상사도 꼼꼼하게 챙기는 사람이었다. 천성도 그랬지만 7년이 넘는 청계노조 생활이 그렇게 만들어준 것이었다. 때로 인사불성이 되도록 폭음을 하기도 했지만 출근시간에 늦거나 결근하는 일은 없었다.

이승철 역시 기획연구위원으로 상근하면서 지각이나 결근이라곤 없이 성실하게 근무했다. 그는 늘 조합운동을 하려면 세 가지를 지켜야 한다고 강조했다. 첫째, 돈 문제에 깨끗해야 한다, 둘째, 이성관계에 깨끗해야 한다, 셋째, 사흘 동안 쉬지 않고 말을 할 수 있어야 하고 사흘 동안 굶을 줄 알아야 한다는 것이 그것이었다. 그는 스스로 자신의 말을 실천한 사람이었다. 오히려 깨끗함이 너무 지나치다 보니 동료나 후배들에게 인간적으로 친해질 여지를 주지 않아서 중요한 시기마다 홀로 고립되곤 했다.

두 사람뿐 아니라 다른 상근자들도 돈과 이성 문제, 인내심과 헌신성에서는 하자가 없는 사람들이었다. 특히 조합비를 아껴 쓰려는 마음은 한결같았다. 1979년의 경우 조합비라는 게 나이 어린 시다들이 400원, 미싱보조가 600원, 미싱사와 재단사가 1,000원씩 내는 피 같은 돈이었다. 간부들은 이 돈을 피보다도 더 귀하게 썼다. 어디를 가더라도 버스를 이용했는데 정 급한 일로 택시를 타게 되면 버스비만큼만 영수증 처리를 하고 나머지는 자신의 주머니에서 지출했다.

어용노조들은 거의 매일 회식이다 단체여행이다 돈을 뿌렸으나 청계노조에는 조합비를 사용한 공식적인 회식이라는 게 존재하지를 않았다. 수많은 소모임을 이끌다 보니 개인적으로 돈을 내서 시장 뒷골목에서 돼지순대볶음이나 선지해장국 같은 싼 안주로 술을 마시는 경우는 잦아도 상근자들끼리 조합 돈으로 회식을 한다든가 하는 일은 있을 수 없었다. 다 같이 모여서 노는 것은 등반대회나 체육대회를 하는 날뿐이었다.

유인물과 자료 인쇄는 상근자들의 중요한 업무였는데 종잇값이 만만치 않았다. 그나마 전지를 사서 잘라 쓰면 조금 돈을 아낄 수 있었다. 이를 위해 조합 간부들은 문방구에서 사지 않고 방산시장까지 가서 넓은 갱지를 한 연 산 다음 재단해서 등에 지거나 머리에 이어 날랐다. 이 일에도 너나없이 조합 간부들이 나섰는데 이 무렵에는 경리 나성자와 박재익이 고생을 많이 했다.

듬직한 체구의 조사통계부장 박재익은 뒤에서 말없이 일하는 편이었다. 폐결핵이 있어 아침에 잘 일어나지를 못해 가끔 출근이 늦는 게 흠이었으나 등사 일이며 조합비 징수, 현수막 그리기 등 온갖 잡일을 도맡았고 나성자와 마찬가지로 무슨 이야기를 듣든 다른 사람에게 옮기지 않는 포용력으로 동료들의 신뢰를 받았다. 수십 명의 중견 조합원을 이끌고 가야 하는 야유회나 교육 행사에는 준비할 물품이 엄청났다. 그런 일은 주로 박재익의 몫이었다. 어디서 모임을 하더라도 앞에서 말하기보다는 실무 비품이며 음식을 준비하는 데 시간을 보냈고, 그나마 음식이 부족하다 싶으면 먼저 밥을 먹는 일이 없이 기다렸다가 끝내 굶고 마는 사람이었다. 군중 앞에 나가 선동을 하거나 지시하는 체질이 아니었기 때문에 싸움마다 참가해 열심히 싸웠는데도 온건파라는 소리를 듣기도 했다.

신순애 역시 근무태도와 일상활동에 완벽하리만큼 철저해 모든 이의 신뢰를 받았다. 신순애는 노조에 상근하던 당시 박재익과 마찬가지로 폐결핵에 걸려 있어 늘 피로한 상태였다. 한번은 친구가 쓰러져 병원에 데려갔는데 다가온 간호사가 친구가 아닌 신순애에게 체온계를 꽂았을 정도였다. 이를 걱정한 조영래 변호사가 가톨릭에서 운영하는 원주의 고급 요양원을 무료로 들어갈 수 있도록 소개시켜주기도 했는데 조합 활동을 위해 끝내 거절하고 6개월 간 약으로만 치료했다. 조합 간부들은 낮 동안의 업무 이외에도 저녁이면 중견 조합원을 조직하고 교육하는 일을 맡아 거의 매일 밤을 새우다시피 했는데 특히 신순애의 헌신성은 많은 조합원들에게 깊은 인상을 주었다. 그녀는 월요일부터 금요일까지 하루도 빠짐없이 모임을 이끌었고 주기적으로 야간 시간단속을 하는 날에는 늘 맨 앞장서서 발이 부르트고 목이 쉬도록 돌아다녔다.

조합이 유지된 데는 이승철 지부장 때 노조에 들어온 이래 변함없이 경리를 맡고 있던 나성자의 고생도 많았다. 전남 나주 출생으로 여상을 나온 후 1976년 6월 한의예에 이어 경리로 취직한 그녀는 처음 한동안 심하게 갈등을 겪었다. 조합 간부들이 임금을 체불한 사장들을 불러다 놓고 치고받고 욕하고 재떨이까지 던지며 싸우는 모습이 너무 무서웠다. 또 계속해서 집행부가 바뀌면서 생기는 내부의 갈등도 싫었다. 나성자는 입이 무척 무거워서 남의 이야기를 다른 사람에게 옮기지 않았기 때문에 사람들은 마음 놓고 자신들의 고충을 토로했는데 그 어느 편도 들어줄 수 없는 나성자로서는 괴로운 일이었다. 몇 번 그만두려고 생각한 적도 있었다.

나성자를 이 험난한 노조에 적응시킨 것은 사람들에 대한 애정이었다. 그녀가 보기에 어느 누구랄 것도 없이 참으로 순수하고 좋은 사람들이었다. 사장들을 불러놓고 한쪽에서는 고함치고 다른 한쪽에서는 말리는 것도 알고 보면 겁을 주어 체불임금을 받아주기 위한 연극이었다. 노조까지 불려 오는 업주들은 대개 법이나 대화가 통하지 않는 불량한 사람들이라 이런 식으로 처리할 수밖에 없음을 납득하게 된 그녀는 누가 불려 온다 하면 미리 깨질 만한 물건을 치워놓은 후 옆에서 큰소리를 치거나 말거나 다른 일을 할 정도로 여유가 생겼다. 또 지부장 사퇴 같은 문제로 갈등이 일어날 때면 안타깝고 마음이 아프기는 해도 어느 편도 나쁜 사람들은 아님을 알았기 때문에 이내 새로운 집행부와 결합할 수 있었다.

나성자는 누구보다도 이승철과 임현재를 신뢰했는데 인간적으로 참 힘들겠구나 하는 생각이 들 때가 많았다. 노조의 지부장으로서 노동청 근로감독관이나 기관원들과 협상하는 창구 역할을 하지 않을 수 없는데 사람들은 지부장이 형사와 커피만 마셔도 '저러다가 변질되는 거 아냐?' 하며 색안경을 끼고 보았다. 형사들이 툭하면 사무실까지 들어와 커피를 얻어 마시고, 때로는 현장에서 해결하기 어려운 일이 있으면 자기들이 대신 압력을 넣어주기도 하는 등 접촉이 잦다 보니 대놓고 싫은 소리 하기가 쉽지 않았는데 그런 유화적인 모습이 의심을 사기도 했다. 나성자가 보기에 두 사람은 근본적으로 바른 자세를 가진 사람들이었다. 어떻게 활동하고 누구를 만나든 믿고 맡겨도 좋을 만한 사람들인데 지나치게 노파심을 갖고 의심하고 경계하는 것 같은 풍토가 안타까웠다.

임현재는 지부장이 된 후 가톨릭 신자인 아내 유정숙과 함께 지오쎄 조직을 활성화시켜 한문 공부나 노동법을 교육하는 일에 힘썼고 이승철도 강사로 나갔는데 이것도 문제가 되었다. 이승철이 가보니 상당히 인원이 많은 데다가 얼굴도 보지 못한 새로운 어린 노동자들이 스무 명도 넘었다. 그는 이들이 아직 어리고 초보자지만 열심히 의식화시키면 조합운동에 참여시킬 수 있겠다는 희망을 품고 열심히 가르쳤다. 그러나 조합 지도부가 투쟁에 소극적인 지오쎄 조직에만 치중한다는 비판에 직면해야 했다. 고옥자 사태가 났을 때는 슬프기까지 했다.

나성자는 중견 조합원들의 문제제기들을 이해할 수 있었다. 그러나 임현재와 이승철이 다른 어떤 남자 간부들보다 성실하게 시간 맞춰 출근해 온종일 노조 사무실을 지키며 일하는 모습을 보면 저게 바로 두 사람의 역할이구나 하는 생각이 들었다. 결혼해서 아이까지 있는 처지로서 크게 무리하지 않는 범위에서 자신들의 능력껏 조합의 일상적인 활동을 책임지는 한편 초보적인 노동자를 교육하는 게 그들의 역할이 아닐까 하는 것이었다. 하지만 두 사람에게 부여된 현실적인 역할과 한계를 이해하기에는 중견 조합원들의 의식과 요구는 너무 멀리 앞서 가 있었다. 두 사람은 후배들의 요구와 현실 사이에서 심리적인 고통을 겪지 않을 수 없었다.

임현재는 나성자와 따로 만나 이야기하는 도중에 사람들이 자기의 진심을 믿어주지 않고 배제하는 게 너무나 외롭고 힘들다며 눈물을 흘린 적도 있었다. 정말 인간적으로 너무 안돼 보여 나성자도 함께 눈물을 흘렸다. 이승철 역시 나성자와 둘이 만난 자리에서 자신의 심정을 토로하며 눈물을 글썽인 적이 있었다.

"정말 힘들다. 살면서 이렇게 힘들어본 적이 있을까? 지부장인 내가 어련히 앞장설 텐데 사람들이 뒤에서 자꾸 흔드니 너무 힘들어. 지도자가 돼보지 않은 사람은 이 외로움을 모를 거야."

나성자는 조합이 잘 되게 하기 위해 노심초사하는 이소선 어머니의 걱정과 동시에 후배들의 요구를 충족시키지 못하는 지도부의 고충도 들어주어야 했다. 중간에 선 그녀로서는 그 어느 편도 옳고 그르다는 판단을 내릴 수 없어 누구에게나 친절하게 대하고 무슨 말이든 들어줄 수밖에 없었다. 그러다보면 양편으로부터 모두 오해를 받기도 했다. 힘이 든다면 그런 게 힘들었다.

그럼에도 불구하고 청계노조는 자신의 젊음을 바칠 만한 충분한 의미가 있는 곳이라는 생각에는 변함이 없었다. 갈등이 있다 해도 모두 잘 되자고 하는 고민임을 잘 알았기 때문이었다. 실제로도 그랬다. 다시는 안 볼 것처럼 언쟁을 하는 듯 보여도 결국 집행부를 구성할 때 보면 어디 떠나간 사람 없이 다시 하나가 되어 있었다. 이소선 어머니 역시 지부장이 뭐 하는 거냐며 흥분해서 펄펄 뛰다가도 며칠도 지나지 않아 "아이고 내 새끼!" 하며 끌어안고 어루만지며 아무 데도 못 가게 붙들었다. 나성자가 근무하는 동안 지부장이 네 명이나 바뀌었지만 따지고 보면 집행부 간부들은 거의 변화가 없었다.

그녀는 두 지부장뿐 아니라 다른 간부들도 좋아했다. 그 중에서도 특히 인간적으로나 운동가로서나 흠잡을 데 없는 이순자와 신순애를 좋아했다. 신순애는 두말할 것 없이 사랑받아 마땅한 사람이었고 이순자는 친구인 이숙희의 그늘에 가려 두드러져 보이지 않아도 더 없이 올바르고 모범적인 사람이었다. 또 개구쟁이처럼 장난이 심하면서도 은근히 뒤에서 허드렛일을 도맡아하던 속 깊은 막내 박원섭, 믿음직한 일꾼 박재익, 역시 눈에 띄지 않게 묵묵히 자기 일을 하는 반듯한 성품의 이광숙, 이렇게 계속 싸움만 하면 노조가 망한다며 반대하다가도 막상 싸움이 나면 제 몸 아끼지 않고 맨 앞장서는 이숙희……. 일일이 나열할 수 없을 많은 간부들이 나성자를 감동시켰다. 전순옥은 노조 간부는 아니지만 창동집에 모여드는 수많은 조합원들의 뒷바라지를 도맡아 해주는 놀랍도록 야무지고 강인한 언니였다.

몇 번이나 그만두겠다고 말했다가도 조합이 해산되는 그날까지 5년 6개월이나 함께 한 것은 이소선 어머니와 조합 간부들에 대한 깊은 신뢰 때문이었다. 조합 간부들 역시 입이 무겁고 회계관리에 철저하고 조합기금과 비품을 자기 물건보다 더 아낄 줄 아는 그녀를 무척 좋아하고 신뢰하여 그만두지 못하게 했다. 그녀는 단순한 경리업무만이 아니라 모든 행사나 쟁의에서 다른 간부들과 다름없이 열심히 동참했고, 조합재정을 아끼기 위해 10원짜리까지 철저히 챙겼다. 부족한 노조기금을 마련하기 위해 사업주들에게 필요한 근로계약서 같은 서식을 인쇄해서 팔기도 했다. 그녀는 청계를 떠난 이후에도 청계를 알았기 때문에 훨씬 폭넓은 삶을 살 수 있었다. 청계 시절은 그녀의 인생에 가장 크고 소중한 배움과 추억을 남겼다.

임현재 지부장이 선출되자마자 이뤄낸 봄철의 파격적인 임금인상은 노조의 힘을 되찾는 계기가 되었다. 이로부터 조합 활동은 빠르게 정상화되어갔다. 임현재는 곧바로 6월 대의원대회와 수차례 운영위원회를 통해 조직을 정비하면서 지난 2년여의 침체기를 벗어나기 시작했다. 특별한 싸움은 없었으나 노조의 일상활동은 상당 부분 복원되어갔다.

행사나 야유회에 참가하는 조합원 숫자는 노동교실 폐쇄 이전의 수준으로 돌아가고 있었다. 임금협상이 타결된 직후인 1979년 5월 6일의 야외교육에는 122명이나 참가하여 이전과는 확연히 달라진 모습을 보였다. 7월 8일 내곡리 밤섬에서 열린 한마음회의 야유회에는 100명의 조합원이 참가했다. 7월 28일 여주 샛강에서 열린 동화모임 야유회에도 70명이 참가함으로써 한때 15명까지 떨어졌던 부진을 벗고 예전의 활기를 되찾았다. 8월에 내곡리 밤섬에서 열린 평화모임 야유회에 40명, 10월 5일 금곡리에서 아카시아회 주최로 열린 달맞이 행사에는 250명이나 참가했다. 사흘 후 새터 호반의 집에서는 중견 조합원 48명이 참가한 조직요원 양성화 교육이 실시되었고 또 다음 주에 동화모임과 아카시아회가 과천 영보수녀원에서 개최한 중견 조합원 교육에도 60명이 참석했다.

비록 노동교실은 없어졌으나 전 간부가 소모임을 몇 개씩 맡아 헌신적으로 육성한 결과였다. 한동안 발간이 중지되었던 노조 소식지도 1979년 5월부터 격월간으로 6,000부에서 1만 부까지 인쇄해 전 시장 상가에 배부했다. 노조 소식지는 발행과 배포 과정만으로도 조직 확대와 훈련의 역할을 했다.

청계노조가 조심스럽게 기지개를 펴는 사이, 세상은 갑작스런 변화의 소용돌이에 빠져들고 있었다. 임현재가 책임을 맡은 지 5개월이 지난 1979년 8월 중순, 대표적인 민주노조의 하나이던 YH노조 여성 조합원들이 회사 측의 부당한 폐업에 항의해 야당인 신민당사에서 농성을 벌일 때만 해도 사람들은 이 연약한 여성 노동자들이 폭정의 시대를 마감하는 기폭제가 되리라고는 생각하지 못했다. 경찰이 국회의원들을 잡범 다루듯 끌어내고 사지가 붙잡힌 여성 노동자들이 짐승처럼 철창차에 실리고, 스물세 살의 미싱사 김경숙이 사망하는 일이 벌어졌을 때에도 그 여파가 얼마나 클지 생각하지 못했다. 이 사건으로 야당 당수 김영삼이 국회의원직에서 제명당하면서 부산과 마산에서 대규모 시위가 발생하고 이 연쇄적인 사건들이 권력 내부의 분열을 일으켜 박정희의 죽음을 이끌어낼 줄 누가 알았겠는가?

유신의 종말을 불러온 김경숙은 작고 통통한 체구의 미싱사로, 회사만 달랐을 뿐 평화시장 노동자들과 다름없는 어린 시절을 보낸 노동자였다. 광주에서 태어나 여덟 살에 아버지를 잃고 초등학교를 졸업하는 겨울방학부터 공장에서 일을 시작했다. 그때만 해도 무슨 고생을 하더라도 돈을 벌어 동생만은 공부를 시키겠다는 희망에 들떠 있었다. 그러나 서울에 올라와 하청공장에 취직을 하여 철야작업을 밥 먹듯 하면서 일요일도 없이 일하자, 꿈은 꺾이고 몸은 형편없이 약해졌다. 너무 힘이 들어 두 달 동안은 코를 건드리기만 해도 코피가 터질 정도였다. 그나마 경영부실로 회사가 망해 이리저리 옮길 때마다 끼니도 없어 굶주려야 했다. 어떤 회사에서는 석 달 동안 월급을 받지 못해 한겨울에 불도 없는 냉방에서 5원짜리 풀빵 30원 어치로 나날을 보내기도 했다. 돈을 벌기는커녕 몸만 갈수록 허약해지고 얼굴은 창백해져 현기증에 시달렸다. 이렇게 사느니 차라리 자살이라도 해버리려고 마음먹은 적도 있으나 고향의 동생과 어머니 생각에 마음을 고쳐먹었다고, 그녀는 살아생전의 글에 써놓는다.

국내 최대 가발업체였던 YH무역에 취직하고 야학을 다니면서 비로소 삶의 의미를 찾게 된 김경숙을 끝내 죽음으로 몰고 간 것은 부도를 내놓고 거액을 챙겨 미국으로 달아난 악덕 기업주와 일방적으로 기업주들의 이익만을 보호하는 유신정권이었다. 노조에서는 달아난 기업주 대신 자신들이 회사를 살리려고 애썼으나 은행과 정부는 이를 끝내 외면했고 결국은 최후의 방법으로 신민당사 농성에 들어간 것이었다.

김경숙이 추락한 창문은 의자를 놓고 올라서야 할 정도로 높았다. 새벽에 2,000명의 경찰이 난입하는 아수라장 속에서 그녀는 1층 바닥에 사망한 시신으로 발견되었다. 시신의 팔목에는 동맥과 나란히 그어진 상처와 가슴 등에 추락과 상관없는 상처들이 드러났다. 동료들과 재야인사들은 김경숙이 진압 과정에서 경찰의 폭력으로 사망하자 경찰이 창문으로 집어던져 투신자살한 것처럼 위장한 게 아닐까 의구심을 갖지 않을 수 없었다. 경찰은 진압작전이 시작되기 30분 전 그녀가 동맥을 끊고 투신했다고 발표하였다가 진압이 시작된 후 투신했다고 말을 바꾸는 등 네 차례나 수사 결과를 번복하더니 몇몇 가족만 입회시킨 가운데 화장해버렸다. 관련자들이 모조리 구속되거나 통제됨으로써 김경숙의 정확한 사인은 밝혀지지 않은 채 의문으로 남았다.

다만 김경숙은 마치 자신의 죽음을 예고하듯이, 편지 글의 마지막에 이렇게 써놓았다.

"나와 같은 처지에 있는 사람들을 위하여 열심히 살도록 두 손 모아 간절히 기도하련다. 현실은 어려워도 주님의 자녀로서 나를 잃지 않고 살아가며 태양과 같은 밝은 등불이 되리라."

실로 그녀는 민주주의의 부활을 알리는 등불이었다. 암담한 유신의 어둠을 밝히는 횃불이었다. 그녀의 죽음으로 김영삼 총재가 국회의원에서 제명되자 부산과 마산에서 대대적인 반정부시위가 벌어졌다. 군대까지 동원해 시위를 막는 과정에서 정권은 내부균열을 일으켰다. 김경숙이 죽은 지 두 달 만인 1979년 10월 26일 밤, 대통령 박정희가 자신의 오른팔이던 중앙정보부장 김재규의 총에 맞아 죽은 것이다.

12 서울의 봄, 광주, 그리고 노조의 해산

1979년 10월 27일 평범한 아침이었다. 이소선 어머니는 여느 때처럼 노조 사무실에 출근하기 전에 헌옷을 빨아놓으려고 가게에 비누를 사러 나갔다. 좌판 근처에 사람들이 웅성거리며 몰려 있었다.

"아줌마, 나 비누 좀 줘요."

"이 아줌마가 지금 정신이 있어요, 없어요?"

"아니, 비누 달라고 했는데 무슨 말을 그렇게 해요? 무슨 일이 일어났어요?"

사람들은 그녀가 묻는 말에 들은 척도 하지 않고 슬픈 표정으로 라디오를 듣기만 했다. 무슨 일이 일어났구나 싶어 같이 귀를 기울여보니 라디오에서는 조용한 음악이 흐르는 가운데 간간이 '고 박정희 대통령'이라는 울먹이는 아나운서의 목소리가 흘러나오는 것이었다. 퍼뜩 정신이 들었다.

"죽은 사람한테 고 아무개라고 하는데, 그럼 박정희가 죽었단 말이오?"

라디오를 듣던 사람들은 얼굴도 돌리지 않고 말없이 고개만 끄덕였다. 가슴이 쿵쿵 뛰기 시작했다. 이소선 어머니는 얼른 집으로 돌아왔다. 라디오를 켜보니 박정희가 죽은 게 틀림없었다. 짓눌렸던 가슴이 갑자기 확 트이는 기분이었다. 가쁜 숨을 몰아쉬며 날아가듯 노조 사무실로 달려갔다. 평화시장에 도착에 사무실로 오르는 계단에 들어서니 벌써 모두들 소식을 알고 있었다. 이소선 어머니가 들어서자 조합원들이 너도 나도 달려와 끌어안으며 눈물을 터뜨렸다.

"어머니, 박정희가 죽었대요! 박정희가 죽었어요!"

"그래! 우리를 그렇게 못살게 굴던 박정희가 죽었구나. 우리 청계 조합원들도 이제 어깨를 펴고 살겠구나. 태일아, 너도 하늘에서 보고 있냐? 이 에미는 너무나 기뻐서 가슴이 터질 것만 같구나."

기뻐서 가슴이 터질 지경임에도 눈물이 나와 앞을 가렸다. 아무것도 모르는 어린 학생들과 동네 아줌마들은 나라의 아버지가 죽었다며 눈물을 흘렸으나 온몸으로 유신시대를 헤치고 살아온 이들의 눈물에는 기쁨과 회한이 뒤섞여 있었다.

조합 사무실에는 점점 더 많은 사람들이 모여들어 떠들썩해졌다. 일부는 기쁨을 감추지 못하고 악수를 나누고 부둥켜안기도 했다. 모두들 이제 다시는 군사독재로부터 고통받지 않으리라 생각했다. 고난의 시대는 가고 새로운 세상이 열리리라 생각했다. 다시는 이 땅이 군홧발로 더럽혀지지 않으리라 생각했다.

박정희의 죽음은 오랜 고통에 시달리던 민주화세력에게 커다란 환희와 희망을 불러일으켰다. 하지만 민중의 힘에 의하지 않은 변화는 언제든지 뒤집어질 수 있는 불안을 소지하고 있었다. 박정희는 죽었어도 무소불위의 권력을 행사하던 군부는 국군보안대 사령관 전두환을 중심으로 여전히 권력을 장악하고 있었다. 계엄령을 구실로 대학교에는 탱크가 진입해 있었고 모든 정치활동은 중지되었다.

청계노조는 기대감 속에서도 차분히 일상활동을 계속했다. 11월 13일의 전태일 추도식이 마석 모란공원 묘소에서 100여 명이 참가한 가운데 서남동 목사의 집전으로 거행되었다. 11월 25일에는 동국대 교정에서 지부장컵쟁탈 축구대회를 열었다. 300명이 참가해 열띤 시합과 응원전을 펼쳤다. 그런데 계엄사령부는 매년 열리던 청계노조 창립기념대회는 허용할 수 없다고 통보해 왔다. 여러 경로를 통해 교섭하여 11월 27일 열어야 했던 행사를 두 번이나 연기한 끝에 30일에 열 수 있었다. 150명이 참가한 창립기념대회는 새로운 정치환경에 대한 기대와 불안이 중첩되어 있었다. 민주화의 시대가 열리리라는 기대감과 박정희의 양아들로 알려진 전두환이 정치권력을 장악하고 있다는 불안감이었다.

무언가 이상하게 돌아가고 있다는 것을 확실히 깨닫게 된 것은 박정희가 죽은 지 두 달이 안 된 1979년 12월 12일이었다. 모든 모임을 통제하는 계엄령 아래서도 소모임은 꾸준히 계속되고 있었다. 이날도 동화모임 회원들은 일이 끝난 밤중에 봉천동에 있는 신광용의 집에서 공부를 하기 위해 함께 버스를 탔다. 신광용, 김영대, 이숙희, 김성민, 손영란 등 여덟 명 중 일부는 청맥회 회원이기도 했다. 청맥회는 9·9농성으로 구속되었다가 이해 4월에 석방된 신광용을 중심으로 만들어진 재단사 친목회였다. 열세 명의 회원끼리 정보도 교환하고 직장도 소개해주는 한편 돈을 모아 고아원이나 양로원에 지원도 하는 순수 친목회였는데 그 중 김영대 등 몇 명이 공부모임에 들어와 있었다.

이날따라 이상하게 길이 막혔다. 모든 차들이 한남동에서 회차하고 있었다. 국군보안사령관 전두환과 전방부대 사단장 노태우 등이 쿠데타를 일으켜 한남동 육군참모총장 공관을 공격하고 있던 것이다. 쿠데타군이 총격전 끝에 참모총장을 체포하고 육군본부를 무력으로 진압해 전군을 장악하는 동안 한남동 일대와 제3한강교가 봉쇄되어 있었다.

회원들은 도대체 무슨 일인가 불안해하면서도 시내로 돌아 나와 제1한강교를 건너려 했다. 하지만 그곳 역시 총격전이 벌어진 용산 육군본부와 인접해 있어 교통이 마비상태였다. 할 수 없이 신촌으로 향하던 도중에 검문을 받았는데 여섯 명이 택시 한 대에 탄 것이 드러나 승차인원 초과로 걸리고 말았다. 파출소에 잡혀간 이들의 가방에는 판매금지가 되어 있던 이념서적들과 유인물이 잔뜩 들어 있었다. 회원들은 점퍼 주머니를 뜯어 유인물과 책들을 등 뒤에 밀어넣어 감춘 후, 같은 공장에서 일하고 늦게 끝났는데 한강에서 차가 막혀 돌아오는 길이라고 말하여 위기를 모면할 수 있었다. 경찰은 다른 통금 위반자들과 함께 이들을 동대문경찰서에 넘겨 하룻밤을 유치한 후 풀어주었다.

유신의 종말을 맞이한 노조에서 제일 먼저 할 일은 노동교실의 복구였다. 제9차년도 대의원대회에서 결의된 지역 사무소 설치·운영 계획에 따라 맨 먼저 중부지역사무소를 설치했다. 1979년 12월 22일 중부시장 인근 광희동 삼지빌딩 4층에 24평 사무실을 보증금 400만 원에 월세 20만 원을 주고 빌렸다. 중부 지역 조직의 거점이자 노동교실로 사용하기 위함이었다. 1980년 1월 8일의 개소식에는 아프리 한국사무소 기획관인 조지 커틴과 조합원 50명이 참석해 새로운 노동교실의 마련을 자축했다. 정기 행사도 계속했다. 12월 30일에는 매년 해온 대로 아카시아회 주최 연소 근로자 위안잔치를 열었다. 조미자가 마지막 아카시아 회장으로 있을 때였다. 동대문성당에서 열린 잔치에는 170여 명이 참가해 즐거운 한때를 보냈다.

노보도 격월간으로 계속 발행했는데 1980년 1월 들어 만들어진 노조 소식지가 계엄사령부의 검열 과정에서 대부분 삭제되는 사태가 벌어졌다. 계엄군은 전태일 9주기 추도식 기사, 지부장 신년사, 1970년대를 회고하는 기사, 개헌공청회 방청기, YH사건 구속자 석방 환영회 소식 등 거의 모든 기사를 삭제해버렸다. 누더기가 되어버린 노보 초안을 돌려받은 집행부는 유신보다도 더 무서운, 군대가 직접 지배하는 시대가 오리라는 불길한 예감을 가지지 않을 수 없었다. 분노한 집행부는 노보 발행 자체를 취소해버렸다.

노동교실을 중부시장 인근에 만든 것은 노조를 피해 빠져나가는 사업장들을 통제하기 위함이었다. 전태일 분신 무렵 3만여 명으로 알려졌던 서울 지역 피복 노동자 숫자는 1만 5,000명으로 급감해 있었다. 1970년대의 급속한 산업화로 노동력이 빠져나간 탓이었다. 그나마 노조의 규제를 받는 사업장 노동자는 불과 5,000여 명, 청계노조가 활성화되면서 많은 사업장이 청계천을 벗어난 탓이었다. 지난 2년 사이만 보아도 조합의 규제를 받는 사업장이 497개에서 412개로 줄어들어 있었다. 노조의 영향권에서 벗어난 노동자들은 또다시 사업주의 전횡에 그대로 노출될 수밖에 없었다.

이미 제9차년도 대의원대회에서 이 문제를 논의한 노조는 단체교섭을 맺은 여덟 개 상가 이외의 소외된 지역에도 조직을 확대하는 것이 필요하다고 보고, 중부시장, 남대문시장, 동대문 광장시장, 청계천 8가 일대 등을 대상으로 활동 계획을 수립했다. 우선 가장 가까우면서도 노동법의 사각지대로 불릴 정도로 근로조건이 취약한 중부시장을 목표로 삼았다. 노동교실을 중부시장 인근에 만든 데는 그런 사연이 있었다.

5,000평 규모에 여덟 개 공구로 이뤄진 중부시장에는 주로 아동복을 생산하는 206개 사업장에 1,740명의 노동자가 일했는데 근로기준법은 물론 노동조합의 영향권에서도 완전히 벗어나 지난 9년 동안의 노조활동을 무색하게 만들고 있었다. 1979년 12월 사나흘 간 근로실태를 조사해본 결과 164개 업체가 노동자들을 다락 공장에서 숙식시키고 있었는데 그 중 남

녀 혼숙 공장이 42개나 되었다. 일일 근로시간은 평균 10.22시간으로 다른 상가와 비슷했으나, 환풍기가 아예 없는 곳이 79퍼센트, 노동자 1인당 평균 작업 면적이 1.1평, 심지어 화장실도 돈을 내고 가야 했다. 동굴처럼 어두컴컴한 상가 안에는 먼지와 소음이 가득했고 위험한 전선줄이 거미줄처럼 이리저리 가로지르고 뒤엉켜 대형 화재의 위험을 안고 있었다.

조합에서는 2월 25일과 3월 13일 두 차례 걸쳐 중부시장주식회사 대표에게 노사협의회 위원을 선임해줄 것을 요청했으나 회사 측은 이를 거부했다. 이에 조합이 집단행동에 들어가겠다고 경고하자 회사 측은 그제야 겨우 노사협의회는 구성하되 사장은 나오지 않겠다고 입장을 밝혔다.

노조는 3월 21일 임현재를 위원장으로 하는 중부시장 근로조건개선투쟁위원회를 발족시켰다. 투쟁위원회는 고문에 이소선 어머니, 지도위원에 이승철, 부위원장에 문준식, 간사에 박원섭을 두고 중견 조합원 66명을 위원으로 삼는 한편, 다섯 명의 조합 간부를 행동 책임자로 둔 막강한 조직이었다.

중부시장과의 교섭이 시작될 무렵, 정국은 민주화의 열기로 달아오르고 있었다. 1972년 일본에서 납치되었다가 구사일생으로 살아나 미국으로 망명했던 김대중이 돌아오고, YH사건 당시 신민당 당수로서 부마항쟁의 기폭제가 되었던 김영삼이 정치활동을 재개했다. 대학에서는 과거 유신시절에 제적되고 감옥에 갔던 학생들이 복학하면서 신군부에 맞서는 민주화 운동을 준비해나갔다. 이른바 민주화의 봄이었다.

1980년 3월 6일 운영위원회는 1980년도 임금인상투쟁을 결의했다. 3월 15일 회의에서는 시다 임금을 평균 4만 3,000원에서 7만 2,163원으로, 미싱보조는 9만 3,000원, C급 미싱사 15만 원, B급 미싱사 17만 원, A급 미싱사 19만 원, 시야게사 15만 5,000원, 이본침사 17만 2,000원, 마도메사

13만 원, 재단보조 15만 원, 객공 미싱사는 C급 미싱사 수준인 15만 원을 최저임금으로 요구하기로 결정했다.

이는 직종별로 최저 54.99퍼센트에서 최고 70.56퍼센트까지의 대폭 인상 요구였다. 예를 들어 미싱사의 평균 17만 원 요구는 성수기인 1979년 12월에 조사한 미싱사의 평균임금 12만 원보다도 5만 원이 더 많아 약 40퍼센트 인상을 요구한 셈이었다.

이미 수년 전부터 매년 30퍼센트 이상의 임금인상이 계속되어왔고 특히 작년에 큰 폭으로 임금이 오른 상태에서 또다시 파격적인 요구를 내세운 기준은 한국노총에서 발표한 5인 가족 최저생계비 27만 7,941원이었다. 청계피복 근로자의 부양가족은 평균 세 명 정도였기 때문에 이보다 약간 적게 책정한 것이었다. 더욱이 청계피복의 요구액은 일일 10시간 노동을 기준으로 한 것이며 상여금이 전혀 없기 때문에 결코 무리한 요구가 아니었다. 그럼에도 인상안이 파격적으로 보이는 것은 청계천 피복공장이 생기기 시작한 지난 30년 동안 노동자들이 얼마나 극심한 저임금에 시달려왔는가를 반증하는 것이기도 했다.

노조는 또한 지금까지 추석이나 구정 때 설탕이나 돈 몇 천 원으로 때우던 상여금을 제도화하여 연 150퍼센트 지급할 것과 모든 사업장에 퇴직금 전면 실시를 요구했다. 근로기준법의 적용을 받지 못하고 있던 15인 이하 영세사업장에도 퇴직금을 지급하라는 주장은 법률의 한도를 뛰어넘는 요구로서 큰 의미가 있었다. 몇 년 전부터 노조의 요구에 따라 인원에 상관없이 퇴직금을 지급하는 사례가 많아지기는 했으나 이를 단체협약에 정식으로 규정하고 있지는 않았다. 법적으로 16명 이상만 퇴직금을 주게 되어 있는 조항을 악용해 같은 공장인데도 형식적으로 작업장을 쪼개 소규모를 가장하거나 근로자 숫자를 줄여서 노동청에 신고하는 사업자들이 훨씬 많았다. 이에 조합에서는 아예 15인 이하 사업장에서도 퇴직금을 지불하도록 명문화하기로 한 것이다.

3월 16일 동국대학교 운동장에서 열린 노동절 기념식을 겸한 체육대회에는 노조 결성 이래 최대 인원인 500명이 참가해 대성황을 이뤘다. 이날 임현재 지부장은 행사에 참석한 사업주 대표단, 근로감독관들과 연합노조 간부들을 질타했다. 임현재의 이날 연설은 다가올 임금교섭의 질과 내용을 규정하는 일대 선언이었다.

임현재는 호경기에 돈 잘 벌 때는 빌딩 사고 농장 사놓고 호화주택에 고급 자가용 타고 노루 피나 먹으러 다니던 사장들이 장사 좀 안 된다고 해고를 서슴지 않고 적자가 나는 공장을 감언이설로 재단사에게 떠맡기거나 단체협약을 무시하고 객공제도를 환원시키는 비양심을 비난했다. 또한 10년 동안 사용해온 노조 사무실을 비워달라면서 노조 상근자 급료를 8, 9개월씩 체불하는 행위를 질타했다. 정부에 대해서는 각계각층에서 추진되고 있는 헌법 개정에 있어 노동삼권의 유보 없는 완전보장, 영세기업에 대한 사회보장의 확대, 정직한 정책, 책임 있는 정책 등을 요구했다. 또한 조합원들에게는 동료를 사랑하고 불의에는 용감히 항거한 전태일의 자랑스러운 후배로서 자신과 긍지를 가지고 이 나라 노동운동의 중심이 되어 참된 민주주의의 초석이 되자고 외쳤다. 이를 위해 6,000여 청계피복 노동자는 노동삼권의 완전보장과 모든 노동자의 생활급 보장을 위해 싸우고 상층부 어용노조 간부의 추방, 안일무사한 근로감독관 배격, 노동운동을 제약하는 모든 법률과 정책에 대한 단호한 배격을 위해 투쟁하자고 외쳤다.

3월 21일부터 노사교섭이 시작되었다. 5,000여 조합원의 대표로 지부장 임현재 이하 이승철, 민종덕, 전태삼, 이숙희, 박재익, 신순애, 박원섭, 문준식, 염의철, 신광용, 장수원, 김인수, 정봉철, 정석호, 조미자, 정명옥,

이춘옥, 황만호, 김혜진, 이정님, 최순희, 손희정, 김선주, 최현미, 정영숙, 김한영, 조안심, 김덕순, 박인옥, 이수복, 최창섭, 차순길, 임경숙 등 34명이 선발되었다.

첫날, 노조 대표 22명은 일찌감치 노사협의회장에 가서 기다렸으나 사용자 측 위원들은 좀처럼 나타나지 않았다. 두 시간이 넘도록 대부분의 사용자 측 노사위원이 나타나지 않아 첫 회의는 무산되고 말았다. 사용자 측 노사위원 전체를 모으는 일이 쉽지 않다고 판단한 노조는 소위원회를 구성해서 일주일 후 다시 노사협의회를 개최했다. 이때는 사용자 위원들도 참석해 협의가 이뤄질 수 있었다. 임현재 지부장은 진심으로 호소했다.

“올해 임금인상 요구안은 노동자가 최저생활을 영위할 수 있는 최저생계비에 맞춰 정해진 것입니다. 지난 20년 간 우리나라는 연평균 10퍼센트의 고도성장을 이룩했는데 이는 노동자들이 피땀 흘려 일한 결과입니다. 그럼에도 불구하고 고도성장의 장본인인 노동자들은 그에 상응하는 대가를 받지 못했습니다. 우리의 요구는 무리하지 않다는 것을 알아주십시오.”

실제로 의류 호황기인 1970년대에 매일 돈을 자루로 긁어모았다는 전설이 전해지는 업주들에게 그 정도 요구가 불가능한 것도 아니었다. 그러나 사용자 측은 물가가 엄청나게 올랐으므로 노조의 요구가 이해는 가지만 워낙 불경기라서 그렇게 임금을 올려주면 당장 망할 수밖에 없다고 거부했다.

밀고 당기는 협상이 몇 차례 진행된 끝에 4월 1일 회의에서 사용주 측은 시다 임금을 작년 기준인 4만 3,000원에서 월 5,000원 올려주겠다고 나왔다. 하지만 임금협상에 대비해 지난해 연말에 조사한 바에 따르면 시다들은 이미 월 평균가 5만 3,498원을 받고 있는 것으로 나타났다. 이는 최고 성수기인 연말의 임금으로, 비수기 때는 수입이 줄어들 수밖에 없지만 회사 측 안인 4만 8,000원은 현상유지도 안 되는 금액이었다. 시다 임금을 얼마로 결정할 것인가는 다른 직종 임금의 기준이 되기 때문에 노조나 사측이나 양보하기 힘든 문제였다. 노조 측은 절대 안 된다고 일언지하에 거절하고 이런 식으로 나오면 힘으로 대결할 수밖에 없다고 선언했다. 그러자 회사 측은 5만 3,000원까지 올려주겠으나 그 이상은 모가지가 열 개라도 안 된다고 버텼다. 이에 노조도 애초의 요구를 6만 5,000원까지 조정했다. 사용자 측은 그렇게 되면 공장 문을 닫을 수밖에 없다며 맞서 협상은 결렬되고 말았다.

노조는 숙의 끝에 최종 요구액을 6만 2,000원으로 낮추고 이것만은 반드시 쟁취하기로 했다. 처음 요구에서 대폭 후퇴해 임금 35~40퍼센트 인상으로 낮춘 것이다. 퇴직금 전 사업장 실시와 상여금 150퍼센트는 그대로 유지했다. 하지만 사용주 측은 여전히 부정적인 반응을 보였다.

협상은 좀처럼 진척되지 않았다. 4월 8일 아침, 협상을 앞둔 집행부는 타결이 안 되면 단식농성을 하기로 의견을 모았다. 간부들은 중견 조합원들에게 오늘도 타결이 안 되면 그대로 농성에 들어가기로 했음을 알리고 상황에 따라 밖에서 알아서 농성에 들어가도록 했다. 이때 누군가 '왜 우리만 매번 굶어야 하느냐'고 억울함을 호소했다. 집행부는 밥은 먹지 않되 기운을 유지하기 위해 땅콩을 잔뜩 사들고 협상장에 들어갔다.

예상대로 회사 측의 주장은 완강했다.

"작년의 임금에서 한 푼도 올려줄 수 없지만 여러분의 체면을 생각해서 인사치레로 10퍼센트에서 20퍼센트 정도 올려줄 테니 더 이상 시간을 끌지 맙시다."

임현재도 완강했다.

"우리가 제시한 최종 요구는 그야말로 인간다운 생활을 유지하기 위한 최저선이기 때문에 더 이상 물러설 곳이 없습니다. 지금 우리 조합원들이 눈을 밝히고 기다리고 있습니다. 오늘 이 자리에서 반드시 결정해야 합니다.”

몇 시간이 지나도록 노조 측 위원들이 자리에서 움직이지 않고 버티고 있자 사용자 위원들은 한 사람씩 슬그머니 회의장을 빠져나갔다. 밤이 되자 협상 탁자에는 노조 측 위원들만 남게 되었다. 협상은 결렬되었다. 앞으로도 잘 되리라는 기대를 할 수 없었다. 아침에 결의한 대로, 일곱 명의 노조 측 위원들은 노사협의회장의 문을 걸어 잠그고 벽에 구호를 써서 붙이고 무기한 단식농성에 들어갔다.

한편 집행부와의 사전교감에 따라, 이미 점심시간이 되자 노조 사무실에는 200여 명의 노동자들이 모여들었다. 유신시대를 체험해온 지도부는 농성을 시작하면 곧 경찰이 들이닥치리라 생각하고 그 비좁은 사무실에 200여 노동자를 꾹꾹 밀어넣고 문을 잠근 후 사무실 집기로 바리케이드를 쳤다.

움직이고 숨 쉴 공간도 없이 좁은 사무실에는 열네 살 시다부터 임신한 아줌마 미싱사까지 있었다. 초봄임에도 살을 맞대고 얼굴까지 비비다시피 서 있으려니 너무나 더웠다. 모두들 땀을 뻘뻘 흘리며 노래를 불렀다. 밖에 나갈 수가 없어 한쪽에 임시 화장실 자리를 만들고 물통에 소변을 받아 창문 틈으로 내보냈다. 밖에서 들어오지 못하고 있던 노동자들은 안에서 나오는 오물을 받아내는 한편 옥상 곳곳에 ‘임금인상’ ‘퇴직금 전면실시’ ‘노동삼권 완전보장’ 같은 구호를 적은 종이를 붙이고 플래카드를 내걸었다.

협상장과 노조 사무실에서 동시에 단식농성에 들어갔다는 소식을 전해들은 조합원들이 동화시장 옥상으로 몰려갔지만 상가 경비들이 막아 합류하지 못했다. 밀려난 조합원들은 창동집에서 밤새 논의한 끝에, 긴급히 「노조 간부 7명 단식에 돌입하다」는 제목의 전단을 만들어 날이 밝자마자 시장 상가에 뿌리고 다녔다.

숨도 쉬기 힘든 비좁은 공간에서 밤을 꼬박 새운 다음날, 더 많은 조합원들이 노조 사무실 앞으로 모여들었다. 조합원들은 사무실 밖 옥상 바닥에 연좌농성을 시작했다. 그런데 이상했다. 예상과 달리 경찰은 시장 입구에 진을 치고 있을 뿐 진압을 하려는 기색이 없었다. 세상이 바뀌기는 바뀐 것인가? 슬그머니 바리케이드를 치우고 출입문을 개방해보았다. 화장실도 마음대로 갈 수 있고 출입도 자유로웠다. 그래도 경찰은 나타나지 않았다. 유신시대에는 생각할 수 없었던 상황이었다. 자신감을 얻은 노동자들이 더욱 몰려와 사무실 바깥의 농성인원은 갈수록 늘어났다.

날이 밝자 소식을 들은 신문기자들도 나타났다. 유신시절, 노동교실과 경찰서 마당에서 그토록 무자비하게 두들겨 맞고 감옥에 가도 기사 한 줄 싣지 않던 신문과 입도 벙긋하지 않던 방송이 이처럼 관심을 가지니 오히려 어리둥절할 지경이었다. 조합원들은 기자들이 취재하는 것이 반갑기도 했지만 다른 한편으로는 경계심과 의구심을 가지지 않을 수 없었다. 그토록 호소하고 애원해도 침묵으로만 일관하고 오히려 노동자를 불순세력으로 매도했던 국내 언론이었다. 오죽하면 국내 언론보다 외신기자를 더 신뢰하여 중요한 사건이 있을 때면 외신기자들이 먼저 와서 취재하고 보도하도록 배려했을 정도였다. 그런데 이날 취재한 내용은 그대로 일간지에 실리고 방송도 되는 것이었다. 세상이 바뀌었다는 게 실감났다.

동화상가 옥상에서는 단식 중인 여섯 명의 노조 간부들과 사용주 측이 협상을 재개했다. 간부의 숫자가 일곱 명에서 하나 준 것은 전날 저녁 부녀부장 신순애가 졸도해 입원했기 때문이었다. 경찰서와 재판정, 또 싸움 때마다 벌써 여러 번 실신을 했던 신순애였다. 타고날 때부터 약골인 데다 결핵까지 앓은 때문이었다. 그렇게 단식을 하고 구호를 외치는데 쓰러지지 않으면 오히려 이상했을 것이다.

4월 10일 노사협상이 재개되었으나 근로감독관의 중재에도 불구하고 다시 결렬되었다. 노조 간부들은 이날 나흘 간의 단식농성을 해제하고 조합 사무실 농성에 합류했다. 조합 사무실에서 농성하던 조합원들은 사흘째 철야농성으로 씻지도 못하고 목청은 다 쉬어 있었다. 눈가는 모두 피로로 퀭했다. 그래도 조합 간부들이 합류하면서 농성장의 사기는 더욱 높아졌다.

옥상 바닥에 커다란 솥단지가 걸리고 쌀이 가마니째 배달되었다. 밥을 하기 위해 불을 피운 연기가 구수하게 하늘로 번져 나갔다. 임시 주방에 비를 막고 늘어나는 조합원을 수용하기 위해 대형 천막을 가져와 노조 사무실에 잇대어 쳤다. 두서없이 시작된 농성 준비지만 어느 누가 시키고 지시할 것도 없이 물 흐르듯 자연스럽게 이뤄졌다. 각자 자기가 할 일을 알아서 찾아냈다. 아무리 힘들고 사소한 일도 귀찮아하지 않고 자진해서 해냈다. 노동자끼리는 높은 사람도 없고 낮은 사람도 없고, 시키는 사람도 시킴을 당하는 사람도 없었다. 모든 것이 자율적으로 이뤄졌다.

그런 가운데서도 가장 앞장서서 허드렛일을 하는 헌신적인 사람들이 있었다. 신순애와 나성자, 박재익, 박원섭, 그리고 서로 이름도 잘 모르는 젊은 노동자들이었다. 이들은 매일 방산시장에 가서 김과 참기름, 단무지, 소금, 콩나물, 북어 같은 건어물 반찬을 사서 등에 지고 왔다. 금방 익힌 뜨거운 밥에 참기름과 소금을 넣어 비빈 후 김 한 장을 펼치고 한 공기씩 얹어 둥그렇게 싸서 주먹밥을 만들었다. 식기도 따로 없어 뭉친 주먹밥을 농성장에 하나씩 던져주었는데 먹성이 좋은 젊은 남자 조합원들이 입가에 김이 묻어 있는데도 안 먹었다고 더 달라고 손을 내밀었다. 그러면 또 모르는 척하고 하나씩 더 던져주었다. 주먹밥과 함께 북어국이나 콩나물국을 해서 돌렸는데 그 많은 국도 순식간에 바닥나버렸다.

끼니마다 100명에서 200명 분의 식사를 만든다는 게 보통 일이 아니었다. 밥을 많이 하는 날은 하루에 쌀이 한 가마니는 들어가는 것 같았다. 선동하고 싸우러 다니는 사람들도 힘들지만, 뒤에서 밥해대고 유인물 만들어주는 사람들의 고생은 이루 말할 수가 없었다. 허드렛일을 도맡은 신순애와 나성자, 최현미, 박원섭, 이순자 등은 하루에 두 시간도 자지 못했다. 나성자는 너무 힘이 들기도 하고 때로는 이렇게 싸워야만 대접을 받는 노동자의 처지가 불쌍하고 슬프기도 해서 훌쩍거린 적도 있었다.

매일 인쇄물을 만드는 일도 큰일이었다. 노조에서는 성능이 나쁜 국산 타자기 대신 외제 중고 스미스코로나 타자기를 한 대 사고 손으로 미는 구형 등사기 대신 원통에 원지를 걸고 돌리는 윤전식 등사기까지 마련해놓고 있었다. 그래도 워낙 대량의 등사를 하려니 보통 일이 아니었다. 원지 한 장으로 1,000매 정도 인쇄하면 너덜너덜해져 더 사용할 수 없었다. 글 잘 쓰는 민종덕이 초안을 잡아주고 타자를 잘 치는 나성자가 같은 내용의 원지를 쉴 새 없이 타자해서 건네면 남자들이 등사를 했다. 윤전식 등사기보다는 손으로 죽죽 롤러를 밀어대는 구형이 더 빠르고 깨끗했다.

밥하랴, 인쇄하랴, 실무자들은 몸이 열 개라도 부족했다. 11일 간의 농성 동안 집에 가지 못한 채 제대로 먹지도 씻지도 못하고 잠 한숨 마음 놓고 자지 못해 모두들 녹초가 되어 타자를 치거나 등사기를 돌리다가 졸기 일쑤였다. 밤을 꼬박 새워 만든 유인물은 아침에 시장 상가 앞에서 나눠주었는데 매번 경찰과 경비들이 출동해 유인물을 뺏으려 들어 몸싸움을 벌여야 했다. 번번이 일부를 빼앗겼지만 대부분 나눠줄 수 있었다.

이 과정에서 이상훈, 박해창, 홍지연, 이남식, 유경춘, 이정순, 이정희,

손애자, 강명숙, 신영란, 한진희, 이찬분, 안막내, 이광자, 임경숙, 이덕임, 김영숙 등 열성 조합원들의 헌신성은 놀라울 정도였고 서로서로에게 큰 힘이 되었다.

농성장 분위기가 워낙 뜨거워서, 처음에는 농성을 말리러 찾아왔던 부모들이 나중에는 오히려 도시락이나 반찬거리를 싸다 주는가 하면 단체로 떡을 해가지고 와서 나눠주었다. 어떤 아버지는 회사 사장으로부터 '당신 딸이 깡패들에게 납치되어 오도 가도 못하고 갇혀 있다'는 전화를 받고 달려와 난리를 치고 딸을 끌어갔으나 딸로부터 진실을 듣고는 조합에 전화를 걸어 몇 번이나 미안하다고 사과하고 다음날 딸을 농성장에 돌려보내기도 했다.

4월 11일에는 가두시위도 벌였다. 기동경찰은 시장 입구에 배치되어 있었다. 가두시위가 초동 진압되어 전원이 연행될 경우에 대비해 절반인 200명 정도는 농성장을 지키고 나머지 200명은 '임금인상' '퇴직금 전면 실시' '인간답게 살고 싶다' 등의 구호를 적은 머리띠를 하고 4열종대로 동화상가로 밀려 나갔다.

뒤늦게 경찰이 몰려와 동화시장 옥상에서 난투극이 벌어졌다. 대부분 어린 여자의 힘으로 경찰을 물리치기는 역부족이었다. 이때 이낙현이 옥상에서 투신하려는 것을 조합원들이 붙잡아 말리기도 했다. 조합원들은 밀고 당기는 싸움 끝에 동화시장 옥상에 주저앉아 농성에 들어갔다. 경찰과의 몸싸움으로 모두들 한껏 흥분해 있었다. 목이 터져라 구호와 노래를 외치던 조합원 중에 일곱 명이 기절해 쓰러지고 말았다. 동료 여성 노동자들은 쓰러진 이들을 붙들고 울음을 터뜨렸다. 사태를 걷잡을 수 없던 경찰은 한 시간 만에 길을 내주지 않을 수 없게 되었다. 모두들 무사히 평화시장 옥상으로 돌아올 수 있었다.

농성이 시작된 지 5일째 되던 밤에도 농성인파는 줄어들지 않아 잠자리가 너무 불편했다. 지도부에서 집에 갈 사람은 갔다가 낮에만 동참하라고 설득을 해도 함께 고생을 해야 마음이 놓인다며 가지 않고 밤을 지새우는 이가 많았다. 사무실 안에서 밤을 지새우는 사람은 비좁아서 불편하고 밖에서 지새는 사람은 추워서 견디기 힘들었다. 지도부는 담요와 이불을 잔뜩 사다가 나눠주었다. 며칠째 추위에 떨던 여성 조합원들이 깨끗하고 가벼운 이불을 보더니 까르르 웃음을 터뜨리고 소리를 지르며 좋아했다.

그런데 밤늦게 갑자기 비가 내리기 시작했다. 부랴부랴 비닐을 갖다 천막 위에 씌우고 주방에도 비닐을 쳐 비바람을 막았다. 긴급히 모래까지 구해 텐트 주변에 작은 둑을 쌓아 빗물이 들어오는 것을 막았다. 비는 계속 내려 깔고 앉을 자리도 없게 되었다. 할 수 없이 사무실과 천막, 주방에 있는 사람들을 제외하고는 평화시장 3층 복도에 상자를 깔고 잠을 청했다.

노동자들이 번번이 가두진출을 기도하자 기동경찰은 아침부터 평화시장 입구를 봉쇄했다. 사장들은 공장 문을 걸어 잠가 자기 회사 노동자들이 농성에 동참하지 못하도록 지키느라 바빴다. 어떤 공장은 벌써 며칠째 사장이 문을 안으로 걸어 잠가 자신을 포함해 아무도 나가지 못하게 하는 가운데 노동자들과 함께 먹고 자면서 일을 시키기도 했다.

조합원은 그래도 모여들었다. 평화시장이 생긴 이래 이처럼 들뜬 나날이 또 있었을까? 아직도 비가 보슬거리는 점심시간, 모인 노동자는 600명이나 되었다. 이대로 흩어질 수는 없었다. 또다시 가두시위를 시도했다. 시위대가 네 명씩 팔짱을 끼고 옥상에서 내려오니 수백 명의 기동경찰이 앞을 가로막았다. 충돌이 벌어졌다. 단단히 몸을 감싼 기동경찰에 맞서 맨몸, 맨 주먹으로 싸우는 노동자들의 귀에 여기저기서 박수 소리가 들려왔다. 참여는 하지 못해도 마음으로 응원하던 노동자들이 구경을 하면서 박수를 쳐주는 것이었다. 두 시간 가까이 밀고 당기는 싸움 끝에 여러 사람이 곤봉과 군홧발에 다쳤는데 조직부장 전태삼은 실신해서 산소 호흡기를 한 채 며칠이나 입원해 있어야 했다.

옥상으로 돌아온 조합원들은 주방을 맡은 조합원들이 해놓은 주먹밥을 나눠 먹었다. 보슬비는 어느덧 제법 굵은 봄비로 변해 있었다. 비를 맞으며 맛있게 주먹밥을 먹는 조합원들의 모습은 마치 전쟁 중에 휴식을 취하는 병사들처럼 믿음직해 보였다. 경찰과의 난투극으로 옷이 찢어지고 여기저기 멍이 들었으나 모두들 유쾌한 표정들이었다.

밤이 되어도 비가 계속되어 잠자리를 확보할 수가 없었다. 지도부는 100명만 남기고 집으로 돌려보냈다. 밤 11시에 사용주 대표인 최용갑 전무가 노조를 찾아와 임금 28퍼센트 인상과 10인 이상 업체에 퇴직금 1년만 50퍼센트 실시 등을 제시했으나 거절당하고 돌아갔다. 개인적으로는 최용갑과 친한 노동자도 많았고 그의 인간성을 좋아하기도 했으나 어쩔 수 없었다.

비는 다음날도 계속되더니 일요일이 되어서야 그쳤다. 조합원들은 농성장 주위를 깨끗이 대청소했다. 대다수 조합원이 집으로 가서 일주일 간 못 잔 잠도 자고 목욕도 하고 이발까지 했다.

4월 14일 맑게 갠 월요일, 점심시간에 500여 명이 모여 '전태일 추모 장례식'을 마련했다. 김태원이 시장 상가에서 발견한 관 모양의 긴 종이상자에 하얀 천을 덮어 모의 관을 만들고 '어린 동심을 보호하라' '내 죽음을 헛되이 하지 마라' '우리는 기계가 아니다' '근로기준법을 준수하라'고 쓰인 대형 만장들을 앞세웠다. 주로 필체가 좋은 박원섭의 글씨였다.

묵도로 시작해 전태일의 약력보고와 추도사가 이어졌다. 이소선 어머니가 간절히 기도하자 운집한 조합원들 곳곳에서 울음소리가 터져 나왔다. 하얀 모의 관을 메고 만장을 앞세운 장례행렬이 평화시장 옥상을 돌아 밖으로 향하자 기동경찰이 막았다. 한바탕 몸싸움이 벌어졌으나 맨 몸으로 경찰을 뚫을 수는 없었다. 경찰은 방패로 밀어대면서 밑으로는 발길질을 해 군홧발에 채인 정강이가 피멍이 들어 절뚝거리는 사람이 한둘이 아니었다. 모두들 눈물을 흘리며 〈전태일 추모가〉를 부르고 농성에 들어갔다. 이날 재현된 전태일의 장례식은 많은 노동자들에게 깊은 인상을 남겼다. 이 자리에 참석했던 노동자들은 오래도록 그 감동을 잊지 못했다.

농성장을 방문한 문익환 목사의 말도 모두의 기억에 오래도록 남았다.

"이제 세상이 바뀔 것입니다. 지금까지 앞에 섰던 사람들은 뒤로 가고, 뒤에 서 있던 사람들은 앞으로 나가게 될 것입니다. 반드시 그런 세상이 올 것입니다."

아직 사회가 잠잠한 계엄령 치하에서 11일이나 계속된 파업농성은 매일 신문에 보도됨으로써 기업주들을 압박하고 민주화운동권을 자극했다. 훗날 국무총리가 되는 학생운동 지도자 이해찬과 통일운동가가 되는 조성우 등이 찾아와 '학생운동도 이렇게 대대적으로 해야 한다' 말하며 감탄하기도 하고 진보노선을 표방하고 나선 통일사회당에서 대변인 이시준 명의로 지지성명서를 인쇄해 배포하기도 했다. 통일사회당 간부들은 한 달 후 광주민중항쟁이 일어나자 이를 전 세계에 알리기 위해 미스유니버스대회장에서 시위를 기획했다가 구속되기도 한다.

노조에서는 1971년 여름에 그랬던 것처럼 영세상인에 대한 과중한 세금을 감면하라는 성명서를 배부했다. 임금협상에서 노조의 요구안을 끝까지 반대하고 나선 통일상가 업주들을 달래는 한편, 영세사업주들의 어려움을 덜어주기 위함이었다.

사업주들은 보통 연 1억 원 정도의 매출을 올리는 것으로 세무서에 기록되어 있었다. 이 중 4,000만 원 정도가 과표課標에 잡혀 15퍼센트 이윤이 남는 것으로 간주되었고, 부가세 월 10만 원, 연간 종합소득세 100만 원을 내는 것이 보통이었다. 그러나 실제로 연간 1억 원의 매상을 올리는 업주는 일부에 불과했다. 또, 제조한 의류 중 상당수는 팔지 못한 채 3분의 1 정도 가격으로 덤핑 판매하는데 여기에도 15퍼센트 이윤이 적용되어 과세가 됨으로써 손해가 컸다. 게다가 세무서는 1980년 들어 기준과표를 20퍼센트 인상하겠다고 통고한 상태여서 사업주들의 분노를 사고 있었다.

노조에서는 임현재 지부장 명의로 사업주들의 어려움을 알리고 부가가치세를 1년 유예하거나 50퍼센트 감면해줄 것을 요청하는 내용과 함께 청계 노동자의 노동실태와 임금인상의 당위성을 알리는 장문의 건의서를 만들어 청와대와 내무부, 경제기획원, 재무부, 건설부, 국세청, 노동청, 서울특별시 등에 보냈다. 민주화의 봄을 맞은 탓인가, 해당 부처들은 최선을 다해 반영해보겠다는 답변을 보내 왔다.

마침내 4월 17일, 동화상가 옥상에서 노사 각각 17명씩 참석한 노사협의회가 6시간 30분이나 격론을 벌인 끝에 오후 3시에 극적인 타협을 이뤄냈다. 임금인상 29퍼센트, 10인 이상 15인 미만 업체에 퇴직금 실시 등의 파격적인 요구가 관철된 것이다.

"수고했습니다."

"잘 해봅시다."

대표단은 사용주 측과 일일이 악수를 나누고 회의장을 나와 곧바로 노조 사무실로 향했다. 회의 결과를 초조히 기다리던 조합원들이 사무실을 천막과 비닐로 막아놓은 곳에 옹기종기 모여 이야기를 나누다가 대표단을 발견하고 물어 왔다.

"어떻게 됐어요?"

임현재는 활짝 웃는 얼굴로 방금 조인한 단체협약서를 높이 들어올렸다.

"잘 됐어! 만세! 우리가 이겼다!"

우르르 몰려나오던 조합원들이 일제히 양손을 들어올리며 만세를 외쳐 불렀다. 서로 부둥켜안고 눈물을 흘리며 껑충껑충 뛰기 시작했다.

"언니, 수고했어요."

"아니야, 네가 고생 많았다."

"어머니, 고생하셨어요."

사방에서 손을 잡고 끌어안고 눈물을 지었다. 200여 조합원들은 노조간판 앞에 이소선 어머니를 모셔놓고 합동으로 큰절을 올렸다. 어머니는 목이 메어 말을 잇지 못했다.

"우리는 이겼습니다. 고맙습니다. 여러분, 너무 고맙고 자랑스럽습니다. 너무나 감격해서 무슨 말을 해야 할지 모르겠습니다."

조합이 결성된 지 10년 만에 가장 행복한 순간이라 해도 과언이 아니었다. 조합원들은 '우리 승리하였다'라는 가사로 즉석에서 노래를 지어 부르고 아무나 붙잡고 헹가래를 쳤다. 춤을 추다가 지치면 막걸리로 목을 적시고 또 일어나 노래하고 춤추었다.

이날 체결된 10인 이상 사업장의 퇴직금 실시는 현행 근로기준법을 뛰어넘는 조건이었다. 아무도 지키지 않아 전태일을 죽음으로 몰아갔던 근로기준법보다도 더 나은 조건을 쟁취한 것이었다. 이 협상은 거꾸로 근로기준법에 영향을 미쳐 훗날 5인 이상 사업장에 근로기준법을 적용하게 되는 성과를 낳기도 했다.

업주들의 반발도 만만치 않았다. 협상 내용에 불만을 품고 농성에 참가한 조합원을 해고하거나 공장을 시장 외곽으로 이전하는 사업주가 속출했다. 와이셔츠업체인 삼정사가 대표적인 경우였다. 삼정사 사장은 공장을 차린 지 6년 만에 신당동에 대지 120평, 건평 90평의 2억 원짜리 호화저택을 구입한 인물이었다. 삼정사만 특별히 부자가 되었다기보다 1970년대 평화시장 일대에서 공장과 상가를 운영한 상당수 업주들이 그 이상으로 돈을 벌었다. 그런데도 미싱사 월급 인상을 거부하고 일요일을 틈 타 몰래 금호동으로 공장을 이전해버린 것이다.

공장은 이전했어도 점포는 평화시장에 남아 있었다. 노조에서는 다음날인 5월 5일부터 평화시장 안에 있는 삼정사 점포에 몰려가 농성을 시작했다. 밤이면 시장 전체의 문을 닫아야 하기 때문에 낮에는 점포 앞에서 농성을 하다가 밤이 되면 노조 사무실로 돌아와 농성을 계속했다. 다음날 오전 10시 점포에 내려가 농성을 하려 하자 평화시장주식회사에서 열쇠를 내주지 않았다. 조합원들은 주식회사 사장실로 몰려가 농성 끝에 열쇠를 받아내고 삼정사 점포에서 농성을 계속했다.

농성은 며칠을 두고 계속되었다. 도저히 장사를 할 수 없게 된 삼정사 사장은 결국 5일 만에 노조의 요구를 수락했다. 2주일 이내에 공장을 다시 단체협약이 적용되는 지역으로 이전하되 이전이 되지 않을 때는 전체 종업원에게 평균 임금의 10개월분을 해고수당으로 지급하겠다는 내용의 각서를 공증까지 했다. 삼정사뿐 아니라 유림사, 연관사 등 다른 와이셔츠업체들도 담합해 공장 이전을 추진했다가 노조의 항의로 포기하기도 했다.

한편, 여덟 개 시장과의 임금투쟁 와중에도 중부시장과의 교섭은 별개로 계속되었다. 3월 20일 결성된 투쟁위원회와 중부시장 측의 밀고 당기는 협상은 이후 두 달 간이나 계속되었는데 4월 들어 서울시에서 중부시장 봉제업체를 이전 또는 폐쇄하겠다고 발표함으로써 협상을 더욱 어렵게 만들었다. 이에 조합에서는 5월 10일 서울시에 대책 없는 마구잡이 정책을 중지하라는 내용의 공문을 보내기도 했다.

중부시장 협상이 타결된 것은 1980년 5월 26일, 노조 대표 임현재, 이승철, 전태삼, 박원섭과 업주 대표 네 명 간의 서명으로 중부시장 노동자도 기존의 여덟 개 시장과 같은 내용의 단체협약 적용을 받게 되었다. 이 단체협상의 타결로 535명의 조합원이 늘어, 총 조합원 수는 5,300명 수준을 유지하게 되었다. 이로써 1980년 단체교섭은 모두 마무리되었다.

청계노조의 1980년 임금투쟁은 10년 조합사상 가장 후련한 쾌거였을 뿐 아니라 전국의 노동권에 막대한 영향을 미쳤다. 청계노조의 승리가 신문에 연일 보도되면서 전국의 노동자들이 자연발생적으로 들썩이기 시작한 것이다.

가장 먼저 반응을 일으킨 곳은 강원도 사북읍의 탄광 노동자들이었다. 청계노조가 농성 해산식을 갖던 4월 19일, 사북탄광 노동자들은 어용노조 퇴진을 요구하며 파업에 돌입했다. 6,000여 광부들은 사북읍 일대를 장악하고 정부에 해결을 요구하여 사회 전체에 큰 파장을 일으켰다. 경찰은 즉각 진압에 나섰으나 오랜 세월 짓눌렸던 광부들의 분노는 엄청난 파괴력을 가지고 있었다. 광부들은 수천 명의 경찰을 일방적으로 밀어붙여 경관 한 명이 돌에 맞아 죽는 사태로 확대되었다.

조합 간부들은 탄광 노동자들을 격려 방문하기로 결정했다. 몇 명의 간부가 이소선 어머니를 모시고 태백선 열차를 탄 것은 사북 파업이 절정에 이르렀을 때였다. 그런데 열차는 탄광지대 입구에서 멈췄다. 긴급히 차출된 공수부대가 탄광에 진입하기 위해 대기하면서 모든 교통을 통제한 것이었다. 신군부가 공수부대를 동원해 탄광 노동자들을 유혈 진압하는 것을 계기로 전국에 계엄령을 확대해 정권을 장악하려 했다는 사실은 나중에야 알려졌다. 사북 노동자들이 자진 해산하는 바람에 무산된 신군부의 음모는 한 달 후 전라도 광주에서 실현된다.

청계노조와 사북탄광의 투쟁은 유신독재에 억눌려 있던 전국 각지의 노동자들을 자극시켰다. 구로공단, 마산수출자유지역, 대구공단지역, 이리공단, 중화학공장 들에서 사무직 노동자들까지 신규 노조 결성이 줄을 잇고 임금인상투쟁도 폭발적으로 이어졌다. 1979년 한 해 동안 발생한 쟁의가 105건으로 대개 소극적이고 평화적으로 끝난 데 비해 1980년에는 897건으로 여덟 배나 늘었고 대부분이 폭력적인 양상을 띠었다.

5·17쿠데타가 일어나기 전까지 채 한 달이 안 되는 기간 동안, 청계노조 간부들은 경인 지역 쟁의 사업장들을 찾아다니며 격려하는 게 일과였다. 대부분 노조와 상관없이 노동자들이 스스로 파업을 일으킨 현장들이었다. 부천의 어떤 악기 공장에서는 노조 지부장이란 사람이 청계노조 간부를 붙잡고 지금까지 한번도 싸워본 적이 없어 어떻게 싸우는지도 모르겠고 가만히 있자니 파업 노동자들에게 몰매를 맞겠다며 하소연해 오기도 했다. 오랫동안 돈과 권력에 길들여진 어용노조 간부들에게 1980년 봄은 진정 잔인한 계절이었다.

노동조합의 어용성은 한국 노동운동의 가장 근본적인 문제의 하나였다. 한국노총은 물론 섬유노조와 금속노조 등 주요 산별노조 간부들은 상식적으로 이해하기 어려울 정도의 파렴치한 어용 행각을 벌이고 있었다. 저임금과 장시간 노동으로 고통받는 노동자를 짓밟고 돈과 권력을 움켜쥔 이들 노동 귀족들은 기업주들과 손잡고 노동자의 피와 땀을 착취하는 데 일조했을 뿐 아니라, 노골적으로 노동자들을 탄압하는 데 앞장서기까지 했다.

대표적인 것이 섬유노조로, 동일방직 여성 노동자들에게 직접 나서서 똥을 뿌리고 먹이는 일까지 서슴지 않았을 뿐 아니라 120여 명의 해고자들에 대해 자신들이 직접 취업금지 블랙리스트를 만들어 산하 지부에 배포했다. 1980년도 한국노총 위원장이 섬유노조 위원장 출신 김영태였다는 점은 당시 한국 노동운동의 실상을 잘 보여주고 있었다.

청계노조는 임금투쟁 농성 해산식을 갖는 자리에서 「전국 800만 노동자에게 드리는 글」과 함께 「노총을 비롯한 17개 산별은 민주화작업에 구체적인 행동을 하라!」는 제목의 성명서를 채택하고 배포했다. 성명서에서 청계노조는 직접적으로 노총 위원장 김영태의 퇴진을 요구하고 민주세력이 노총 민주화에 나설 것을 촉구했다. 민주노조운동의 선봉으로서 어용노총에 대한 선전포고를 울린 것이다.

5월이 되면서 한국노총에 대한 민주화투쟁이 본격화되었다. 5월 3일 금속노조 남서울 지역 사무실에 몰려간 9개 분회 노동자들이 점거농성을 벌였고 9일에는 금속노조 대의원대회장이 민주파들에 의해 점거되어 농성장으로 변하는 사태가 일어났다. 거듭되는 농성 사태에 직면한 한국노총은 자신의 입지를 지키기 위해 김영태를 위원장 자리에서 물러나 섬유노조 위원장으로 돌아가게 하는 한편, 5월 13일 한국노총 강당에서 '노동기본권 확보 전국 궐기대회'라는 제목의 집회를 열었다.

청계노조와 동일방직, 원풍모방, 콘트롤데이타 등 민주노조 노동자들은 형식적으로 끝날 게 뻔한 이 대회를 자신들이 주도해 제대로 된 궐기대회로 바꾸기로 모의했다. 대회가 시작된 지 30분쯤 지나 한국노총의 결의문이 낭독되기 직전이었다. 원풍모방노조 지부장 방용석이 훌쩍 단상으로 뛰어올라 마이크를 낚아챘다.

"이 따위 형식적인 대회는 걷어치우시오!"

방용석은 대뜸 일갈하고 사전에 협의된 대로 섬유노조 위원장 김영태와 금속노조 위원장 김병용을 제명할 것, 보수정당들로 하여금 노동삼권 완전보장을 받아낼 것, 노동삼권 보장을 위한 전국적인 서명운동을 전개할 것 등을 요구했다.

"김영태를 제명하라! 노동삼권 쟁취하자!"

사방에서 함성이 터져 나왔다. 청계노조 조합원들을 비롯한 민주노조 조합원들이 단상을 점거하고 사방에서 구호와 함성을 외치면서 대회장은 일시에 농성장으로 변했다. 농성 노동자들은 김영태 대신 직무대행을 맡고 있던 정한주를 불러 농성자의 요구에 대한 노총의 입장을 밝히라고 했다. 정한주는 우물쭈물 즉답을 회피했다. 하도 답답하게 시간을 끌자 어떤 노동자가 그러면 직무대행의 〈한국노총가〉 노래나 듣고 말자고 제안했다. 그러자 정한주는 더욱 난감해하며 쩔쩔 맸다.

"죄송합니다. 가사를 잊었습니다."

장내에서 야유가 터져 나왔다.

"명색이 한국노총 위원장이 〈한국노총가〉도 모른단 말이오?"

"죄송합니다."

이런 인간들이 노총을 지배했다는 사실에 비애가 느껴질 지경이었다.

"그러면 아는 노래 아무거나 불러보세요."

사회자의 말에 정한주는 〈산토끼〉를 부르기 시작했다. 농성장은 야유와 웃음 바다가 되고 말았다. 이 일로 정한주는 '산토끼 위원장'이라는 별명을 얻게 되었는데 훗날 전두환이 정권을 장악하자 노동부장관을 지내고 민정당 국회의원 노릇까지 한다.

노총 건물을 장악한 노동자들의 눈에 먼저 거슬린 것은 박정희의 사진들이었다. 방마다 걸린 박정희 액자들을 떼어 강당으로 가져오니 꽤 되었다. 액자들을 어떻게 할까 의견이 분분했다. 태워 없앨 것인지, 창고에 갖다 둘 것인지 논란이 벌어졌다. 그때 양손에 목발을 짚은 단단한 체구의 청년 하나가 나섰다.

"보소, 보소! 비켜보소."

청년은 갑자기 자신의 목발을 들어 사진들을 내리치기 시작했다. 청계노조 회계감사 황만호였다. 황만호의 목발 아래 독재자의 사진들은 하나씩 작살이 나버렸다. 부서지고 찢어진 액자들은 창고에 처박아버렸다.

농성이 시작된 5월 13일 무렵, 전국은 대학생들의 시위로 들끓고 있었다. 신군부 쿠데타 세력의 주역인 계엄사령관 전두환의 퇴진과 직선제 개헌을 요구하는 대대적인 시위가 전국 주요 도시를 휩쓸었다.

청계노조 간부와 조합원들도 개별적으로 민주화시위에 동참했다. 이소선 어머니는 고려대학교 등 여러 대학교 집회에 연사로 나서서 노동자의 현실을 폭로하고 민주화를 요구하여 갈채를 받았다. 이소선 어머니도 이제 50대 초반의 나이가 되어 있었다. 지난 10년 간 청계노조의 어머니요, 민주노동운동의 최고 지도자로서 겪고 느낀 이야기는 대학생들을 크게 각성시켰다. 막연히 노동자에 대한 동정심만 가지고 있던 많은 대학생들이 어머니의 연설을 계기로 현장에 뛰어들어 노동운동을 시작했다.

조합 간부들과 조합원들도 5월 13일부터 매일같이 시위에 참가했다. 따로 노동조합 깃발을 들지는 않고 10여 명씩 모여 학생시위에 동참했는데 나이가 비슷해 시위대에 끼면 모두가 학생 같았다. 조합 간부 여덟 명이 단체로 학생들의 시위를 구경하고 있다가 "시민들은 동참하라!" 외치는 소리에 합류해 동국대부터 서울역까지 시위를 하기도 했다.

시민들의 반응도 좋았다. 어떤 이는 빵을 잔뜩 사다가 인도 변에서 나눠주기도 하고 어떤 이는 물통을 갖다 놓고 마시게 했다. 청계 조합원들은 기꺼이 빵을 받아 반쪽씩 나눠 먹고 온종일 행진을 계속했다. 시위가 끝난 후에는 조합원들이 단골로 가는 이스턴호텔 뒤의 허파집에서 쫄면과 함께 볶은 소 허파에 소주를 마셨다. 동대문극장 옆의 돼지곱창집도 단골이었다. 2,000~3,000원만 주면 넓은 판 위로 수북이 돼지곱창이 나와 네 명이 배불리 먹을 수 있었다.

학생시위가 절정에 달한 5월 15일 서울역 집회에는 수십 명의 청계 조합원들이 참여해 학생들과 함께 격렬한 투석전을 벌였다. 10만이 넘는 군중 속에 흩어져 개별적으로 싸운 조합원들은 다음날 노조 사무실에 하나 둘씩 모여 저마다 전날 시위에서 있었던 이야기로 떠들썩했다.

다친 사람도 여럿이었다. 서울역 시위에는 경찰버스가 불에 타고 전투경찰이 사망하기도 했는데 버스를 불태운 사람은 다름 아닌 청계 조합원 정석호였다. 근처에 있던 넝마주이 손수레에 불을 붙여 경찰차에 밀어 불을 내버린 것이다. 이 과정에서 정석호는 전경이 그를 직접 겨냥해 쏜 직격 최루탄에 맞아 머리에 큰 부상을 입고 말았다. 정석호는 한동안 입원해 치료를 받아야 했다.

대학생들의 시위가 확대되는 동안, 군부는 대규모 병력을 주요 도시에 이동시키고 있었다. 공수부대가 서울과 광주 등지에 이동 배치되고 있다는 소식은 신문기자들을 통해 공공연하게 퍼져 나갔다. 신군부가 학생시위를 빌미로 계엄령을 확대해 모든 권력을 장악하려 한다는 정보는 매우 신빙성이 있었다. 김영삼과 김대중 등 정치인들도 이를 매우 우려하였고 학생 지도부에 그런 내용이 전달되었다.

학생 지도부는 전경이 사망하는 사건까지 생긴 15일 서울역 집회를 고비로 일단 사태를 관망하기로 결정했다. 같은 날 저녁 한국노총에서 농성을 하던 노동자들도 해산을 결정했다. 그러나 민주화세력의 침묵은 오히려 군부의 쿠데타에 좋은 여건을 마련해주었다. 5월 17일 자정, 군부는 거의 아무런 저항 없이 9,000명에 이르는 정치가, 학생, 노동자, 민주인사들을 연행할 수 있었다. 잠시 살아나던 민주주의의 싹은 무참히 짓밟혔다. 5월 18일 아침, 전국의 모든 대학과 주요 길목에 실탄을 장전하고 총검을 꽂은 군인들이 배치되었다.

공포로 숨도 쉬지 못할 이 거대한 침묵을 깬 것은 광주의 대학생들이었다. 전남대학교 앞에서 벌어진 조그마한 항의가 무자비하게 진압되자 광주 시민들이 들고 일어난 것이다. 공수부대는 이에 무자비한 학살을 시작했다. 광주 거리는 피로 물들어갔다. 열흘 만에 진압되기까지 광주 시민들은 영웅적인 항쟁을 계속했다.

광주에서 살육작전이 벌어지고 있는 동안, 전라도에 연고가 있는 조합원들은 저마다 전화를 하거나 다른 방법으로 연락을 시도했으나 통신 자체가 차단되어 있었다. 계엄사령부에서 편집을 담당한 것과 다름없는 언론은 며칠 간 침묵을 지키더니 일제히 폭도들의 난동이니 간첩이 출현했다느니 매도하기에 바빴다. 불과 며칠 전까지도 민주주의의 전도사를 자처하던 언론들이 염치도 없이 군사쿠데타의 대변인이 된 것이다.

불안함과 답답함으로 며칠이 지났을까, 조합 사무실로 한 통의 전화가 왔다.

"지금 광주 사람 다 죽게 생겼습니다. 광주의 사정을 알려주십시오!"

짤막한 전화는 발신인도 모르는 채 끊어졌다. 나중에 알았지만 한때 청계노조와 관계를 맺기도 했던 김현장이었다. 전화를 받은 이는 민종덕이었다. 그는 부르르 떨며 흥분했으나 정확한 진상을 모르니 어떻게 해야 할지 판단할 수 없었다.

또 며칠 후에는 조사통계부장 박재익 앞으로 한 통의 편지가 왔다. 편지지 다섯 장에 깨알 같은 글씨로 학살의 참상을 기록하고 있었다. 공수부대원들이 여학생의 유방을 도려내고 임신부의 배를 갈라 태아를 꺼내 들고 웃었다느니 하는 과장된 내용도 없지 않았으나 임산부가 총을 맞아 배가 갈라지고 아직도 살아 있는 태아가 꿈틀대는 사건이 실제 일어났던 건 사실이었다. 읽는 것만으로도 소름이 끼치고 분노에 치를 떨게 만드는 내용이었다. 보낸 사람 주소는 없었다.

박재익은 혼자 읽으라고 보낸 것이 아니라는 생각에 이를 다른 편지지에 깨끗이 옮겨 적었다. 편지지로 열다섯 장이나 되었다. 그는 이 편지를 다른 노조 간부들에게는 전혀 비밀로 한 채 대학생들에게 전달하기로 했다. 다음날 저녁, 야학 강사로 온 적이 있어 친했던 한국외국어대학교 학생회장 박미옥과 김광섭을 만나 건네주었다. 대학생들은 박재익으로부터 받은 편지를 토대로 「민족사의 비극이다. 광주의 살육작전」이란 제목의 유인물을 등사해 몰래 배포했다.

광주의 피비린내가 아직 가시지 않았을 때였다. 제2의 광주항쟁을 일으키자는 유인물을 배포하는 일은 죽음까지 각오해야 하는 용기를 필요로 했다. 서대문부터 동대문까지 서울 시내 주요 도로와 기차역, 지하도 입구, 사람이 많은 뒷골목까지, 날카로운 대검이 꽂힌 소총을 든 공수부대원과 군복 입은 경찰이 서 있었다. 군인들은 지나가는 젊은이들의 가방은 모조리 열어 수색했고 조금이라도 반항의 기색이 보이면 일부러 보란 듯이 수많은 행인들 앞에서 개처럼 두들겨 패고 군대식으로 기합을 주었다. 주요 역전마다 머리를 땅에 박고 뒷짐을 진 자세로 기합을 받는 젊은이들을 볼 수 있었다. 복종이 아니면 죽음이라는 살벌한 메시지였다. 불과 며칠 전까지도 학생들의 함성과 최루탄가스로 가득하던 온 나라가 갑자기 쥐죽은 듯 조용해져버렸다. 검거를 피해 숨은 사람들 중에 광주의 항쟁이 그곳에 고립되어서는 안 된다는 생각으로 유인물을 만들어 몰래 뿌리기도 하고 서울에서도 몇 차례 시위를 계획한 이들도 있었으나, 모두 실패하고 끌려가 '김대중내란음모사건'의 누명을 쓰고 수감되었다.

청계노조에서는 조합원 하나가 군인과 경찰의 삼엄한 감시에 분노한 나머지 그들을 골탕 먹이기 위해 평화시장 옥상에서 하얀 백지 뭉치를 뿌리고 사라져버린 일이 있었다. 유인물처럼 보이는 하얀 종이가 날리자 건물 주변에서 감시하고 있던 사복 경찰 수십 명이 일시에 평화시장 옥상으로 달려 올라왔다. 손에 권총을 든 그들은 노조 사무실과 주변의 노동자들에게 총을 들이대며 연행하려다가 백지인 것을 확인하고 물러가기도 했다.

황만호 등 젊은 조합원들이 분을 참지 못하고 돌아다니며 화장실 벽에 '전두환을 찢어 죽여라' 같은 구호를 적어놓기도 했는데 시장 일대 화장실을 한 바퀴 돌며 낙서를 하고 다시 가보면 벌써 흔적도 없이 지워져 있었다.

광주가 진압되고 정국이 침묵으로 빠져버리면서 군부는 본격적으로 민주노조 제거에 나섰다. 노동운동에 대해 잘 모르고 있던 국군보안대는 우선 노동운동가들을 개인적으로 수사해 자료를 모은 후 전국의 노조에 노동청 업무 검사를 실시해 압박을 가하는 방식을 썼다. 이를 통해 문제가 되는 노조는 '정화조치'라는 명목으로 지도자들을 해고하거나 아니면 아예 지부 자체를 폐지했다.

청계노조에 가해진 탄압의 서곡은 이소선 어머니에 대한 수배였다. 4월 7일부터 17일까지 임금인상투쟁에 앞장선 것과 고려대학교 등지에서 연설한 것이 계엄포고령 위반이라는 것이었다. 이소선 어머니는 치안본부와 국군보안대로 이뤄진 합동수사본부의 감시망을 피해 조합원 김선주의 방에 며칠 머무는 등 이리저리 도피 생활을 해야 했다.

다음으로 노동청 업무조사조치가 취해졌다. 모든 노동조합에 대한 대대적인 업무조사가 시작되었는데 청계에는 더욱 집요했다. 노동청 직원이 노조 사무실에 상주하면서 노조의 모든 장부를 샅샅이 뒤져 탄압의 구실을 찾아내는 한편 사사건건 조합 운영에 간섭했다. 청계노조는 극히 일부 간부를 빼고는 대부분 검소하고 정확하게 비용을 지출해온 데다 노련한 경리 나성자가 깔끔하게 회계장부를 정리해놓아 별다른 허점을 찾을 수 없었다.

그래도 정화조치의 칼날을 피할 수는 없었다. 신군부는 한국노총에 정화위원회라는 어용 기구를 설치해 노동조합의 실태를 파악했는데, 각 산별노조 위원장이 추천하는 사람들로 구성된 정화위원회는 노골적인 어용 행각으로 지탄을 받아왔거나 반대로 적극적으로 투쟁해온 민주노조 지도부를 없애는 임무를 맡았다.

청계노조는 당연히 정화지침의 제1순위 대상이었다. 한국노총 정화위원회는 청계노조에 대해 9·9농성 주동자 민종덕, 신순애, 신광용 등을 조합 임원에서 해임시킬 것, 노조 고문으로 위촉된 이소선에 대한 월급 지급을 중지할 것, 평화·동화·통일상가 이외의 건물에서 일하는 노동자는 조합원이 될 수 없으니 조합비 징수를 중단하는 동시에 그들로부터 과거에 받은 조합비는 모두 당국에 반납할 것을 명령했다.

긴급 대책회의가 열렸다. 한 가지도 받아들이기 힘든 내용이었다. 지독한 유신독재 아래서도 홀로 싸워온 청계노조가 어용 노총의 정화위원회 따위에 굴복할 수는 없었다. 논의 결과, 조합 간부 해임은 거부하기로 하고, 어머니에 대한 월급은 공식적으로는 중단하되 비공식적으로 계속 지급하고, 세 군데 시장 이외의 조합비 갹출은 융통성 있게 운영하기로 결정했다.

청계노조가 버티기에 들어가자 군부는 곧바로 노조 자체를 없애는 작업에 착수했다. 먼저 이소선 어머니 체포에 총력을 기울였다. 7월 16일에 체포된 이소선 어머니는 검거되자마자 구속이 되었다. 재판도 민간법정이 아닌 군사법정에서 받아야 했다. 어머니는 계엄군법회의에서 포고령 위반으로 징역 1년을 선고받고 두 번째 옥살이를 시작했다.

노동조합에 대해서는 가을까지 별다른 징후가 없는 것처럼 보이더니 다른 민주노조들에 대한 내사가 완결된 12월 8일 아침, 청계노조에도 보안사 군인들과 헌병대, 경찰이 합동으로 들이닥쳤다. 같은 시각, 다른 민주노조 사무실에도 체포조가 들이닥치고 있었다.

"노동 문제에 대해 잠깐 회의할 것이 있으니 함께 갑시다."

조합 사무실을 에워싼 합동수사관들의 말은 공손한 듯했으나 조직폭력배들처럼 건장한 체구에 험악하고 날카롭게 쏘는 눈빛만으로도 공포 분위기가 조성되었다. 사무실에 나와 있던 임현재, 이승철, 민종덕, 박재익, 전태삼, 신순애, 이순자 등 아홉 명의 상근 간부들은 저항할 엄두도 못 낸 채 연행되었다. 대기하고 있는 검은 승용차에 각각 나뉘어 태워진 간부들은 용산 부근에서 좌석 뒤에 고개를 처박힌 채 어디인지 알 수 없는 수사기관으로 들어갔다. 국군보안대라는 사실은 조금 지나서야 알았다.

보안대 수사실은 공포 그 자체였다. 방음장치가 붙은 빨간 색 문을 열고 들어가면 또 똑같은 문과 방이 나오고 또 문을 열고 들어가면 똑같은 방이 나오는 미궁과도 같은 곳이었다. 방마다 철제 책상 하나와 군용 침대 하나, 의자 두 개씩 놓여 있었다. 조합 간부들은 들어가자마자 홀랑 벌거벗겨져 낡은 군복으로 갈아입혀지고 고무신이 신겨진 채 뿔뿔이 흩어져 조사를 받아야 했다.

"너 노조에 들어온 후로 한 짓 다 써, 이 새끼야!"

"그동안 얼마나 해쳐먹었는지 다 쓰란 말이야!"

어용노조 간부들을 수사해온 군수사관들은 청계노조도 부패했으리라 보고 돈을 얼마나 빼돌렸는지부터 조사했다. 그러나 청계 간부는 집 한 칸 가진 사람이 없었다. 하나같이 사글셋방에서 어렵게 살고 있었다. 보안대 수사관들은 나중에는 오히려 불쌍하다는 듯이 말하는 것이었다.

"한심한 놈들, 10년이나 노조하면서 그래, 집 한 채 못 장만했냐? 다른 노조 놈들은 고급 아파트에 자가용에 떵떵거리며 잘사는데 너희들은 하나같이 월세방에 사니 참 한심하다, 한심해."

청계노조 간부들이 믿어지지 않을 만큼 청렴하다는 사실이 드러나자 대우도 조금 달라졌다. 청계를 맡은 수사관들은 광주항쟁에 대해 조사하던 군인들로, 고문보다 매질이 더 익숙할 정도로 폭력적이었음에도 청계노조 간부들에게는 그다지 가혹하지 않았다. 노동운동에 대해 잘 알지 못하던 보안대가 노동운동의 흐름이나 상황을 직접 파악하기 위한 정보 수집 차원이라는 인상이 깊었다. 군인들은 각자 노조에 관여한 내용을 쓰게 한 후 다 쓰면 가지고 올라가 자기들끼리 회의를 하고 돌아와 틀린 부분이나 미흡한 부분을 다시 쓰라고 했다. 가끔 때리기도 하고 협박을 하기도 했으나 심한 구타나 고문은 가하지 않았다.

신순애는 군인들이 종이를 들이밀며 자술서를 쓰라고 하자 자기는 초등학교도 나오지 못해 글씨를 쓸 줄 모른다고 버텼다. 서슬 시퍼런 군인들 앞에서 이런 맹랑한 거짓말을 하는 것도 보통 용기로는 어려운 일이었다. 청계의 내막을 잘 모르는 군인들은 그녀의 학력을 확인하고는 이 말을 그대로 믿어주었다. 군인들은 불쌍하다는 듯이 읽을 줄은 아느냐고 물어 신순애가 대충 읽는다고 하자 자기들이 진술서를 받아쓰고 지장만 찍게 했다.

연행된 간부 중 심하게 매를 맞은 이는 박재익과 민종덕 정도였다. 박재익은 광주에서 올라온 편지를 손으로 베껴 학생들에게 전달한 사실이 드러나 고생해야 했다. 군인들은 그의 글씨로 된 원문을 갖다 들이대며 누구누구에게 돌렸는가 다그쳤다. 박재익은 집단으로 구타를 당하면서도 이름은 모르고 외국어대학교 학생회 간부라는 아가씨에게 전달해줬다고 버티느라 모진 매를 맞아야 했다.

민종덕은 노조 사무실에 있던 자신의 일지에 '나는 저항한다, 고로 존재한다'는 경구를 써놓았는데 보안대 수사관들은 이것을 문제 삼았다. 그는 수사관의 대부분이 경상도 사투리를 쓰는 게 특이하게 느껴졌는데 그 중에 유일하게 전라도 사투리를 쓰는 준위가 한 사람 있었다. 민종덕이 보기에 준위는 전라도라는 이유 때문에 다른 수사관들로부터 은근히 따돌림을 당하는 듯했다. 그런데 어느 날 그 준위가 야전침대 몽둥이를 뽑아 들더니 민종덕을 복도로 따로 끌어내 닥치는 대로 패는 것이었다. 외신기자들에게 연락하는 담당이 누구냐, 너는 알지 않느냐면서 굵고 긴 몽둥이로 사정없이 두들겼다. 나중에 생각하니 경상도 정권 아래서 전라도 출신으로 살아가기 위해 과잉 충성을 한 것 같았다. 이외에는 민종덕도 별다른 폭행을 당하지는 않았다.

보안대원들은 지식인들에게는 가혹했다. 신순애는 그곳에 잡혀 있는 동안, 한 신문기자가 헝겊으로 눈을 가린 상태에서 짐승처럼 가혹하게 구타당하는 장면을 목격하기도 했다. 유신 반대로 구속되었던 시인 김지하가 석방됐다는 기사를 게재해 끌려온 기자였다. 서너 명의 군인들이 몽둥이를 들고 개 잡듯이 두들겨 패자 앞이 보이지 않는 기자는 비명을 지르며 이리저리 도망치는데 무릎으로 기어 다니느라 바지가 구멍이 나서 피가 줄줄 흐르는 것이었다. 5·17쿠데타 직후 붙잡힌 수천 명의 민주인사들과 학생들 역시 온몸이 시커멓게 되고 지병을 얻을 정도로 매를 맞고 고문을 당한 것도 잘 알려진 대로였다.

연행된 간부 여덟 명 중 네 명은 일주일 만에 나가고, 남은 네 명은 보안대 지하실에서 2주일가량을 보낸 후에야 석방될 수 있었다. 석방되는 날, 대령 계급장을 단 합동수사본부 2단장의 훈계를 들어야 했다. 그는 여성도 포함된 조합 간부들을 탁자에 둘러앉혀놓고 군대가 나서서 이 나라를 이끌어야 한다는 따위의 일장 연설을 했다. 그런 중에도 청계노조 간부들이 자기들이 지금까지 조사해온 노조 간부들과는 전혀 다른 사람들이란 점을 인정했다.

"너희들은 말이야, 하나하나 놓고 보면 참 성실하고 양심적인데 말이야, 모아놓기만 하면 싸움을 일으키니까 우리가 청계노조를 가만 둘 수가 없는 거야. 청계노조는 가만 놔두면 안 돼."

이에 임현재가 뭐라고 항변하려 하자 돌연 그를 지휘봉으로 가리키며 소리쳤다.

"네가 지부장이지?"

단장은 임현재가 대꾸할 틈도 없이 큰소리쳤다.

"청계피복은 내가 없애버리겠어! 청계피복 같은 것은 노조도 아니야!"

갑작스런 행동에 간부들은 어안이 벙벙해져버렸다. 임현재가 또 항변하려 하자 단장은 그를 제지하며 또다시 버럭 고함을 질러댔다.

"덤빌 테면 덤벼봐! 홀랑 벗고 덤벼보라고! 총칼로 쓸어버릴 테니까! 광주에서 수천 명이 죽어도 우린 눈 하나 깜빡 하지 않았어. 서울에서 그만큼 더 죽일 수도 있어!"

군인들의 지적 수준이 적나라하게 드러나는 순간이었다. 대꾸할 가치조차 느끼지 않아 내버려두니 단장은 밤 9시까지 되지도 않는 훈시를 계속하고서야 내보내주었다. 군인들은 네 명 모두를 고급 식당에 데려가 비싼 꽃등심을 먹여주고는 차비하라며 봉투를 하나씩 넣어주기도 했다.

조합 간부들은 다시 노조 사무실에 출근해 일을 시작했다. 청계노조를 없애버리겠다던 군인의 폭언은 겁을 주기 위해 한 말이려니 애써 위안했다.

노조 사무실에는 경찰과 군인들이 수시로 찾아와 간부들의 동향을 살피고 정화지침의 이행 여부를 감독하려 들었지만 하루하루 억지로 넘어갔다.

마침내 올 것이 온 것은 1981년 1월 6일이었다. 서울시로부터 공문 한 장이 노조 사무실에 배달되었다. 서울시장 박영수의 명의로 '노동조합법 제32조에 의거, 노동위원회의 승인을 얻어 즉시 해산을 명함'이라고 짤막하게 적혀 있었다. 노조법 32조는 '행정관청은 노동조합이 노동관계 법령을 위반하거나 공익을 해할 염려가 있다고 인정하는 경우에는 노동위원회의 의결을 얻어 그 해산을 명하거나 임원의 개선을 명할 수 있다'는 조항이었다.

지난 10년 간 수많은 싸움을 해왔고 내부진통도 겪었지만, 노동조합의 해산을 상상해본 일은 없었다. 조합 간부들과 조합원들은 엄청난 충격에 사로잡혔다. 소식을 들은 조합원들은 허탈과 분노를 감당하지 못해 눈물을 흘리거나 군사정권에 저주를 퍼부었다.

1981년 1월 10일, 상급 노조인 연합노조 위원장이 만나자고 연락이 왔다. 지부장 임현재와 지도위원 이승철, 사무장 민종덕이 위원장실로 찾아가니 눈매나 거동으로 보아 기관원이 분명한 자들이 서울시 직원이라며 함께 기다리고 있었다. 그들은 청계노조는 해산되었으니 취직을 알선해주겠다고 회유했다. 세 간부는 그런 것 필요 없으니 다른 데 가서 알아보라고 거절하고 나왔다.

집행부는 1월 13일 서울시장 앞으로 질의서를 보냈다. 청계노조가 노동조합법 32조를 어떻게 위반했으며 어떤 절차와 어떤 내용으로 노동위원회의 의결을 얻었는지 답변해달라고 했다. 나흘 뒤 답변서가 왔다. 청계노조는 이미 해산되었으므로 해산된 노조의 이름으로 제출된 질문에 답할 수 없다는 것, 조속히 노조 설립 신고증을 반납하고 노조 해산에 따른 청산

위원회를 구성하라는 내용이었다.

난감했다. 달리 뾰족한 묘안도 없었다. 마지막 순간이 올 때까지 그대로 노조의 업무를 계속하는 수밖에 없었다. 집행부는 매일 출근을 계속했다. 합동수사본부의 보안대 요원들과 경찰, 헌병들이 일제히 노조 사무실에 들이닥친 것은 1월 21일이었다.

"청계노조의 해산을 재차 명한다!"

장대한 체구의 사내들은 그 한마디를 내뱉고는 사무실을 뒤져 회계장부와 예금통장을 압수해 갔다. 간부들은 이번에도 철수 명령을 무시하고 저녁까지 버텼다. 달리 방도가 없었다. 저녁이 되어 노조 사무실 문을 잠그고 퇴근하는데 사복 차림의 사내들이 노조 사무실 주위에 포진해 감시를 하고 있었다. 간부들은 태연한 척 그들을 지나 퇴근했다.

다음날 아침, 상근 간부들이 평상시처럼 노조에 출근하려는데 평화시장 일대에 수백 명의 경찰이 깔려 있었다. 평화시장 옥상 입구에서는 경찰이 출입을 막았다. 간밤에 경찰과 서울시가 합동으로 노조 사무실 문을 뜯고 들어가 사무실 집기 등 노조의 모든 재산을 끌어내고 사무실에 못 들어가도록 출입문에 못질을 해버린 것이다. 간부들이 밀고 들어가려고 몸싸움을 벌였으나 역부족이었다. 수십 명 경찰의 완력에 밀려나고 말았다.

어찌할 것인가. 밀려난 노조 간부들은 뒤늦게 달려온 조합원들과 함께 온종일 이리저리 다방을 전전하면서 궁리했으나 묘안이 나오지 않았다. 소식을 들은 다른 조합원들도 노조 사무실에 가보려다가 경찰에 제지를 당하고 곳곳에 모여 분노를 삭이기만 했다.

13 아프리의 절규

1981년 1월 22일, 하늘이 무너지는 기분이었다. 경리 나성자는 연합노조에서 청계지부를 청산하고 남은 돈으로 지급한 퇴직금을 현찰로 받아 가방에 담아 왔는데 사무실이 없어지고 나니 그 돈을 나눠줄 장소도 없었다. 시내 다방에서 사람들을 만나기로 해놓고 남은 시간에 갈 곳이 없어 돈 가방을 든 채 거리를 배회하는데 눈물밖에 나오지 않았다. 어느 정도 예상은 했으나 정말 노조 문이 닫혀버리자 혼자 있으면 두렵고 외로워서 견딜 수가 없었다. 약속시간에 다방에서 임현재와 사람들을 만나니 살 것 같았다. 나성자뿐 아니라 사람들은 정신적 공황상태에 빠져 이리저리 다방과 자취방을 떠돌아다니며 한숨만 내쉬었다.

두 번째 구속이 되었다가 한 달 전에 석방된 이소선 어머니는 그때까지도 민주화운동의 지도자이던 함석헌 옹과 상의해보려고 원효로 집에도 찾아갔다. 그러나 함석헌 옹은 "도리가 없지요" 하는 말뿐이었다. 분노한다거나 싸워야 한다거나 하는 말 한마디 해주지 않고 그저 포기하라는 너무나 서운한 말뿐이었다. 전태일이 죽었을 때 창동집에 찾아와 그토록 간절히 기도해주었던 함석헌 옹까지 그렇게 나오니 이소선 어머니까지 맥이 풀려버렸다.

조합의 최고 책임자인 임현재와 이승철은 이 난감한 상황을 어떻게 헤쳐나가야 하나 번민했다. 무슨 이야기라도 해보려고 최종인과 다방에서 만나기로 했는데 그 자리에는 지부장을 사퇴한 후 구로공단에 들어가 노동운동을 하고 있던 양승조도 나와 있었다. 오랜만이었다. 다른 사람들과 양승조는 지부장 불신임 등의 사건으로 개인적인 관계가 썩 좋지는 않은 사이였으나 조합이 해산된 마당에 지나간 감정은 문제가 되지 않았다. 먼저 제안을 한 사람은 이승철이었다.

"아프리 사무실에서 농성하는 게 어떨까? 외국인 사무실이니까 경찰도 함부로 들어오지 못하겠지?"

즉석에서 떠오른 생각이었다.

"야, 그거 진짜 좋은 생각이다!"

양승조도 쾌히 동의했다. 노조 사무실이나 노동교실로 쓰는 중부지역 사무소에서 농성할 경우 곧장 진압되어 언론에 한 줄 나보지도 못하고 끝나겠지만 미국 기관을 점거하면 외국 언론을 통해서라도 보도가 될 것이고 함부로 진압했다가는 국제적인 물의를 일으키기 때문에 쉽게 들어오지도 못하리라 생각되었다.

"한 3년 징역 살면 되겠지. 내가 마지막으로 이거를 한 번 하고 끝내야 할 상황이 온 것 같다."

이승철의 말에 최종인이 고개를 끄덕였다.

"구속돼도 생활은 걱정 마라. 내가 옥바라지는 책임질게."

다만 현직 지부장인 임현재는 생각이 달랐다.

"그래, 지금 싸움을 일으키면 누구라도 한 3년은 옥살이를 해야겠지. 그러면 우리 노조는 어떻게 되나? 3년 동안 노조가 없으면 청계천 근로자들은 누가 돌보지? 차라리 3년 감옥살이를 하는 셈치고 힘들지만 밖에서 조직 재건하는 게 옳지 않을까?"

임현재는 모두들 움츠린 상황에서 과연 싸움이 이뤄질지, 설사 농성에 들어간다고 해서 저 철벽같은 군부의 위세에 얼마나 영향을 줄 수 있을지 자신이 없었다. 다른 사람들도 이런 측면에는 공감했다. 세 사람은 집행부 회의를 열어 어떻게 할 것인가 논의하기로 했다.

조합 임원들은 경찰의 추적을 피해 이문동 신순애 방에서 전체 회의를 열었다. 그러나 회의는 벽두부터 난항에 부딪혔다. 모두들 싸워야 한다는 말은 했으나 본인들부터 자신감을 잃고 있었기 때문에 명쾌하게 어떻게 하자는 말이 나오지를 않았다. 아프리에서 농성을 하자고 제안했던 이승철 역시 막상 동원할 사람도 없는 상황에서 선뜻 앞장서지 못한 채 한숨만 쉬었다. 다른 간부들이라도 적극적으로 나서야 했지만, 군부에 끌려가 조사를 받고 나온 지 얼마 되지 않은 간부들은 솔직히 두려워하고 있었다. 지난번에는 큰 폭력 없이 협박만 당하고 나왔으나 이제 다시 군 수사기관에 끌려가면 살아남기 힘들다는 두려움이 사로잡고 있었다. 임현재는 구속 3년의 고통을 밖에서 조직을 재건하는 데 쓰자고 설득했다.

신순애의 방에서 두 차례, 창동집까지 세 차례에 걸친 집행부 회의는 그동안 조합 내부에 잠재해 있던 인간적인 갈등만을 드러낸 채 해답 없는 언쟁만 벌이다가 끝나고 말았다. 싸워야 한다는 대의에는 누구도 반대하지 않았으나 언제 어떻게 싸울 것인가 결론을 내리지 못한 채 흐지부지되었다. 이미 내려진 해산 명령에 대해 싸운다고 해도 되돌릴 수 없다는 패배의식이 너무 큰 탓이었다. 이제 어떻게 할 것인가?

어떻게든 싸움을 해야만 한다고 앞장선 사람들은 민종덕, 황만호, 신광용 등이었다. 평화시장 옥상의 일곱 평 남짓한 노조 사무실은 멸시·천대

받는 청계천 노동자뿐만 아니라 여러 지역의 노동자들이 찾아와 억울함을 호소하고 함께 문제를 해결하던 곳이었다. 고단한 노동을 잠시 쉬고 정다운 얼굴들을 맞대고 한줌 햇볕을 쬐던, 늦은 밤 자신들을 짓누르는 세상과 맞서 그것을 바꾸기 위해 허기진 배를 참아가며 거칠게 토론하다 서로 얼굴을 붉히기도 하고 의기투합해서 마음을 모으기도 했던, 수많은 사람들이 헤아릴 수 없이 드나들어 문턱이 닳고 곳곳에 손때가 묻어 있는 곳이었다. 청계천 피복 노동자들의 꿈과 희망과 분노와 좌절과 아우성과 사랑과 미움과 추억이 서려 있는 그곳을 빼앗길 수는 없었다. 전태일의 죽음, 수많은 노동자들의 희생, 그리고 민주세력의 강력한 지원으로 지킨 노동조합이 비록 지금은 힘이 부족해서 해산당한다 하더라도 청계노조답게 장렬한 투쟁을 통해서 해산을 당해야 한다고 다짐했다. 그래야 나중에라도 그것이 정신적 유산이 되어 재건이 가능하리라고 판단했다.

세 사람은 어떻게 하면 이 어려운 상황을 뚫고 나갈 것인가 상의한 결과 이대로 주저앉을 수는 없다는 데 생각이 일치했다. 어떻게 누구를 동원해 싸울 것인가가 문제였다. 지금의 역량으로는 소수가 농성을 하는 방법밖에 없다 판단하고 장소를 물색했다. 선배들이 아프리에 대해 이야기했던 것이 떠올랐다. 이틀 후인 1981년 1월 30일 오후 4시경에 아프리 본부장인 미국인 모리스 파라디노가 일본 동경에서 개최된 국제노동연맹 아시아지역기구 연사로 참석했다가 서초동 아프리 사무실을 방문할 계획이라는 정보도 입수되었다. 목표는 아프리로 정해졌다.

지난 10년 간 어려울 때마다 금전적으로 또는 정치적인 압력수단으로 많은 도움을 준 단체를 점거농성의 대상으로 삼는다는 점에 미안함도 없지 않았다. 하지만 아프리가 긍정적인 역할만을 하는 것도 아니라는 평가도 있었다. 보수화된 미국 노동조합의 산하 기구로서 한국 노동운동을 사상적으로 통제하고 정보를 수집하는 역할을 하고 있다는 견해였다. 심지어 배후에 CIA가 있지 않나 하는 의혹도 상당한 설득력을 가지고 있었다.

거사는 48시간도 남지 않았다. 세 사람은 긴급히 농성에 들어갈 사람들을 물색하는 한편, 평화시장 주위의 다방들을 전전하면서 회합을 갖기 시작했다. 아프리에서 농성하기로 한 사실이 미리 정보기관에 알려진다면 일을 치르기도 전에 모두 사전에 검거될 수가 있기 때문에 비밀이 유지될 수 있는 몇 명씩만 모여서 의논을 해나갔다.

온종일 수시로 장소를 옮겨가면서 김영대, 신순애, 박계현, 김성민, 서재덕, 김선주, 김한영 등을 만나 동의를 얻을 수 있었다. 모든 민주화운동이 쥐죽은 듯 잠들어버린 계엄령 치하에서 더구나 외국 기관을 점거해 농성을 벌인다는 것은 보통 각오가 아니면 할 수 없는 일이었다. 그럼에도 이들은 기꺼이 동참하겠다고 했다. 동원될 수 있는 인원을 점검해보니 40명이 넘었다.

다음날인 1월 29일에는 각자 역할 분담에 따라 사람들을 모으는 일에 전력하는 한편, 선전을 맡은 민종덕은 하루 종일 유인물을 만들었다. 그는 해산 명령이 내려진 직후 미리 노조 사무실에서 타자기와 등사기 등을 빼돌려 창신동에서 자취하는 조합원 이수진의 방 다락에다 숨겨놓고 있었다. 이수진이 출근한 뒤 빈 방에서 밖으로 소리가 새어나가지 않도록 커튼과 담요로 문을 겹겹이 가리고 농성 때 필요한 「호소문」 「청계피복노조 해산 명령을 철회하라」 「성명서」 등의 유인물을 혼자서 팔이 아프도록 등사하기 시작했다.

「호소문」은 당시 한국 상황에서 청계노조를 비롯한 민주노동운동이 어떻게 탄압받고 있으며 앞으로 어떠한 탄압이 자행될 것인가를 폭로하고 아프리에 다음과 같이 요청했다.

'우리는 당면한 당국과의 투쟁을 힘써 해나갈 것이다. 우리는 이 싸움에서 반드시 승리하리라는 신념을 갖고자 한다. 그러나 사실 우리는 현재의 한국 상황에서 약하고 외롭다. 우리의 이러한 외로운 생존권투쟁, 민주노동운동의 발전을 위한 투쟁에 당신들의 성원을 요청한다. 당신들은 그렇게 하여야 할 의무가 있다고 믿는다. 그렇게 함으로써만이 노동자의 생존권이 보장되고 세계 평화가 이루어질 것이 아닌가? 우리는 긍지를 갖고 있는 한국의 노동자들이다.'

이즈음 중동 국가에서 미국인을 인질로 잡은 사건이 있어서 청계의 농성도 그러한 차원으로 받아들여질까 봐 매우 조심스러웠다. 그래서 미국의 노동단체에게 연대를 요청한다는 뜻을 미리 밝힌 것이다.

아프리에서 농성을 하게 되면 사대주의자라고 매도당할지도 모른다는 생각도 들었다. 유신정권 말기에 야당과 민주세력이 미국에게 한국의 독재정권을 지원하지 말라고 요청하자 이를 두고 사대주의자라 매도한 적이 있었다. 그래서 「우리는 사대주의자인가」라는 제목의 성명서를 별도로 작성해 그렇지 않다는 점도 강조했다.

드디어 거사의 날인 1월 30일, 오후 2시 30분경부터 을지로 6가 계림극장 주변에 있는 금용다방, 은성다방, 돌체다방 등에 낯익은 얼굴들이 하나 둘씩 모여들었다. 애초에 약속한 40명의 절반 정도인 22명의 조합원이 모였다. 이 엄혹한 시기에 농성을 한다는 게 어떤 의미인지 잘 아는 조합원들이 마지막 순간에 포기한 것이었다. 충분히 이해할 만한 일이었다.

사전 논의에 참가했으나 이날 오지 않은 사람들 중에는 신순애도 있었다. 1975년 노동교실 농성에 참가한 이래 지난 7년여 동안 노조의 가장 든든한 기둥뿌리의 하나였던, 가장 많은 조합원 동원능력을 가지고 모든 싸움에 주도적으로 참가했던, 농성에 참가하는 중견 조합원들에게는 가장 친근한 언니와 누나였던 신순애가 싸움에 빠진 것이었다.

신순애는 두려웠다. 정말 겁이 났다. 경찰과의 수많은 몸싸움으로 부상을 입었고 감옥살이도 잘 견뎌낸 그녀였지만, 군인들은 너무 무서웠다. 합동수사본부에서 15일 간 조사를 받고 나오니 군인들과 맞서 싸울 엄두가 나지 않았다. 본인이 직접 맞지는 않았으나 신문기자를 개 잡듯 패는 광경이며 서울대학교도 없앨 수 있다고 큰소리치는 군인들이 너무 무서웠다. 솔직한 마음으로 한 번 봐줬을 때 그만두어야지, 이번에 다시 잡혀 들어가면 진짜 맞아죽을 것 같았다. 무엇보다도 그녀에게는 집행유예 기간이 남아 있었다. 이번에 다시 구속되면 최하 10년은 살아야 할 것 같았다. 의무감 때문에 농성 계획에 참가하기는 했으나 막상 희망 없는 두려운 싸움에 뛰어들 용기가 나지 않았다.

이는 청계노조 사람들만이 겪은 공포가 아니었다. 신군부의 군사쿠데타로 시작해 광주학살을 통과해 전두환 집권으로 이어진 일련의 과정은 모든 민주화운동 세력을 공포로 얼어붙게 만들 정도로 충격적이었다. 민주화운동과 노동운동이 다시 꿈틀거리며 기지개를 켠 것은 3년의 세월이 지난 1983년 말경부터였다. 광주의 충격이 가시는 데 최소한 3년의 세월이 필요했던 것이다.

이런 시대 상황을 잘 알면서도 농성을 주도한 중견 조합원들의 의지는 아무리 존중해도 지나치지 않았다. 서재덕, 차혜숙, 김선주, 장윤주, 김덕순, 김한영, 이남숙 등 스물세 살 안팎의 또래 여성 조합원들과 김영대, 박계현, 김성민, 임기만, 문숙주 등 비슷한 또래의 남성 조합원 모두 구속될 각오를 하고 들어온 이들이었다. 특히 김영대는 이숙희와 결혼하여 막 아이 아빠가 된 새신랑으로, 유일한 기혼자이기도 했다. 이들의 희생정신은 길이 기억되어 마땅한 것이다.

안쓰러운 것은 이런 개인적인 결의도 없이 참가한 몇 명의 나이 어린 소녀들이었다. 사실, 다방에 나온 노동자의 절반가량은 김영대가 이끌던 탈춤반 소속으로, 그 중에는 경찰이나 군인들의 폭력을 겪어보지 못한 어린 소녀들이 여럿 있었다. 제일교회 탈춤반 한경아의 경우처럼 겨우 15세에 불과한 나이에 선배들의 말만 듣고 농성이란 게 뭔지조차 모르면서 따라온 것이었다. 그들은 앞으로 자신들에게 어떤 일이 닥칠지도 잘 모르는 채, 다만 옳은 일을 하러 간다는, 조합을 지키기 위해 간다는 마음만으로 기꺼이 동참했다. 어떤 면에서는 그 순수함이 지금껏 청계노조를 지켜온 힘의 밑바탕이기도 했다.

세 군데 다방에 분산되어 모인 조합원들은 각기 버스를 타고 강남으로 향했다. 오후 4시 30분, 강남구 서초동 아프리가 입주해 있는 건물 주변에 초라한 행색의 젊은 노동자들이 하나 둘씩 모습을 드러내기 시작했다. 건물 주위는 아무런 낌새도 없었다. 고급 주택가라서 인적조차 드물었다.

"가자!"

전체가 모인 것을 확인하고, 일시에 뛰어 들어갔다. 목표는 3층 아프리 사무소였다. 갑자기 노동자들이 몰려들자 아프리 사무소의 직원들이 당황해서 말릴 생각도 못 했다. 조합원들은 사무실에 들어서자마자 모리스 파라디노를 찾았다. 그런데 어떻게 된 영문인지 외국인이라고는 한국 사무소장인 조지 커틴뿐, 나머지는 한국인 여직원 두 명과 통역이자 기획관인 최광석뿐이었다. 파라디노는 사무실에 없는 것이 확실했다. 최광석에게 통역을 부탁해 조지 커틴에게 파라디노를 면담케 해달라고 요구했다. 조지 커틴은 파라디노의 일정이 분주하니 차후 면담일자를 정하여 통고하겠다고 대답했다. 조합원들은 나중에서야 파라디노 일행은 공항에서 입국이 늦어져 아직 도착하지 않았다는 것, 사무실이 점거되었다는 소식을 듣자마자 일정을 바꿔버렸다는 사실을 알게 되었다.

이리저리 파라디노를 찾는 동안에도 시간은 마구 흐르고 있었다. 조합원들은 대신 조지 커틴을 붙잡고 농성하기로 계획을 바꿨다. 그는 노동교실 개관식이나 주요 행사 때마다 조합을 찾아와 낯이 익은 인물이었다. 외국인 중 누구보다 청계천 노동자의 사정을 잘 아는 사람이니 잘 설명하고 도와달라면 들어주리라 생각했다. 그러나 살벌한 분위기에 압도된 그는 갑자기 안면을 바꾸었다. 제대로 이야기를 들어보지도 않고 자기는 책임질 수 없다며 밖으로 달아나려고 했다.

"잡아! 못 나가게 잡아!"

신광용이 소리치며 달라붙자 다른 남자 조합원들도 몸을 날렸다. 조지 커틴은 덩치가 한국인의 두 배가 넘는 거구였다. 더구나 30대 후반으로 한창 힘이 좋을 때였다. 남자 네 명이 달려들어 팔다리를 붙잡고 목에 매달려 보았으나 헛수고였다. 목과 팔에 매달렸던 노동자들은 미국인이 굵은 팔뚝을 휘휘 젓자 나무토막처럼 나동그라졌다. 붙잡아 놓으면 달아나고, 또 붙잡고 하는 사이 진이 다 빠질 지경이었다.

돌연, 신광용이 겨울외투 속에서 번쩍이는 물건을 꺼내들었다. 길이가 한 자에 이르는 날카로운 재단칼이었다. 한 뼘 두께로 쌓아놓은 원단을 한 번에 죽 잘라낼 수 있을 정도로 예리하고 강한 칼이었다. 경찰이 진압해 들어올 때 위협하기 위해 다른 주동자들도 모르게 가지고 들어온 것이었다. 끝내 밀고 들어오면 할복할 각오도 서 있었다. 학살이 지나간 광주를 순회하면서 죽음을 각오한 그였다. 3년 전 9·9농성 때는 유리조각으로 할복해서 상처가 얕아 살아났지만 재단칼로는 회복이 불가능할 것이었다.

"죽고 싶으면 나가!"

신광용은 칼을 들이대는 동시에 손을 뻗어 조지 커틴의 양 다리 사이

국부를 움켜쥐었다. 들소처럼 날뛰던 거구의 서양인은 '아구구' 비명을 지르며 주저앉더니 목에 들이댄 칼날 앞에 얼굴이 하얘져서 비로소 양순해졌다.

신광용이 조지 커틴을 붙잡고 있는 동안 본격적인 농성체제로 돌입했다. 농성과 무관한 여직원 두 명은 내보내고 사무실 출입문 두 군데에는 책상, 의자, 캐비닛 등으로 바리케이드를 쌓았다. 사무실에 걸려 있는 족자를 떼어서 그 뒷면에 붉은 매직펜으로 '청계노조 원상복귀시켜라'라는 현수막을 제작해서 창문 밖에 내걸었다. 조합원 중 일부는 최광석에게 유인물을 읽어주면서 그 내용을 조지 커틴에게 통역하도록 했다.

조합원들이 결사투쟁을 준비하고 있던 시각, 집에 있던 임현재는 한 통의 전화를 받았다. 농성장의 조합원으로부터 걸려온 전화였다.

"지금 우리 조합원들이 아프리 사무실을 점거해 바리케이드를 쳐놓은 상황입니다."

임현재는 올 것이 왔구나 생각했다. 남은 조직력을 다 쏟아넣는 농성보다 장기적인 조직 재건을 주장했으나 이제 소용없게 되었다. 그는 깨끗한 옷을 챙겨 입고 강남의 아프리 사무실로 향했다. 두려움이 앞섰다. 농성장에 가면 체포되리라 예상도 했다. 자신이 직접 지휘를 했든 안 했든 지부장으로서 농성에 대한 책임을 지게 되리라는 것도 분명했다. 그러나 달아날 생각은 없었다.

이런 마음은 이승철도 같았다. 조금 늦게 연락을 받은 이승철도 곧장 강남으로 가는 택시를 탔다. 스스로 투쟁을 주도하지는 못했으나 후배들이 싸우는데 달아날 생각은 추호도 없었다.

두 사람이 잇달아 도착했을 때, 아프리 사무실 인근 골목은 전투경찰로 발 디딜 틈도 없이 꽉 차 있었다. 경찰을 헤치고 아프리 사무실 앞에 서서 조합원들을 올려다보려니 가슴이 싸했다. 특히 창문에 서서 구호를 외치는 나이 어린 소녀들의 모습이 더욱 가슴 아팠다. 임현재가 조합원들을 향해 손을 흔들자 형사들이 다가왔다.

"당신은 누구요?"

"나 청계노조 지부장 임현재요."

말이 떨어지기 무섭게 경찰이 달려들었다.

"이 새끼도 잡아!"

수갑이 채워졌다. 임현재는 경찰에 끌려가며 차라리 지금 잡혀가서 잘되었다고, 이제는 옥중에 들어가서 싸우자고 생각했다. 다만 조합원들이 다칠까 봐 걱정이 되었다. 그는 경찰에게 부탁해 마이크를 받아 들고 그만하고 내려오라고 방송을 하기도 했다. 경찰의 강요에 의해서가 아니라, 조합원의 뜻을 알렸으니 이제 다치지 않고 해산해도 된다는 생각이었다.

"뛰어내리면 안 돼! 다치면 안 된다!"

이승철도 조합원들을 향해 안타깝게 외치다가 연행되었다. 함께 있던 이소선 어머니도 체포되었다. 소식을 듣고 뒤늦게 좇아온 민주인사들과 종교계 인사들이 안타깝게 지켜보며 경찰과 승강이를 벌이는 동안 밤은 깊어갔다.

조합원들이 창밖으로 유인물을 흩뿌리고 〈노총가〉 〈우리 승리하리라〉 〈흔들리지 않게〉 등의 노래를 부르는 동안, 기동경찰은 건물 주위를 한 사람도 드나들 수 없도록 에워싸고 진입을 준비했다. 소방차들은 사다리를 뻗어 창문에 대고 눈부신 조명등을 쏘았다. 사다리에는 기동경찰이 타고 있었다. 경찰은 조명등으로 사무실 내부를 확인하며 자기들끼리 농성 인원이 몇 명이며 어떤 상태라는 무전을 주고받느라 분주했다.

"여러분은 지금 불법농성을 하고 있습니다. 즉시 농성을 풀고 내려오시오!"

경찰은 한동안 선무방송을 하는가 싶더니 기습적으로 밀고 들어오기 시작했다. 책상으로 막아놓은 바리케이드는 순식간에 치워지고, 수십 명의 기동경찰이 쏟아져 들어왔다. 맞싸울 무기를 찾던 노동자들은 소화기를 발견하고 경찰을 향해 쏘려 했으나 다룰 줄을 몰라 안에서 터지고 말았다. 하얀 분말이 솟구쳐 혼란에 빠진 사이, 경찰은 더 거세게 밀고 들어왔다. 노동자들은 부러진 책상다리를 휘두르고 기물을 던지면서 조지 커틴을 붙잡아두고 있던 소장실로 후퇴해 들어가 문을 잠갔다. 들어가자마자 소장실 바닥에 석유를 흥건히 부었다.

"경찰이 들어오면 불을 지르겠다!"

"다 같이 죽으려면 들어와라!"

석유 냄새가 진동하는 가운데 이미 쉴 대로 쉬어버린 목청으로 절규했다. 창 밖에는 민간인이라곤 한 명도 보이지 않고 온통 새까만 경찰뿐이었다. 아무리 마음을 다지고 들어왔지만 긴장과 두려움이 엄습해 왔다. 창문에 서서 밑을 내려다보고 있노라면 진입해 온 경찰에게 매를 맞느니 차라리 뛰어내리고 싶은 유혹이 생길 지경이었다. 경찰이 진입한다면 정말로 누군가는 석유에 불을 붙이고 말 것이었다. 노동자들이 워낙 강경하게 나오자 경찰은 미국인의 안전을 고려한 때문인지 더 이상 밀고 들어오지는 않았다.

조지 커틴은 오늘 죽을지도 모른다고 생각한 듯했다. 가뜩이나 흰 얼굴이 파랗게 질려 부들부들 떨기만 했다. 세계의 지배자를 자처하는 미국의 엘리트 백인에게는 이 누렇고 조그만 황인종들이 잔인한 살인을 일삼는 좌익 테러리스트쯤으로 보였을 것이었다. 혼란을 틈타 통역이 달아나버렸기 때문에 서로 대화도 통하지 않았다. 당신을 죽일 생각은 없다고 말하려

해도 알아듣지를 못했다. 벌벌 떨던 그는 미국의 아내에게 전화를 걸게 해달라고 사정했다. 노동자들이 전화를 걸도록 허락해주자 어린애처럼 엉엉 울며 부인에게 자기를 살려달라고 애원하는 것이었다. 신광용은 애처롭게 우는 사내의 모습을 보고서야 자신이 지나쳤다는 생각이 들어 김영대에게 재단칼을 버려달라고 건넸다.

김영대는 모두들 너무 흥분한 상태이기 때문에 칼이 있으면 예기치 못한 사고가 날 것 같은 생각에 재단칼을 창밖으로 던져버리려 했으나 경찰이 발견하면 어떤 누명을 씌울지 몰랐다. 할 수 없이 커다란 벽시계 위에 보이지 않게 숨겨놓았다. 농성이 해산되었을 때도 경찰은 이 칼을 발견하지 못했다. 조지 커틴은 경찰 조사에서 신광용이 긴 칼로 자기를 살해하려 했다고 거듭해서 진술했으나 신광용은 얼결에 사무실에 있는 가위를 주워 위협했을 뿐이라고 버텨 살인미수죄는 벗어날 수 있었다.

"해산 명령을 철회하라!"

"서울시장 물러나라!"

절박한 긴장 속에 밤은 깊어갔다. 청계 조합원들이 목 아프게 절규하는 시각에 파라디노는 한국노총 간부들과 노동청 관리들을 호텔로 초청해 호화 리셉션을 열고 있었다.

자정이 가까워올 무렵, 사무실 벽이 쿵쿵 울리는 소리가 들려오기 시작했다. 벽을 부수는 소리였다. 바짝 긴장이 되기는 했으나 설마 미국인이 함께 있는데 쉽게 들어오지는 못하리라 생각했다. 시멘트벽이 망치로 두드린다고 부서지랴 싶기도 했다. 그런데 자정이 막 지나 5분이나 흘렀을까, 갑자기 사무실 벽이 흔들거리는가 싶더니 벽이 통째로 넘어졌다. 벽 전체가 하나로 된 조립식 칸막이였던 것이다. 동시에 창문마다 대기하고 있던 소방차 사다리에서 억센 물줄기가 뿜어 나오기 시작했다. 최루탄이 터지고 휴대용 소화기에서 뿜어 나온 하얀 거품이 노동자들을 덮쳐 왔다. 쏟아지는 물줄기 때문에 석유에 불을 붙일 수도 없었다.

노동자들의 비명과 고함은 경찰의 욕설과 최루탄 터지는 소리며 무섭게 뿜어대는 소방호스 물줄기 소리에 묻혀버렸다. 애초에 저항은 불가능했다. 몸이 뒤로 훌쩍 날아가버리도록 거센 소방호스 물줄기와 숨통을 틀어막는 최루탄가스에 정신을 못 차리고 이리저리 나뒹구는 노동자들 위로 시커먼 방독면에 몽둥이를 든 기동대가 덮쳐 왔다. 16, 17세밖에 안 된 소녀들까지, 물대포와 몽둥이와 최루탄 가루, 군홧발에 곤죽이 되어 끌려가기 시작했다.

“이놈들아, 너희도 인간이냐? 인간답게 살아보자는데 이렇게 짓밟을 수가 있냐?”

최루탄으로 얼굴이 눈물 콧물 범벅이 된 박계현이 속옷이 드러나도록 바지가 찢어진 채 처절히 울부짖으며 끌려갈 때였다. 신광용이 창문에 올라서더니 훌쩍 아래로 몸을 던졌다. 거의 동시에 전태일의 동생 전태삼도 몸을 던졌다. 두 사람 다 죽음을 각오한 투신이었다. 강력한 조명등 불빛 때문에 바닥에 무엇이 있는지 볼 수 없는 상태에서 뛰어내린 것이었다. 전태삼은 다행히 전경들이 쳐놓은 안전그물 위에 떨어져 무사했으나 전경들의 헬멧 위에 떨어진 신광용은 ‘우직!’ 하고 자신의 뼈가 부러지는 소리를 들으며 정신을 잃었다. 그대로 실신한 그는 일주일이 되도록 깨어나지 못했다.

이날, 사무실 안팎에서 연행된 25명 중 이소선 어머니까지 총 12명이 구속되었다. 감옥에서 나온 지 두 달 만에 다시 구속된 이소선 어머니는 징역 10월형을 선고받았다. 서울대병원에 입원한 신광용은 궐석재판에서 징역 3년을 선고받았다. 임현재, 이승철, 황만호, 전태삼, 김영대, 박계현, 김성민, 임기만, 이덕곤, 문숙주 등은 징역 1년에서 3년까지 받았다. 김선주, 이애경, 김기선, 김덕봉, 장은숙, 이남숙, 한경아, 김한영, 서재덕, 김선주, 장윤주, 박태숙, 김덕순, 차혜숙 등은 일주일간 조사 끝에 모두 구류 15일에 처해졌다.

구속영장이 떨어져 유치장에 들어가자 경찰들이 기다렸다는 듯이 떼거지로 몰려와 둘러싸고 가혹한 기합과 매질을 가했다. 시멘트 바닥에 머리 박기, 앞으로 취침, 뒤로 취침을 세 시간이나 시켰다. 여차하면 구둣발이 날아오니 안 할 수도 없었다. 온몸이 땀으로 범벅이 되다 못해 입에서 똥냄새가 나오고 입가에 허연 거품이 묻어날 정도였다. 계엄령 아래 인간에게 남은 것은 좌절과 공포뿐이었다. 지난날 그토록 맹렬하게 싸웠던 용기는 다 사라지고 시키면 시키는 대로 이리 구르고 저리 구르기만 했다.

겨우 기합을 끝내고 유치장 안에 들어가보니 혹한기라서 유치장 벽에 두꺼운 얼음벽이 붙어 있었다. 온기라곤 오로지 사람의 숨밖에 없는 얼음방이었다. 땀에 절었던 몸이 식으면서 온몸이 부서질 듯 떨렸다. 1인당 두 장씩 나오는 얇은 군용 모포로는 도저히 잠을 이룰 수 없었다.

박계현도 구속되고 며칠 간 거의 잠을 이루지 못했다. 냄새나는 모포를 뒤집어쓰고 누워 있으면 분하고 억울해 잠이 오지를 않았다. 1974년 중부시장에 들어와 재단사로 일해온 그는 1978년부터 제일교회 형제의 집에 드나들면서 노동운동을 접했다. 강학이던 안중민의 집에서 일주일에 몇 차례씩, 몇 달에 걸쳐 사회과학 학습을 받은 적도 있었다. 1979년도에 노조가 중부시장에 조직을 확대하면서 최현미와 박원섭이 사업장을 순회하며 조합원을 모집하고 있었는데 언변이 좋고 활달한 박계현에게 대의원을 권하자 망설이지 않고 수락했다. 그는 대의원으로 활동하는 한편 중부시장 재단사 20여 명을 모아 정우회를 만들어 민종덕에게 교육을 받는 등 중견 조합원으로서 활약하기 시작한 이래 싸움이 벌어질 때마다 무섭게 경찰을 몰아치는 투사였다. 그런데 노조가 없어지고 감옥에 잡혀와 있다 생각하니 너무나 분하고 서러웠다. 노조를 잃은 것이 자신의 모든 것을 잃은 것과 같았다.

다른 구속자들의 심정도 박계현과 다르지 않았다. 구류에 처해진 박태숙은 1978년부터 임파선을 앓아 몸이 몹시 허약한 상태였다. 왼쪽 목덜미 부분이 퉁퉁 부은 상태에서도 농성에 참가했던 그녀는 끌려가면서도 심하게 매를 맞아 나중에 가슴부터 허리까지 결핵이 생겨 대수술을 받아야 했다.

이들의 외롭고 고통스런 심정을 달래준 이는 가끔씩 면회를 와준 서재덕이었다. 함께 아프리에 들어갔다가 구류를 받고 일찍 석방된 서재덕은 박계현, 황만호 등 남자 조합원들의 약혼자로 위장등록해 면회를 했다. 그녀의 하얗고 복스런 얼굴에 가득한 웃음은 짓눌려 구겨진 구속자들의 심정을 조금씩 되살려놓았다. 보기만 해도 포근한 그녀와 이야기를 나누노라면 이런 여자와 살면 정말 행복하겠다는 생각이 저절로 들었다.

봄이 왔을 때, 전두환은 쿠데타와 광주학살을 정당화하기 위해 김수환 추기경 등 각계 인사들과 청와대 만찬을 열곤 했다. 10개월 만인 1981년 12월 만기 출소한 이소선 어머니는 김수환 추기경을 만난 자리에서 전두환을 면담하게 되면 청계 사람들을 풀어주라 건의해달라고 부탁했다. 실제로 김수환 추기경은 청와대를 방문한 자리에서 청계 사람들을 풀어달라고 청했다. 그러자 전두환은 일언지하에 거절했다.

"내가 개네들 때문에 미국에 가서 얼마나 고생한 줄 아십니까? 망신도 그런 망신이 없었어요. 미국 방송에 걔들 데모하는 게 나오는 바람에 내가 어딜 가도 앞으로 못 다니고 뒷문으로 허겁지겁 도망 다니고 말이지. 근데 나보고 걔들을 풀어주라는 말입니까?"

애초에 계획했던 대로 미국 기관을 점거함으로써 국제적으로 한국의 노동 문제를 알리는 데는 성공한 게 분명했다. 그렇다고 해서 전두환 정권이 청계노조를 되살려줄 리는 만무했다. 과연 이런 상황에서 어떻게 노동조합을 재건하느냐 힘겨운 과제가 감옥 밖에 남겨진 사람들에게 맡겨졌다.

사실상 거의 희망이 보이지 않았다. 무엇보다도 사람이 없었다. 아프리 점거 직후 필요한 물품을 사기 위해 혼자 빠져나왔다가 경찰이 봉쇄하자 그대로 달아나 전국에 지명수배된 민종덕은 한동안 지방으로 도피했다가 인천 지역으로 들어가 다른 수배자들과 함께 광주의 진상을 알리고 군부독재의 타도를 주장하는 유인물을 만들어 뿌리는 등 활동하면서 청계천과는 연락이 끊어졌다. 박원섭, 박재익, 신순애 등도 경찰의 추적을 피해 잠적해버렸다. 자신의 방에서 농성 계획을 짠 신순애는 경찰의 집중추적 때문에 2년이나 피해 있어야 했다. 과거 쟁쟁했던 여성 지도자들은 모두 결혼해 아이를 가진 주부가 되어 동참할 수가 없었다.

아프리에 들어갔다가 구류를 살고 나온 조합원들도 대개 두려움 속에 떠나버리고, 서재덕과 김선주가 남아 구속자 면회를 다니는 정도였다. 감시가 소홀한 틈을 타 병원에서 도망친 신광용이 이들과 정기적으로 만나 회합을 가졌으나 어떻게 해야 할지 난감했다. 과연 이 세 사람의 힘만으로 무엇을 할 수 있을 것인가? 마침내 청계노조의 맥은 끊어진 것인가? 정말 이렇게 끝나고 말 것인가? 전태일의 꿈은 이제 깨지고 만 것인가?

14 청계모임

아프리의 절규가 무참히 짓밟힌 지 4개월이 지난 1981년 5월 24일 저녁 8시 30분경, 평화시장 근처 한 중국집에 하나 둘씩 젊은 여성 노동자들이 들어서기 시작했다. 각자 미행이 붙어 있지 않은가 주의 깊게 뒤를 확인하고 들어온 이들은 조용한 구석방에 자리잡고 앉았다. 모두 여덟 명, 1970년대 후반부터 활동해온 김선주, 이남숙, 서경애, 김세희, 이애경, 박인숙, 김명숙, 서재덕이었다.

"다들 모인 거야? 미행당한 사람은 없지?"

먼저 작은 키에 통통한 체구를 가진 스물세 살의 미싱사 서재덕이 입을 열었다. 온종일 미싱을 하고 온 그녀의 옷과 머리에는 먼지가 엷게 앉아 있었다. 햇볕을 받지 못해 하얀 얼굴은 온화해 보였고 말투는 단호하면서도 부드러웠다.

"다들 알다시피 지난 겨울에 노동조합이 강제해산되면서 10년 간의 선배들 활동이 우리 대에서 끊겼어. 우리는 우리 후배들에게 청계노조의 대를 이어줄 의무가 있어. 우리 아니면 누가 하겠어? 청계노조를 되살리는 일은 우리 손에 달렸어."

서재덕에 이어 김선주도 말했다.

"우선 흩어져 있는 모임이나 각 교회의 야학을 우리 힘으로 묶어야 해. 그러려면 우리부터 공부를 해야 돼. 지금 이 상태에서는 모르는 게 너무 많아. 흩어져버린 사람들을 다시 끌어 모아 인식시키기 위해 우리 자신부터 공부하면서 모임을 꾸준히 해나가는 게 필요하다고 봐."

지난 4개월 동안 눈에 띄는 활동이라고는 임현재 부인 유정숙, 이승철 부인 김수정, 김영대 부인 이숙희와 이소선 어머니의 큰딸 전순옥 등 구속자 가족들이 호소문을 만들어 신문과 방송에 돌리고 영치금과 생활비 마련을 위해 물품을 팔러 다니는 정도였다.

노조를 떠난 뒤 시작한 봉제사업이 잘 되고 있던 최종인이 구속자 영치금으로 상당한 지원을 해주었지만 구속자 가족들의 생활까지 모두 돌볼 수는 없었다. 유정숙은 집에 있던 몇 장의 기념용 손수건까지 재야단체에 한 장씩 팔아 영치금으로 나누어 쓰기까지 했다. 집에 쌀이 떨어지는 것은 예사고 버스비가 없어 우량아이던 무거운 어린애들을 안고 업고 몇 정거장씩 걸어다녔다. 다니던 성당의 아일랜드인 신부가 '교도소 후원회'를 통해 방세를 내주고 위로도 해주어 힘이 되기도 했다.

과거 중앙정보부에서 안전기획부로 이름을 바꾼 기관원들은 이들의 활동까지 봉쇄하려 들었다. 미행과 도청은 물론, 이웃과 친지들을 찾아가 탐문 수사를 하여 이들을 더욱 고립시켰다. 결혼한 이들은 하나같이 아이들이 딸려 있어 활동에 더욱 제약을 받았다. 이런 상황에서 여자 선배들에게 노조 재건을 기대할 수는 없었다.

노조 복구를 위해 맨 먼저 나선 사람은 입원 중이던 서울대병원에서 달아나 수배 상태가 된 신광용과 김선주, 서재덕이었다. 신광용은 경찰의 추적으로 직접 조직작업을 하기가 어려웠기 때문에 주로 김선주와 서재덕이 사람들을 만나러 다녔다.

이 무렵 양승조도 적지 않은 도움을 주었다. 지부장을 사퇴한 후에도 구로공단에 머물며 전국적인 노동운동 전위조직이던 '전민노련'(전국민주노동자연맹)에 가담해 활동하던 그는 서재덕, 신광용, 김선주 외에도 김영대, 이숙희 등을 구로공단에 있던 자신의 단칸 사글셋방에서 주기적으로 만나 『노동의 철학』 등 계급의식을 띤 서적들을 강의했다.

또한 1970년대 중후반부터 트리오로 불리던 정금채, 최한배, 문성현도 각기 자신의 집을 활용해 청계모임의 핵심들에게 사회과학 학습을 지도했다. 양승조를 포함한 이들은 자신의 역할을 학습에 제한하여 구체적인 활동은 신광용, 김선주, 서재덕 세 사람이 알아서 했고, 청계모임 회원들에 대한 교육도 김선주나 신광용이 맡아했다.

조합이 없어진 현장의 노동조건은 옛날로 돌아가고 있었다. 두 사람은 매일 밤 10시나 되어야 일을 마치고 남은 한두 시간을 이용해 사람들을 만나러 다녔는데 담당형사들과 안기부 직원들은 매일처럼 김선주의 뒤를 밟거나 집에 찾아와 겁을 주고 갔기 때문에 매우 조심스럽게 움직여야 했다. 비록 여덟 명에 불과하지만, 유신시대와도 비교하기 어려울 정도로 폭력적인 전두환의 폭정 아래 이 첫 모임을 갖기까지 김선주와 서재덕의 노력은 아무리 강조해도 지나치지 않았다.

김선주는 전주 봉동 출신으로 열네 살이던 1973년부터 평화시장에서 일해온 고참 미싱사였다. 아버지가 한국전쟁 때 부상을 당해 일을 할 수 없었기 때문에 어머니가 생강을 이고 다니며 장사를 하여 근근이 생계를 유지했다. 그 탓에 그녀는 초등학교 2학년 때부터 살림을 도맡아해야 했다. 집에는 시계조차 없었다. 겨우 열 살 어린 나이에 꼭두새벽에 일어나 나무로 불 때서 밥하고 빨래해 널어놓고 동생들 챙겨 먹이고 부지런히 학교에 가면 아직 아무도 오지 않은 이른 아침인 때가 많았다. 동네에서도 가장 가난해 도시락 한번 싸 간 적이 없고 무료로 배급 나온 밀가루로 빵을 만들어 끼니를 때우는 적이 더 많았다.

어려서부터 노동에 익숙했던 그녀는 평화시장에 들어온 후로도 하루에 두세 시간밖에 잠을 안 자며 일했다. 타이밍 약을 커피 마시듯 한 번에 한 알씩, 하루에도 몇 번씩 먹으며 버텼다. 그렇게 번 돈은 동생들 학비와 시골 생활비로 다 보내고 자신을 위해서는 거의 쓰지 않았다. 하루에 두세 시간만 자고 일했다는 말은 누구도 믿기 어려운 사실이었다. 나중에 결혼으로 노조를 떠난 후에도 15년 이상 미싱을 계속하는데 그때도 하루에 두세 시간밖에 자지 않고 일해 주변 사람들로부터 '해외토픽감'이라는 소리를 들을 정도였다.

김선주가 노동조합을 알게 된 것은 공부를 하고 싶어 노동교실에 들어갔던 1974년도부터였다. 등록은 했지만, 늦게까지 작업을 하다 보니 공부가 끝나기 5분이나 10분 전에 노동교실에 도착하는 날이 대부분이었다. 공부는 거의 할 수가 없었지만 사람 냄새가 나는 노동교실이 좋았다. 매일이다시피 노조와 노동교실에 드나들던 그녀는 1976년 와이셔츠 농성 때부터 거의 모든 농성에 참여해왔다. 조용하고 차분한 김선주는 매번 농성에 참가하면서도 다른 사람들 눈에 잘 띄지 않고 언제나 특유의 엷은 미소로 동료들을 포근하게 해주는 인물이었다.

박태숙, 조미자 등 1970년대 중반 이후 조합의 밑바탕이 된 중견 조합원들이 대개 그렇듯이, 김선주도 오로지 노동조합과 노동교실에 모든 사랑을 바쳤다. 춤도 출 줄 모르고 개인적으로 놀러 다닐 줄도 몰랐다. 노래라면 오로지 노동가요뿐이요, 어디를 가도 조합원들과 함께였다. 단 하루라도 노조나 노동교실에 들르지 않으면 공허감으로 견딜 수가 없었다. 다른 많은 여성 조합원들이 그랬듯이, 노동교실이 강제로 폐쇄된 후에도 아무 일이 없는데도 혼자서 노동교실 골목에 가서 교실을 올려다보아야 마음이 편했다. 여럿이 모여 다니다가도 누군가 노동교실에 가보자고 하면 기다렸다는 듯 다 같이 몰려가 굳게 문 닫힌 교실건물을 올려다보고 한숨을 지으며 돌아서곤 했다. 이런 그녀가 아프리농성에 참가한 것은 너무도 당연한 일이었다. 함께 간 다른 중견 조합원들처럼 감옥에 가리라 생각하면서도 기꺼이 농성에 참가했다. 구류를 살고 나온 그녀에게는 한 살 많은 서재덕과 함께 노조의 명맥을 잇는 책임이 떨어져 있었다.

이날 모인 사람 중에 부산 출신의 이남숙 역시 어린 나이부터 모든 싸움에 참가해온 열성 조합원이었다. 겨우 열다섯 살이던 1976년 2월의 노동교실 농성 때부터 그녀는 싸움이란 싸움에는 모두 참가했다. 양승조와 장기표 면회투쟁, 이소선 어머니 면회, 노동청 점거농성, 추도식 등 집회란 집회는 다 찾아다녔고 9·9농성과 아프리농성에도 참가했다. 남들처럼 앞장서서 선동을 하지도 않고 조합 간부도 아니어서 다른 사람들은 그녀가 농성장에 있었다는 사실도 모르는 경우가 있었지만, 한 번도 싸움을 회피해본 적이 없었다.

모임의 이름을 정하지 않은 이날 만남에서 회원들은 운영을 위해 자기 수입의 1퍼센트를 내되, 실업자는 1,000원만 내기로 결정했다. 모인 돈은 구속자 뒷바라지와 교육비, 조직 운영비로 쓰고 남은 것은 적립하기로 했다. 또한 모임을 두 개로 나누어 매주 수요일과 일요일에 각각 공부모임을 갖고 한 달에 한 번, 넷째 주 일요일에는 전체 모임을 갖기로 했다. 교재는 『민중과 조직』『노동의 철학』 등으로 정하고 신광용이 이를 조달했다. 김선주의 팀에 이연순, 서경애, 박인숙, 김세휘를 넣고 서재덕의 모임에는 김명숙, 이애경, 이남숙이 들어갔다.

예전에도 그랬지만 이때부터 김선주의 방은 노동교실과 노동조합을 대신하게 되었다. 단 하루도 빼놓지 않고 매일 댓 명에서 열 명이 넘는 남녀 조합원들이 드나들고 밤을 새웠다. 최현진, 김석호, 김준용, 유경선 등과 나중에 석방되는 황만호 등 남자 조합원들은 무작정 찾아와 밥을 먹고 가는 일이 습관처럼 되었다. 처녀 혼자 사는 방에 무수한 남자들이 드나든다는 이유로 주인집에서 나가라고 하여 쫓겨난 적도 있었다.

한 달 후인 6월, 신덕수다방에서 열린 임시 모임에서는 각자 한 달 동안 파악한 전체 조직 상황을 점검했다. 청계노조를 지탱해온 수많은 모임은 거의 다 깨지고 없었다. 아직까지 살아 있는 소모임은 평화모임 산하 울타리와 아리회, 적십자모임 산하 옹달샘 등 세 개 모임, 제일교회 출신 모임인 차돌멩이와 의장회, 연동교회 출신 메아리와 비둘기 팀 등이었다. 여기에 속한 회원들은 모두 50명 정도로 파악되었다. 이들 교회별 야학과 소모임들을 노조 복구 모임으로 끌어들이는 방안이 모색되었다.

1970년대 중후반부터 중견 조합원을 배출하는 중요한 역할을 해오던 청계천 일대 야학에 중대 변화가 온 것은 광주민중항쟁을 겪고 난 후였다. 야학마다 강학들 사이에 검정고시를 준비할 것인지, 일반교양을 가르칠 것인지, 노동운동가를 배출하는 노동야학으로 갈 것인지 토론이 벌어졌는데, 대개의 야학은 노동야학으로 변화되었다.

노동야학은 국어, 역사, 사회, 한문 같은 기본과목은 그대로 두되 세계사, 노동의 역사, 노동의 철학 같은 과목을 추가했다. 강학들도 학생운동에 직간접적으로 관련된 이들이 늘어나 모든 과목에서 정치적인 색채가 강하게 드러나게 되었다. 이들 야학은 해산된 청계노조를 복구하는 데 필요한 새로운 조합원을 배출하는 중요한 기반이 되었다.

순조롭지만은 않았다. 연동교회 같은 경우는 광주민중항쟁 이후 경찰의 압력을 의식한 담임목사가 노동운동 지향적인 강학들을 모두 내쫓기도 했다. 연동교회에서 밀려난 강학들과 조합원들은 시온교회 야학으로 옮겨갔고 조합원 이애경과 이연순이 이를 담당했다.

야학이 『노동의 철학』 등 사회과학 서적을 읽고 발제하고 토론하는 분위기로 바뀌면서 이에 적응하지 못하는 노동자도 많았다. 보통 야학마다 30명 정도씩 입학하지만 졸업장을 받는 노동자는 절반 정도에 불과했고 그 중에서도 청계모임에 들어오는 숫자는 더 적었다. 처음부터 야학에서 공부를 하면서 이론을 갖추어 노동조합에 가입한 이들과 달리, 평조합원으로 있다가 해산된 노조를 복구해야 한다는 생각만으로 뛰어든 이들은 고된 노동과 어려운 이론 학습을 감당하지 못하고 쉽게 떨어져갔다.

이 어려움 속에서도 끝까지 남은 소수 노동자들은 장래 청계노조를 이끌어가기에 충분한 투지를 가지고 있었다. 단순히 공부만으로 투지를 가지게 된 것만은 아니었다. 과거 노동교실이 그러했듯이, 인간적인 유대감이야말로 투쟁의지를 받쳐주는 힘이었다.

젊은 남녀가 모이다 보니 재미있는 일도 많았다. 적으면 십대 후반에서 많아야 이십대 초반의 젊은이들이라 먹고 또 먹어도 배가 고픈데 저녁을 먹은 지도 한참 지난 8시나 9시가 되어 공부를 시작하니 늘 배가 고파 죽을 지경이었다. 현장에 다니는 이들이 먹을 것을 사 오기도 하지만 대부분 집안을 이끄는 여성 가장들이라 월급봉투째 어머니나 오빠에게 바치는 처지였다. 야학생과 강학들은 매일 저녁 각자 빵이나 아이스크림을 사가지고 와서 나눠 먹거나 없는 돈을 갹출해 신당동 즉석 떡볶기집이나 광장시장 돼지곱창집에서 배를 채우곤 했다.

돈이 전혀 없을 때는 짓궂은 짓도 했다. 버스 정류장에 나가 착하게 생긴 여성에게 접근해 "누나, 지갑을 잃어버렸어요" 하고 사정해 잔돈을 구걸했다. 동정심을 얻기 위해 일부러 잘생기고 부유해 보이는 강학이 걸인 역할을 했다. 어쩌다가 라면을 끓이면 장난꾸러기 남자애들이 라면에 침을 뱉어 다른 사람은 못 먹게 하기도 했다. 그러면 여자들은 야유를 퍼붓고 물러나지만 남자애들은 그래도 서로 라면을 빼앗아 먹느라 아우성이었다. 정말 너무 배가 고팠다.

매일 장난을 하고 머리를 맞대고 음식을 먹는 것만큼 인간관계를 돈독하게 하는 일이 있을까? 매일 저녁 웃고 떠드는 동안 야학생들과 강학들 사이에는 형제보다 더한 정이 들기 마련이었다. 이런 야학 과정을 거쳐 수십 명에 이르는 신진 정예 활동가들이 배출되었다.

모임은 이들 야학과 연계해 조직원을 공급받는 일의 중요성을 거듭 확인했다. 야학생들에게 청계노조의 역사와 현실을 알리고 청계모임의 구성원으로 끌어들이기 위한 일을 강학들에게만 맡길 수는 없다는 의견에 따라 각 교회 야학마다 활동가들을 배치해 자연스럽게 야학생들과 접촉하자는 방안도 의결했다.

또, 마음 편히 모일 수 있는 방을 마련하기 위해 회비를 1,000원씩 인상하기로 결정했다. 처음에는 주로 김선주의 창신동 자취방에서 모이다가 형사들이 감시하는 바람에 약수동으로 옮겼는데 그곳 역시 불안했다. 출입문이 주인집과 분리되어 아무나 드나들기 좋으면서도 넓은 방을 얻기 위해 서재덕, 김선주, 신광용 세 사람의 이름으로 김동완 목사가 일하는 기독교사회선교협의회에서 150만 원을 빌렸다. 매달 얼마씩 갚는 조건이었다. 세 사람은 이를 위해 매달 각자 10만 원씩 돈을 모아 빚을 갚아나갔는데 나중에 못 갚은 돈은 신광용과 김선주가 결혼하면서 장만한 전축을 팔아서 해결했다.

새로 얻은 방은 그다지 깨끗하거나 넓지 않았으나 드나들기가 편해서 좋았다. 문을 열면 좁은 부엌이 있고 안으로 조그만 방이 있었다. 방을 얻고 보니 시도 때도 없이 노동자들이 나타나 밥을 달라고 하기 일쑤였다. 모임방에는 저녁마다 젊은이들로 꽉 찼다. 비좁은 공간에 빼곡히 무릎과 어깨를 붙이고 앉아 밤을 새워가며 토론을 하고 공부를 했다.

공부모임의 강사는 계속 바뀌었다. 수배 중인 신광용이 사회과학 서적을 놓고 강의하는 날이 가장 많았다. 그는 형제교회의 야학으로 공식적인 이름은 '시정의 배움터'이지만 보통 '시정의 집'으로 불리던 야학에서 문화현상에 대한 특강을 하여 깊은 인상을 남기기도 한 뛰어난 강사였다. 학생 출신 강학들이 노동조합이나 노동운동의 필요성을 강조하는 이론적 교육에 치중하는 것과 달리, 신광용은 미로의 비너스 상이나 중세 그림들을 예로 들며 예술작품에도 계급성이 있다는 것을 가르쳐주는 식이었다. 그의 강의는 다른 어떤 강학들의 수업보다 재미가 있고도 교훈적이었다. 수강생들은 청계천 재단사 중에도 저렇게 해박한 지식을 가진 똑똑한 사람이 있다는 사실에 더욱 감동했다. 부리부리한 눈에 남자다운 생김새와 박식함으로 그는 여성 노동자들의 선망의 대상이 되기도 했다.

학생 출신 강사 최한배도 인기가 높았다. 1970년대 말 노조에서 조합원을 가르친 적이 있던 그는 김준용과 함께 구로공단 대우어패럴에 들어가 노동자로 일하고 있으면서 멀리 청계천까지 강의를 와주었다. 최한배는 배운 사람이었지만 전혀 배운 티를 내지 않고 진짜 노동자와 다름없이 소탈하고 완고한 신념을 가지고 사회과학을 가르쳤다. 잠실에 있던 최한배의 11평짜리 시영아파트는 청계모임의 또 다른 교육장이었다. 모여 앉으면 엉덩이와 어깨가 꽉 끼도록 비좁은 방 안에서 밤을 꼬박 새워가며 공부를 했다. 최한배의 말과 표정 하나하나에는 노동자들에 대한 진정 어린 애정과 동질감, 굳은 믿음이 배어나 많은 사람의 기억에 남았다.

모두 한꺼번에 모여서 배울 상황이 아니었기 때문에 소모임별로 여러 강사들을 초빙해 공부를 했다. 신광용은 이태복이 운영하던 출판사 광민사에서 『노동의 철학』 등을 무료로 얻어 와서 돌려보기도 하고 일부는 양승조의 집에 가서 배우기도 했다. 때로는 강사 없이 회원들끼리 돌아가면서 발제를 해서 함께 공부하기도 했다. '노동조합이란 무엇인가', '올바른 조직가의 자세는 무엇인가' 하는 주제를 놓고 자체적으로 토론을 벌였다. 이애경의 집과 봉천동 신광용의 집도 모임의 단골 장소였다.

핵심 지도부 여섯 명은 7월 26일 훗날 인천공항이 만들어지는 인천 앞바다 영종도로 수련회를 가기도 했다. 김동완 목사가 초빙되어 어떻게 사는 것이 진정 인간다운 삶인가에 대해 이야기했다. 본래 1박 2일로 예정되었던 수련회는 배 시간을 놓치는 바람에 하루 더 연장되었는데 덕분에 더욱 심도 깊은 토론이 이뤄졌다. 감명 깊게 읽은 책 발표, 팀별로 촌극 하기, 자기 자신이나 상대방에게 하고 싶은 말을 편지로 쓰기, 수영강습회 등 재미있는 시간을 통해 친목을 다졌다.

영종도 수련회에서는 야학과 소그룹의 현황에 대해서도 깊이 있는 대화를 나눴다. 연동교회와 적십자 야학은 각각 30~40명의 학생을 가지고 있지만 검정고시 야학의 성격이 강한 반면, 형제교회와 제일교회 야학은 학생 수가 각각 열 명 안팎인 대신 소모임의 성격이 강한 것으로 파악되었다. 이들을 노동운동가로 발전시키기 위해 각자 소모임을 주도하기로 역할을 나눴다.

1981년 9월 27일 일요일에는 오전 일찍 신광용 집에 모여 온종일 토론을 통해 조직체계를 완성했다. 명칭은 '청계모임'으로 정해졌다. 그동안 청계모임이라는 말이 자주 사용되어왔는데 이날 공식화시킨 것이다. 임기 1년인 초대 회장에는 서재덕이 선출되었다. 총무에는 김선주, 교육에 박인숙, 조직 이애경, 회계 김세휘, 봉사 이남숙, 오락 이연순, 조사는 이지선이 맡았다.

청계모임은 대외적으로 공포하지 못했을 뿐, 사실상 청계노조의 후신이었다. 부서별 활동 분담은 물론, 등산대회, 체육대회, 연소 근로자 위안잔치 등 연중행사도 과거 노조 그대로 시행하기로 했다. 회원들은 모임을 가질 때마다 다 함께 '우리의 다짐'을 제창함으로써 새 활동의 장을 열었다.

"첫째, 우리는 평화시장 노동자로서 노동자를 위해 몸 바친 전태일 동지와 많은 노동자들을 본받아 그 희생이 헛되지 않도록 열심히 살아갈 것을 굳게 다짐한다. 둘째, 우리는 내 자신의 발견과 발전을 위해서 끊임없이 공부하고 창조하여 모든 어려움을 참고 개척해나갈 것을 굳게 다짐한다. 셋째, 우리는 서로서로를 믿고 어떠한 어려움이 있어도 흔들리지 않을 것을 굳게 다짐한다."

지난 10년 간 노조를 주도했던 선배들이 물러난 자리에 연약하지만 올바른 의지를 가진 젊은 여성 노동자들이 힘을 모아 일어선 것이다. 모임을 주도한 서재덕이나 김선주는 지난날 쟁쟁했던 여자 선배들에 비해 한결 조용한 성품이었다. 그러나 마음이 선한 사람일수록 악에 더 분노하고 마음이 여린 사람일수록 폭력에 거부감을 느끼는 법이다. 청계노조 지도부뿐 아니라 대다수의 민주화운동가들이 감옥에 가버린 암흑의 시기에 이들 어린 여성 노동자들이 무소불위의 폭력을 행사하는 군사정권에 대항해 청계노조 복구 작업에 나섰다는 것은 역사적으로 너무나 소중한 일이었다.

이 시간에도 아프리사건 구속자들은 여기저기 감옥에 흩어져 외롭게 싸우고 있었다. 청계모임에서는 이들을 위해 영치금을 마련하고 주기적으로 면회를 갔다. 직계가족 아니면 면회가 허용되지 않기 때문에 서재덕 등 여성들이 약혼자로 등록해 면회를 가서 먹을 것을 넣어주고 용기를 불어 넣어주었다.

마음 아픈 일도 많았다. 박계현의 어머니는 전라도에서 먼 길을 올라와 첫 면회를 신청했다가 공판 때문에 만나지 못하고 돈 2만 원만 영치하고 돌아갔다. 그런데 두 번째 면회를 왔을 때는 아들을 보자마자 울기 시작하더니 단 한마디 말도 못 하고 흐느껴 울기만 하다가 가버리는 것이었다. 박계현도 어머니가 너무 울자 영문도 모르고 따라 울며 달래다가 보냈는데, 나중에 알고 보니 그가 입고 있는 흰 한복 때문이었다. 이숙희와 전순옥이 구속자들 뒷바라지를 하면서 흰 한복을 넣어주었는데 어머니는 그 흰 옷이 사형수들에게 입히는 옷인 줄 알았던 것이다.

가을이 되면서 청계모임은 서서히 공개적인 행사도 주관하기 시작했다. 청계모임에서 주도한 10월 11일 백운산 등반대회에는 38명의 회원이 참가했다. 한소리회에서 김미영 등 여섯 명, 제일교회 '형제의 집'에서 이승숙, 이경숙 등 여섯 명, 형제교회 산하의 야학인 '시정의 배움터'에서 김종숙, 김영선, 김경선, 김순희 등 일곱 명이 참가했고 오뚜기회에서도 여섯 명이 왔다. 시온교회 출신 지수희도 참가했다.

노조가 강제해산된 뒤 10개월 만에 처음으로 많은 사람이 모인 자리였다. 풍선 터뜨리기, 세계 가요제, 팀별 장기자랑 등 노동조합에서 했던 것과 같은 재미있는 프로그램을 통해 모두들 오랜만에 즐거운 하루를 보냈다. 상품으로 트로피와 볼펜, 노트, 책, 스타킹, 마스코트, 빗과 거울 등을 나눠준 것도 노조 시절과 같았다.

이날 등산대회에 각각 6, 7명이 참가한 제일교회 '형제의 집'과 형제교회는 장차 청계노조의 기둥이 될 투사들을 양성하고 있었다.

형제의 집은 박형규 목사가 제일교회 3층에 큰 탁자와 의자를 놓고 노동자들의 휴식공간으로 제공한 곳이었다. 의류 노동자뿐 아니라 인근의 인쇄 노동자나 비닐가공 노동자까지 누구라도 와서 과자나 음료수를 나눠 먹으며 이야기를 나누고 취업정보도 교환하고 노동 문제를 상의했는데 고향을 떠나 외롭고 힘겨운 노동을 하고 있는 어린 노동자들에게는 그 존재 자체만으로도 큰 위안이 되었다. 저녁이면 각자 튀김이며 떡볶이를 사들고 와서 나눠 먹으며 행복한 시간을 보냈다. 누가 며칠 빠지면 서로 안부를 묻고 집에 찾아가볼 정도로 사이가 좋았다. 형제의 집은 그러나 야학 졸업생을 어디로 보낼 것인가를 두고 강학들과 조합 사이에 논란이 벌어져 갈라짐으로써 이승숙 등을 끝으로 더 이상 청계 조합원을 배출하지 못했다.

형제의 집과 단어가 비슷해 혼돈을 주곤 하는 형제교회에서 운영하는 '시정의 집'도 뛰어난 조직가들을 하나 둘씩 배출하고 있었다. 형제교회 담임 목회자인 김동완 목사는 야학생들을 위한 별도의 공간을 만들어 자체적으로 운영하게 해주었고, 한국기독청년회 총무로 있던 김철기가 적극적으로 이를 도왔다. 형제교회는 교인들도 호의적이어서 물심양면으로 도와주었다. 제일교회 형제의 집이 이승숙, 이경숙, 장옥자, 정경숙 등 냉철한 투사들을 배출하고 있었다면, 시정의 집에서는 김영선같이 끈끈하고 깊은 정을 가진 조직가들이 배출되었다. 얼마 후 문을 닫는 제일교회와 달리, 형제교회 시정의 집은 1987년도까지 박민기, 김영호 등이 야학을 운영해 이진숙 등 뛰어난 조합원을 배출하는 역할을 했다. 이를 위해 강학들은 6개월 공부기간을 4개월로 단축해 12기까지 운영하기도 했다. 1980년대 후반 이후 1990년대를 관통한 열성 조합원들의 상당수는 보통 시정의 집 출신들이었다.

등산대회를 통해 탄력을 받은 청계모임은 본격적 활동에 나섰다. 창신동 모임방에는 일주일 내내 공부모임이 열렸다. 엉덩이를 들이밀 틈도 없는 작은 공간에 모여든 노동자들은 온몸이 녹초가 되도록 지친 가운데도 노동조합론, 한국경제론, 노동경제론, 노동운동사 같은 어려운 공부들을 하느라 눈망울을 모았다. 토론은 밤을 꼬박 새우다시피 이어지곤 했다. 서로 몸이 꽉 끼는 불편한 자세로 두어 시간 눈을 붙이고 출근하노라면 온종일 꾸벅꾸벅 졸기 마련이었다. 모임에 와서도 슬그머니 눈이 감기기 일쑤였으나 누구도 탓하지 않고 잠깐 졸고 일어나 다시 공부하기를 기다려주었다.

한 달에 한두 번씩 열리는 집행부 임원회의는 노조회의와 같은 구속력을 갖고 각 부서에서 작성한 연중 활동계획서를 검토했다. 임원회의를 통과한 1982년도 계획은 야심찼다. 교육부는 월 1회 월례 교육과 소모임 단위 교육들, 회보 발간 등을 하기로 했다. 봉사부는 연소 근로자 위안을 위한 야유회를 주관하거나 구속자를 위한 영치금 모금, 회원들에게 생일 카드 보내기 등 과거 노조의 부녀부 역할을 하기로 했다. 조직부는 정식으로 가입원서를 만들어 정식회원을 확보해나가는 한편 각 야학과 소모임들을 분석해 조직으로 이끌겠다고 했다. 조사부는 노조 조사통계부에서 하던 대로, 150명의 노동자를 대상으로 설문조사를 하여 출신 배경과 직업환경, 임금, 건강 등 향후 활동방향의 기초를 만들기로 했다. 오락부는 이 모든 활동에 소요되는 노래책이나 야유회 운영을 책임졌다.

의지와 달리 실제 운영은 별로 원활하지 않았다. 2박 3일의 합숙 교육 같은 경우는 집행부원들조차 부모의 허가를 받아내지 못해 불참하는 경우가 많았고 월례교육도 불참자가 적지 않았다. 들어오는 원고가 부족해 회보 제작은 자꾸만 연기되었다. 1982년 3월에 대학생들이 부산의 미문화원을 방화하는 사건으로 살벌한 분위기가 조성되자 겁을 먹은 일부 회원들이 한동안 모임을 기피하기도 했다. 뚜렷한 이유도 없이 잘 이뤄지지 않던 소모임들은 결국 하나 둘씩 해체되었다. 조사·통계 활동은 4월이 되어도 시작되지 않아 6월로 미뤄졌고 회비도 제대로 걷히지 않았다.

노동조합이라는 틀이 없는 가운데 경찰의 감시를 피해 이뤄지는 비공개 모임의 어려움은 당연한 것이었다. 더구나 임원들을 포함해 모든 회원들이 직장에 다니고 있었다. 하루에 열두 시간에서 열여섯 시간까지 일하고 밤을 새우다시피 활동하기 위해서는 초인적인 노력이 필요했다. 3월 10일 연소 근로자 잔치에는 상당수 노동자가 참가해 성황을 이뤘지만 다른 활동은 거의 만족을 주지 못했다.

제일교회 야학 강학들과의 마찰도 한동안 문제가 되었다. 초창기 제일교회 야학에 강학을 소개한 책임자는 YMCA 출신 대학생 박세현이었다. 그는 야학을 나온 노동자들을 계속해서 교회단체 소속으로 두고, 교회단체 실무자로 일하거나 아니면 다른 지역으로 파견해 새로운 조직을 만들도록 하려 했다. 실제로 몇몇 졸업생을 구로공단과 인천 지역에 보내기도 했다.

야학 출신들을 묶어 장차 청계노조를 복구하는 데 목표를 두고 있던 청계모임과 이를 지지하는 강학 안중민 등은 교회 중심의 강학들과 치열하게 논쟁을 벌이지 않으면 안 됐다. 여기에 청계모임에 소속된 졸업생들이 가세하자 박세현 등은 이들이 야학생들을 만나지 못하도록 방해하여 심각한 감정 대립까지 생겼다. 결국 제일교회 야학은 이때부터 더 이상 청계노조에 조합원을 공급하지 않게 되었고, 그나마 1985년도 박형규 목사 퇴진 사건 때 완전히 문을 닫게 된다.

이런 가운데 아프리사건으로 구속되거나 수배되었던 이들이 하나씩 석방되고 있었다. 맨 먼저 석방된 이는 이승철이었다. 그의 아내는 어린 아이 둘을 데리고 사글셋방에 살고 있었다. 당장 먹고사는 일이 큰일이었다. 주변 사람들은 공장을 하라고 권했다. 그러나 노조가 없어진 것이 분하고 억울해서 참을 수가 없었다. 밑바닥부터 다시 조직을 시작한다는 마음으로 현장에 들어가 재단사 일을 시작했다. 뜻대로 되지는 않았다. 2년 동안 재단사로 일하면서 조직을 재건해보려고 사람도 모아보고 김문수가 운영하던 대학 서점에서 많은 책도 빌려다 보며 공부했으나 후배들과의 교류는 쉽지 않았다. 결국 포기하고 봉제공장에 지퍼를 납품하는 가게를 차렸다. 주변 사람들은 이때도 재단기술이 좋으니 직접 공장을 차리라고 권했으나 차마 노동자를 부리는 사장이 될 수는 없었다.

1년 만에 석방된 임현재도 생업의 현장으로 돌아갔다. 지부장을 사퇴하고 봉제업을 시작해 일찍 자리잡은 김영문의 도움으로 하청 공장을 차린 그는 노동자에게 잘해주려고 애썼지만 사업은 잘 되지 않았다. 청계모임을 주도한 김선주를 미싱사로 고용해 저녁이면 모임을 할 수 있도록 일찍 끝내주는 게 그가 할 수 있는 최선이었다.

민종덕이 돌아온 것도 이즈음이었다. 2년여 동안 완전히 청계를 떠나 인천 구월동 김근태의 집 근방에 기거하면서 다른 수배자들과 함께 반정부 유인물을 배포하는 등 활동하고 있던 그는 수배가 완화되자 조심스럽게 청계천으로 돌아왔다.

김영대, 박계현, 김성민 등도 차례로 석방되어 합류했다. 청계모임에 새로 가입한 젊은 회원들은 석방자들을 환영하기 위한 야유회에서 처음으로 이들 선배들을 만나기도 했다. 조직력과 투쟁력에서 모두 뛰어난 이들 남성 노동자들이 합류하면서 청계모임은 비로소 탄력을 받게 되었다.

돌아온 이들은 노조 재건에 앞서 우선 '전태일기념관 건립추진위원회'를 구성했다. 윤보선 전대통령의 부인 공덕귀 여사를 회장으로 이우정, 이창복, 김동완, 이길재, 정인숙, 윤순녀 등 민주인사들과 종교계 인사들을 망라해 출범한 건립추진위원회는 아프리사건 구속자 석방과 지원, 청계노조 재건을 위한 노동자들의 모임 장소 마련을 목표로 삼았다. 대외적으로 방패막이가 생긴 셈이었다. 이를 토대로 노조 복구를 위한 활동은 점차 가속도가 붙기 시작했다.

1982년 7월 25일의 청계모임 제2년차 총회는 지난 14개월의 활동을 총점검하는 자리였다. 각 부서장들은 활동보고와 함께 자체평가를 했는데 스스로에 대한 불만족이 더 많았다. 교육부는 불참자가 많아 제대로 활동하지 못했고 봉사부는 준비부족, 조사부는 실태조사의 범위가 너무 넓다는 점 등을 토로했다. 전체적으로 잘 된 사업이 거의 없다는 냉정한 평가가 나왔다.

이날 회의의 결과로 오락부, 조직부, 조사부, 봉사부의 책임자들이 본인의 능력부족과 의지결여를 스스로 인정하고 자진해서 모임 자체에서 탈퇴를 했고 다른 임원들도 일괄사퇴했다. 새로운 회장으로 김종숙이 선출되고 총무에 이경숙, 교육에 김영대, 조직에 서재덕, 오락에 김향숙, 회계에 박인숙을 뽑았다. 운영위원으로는 신광용, 박계현, 김선주가 뽑혔다. 회장과 총무는 당연직 운영위원이 되었다.

모임이 새롭게 탄력을 갖게 되는 뒷면에는 여성 회원들의 심정적 반발도 적지 않았다. 오랜 시간 사무실 하나 없이 온갖 고생을 하며 모임을 다져왔는데 감옥에서 막 나오거나 수배에서 풀려난 남성들이 모임을 지지부진하다고 비판하며 새로운 지도부로 등장하는 데 대한 반감이었다. 여성인 김종숙이 회장을 맡기는 했으나 실질적으로 남성들이 청계모임을 이끌기 시작한 것에 대한 소외감은 적지 않았다.

청계노조는 조합원의 압도적 다수가 여성이고, 이를 조직해 이끄는 중견 조합원들 역시 여성이 대부분임에도 불구하고 지금까지 노조지부장 이하 핵심 간부들을 늘 남성들이 맡아온 데 비해 YH무역, 콘트롤데이타, 동일방직, 서통 등 대부분 민주노조는 여성 지부장이 이끌어온 게 사실이었다. 청계에서도 이숙희 등이 중심이 되어 두 차례 여성 지부장을 내려 한 적이 있었지만 강력한 투쟁을 위해 남성이 필요하다는 분위기에 따라 중도 포기했었다.

이런 분위기에 따라 초창기부터 활발하게 활동해온 이애경, 조세희, 이연순 등이 그만두었고, 조직을 맡았던 서재덕까지 얼마 안 가 그만두었다. 그녀는 상당한 상실감과 회의감 속에 청계를 떠난 후 일체의 연락을 끊고 말았다. 김선주도 얼마 후 신광용과 결혼해 모임을 떠남으로써 청계모임의 초기 여성 지도자들은 모두 떠난 셈이었다.

새로 조직된 지도부에게도 새로운 회원을 모집하고 훈련하는 일이 가장 중요한 사업이었다. 모임에서는 야학에서 좋은 노동자가 배출되면 일단 B그룹에 넣어 교육을 거친 후 정식으로 입회시켰는데 이 시기에 들어온 제2기 B그룹인 이승숙, 이경숙, 지수희, 김용숙, 김영선, 정경숙, 김경숙, 장옥자, 이은숙 등 여성 노동자들이 대부분 헌신적이고 투쟁성이 대단했다.

이들은 경제기초, 노동경제, 근로기준법, 노동조합론, 조직가의 자세, 세계 정치, 한국 정치경제 등을 배우는 한편 개별적으로 노동의 역사, 국사, 노동의 철학, 노동운동의 기초 등도 공부했다. 1970년대 조합 지도부가 아무런 훈련이나 교육도 받지 못한 채 노동조합을 시작해 개인적으로나 조직적으로나 많은 어려움을 겪은 반면, 1980년대 들어 조직된 여성 운동가들은 먼저 지식을 배우고 이를 토대로 운동을 시작함으로써 갈등의 소지가 적었다.

청계모임이 새로운 진용을 갖추고 활성화되고 있을 즈음, 노동계 상황은 악화일로에 놓여 있었다. 1982년 7월에는 대표적인 민주노조로 남아 있던 콘트롤데이타 노동조합이 공장 폐쇄와 함께 해산되었다. 다국적기업인 콘트롤데이타사가 노조활동을 막기 위해 공장을 철수한 것이다. 노동부는 한술 더 떠 콘트롤데이타 출신 노동자들을 타 기업에 취직시키지 못하도록 하는 지침까지 내려 보냈다. 이에 이영순 지부장 등 조합원 50명이 노동부에 찾아가 농성을 벌이자 전원 연행해 세 명을 구속시켰다.

또 다른 대표적인 민주노조였던 원풍모방노조도 끊임없는 탄압에 시달리다가 방용석 지부장과 부지부장이 해고당했다. 이에 항의해 조합원들이 농성을 벌이자 1982년 9월 27일 정체를 알 수 없는 폭력배 100여 명이 노조 사무실에 난입해 노조 간부들을 끌어내고 사무실 집기를 모조리 파괴해버렸다. 현장에 남아 있던 650명의 노동자들은 농성에 들어간 지 사흘 만인 10월 1일 새벽 전투경찰에 의해 전원 연행되었다.

동일방직·YH무역·서통·청계노조에 이어 원풍모방과 콘트롤데이타 노동조합이 파괴됨으로써 한국노총의 어용성에 대비해 민주노조라 불렸던 노동조합들은 모두 파괴되고 말았다. 민주노조를 압살해버린 군사정권은 노사분규가 전년도에 비해 절반으로 줄어들었다고 자랑하면서, 노사분규가 발생한 사업장에 즉시 공권력을 투입하겠다고 엄포를 놓았다.

이 험악한 시대 상황 속에서도 청계모임은 등반대회와 전태일 추도식 등을 주도하면서 조직을 확대해나갔다. 교회를 빌려 노동절 행사를 자체적으로 치르기도 하고 회원들이 현장에서 부당한 대우를 받으면 집단으로 몰려가 항의해 해결함으로써 노조의 역할을 대신하기도 했다.

직접적인 대중활동이 어려운 상황에서 선전활동은 매우 중요했다. 민종덕은 노조 해산 때 가지고 나와 아프리사건 때 유인물을 제작하는 데 사용했던 미제 코로나 타자기와 등사기를 보물처럼 모시고 다니고 있었다. 검문의 위험을 무릅쓰고 무슨 일이 있어도 등사기를 버리지 않고 다녔다. 청계모임에도 이 등사기구가 큰 도움이 되었다. 군사정권의 청계노조 해산이 불법부당함을 알리고 청계노조의 재건의지를 알리는 유인물을 만들어 공장과 상가에 배포하는 일은 적지 않은 반향을 일으켰다. 「청계피복노동조합을 탈환하자」 「단결된 힘으로 청계피복노조를 원상복구하자」 등의 유인물들은 거듭해서 청계노조가 돌아오리라는 것을 예고했다.

1982년 12월, 마지막까지 감옥에 남아 있던 황만호와 전태삼이 합류하자 청계모임은 더욱 활기를 띠게 되었다. 꼼꼼하고 치밀한 성격의 황만호는 소모임 조직에서 탁월한 능력을 발휘해 모임들을 정리하고 강화하는 데 큰 역할을 했다. 그는 1970년대에 장기표와 함께 청계노조에 드나들다가 도루코노조 위원장이 된 김문수 등 다양한 강사들을 초빙해 비밀스런 소모임 교육을 진행했다.

1983년 들어 더욱 활성화된 공부모임은 보안유지를 위해 장흥유원지, 장위동 아파트, 홍대 앞 자취방 등지로 이리저리 옮겨 다녔다. 첩보영화라도 찍듯이 몇 번씩 버스와 전철을 갈아타고, 앞문으로 타고 뒷문으로 내려 미행이 있는가 확인하며 모이다 보면 자정이 되기 일쑤였다. 열정으로 가득했던 선생들도 그 시간이 되어서야 마치 지하혁명가처럼 조용히 나타나 새벽 4시까지 가르치고 그림자처럼 사라졌다.

장흥유원지에는 농민운동 출신으로 농사를 지으며 시를 쓰는 사람이 살고 있었다. 훗날 번화가로 변했지만 1980년대 초의 장흥은 아직 버스도 잘 오지 않는 외진 농촌이었다. 시인의 집까지는 버스를 타고 내려서도 한 시간은 걸어야 했다. 눈이 내린 어느 추운 겨울날 모임을 갖게 되었는데, 다리가 불편한 황만호를 한 시간이나 눈길을 헤치고 가게 할 수가 없자 조합원들은 소나무를 꺾어 방석처럼 만들고 황만호를 태워 눈 위로 끌고 갔다. 모두들 입김과 땀에 젖어 시인의 집에 도착해서 기다리고 있으려니 새벽 2시가 되자 깡마른 청년 하나가 눈을 하얗게 뒤집어쓴 채 나타났다. 김문수였다. 그는 밤을 꼬박 새워 열정적인 강의를 하고는 아직 어두운 이른 새벽 홀연히 사라져버렸다.

회원들은 모두 피로에 찌들어 있었다. 일주일에 며칠씩 새벽 서너 시까지 공부하다가 잠깐 눈을 붙이고 공장에 출근하면 눈꺼풀이 천근처럼 무거웠다. 맥스웰 커피가 처음으로 봉지 커피를 생산하고 맥심 커피는 가늘고 긴 봉지 커피를 만들 때였다. 아침에 출근해서 봉지 커피 두 개를 물도 타지 않고 가루약 먹듯 털어 넣고 나서 찬물로 넘겼다. 점심시간에 또 두 개를 마시고도 도저히 졸음을 참을 수 없어 화장실에 앉은 채로 졸고 있으면 공장장이 쫓아와 소리를 질러 깨워대기 일쑤였다. 그래도 저녁이면 어김없이 모임에 출석했다.

1981년 11월 13일에 결성된 전태일기념관 건립추진위원회(1984년 '전태일기념사업회'로 개칭)도 적극적으로 활동을 해나갔다. 초대 회장을 맡은 공덕귀 여사는 1970년대 수차례 청계노조를 방문해 도움을 주었고 노동교실이 폐쇄되었을 때는 직접 유림빌딩을 방문해 경찰과 싸우기도 했던 사람이었다. 그런데 남편 윤보선 전대통령이 오랜 민주화운동의 명예를 저버리고 전두환 정권과 타협하면서 공덕귀 여사가 전태일을 기념하는 사업에 적임자가 되기 힘들다는 말들이 나왔다. 공덕귀 여사는 이를 인식해 스스로 물러난 후에도 청계노조에 대한 관심을 버리지 않고 자신이 할 수 있는 한 계속 도움을 주었다.

새로 회장에 선출된 이는 민주화운동의 새로운 지도자로 등장하고 있던 문익환 목사였다. 훤칠한 키에 부드럽고도 화통한 음성을 가진 문익환 목사는 권위나 격식 같은 것을 따지지 않는 사람이었다. 집회나 행사가 있을 때 어른이라고 해서 모시러 가겠다고 전화를 하면 그런 거 신경 쓰지 말라면서 홀로 대중교통을 이용해 찾아왔다. 전태일기념관 건립추진위원회 회장으로 있으면서도 기금 모금이나 명사 초대 같은 실질적인 도움을 주는 일 이외에는 활동에 일절 간섭하지 않고 젊은 사람들이 알아서 하도록 격려했다. 어떤 권위주의도 없이 어떻게 하면 자기가 도움이 될까, 젊은이들이 마음 놓고 일할 수 있을까만을 생각하는 사람이었다. 시인답게 천진하고 순박한 성품을 가져서 늘 밝게 소리 내어 웃으며 농담을 즐기지만, 중요한 일에 부딪히면 더없이 진지하게 옳은 의견을 고수하는 고집스러움도 남달랐다. 조합원들에게는 친근한 할아버지 같아서 나중에 문익환 목사가 기념관을 방문할 때면 작은 태양을 가져다 놓은 것처럼 포근한 분위기가 되었다.

문익환 목사의 지원 아래 건립추진위원회가 제일 먼저 한 일은 전태일의 전기를 출간하는 일이었다. 이 일을 해낸 사람은 조영래 변호사였다. 아직 학생이던 1970년대 초, 민청학련사건으로 수배된 상태에서 전태일의 일기를 토대로 삼동회 친구들을 몰래 만나 구술을 받아 몇 년에 걸쳐 다듬어 완성한 것이었다. 조영래는 노동교실이 폐쇄되고 이소선 어머니까지 구속되었을 때 대학 노트 한 권에 좁쌀처럼 자잘한 글씨로 가득 채워 쓴 전기를 가지고 민종덕을 만났다. 눈물 없이는 읽을 수 없을 만큼 감동적이었다. 하지만 전태일 전기를 국내에서 출판한다는 것은 불가능했다. 두 사람은 일단 일본에서 먼저 출판해 그 돈으로 노동교실을 만드는 방법이 없을까 상의를 하던 끝에 일단 경동교회에 다니던 한 회사원을 통해 몇 부를 복사하기로 했다. 복사기조차 일일이 경찰의 감시를 받던 시절이었다. 삼도물산에 다니던 그 회사원은 몰래 자기 사무실의 청사진 기계를 이용해 네 부나 청사진을 떠 왔다. 민종덕은 이를 자기 집 마루 밑에 숨겨두고 몇 군데 출판사와 출판을 교섭해보았으나 어떤 곳도 감히 출판할 엄두를 내지 못한 채 세월이 흘렀다. 그 사이 일본에서는 먼저 전태일 평전이 출간되고 말았다.

전태일 기념사업의 일환으로 국내 출판이 거론되었을 때 선뜻 나선 이는 학생시절이던 1970년대부터 청계노조를 지원해온 박승옥이었다. 돌베개출판사 편집장으로 들어가 있던 그는 민종덕으로부터 원고를 넘겨받아 보고는 구속을 각오하고 출판하기로 결심했다. 이를 뒷받침해준 이는 문익환 목사였다. 한때 일본어 원본을 서남동 목사가 번역하는 형식으로 출판하자는 방안도 나왔으나 민족의식이 남다른 문익환 목사는 『전태일평전』은 한국 사람의 저서가 되어야지, 일본 사람의 이름을 빌려 출판할 수는 없다고 강력하게 반대했다. 모든 것은 자신이 책임질 테니 건립추진위원회 이름으로 출판하라고 했다.

『전태일평전』은 출간되자마자 대단한 반응을 일으켰다. 군사정권은 곧바로 판매를 금지시켰으나 노조는 건립추진위원회에 책을 싣고 와서 전국 각지의 책방에 보냈다. 불법서적임에도 주문이 밀려들어와 민종덕과 김선주 등 간사들이 온종일 책을 포장하고 배달하느라 다른 일은 하나도 못 할 정도였다. 김선주는 그 무거운 책을 들고 버스와 전철을 갈아타며 서울은 물론 인천까지 배달을 다니느라 어깨에 무리가 가 평생 치유되지 않는 신경통을 얻었을 정도였고, 가는 곳마다 커피를 대접받다 보니 하루에 열댓 잔씩 커피를 마셔 속까지 버릴 지경이었다.

『전태일평전』은 수많은 노동자와 학생들에게 인간의 길이 무엇인가, 진정한 사랑과 희생이 무엇인가를 가르쳤다. 노동운동이나 민주화운동을 한 사람치고 『전태일평전』을 읽지 않은 이가 없고, 또 눈물을 흘리지 않은 이가 없었다. 실로 전태일을 한국현대사의 위인으로 받들게 만든 것은 조영래 변호사가 천재적인 글 솜씨로 이뤄낸 『전태일평전』이라 해도 과언이 아니었다.

아픔도 없지 않았다. 조영래 변호사는 10여 년 후 젊은 나이에 폐암으로 숨져 많은 이를 안타깝게 했는데, 죽기 얼마 전 이제는 저자 이름을 밝혀도 될 때가 오지 않았는가 이야기가 나오자 대답 대신 그냥 씩 웃기만 했다. 조영래 변호사는 자신의 글이 민주화운동에 큰 영향을 미친 좋은 면도 있는 반면, 이를 읽은 많은 젊은이들이 분신으로 죽은 것을 무척 가슴 아프게 생각하고 있었다. 그는 의도를 하지 않았지만 죽음을 미화함으로써 이후 많은 사람이 분신했다는 생각으로 못내 괴로워했던 것으로 알려졌다.

이소선 어머니는 전태일기념관 건립추진위원회가 만들어지고, 『전태일평전』이 나와도 여전히 마음이 무거웠다. 그녀는 자식을 기념하는 모임이나 책을 100개를 만들어도 소용없다고 생각했다. 자식의 뜻은 청계 노동자를 인간답게 살게 하기 위함이고 그것을 위해서는 청계노조가 살아나야 했다. 전태일이라는 이름을 기리기 위해 기념관을 짓고 책을 만드는 일은 그녀에게 중요한 일이 아니었다. 청계노조의 해산은 자신의 아들을 두 번 죽인 것이라는 자책감과 회의감을 벗어날 수 없었다. 이소선 어머니가 다시 힘을 얻기 시작한 것은 노조 복구 기운이 현실화되면서였다.

청계모임은 1983년 봄이 오면서 비공개 소모임의 성격을 벗어나 공개적이고 과감하게 자신을 드러내기 시작했다. 3월 13일 기독교회관에서 열린 노동절 행사를 주관하고, 4월에는 야유회를 열어 단합을 다졌다. 김영대와 신광용이 1970년대 선배들과의 연락을 책임지면서 한동안 뜸했던 여러 선배들과의 교류도 재개되고 이소선 어머니도 관여하기 시작했다.

이소선 어머니는 빠르게 생기를 되찾았다. 1970년대 내내 아들의 친구들에게 의존했던 것처럼, 건장한 청년 활동가들이 청계모임을 주도하면서 비로소 믿음을 갖게 된 것이다. 이소선 어머니에게는 아들과 같은 사람들이 필요했다. 여성에 대한 편견이라기보다는 가혹한 탄압에 맞서기 위해서는 뚝심과 완력이 필요하다는 현실적인 판단에서였다.

1983년이 되면서 암흑 같았던 정국도 조금씩 기지개를 펴기 시작했다. 5·17쿠데타 당시 구속되었던 대학생들과 민주인사들이 대부분 석방되어 다시 활동을 시작한 때문이었다. 5월에 야당 지도자 김영삼이 정치해금을 요구하며 단식에 들어가 20여일 만에 정치활동을 재개할 수 있게 되었다. 9월에는 김근태 등을 중심으로 민주화운동청년연합이 결성되어 회보를 발간하고 지역마다 지부를 만듦으로써 팽팽했던 억압의 그늘에 구멍이 뚫리기 시작했다.

10월 9일에는 과거 노동조합에서 주최했던 '지부장컵쟁탈 등산대회'를 이름만 바꾸어 '제12회 청계피복노동자 등산대회'를 열었는데 다른 지역 노동자들까지 150명이 참가해 성황을 이뤘다. 마침 이날은 버마를 방문했던 전두환과 각료들이 아웅산 묘소를 참배하던 중 폭탄 테러를 당한 날이기도 했다. 전두환은 현장에 늦게 가는 바람에 살아났지만 많은 각료들이 사망했다. 정부에서는 즉각 북한에서 일으킨 테러라고 발표하고 공안분위기를 조성하려 했으나 이미 터지기 시작한 민주화의 물꼬를 막을 수는 없었다.

등산대회의 성공은 확실한 자신감을 불러일으켰다. 공공연히 대중적인 활동을 해야 한다는 주장과 아직은 시기상조이기 때문에 비공개적인 활동을 해야 한다는 의견이 분분했다. 토론 결과, 현재 역량과 조직의 성격, 그리고 정세 등을 감안할 때 공공연한 대중활동을 전개하자는 데 의견이 모아졌다. 마침 전태일 13주기가 다가오고 있었다. 청계모임은 '전태일 동지 13주기 추도위원회'를 만들고 공개적으로 활동하기로 했다. 청계노조가 해산당한 지 만 3년. 발행 주체도 밝히지 않은 채 청계노조 해산의 부당성을 주장하는 유인물이나 다른 지역의 민주단체에서 만든 유인물들이 배포된 적은 있어도 공개적으로 이름을 내걸고 책임자까지 명시된 조직이 등장하기는 처음이었다. 위원장은 민종덕이 맡았다.

11월 13일 오전 10시, 동대문종합시장 주차장에는 200여 명이 모여들었다. 그 중 청계 노동자는 50여 명이고 나머지는 문익환 목사를 비롯한 민주인사들과 다른 공장 노동자, 대학생들이었다. 일요일이라 주변 상가가 문을 닫아 지나는 사람도 별로 없는 가운데 수십 명이 넘는 사복 형사들이 주차장 주변에 서성이는 게 눈에 띄었다. 마침 미국 대통령 레이건이 한국을 방문 중이었다. 어떻게 알았는지 레이건을 따라온 외국 언론사 기자들이 카메라를 들고 이 낯선 풍경을 취재하느라 바빴다.

그런데 이상하게 버스가 오지를 않았다. 관광버스 네 대가 10시까지 오기로 계약했는데 10시 30분이 되어서야 겨우 한 대가 주차장으로 들어오는 것이었다. 200명이 넘는 인원을 태우기에는 턱이 없었다. 추도위원들이 어떻게 된 일이냐고 운전사에게 물어도 우물쭈물 대답을 못 했다. 버스회사에 전화를 걸어 사정을 물어봐도 명쾌한 대답을 못 하고 얼버무리는 것이었다. 안기부에서 압력을 넣은 게 분명했다. 눈치 빠른 이소선 어머니가 빽 소리를 질렀다.

"야, 차를 한 대밖에 안 내준다카니, 여기서 식 해뿌리자. 여기서 하는 게 더 낫겠다."

"좋지요! 시내 한복판에서 추도식을 하면 더 좋지요!"

여기저기서 호응을 하며 노동자들은 주차장 바닥에 주저앉아 노래를 부르기 시작했다. 당황한 형사들이 몰려와 앞에서 노래를 지휘하는 노동자를 끌고 가려 들었다. 노랫소리는 더 커졌고 끌고 가려는 형사들과 안 끌려가려는 노동자들 사이에 몸싸움이 벌어졌다. 이 광경을 목격한 외신기자들이 몰려들어 비디오카메라를 들이댔다. 그러자 경찰 지휘자가 부하들에게 소리를 질렀다.

"안 보이는 데로 가란 말이야. 안 보이는 데로!"

떼 지어 몰려나왔던 형사들이 후다닥 흩어져 차 뒤에 몸을 숨기거나 골목길로 달아나버렸다. 형사들이 카메라를 피해 이리저리 달아나고 숨는 우스꽝스런 광경에 모두들 박장대소를 하며 웃음을 터뜨렸다. 노래는 계속되었고 외신기자들은 연신 카메라 셔터를 누르고 비디오를 찍기 바빴다.

본격적으로 농성이 시작되자 경찰은 안 되겠다 싶었는지 한 대씩 한 대씩 감질나게 버스를 불렀다. 참지 못한 노동자들이 마석 모란공원까지 걸어가겠다며 추도식 플래카드를 앞세워 행진을 시도하여 위기감이 감돌았다. 대기했던 기동대가 주차장 입구를 막아서고, 경찰은 다급히 버스회사에 전화해 왜 빨리 보내지 않느냐고 도리어 성화를 했다. 마지막 버스는 12시가 넘어서야 왔다.

네 대에 타기에는 사람이 너무 많았다. 관광버스는 법적으로 입석이 허용되지 않았으나 경찰은 자기네가 에스코트를 해줄 테니 모두 타라고 해서 통로까지 빼곡히 들어차 신나게 노래를 부르며 마석으로 향할 수 있었다.

예정보다 두 시간이나 늦게 모란공원에 도착하니 전태일 묘지 바로 근처에 작업 천막이 쳐 있고 인부들이 불을 피우고 있었다. 인부들은 새로 묘를 만드는 것처럼 위장했으나 실제로 일을 하지 않은 채 연신 이쪽만 살폈다. 안기부 직원들이었다.

추도식이 시작되었다. 1970년대 청계노조에 적지 않은 지원을 해주었던 인천산업선교회 여성 목사인 조화순 목사가 카랑카랑하고도 매운 음성으로 외쳤다.

"여기 우리가 지금 전태일의 묘 앞에 눈물이나 흘리러 왔다면 그런 추도식은 이제 없어야 합니다. 우리는 다시 일어서야 합니다."

조화순 목사가 1980년 이후 노동자들의 상황과 목사 자신의 나약함을 뼈아프게 고백하자 참석자들은 5·17쿠데타 이후 3년이 지나도록 무엇을 했는가 돌아보며 눈물을 흘리기도 하고 주먹을 쥐며 분노를 삼키기도 했다.

민종덕의 추도사와 원풍모방 방용석 지부장, 동일방직 해고자, 블랙리스트철폐운동을 하는 해고자의 추도사가 이어지고 문익환 목사가 등장해 자작시 「전태일」을 낭독하기 시작했다. 처음에는 뒤에서 잘 들리지도 않을 만큼 조용하게 읽던 문 목사는 갑자기 "한국의 하늘이여!" "다들 물러가라!" 벽력같은 고함을 질러 사람들을 소스라치게 만들었다. 문 목사의 쩌렁쩌렁한 음성과 절절한 시구는 맺힌 가슴을 시원하게 터뜨리는 위력이 있었다.

청계 노동자에게 다시 빛을 내려달라는 이소선 어머니의 간절한 기도를 끝으로 추도식을 마친 이들은 매년 하던 대로 1971년 구사대에게 머리를 드라이버로 찍혀 사망한 한영섬유 김진수의 묘소를 참배한 후 김진수 묘소 앞 공원 광장에서 식사와 함께 뒤풀이에 들어갔다.

어묵 국물이며 밀가루 부침에 막걸리를 나눠 마시는데 벌써 풍물패가 장구와 꽹과리를 울리며 분위기를 잡아나갔다. 묘지 위의 공터에 둥글게 에워싼 가운데 풍물공연이 시작되었다. 해 뜨는 동쪽을 향해 양팔을 둥글게 벌리고 서 있는 듯 아늑한 공동묘지 한가운데서 흥겨운 풍물패들의 장단이 울리고 어묵과 막걸리가 돌면서 사람들은 지나간 어두운 시절을 다 잊은 듯 즐거워했다.

청계 노동자들이 만든 짤막한 촌극도 공연되었다. 노조 해산 이후 열악해진 노동현실을 풍자하는 내용이었다. 흥겨운 농악 소리에 술까지 한 잔 걸친 사람들은 노동자 배우가 미싱 밟는 흉내를 내면 "야, 더 빨리 돌려!" 소리를 쳐 장단을 치기도 하고 배우들이 대사를 까먹으면 더 재미있어하며 박장대소를 했다. 임금을 떼어먹으려는 사장과 이에 아부하는 공장장의 풍자가 여간 재미있지 않았다.

연극이 커다란 박수와 풍물장단에 맞춰 끝나면서 무대는 자연스럽게 춤판으로 바뀌었다. 흥에 겨운 사람들이 장구와 징, 북을 빼앗아 자기가 직접 치기 시작했다. 다른 묘지에서 일하던 인부들까지 소리를 듣고 몰려와서 얼싸 좋다고 장단을 맞추었다. 어깨동무를 하고 춤추며 맴을 돌다 보니 추위는 다 달아나버렸다. 흥이 최고조에 이른 사람들은 두 줄로 어깨동무를 하고 서서 노래를 부르며 앞으로 밀려나가 상대방에게 어깨를 부딪는 집단놀이를 했다.

해가 비스듬히 기울어질 무렵 산에서 내려와 버스를 타고 출발을 기다리는데 문제가 생겼다. 버스기사들이 운임을 미리 주지 않으면 출발할 수 없다고 버티는 것이었다. 역시 안기부의 압력이었다. 네 대의 버스가 서울 시내에 한꺼번에 사람들을 쏟아놓으면 무슨 일이 일어날지 모른다는 염려 때문에 여기저기 분산해 내려주라 시켰고, 이에 버스기사들은 미리 운임을 달라고 요구한 것이었다. 추진위원들이 서울에 도착하면 운임을 주겠다고 설득해도 막무가내였다. 이때 이소선 어머니가 나서서 특유의 경상도 사투리로 소리를 질렀다.

"운전수들이 돈을 먼저 돌라꼬 하는데 보나마나 뻔할 뻔자라고. 돈 주면 서울 들어가는 입구 아무 데나 우리를 내팽개치라고 기관원들이 그러니까 저러는 건데, 우리가 뭐 벽창호인 줄 아나? 안 간다 카니까 우리 모두 내려서 서울까지 걸어가자고. 그릇이니 짐들 다 해봐야 버스비도 안 되니까 그냥 두고 모두 내리삐라!"

이소선 어머니가 앞장서 내리자 모두들 짐은 놔두고 추도식장 앞에 세웠던 플래카드와 북, 장구 같은 풍물악기들을 들고 내렸다. 서너 명씩 어깨동무를 하고 열을 지어 모란공원을 빠져나와 경춘가도로 들어섰다. 불시에 형성된 길고 긴 대열이 2차선 국도의 절반을 차지하고 〈농민가〉 〈정의가〉 〈흔들리지 않게〉 〈해방가〉 같은 신나는 노래를 부르며 서울 방향인 마석 읍내로 향했다. 예전에도 모란공원에 갈 때면 경춘선 비둘기 열차를 타고 마석역에서 내려 한 시간 넘게 걸어 다닌 적이 많아 익숙한 길이지만 정식으로 시위대를 형성하기는 처음이었다. 시외버스며 트럭, 관광버스들이 주춤주춤 행렬을 비켜 지나가느라 서로 빵빵대고 난리가 났다. 예상치 못한 사태에 관광버스가 대열 옆에 나란히 가면서 문을 열어놓고 어서 타라고 애원했지만 아무도 올라타지 않았다.

"뭐 하는 거예요? 데모하는 거예요?"

지나던 시외버스에서 중년 아저씨가 창문을 열고 묻자 누군가 큰소리로 대답했다.

"예! 우리 모두 잘살자고 노동자들이 데모하는 거예요."

어둠이 짙게 깔릴 무렵 마석역에 도착하니 전투경찰이 진을 치고 있었다. 페퍼포그차까지 동원해 서울로 가는 길을 철통같이 봉쇄하고 있었다. 기동경찰로 인해 국도는 완전히 막혀버렸다. 선두의 노동자들과 경찰의 거친 몸싸움이 벌어졌다. 작은 읍내 주민들은 난생 처음 보는 광경에 잔뜩 몰려나와 구경하느라 바빴다.

한적한 소읍에서 때 아닌 즉석집회가 벌어졌다. 문익환 목사를 비롯한 민주인사, 노동운동가들이 차례로 나와 핸드마이크를 잡고 힘찬 연설을 했다. 특히 문익환 목사의 연설은 감동적이었다. 전태일의 뜻을 이 땅에 널리 알리자는, 문 목사의 진정 어린 연설은 듣는 이들을 감동시키기에 충분했다. 문 목사의 선창에 따라 모두들 눈물까지 글썽이며 만세를 불렀다.

"노동자 만세!"

"민주주의 만세!"

한바탕 몸싸움 끝에 요구가 관철되었다. 원래대로 버스를 타고 가되 운임은 서울에서 주기로 합의가 된 것이다. 다 함께 만세를 외치고 버스에 올랐다.

버스가 동대문에 돌아왔을 때는 한밤중이었다. 운전사들은 약속했던 것보다도 넉넉히 운임을 받으면서 경찰의 압력에 어쩔 수 없었다며 연신 미안해했다. 권력의 횡포 앞에 힘없는 운전기사들만 골탕을 먹은 것이었다. 흩어짐이 아쉬운 노동자들은 근처 값싼 술집으로 몰려가기도 하고 일부는 창동집으로 가기 위해 버스를 타기도 했다.

마석의 국도 행진은 오랜 시간 억눌려 있던 민주화운동과 노동운동에 일대 청량제 같은 소식이었다. 시위에 참석했던 각계의 민주인사들과 민주노조 출신들이 제각기 돌아가 사건의 전말을 신나게 알렸고, 오랫동안 침묵에 빠져 있던 운동권에 신선한 충격을 주었다.

어느 누구보다도 이번 시위를 통해 힘을 얻은 것은 청계모임이었다. 완전히 자신감을 회복한 청계모임은 조합원 교육용으로 간략한 청계노조사를 만드는 등 노동조합의 복구작업에 본격적으로 착수했다. 1983년 겨울 동안 청계모임은 노동조합 복구를 위한 기본준비를 마쳤다.

이 무렵 최종인, 이승철 등 1970년대 선배들은 뒤에서 알게 모르게 자금을 지원해주거나 임현재처럼 일자리를 제공하여 조합 준비를 할 수 있게 해주었다. 선배들은 돈이 있으면 있는 대로 없으면 없는 대로 물심양면의 지원을 해주면서도 이를 누구에게도 자랑으로 내세우지 않았다. 특히 최종인은 어느 자리에 가든 자신은 평화대학, 즉 청계노조에서 큰 걸 배웠노라고 자랑스럽게 말하고 다녔다. 그는 청계 사람들이 모이면 인사말을 하곤 했다.

"청계 출신 중에는 특별히 잘 풀린 사람도 없습니다. 어디 가서 말도 잘 못 하는 사람도 많고 사업도 잘 못 해 어려운 사람도 있습니다. 하지만 생각이 올바르지 않은 사람은 없습니다. 절대 어디 가도 기죽거나 꾸미지 말고 늙어 죽는 그날까지 부끄럼 없이 살아갑시다."

1984년이 되면서 원풍모방과 콘트롤데이타, 청계노조, 서통, YH무역, 동일방직 등 1970년대 민주노조 출신들이 '한국노동자복지협의회'를 만들었다. 3년여의 암흑기를 뚫고 공개적인 활동이 재개된 것이었다. 청계모임에서는 내부 회의 결과에 따라 민종덕, 황만호, 박계현, 김성민 등이 들어갔다.

한편, 5·17쿠데타 이후 노동운동을 위해 공장에 취업해 있던 수많은 대학생들이 곳곳에서 노조 결성·해고자 복직을 위한 투쟁을 일으키면서 노동판은 활기를 되찾고 있었다. 대학 내의 민주화시위도 급속히 늘어났다. 이에 군사정부는 정치가들에 대한 규제 해제 등 일련의 유화정책으로 저항운동을 완충시키려 들었다. 유화국면이 조성된 것이었다. 노조를 복구하기에 더 좋은 조건이 되었다.

예상치 않게 신광용이 구속된 것은 3월 6일이었다. 아프리사건의 부상으로 불구속재판에서 징역 3년을 선고받았는데 그동안 아무 말이 없다가 갑자기 구속을 시켜버린 것이다. 사실상 공개적으로 나돌아다니고 있던 그를 뒤늦게 구속시킨 것은 마석 가두시위 이래 계속되는 유인물 배포 등 심상치 않은 분위기를 잡아보려 함이 분명했다.

청계모임은 즉시 '신광용동지석방 대책위원회'를 구성했다. 대책위원장에 민종덕, 부위원장으로 황만호, 박계현, 김향숙, 김성민 그리고 실무간사로 김영대를 뽑았다. 예전에는 대책위원회 같은 공식단체를 만드는 것도 어려웠을 뿐더러 만든다 해도 탄압을 피하기 위해 재야의 유명인사들을 대표단으로 내세웠는데 이렇게 노동자들이 전면에 직접 이름을 걸고 나선 것은 정부와 전면적으로 싸우겠다는 의사이자, 조직력이 뒷받침된다는 자신감의 표현이었다. 아울러 청계모임 회원들을 투쟁으로 단련시키겠다는 뜻도 있었다. 회원들의 의지는 강하지만 대개 야학에서 공부를 통해 의식화한 나이 어린 노동자들이어서 구체적인 투쟁의 경험이 부족했다. 대책위원회는 하나의 투쟁위원회로서 이들을 훈련시킬 수 있는 좋은 계기가 되리라 판단했다.

대책위원회는 먼저 신광용의 구속경위와 입장을 밝히는 성명서를 발표했다. 독재정권의 청계노조 해산의 부당성을 지적하고 이에 항거하다가 구속된 노동자들의 정당성을 천명했다. 이에 따라 신광용 구속의 부당함과 청계노조 재건의 의지를 밝혔다.

대책위원회는 또한 「근로자도 인간답게 살 권리가 있다」는 제목의 유인물을 대량으로 제작해 배포에 나섰다. 어떻게 경찰의 저지를 뚫고 배포하는가도 문제였다. 노동자들이 출근시간에 가장 많이 다니는 길목을 답사해본 결과, 평화시장 주변으로는 평화시장 앞길, 덕수중학교 정문 앞, 동화시장 입구, 국립의료원 뒷골목 등이 지목되었다. 서너 명을 한 조로 네 개 조를 짜서 이곳에 배치하기로 했다. 동대문 건너편에 있는 신평화시장과 부관시장에 한 조, 동신상가와 을지로 가정집 공장에도 한 조를 배치했다.

3월 20일 아침 8시 30분 정각. 노동자들이 출근하는 길목마다 일제히 유인물이 배부되기 시작했다. 노조가 없던 지난 수년 간 밤중에 몰래 집집마다 투입하는 일에는 익숙했지만 이렇게 공개적으로 나눠주기는 처음이었다. 회원들은 경찰과 경비의 출동에 대한 긴장감과 노동자들이 어떤 반응을 보일까에 대한 기대를 품은 채 한 사람 한 사람에게 열심히 나눠주었다.

반응은 다양했다. 노동조합이 없어진 줄 알았는데 언제 다시 생겼냐고 묻는 사람, 유인물 내용에 동감한다며 격려를 해주는 사람, 두려움도 없이 길가에 선 채로 찬찬히 유인물을 읽는 노동자, 수고한다고 인사하는 사람들이 많았다. 반면 대충 읽어보고는 두려움을 품고 유인물을 돌려주는 사람들도 있고 이상하다는 듯이 아래위로 훑어보고 그냥 가는 사람도 있었다. 내용도 모르는 채 광고물을 받아가듯 무표정하게 받아가는 사람들이 가장 많았다.

배포를 시작한 지 10분이나 지났을까, 사방에서 경비들이 호루라기를 불며 제지하기 시작했다. 배포조를 호위하기 위해 대기하고 있던 노동자들이 튀어나가 경비들을 제지했다. 경비들과 회원들이 몸싸움을 벌이는 사이 배포조는 유유히 걸어가면서 계속 나눠줄 수 있었다.

정식으로 기동경찰이 출동한 것은 경비들과 회원들의 싸우는 목소리와 호루라기 소리로 시장 일대가 온통 소란해졌을 때였다. 들이닥친 경찰은 유인물을 배포하는 사람은 무조건 붙잡아 연행하려 했다. 호위조의 도움을 받은 배포조는 경찰을 따돌리려 이리저리 피해 다니면서 계속해서 유인물을 나눠주거나 허공에 흩뿌려댔다.

시장 일대에 때 아닌 추격전이 벌어졌다. 유인물이 히끗하기만 해도 경찰이 호루라기를 불어대고 욕설과 고함을 쳐대며 요란하게 몰려갔다. 상가 건물 구조를 잘 아는 노동자들은 경찰이 달려오면 얼른 이쪽 문으로 들어가 상가 사이를 누비고 다니다가 저쪽 출구로 나와 배포를 계속했다. 약이 오른 경찰은 눈에 띄는 남성 노동자 몇몇을 지목해서 집중적으로 잡으러 다녔지만 요리조리 달아나는 통에 허탕만 쳤다. 쫓고 쫓기는 난리통 속에서도 대부분의 배포조는 들고 갔던 유인물을 모두 나눠주고 유유히 사라졌다. 중부경찰서로 연행된 사람은 여섯 명뿐이었다.

이날 아침의 소동은 삽시간에 전체 상가에 퍼졌다. 노동자들에게는 이제 뭔가 들고 일어날 것이라는 기대감으로, 사용주들에게는 노조의 악몽이 돌아왔다는 불길한 예감이 되어 퍼져나갔다. 청계노조가 재건된다는 예고만은 확실히 전달되었다.

붙잡혀간 이들은 열 시간 만에 풀려났다. 예상보다 빨리 풀려난 것은 하나같이 길에서 몇 장 주워 들고 있었을 뿐이라거나 뿌린 적도 없다고 버텼기 때문이었다. 어떤 회원은 자신의 이름조차 제대로 밝히지 않고 경찰의 위협을 묵살해버리기도 했다. 최소한 구류는 살리라는 예상과 달리 연행자들을 순순히 풀어준 것을 보아도 유화국면을 실감할 수 있었다.

유화국면은 확실했다. 해직되었던 대학교수들이 복직되고 제적당한 대학생들도 복학되고 있었다. 정치규제에 묶였던 정치인들도 복권이 되었다. 그러나 해고 노동자에 대한 복직이나 블랙리스트 철폐는 이뤄지지 않았다. 청계천 일대의 노동야학을 해체하기 위해 1983년 말경 '야학연합회사건'을 일으켜 한동안 야학들을 마비 상태에 빠뜨리기도 했다.

야학이 노동자 의식화의 근간이라고 파악한 경찰은 청계천 일대 야학은 물론, 구로동과 성수동의 야학 강학들까지 좌경화집단으로 묶어 대대적으로 연행·조사했다. '야학연합회사건'으로 불린 이 사건에서 시정의 집 강학인 이만근이 총책임자로 지목되었다. 강학들은 남영동 대공분실에 끌려가 호되게 고문을 당했으나 좌경활동이라는 명백한 증거가 없어 풀려났다.

오히려 이 사건은 공부만 하던 야학생들을 단합시켜 싸움의 경험을 하게 만든 효과를 가져왔다. 야학생들은 '왜 우리 선생님을 데려갔느냐'며 제일교회 등지에서 집회를 열고 시위까지 벌였다. 교회 문이 닫히자 경동교회 뒤의 가로수 밑에 모여서 가로등 불빛을 전등 삼아 모임을 갖기도 했다.

첫 번째 배포의 성공에 고무된 대책위원회는 경찰과 경비들이 대비할 것을 예상해서 하루를 건너뛴 22일에도 똑같은 방식으로 유인물을 배포했다. 또다시 쫓고 쫓기는 추격전과 호루라기 소리며 몸싸움을 벌이는 고함소리로 난장판이 되었다.

경찰은 수십 명에 이르는 노동자들을 체포하기가 어렵다는 것을 깨닫고 민종덕 한 사람만을 집중해 연행하려 들었다. 사진을 들고 다니던 형사들이 민종덕을 발견하고 일시에 몰려들었다. 배포조가 방어를 했으나 경찰을 당할 수는 없었다. 체포된 민종덕은 중부경찰서 정보과장실로 직행했다. 형사들은 그를 과장실에 혼자 앉혀놓고 나가버렸다. 잠시 후 들어온 정보과장은 사방을 두리번거리며 부하들에게 소리쳐 묻는 것이었다.

"민종덕이 붙잡아 왔다더니 민종덕이 어디 있어?"

"내가 민종덕이오."

영양실조라도 걸린 것처럼 호리호리한 몸매에 게슴츠레 반쯤만 뜬 듯한 눈을 가진 민종덕이 나서자 정보과장은 믿기지 않는다는 듯 부하들을 쳐다보았다. 형사들이 맞다고 확인해주자 겸연쩍게 웃었다.

"나는 민종덕이가 주동자라기에 덩치도 엄청 크고 생긴 것도 우락부락한 줄 알았는데 당신이 민종덕이라고 하니 의외요."

"나 개인이 힘이 있으면 얼마나 있겠습니까? 노동자들이 단결하고 그 단결된 힘을 대표하는 것이 힘이지요."

민종덕은 일곱 시간 동안 말씨름을 한 끝에 무사히 석방되었다. 이때 경찰은 그가 아프리사건으로 수배 중이라는 사실을 확인하고서도 그냥 내보내주었다. 이미 신광용 구속으로 물의가 일고 있는데 한 명 더 구속했다가는 골치 아프겠다는 판단인 듯했다.

주모자로 연행되었던 민종덕까지 쉽게 풀려나자 노조 복구에 대한 자신감은 한층 강해졌다. 시장 상가의 노동자와 사업주 대부분이 노동조합이 복구되려 한다는 사실을 알게 되었고 이를 추진할 적극적인 인원도 50명 넘게 확보한 가운데 세부적인 준비에 들어갔다.

우선은 노조 복구가 현실적인 방안인가에 대한 합의가 필요했다. 어려운 탄압 상황에서 굳이 노동조합이라는 공개적이고 대중적인 조직을 만들어야 하는가에 대한 의문이 제기되었다. 얼마 되지 않는 역량을 공개적으로 드러내 탄압받기보다는 지금보다도 더 강고한 비밀스러운 활동가 조직을 육성해 대중을 확보하는 게 현실적이지 않은가 하는 지적이었다. 반면, 공개적인 투쟁이야말로 대중조직을 확대하는 지름길이라고 보는 의견이 많았다. 대중을 향해야 하는 노동조합이 지하로 내려가는 것은 성격에 맞지 않는다고 본 것이다. 혹독했던 유신시절에도 대중활동을 통해 조합을 강화시켰다는 전례도 있었다. 청계모임의 다수는 공개 투쟁에 의미를 두었다.

어떤 법적인 형태를 갖출 것인가에 대한 토론도 이어졌다. 과거 청계노조는 청계천 지역의 모든 피복공장 노동자를 하나의 노조에 가입시키는 지역노조였다. 그런데 전두환 정권이 들어서면서 지역노조제도를 폐지하고 사업장별 노조만을 인정했다. 법률대로라면 평화시장 일대에 최소한 수백 개가 넘는 노동조합이 만들어져야 했다. 만드는 자체가 거의 불가능할 뿐 아니라, 적게는 10명에서 많아야 20~30명짜리 노조가 힘을 쓸 리 없었다. 설사 개별 사업장별로 탄탄한 노조를 만드는 데 성공한다 해도, 이들이 지역적으로 단결해 싸우는 것은 불법이기 때문에 아무런 힘을 가질 수 없었다. 지역노조 불허는 사실상 청계노조를 겨냥해 특별히 만든 악법이라 할 수 있었다.

방법은 법외노조뿐이었다. 과거와 마찬가지로 청계 지역 전체 공장을 묶은 지역노조를 만들되 이제는 법의 보호를 받을 수 없는 법외노조로서 활동하자는 것이었다. 이론적으로 보자면 법외노조는 '노동조합법의 보호를 받을 수는 없지만 불법은 아닌' 자발적인 단체였다. 이를 이론적으로 뒷받침해준 이는 1970년대부터 청계노조를 도와온 이화여대 법학과 신인령 교수였다. 청계모임은 형제교회에 방을 빌려 신인령 교수를 초빙해 법외노조에 대한 강연도 듣고 한국사회선교협의회에서 만든 노동조합 이론서적도 들여와 공부한 결과 법외노조를 선택하기로 결의했다.

과거 청계노조를 재건할 것인가, 아니면 새로운 노조로 재출발할 것인가도 토론의 주제가 되었다. 이 문제는 청계노조 재건으로 쉽게 결론이 났다. 전태일의 죽음 위에 세워진, 10년 간 수많은 선배들의 노고로 지켜온 청계노조를 재건한다는 데 이의를 단 사람은 없었다. 이에 따라 '결성식'이라 하지 않고 '복구대회'라는 명칭을 쓰기로 했다.

1984년 3월 27일 성남에 있는 수녀원 만남의 집에서 '청계피복노조 복구준비위원회'가 결성되었다. 위원장에는 민종덕, 부위원장 황만호, 박계현, 간사로는 김영대가 뽑혔다. 준비위원회는 매일같이 모여서 토론하고 교육받고 실무를 준비하느라 정신없이 뛰기 시작했다. 네 명은 하나같이 농담을 잘하고 재미있는 사람들이었다. 바쁘고 고된 나날이었지만 만날 때마다 즐거운 웃음이 끊이지 않았다.

노조 사무실을 얻는 것도 큰일이었다. 우선 노동자들이 찾아오기 쉽고 밤늦게 일이 끝난 조합원들이 모여 떠들어도 괜찮으려면 큰길가가 좋은데 가진 돈이라곤 청계모임 회원들이 모은 푼돈뿐이니 마땅한 곳이 나오지 않았다. 정보가 새나가지 않게 은밀히 돌아다니기를 며칠 만에 신당동 한양공고 맞은편에 위치한 다섯 평짜리 사무실을 구했다. 옛 노조도 7.5평밖에 안되었지만 그보다 더 작은 손바닥만한 공간이었다. 평화시장에서는 상당히 멀기도 했다. 그래도 계약서를 손에 쥔 준비위원들은 천하를 손에 잡은 듯 기뻤다. 4월 1일 극비리에 사무실에 입주해 노조 사무실로 사용할 수 있는 집기를 다 갖춰놓았다. 집기들은 여러 민주단체들과 민주인사들이 마련해주었다.

마지막으로 복구대회를 4월 8일로 정해놓고 대회 장소를 물색했다. 청계 노동자들이 참석하기에 멀지 않고 대회 중에 경찰이 함부로 들이닥치지 못하는 곳이라야 했다. 명동성당 사도회관이 좋겠다는 의견에 따라 장소사용 계약서까지 받아놓았다.

이때 불쑥 신광용이 석방되었다. 대책위원회의 노력이 성공을 거둔 것이었다. 준비위원회는 복구대회의 명분을 '신광용동지 환영대회'로 바꾸어 내걸기로 했다. 일반 노동자들에게 널리 알리고 민주인사들을 초청하려면 경찰에게 알려지는 일이 불가피했는데 복구대회임을 밝히면 원천 봉쇄될 것이 뻔하므로 환영대회라는 명분을 내건 것이다.

15 되살아난 청계노조

마침내 1984년 4월 8일, 복구대회의 아침이 밝았다. 준비위원들은 대회에 쓸 물품들을 준비하고 참가할 조합원들의 동원체계를 확인하느라 바쁜 오전을 보냈다. 청계모임이나 준비위원회에 소속된 노동자들은 이미 내용을 잘 알았지만 초보 노동자들에게는 좋은 일이 있으니 함께 가자고 말해 데리고 갔다.

오후가 되자 명동성당 사도회관으로 조합원들과 초청을 받은 인사들이 모여들기 시작했다. 문익환 목사를 비롯한 민주인사들, 다른 공장 해고 노동자들까지 모이니 숫자가 250명이 넘었다. 선배 지부장 중에는 이승철이 참석했다.

실상 이날 복구대회에 참가하기 위해 모인 정식 조합원은 50명이 채 되지 않았다. 대외적으로는 조합원이 200명이라고 발표했으나 실제로는 50명이 안 되는 정식 조합원과 잘 모르고 참가한 몇몇 미가입 노동자가 전부였다. 게다가 이들 모두 잔뜩 긴장되어 있었다. 야학을 통해, 혹은 인맥을 통해 청계노조 복구의 의미에 대해서는 충분히 알았고 마석시위의 경험도 있었으나 막상 무지막지한 군사정권에 정면으로 대항한다는 것은 생각처럼 쉽지 않았다. 이제 막 미싱사가 되어 돈을 좀 벌 수 있게 되었는데 정부로부터 인정받지 못하는 조합 활동을 시작함으로써 어떤 피해가 올지 두렵기도 하고, 당장 집회가 이뤄질 수나 있을지 의심스럽기도 했다. 실제로 성당에 들어가는 여성 조합원들의 얼굴은 하얗게 긴장되어 있었고 개중에는 손까지 덜덜 떠는 어린 조합원도 여럿 있었다.

그런데 정작 3시가 되어도 사도회관 문이 열리지 않았다. 어떻게 된 것인가 알아보려 해도 책임자들은 보이지 않고 관리인만 지키고 서서 문을 열어줄 수 없다고 대답하는 것이었다. 장소사용 계약서까지 작성했는데 열어줄 수 없다는 말에 조합원들이 흥분했다.

"사도회관은 장소사용 계약을 이행하라!"

한 시간 가까이 구호를 외치고 사람을 찾아봐도 아무 성과가 없었다. 결국 이재환, 황명진, 가정우 같은 젊은 조합원들이 자물쇠를 부수고 문을 활짝 열어젖혔다. 환호성이 터져 나오고, 조합원들은 우르르 밀려들었다.

대회는 일사천리로 진행되었다. 내빈을 대표해서 문익환 목사가 격려사를 하고, 경과보고와 임원선출이 있은 뒤 「복구선언문」이 낭독되었다. 민종덕이 쓰고 본인이 읽은 「복구선언문」은 청계노조의 역사와 의미를 대단히 명쾌하게 잘 정리한 명문장이었다. 선언문이 낭독되는 동안 여기저기서 흐느끼는 소리가 들렸다. 성당에 들어설 때만 해도 긴장으로 손을 떨던 어린 여성 조합원들도 어느새 두려움을 잊고 감격에 사로잡혔다. 이 짧은 시간을 위해 3년을 준비해온 이들은 벅찬 감동으로 눈물을 떨어뜨렸다.

대회가 열리기 전까지 조직 활동은 거의 첩보활동 수준이라 할 수 있었다. 모임 때마다 누군가 뒤를 밟고 있지는 않을까 수없이 뒤를 돌아보며 조심스럽게 모였고, 전화 한 통을 해도 도청당하고 있다는 전제 아래 말을 아껴야 했다. 유인물을 뿌릴 때는 물론이요, 집과 공장을 오가면서도 언제 어느 때 경찰에 연행될지 모른다는 조바심으로 늘 긴장되어 있었다. 언제까지 이 힘들고 무서운 활동을 계속해야 하는지 갈등을 겪지 않은 사람은 별로 없었다.

감동의 복구 선언은 두려움과 갈등으로 흔들리던 조합원들의 마음을 한꺼번에 녹여버리기에 충분했다. 노동자의 권리 선언과 그것을 위한 투쟁의 결의는 그동안의 고민과 갈등, 공포와 긴장을 한순간에 녹여 없애버리는 듯했다. 눈물을 흘리는 동안 복잡했던 마음들이 깨끗이 정리되는 기분이었다.

지도부의 작전대로, 경찰은 성당에서 이뤄진 복구대회를 방해하지 못했다. 대회는 경찰의 봉쇄나 난입 없이 무사히 끝났다. 대회를 마친 조합원들은 곳곳에서 뒤풀이를 갖고 앞으로 닥쳐올 어려움에 맞설 의지를 다졌다.

다음날 청계노조는 신당동 사무실에 입주하고 집행부를 구성했다. 총무부장에 김성민, 조직부장 박계현, 교선부장 지수희, 조사통계부장 문혜경, 쟁의부장 가정우, 복지대책부장에 김종숙이 임명되었다. 상근자는 위원장 민종덕과 사무장 김영대, 김성민, 박계현, 문혜경, 가정우로 정해지고 부위원장 황만호와 김영선은 비상근으로 결정되었다. 상근자이건 비상근자이건 민종덕과 황만호 이외에는 노동조합에서 일해본 적이 없던 무경험자들이었다. 하지만 노조 해산 이래 누구보다도 열심히 활동하였고 이를 통해 의지와 능력을 인정받은 인물들이었다.

조직체계를 완성한 노동조합은 노조의 정상적인 업무를 시작했다. 우선은 전체 노동자들에게 청계피복노동조합의 복구 사실을 알리는 일이 필요했다. 상근 간부들은 노조 복구 사실을 알리는 유인물을 만들어 들고 다니며 조합원 가입원서 받는 일부터 착수했다.

첫날, 김영대를 비롯한 조합 간부들이 유인물을 들고 현장에 나타나자 경찰과 근로감독관, 시장 경비들이 떼거지로 몰려와 밀어내고 유인물을 뺏느라 난리법석을 피웠다. 사무장, 조직부장, 쟁의부장이 연행되어 불법 노조활동을 한다며 노동조합법 위반으로 입건당했다.

이틀 후인 4월 11일에는 신당동 사무실의 관할서인 성동경찰서 정보과 형사들이 노조 사무실에 몰려들어와 다음날의 노조 현판식을 알리는 유인물을 비롯한 서류들을 압수해 갔다가 집행부 간부들이 몰려가 강력히 항의하자 되돌려주기도 했다.

안기부도 바짝 긴장을 했다. 12일의 현판식이 알려지자 안기부 간부가 직원 둘을 데리고 나타나 민종덕 위원장과 대화를 나누자고 청했다. 사무실 옆 건물의 다방에서 안기부 간부가 말했다.

"노조활동은 보장해줄 테니 간판만은 걸지 말아주시오."

정중하게 예의를 갖추고 말했지만 말이 좋아 부탁이지 위압적인 명령이었다. 민종덕은 당당히 대답했다.

"우리가 간판을 걸지 못할 것 같으면 이런 일 시작하지도 않았습니다. 당신들이 물리적인 힘으로 간판을 걸지 못하게 한다면 청계피복노조 간판을 내 등짝에라도 걸고 다닐 겁니다."

안기부 간부는 민종덕을 매섭게 쏘아보고는 말없이 물러났다. 대신 다른 직원들이 계속해서 노조 사무실에 나타나 감시했다.

4월 12일의 노조 현판식은 복구대회만큼이나 성황을 이루었다. 복구대회는 비밀리에 긴장감 속에서 치러졌지만 현판식은 조합원과 노동운동 선배들, 재야인사들이 참석한 가운데 축제처럼 홍겹게 이뤄졌다. 간판 앞에서 기념사진도 찍고 조촐한 잔칫상 앞에서 술잔도 기울이느라 밤 12시가 다 되어 사무실 문을 잠그고 퇴근했다.

그런데 다음날 아침, 출근한 조합 간부들 앞에 황당한 광경이 펼쳐져 있었다. 노조 간판은 뜯겨지고 사무실 집기며 서류는 모조리 인도와 길바닥에 널브러져 있는 것이었다. 사무실 문 자물쇠도 흉하게 뜯겨 있었다. 누군가 밤사이에 침입한 것이다. 1977년 노동교실을 빼앗아가던, 1981년 노조 사무실을 폐쇄하던 그 장면 그대로였다.

어느 정도 예상했던 일이기도 했다. 조합 간부들은 곧바로 싸움에 돌입했다. 부위원장 황만호는 경찰이 가져가지 못하도록 집기 위에 올라앉았다. 사무실 주변에 자취방을 얻어 살던 여성 조합원들이 꽤 많았는데 조합 사무실 앞을 지나 출근하다가 황당한 광경을 발견하고는 출근을 중단하고 모여들었다. 이소선 어머니가 도착하고, 재야단체에도 연락이 되었다.

마침 성동경찰서 정보과 형사 하나가 이 모습을 바라보며 실실 웃고 있었다. 민종덕과 김성민 등 조합 간부들이 우르르 형사에게 몰려가 멱살을 잡아 넘어뜨렸다.

"네놈들이 건물주한테 압력을 넣어서 이렇게 하도록 시켰지? 그러니까 네놈들 손으로 원상복구해놔!"

민종덕과 김성민은 형사의 목덜미를 붙잡아 끌고, 김영대 등 조합원들은 뒤에서 떠밀며 좁은 나무계단을 밟아 3층 사무실까지 끌고 갔다. 이 과정에서 형사의 옷은 다 찢어지고 얼굴이며 목은 여기저기 벌겋게 멍들었다. 특히 김성민은 형사의 따귀를 몇 차례나 올려붙였다.

"네 손으로 문을 열어!"

형사는 자기 손으로 문을 열고는 혈압이 올라 죽을 것 같다고 엄살을 피우며 바닥에 넘어져버렸다. 그 사이 전투경찰이 새까맣게 깔리기 시작했다. 뒤늦게 소식을 들은 조합원들도 회사 출근을 포기하고 몰려왔다. 경찰과 조합원들 사이에 대치선이 형성되었다. 조합원들이 간판과 사무실 집기를 사무실로 옮기려 하자 경찰이 가로막고 나섰다.

거친 몸싸움이 벌어졌다. 물불 가리지 않는 성격의 이재환과 총무부장 김성민이 온몸을 던져 경찰과 육박전을 시작했다. 이경숙, 이승숙, 김한영, 장옥자, 김종숙 등 여성 조합원들도 형사건 전투경찰이건 가리지 않고 닥치는 대로 때리고 물건으로 내리쳤다. 노동자들의 위세에 밀린 경찰은 집중적으로 이재환과 김성민을 연행하려 들었다. 두 사람은 버둥대며 닭장차에 실렸고 경찰은 그대로 출발하려 했다. 그러자 부위원장 김영선이 몸을 날려 경찰차 앞 길바닥에 드러누웠다.

"차라리 나를 깔아뭉개고 가라!"

동시에 이경숙도 작은 몸을 날려 차 앞에 드러누워 목이 찢어지게 소리 질렀다.

"죽일 테면 죽여라! 나를 죽여라!"

병력이 증강된 경찰은 이들을 몽둥이로 때려가며 끌어내기 시작했다. 난장판이 벌어진 통에 회계감사 이경숙의 이 한 개가 반쯤 부러지는 등 조합원들의 온몸은 멍투성이가 되었다.

이경숙은 야학에서 노동운동을 배웠을 뿐 현장 싸움의 경험이 없었음에도 이날 경찰들이 진절머리를 내도록 악착같이 달라붙어 싸웠다. 어렸을 때 서울의 빈민촌에서 자란 그녀는 초등학교 6년 동안 여섯 번이나 강제철거를 당하고 이리저리 내몰린 경험을 가지고 있었다. 처음에는 허름한 판잣집이기는 해도 분명 자기 집이었는데 아파트 신축에 밀리다 보니 단칸 사글셋방으로 전락했던 분하고 비참한 추억이 있었다. 노조 사무실이 철거되는 것을 보니 마치 자기 집이 부서진 것처럼 분하고 원통했다.

경찰은 세 시간이나 몸싸움을 벌인 끝에 김성민과 이재환을 연행하고서야 물러났다. 경찰과 대치하고 있는 사이, 조합원들은 위원장을 보호하기 위해 민종덕을 창문을 넘어 달아나게 하기도 했다.

경찰이 물러난 후, 조합원들은 사무실 집기를 다시 옮겨 점심시간에는 노조 사무실을 정상적으로 회복시킬 수 있었다. 김성민은 형사의 따귀를 때린 혐의로 고소를 당했으나 경찰 스스로 수치스러웠는지 조사만 하고 풀어주었다. 일단 조합의 승리로 끝난 셈이었다.

이날 가장 무섭게 싸운 한 사람인 김성민은 충북 괴산의 방앗간까지 가진 부유한 집안 출신이었으나 열두 살에 어머니를 잃고 가산이 기울면서 형제들이 여기저기 친척집에 맡겨져야 했다. 김성민은 스물한 살이 될 때까지 고모 집에서 농사를 지으며 살았는데, 고모는 조카를 친자식처럼 아껴주었다. 남자 이상으로 장부 기질이 있던 고모는 늘 '목에 칼이 들어와도 옳은 이야기는 다 하라'고 가르쳤고 어디 가든 떳떳이 살아야 한다고 강조했다.

다른 사람들보다 한참 늦은 나이에 시장에서 일을 하게 된 김성민은 재단과 미싱을 거쳐 완성된 옷을 다듬고 다림질해서 다음날 새벽시장에 내다 팔 수 있도록 마지막으로 손질하는 직종인 시야게사로 일을 시작했다. 다른 이들은 아침부터 일을 시작하지만 시야게사는 저녁 5시가 넘어서 일을 시작해 꼬박 밤을 새우고 새벽이 되면 시장에 날라주었다. 자동차는 물론 오토바이조차 귀한 시절이라 수십 킬로그램이 넘는 완성품을 보자기에 싸서 등에 져 나르는 힘든 일이었으나 열세 살 때부터 지게질로 잔뼈가 굵은 김성민에게는 별로 어렵지 않은 일이었다.

1978년, 시야게사로 일하게 된 한 공장에서 만난 인물이 김영대였다. 재단보조로 일하던 김영대 역시 신광용을 통해 막 노조를 알게 되어 열정으로 가득 차 있을 때였다. 그는 김성민에게 노동조합에 대해 가르쳐주고 노동운동에 관련된 책들을 읽도록 빌려주었다. 김영대를 통해 청맥회에 가입한 후로는 탈춤반에 들어 열심히 노조활동을 하게 되었다. 노조가 해산되자 아프리농성에도 자진해서 동참했다. 구속되어 1년 2개월 간 징역살이를 하고 나온 후에도 청계모임의 일원으로 활동하는 한편, 한국노동자복지회 결성 때는 청계모임의 한 사람으로 참가하기도 했다. 복구된 노조의 비상근 총무부장으로 임명된 그는 밤새워 시야게 일을 마치고 아침이면 노조에 출근해 오후에나 집에 가서 잠깐 눈을 붙이고 출근하는, 사실상 상근자로 일하고 있었다.

조합 사무실을 수호하는 데 성공한 노조는 본격적인 현장투쟁도 개시했다. 아동복공장인 국제사에서 아동복 점퍼를 만들던 조합원 김경선을 중심으로 한 노동자들이 근로조건 개선 싸움을 일으키자 간부들이 현장에 몰려가 싸움을 지원했다. 또, 임금을 받지 못한 노동자들이 인맥을 통해 노조에 진정을 해 오면 사장을 불러 따지거나 점포에 찾아가 항의해 받아주기도 했다. 이 과정에서 시비가 붙어 몸싸움이 나기도 했다.

하지만 노조를 깨기 위한 온갖 탄압은 현장투쟁의 겨를을 주지 않았다. 차분한 현장투쟁보다는 유인물 배포와 시위, 연행자를 석방하라고 경찰서에 찾아가 항의하는 일들이 더 급했다. 경찰도 이 골치 아픈 법외노조에 체계적으로 대응하지를 못했다. 유인물을 배포하다가 여러 명이 중부서에 연행되었는데 미리 말을 맞춰놓지를 않아 제작과 배포선이 드러날지도 모르게 되었다. 이에 조합원들은 다 같이 모인 자리에서 이야기하겠다고 고집해 모두 한 자리에 모여 말을 맞추기도 했다. 언제 어디서 누가 유인물을 가져왔고 몇 사람이 뿌렸는지, 피해를 최소화하는 내용으로 말을 맞춰 진술서를 써주고 석방되었다.

운영비 조달도 심각한 문제였다. 자금은 늘 부족했다. 기본적으로는 비상근 노조 간부가 상근 간부 한두 명씩과 한 방에서 자취함으로써 생활비를 해결하는 한편, 다양한 모금활동을 벌였다. 『청계노조 합법성에 관한 토론』『우리가 다시 일어서는 날』 등의 자료집을 발간해 학생들에게 판매하자 재정에 많은 도움이 되었다. 이소선 어머니와 민종덕이 민주인사들을 만나 자금지원을 요청하고 민주단체들에 물품 지원을 받아 오는 한편 간부들은 각자 열 명씩 후원회를 만들어 오기도 했다.

의과대 시절 형제의 집과 전태일기념관에서 무료진료를 하다가 정식 의사가 된 이들 중에도 매달 5만 원이나 10만 원씩 내는 이가 여럿 있었다. 이 무렵 제일교회 형제의 집에서는 휴일마다 치과, 내과, 신경과, 이비인후과 등 진료를 하고 기본적인 치료와 약물조제를 해주고 있었다. 홍일한의원 홍학기 원장 등은 각자 개원을 하거나 의료기관에 취업해 있는 바쁜 처지임에도 주말마다 의료지원을 나와주는 한편, 적지 않은 지원금을 아낌없이 내주었다. 의사들은 몇 년 후 박형규 목사가 쫓겨나면서 제일교회를 이용할 수 없게 된 후로는 전태일기념관에서 무료진료를 계속했다.

상근자들은 서울대학교부터 부산대학교까지 전국의 대학교를 돌아다니며 노동 문제에 대해 강연을 하고 강연료를 받아 왔다. 청계노조 간부들은 기본적으로 선동능력이 뛰어났기 때문에 대학생들에게 큰 인기가 있었다. 특히 김영선은 구수한 전라도 사투리로 절절하게 노동현실을 이야기하고 투쟁을 선동하여 학생들에게 감명을 주었다. 김영선은 한양대학교부터 시작해 서울에서 이름난 학교들을 다 돌아다니며 강연을 해서 돈을 받아왔다.

청산유수처럼 말을 잘하는 박계현도 단골 연사였다. 재단사로서 대기업 부장 수준의 월급인 40만 원이나 받고 있던 그는 월간 『신동아』에 노조 복구에 관한 인터뷰를 한 것이 드러나는 바람에 안기부의 압박으로 해고를 당한 후 노조에 상근하고 있었다. 결혼해 아이까지 있던 그에게 상근자 월급 5만 원은 너무 적었다. 어느 날 경희대에서 '한국 노동운동과 전태일'이라는 제목으로 연설하게 되었다. 전태일의 삶과 죽음, 청계천 노동자의 현실에 대해 한 시간쯤 이야기하고 오니 수고비로 7만 원을 주는 것이었다. 그런데 집에 돌아오니 쌀이 한 톨도 없었다. 할 수 없이 5,000원으로 봉지쌀을 사고 다음날 민종덕 위원장에게 사실을 이야기하니 민종덕은 도리어 잘했다고 어깨를 두드리며 위로해주는 것이었다. 서로서로 마음이 하나가 되어 있던 시절이었다.

풍물패는 공연을 통해 모금운동에 나섰다. 풍물패는 자체적으로 대본을 만들고 문화운동가 연성수의 도움을 받아 연습을 했는데, 밤늦게 일이 끝난 후 영등포 도시산업선교회까지 먼 길을 가서 자정을 넘겨 연습을 하고 교회에 마련된 방에서 잠깐 눈을 붙이고 새벽에 출근했다. 이 어려움 속에서도 한 명도 빠짐없이 연습에 참가했다. 일요일에는 예배 때문에 강당을 이용할 수 없어 야외에 나가 연습을 하기도 했다. 드디어 영등포 산업선교회 강당에서 공연한 청계노조 풍물패의 연극은 관람객들에게 큰 감명을 주었다. 강당은 꽉 차서 들어가지도 못할 정도로 많은 노동자가 몰려들었다. 전문가도 아닌 청계 조합원들이 얼마나 실감나게 연극을 하는지, 끝없이 박수갈채와 폭소가 터지고, 많은 사람들이 감동을 억제하지 못하고 눈물을 흘렸다. 노동자의 비참한 현실과 자본가와 경찰의 냉정한 모습을, 노동현장을 모르는 일반 배우들은 흉내 내기 어렵도록 사실적으로 그려냈기 때문이었다. 풍물패는 이후에도 고려대에서 성황리에 공연을 하는 등 1980년대 중반 노동자 문화운동의 한 축을 담당했다.

노동조합이 없는 3년 동안 시장의 노동조건은 형편없이 열악해져 있었다. 예전에는 12시 통행금지가 있어 철야작업이 아닌 한, 늦어도 11시에는 끝내주었으나 전두환 정권이 통행금지를 없앤 이후로는 새벽 2시 넘게 일하는 공장이 숫했다. 특히 마무리 작업을 하는 재단보조와 시야게사는 시장이 문을 여는 새벽 4시까지 일하는 게 일반적이었다.

예를 들어 을지상가는 밤 10시 퇴근이 기본인 데다 '바른손사'의 경우처럼 보세작업에 들어간 회사들은 철야를 밥 먹듯 했다. 야간수당을 주지 않기 때문에 일거리가 없을 때도 밤늦도록 붙잡아놓으면서 밥도 주지 않았다. 신당동에 소재한 태창사는 월급을 4, 5개월씩 미루고 가불만 해주는 곳으로 유명했다. 재단사는 월급이 120만 원이나 밀리면서 가불만 계속해야 했고 월급이 안 나와 퇴직하면 차일피일 미루어 해를 넘기기 일쑤였다. 말괄량이사 같은 경우는 비수기를 맞이해 일거리가 없다는 이유로 미싱사와 시다를 예고 없이 해고시키고, 남은 노동자들에 대해서도 7, 8월 두 달 월급은 아예 받을 생각을 말라고 미리 말했다. 노동조합이 있었을 때는 감히 있을 수 없던 일들이었다. 무학빌딩은 가히 무법천지라 해도 과언이 아니었다. 작업시간이 길기로 악명 높을 뿐 아니라, 빌딩 전체가 형편없이 지저분해서 거지 빌딩, 도깨비굴이라 부를 지경이었다. 5층 전체를 통틀어 화장실이 1층에 한 군데만 있어 점심시간마다 긴 줄이 늘어서는 진풍경이 벌어졌다. 그 알량한 변소마저도 워낙 허술해 밖이 훤히 보일 뿐 아니라 용변 중에도 쥐가 왔다 갔다 했다. 노동조합이 없던 시절의 평화시장 풍경이 재현되고 있었다.

이 악화된 노동조건을 개선하기 위한 책임은 모두 노동조합에 떨어졌다. 법의 기본적인 보호조차 받지 못하는 처지라 1970년에 노조가 처음 만들어졌을 때보다도 훨씬 불리한 상태에서 모두들 기를 쓰고 싸우고 울부짖고 내달려야만 했다.

노조 사무실이 생기자 인맥을 통해 알고 있던 노동자들뿐 아니라, 전혀 몰랐던 노동자들까지 임금을 받아달라고 찾아오는 일이 생겼다. 이보다 더 반가운 손님들은 없었다. 과거 선배들이 그랬던 것처럼 노조 간부들은 밀린 임금이나 퇴직금을 받아주는 일에 최선을 다했다. 간부들의 성향에 따라 방식은 조금씩 달랐다. 사업주들이 여성 간부들은 무시하는 경향이 여전하기 때문에 주로 남성 간부들이 전면에 나섰는데 박계현은 마치 경찰처럼 엄격하고도 사무적인 말투로 전화를 걸어 사무실로 나오게 한 다음 걸쭉한 입담으로 따지고 들어 꼼짝 못하게 했다. 김영대는 쌀쌀맞을 정도의 냉정한 태도로 주눅이 들게 한 후 꼬치꼬치 따지고 들어 항복하게 했다. 가정우는 쟁의부장답게 격한 고함으로 거드는 편이었다. 두뇌가 뛰어난 문혜경은 현실적인 상황 판단력과 헌신성으로 이들을 보필했다.

하지만 정부의 방해는 집요했다. 노동청에서 노동부 소속으로 바뀐 근로감독관들은 합법노조이던 1970년대와는 달리 노골적으로 노조를 없애려 들었다. 근로감독관들은 매일 사업장을 누비고 다니며 노동자들을 모아놓고 공개적으로 노조를 비난했다.

"근로자 여러분! 지금 노동조합이라고 떠드는 사람들은 불법입니다. 불법적으로 노동조합 이름을 붙이고 근로자를 선동하는 사람들은 빨갱이나 다름없어요. 그놈들은 모두 감방에 들어갈 사람들입니다. 그놈들의 선동에 놀아나다간 신세 망칩니다. 명심하세요."

과거 합법적 노조가 있을 때는 감히 할 수 없던 말들을 마음 놓고 떠들어대는 것이었다. 노동부 중부지방사무소 소속의 근로감독관들은 4월 21일에는 업주회의를 소집해 공식적으로 노조 파괴를 천명하기까지 했다.

"업주 여러분! 요즘 불순한 사람들이 노동조합을 표방하고 있어 여러 가지로 불편하시겠지만 조금만 참아주시기 바랍니다. 작업시간이 길다는 불평불만이 있는데, 교황이 왔다갈 때까지만 8시에 일을 끝내주십시오. 교황이 다녀가면 그 불법단체를 기필코 없애버릴 것입니다."

로마 교황 요한 바오로 2세의 방한을 앞두고 한국의 인권 상황에 대해 가톨릭교회뿐 아니라 외신에서도 관심을 가지고 지켜보던 시기였다. 근로감독관들은 노골적으로 교황만 가면 노조를 없앨 것이라고 떠들어대며 기업주 편을 들었다. 중부지방 근로감독관뿐 아니었다. 경인 지역 근로감독관, 서울시청, 중구청, 동사무소 직원들까지 총동원되어 상가 골목마다 지켜 서서 노조 간부의 접근을 막는 한편, 노동자들에게 협박성 발언을 계속했다.

"근로자 여러분, 노조 간부가 왔다 가면 신고해야 합니다. 여러분 공장에서 노조에 가입할 사람이나 데모할 만한 사람이 있으면 바로 신고하세요. 저 사람들은 불순단체라서 알고도 신고하지 않으면 여러분도 큰일 납니다."

경찰과 경비, 기관원과 관료들이 총동원되어 노조활동을 막는 상황에서 노동자들에게 접근하기란 너무나 힘들었다. 현장에 나가기만 하면 싸움이 벌어지고 연행되는 게 일이었다. 조합 문을 열고 얼마 되지도 않아 여덟 차례에 걸쳐 열여섯 명이 연행되었으며 그 중 노동조합법, 폭력행위 등 처벌에 관한 법률 위반 등으로 불구속입건된 간부가 일곱 명이나 되었다.

이처럼 밖에 나가기만 하면 싸움이 벌어지니 일상활동에 한계가 있을 수밖에 없었다. 조합원 가입원서를 받는 일은 힘들었다. 거듭되는 경찰과의 마찰은 노조를 바라보는 노동자들의 시각에도 영향을 주었다. 설사 별 방해 없이 공장에 들어가더라도 조합 간부들이 가입원서를 써달라고 하면 노동자들이 먼저 두려운 눈으로 바라보았고, 사업주들은 이런 분위기에 힘입어 마구 내몰기 일쑤였다. 가입원서를 들고 현장에 나갔던 여성 간부들은 온종일 돌아다녀봐야 단 한 장 가입원서도 받지 못한 채 지치고 힘들어 아픈 다리를 주무르며 눈이 쑥 들어간 채 돌아오기 일쑤였다. 기존의 조합원들이 평소에 알고 지내던 친구들이나 야학에 다녔던 노동자들을 상대로 조금씩 가입원서를 받기는 했으나 이래가지고는 명분도 실리도 다 잃고 말겠다는 위기감이 왔다. 복구된 청계노조의 정당성은 이제 말로써 납득시킬 수 없는 단계에 이르렀다는 판단이 서지 않을 수 없었다. 그렇다면 전통적으로 사용되어오던 방법밖에 남은 게 없었다. 온몸을 던져 싸우는 길이었다.

16 노학연대

싸움을 위해 맨 먼저 점검해야 할 것은 자신의 역량이었다. 실제 가두시위에 동원될 수 있는 조합원은 50명 내외였다. 물론 이 인원으로 시위나 농성을 벌일 수도 있지만 과거 노동교실 점거농성이나 아프리사건처럼 순식간에 연행되어 신문에 한 줄 보도되는 것으로 끝날 게 뻔했다. 수천, 수만 명의 전투경찰과 맞서 권력의 간담을 서늘하게 만들기 위해서는 훨씬 강력한 충격이 필요했다. 그 일을 해낼 수 있는 것은 아직까지는 대학생들이었다.

이 무렵 학생운동권은 군사문화의 상징이던 학도호국단 체제를 거부하고 자치적인 총학생회를 구성하려는 싸움이 한창이었다. 학생운동권은 이 싸움에 조직 역량을 집중하는 한편으로, 민중운동에 대한 관심을 높이고 있었다. 한국전쟁으로 진보운동의 토대가 말살되다시피 한 이후, 4·19 혁명과 유신반대투쟁 등을 통해 민주화운동의 선봉 역할을 해온 학생운동이 기층 민중운동, 특히 노동운동에 관심을 갖게 된 것은 1980년 광주의 경험 때문이었다. 낭만적인 민주화운동의 한계를 절감한 많은 학생들이 노동자, 농민 등 기층민중이 나서야 민주화에 성공할 수 있다는 계급적·혁명적 인식을 갖게 된 것이다. 1970년대에도 간혹 노동현장에 취업한 지식인들이 있었으나 다소 낭만적인 민중주의에 의거하거나 개인적인 도덕성에 의한 선택이었다. 광주항쟁 이후 목적의식을 갖고 현장에 들어가는 숫자는 폭발적으로 늘어났고 조직적이 되었다. 수많은 학생들이 서울 구로공단과 인천, 울산, 마산, 창원 등 전국 각지의 공업단지에 노동자로 취업하고 있었다. 청계노조를 도와온 지식인 중에도 최한배, 문성현 등이 각기 구로공단과 창원공단에 들어가 활동한 지 오래였다.

이들 학생 출신들은 현장에서 사회과학 학습 소모임부터 노조 결성, 노동상담소 개설 등 다양한 활동을 하는 동시에 학생운동에도 다시 영향을 미쳤다. 운동권 학생들은 3학년 때까지는 학교 안에서 투쟁하다가 4학년이 되면 현장에 들어갈 준비를 하는 게 보통이었다. 하지만 아직까지 학생운동 자체가 노동운동과 연대하여 투쟁한다는 개념은 세워져 있지 않았다. 노동운동 자체가 지리멸렬하여 연대하려 해도 할 만한 조직이 없기도 했다. 노학연대라는 개념을 최초로 제기한 곳은 다름 아닌 청계노조였다. 비록 숫자는 적었으나, 전투적인 의식으로 무장된 집행부를 가진 청계만이 할 수 있는 일이기도 했다. 노조 지도부는 학교별로 비공개 지도부에 의해 움직이고 있던 학생운동권과 접촉하기 위해 시정의 집 강학들에게 연락을 부탁했다.

강학으로 있으면서도 각자 자기 학교 학생운동에 깊숙이 관여하고 있던 세 사람이 나섰다. 연세대 김환기, 서울대 류도경, 고려대 이영동이었다. 이들을 통해 청계노조의 제안을 받은 각 학교 학생운동조직들은 무척 고무되었다. 청계노조는 학생들에게 전설적인 존재였다. 각 대학 학생운동 지도부들은 적극적으로 호응해 왔다. 서울대학교는 민병렬, 연세대는 이종희, 고려대는 김현민이 책임자로 정해졌다. 이들은 각기 서울을 세 지역으로 나누어 서울대는 남부 지역 전체를 책임지고, 서부 지역을 맡은 연세대 이종희는 서강대, 홍익대, 이화여대 등을, 동부 지역을 맡은 고려대 김현민은 동국대와 동덕여대, 성균관대, 시립대 등을 동원하는 책임을 맡고 있었다. 4월 하순부터 고려대를 시작으로 서울 시내 각 학교에는 속속 민중지원 투쟁조직들이 결성되었다. 청계의 요구에 의해 급조했다고 할 수 있을 정도로 빠른 추진이었다. 우선 학생들 사이에 노동운동 지원투쟁의 분위기를 일으키기 위함이었다.

학생들과의 연대를 모색하는 한편으로, 집행부는 불법노조라 선전하고 다니는 노동부와 서울시에 과연 지금 복구한 청계노조가 불법인가 아닌가에 대한 공개토론을 해보자고 제안했다. 1981년 노조 해산 명령의 주무기관인 서울시의 조치가 불법부당했음을 밝히기 위함이었다. 조합에서는 '청계피복노조 합법성에 관한 공개토론회'를 개최하기로 하고 노동부 노동국장과 서울시 보사국장(현 복지건강국장)을 토론자로 초청했다. 또한 15개 재야 종교단체에도 초청장을 보냈다.

1984년 5월 1일 저녁 8시, 공개토론회가 열린 장충동의 형제교회 주변에는 전투경찰들이 빼곡히 도열해 있었다. 교회가 동네 가운데 있어 길목을 완전히 막지는 못하고 대신 지나가는 행인마다 신분증을 제시하라고 불심검문을 했다. 삼엄한 분위기에서도 참석자는 1,000명이 훨씬 넘었다. 민주인사들과 청계 조합원 외에 학생 대표들이 동원한 대학생들이 많았다. 경찰에 막혀 교회 안으로 들어가지 못한 학생들과 노동자들은 장충동 주변에서 경찰과 숨바꼭질을 벌이며 산발적인 가두시위를 했다.

"청계노조 합법화하라!"

"노동악법 개정하라!"

바깥에서는 시위대의 고함과 경찰의 대응으로 소란한 가운데 교회 안에서는 토론회가 시작되었다. 노동부와 서울시 관리들은 초청에 불응한 채 재야단체와 노동단체만 참석했다. 민종덕 위원장의 현황 보고, 한국교회사회선교회 총무 김경남 목사의 법률 검토, 한국노동자복지협의회 방용석 위원장의 '해산 명령의 부당성과 복구대회의 정당성'이라는 기조 발제에 이어 벌어진 토론에서 참석자들은 서울시의 해산 명령과 현재 노동부의 불법노조라는 지적은 법적 합당성이 없다는 결론을 내렸다.

열띤 토론회는 15개 단체 명의로 된 성명서 발표와 이소선 어머니의 마무리 연설을 들은 후 밤 10시 50분이 되어서야 끝났는데 경찰은 그때까지 장충동 일대를 지키고 공포 분위기를 조성하고 있었다. 귀가하던 18세의 어린 조합원 안무연과 윤옥순, 김미경, 김화선 등이 시비를 걸어오는 사복 경찰들에게 저항하다가 집단으로 매를 맞기도 했다.

일단 서울시와 정부에 공개적으로 선전포고를 한 노조는 공식적으로 '청계노조 합법성쟁취대회'를 열겠다고 발표했다. 최대한 힘을 모아 강력한 시위를 벌이되 한 차례에 그치지 않고 합법화를 이룰 때까지 세 번이고 네 번이고 계속해서 싸우기로 했다. 시위의 책임자는 구속을 면치 못하리라 보았기 때문에 황만호가 총책임을 지기로 했다. 나중에 열리는 2차대회는 김영대, 3차대회는 가정우가 총책임을 맡고 구속되기로 한다. 노조 사무실은 도청이 될 우려가 있었기 때문에 이런 이야기는 나중에 청구 전철역이 만들어지는 금호동 가파른 언덕의 사글셋방에서 이뤄졌다.

본격적인 합법화투쟁이 결정되면서, 민종덕, 황만호, 가정우 세 사람은 정식으로 학생운동 책임자들을 면담했다. 무더위가 찾아오던 초여름, 경찰의 추적을 피해 멀리 강남의 한 커피숍에서 이뤄진 면담에서 조합 간부들은 학생 대표로 나온 민병렬, 이종희, 김현민에게 청계노조의 역사와 투쟁의 필요성에 대해 설명하고 구체적인 투쟁 준비에 들어갔다.

이후 학생들은 실무책임을 맡은 가정우와 주기적으로 만나 구체적인 가두시위 계획을 짜기 위해 청계천 일대 모든 상가들을 샅샅이 돌아다니며 노동자들의 현실을 눈으로 확인하고 투쟁의지를 다져나갔다. 무엇보다도 학생 대표들을 감동시킨 것은 이소선 어머니와의 만남이었다. 어머니의 유창하고도 진솔한 한마디, 한마디는 누구라도 감동시킬 수 있는 힘이 있었다. 책과 이야기를 통해서만 노동자와 연대해야 한다는 관념을 가지고 있던 학생들이 노동현장을 직접 보고 이소선 어머니를 만나며 느끼는 감동은 각 개인의 인생을 뒤바꿔놓을 만큼 컸다.

학생들과의 만남에는 철저한 보안이 필요했다. 안기부와 경찰의 촉각은 그렇지 않아도 학생운동권과 청계노조에 집중되어 있었다. 전화로 중요한 이야기를 나누는 것은 절대 금물이었으며 미리 몇 군데 레스토랑을 알아둔 다음 각각의 장소에 별명을 붙이고 그 이름을 이용해 약속했다. 구두 약속을 하든 메모를 남기든 실제로 만날 시각보다 앞당겨 계산해서 만났다. 10일 정오에 만나자고 말하면 실제로는 9일 오전 9시에 만나는 식이었다. 모든 이름은 당연히 가명이었고 서로의 전화번호도 거꾸로 적어주었다. 이동할 때 버스나 전철을 갈아타는 방법 같은 보안 수칙은 노조 해산 이후 체질화되어 있었다. 조금만 방심하면 바로 미행이 따라붙는 게 현실이었다. 노동운동권 내부에도 경찰 정보원이 깔려 있어 조금만 행동이 이상하면 프락치로 몰리는 시절이기도 했다.

제1차 합법성쟁취대회는 9월로 정해졌다. 집행부는 이번 싸움에 대해 몇 가지 원칙을 정했다. 첫째, 공개적이고 공공연한 투쟁을 한다. 둘째, 어떠한 일이 있더라도 분신 장소인 평화시장 구름다리를 투쟁의 중심으로 둔다. 셋째, 일회성이 아닌 지속적인 투쟁으로 한다. 넷째, 노학연대투쟁이며 학생 숫자가 훨씬 많기 때문에 자칫 학생시위로 비춰질 염려가 있으므로 모든 팀에 노동자들을 적절히 배치해 주동자와 연행자 속에 노동자들이 들어가도록 한다 등이었다.

실전을 책임진 쟁의부장 가정우와 학생준비팀은 한여름 땡볕 아래 얼굴이 까맣게 타도록 평화시장 주변 3킬로미터 전역을 샅샅이 누비고 다니며 시위 장소를 물색하고 인원 동원 방법과 시위 전술을 짰다. 대규모 학생 동원을 위한 학교 내부의 작업도 착착 진행되었다. 조합에서는 투쟁에 필요한 플래카드를 제작하느라 밤늦게까지 고생했다.

시위 준비가 한창이던 8월에는 여주 신륵사 건너편 한강 모래사장에서 여름 수련회를 열었다. 큰 싸움을 앞두고 힘과 단결력을 축적하는 단합대회였다. 다른 공장 노동자들까지 합류해 150명이 넘었다. 조합에서는 시외버스회사와 계약해서 청계 조합원들만을 태우고 강변까지 직행하기로 했다. 유일한 민주노조로서 여러 사회단체의 협찬이 많을 때였다. 여러 사회단체에서 적지 않은 기금을 지원해주었다.

1970년대부터 청계노조의 단골 수련 장소였던 여주 백사장은 나중에 유원지로 개발되면서 온갖 편의시설이 갖춰지지만, 1980년대까지만 해도 햇볕을 피할 그늘이라곤 없고 화장실도 없는 넓디넓은 모래밭이었다. 하루만 놀아도 뜨거운 햇살에 얼굴과 등짝의 피부가 들고 일어나고, 따로 취사시설이 없어 모래 위에서 밥을 하니 밥알 속에 왕모래가 씹히기 일쑤였다. 집행부에서는 개인별로 밥을 해먹느라 시간을 버리는 게 아까워 식판과 식기도구를 사서 집단으로 취사를 했는데, 많은 양의 음식을 만들다 보니 밥이고 반찬이고 엉망일 수밖에 없었다.

그래도 좋았다. 뜨거운 햇살과 변변치 않은 식사에 온몸이 눅신해지도록 피곤한 속에도 젊은 조합원들은 지칠 줄 모르고 신나게 놀았다. 낮 동안에는 물놀이와 집단운동회를 벌였고 저녁에는 소모임별로 패션쇼니 인디

언춤 같은 장기자랑으로 배꼽이 빠지도록 웃어댔다. 깊은 밤에는 거대한 장작불을 피우는 한편, 철사와 솜으로 청계노조라는 글자를 만들어 태우며 의지를 다졌다. 이글대는 불꽃 앞에서 다 함께 숨이 턱에 차도록 흥겨운 집단춤을 추는 사이 몇 해 동안의 비밀스런 조직 활동에서 쌓인 피로감과 노조 복구 이후 싸움을 겪으며 생긴 긴장감이 한꺼번에 날아가버리는 기분이었다.

막상 수련회에서 돌아와 구체적인 작전 계획에 들어가려니 돈이 필요했다. 민종덕을 비롯한 간부들이 모두 나서서 인맥을 통해, 혹은 강연이나 소책자 판매로 돈을 모으는 한편, 1차대회 책임자인 황만호도 적지 않은 개인 돈을 내놓았다. 전세방을 얻기로 했던 피 같은 돈이었다.

구체적인 작전 계획은 학생 지도부와 노조 집행부 몇 사람만이 알고 있는 극비사항이었으나 대회 자체는 처음부터 공개적으로 알리기로 했다. 유인물에 9월 19일 평화시장 앞 전태일이 분신한 구름다리 아래에서 대회를 열겠다고 인쇄해 대량으로 배포했다. 그곳에서 상징적인 시위를 벌이되 주력부대는 3·1고가도로와 동대문로터리를 장악하기로 했다. 고가도로 팀은 처음부터 구속을 각오하고 있었다.

구름다리 아래 시위는 시정의 집 출신 조합원들과 강학들이 맡았다. 이곳 또한 고가도로조와 마찬 가지로 전원 구속을 각오할 수밖에 없는 위치였다. 특히 이곳에 배치된 시정의 집 강학들 중에는 학내 시위로 구속되었다가 갓 출소한 사람이 서너 명이나 있었는데 연행되면 다시 구속되는 것을 뻔히 알면서도 청계노조의 합법성쟁취투쟁에 참여하였다. 조합원 문혜경, 김종숙, 김웅기 등과 강학 임옥례, 김환기, 류도경, 김웅기, 정순암, 장영승, 배기홍, 이영동, 이남현, 이만재 등 20여 명이 구속을 각오하기로 했다. 이들은 먼저 평화시장에 들어가 비상벨을 눌러 노동자들을 밖으로 나오게 한 뒤 시위를 벌이되, 만일 경찰에 완전봉쇄되어 시위가 불가능하면 5분 안에 동대문운동장 건너편, 현재의 밀리오레 앞으로 이동해 치고 나가기로 했다.

우스운 일도 있었다. 유인물이 뿌려지자 경찰 지휘부는 진압 계획을 짜기 위해 동대문 일대를 뻔질나게 드나들고 있었다. 역시 시위작전을 짜기 위해 구석구석 돌아다니고 있던 가정우와 학생 지도부의 눈에도 두 명의 경찰이 지도를 들고 몇 명씩 짝지어 돌아다니는 게 눈에 띄었다. 가만히 따라가보니 어디 어디에 병력을 배치하라고 저희끼리 손짓하는 것을 다 알 수 있었다. 슬쩍 다가가 경찰의 작전지도를 훔쳐보기까지 했다. 이런 일이 몇 번이나 거듭되다 보니 경찰의 의도가 훤히 드러나게 되었다.

우연하게 얻어낸 정보를 토대로 가정우와 학생 지도부는 새로운 작전 지도를 만들었다. 경찰의 입장이라면 어디에 방어선을 치고 저지를 할 것인가 추측해가면서 작전을 짠 결과, 대학생들을 세 개 조로 나누기로 했다. 고가도로 점거조를 한 조로 하고, 서울대와 연대를 한 조로, 고려대와 성균관대를 한 조로 묶었다. 특히 고려대와 성균관대는 전투력이 강했다. 이 두 학교 학생들을 동대문에 인접한 이화대학병원 주변에 배치했다. 황만호는 투석전을 위해 병원 앞에 자갈을 한 차 받아놓을까 생각까지 했는데 병원 주변에 깨기 좋은 보도블록이 깔린 것을 확인하고 취소했다.

중요한 것은 고가도로 점거조였다. 동대문을 지나 청계천으로 뻗어가는 3·1고가도로를 점거하면 진압하기 어려워 오랫동안 버틸 수 있다는 계산이었다. 대신 연행이 불가피하기 때문에 전원 구속될 각오가 서 있어야 했다. 더욱이 고가도로에 오르려면 주행해 오는 차들과 마주보며 좁은 난간을 타야 했다. 자칫 잘못하면 점거되기도 전에 차에 치일 수 있었다. 내리막이라 차들의 속도도 빨랐다. 구속은 물론이요, 자칫 죽음도 감수해야 하는 위험한 계획이었다. 노조에서는 고가도로에 올라가 구속될 조합원 30명을 선발하고 황만호가 지휘를 맡기로 했다.

노조는 학생들에게도 학교당 100명씩 고가도로 점거팀을 선발해달라고 요청했다. 역시 구속이 된다는 조건이었다. 학생들은 여기에는 난색을 표했다. 스스로의 존재를 위해 목숨까지 바칠 각오가 된 조합원들과 달리 노학연대 지원투쟁을 위해 그 많은 인원을 구속시키기는 힘들다는 답변이었다. 그럼에도 학생들은 고맙게도 수십 명의 결사대를 선발해주기로 했다.

1차대회가 임박했을 때, 조합원 수십 명이 마석 모란공원 전태일 묘소를 참배했다. 모인 사람 누구도 생전에 전태일을 본 적이 없었고, 1970년대 청계노조의 투쟁을 경험한 사람도 서넛밖에 되지 않았으나 마음만은 과거 죽음을 불사하고 싸운 선배들과 다름없었다. 전태일이 누운 봉분 앞에 고개 숙여 묵념을 하고, 차례로 나와 비장한 마음으로 결의를 다졌다.

이날 황만호는 1차대회의 총책임자로서, 누구든 다쳐서는 안 된다는 집행부의 원칙을 설명했다.

"고가도로에 올라가더라도 절대로 뛰어내리면 안 됩니다. 절대 우리가 뛰어내리면 안 됩니다. 지금은 죽음이 필요한 시기가 아니라 투쟁이 필요한 시기입니다. 알았지요?"

몇 번이나 강조했다. 그러지 않으면 여러 사람이 투신하고 말 것 같은 비장한 분위기였다.

긴장한 경찰은 대회가 열리기 사흘 전부터 이소선 어머니를 비롯한 주요 간부들을 가택연금시켜버리고 민종덕에게는 수배령을 내렸다. 위원장이 수배 중인 상태에서도 지도부 회의는 구로동까지 옮겨 다니며 계속되었다.

시위 당일, 동대문 일대는 오전부터 전투경찰들이 새까맣게 깔렸다. 동대문을 중심으로 종로서, 중부서, 동대문서 등 여러 경찰서 관할 지역이 나뉘지다 보니 각 경찰서마다 동원한 전투경찰이며 서울시경 기동대까지 수천 명이 넘었다. 시위 장소로 공표된 평화시장 구름다리 일대는 한 발짝도 들어설 수 없을 정도로 전투경찰이 빼곡히 서 있었다.

각자 맡은 지역에서 신호가 떨어지기를 기다리는 조합원과 대학생들의 얼굴은 하나같이 굳어 있었다. 적게는 십대 후반에서 많아야 이십대 초반의 대학생과 조합원들은 대부분 처음으로 시도하는 가두시위였다. 서로 얼굴을 알면서도 모르는 척하며 전투경찰과 형사들 사이를 오가는 얼굴들마다 초조와 긴장으로 굳어 있었다.

비상벨 작전은 실패했다. 시장 상가 건물들의 비상벨은 전선이 대부분 잘려져 있었기 때문이다. 평소에 관리가 소홀한 것인지, 경찰이 미리 잘라놓은 것인지 알 수 없었다. 벨을 담당했던 시정의 집 강학들과 조합원 20여 명은 구름다리 밑으로 가려 했으나 비집고 들어갈 틈도 없이 전경들이 서 있어 도저히 불가능했다. 이들은 사전 약속대로 곧바로 동대문운동장 쪽으로 이동했다.

오후 1시, 청계천 7가의 청계극장 주변에 모여 있던 고가 점거조들은 '야사'(야전사령관)라 불리던 선동가가 뜨기를 초조하게 기다리고 있었다. 학생은 서울대 40여 명, 고려대 30명, 연세대 30여 명으로 구성되었고, 청계 조합원은 30명 정도였는데 간부인 황만호와 가정우를 제외하고는 가두시위 경험이 전혀 없는 일선 조합원들이었다. 시간이 되어가는데 왜 소식이 없나 서로 얼굴을 쳐다보며 불안해하고 있을 때였다. 인파 속에서 하얗게 유인물이 날아오르더니 키 작은 노동자 하나가 우람한 대학생의 어깨위에 목마를 탔다. 황만호였다. 그는 유인물을 뿌리며 노래를 선창했다.

"자! 와서 모여 함께 하나가 되자. 자! 와서 모여 함께 하나가 되자. 물가에 심어진 나무같이 흔들리지 않게……."

긴장과 두려움으로 움츠려 있었던 주위의 노동자와 학생들도 노래를 부르며 집결하기 시작했다. 골목 곳곳에 숨어 있던 노동자와 학생들이 일제히 모여들면서 노랫소리는 점점 커졌다.

"고가도로로 가자! 뛰어!"

100여 명의 노동자와 학생들이 일제히 청계고가도로로 달려 올라가기 시작했다. 차로 지나갈 때는 짧아 보이지만 뛰어오르기에는 가파르고도 먼 길이었다. 모두들 달리고 또 달려도 끝이 보이지 않는 기분이었다. 긴장 때문이기도 했다. 다리가 불편한 황만호는 건장한 대학생의 목에 기마를 탄 채 올라갔다. 모두들 숨이 턱에 차도록 달려서야 서울운동장과 동대문 사이의 탁 트인 사거리 한가운데 고가도로를 점거할 수 있었다.

"청계노조 인정하라!"

"노동삼권 보장하라!"

"노동악법 개정하라!"

구호를 외치며 내려다보니 동대문운동장 건너편, 오늘의 밀리오레와 두산타워 사이 골목에서 20여 명의 노동자와 학생들이 구호를 외치며 튀어 나오고 있었다. 구름다리에서 이동해 온 '시정의 집' 팀이었다. 이들은 거리에 나서자마자 무자비하게 체포되기 시작했다. 이때 김종숙이 경찰을 따돌리고 차도로 달려 나가며 자기도 모르게 외쳐댔다.

"노동자 만세! 노동자 만세!"

전혀 생각지 않았던, 자기도 모르게 저절로 터져 나온 구호였다. 노동자에 대한, 아니, 자기 자신에 대한 애정과 긍지와 동정심이 순간적으로 폭발한 것이었다. 노동자 만세라는 소리를 외치는 것만으로도 눈물이 쏟아졌다. 김종숙은 경찰에 잡혀서도 계속 "노동자 만세!"를 외쳤다.

고가도로는 이내 마비되어버렸다. 예상치 못했던 점거에 경찰이 대처를 못 하고 우왕좌왕하는 사이, 노동자들은 '청계노조 인정하라'는 플래카드를 내걸고 아득히 내려다보이는 아래쪽을 향해 손을 흔들며 구호와 노래를 시작했다. 거리 한쪽에서 방용석 등 노동운동의 선배들이며 재야민주인사들이 손을 흔들어 격려하는 모습이 내려다 보였다.

이화대학병원 쪽에서 대학생들이 새까맣게 몰려나오기 시작했다. 실로 새까맣게 몰려나온다는 말 이외에는 적당한 표현이 없었다. 내려다보던 노동자들은 감격의 박수를 치며 환호성을 질렀다. 약속대로 학생들이 와주었구나 하는 감동으로, 노동자들의 싸움에 학생들이 동참해주는 것이 고마워서 눈물을 터뜨리지 않을 수 없었다. 워낙 멀리 떨어져 있어 위에서 외치는 소리가 들릴 리는 없었지만 목이 터지게 고함을 치고 환호성을 쳐주었다.

동대문 주위가 1,000여 명의 학생들에게 점거되고 있던 시각, 동대문종합시장과 이스턴호텔 주위에서도 수백 명의 대학생들이 몰려나와 순식간에 도로를 메웠다. 양쪽에서 밀려 나온 대학생들은 인도의 보도블록을 깨어 경찰을 향해 던지며 동대문로터리 일대를 완전히 점거해버렸다.

동대문사거리에서 청계천사거리까지 넓은 도로와 그 위를 가로지르는 고가도로가 일시에 마비되었다. 하나의 해방구가 형성되었다. 평소 달리는 차량으로 가득했던 드넓은 광장이 자욱한 최루탄가스 속에 시위대에 점령되어 돌멩이가 새까맣게 하늘을 날아다니고 노래와 구호가 물결쳤다.

시위대의 위세는 대단했다. 드넓은 도로를 점거한 채 목청껏 외치고 돌을 던져도 경찰은 최루탄을 쏘아댈 뿐 한동안 우왕좌왕하며 접근도 하지 못했다. 이는 동대문 일대가 여러 경찰서의 관할 구역이 나뉘는 경계 지역으로, 책임 소재가 불명확한 원인도 있었다. 특히 광장 위를 가로지르는 고

가도로는 관할이 애매모호했다. 경찰이 서로 자기 관할이 아니라고 미루는 사이, 시위대는 감격에 겨워 목이 터져라 마음껏 구호를 외치고 노래를 불렀다. 최루탄이 날아오기 시작했지만 고가도로를 가운데 두고 양쪽에서 경찰이 최루탄을 쏘아대니 고가도로 위에 떨어지는 것보다는 포물선을 그리며 날아가 건너편의 경찰 대열 한가운데 떨어지는 게 더 많았다.

그러나 얼마 지나지 않아 경찰의 전열도 정비되었다. 고가도로 위에도 여기저기 최루탄이 터지기 시작했다. 고가도로 바닥에 최루탄 가루가 밀가루를 뿌린 듯 하얗게 쌓이기 시작하자 먼저 학생들이 흩어지기 시작했다. 몇 사람은 이미 2층 높이는 될 고가도로 아래 육교 밑으로 뛰어내렸다.

"학생 여러분! 흩어지지 맙시다! 같이 싸우고 같이 죽읍시다!"

"도망가지 말고 같이 싸웁시다!"

노동자들이 자신들도 눈물 콧물을 흘리고 재채기를 하며 소리를 질렀지만 달아나는 학생들을 저지할 수는 없었다. 최루탄가스를 처음 맡아보는 노동자가 더 많았으나 학생들은 그 짧은 고통을 참지 못하는 것이었다.

"저것들은 뭐야?"

학생들과 노동자들이 우왕좌왕하고 있을 때 고가도로 양편에서 낯선 복장의 건장한 무리가 나타났다. 하나같이 커다란 체구에 검은 장갑을 낀 시경 특수부대원들이었다. 경찰서끼리 관할 다툼으로 시간을 끌자 서울시경에서 테러진압 전문부대를 투입한 것이었다. 특수부대는 사뭇 위협적이었다. 그들은 노동자들이 난간에서 뛰어내릴까 우려한 탓인지 뛰지는 않고 주먹 쥔 한 손을 다른 손바닥에 탁탁 치는 위협적인 자세로 걸어 올라왔다. 여유만만한 주먹다짐이 학생들을 더욱 겁을 먹게 했다.

"안 돼! 뛰어내리지 마라!"

지도부의 만류에도 불구하고 겁을 먹은 대학생 몇이 고가도로 아래 육교로 뛰어내리려 했다. 뛰어내리면 밑을 지나던 행인들이 받아주기도 했지만 몹시 위험한 일이었다. 실제로 발목을 심하게 다친 학생도 있었다.

이때 조합원 문상만이 밑에 육교도 없는 고가도로 난간으로 올라가 투신하려 들었다. 학생들이 달아나기 위해 육교로 뛰어내리는 것과는 전혀 달랐다. 떨어졌다가는 즉사할 수 있는 까마득한 높이였다. 가정우가 달려가 끌어내리고 여럿이 붙잡아 바닥에 앉혀야 했다.

다급해진 황만호는 흥분한 조합원과 학생들을 자리에 앉도록 목이 터져라 외쳐댔다. 그는 농성자들을 고가도로 가운데로 모여 앉도록 했다.

"저항하지 마라! 저항하지 마라! 그냥 잡혀간다!"

흥분했던 농성자들은 황만호의 강력한 지시에 따라 바닥에 앉은 채 백골단의 체포를 기다렸다. 일부는 난간을 붙들고 저항하다가 백골단의 발길질에 쓰러지기도 했지만 별 폭력사태 없이 특수부대에 포위되었다.

"황만호가 누구야? 황만호 나와!"

경찰 지휘자가 소리쳤다. 최루탄 가루에 눈물 콧물을 흘리며 앉아 있던 황만호가 일어났다.

"나다! 내가 황만호다! 순순히 잡혀갈 테니 다른 사람들은 건드리지 마라!"

특수부대원들은 우르르 달려들어 황만호를 포박했다. 동시에 다른 이들도 모두 체포해 끌어갔다. 연행된 숫자가 60명 가까이 되었다. 점거농성이 시작된 지 40분 만이었다.

동대문로터리에 바리케이드를 치고 돌을 던지며 경찰과 대치하던 학생들도 고가도로 농성조가 연행되고 얼마 지나지 않아 엄청난 최루탄을 견디지 못하고 무너지기 시작했다. 맨 앞에서 유인물을 날리며 달리던 20여 명만 남고 모조리 흩어졌다. 경찰 쪽에서는 정보과 형사들이 선두에 선이들의 사진을 찍느라 열심히 셔터를 누르고 있었다. 마지막까지 남았던 선봉대는 일단 골목으로 달아나 서로의 겉옷을 갈아입고 다시 거리로 나섰다. 잡혔을 경우 사진과 대조를 하지 못하도록 함이었다. 일단 흩어졌던 시위대는 거리를 점거한 상태에서 투석전을 시작했다. 경찰이 바리케이드를 넘어 진주하자 이대부속병원 앞길로 밀려가며 계속해서 구호를 외치고 돌을 던졌다. 시위대가 가는 곳마다 보도블록이 박살나 경찰을 향해 하늘을 새까맣게 메우며 날아갔다. 이에 맞서 수많은 최루탄들이 하얗게 꼬리를 물며 날아갔다. 장엄한 광경이었다. 경찰은 쉽게 진압하지 못한 채 최루탄을 퍼부어대며 시위대를 뒤따라갈 수밖에 없었다. 시위대는 이화동 교차로를 지나 대학로를 거쳐 혜화동 교차로까지 3시 30분이 넘도록 투석전을 벌였다.

이날의 시위로 동대문 일대 교통은 세 시간 가까이 불통되었다. 청계 조합원 17명을 포함해 122명이 연행되었으며 많은 사람이 경찰의 최루탄과 구타에 부상당했다. 연세대 여학생 하나는 손에 최루탄을 맞아 심하게 찢어졌는데 수건 도매상 점포로 뛰어들자 주인아줌마가 수건으로 감싸주어 피를 멈출 수 있었다. 통일상가 근방에서 지퍼 장사를 하고 있던 이승철의 점포에 뛰어들어와 체포를 면한 노동자들도 여러 명이었다.

경찰서에 연행된 이들 중에 노동자와 학생들은 사뭇 다른 모습을 보였다. 청계 조합원들은 전경들의 말을 하나도 듣지 않았다. 전경이 앉으라고 하자 '네가 뭔데 앉으라고 하느냐'며 던지고 치고받으며 싸웠다. 구류선고를 받고 유치장에 들어가서도 간수들과 멱살을 잡고 싸우는 등 하도 난리를 치자 나중에는 상종도 하지 않고 내버려둘 정도였다. 반면, 경험이 없고 어린 대학생들은 겁에 질려 고개를 푹 떨어뜨린 채 시키면 시키는 대로 고분고분 말을 들었다. 경찰이 시키는 대로 앉으라면 앉고 엎드려뻗쳐 기합을 주면 그대로 따랐다. 조합원들이 보기에 민망할 정도였다. 강당에 뒤섞여 갇혀 있는데 학생들은 엎드려뻗쳐를 한 반면 조합원들은 뻣뻣이 앉아 전경들에게 욕을 퍼붓고 있는 희한한 광경이 벌어졌다. 학생 출신들도 경험이 쌓이면 경찰이든 교도관이든 혀를 내두를 정도로 무섭게 싸우고 때로는 노동자들이 그 장면을 보며 배우기도 하지만, 전두환 집권 이후 처음 벌어진 가두시위에 나온 어린 학생들은 너무 순진했다.

"학생들! 전경들이 시키는 대로 하지 마세요! 우리가 무슨 죄를 졌습니까? 왜 저놈들 시키는 대로 기합을 받아야 합니까? 당장 일어나세요!"

조합원들이 야단을 쳐야 학생들도 분위기를 파악하고 엎드려뻗치기 자세를 풀고 편히 앉기 시작했다. 처음 한두 명이 그랬을 때는 쫓아가 발길질을 하던 전경들도 점차 반항하는 사람이 늘어나자 더 건드리지 못했다.

연행자들은 나흘 간 조사를 받았는데 이소선 어머니가 문익환 목사와 계훈제 선생, 신민당 국회의원 이민우 등 여러 국회의원들을 데리고 와서 면회를 하고 간 뒤로는 꽁보리밥과 절인 무로 이뤄진 시커먼 도시락 대신 백반이 들어왔다.

한편, 잡히지 않은 조합원들은 가두시위가 끝난 후 종로 5가 기독교회관 901호 한국교회사회선교협의회 사무실에서 농성에 들어갔다. 뒤늦게 소식을 들은 조합원들이 저녁에 먹을 것을 싸들고 가담해 인원은 40여 명이 되었다. 다 함께 만나 긴 시간을 보내기 어려웠던 상황에서 농성은 조합원의 단합과 교육을 위한 좋은 기회였다. 조합원들은 청계노조의 진로와 전체 노동운동에 대한 토론회를 열기도 하고 조별로 큰 모조지에 자신들이 바라는 세상을 그림으로 그리는 프로그램을 갖기도 했다. 공장에 다니는 조합원들은 아침에 출근했다가 저녁이 되면 도시락을 싸들고 돌아와 밤샘농성에 합류했다. 기독교회관에서의 농성은 일주일 이상 계속되었는데 일부는 미리 빠져나와 레스토랑 등지에서 대학생들을 만나 2차 합법성쟁취대회를 준비해나갔다.

결사대의 비장한 각오와 달리, 합법성쟁취대회는 한 명의 구속자도 내지 않았다. 연행된 이들의 상당수는 구류 30일을 판결받았으나 정식재판을 청구해 열흘 만에 모두 석방되었다. 정식재판 청구라는 방법이 처음 등장한 시기이기도 했다. 경찰이나 간수들은 그런 제도가 있다는 것도 몰라 하루를 늦게 석방하는 일도 벌어졌다. 구류를 살고 나온 이들은 더욱 자신감을 갖고 활동하게 되었다.

청계노조의 전설 위에 또 하나의 신화를 만든 이날 대회는 오랫동안 잠재워졌던 민주화운동과 노동운동의 역동성을 불러일으킨 기폭제 역할을 했다. 농성이나 시위라면 당연히 초동진압되어 무참히 끌려가는 것으로만 생각하던 이들에게 시위대의 규모가 크고 작전이 좋으면 경찰을 압도할 수도 있다는 자신감을 불러일으킨 고무적인 사건이었다. 이날 시위에는 학생과 노동자 외에도 많은 민주인사들이 직접 참가하거나 구경을 했고, 이들은 경찰을 무력화시키는 대규모 시위에 크게 자극받았다. 이후 구로동과 영등포, 부평 등지 노동자 지역에서 일어나기 시작한 크고 작은 가두시위는 이 대회의 영향이 컸다.

합법성쟁취대회는 전체 노동현장에도 큰 영향을 미쳤다. 그때까지 대개 학생 출신들은 공장에 들어가더라도 매우 비밀스럽게 수세적으로 활동하고 있었다. 공개적인 싸움보다는 비밀스런 학습 소모임이나 친목회에 역점을 두었기 때문에 한 공장에서 다른 학교 출신 운동가를 만나더라도 서로 모른 척하는 일도 많았다. 이런 이들에게 경찰을 마음껏 휘저어버린 청계노조 합법성쟁취대회는 상당한 충격이었다. 같은 공장은 물론, 지역적인 연대가 본격적으로 시작되었고, 공개적인 노조결성 및 해고자복직 투쟁이 급격히 늘어났다. 여러 해 동안의 현장경험이 축적된 결과이기도 하고 유화국면의 영향도 있지만, 청계노조의 투쟁이 큰 계기로 작용한 것은 분명했다.

1차대회가 성공을 거둔 지 3주일 뒤인 1984년 10월 12일 2차대회가 벌어졌다. 이번 시위는 사무장 김영대가 총책임을 맡았다. 학생 지도부와 김영대는 동대문에서 멀리 떨어진 구로동에 임시로 방까지 얻어놓고 치밀한 시위 계획에 들어갔다.

10월 12일 오후 1시가 되어가는 시각, 을지로 5가 뒷골목에는 젊은 노동자와 학생들이 바글바글 모여들었다. 상인들과 주민들은 또 데모를 하느냐며 묻기도 하고 슬그머니 가게 문을 닫아버리기도 했다. 일반인들조차도 전두환의 폭정에 염증을 내던 시절이었다. 분위기로 보아 시위대라는 게 명백한데도 경찰에 신고를 한 사람이 없는 듯, 경찰병력이 새로 이동배치되는 기색도 눈에 띄지 않았다. 점심을 먹으러 밖에 나온 노동자들 중에는 은근히 격려의 말을 던지고 지나는 이들도 여럿 있었다.

이번 대회에서 결사대로 나선 김영대, 이승숙, 이은숙, 한경렬, 김영선 등은 안주머니에 유인물을 품거나 선동용 북까지 들고 이리저리 사람들 사이를 오가며 가슴을 졸이고 있었다. 김영대가 호루라기를 불며 맨 먼저 튀어나가면 이승숙과 김영선이 배에 감아 숨기고 있던 플래카드를 펼쳐들고 뒤따라 시위대의 맨 앞 열에 자리 잡기로 했다. 이승숙은 가뜩이나 불안과 초조로 떨리는 데다가 플래카드가 배를 눌러 몇 번이나 화장실에 다녀와야 했다.

주동자 여섯은 무슨 일이 있어도 도망치지 말고 연행되기로 결의한 상태였다. 지난 대회에는 구속자가 없었지만 두 번째 대회에는 구속자가 생기리라는 예상을 하고 있었다. 하지만 구속이 두려워서가 아니라 경찰이 언제 몰려올지 몰라 가슴이 조마조마했다. 정시에 거리로 달려 나가 선동하는 선봉대가 없으면 시위는 엉망이 되기 때문에 거리로 나서기 전까지는 아무 일이 없어야 했다. 마지막 5분이 한 시간처럼 길게 느껴졌다.

마침내 1시 10분 정각, 김영대가 호루라기를 불며 튀어나가자 김영선과 이승숙이 배에 숨기고 있던 플래카드를 펼쳐 들었다. 둘 다 키가 150센티미터 남짓한 단신인데 플래카드 높이가 거의 그 정도 되었다. 길기는 또 얼마나 긴지 두 사람이 쩔쩔매며 간신히 펼치고 다른 결사대원들이 중간을 잡고 거리로 나섰다. 이들을 뒤따라 사방에서 튀어나온 조합원과 대학생들이 내달리며 구호를 외치기 시작했다.

"청계노조 인정하라!"

구경하는 사람들 머리 위로 유인물이 하얗게 날렸다.

"노동악법 개정하라!"

"노동시간 단축하고 임금인상하라!"

2,000명에 이르는 시위대로 도로는 일시에 마비되었다. 전투경찰대가 황급히 이동해 오는 사이, 노동자와 학생들은 노동법 화형식을 벌이는 한편 보도블록을 깨어 투석전에 대비했다. 하지만 역부족이었다. 곧바로 엄청나게 최루탄을 쏘아대며 밀려오는 경찰에 밀린 시위대는 얼마 버티지 못하고 뿔뿔이 흩어지기 시작했다. 시위대로 가득했던 도로는 갑자기 텅 빈 채 매운 최루탄 가루만 자욱해졌다. 그러나 돌멩이와 최루탄 파편이 널린 도로 한복판에 주저앉은 여섯 명의 결사대는 끝까지 물러나지 않았다. 김영대, 김영선, 이승숙, 이은숙, 김종숙, 한경렬이었다. 그들은 플래카드를 펼쳐 들고 나란히 앉아 숨통을 틀어막는 최루탄 가루에 눈물, 콧물을 흘리고 기침을 하면서도 두 눈을 질끈 감고 어깨동무를 한 채 땅바닥에 앉아 버텼다. 얼마나 매운지 앉아 있는데 콧물이 땅바닥까지 길게 늘어질 정도

였으나 꼼짝도 하지 않고 기침을 하고 울며 버텼다. 한경렬은 바로 앞에서 폭발된 최루탄 파편이 얼굴에 박혀 피투성이가 되었음에도 눈물을 흘리며 구호를 외쳤다.

이때, 눈도 뜰 수 없고 목청도 제대로 나오지 않음에도 끝까지 핸드마이크를 들고 구호를 외치던 김영대를 향해 최루탄 한 개가 직통으로 날아왔다. 아찔한 순간이었다. 최루탄은 마이크를 정통으로 때리고 튕겨 나갔다. 높은 곳에 서 있던 것도 아니고 바닥에 앉아 있던 그를 향해 직격탄이 날아왔다는 것은 고의로 정조준해서 사격했다는 증거였다. 핸드마이크에 맞지 않았다면 입이나 코를 정통으로 맞아 치명적인 부상을 입었을 것이었다.

실제로 같은 시각, 고려대 학생 임진수는 불과 5미터 앞에서 얼굴을 향해 쏜 최루탄에 머리를 맞고 그 자리에 고꾸라져 의식불명 상태에서 이대부속병원으로 실려 가 뇌수술을 받았다. 임진수는 왼쪽 머리뼈가 완전히 부서져 머리뼈의 4분의 1이 상실되어 한때 중태에 빠졌다가 기적적으로 살아났다. 나중에 병원으로 문병을 간 조합 간부들은 아연실색해서 정신을 놓고 있는 그의 부모님 앞에 너무 마음이 아파 위로의 말조차 할 수가 없었다.

결사대가 텅 빈 도로 위에 버티고 있자 개떼처럼 몰려온 전경들은 발로 걷어차 넘어뜨리고 곤봉과 군홧발로 짓이기기 시작했다. 여섯 결사대는 온몸이 짓밟혀 어떻게 연행되었는지 정신도 차릴 수 없이 온몸이 멍투성이가 되고 피가 낭자한 채 질질 끌려갔다. 이 와중에도 마스크를 쓴 위에 코피가 터진 이승숙은 외국인 기자에게 사진이 찍혀야겠다는 생각으로 흥건히 피에 젖은 마스크를 그대로 쓴 채 기자들을 향해 얼굴을 보이며 끌려가기도 했다.

"이 시시한 연놈들이 공부는 안 하고 데모나 하고, 죽어봐라!"

전경들은 이들을 대학생이라 생각하고 있었다. 경찰버스에 실린 이들에게 전경들이 우르르 몰려와 두들겨 패기 시작했다. 특히 마이크를 들고 있던 김영대가 그 표적이 되었다. 전경들이 에워싸고 곤봉으로 때리기 시작했다. 다급해진 이은숙과 이승숙이 그 조그만 몸을 날려 전경들을 막아서며 외쳐댔다.

"아니에요. 우리 학생 아니에요. 평화시장 노동자들이에요."

지난번 대회 이후 경찰서와 유치장에서 노동자들을 겪어본 전경들은 그제야 슬그머니 매질을 중지하는 것이었다. 그렇지만 이미 잡혀온 대학생들에게는 여전히 무자비한 폭력을 가했다.

한 시간이 넘게 계속된 이날의 가두시위로 경찰은 김영대를 비롯한 노동자 5명과 학생 27명을 연행했다. 민종덕은 시위가 끝난 후 평가를 위해 신당동에서 지도부와 모임을 갖다가 누군가를 미행해 온 경찰에게 체포되었다. 법원은 연행한 민종덕, 김영선, 김영대, 이승숙, 이은숙, 한경렬을 구류에 처했다.

노조 사무실을 지키는 임무를 맡아 시위에 참가하지 않았던 박계현은 엉뚱하게도 성명을 발표하려다가 연행되었다. 그는 시위 현장에서 유인물을 뿌린 것만으로 부족해 이를 기자들에게 정식으로 알리기 위해 중부경찰서 기자실에 전화를 해서 성명서를 발표하려 하니 노조로 와달라고 요청했다. 그런데 성명서 발표장에 나타난 이들은 처음 보는 얼굴들로, 마치 경찰 취조를 하듯 꼬치꼬치 질문하는 것이었다. 기자 대신 형사들이 온 것이었다. 박계현은 다음날 출근하다가 연행되어 유언비어유포죄로 구류 29일을 받았는데 정식재판을 청구해 열흘 만에 석방되었다.

며칠 후에는 이번 사건의 주동자도 아닌 황만호가 추가로 구류에 처해졌다. 황만호는 성동경찰서로 연행되었다가 감시하는 형사가 조는 틈을 타 슬그머니 정문으로 걸어 나와 달아났다. 그러나 경찰이 자신을 잡기 위해 노조 사무실 입구에 상주해 활동을 방해하는 것을 보고 며칠 후 자진출두해서 구류 29일에 처해졌다가 역시 정식재판을 청구해 열흘 만에 석방되었다.

2차대회가 벌어진 바로 다음날, 노동부장관은 국회의 국정감사 발언 중에 "소규모 영세업체의 지역별 또는 동종별 조합 설립 문제는 기업별 단위노조 체제의 예외를 인정하는 것으로 검토 중이며 궁극적으로는 근로자의 권익이 보호되는 방향으로 추진하겠다"고 말했다.

노조는 장관의 발언에 일말의 희망을 품었다. 두 차례에 걸친 합법성쟁취대회가 영향을 주었다고 보았다. 노조는 성명서를 통해 장관의 발언을 환영하고 영세사업장이 밀집한 지역의 노동자 권리에 대한 근원적인 해결을 촉구하는 한편 조속한 시일 내에 법 개정이 이뤄지기를 기대한다고 밝혔다.

하지만 장관의 발언이 아무런 실천의지가 없는 형식적인 대답이었음은 곧 드러났다. 노동법 개정작업은 전혀 이뤄지지 않았다. 노조는 11월 13일 14주기 추도식을 기해 다시 한 번 자체적으로 시위를 벌였으나 아무 응답도 얻지 못한 채 해를 넘겨야 했다.

한편, 민주화운동권은 2차 합법성쟁취대회가 끝난 10월부터 제일교회 사건으로 한창 떠들썩했다. 제일교회는 노동자와 농민 등 서민 대중을 위한 민중신학의 대표적인 인물인 박형규 목사가 담임을 맡은 이래 청계노조에 대한 지원을 아끼지 않은 곳이었다. 가장 많은 투사들을 배출한 야학과 함께 형제의 집은 노동교실을 잃은 청계 노동자들의 구심점 역할을 해왔다. 반면, 일부 장로를 중심으로 보수적인 신앙을 가진 신도들 중에는 담임목사의 민중지향성에 대해 반발도 적지 않았다. 그들은 형제의 집에 드나드는 노동자들과 여러 차례 마찰을 일으키면서 박형규 목사를 몰아내기 위해 따로 세력을 형성하고 있었다.

형제의 집이 청계 조합원들의 산실이라는 사실을 일찍부터 파악하고 있던 안기부와 경찰은 보수적인 신도들을 부추기는 한편, 전두환의 친동생인 전경환이 동원했다고 알려진 거구의 깡패들을 배후조종해 박형규 목사를 몰아내기 위한 폭력행사에 들어갔다. 깡패들은 스치기만 해도 깊은 상처를 입는 살벌한 생선회칼과 자전거 체인 등으로 무장해 교회에 난입, 박형규 목사를 끌어내고 야학과 형제의 집을 폐쇄해버렸다.

소식을 들은 청계 조합원들이 야학생들과 함께 제일교회에 몰려가자 깡패들은 교회를 봉쇄한 채 무지막지한 폭력을 행사했다. 지수희, 이경숙, 이승숙 등은 눈두덩부터 온몸이 퍼렇게 멍들도록 맞았고, 깡패들에게 붙잡혀 '4층 창문에서 떨어뜨리겠다'는 협박을 받기도 했다. 대학생 하나는 깡패들의 회칼에 손목의 힘줄이 잘려 입원했다. 제1차 합법성쟁취대회가 있기 불과 며칠 전의 일이었다.

청계 조합원들과 민주인사들은 매주 수요일 제일교회 앞에서 집회를 갖고 박형규 목사의 복귀와 야학과 형제의 집을 다시 열 것을 요구했으나 매번 깡패들에게 무참히 매를 맞고 밀려나기를 거듭했다. 깡패들은 법도 원칙도 없이 오로지 돈에 팔려 온 무자비한 자들이었다. 말썽을 피하기 위해 외부에 상처가 남지 않도록 교묘하게 폭력을 행사하는 경찰과 달리, 그들은 노골적으로 잔인한 폭력을 행사했다. 흉기로 무장한 깡패들의 폭력에도 불구하고 청계 조합원들은 매주 집회에 참가했다.

청계 조합원의 헌신적인 싸움에 감동한 문익환 목사는 어느 수요일 집회에서 시인다운 표현으로 설교하기도 했다.

"내가 보기에 박형규 목사님은 세상에서 가장 행복한 사람이에요. 이렇게 노동자 친구들이 박 목사님을 지켜주니까요. 지금 박 목사님이 큰 고난을 겪고 있지만, 저는 목사님이 무척이나 부럽습니다. 이렇게 많은 노동자 친구들이 지켜주니 얼마나 행복합니까?"

줄기찬 싸움에도 불구하고 끝내 박형규 목사는 교회에 돌아가지 못했고 제일교회는 더 이상 노동자를 위해 열리지 않게 되었다. 이미 청계노조와 거리를 두고 있던 제일교회 야학은 그나마 완전히 문을 닫았고, 무료진료소를 운영하던 의사들도 제일교회를 떠나 1984년 12월경부터 전태일기념관에 진료소를 마련했다.

또한 이 무렵 택시기사 박종만이 열악한 근로조건에 항거해 분신자살하는 사건이 생겼다. 전태일 이후 대학생들이 분신하거나 불의의 죽음을 당하는 일은 여러 번 있었으나 노동자가 분신하기는 처음이었다. 노조에서는 즉각 연대투쟁을 결의했다. 이날 저녁에 성남 만남의 집에서 전체 조합원 교육이 계획되어 있었으나 교육을 취소하고 조합원을 모두 영안실로 모이도록 연락했다.

박종만의 시신이 안치된 병원에 모인 청계 조합원은 63명이나 되었다. 또다시 노동자가 분신했다는 소식이 남다른 동지애를 불러일으킨 것이었다. 조합원들이 몰려가니 경찰이 정문을 봉쇄하고 들어가지 못하게 했다. 맨 먼저 김영선이 김성민의 어깨를 밟고 담을 넘어 들어가자 다른 조합원들도 잇달아 경찰 봉쇄망을 뚫고 들어갔다. 병원에 진입한 조합원들과 민주인사들은 시신을 에워싸고 박종만이 죽음으로써 요구한 내용을 들어달라고 농성에 돌입했다.

밤을 꼬박 새워 농성을 하고 새벽 4시경, 모두들 피로에 지쳐 졸음을 쫓아내고 있을 때였다. 갑자기 영안실 안팎이 소란해지더니 이내 난장판이 되었다. 백골단이 사과탄을 터뜨리며 밀고 들어와 노동자들을 끌어내기 시작한 것이다. 백골단은 노동자 한 사람당 네 명씩 달라붙어 끌어내면서 무자비하게 구타를 가했다. 이때 전경들이 고의로 조합원 한명숙의 가슴을 만지는 바람에 분노를 사기도 했다.

"박종만을 살려내라! 독재정권 타도하라!"

연행자들은 기동대버스에 실린 후에도 계속 구호를 외쳤다. 그러자 갑자기 버스 안에서 잇달아 최루탄 터지는 소리가 났다. 전경들이 사과탄 세 개를 던져 터뜨리고 달아난 것이었다. 비좁은 버스 안에 최루탄이 터지자 모두들 숨도 쉬지 못하고 버둥대며 쓰러져 눈물 콧물을 흘리고 재채기를 해댔다. 밖으로 나가려 했지만 전경들이 창문과 문을 걸어 잠가 나갈 수도 없었다. 악에 받친 노동자들은 서대문경찰서에 연행되어서도 밤새 노래를 부르고 구호를 외쳤다. 실로 이들의 에너지는 무한대인 것 같았다.

"너희들은 지치지도 않냐, 이 독한 년들아!'

경찰들이 지겨움을 참지 못하고 고함을 질러댈 정도였다. 다음날 열린 재판에서 청계노조 여걸들은 명성을 유감없이 드러냈다. 재판정에 들어가자마자 난장판을 만들어버린 것이다.

"우리는 정당하다. 우리가 왜 재판을 받느냐!"

이경숙은 판사의 멱살을 잡기 위해 조그만 몸을 날려 단상으로 올라갔다가 전경들에게 제지당하고도 바락바락 고함을 질러댔다. 감기에 걸려 있던 김용숙은 코를 푼 휴지를 판사에게 던져대더니 쓰고 있던 안경을 벗어 자해를 하겠다고 버텼다.

"누가 한꺼번에 데리고 오라 그랬어? 끌고 나가! 한 명씩 데려와!"

당황한 판사는 얼굴이 하얗게 질려 소리쳐댔다. 제일교회 야학 출신이라 해서 제일교회 공포의 6공주라 불리던 이들은 대기실로 끌려 나와서도 재판을 받을 수 없다고 외치며 머리를 철창에 박는 자해 소동을 벌였다. 전경들은 이들을 한 명씩 번쩍 들다시피 재판정에 데리고 들어갔으나 아무 소용없었다. 하나같이 재판을 거부하고 버둥대며 구호를 외치자 판사는 한 사람당 10초도 걸리지 않은 속결 재판으로 구류에 처했다.

경찰은 정식재판을 청구한 이들을 한 군데 경찰서에 몰지 않고 서울 각 지역으로 분산 수용했다. 몇몇씩 분리 수감되어 열흘 후의 석방을 기다리는 동안에도 청계 조합원들은 당당히 경찰과 전경들에 맞섰다. 처음 들어갔을 때부터 알몸수색을 거부하며 경찰서장 나오라고 단식을 시작하더니, 일반수들은 겁을 집어먹고 엄숙히 정좌하고 앉아 있는 낮 시간에도 바닥에 벌렁 드러누워 전경들을 불러 심부름을 시키고 잘못한 것을 따졌다. 이에 잡범들까지 박수를 치며 환호하기도 했다. 조합원들은 사흘 동안 굶고 있는 것을 안타깝게 여긴 이소선 어머니가 경찰서 유치장마다 돌아다니며 한 명씩 특별면회를 하여 설렁탕을 먹이고서야 단식을 풀었다.

이렇듯 줄기차게 싸웠지만 1985년 새해가 되어도 노동법 개정의 움직임은 보이지 않았다. 자연히 노조활동도 답보상태를 면치 못했다. 현장에만 나가면 싸움이 일어나니 일반 노동자들에게 거리감은 갈수록 커져 노조가 복구된 지 1년이 되도록 조합원은 크게 늘지 않았고 그 중에도 열성적으로 활동하는 인원은 더 적었다. 한때 8,000명을 자랑하던 청계노조의 위용은 회복될 기미가 보이지 않았다.

노조 사무실을 운영하는 일부터가 힘들었다. 매달 힘겹게 모아 월세를 내면서도 너무 비좁아 마음대로 사용하지도 못하고 안기부의 압력으로 언제 쫓겨날지 알 수가 없었다. 이 문제를 해결해준 것은 다름 아닌 합법성쟁취대회였다. 암울한 시대를 헤치고 나온 함성은 각계의 관심을 끌어 도움의 손길이 다가온 것이었다.

하루 열세 시간 이상 장시간 노동에 18세 이하 연소 근로자가 헤아릴 수 없이 많은 청계천의 현실을 개선하고자 하는 청계노조의 투쟁은 외국의 진보적인 자선단체들의 관심을 끌기 시작했다. 맨 먼저 프랑스 작가 생텍쥐페리를 기념해 만든 자선재단인 '인간의 대지'에서 기금을 받을 수 있는 기회가 생겼다. 『어린 왕자』의 작가인 생텍쥐페리의 박애정신을 기리기 위한 이 단체는 후진국의 가난한 소년 소녀들을 위한 기금을 지원하고 있었다. 청계천의 연소 근로자는 적합한 대상이었고, 또 기금을 정당하고 합리적으로 사용할 수 있는 청계노조가 있었다.

1985년 3월, '인간의 대지'에서 자금을 받아 동대문에 인접한 창신시장 안쪽에 대지 40여 평의 조그마한 한옥 한 채를 구입할 수 있었다. 삐거덕거리는 대문을 열고 들어가면 문간방과 본채 사이에 작은 마당이 있고 마루 양쪽으로 큰방과 작은방이 있는 전형적인 도시형 한옥이었다. 한옥의 대문에는 '평화의 집'이라 쓴 간판이 붙었다.

두 번째 집은 한국사회선교협의회에서 일했던 실무자의 도움을 받아 노조에서 자체적으로 마련했다. 교육부장 문혜경이 담당을 맡아 현장 연소 근로자들의 노동실태, 신당동 사무실에서 쫓겨난 노조의 집기가 길바닥에 널린 사진 같은 것들을 모아 사업계획서를 작성했다. 조합원들 스스로 노력하는 모습을 보여주기 위해 조합원 한 사람당 1만 원씩을 내고 증서를 받아두기도 했다.

5월에 도착한 돈으로 청계천 7가 대로변의 상가아파트 두 채를 살 수 있었다. 대지는 서울시 소유여서 대지 임대료를 내는 조건으로 건물만 샀는데 몹시 낡고 좁은 곳이었지만 이보다 더 좋을 수는 없었다. 아파트 사이를 가로막은 벽을 조합원들이 직접 허물어 두 채를 하나로 만들었다. 노조는 상가아파트를 사무실로 쓰고 개인주택은 기념사업회에서 사용하기로 했다.

청계노조의 현판식에는 문익환 목사를 비롯해 많은 민주인사들이 참가해 기쁨의 함성을 터뜨렸다. 노조와 기념사업회 모두 더 이상 쫓겨나거나 월세를 내지 않아도 되는 자기 사무실이 생긴 것이다. 노조는 전태일기념관에도 봉제교실을 열어 시다들을 모아 가르치는 등 법외노조의 전성시대를 맞이했다. 봉제교실에는 시정의 야학 강학들까지 학생으로 들어와 장차 현장에 들어가기 위한 기술 교육을 받기도 했다.

군사정권도 가만히 있지는 않았다. 구청 측은 아파트 내벽을 허물고 주거용 건물을 사무용으로 쓰고 있다는 이유로 노조 간부들과 이소선 어머니를 건축법 위반으로 고발해 벌금 100만 원씩을 물리게 했다. 노동조합법 위반이라 하여 20만 원씩의 벌금도 물렸다. 어머니와 조합 간부들은 이에 항의해 싸우기도 했으나 당장 벌금을 체납하면 압류가 들어오거나 사회생활을 할 수 없기 때문에 어쩔 수 없이 벌금을 내는 사람도 있었다.

두 개 사무실이 생길 무렵에는 결혼식도 잇달았다. 신광용과 김선주가 결혼을 한 다음 주에는 민종덕이 구로공단 협진양행에서 노조를 만든 박애숙과 결혼했다. 또 다음 주에는 황만호가 서통노조 출신 이미홍과 결혼하고, 다음에는 양승조 순으로 약속이라도 한 듯 줄줄이 결혼식을 올렸다. 예식은 대학로의 흥사단 같은 곳에서 올렸지만 뒤풀이는 늘 평화의 집에서 했다. 결혼식이 있을 때마다 청계 조합원뿐 아니라 구로공단의 노동자들과 1970년대 민주노조 선배들까지 발 디딜 틈도 없이 찾아와 축하를 하고 밤새 신나게 놀았다.

안정된 사무실을 얻은 여세를 몰아 제3차 합법성쟁취대회를 열기로 했다. 날짜는 노조 복구 1주년이 되는 4월 초순으로 정했다. 지난 두 번의 경우와 마찬가지로 학생과 연대하되 정부의 관심을 환기시키려면 최대한 많은 인원을 동원하여 타격을 주어야 했다. 청계 지역 노동자와 대학생은 물론, 구로공단과 인천 등 타 지역 노동자와 민주단체를 동원하는 일에도 인력을 배치했다.

이번 대회의 전술 책임은 다시 가정우가 맡았다. 두 차례 시위의 경험을 살린 그는 기발한 아이디어를 떠올렸다. 노조 복구 1주년인 4월 8일에 시위를 벌일 거라는 가짜 정보를 만들어 일부러 경찰 측에 흘려보내고 이때 경찰의 배치 상황을 파악해 작전을 짜기로 한 것이다. 이에 따라 가정우는 청계노조를 담당한 동대문경찰서 정보과 형사에게 4월 8일 시위를 하기로 했다는 거짓정보를 주었다.

과연 4월 8일이 되자 경찰은 대대적으로 병력을 동원해 청계천 일대에 깔았다. 그런데 지난 두 차례의 뼈저린 패배를 설욕이라도 하듯 경찰의 경계와 배치는 완벽할 정도로 허점이 없었다. 또한 평화시장을 둘러싼 경찰서 간의 관할로 인한 문제점을 해결하고자 서울시경 기동대가 직접 총지휘하고 있었다. 시위 지도부는 그래도 허술한 곳을 찾아 샅샅이 누빈 끝에 경찰의 진압 저지선을 무너뜨리며 치고 나갈 수 있는 유일한 곳이 노조 복구 초기에 반년 정도 사무실이 있었던 신당동로터리 한양공고 근처라는 결론을 내렸다. 방향으로 보자면 평화시장의 동남쪽이었다. 이곳 역시 경계가 만만치 않았으나 1, 2차대회에 참여했던 학생들이 시위에 대한 자신감으로 가득했고, 특히 청계노조와 함께하는 시위는 반드시 성공하고 승리한다는 충만감이 있었기 때문에 과감하게 결정한 것이었다. 학생들은 신학기 초인 4월의 시위였는데도 대규모로 출정하였고 이제 막 대학교에 입학한 신입생들도 대거 참여하기로 했다.

노조는 비로소 4월 12일 평화시장 구름다리 밑에서 오후 1시에 합법성 쟁취대회를 개최한다는 선전물을 뿌렸다. 실제 시위 시작 장소는 신당동으로 정해져 있었다. 거짓정보에 허탕을 쳤던 경찰은 4월 12일이 되자 다시 엄청난 병력을 동대문 일대에 배치했다. 서울시경은 무려 7,000병력을 동원해 4월 8일의 병력배치 그대로 만반의 태세를 갖추고 시위가 일어나기를 기다렸다. 이날 평화시장, 동화시장, 을지상가, 통일상가 등 주요 시장 상가는 철시하고 있었다. 일하는 노동자들이 시위에 가담하지 못하도록 하기 위한 조처였다. 결과적으로 시위 때문에 시장 상가가 임시 휴무한 셈이었다.

시위대는 경찰의 삼엄한 경계를 비웃듯이 신당동 중앙시장과 무악빌딩 주변에 모여들었다. 약속시간인 1시 20분 정각, 시위대는 일제히 스크럼을 짜고 도로로 밀려 나갔다. 무학빌딩 쪽에서 밀려 나온 시위대는 시구문 쪽을 향해 진출하다가 지키고 있던 전경버스 한 대를 넘어뜨려 박살낸 후 신당동로터리까지 순식간에 진출했다. 중앙시장 앞 시위대는 용현파출소 유리창을 박살낸 후 전경버스 한 대를 부수고 신당동로터리에 도착했다. 양쪽에서 밀물처럼 몰려온 시위대는 지금까지 가장 많은 2,500명에 이르렀다. 1, 2차대회에는 서울 지역 주요 대학교 학생들이 동원되었는데 이번 싸움에는 성균관대 수원 분교 등 경기 지역 학생들까지 올라와 참가했기 때문이었다.

뒤늦게 현황을 파악한 경찰은 시위대가 로터리를 점거하고 "노동악법 개정하라!" "청계노조 인정하라!" 구호를 외치기 시작한 지 한참이 지나서야 이동해 오기 시작했다. 하지만 2,500명은 적은 숫자가 아니었다. 시위대의 위세가 워낙 강하자 경찰은 진압을 못 한 채 멀리서 최루탄만 무수히 날려 왔다. 시위대는 40여분 간 로터리를 지키며 버티다가 최루탄 가루에 밀려 신당동 고가도로 밑을 지나 약수동 방향으로 남진하기 시작했다.

최루탄에 밀리면서도 시위대의 기세는 조금도 죽지 않았다. 약수동 쪽을 지키던 경찰병력을 만나자 앞에서는 돌멩이를 던지는 한편 일부는 골목을 통해 경찰 뒤로 나타나 육박전을 벌여 박살을 내버렸다. 경찰병력이 시위대에 의해 해산되는 희한한 광경이 벌어졌다. 가볍게 경찰 저지선을 무너뜨린 거대한 시위 물결은 도도히 약수동 고개를 오르기 시작했다.

경찰병력은 이제 시위대 뒤를 따라오는 형상이 되었다. 약수동 고개 중간에는 상수도 공사를 위해 갖다 놓은 직경 1미터는 되는 큰 파이프들이 길 옆으로 쭉 놓여 있었다. 시위대는 파이프들을 옆으로 돌려 굴리거나 길을 막았다. 최루탄 가루 차량 하나가 바리케이드에 걸려 불타버리기도 했다. 파출소를 만나면 돌덩이를 날려 유리를 다 깨버렸다. 시위대는 거의 아무런 제지도 받지 않고 남쪽으로의 긴 언덕을 오르며 마음껏 구호를 외치고 노래를 불렀다. 나중에는 걷기가 힘이 들어 스스로 지칠 정도였다. 두 시간 가까이 행진을 한 끝에 한강이 바라보이는 한남동로터리까지 진출하고서야 자진 해산했다.

이날 네 시간 가까이 계속된 투석전과 가두시위로 경찰차 한 대가 불타고 파출소 다섯 곳이 파괴되었다. 워낙 압도적인 시위였기 때문에 연행된 조합원조차 한 명도 없었다. 시위 현장 부근에서 일을 하다가 시위에 합세했던, 조합에 가입하지 않은 20여 명의 노동자들이 연행되었으나 곧 훈방되었다. 지도부는 해산한 뒤 5시에 잠실의 동편 석촌호수에서 따로 만나기로 사전에 약속이 되어 있었다. 한 명의 연행자도 없었던 상집 간부 전원이 도착한 뒤 즉석에서 시위에 대한 평가와 앞으로의 대책을 논의했다.

한편, 오후 내내 힘을 뺐음에도 조합원들의 사기는 하늘을 찌를 듯했다. 조합원 일부는 을지로에 있는 단골 술집에 몰려가 마음껏 먹고 마시며 놀았다. 닭도리탕집이었는데 값이 다른 식당보다 훨씬 싼 대신 닭고기가 별로 없는 곳이었다. 닭은 없고 맨 감자 같은 것만 잔뜩 들어 있었는데 어떤 날은 닭대가리까지 들어가 있기도 했다. 그래도 싸고도 푸짐한 맛에 조합원들은 매일이다시피 그 집에서 술자리를 가지곤 했다. 이날도 술집이 떠나갈 듯 신나게 무용담을 떠들며 놀았다. 이대로만 잘 된다면 머지않아 노조가 합법화될지도 모른다는 희망까지 생길 정도였다. 전혀 예상치 못한 분열과 고난의 시간이 다가올 줄은 누구도 짐작하지 못했다.

17 서울노동운동연합

세 차례에 걸친 대규모 가두시위가 구속자 한 명 없이 성공을 거둔 데는 유화국면의 영향이 컸다. 하지만 그것은 국민적 투쟁으로 쟁취한 것이라기보다 국내외적으로 정권의 정당성을 인정받지 못한 전두환 정권이 2·12 국회의원 총선을 의식해 어쩔 수 없이 약간의 양보정책을 편 데 불과했다. 훗날 민주화운동의 결과로 들어선 두 번의 민간정부도 그랬듯이, 기층민중에 대한 정책은 바뀐 것이 없었다. 청계노조가 피 터지게 싸우고 있는 중에도 구로공단과 인천 지역에서는 새로 결성된 민주노조가 파괴되고 구속자, 해고자가 속출하고 있었다.

노동현장에는 1970년대 민주노조를 경험했거나 야학, 산업선교회, 지오쎄 등을 통해 의식화가 된 노동자들이 곳곳에서 활동하고 있었다. 이들 노동자 출신 운동가들은 현장에 투입된 학생 출신들과 결합해 빠르게 성과를 내기 시작했다. 수도권에도 인천, 부천, 구로, 성남 등 공장이 있는 모든 곳에 수많은 운동가들이 투입되거나 생성되었는데 1983년부터 구로공단 일대에서 먼저 가시적인 성과가 나타났다.

먼저 청계노조 중견 조합원 출신 두 사람이 각각 노조 위원장으로 선출되어 구로공단에 바람을 일으켰다. 제일교회 야학 출신인 김영미는 봉제 공장인 효성물산에 취업해 노동조합 위원장이 되었고, 동화모임 출신 김준용은 강학이던 최한배와 함께 대우어패럴에 취업해 노조 위원장이 되었다. 같은 시기에 부흥사와 남성전기, 선일전자, 가리봉전자에서도 1970년대 야학이나 산업선교회, 지오쎄 출신 노동자들과 학생 출신들의 도움을 받아 어용노조를 민주화하거나 신규 노조를 결성해 1984년 여름 구로공단에 여러 민주노조가 건설됨으로써 1980년 이후 극도로 침체되었던 노동운동에 발화점이 되고 있었다.

이들 외에도 동일제강이나 성원제강에 노조가 결성되었다가 다수 해고자를 내고 파괴되는 등 구로공단 일대 40여 개 노동조합에서 노조 민주화투쟁이 벌어지고 있었다. 동일제강과 성원제강 해고자들은 인천 지역 해고자들과 결합해 1985년 1월 야당인 민한당사를 점거해 농성을 하였고 4월에는 '노투'라는 약칭으로 불리는 '노동운동탄압저지투쟁위원회'를 만들어 5월 1일을 기해 영등포 일대에서 격렬한 가두시위를 일으켰다.

청계 조합원들은 이날 영등포 가두시위에도 참가해 여러 명이 구류를 살았다. 박종만분신사건 때 재판정을 난장판으로 만든 청계 조합원들은 영등포경찰서에서도 당당하게 경찰관들을 몰아붙였다. 경찰은 연행자 숫자가 너무 많아지자 이들을 강당에 몰아넣고 고개를 처박고 앉아 있게 했다.

"가스! 가스!"

전경들은 고개를 숙이라는 뜻으로 소리치고 돌아다니며 고개를 들고 있거나 동작이 느린 이들은 딱딱한 안전모로 머리통을 내려치고 발길질을 해댔다. 경험이 없는 대학생들은 이에 순종했으나 청계 여걸들이 말을 들을 리 없었다. 머리를 때리면 벌떡 일어나 달려들었고 걷어차면 같이 발길질을 하며 싸웠다. 경찰은 학생들과 노동자를 따로 분류해 학생들에게만

기합을 줄 정도였다. 하지만 청계 조합원들은 그것도 용납하지 못했다. 학생들이 기합을 받지 못하도록 같이 싸워주었다.

"학생 여러분! 뭐 하는 거예요? 여러분이 지금 도둑질하다 들어왔어요, 사기 쳐서 들어왔어요? 왜 시키는 대로 하는 거예요? 하지 말아요!"

대학생들은 그제야 용기를 얻어 전경들의 지시를 거부했다. 연행된 이들은 청계 조합원들의 맹렬한 옥중투쟁 덕분에 유치장 안에서도 당당하게 살 수 있었다. 청계 조합원들은 유별나기도 하여 별도로 만들어진 옷 보관소에 로션 같은 개인 물품을 넣어두고 아무 때고 전경들에게 유치장 문을 따달라고 하여 가서 꺼내 썼고, 여차하면 "야! 너 이리 와봐!" 소리쳐 전경을 불러 혼내주는 게 예사였다. 일반 잡범들에 대한 전경들의 가혹한 처사에 맞서 싸워줌으로써 일반수들에게도 인기가 좋았다.

청계노조가 다른 지역 노동자들과의 연대활동에 아낌없이 노력하고 있던 이 무렵, 구로공단 내의 한국음향, 한국마벨, 유니전, 협진양행, 서광등지에서 해고당한 노동자들은 '구로노민추'라는 약칭으로 불리는 '구로지역 노조민주화 추진위원회연합'을 만들어 가두시위와 유인물 배포를 주동하고 있었다. 같은 시기 인천의 대우자동차에서도 대규모 파업이 일어났고 대학생들은 미국문화원을 점거해 농성을 벌임으로써 사회적으로 큰 파장을 일으켰다.

경찰이 갑작스럽게 구로공단의 대표적인 신규 민주노조로 부상한 대우어패럴 노조 위원장 김준용과 간부 두 명을 구속시킨 것은 1985년 6월 22일이었다. 임금투쟁이나 단체협약이 끝난 지도 오래여서 무방비상태로 일상적인 활동을 하던 노조 위원장의 구속은 대우어패럴 조합원뿐 아니라 구로공단 내 다른 민주노조들을 바짝 긴장시켰다. 대우어패럴 노동조합은 즉시 농성에 들어가는 한편 24일부터 파업을 하기로 결의했다.

같은 날 저녁, 안양 기독교원로원에서 조합 간부 합동 교육에 참석했던 100여 명의 민주노조 간부들과 해고자들에게 이 소식이 전해지자 즉각 연대투쟁으로 대응해야 한다는 분위기가 압도적이었다. 이에 따라 다음날인 6월 23일 청계노조 사무실에서 긴급 대책회의가 열렸다. 청계노조 사무장 김영대, 효성물산 노조 위원장 김영미, 대우어패럴 부위원장, 학생 출신으로 현장에 취업해 있던 심상정, 선일섬유 위원장 김선옥, 가리봉전자 위원장 진선자, 세진전자 해고자 등이 모인 회의는 처음에는 의견이 분분했다.

전면적인 탄압으로 접어드는 것인지 좀더 지켜보자는 신중론과, 이미 몇 개월 전부터 소문으로 떠돌던 탄압이 시작된 것이니 적극 대응을 하지 않으면 사회 문제로 쟁점도 만들지 못하고 각개격파됨으로써 패배감만 안게 되리라는 의견이 대립했다. 토론 중에도 각 사업장에 탄압이 들어오는 징후가 속속 보고되었다. 짧지 않은 토론을 거쳐 결론이 났다. 이번 투쟁으로 승리할 수는 없더라도 미래를 위해 적극적으로 대응하기로 한 것이다. 구속자 석방과 노조 탄압 중지를 내건 동맹파업이 결의되었다. 청계노조는 최대한 조합원을 동원해 파업에 동참하고 부서별로 지도부에 참여하기로 했다.

다음날인 6월 24일 대우어패럴, 가리봉전자, 선일섬유, 효성물산 등 네 개 사업장 노동자 1,400여 명이 일제히 '노조 간부 석방' '민주노조 탄압 말라' '노동악법 개정' '집시법과 언론기준법 폐지' '노동부장관 퇴진' 등의 요구를 내걸고 동맹파업에 들어갔다. 잇따른 노조 집행부와의 의견 차이로 파업 여부를 결정하지 못하던 부흥사에서도 조합원들이 자체적으로 농성에 들어가고 롬코리아 노동자 일부도 파업에 참여함으로써 파업인원은 청계노조를 포함한 9개 공장 2,500명에 이르렀다. 멀리 경남 창원의 통일중공업 노동자들도 지원투쟁에 참여했다. 다름 아닌 청계에서 강학을 하던 문성현이 위원장으로 있는 노조였다.

청계노조는 파업 첫날부터 수십 명의 조합원들이 출근을 하지 않고 노조 사무실에 모여 농성을 벌이는 한편, 직접적인 연대투쟁에 나섰다. 노조 사무실에서는 이소선 어머니와 문익환 목사, 장기표 등 수십여 명의 민주화운동 지도자들이 모여들어 동맹파업을 지지하는 농성에 들어갔다.

연대투쟁을 담당한 쟁의부장 가정우는 구로공단에서 나온 활동가들과 만나 투쟁 전략 논의에 들어갔다. 공단 쪽에서는 6, 7명의 활동가들이 나왔는데 남자 한 명을 제외하고는 모두 여성 활동가들이었다.

공단 쪽 활동가들은 가리봉오거리 중심에서 시위를 벌이는 동시에 공단서점 반대편 건물 2층에 있는 모세미용실을 점거해 농성하는 것을 주요 투쟁으로 설정하고 있었다. 세 차례의 합법성쟁취투쟁 경험을 가진 가정우는 가리봉오거리는 경찰이 사전에 봉쇄해 시위 자체가 어려울 것이며 미용실 역시 순식간에 연행될 게 자명하니, 유인물은 그렇게 뿌리되 실제로는 경찰이 주의하지 않는 곳에서 집결해 허점을 치자는 의견을 내놓았다. 그러나 공단 쪽에서는 정면 선도투쟁의 주장을 굽히지 않았다.

가정우는 다수결에 따라 공단 쪽 시위 책임자들에게 대학생들을 연결시켜줄 수밖에 없었다. 다만 따로 학생들과 상의하는 자리에서 가리봉오거리 바로 옆에 있는 공장 굴뚝에 올라가 지원농성을 벌이는 방법이 어떤가 제안했다. 적은 인원으로 오랫동안 버틸 수 있는 효과적인 싸움이었다. 현대 노동운동사상 최초의 고공농성 시도였다. 시정의 배움터 강학으로 활동하던 서울대 학생 최현석 등 두 명이 구속을 각오하고 고공농성에 나서기로 했다.

이튿날 가리봉오거리에는 일대 공포 분위기가 조성되었다. 헤아릴 수 없이 많은 전경들이 깔려 유인물을 뿌리는 노동자는 물론, 시위하러 온 것으로 의심되는 젊은이는 무조건 연행해 고가도로 아래 경찰 대기소와 전경버스에 감금하고 주먹질을 해댔다. 시위는 지리멸렬, 시도도 못 한 채 끝날 판이었다. 김영대, 가정우, 문혜경 등은 가리봉오거리 공단서점에 모여 어떻게 효과적으로 시위를 살릴 수 있을까 상의하던 중 마침 서울대와 고려대에서 나온 학생 지도부들을 만났다. 조합 간부들은 학생들에게 구로공단 입구가 있는 시흥대로에서 저녁 8시에 시위를 시작하자고 즉석 제의했다. 학생들은 이에 호응해 각자 조직에 새로운 작전을 전달했다. 30분 후, 시흥대로로 이동한 인원은 1,000여 명에 이르렀다. 사람들이 이동하는 것을 눈치 챈 형사들도 뒤따라왔으나 전경부대 주력이 오거리를 비울 수는 없었던 듯 조치를 취하지 못했다.

해가 기울어 어둑어둑해져오는 8시경, 청계 조합원들과 학생들이 중심이 된 시위대는 일제히 시흥대로로 뛰어나갔다. 왕복 10차선에 이르는 드넓은 도로는 일시에 이들에게 점거되었다. 전경들은 아직 오지도 못하는 가운데 1,000명에 가까운 시위대는 제각기 스크럼을 짜고 시흥대로를 누비고 다니며 구호와 노래를 외치기 시작했다. 뒤늦게 전경대가 도로를 차단했으나 쉽게 진압하지 못했다. 시위대는 30여분 간 교통을 마비시킨 끝에 자신 해산했다. 잡혀간 사람도 거의 없었다.

이날을 시작으로, 가리봉오거리에서의 투쟁은 이후 며칠 동안 산발적으로 계속되었다. 최현석과 그의 친구가 대우어패럴 맞은편 공장의 굴뚝에 올라가 한참 동안 버티다가 끌려 내려오기도 했고 구로공단 해고자들이 대우어패럴 옆 건물의 옥상을 점거해 싸우다가 끌려 내려오기도 했다. 가리봉오거리는 거의 매일 저녁 교통이 차단되는 사태가 벌어졌고 매번 수십 명씩 연행되었다가 풀려났다. 그동안 청계노조 사무실에는 줄곧 수십 여 명의 민주인사와 조합원들이 현수막을 내걸고 농성을 계속했다.

동맹파업에서 맨 먼저 공장에서 끌려 나온 것은 효성물산 노조원들이었다. 김영미 위원장 등은 대책본부격인 청계노조로 찾아와 어떻게 할 것인가 상의했다. 긴급 상집회의가 열렸다. 청계노조는 1970년대 민주노조가 연대하지 않음으로써 각개격파당한 쓰라린 경험을 했기 때문에 무엇보다도 노동자들은 권력과 자본의 탄압에 연대해서 투쟁해야 한다는 인식을 가지고 있었다. 집행부는 청계 조합원 일부를 선발해 효성물산 조합원들과 함께 노동부를 점거하기로 했다. 김영대 사무장이 앞장섰다. 김영대는 아프리사건으로 구속되었다가 석방된 지 얼마 되지 않은 데다 아이가 둘이나 딸려 생계가 무척 어려운 처지였다. 그럼에도 불구하고 농성이나 시위 경험이 부족한 여성 노동자들뿐이라서 경험자가 필요하다 보고 기꺼이 앞장섰다.

6월 27일 오후 1시, 종로 4가 노동부 중부지방사무실 근처에 서성이던 120여 명의 노동자들이 일시에 고함을 지르며 현관으로 몰려 들어갔다. 김영대가 인솔한 청계 조합원 10여 명과 노루표페인트 해고자 오재헌, 그리고 효성 노조원들이었다. 노동자들은 내부구조를 잘 아는 김영대의 지휘에 따라 곧장 소장실을 점거해 소장을 억류하고 농성에 들어갔다.

경찰은 곧바로 노동부 사무소를 포위하고 공격해 들어왔다. 김영미와 김영대가 노동부 소장에게 노동부장관 면담을 요구하는 동안, 조합원들은 경찰 진입을 막기 위해 창틀에 올라가 투신으로 위협했으나 오래 시간을 끌지는 못했다. 경찰은 마당에 매트리스를 깔아 투신 사고에 대비한 후 거침없이 밀고 들어왔다. 청계와 효성 조합원들은 모진 매를 맞으며 연행되었다. 점거농성을 주동한 김영대는 두 번째로 구속되어 꼬박 2년 형기를 채우게 되었다. 노조의 핵심 지도자의 한 명인 김영대의 구속은 큰 손실이었으나 연대투쟁의 결과로서 어쩔 도리가 없었다.

대우어패럴, 부흥사 등 파업농성을 계속하는 사업장들은 전기와 수돗물 공급이 끊겨 심한 고통을 겪고 있었다. 제각기 작업장을 점거하고 바리케이드를 쳐놓은 상태라 대소변조차 맘대로 볼 수 없었다. 농성 노동자들의 대부분은 여성이었다. 일찍 찾아온 무더위에 물 한 모금 마시지 못하고 한쪽 구석에 오줌똥을 쌓아놓아야 하는 여성 노동자들의 고통은 이루 말할 수 없었다. 먹을 것을 넣어주고 싶어도 회사마다 전경들이 철조망처럼 둘러서서 완벽히 봉쇄하고 있으니 방법이 없었다. 근처에만 가면 곧장 연행되는 실정이었다.

파업 나흘째 되던 날 새벽 5시, 여명이 희미한 가리봉오거리에 제각기 배낭이나 큰 봉지를 든 10여 명의 젊은이들이 나타났다. 가정우와 상의해 대우어패럴 농성장으로 지원농성을 하기 위해 먹을 것을 등에 지고 온 서울대 학생들이었다. 가리봉오거리 바로 옆에 있는 대우어패럴 담장 주변에는 전경들이 2미터마다 서서 철책 두르듯 봉쇄했기 때문에 접근이 불가능했다. 대신 가리봉오거리 상업은행과 대우어패럴 사이에는 두 사람이 지날 수도 없을 정도로 비좁은 골목이 있었다. 사람이 다니지 않는 길이라 전경들도 이곳은 지키고 있지 않았다. 이를 파악한 가정우가 학생들을 동원한 것이었다. 학생들은 재빨리 좁은 골목에 뛰어들어 대우어패럴 담장을 타고 넘어갔다. 농성 노동자들은 박수를 치며 환영했다.

그러나 불과 한 시간 후, 경찰은 최루탄을 던지며 일제히 농성장에 진입했다. 노동자들은 기물을 던지며 맞섰으나 상대가 될 수 없었다. 무자비하게 구타당하며 전원 연행되었다. 물론 학생들도 연행되어 더 가혹한 매질을 당했다. 얼마 후 마지막까지 버티던 부흥사에도 구사대가 투입되어 강제해산이 이뤄졌다. 이로서 동맹파업은 종식되었다.

한국전쟁 이후 최초의 동맹파업이라고까지 불리는 이 싸움으로 구속된 노동자는 학생 출신 위장취업자 7명을 포함해 36명에 이르렀고 100여 명이 구류나 불구속재판을 받았다. 경찰과 구사대의 폭행으로 부상해 입원한 여성 노동자들로 한때 인근 병원 응급실이 미어터질 지경이었는데, 심하게 다쳐 장기 입원한 노동자만도 열여섯 명이었다. 해고된 노동자는 공식적으로 1,268명에 이르렀고 공장이 문을 닫는 바람에 저절로 쫓겨난 숫자는 훨씬 많았다. 대우어패럴이 농성을 계기로 바로 공장을 폐쇄하는 등 동맹파업에 참가한 회사의 대부분이 폐쇄되거나 이름을 바꾸어 노조의 근원을 없애버렸기 때문이었다.

이때부터 두세 달 동안, 창신동 전태일기념관은 해고자들의 공간이 되었다. 따로 사무실이나 모일 공간이 없는 이들은 매일 수십 명이 모여 먹고 자면서 유인물을 만들거나 회의를 했다. 민종덕 위원장은 조합원들에게 이들을 적극적으로 지원하게 하여 가정우, 황명진 등 남자 조합원 서너 명이 상주하면서 집단생활에 필요한 허드렛일들을 맡았다. 다른 조합 간부들도 낮에는 청계천 노조 사무실에서 일하고 밤에는 전태일기념관에 가서 도왔다.

수십 명이 먹고사는 것만도 큰일이었다. 전태일기념사업회 사무국장인 김문수와 해고자들도 나름대로 비용을 갹출했으나 부족한 부분은 이소선 어머니가 헌옷 장사를 하여 쌀을 사댔다. 온종일 중앙시장 노점에 앉아 헌옷을 팔아 번 푼돈을 모아 쌀을 사서 대주는 것이 그녀의 보람이었다. 남자 조합원들은 헌옷 보따리를 중앙시장에 갖다 주고 돈을 받아와 쌀을 사서 기념관으로 날랐다. 민주노조는 전혀 없고 다른 노동단체라고는 신길동의 한국노동자복지협의회와 장충동의 가톨릭노동사목이 전부나 마찬가지인 상황에서 집단 해고자들이 의존할 곳이라곤 청계노조와 전태일기념관뿐이었다. 이소선 어머니는 온종일 길가에서 먼지 나는 헌옷을 팔면서도 전태일을 찾아온 이들을 도울 수 있다는 기쁨으로 가슴 벅찼다. 기념관에 발 디딜 틈도 없이 모여 맹렬히 토론을 벌이고 유인물을 뿌리러 다니는 청년 노동자들이야말로 자신의 아들이요 딸이었다. 보고만 있어도 든든하고 신이 났다.

동맹파업의 해고자들은 서울 지역 노동운동을 이끌어나갈 새로운 세력으로 떠올랐다. 이들은 파업이 정리된 7월, 약칭 '연투'라 불리던 '노동자연대투쟁연합'이라는 조직을 만들어 활동하는 한편으로, 서울노동운동연합, 약칭 서노련의 결성을 제안했다.

연대투쟁의 핵심 사업장의 하나인 청계노조도 서노련에 가입해야 한다는 요구가 제기되었다. 청계노조 간부들은 전태일기념관에 상주하다시피 하는 연투 활동가들과 자연스럽게 서노련 결성에 대해 이야기를 나누게 되었다.

그런데 희망차게 시작된 논의는 처음부터 난항에 부딪혔다. 서노련의 조직 형태와 활동방향 때문이었다. 김문수, 심상정 등 서노련 주도세력은 서노련을 전위조직도 대중조직도 아닌, 대중투쟁을 통해 단련된 선진적 노동자들이 결합해 선도적으로 정치투쟁을 주도하는 조직으로 설정했다. 대중정치조직이라는 새로운 형태의 제안이었다. 이 조직을 일종의 정치투쟁을 위한 정치적 노동조합으로 설정하기까지 했다.

반면, 이는 학생들의 선도투쟁론을 노동운동에 무리하게 적용시킨 급진적인 관념주의라는 비판이 제기되었다. 대중기반이 없는 학생들은 처음부터 선도적인 투쟁으로 시대를 열어갈 수밖에 없지만, 노동운동은 노동조합과 경제투쟁으로부터 기초를 닦아야 한다는 주장이었다. 이들은 몇 개 노조가 파괴된 것만으로 성급하게 현장에서의 조합운동을 포기하고 선진적 노동자들을 가두시위에 동원하려는 발상을 경계했다. 서울 지역 노동운동가 중에서도 주로 동일제강과 성원제강 같은 중공업 출신들로부터 제기된 비판이었다.

논란이 계속되자 서노련 준비위원회는 8월 하순 광명시 하안동의 이봉우 집에서 활동가들의 총회를 열었다. 비좁은 서민 아파트에 앉을 자리도 없이 빼곡히 모인 경인 지역의 활동가 수십 명은 이틀에 걸쳐 격렬한 토론을 벌였으나 조직 형태나 활동목표에 대한 어떤 합의도 이끌어내지 못했다. 서노련 주도세력은 결국 노투를 중심으로 한 남성 사업장 운동가들을 배제하고 독자적으로 서노련을 결성하기에 이르렀고, 최규엽을 중심으로 한 남성 사업장 출신들은 이듬해 봄 임금인상투쟁을 계기로 따로 '남노련'을 결성해 활동하게 된다.

청계노조가 서노련에 참여할 것인가도 문제가 되었다. 민종덕은 대중조직인 노동조합이 전위조직인 서노련에 들어가는 데 부정적이었으나, 대부분 상집 간부와 조합원들은 서노련 결성을 자연스럽게 받아들이고 있었다. 이는 서노련 측의 설득 때문만은 아니었다. 합법적이든 비합법적이든 노동조합에 매달리는 것은 대중추수주의요, 경제주의, 조합주의에 불과하다는 인식이 당시 서울 지역 운동가들의 지배적인 분위기였다.

서노련 결성 바로 전날 열린 상집회의는 다수결에 의해 청계노조도 서노련에 가입하고 민종덕이 서노련 위원장을 맡는 것으로 결론을 냈다. 이때 민종덕이 서노련 합류를 수락한 것은 다수 상집 간부들이 찬성했기 때문이기도 하지만 관념적인 학생들로 이뤄진 서노련이 올바르게 가려면 현장 경험이 풍부한 노동자 출신들이 들어가주어야 한다는 일부 의견도 있었기 때문이었다.

1985년 8월 25일 청계노조 사무실에서 서노련 결성식이 열렸다. 100여 명의 조합원과 내빈이 참석한 가운데 진행된 결성식에서 민종덕은 서노련 위원장으로 선출되었다. 민종덕은 위원장 취임사에서 노동자가 주인되는 참된 민주주의 사회를 건설하기 위해서는 노동자들이 누구보다 가장 앞장서 독재정권과 싸우지 않으면 안 된다고 말했다. 내빈으로 참석한 이소선 어머니는 축사를 통해 노동자가 나아갈 길은 멀고도 험난할 것이지만 모든 것을 이기고 모든 것을 이룰 수 있도록 열심히 투쟁하자고 말했다.

조직 형태나 활동방향에 있어서의 근본적 결함과 미숙성에도 불구하고 서노련 결성 자체는 노동운동 역사에 매우 획기적이고 의미 있는 사건임이 틀림없었다. 이에 가담한 이들의 열정과 투지는 대단했다. 그러나 청계노조는 서노련 가입과 함께 혹독한 시련을 겪게 되었다.

서노련 결성이 선포되자마자 민종덕에 대한 긴급수배령이 떨어졌다. 민종덕은 지금까지 수차례 지명수배가 되었음에도 사실상 자유로이 활동해왔는데 이번에는 경우가 달랐다. 민종덕은 서노련 집행부 회의조차 한 번 열어보지 못하고 『서노련신문』 제1호를 결재한 이외에는 아무런 활동도 못 한 채 불과 20일 만인 9월 15일 구속되고 말았다.

곧 열린 임시 대의원대회는 황만호 부위원장을 새 위원장으로 선출했다. 그러자 경찰은 황만호에 대해서도 전국에 지명수배령을 내렸다. 역시 서노련과 관련된 수배였기 때문에 경찰의 추적은 집요했다. 아프리사건으로 감옥살이할 때 약혼자로 위장해서 면회를 왔던 서재덕을 집중적으로 감시하는 바람에 공무원과 결혼해 살고 있던 그녀를 곤경에 빠뜨리기도 하고 고향 창원의 초등학교 동창들 집까지 뒤졌다. 황만호는 지수희 등 조합원들의 방을 전전하다가 동일제강 출신인 김명운의 집에서 여러 달 숨어 있기도 하는 등, 극도의 보안 속에 힘겹게 노조를 이끌어가야 했다.

공개적이고 대중적인 활동이 마비된 가운데 모든 활동은 비밀소모임의 활동으로 제한되었다. 황만호는 이옥순, 이봉우 등 서노련 공식 지도부모임에 나가 전체 활동방향을 결정했고, 선전부장 장옥자는 서노련 선전부 회의에 참가해 『서노련신문』을 제작했다. 조직부장 가정우와 교육부장 문혜경도 각각 서노련 산하의 부서별 모임에 나갔다. 경찰의 집중적인 추적 때문에 이들은 몇 번씩 버스를 갈아타고, 때로는 하룻밤을 여관에서 자고 이동하는 등 회의나 교육을 위한 준비에 더 많은 시간을 보내야 했다.

어려움 속에서도 『청계노보』는 꾸준히 발행되었다. 대림동에 얻어놓은 사글셋방에 황만호, 가정우, 문혜경이 드나들며 한 달에 한 번꼴로 어김없이 노보를 만들어 평화시장 일대에 배포했다. 이전에 만든 노보의 내용이 노동법이나 근로조건 개선 같은 문제에 치중되었다면 이때 노보는 정치 선동적인 내용이 더 많이 들어 있다는 점이 달랐다.

경찰은 노보의 정기적인 발행을 막기 위해 촉각을 곤두세우고 있었는데 어느 날은 노보 원고를 가지고 가던 가정우를 미행해 동대문서로 연행한 적이 있었다. 인쇄소에 넘기기만 하면 되는 최종본을 찾아낸 경찰이 희희낙락하며 잠시 자리를 비운 사이, 가정우는 원고를 화장실로 들고 가서 박박 찢어 변기에 버리고 물을 내려버렸다. 잠시 후 원고가 없어진 것을 발견한 경찰이 사방을 뒤지며 허둥지둥하는 것을 고소하게 바라보던 그는 서둘러 달려온 이소선 어머니의 강력한 항의로 무사히 경찰서를 나올 수 있었다.

선도적인 정치시위를 주요 활동으로 한 서노련과, 대중조직으로서 현장활동을 통해 조직역량을 배가하는 일이 과제인 청계노조의 차이는 예상보다 빠르게 다가왔다. 구성원 사이의 정치의식의 차이이기도 했다. 제일 먼저 문제를 제기한 것은 교육부장으로서 서노련 부서회의에 참석한 문혜경과 조직부장 가정우였다.

문혜경은 종로구 이화동 산꼭대기 달동네 출신으로 중학교를 중퇴한 후 열여섯 살이 되던 1979년 초부터 봉제공장에서 일을 시작한 일급 미싱사였다. 처음 취직할 때는 잠깐 돈을 벌어 다시 학교에 다닐 수 있으리라는 희망을 품고 있었던 그녀는 시간이 지나면서 현실이 그렇지 못함을 알게 되었다. 노동조합이 무언지도 알지 못하던 그녀가 청계노조를 알게 된 것은 골목길에 붙은 야학생 모집 벽보를 보고 종로 5가 기독교회관 뒤편에 있던 '묘동교회' 야학에 들어간 후였다. 검정고시를 가르쳐준다기에 찾아간 야학에서는 시험공부는 시키지 않고 『예수와 흑인혁명』 등의 책자를 읽게 하면서 정치와 사회 문제에 관심을 갖도록 만들었다.

문혜경은 대학생들의 가르침을 무척 쉽게 받아들이는 편이었다. 똑똑하고 성격 좋은 여성 노동자가 있다는 소식은 금방 청계노조에 전달되었다. 묘동교회는 제일교회, 경동교회, 연동교회 등과 달리 청계노조와 별다른 연관이 없었으나 괜찮은 여성 노동자가 있다는 소식을 들은 노조 간부 이숙희, 이순자 등이 번갈아 문혜경을 만나러 찾아와 친하게 되었다. 노조가 해산된 후로는 황만호, 민종덕 등이 찾아왔고, 인천산선 실무자이던 김근태로부터 여섯 번에 걸쳐 개인지도를 받기도 했다. 김근태는 특유의 유한 인상에 뭐든지 이해하기 쉽게 말하는 사람이어서 좋은 기억으로 남았다.

노조가 복구될 때, 조합은 그녀에게 교육부장을 맡도록 권했다. 문혜경은 집안의 생계를 도맡고 있어 상근을 할 수 없다고 사정을 했으나 민종덕은 애가 둘 딸린 김영대도 상근을 한다는 말로 설득했다. 평소 대인관계가 좋았던 문혜경은 직장에서 절친하게 지내던 조합원 심정순이 생활비에 용돈까지 지원해주기로 하자 상근을 결심했다. 강원도가 고향인 심정순은 남달리 착하고 조용한 성격으로 남들 앞에 나서는 것은 좋아하지 않아도 노동조합 행사나 집회에는 빠짐없이 참가하던, 청계노조사 곳곳에 무수히 등장하는 마음씨 좋은 언니의 한 사람이었다. 문혜경은 심정순과 함께 자취를 하면서 노조 사무실에 출근하게 되었다.

교육부장이 된 문혜경은 대단한 열성으로 나름대로 역할을 다하려 애썼다. 돈도 벌지 못하는 채 담당형사가 매일이다시피 부모님을 찾아가 괴롭히게 하는 것이 죄송스러웠으나 자신이 할 수 있는 일이 있다는 자부심, 자신이 해야 한다는 사명감이 그녀의 의욕을 갈수록 강하게 했다. 그런데 서노련 교육부장과 몇 차례 만나서 밤을 새워 토론을 하면서 회의에 사로잡히고 만 것이다.

특히 그녀가 놀란 것은 주체사상을 배워야 하지 않느냐는 이야기가 나왔을 때였다. 운동권 일부에 북한 주체사상을 신봉하는 새로운 흐름이 등장할 때였다. 문혜경은 노동자의 시각으로 자본주의를 분석하고 투쟁의 원리를 배우는 일에는 신이 났으나 주체사상 공부를 하자는 것은 도무지 이해할 수 없었다. 그래도 문혜경은 이러한 문제를 노조 집행부 회의에 제기했을 뿐, 자의적으로 서노련 회의에 불참하지는 않았다. 일단 노조의 결정을 따라야 한다는 의무감 때문이었다.

쟁의부를 이재환에게 맡기고 조직부장으로서 서노련 부서회의에 몇 번 참가했던 가정우는 좀더 다른 측면에서 서노련에 대해 문제를 제기했다. 탁월한 전술가인 그는 서노련과 청계노조는 위상이 다른 조직이란 점을 쉽게 깨달았다. 무엇보다도 노조활동에 별 도움이 되지도 않는 몇 시간의 관념적인 토론을 위해 하루나 이틀을 허비하는 자체가 실천적이고 현실주의적인 그의 성향에 맞지 않았다. 가정우는 문혜경과 달리, 스스로 서노련 회의 참석을 거부하고 나섰다.

부위원장 박계현도 서노련이 만들어질 당시에는 연대라는 논리에 적극적으로 동의했으나 가정우와 문혜경이 문제를 제기하면서 의문을 갖게 되었다. 박계현은 노동운동 전반에 현장 노동자 조직이 거의 없는 상황에서 노동조합은 더더욱 대중운동을 확장할 시기라 보고 있었다. '민중들의 의식은 최고조에 달해 있는데 운동가들이 전투적이지 않아서 문제다. 선도적인 투쟁이 필요하다'고 하는 서노련의 논리는 과장으로 보였고, 삼민헌법이니 생활임금 같은 낯선 구호도 가슴에 와 닿지 않았다. 이 두 가지 구호는 박계현뿐 아니라 서울 지역 노동운동가들에게 거부감을 일으킨 가장 큰 원인이기도 했다. 서노련이 결성되고 한 달 만인 1985년 10월부터 등장한 이 구호들은 서노련과 다른 운동가들을 분리시키는 결정적인 역할을 하고 있었다.

반면, 위원장 황만호와 부위원장 김영선, 그리고 다수의 상집 간부들은 서노련 노선이 옳다고 보았다. 서노련 주도세력은 서노련을 선진 노동자들로 구성된 새로운 형태의 노동조합으로 보고 있었다. 황만호 등은 서노련 가입과 상관없이 청계노조는 탄압으로 활동이 어려운 상황이기 때문에 시대가 요구하는 새로운 형태의 노동조합으로 선도적인 투쟁을 전개해나가야 한다고 확신했다. 이승숙, 이경숙, 지수희, 장옥자, 이재환 등 핵심 간부와 조합원의 다수도 이에 동의했다. 이들은 다가온 전태일 15주기 추도식을 서노련의 주도로 치르기로 하고, 생활임금 쟁취와 삼민헌법 쟁취 등의 구호를 내세웠다. 서노련에 회의적이 된 간부들은 생경한 구호들이 비대중적이라 반대했으나 다수결에 따라서 노조의 방향으로 결정되었다.

1985년 11월 중순, 전태일 15주기 추도식과 동시에 제4차 청계노조 합법성쟁취대회가 열렸다. 생활임금·삼민헌법 쟁취를 내세운 최초의 시위이기도 했다. 쟁의부장 이재환과 황명진이 선동가로 나섰고 수백 명의 대학생들이 참가했다. 대학생 중에는 이듬해 남영동 대공분실에 끌려가 물고문을 당하다가 사망함으로써 6월 민주항쟁의 기폭제가 된 박종철도 있었다.

시위는 제기동 미도파백화점과 경동시장, 청량리 등 세 군데에서 동시에 시작되었다. 청계 조합원들은 이재환이 메가폰을 들고 선동하는 데 따라 맨 선두에 섰다. 경찰이 최루탄을 쏘며 밀려오자 학생들은 썰물처럼 달아났으나 청계 조합원들은 그대로 밀고 나갔다. 쇠파이프를 휘두르며 몰려온 백골단이 이들을 덮쳤다. 백골단은 시위 주동자 체포를 전담하기 위해 얼마 전에 창설된 전경부대였다. 이들은 흰색 안전모에 흰 장갑을 끼었다 해서 '백골단'이라 불렸다. 유도나 태권도 유단자 중에 체격이 좋은 경관들을 골라 뛰기 좋은 청카바 복장으로 시위 주동자들을 집중 추격해 잡아내는 데 수훈을 세우고 있었다. 백골단은 여성 조합원들의 머리채를 휘어잡아 질질 끌고 가면서 무자비하게 쇠파이프를 휘둘러댔다. 보는 이들이 더 비명을 지를 정도로 잔인한 폭력이었다.

이 대회로 이재환과 황명진이 연행되었는데 경찰은 아직 이재환이 쟁의부장이라는 사실도 알지 못하고 있었다. 그런데 청량리경찰서에 연행된 조합원들과 대학생들이 무릎이 꿇린 채 심하게 구타당하는 광경을 참지 못한 이재환이 벌떡 일어나 외쳤다.

"야! 왜 애들을 때려? 애들 건드리지 마! 경찰 이 새끼들 다 때려죽인다!"

일방적으로 당하던 조합원과 학생들도 이에 호응해 경찰과 싸움이 붙어버렸다. 강당은 일시에 난장판이 되어버렸다. 놀란 경찰은 그제야 구타와 기합을 중단하고 무릎도 꿇지 않게 했는데 대신 이재환을 주목하게 되었다.

"넌 누구냐?"

경찰의 물음에 이재환은 당당히 대답했다.

"청계노조 쟁의부장 이재환이다!"

엉뚱하게 청계노조 쟁의부장을 찾아낸 경찰은 희색이 되었다.

"자네, 이리 나와봐. 차나 한 잔 하자고."

형사 하나가 좋은 소리로 이재환을 불러내더니 다른 사무실에 격리시킨 후 곧바로 구속시켜버렸다. 직책만 밝히지 않았어도 넘어갔을 텐데 지나치게 당당했던 덕분에 구속되고 만 것이다. 실수는 아니었다. 이재환은 자신이 청계노조 쟁의부장이란 것을 몹시 영광스럽게 생각하고 있었다. 1970년대부터 지금까지 민주노동운동의 최선봉을 지켜온 청계노조의 쟁의부장이 되었다는 것은 숨기거나 부끄러워할 일이 결코 아니었다. 노동조합이라는 공개조직의 원칙으로 보아도 당당한 일이었다.

이재환도 처음부터 용감했던 것은 아니었다. 어린 나이에 고향인 충북 괴산을 떠나 청계천에서 노동을 하던 중 초동교회 야학에서 노동운동을 알게 된 그는 노조가 복구되고 처음 싸움이 일어났을 때는 무척 겁을 먹었다. 맨 처음 경찰서에 연행되었을 때는 너무 겁이 나서 오줌을 지리기도 했고, 태릉경찰서 유치장으로 면회 온 누나뻘 되는 여성 조합원들 앞에서 눈물을 보이기도 했다. 그에게 용기를 심어준 이는 황만호였다. 몸도 불편한 황만호가 유치장에서 경찰과 다부지게 싸우는 광경을 보고서야 요령이 생겨 어디 가서도 당당한 투사가 되었다.

번번이 경찰서를 뒤집어놓던 이재환은 북부지원에서 열린 재판에서도 여러 차례 사건을 일으켰다. 1심 때는 재판정에 들어가기 직전 대기소에서 교도관들이 대학생들을 심하게 다루는 것을 보고 참지 못해 욕을 하며 몸싸움을 벌이는 과정에서 이마가 찢어져 하얀 한복에 피가 묻었는데, 교도관들이 옷을 갈아입으라는 것을 거부하고 그대로 입정했다. 이에 판사가 뭐라고 나무라자 곧장 일어나서 고함쳤다.

"이 새끼야! 먹고살기 위해 싸운 게 무슨 죄라고 그 딴 식으로 얘기해?"

이재환은 탁자를 엎어버리고 의자 위로 올라가 욕을 퍼부었다. 2심에서는 고무신을 벗어 판사에게 집어던지기까지 했는데 북부지원이 개원된 이래 피의자가 판사에게 신발을 벗어던진 최초의 사건으로 신문에 나는 바람에 법정모독죄로 추가실형을 받아야 했다. 교도소에 이송되어서도 교도관들이 절절이 고개를 흔들며 피해 지나갈 정도로 모질게 싸웠다. 개전의 정이라고는 전혀 없는 극렬분자로 찍힌 그는 1년 6월의 실형에 법정모독죄 추가 6개월을 합쳐 2년의 실형을 선고받았다.

이날 대회로 황명진과 박규형도 구속되었다. 황명진은 서울 토박이로 중학교를 마친 후 평화시장에서 일을 시작해 1982년 노조가 해산된 시기에 야학을 통해 노동운동을 시작한 이래 수도 없는 유치장 생활을 겪은 투사였지만 누구보다 따뜻한 성품으로 사랑받아온 조합원이었다. 그는 앞에 나서서 선동하거나 특정세력을 형성하기보다는 주로 뒤에서 사람을 챙겨주는 성품이었다. 후배건 선배에 대해서건 진심으로 자상한 마음으로 대하고 어려움이 있으면 어떻게든 도와주려 하고 위로하여 누구나 마음 편히 만날 수 있는 인물이었다. 몇 년 후 위원장으로 선출된 후에도 어떤 이론이나 주장을 고집하기보다 주어진 조건 속에서 현실적인 방안을 찾는 실용주의 성향이 강해서 새로운 활동을 요구하는 후배들에게 밀리기도 하지만, 누구도 그를 인간적으로 배척하거나 비판하지 않았다.

황명진과 함께 구속된 박규형은 특이하게 남자로서 미싱을 배운 데다 음성도 여성처럼 가늘고 애교가 넘치는 조합원이었으나 황명진과 마찬가지로 싸움에는 물불을 가리지 않았다. 두 사람은 집행유예를 선고받고 석 달 만에 석방되었다.

추도시위가 끝난 직후인 1985년 11월 27일, 청계노조에 대한 해산 명령과 사무실 폐쇄 통보가 날아왔다. 마침내 올 것이 온 것이었다. 서노련이 아니더라도 노조 해산과 사무실 폐쇄가 있을 수 있었으나, 4차대회에서 외친 '삼민헌법 쟁취'라는 구호가 공안당국을 바짝 긴장시킨 정황은 확실했다.

이소선 어머니는 서노련 결성식에 축사까지 했었지만, 시간이 가면서 서노련이 문제가 있다는 생각을 갖게 되었다. 공개적인 투쟁에 익숙한 어머니는 민종덕 위원장이 구속되었는데도 서노련에서는 경찰서에 항의방문을 하기는커녕 성명서조차 내지 않는 것부터 이해할 수 없었다. 학생 출신들이 민종덕을 허수아비로 내세워 희생시킨 게 아닌가 하는 분노까지 일었다. 여기에 노조 해산과 사무실 폐쇄에 대한 행정명령이 내려오자 청계노조가 서노련에 들어간 것이 큰 실수였다는 생각을 하게 되었다.

일단은 싸워야 했다. 조합에서는 역할을 분담해 투쟁에 나섰다. 가정우 등은 유인물을 준비하는 역할을 맡고, 전순옥과 이경숙 등은 노조 사무실 문을 걸어 잠그고 농성에 들어갔다. 경찰이 물과 전기를 끊어버려 자연히 단식농성이 되었다. 목이 쉬도록 창문에 서서 길 아래를 향해 구호를 외치며 버티기를 며칠 만에 농성자들은 전경들에게 질질 끌려 나오고 사무실은 곧장 폐쇄되었다. 경찰은 노조 집기를 모두 끌어내 중구청 지하실에 넣어버리고 문을 걸어 잠근 뒤 24시간 네 명의 전투경찰이 교대로 입구를 지켰다. 신당동 사무실 폐쇄 때와 달리 조합의 힘이 약해져 있어 항의조차 제대로 하지 못한 채 노조 사무실을 창신동의 전태일기념관으로 옮길 수밖에 없었다.

노조 폐쇄가 서노련 때문이라 생각하게 된 이소선 어머니는 이제 적극적으로 서노련 탈퇴를 주장하게 되었다. 1986년 1월 중순, 살을 베어내는 듯 매서운 추위가 몰아치는 겨울날이었다. 어머니의 요청에 따라 창동집에서 비상 상집회의가 열렸다. 민종덕, 김영대, 이재환, 황명진은 구속되어 있었고 황만호 위원장은 수배 중이라 못 온 상태에서 나머지 노조 간부가 모두 모인 자리였다.

이소선 어머니는 회의 벽두부터 노동조합으로서 고유의 활동을 유지하는 데 힘을 쓰기 위해 서노련에서 탈퇴해야 한다고 간곡히 애원했다. 박계현, 가정우, 문혜경도 마찬가지였다. 김영선, 이승숙, 이경숙, 지수희 등은 조합 활동 자체가 비공개로 될 수밖에 없는 탄압국면이라는 점과 연대투쟁을 해야 한다는 당위성을 설득했으나 어머니는 지금이 최악의 탄압 상황이라는 주장부터 부정했다.

"청계노조가 언제는 감시 안 받고 탄압 안 받았나? 지금보다 훨씬 어려웠던 유신, 긴급조치 밑에서도 조합을 유지했잖아? 노조는 대중을 지향해야 하는데, 대중활동을 안 하는 노조가 무슨 소용인가 말이다. 이번 기회에 서노련에서 탈퇴해가꼬 노동조합 본연의 활동으로 돌아가자. 서노련은 운동가들끼리 하라 하고, 청계는 청계 노동자들하고 해야 한다 이 말이다."

이 자리의 그녀는 단순한 어머니가 아니었다. 이 자리의 어느 누구보다도 오랫동안 풍부한 노동운동의 경험을 가진 지도자였다. 기업과 지역을 무시하고 전투적인 노동자들만을 따로 모아 정치투쟁을 주도하는 새로운 형태의 조합이라는 서노련의 논리는 그녀를 설득하지 못했다. 전위조직과 대중조직의 차이를 무시하고 하나의 조직으로 엮음으로써 노조를 혼란에 빠뜨린 서노련에 대한 그녀의 지적을 단순한 조합이기주의라고 매도할 수는 없었다. 그녀는 피로에 지친 조합원이 잠이 들면 이야기를 계속해보자고 흔들기까지 하며 눈물로 호소했다.

새벽 4시까지 밤을 꼬박 새운 상집회의 결과, 마침내 청계노조는 서노련에서 탈퇴하기로 결정했다. 서노련에 적극적이던 간부들도 일단 동의했다. 다만, 황만호 위원장이 불참한 상태였기 때문에 위원장의 의견을 듣고 일주일 후에 다시 어머니 댁에서 모이기로 했다. 사실상 탈퇴는 확정된 가운데, 일주일 후에는 서노련 탈퇴 후 어떻게 활동할 것인가를 논의하기로 한 것이었다.

"이제 됐다. 이제 다시 청계노조가 살아나는구나. 고맙다. 정말 고맙다."

밤새 목이 아프도록 설득하고 눈물을 흘리던 이소선 어머니는 기뻐 어쩔 줄을 몰라했다. 어머니는 간부 한 사람, 한 사람의 손을 잡으며 이제 청계노조가 정상화되었다고 수없이 되뇌었다. 서노련 탈퇴를 주장하던 간부들도 이제 다시 일상적인 노조활동을 재개할 수 있으리라는 희망에 들떴다. 밤을 꼬박 새운 상집 간부들은 아침까지 지어 먹고 기분 좋게 헤어졌다. 이날의 결정에 따라 문혜경은 서노련 쪽에 앞으로 교육부 회의에 참석할 수 없음을 공식적으로 통보했다.

약속한 일주일이 지나고, 어머니 댁에는 전순옥, 박계현, 가정우, 문혜경 등이 저녁 8시부터 모여앉아 다른 사람들이 오기를 기다리고 있었다. 그러나 서노련에 적극적이던 간부들은 좀처럼 오지 않았다. 밤 11시가 되어서야 부위원장 김영선이 나타났다. 김영선은 황만호 위원장은 수배 중이라 올 수 없고 다른 간부들도 못 온다고 알렸다. 그리고 선언했다.

"지난주의 조합 상집회의 결정에 따라 서노련은 탈퇴를 하되, 저를 비롯해 다른 간부들은 개인 자격으로 서노련 활동을 계속하기로 했어요."

사실상 밖에서 따로 노조를 꾸리겠다는 선언이었다. 황만호를 중심으로 따로 상집회의를 연 결과였다. 방 안의 사람들은 한동안 멍한 상태로 아무 대꾸도 못 하고 앉아 있었다. 충격과 분노로 터질 것 같은 긴장 속에 전순옥이 따져 물었다.

"개인 자격? 상집회의 결정을 거부하고 개인 자격으로 참가하겠다고? 그게 말이 되니? 서노련에서 너를 개인 김영선으로 오라는 게 아니잖아?

청계노조 부위원장의 자격으로 서노련에 참가한 거잖아?"

서노련에서 탈퇴했으니 다시 신나게 조합을 할 수 있겠다고 기대하던 다른 참석자들도 분노에 사로잡혀 김영선과 격론을 벌였다.

"무슨 일이 있어도 조합 간판을 내릴 수는 없어! 잠깐 어려움이 있다고 이럴 수는 없다고. 서노련에 가려면 청계노조를 탈퇴하고 가!"

김영선은 결국 감정에 복받쳐 울음을 터뜨리고 말았다. 김영선은 울면서 나가버리고, 이소선 어머니는 실신하다시피 자리에 누워버렸다. 전태일의 죽음과 맞바꾸어 만들어진 그날부터, 수도 없이 가혹한 시련을 겪어온 청계노조였다. 그때마다 시련을 이기게 한 것은 피보다 더 진한 단결력이었다. 이렇게 조합 내부에서 스스로 분열하기는 처음이었다. 그토록 간절히 눈물로 애원했음에도 조합이 쪼개진 모습을 지켜보아야 하는 이소선 어머니는 자신의 몸이 두 쪽 난 것 같은 처절한 심정이었다. 아들의 죽음 이후 17년 세월을 버티게 해온 마음의 기둥이 무너지는 기분이었다.

다음날부터 전태일기념관의 노조 사무실에는 조합원들의 발길이 눈에 띄게 줄어들었다. 노조 사무실을 지키는 이들은 가정우, 박계현, 김성민, 김웅기, 정성현, 전홍수, 송호성, 이진규, 문상만, 김병호, 한근환, 김영기, 김정구 등 주로 남성 노동자들이었다. 비공개 부문에 가담했던 이태원 같은 경우는 얼마 후 공개 부문으로 돌아와 함께 활동했다. 여성은 문혜경, 배인순, 김경미, 김미영 정도로, 남녀 모두 합쳐 20명이 넘었다. 이들에게 큰힘이 되어준 이는 1970년대 투쟁의 전설적인 선배이던 신광용이었다. 봉제공장에서 일하고 있던 그는 수시로 찾아와 조합원들을 격려하고 교육모임을 이끄는 등 지원을 아끼지 않았다.

밖에서 활동을 시작한 비공개 부문의 주력을 이룬 것은 주로 여성 조합원들이었다. 김영선, 이승숙, 장옥자, 이경숙, 정경숙, 김용숙, 이경선, 지수희, 이은숙, 박영숙 등의 주도 아래 30여 명의 여성 조합원들이 이에 소속되었다. 위원장 황만호와 부위원장 김영선, 그리고 다수 상집 간부로 이뤄진 이들은 몇몇 간부가 빠졌을 뿐 자신들이 그대로 노조활동을 하는 것이라고 생각했다. 다만 경찰의 추적과 서노련 문제로 인한 갈등으로 노조 사무실에 드나들지 않기로 한 것뿐이라 생각했다. 이들은 부서별로 서노련 부서 모임에 참석하여 학습 소모임을 하는 한편 현장 노동자 조직 활동을 계속해나갔다.

이미 분열된 노조를 치명적으로 갈라서게 만든 것은 얼마 후 터진 박영진 사건이었다. 아직까지 전국에서 노동 문제에 관련해 무슨 문제가 생기면 제일 먼저 연락하는 곳이 청계노조이던 시절이었다. 1986년 3월 구로공단의 문구제조업체 마이크로사에서 노조결성운동을 하던 노동자 박영진이 분신했을 때 제일 먼저 연락을 받은 곳도 청계였다. 사무실을 지키고 있다가 분신 현장에서 직접 걸려온 전화를 받은 가정우는 즉각 대림동 강남성모병원으로 옮기라고 가르쳐주고 사회단체와 학생운동권에 긴급히 소식을 알리는 한편, 이소선 어머니를 모시러 창동에 조합원을 보냈다.

학생들에게 연락을 마친 가정우가 이소선 어머니를 모시고 강남성모병원에 도착한 것은 오후 3시경이었다. 박영진은 중환자실에 들어간 가운데 박영진의 어머니와 회사 동료 7, 8명이 병원을 지키고 있는 게 전부였다. 온몸이 불에 타 생명이 꺼져가고 있던 박영진은 이소선 어머니를 보자 몹시도 반가워하며 마지막 남은 몇 마디 유언을 남기고 숨이 끊어졌다.

얼마간 시간이 지나자 연락을 받은 이들이 몰려들었다. 박영진의 시신이 보관되어 있는 중환자실 복도는 200여 명의 재야인사들과 노동자들이 가득 찼다. 경찰은 병원 전체를 에워싸는 한편 중환자실 주위에도 포진했다. 이미 여러 차례 분신한 열사들의 시신을 빼앗긴 경험이 있는 이소선 어머니는 먼저 박영진의 유품들을 봉투에 담아 문혜경에게 몰래 밖으로 가져가도록 했다.

예상대로 경찰은 이번에도 시신을 탈취하기 위해 점차 병력을 늘려갔다. 밤이 깊어지면서 긴장은 고조되었다. 밤을 넘기지 않으리라는 낌새를 알아챈 노동자들이 소화기며 대걸레 자루를 들고 침입을 막으려 했으나 새벽에 의사 가운을 입고 들어온 형사들에게 순식간에 기선을 제압당하고 말았다. 결국 박영진의 시신은 경찰의 손으로 화장되어 벽제화장터 옆 산속에 뿌려졌다. 그 시각 가정우는 미리 연락했던 대학생들과 어떻게 투쟁할 것인가 상의하고 있었다. 너무 빨리 어이없이 시신을 빼앗겨 싸울 기회를 놓친 이들은 이틀 후 구로동 일대에서 가두시위를 벌일 수밖에 없었다.

문제는 박영진 추도식 준비 과정에서 벌어졌다. 민주운동의 관례대로 민통련(민주통일민중운동연합), 민청련(민주화운동청년연합), 전태일기념사업회 등 10여 개 민주화단체들이 모두 모여 박영진 열사 추모를 위한 준비위원회를 꾸렸고, 여기에는 서노련도 참가했다. 청계노조를 대표해 참가한 박계현이 간사를 맡아 준비를 총괄했다. 그런데 유인물과 성명서에 어떤 구호를 넣을 것인가에서 갈등이 생겼다. 군사독재 타도나 노동삼권 보장 같은 구호에는 큰 이견이 없었으나 서노련 쪽에서 최저임금 보장 대신 생활임금 쟁취를 넣자고 요구한 것이다. 다른 준비위원들이 대중성이 없는 낯선 구호라는 이유로 반대하자 서노련은 독자적으로 추도식을 하겠다며 준비위원회에서 탈퇴해버렸다. 추도식은 서노련과 상관없이 진행되었다. 박계현은 몇날 며칠을 민통련 사무실에 기거하다시피 하면서 사람들을 모으고 실무 준비를 했다.

마석 모란공원에서 거행된 추도식에는 고인의 부모님과 친구들을 포함해 300여 명의 재야인사들과 노동자들이 참가해 비통한 마음으로 박영진의 고귀한 넋을 기렸다. 전태일 묘지 근처에 만들어진 박영진의 묘에는 이소선 어머니가 문혜경을 통해 확보해둔 그의 마지막 유품들과 함께 고인의 친구들이 벽제화장터 옆 산중에서 긁어온 재와 흙이 묻혔다. 간사를 맡아온 박계현은 유동우와 함께 작성한 성명서를 낭독했다. 군부독재를 성토하고 노동자 권리를 위해 투쟁하자는 내용이었다.

한편, 서노련은 모란공원에서의 장례식을 형식적인 추도식이라 비판하면서 따로 투쟁을 준비했는데, 다름 아닌 전태일기념관에서의 농성이었다. 서노련 소속 노동자들이 청계노조 사무실이기도 한 전태일기념관을 점거하고 농성을 하겠다고 통보해 왔을 때, 노조 사무실을 지키던 조합원들과 이소선 어머니는 전혀 납득할 수가 없었다. 과거 청계노조가 자체 일로 노조 사무실에서 농성을 한 적은 많지만 이런 경우는 농성 장소가 노동부나 마이크로사가 되어야지, 자기들 편인 전태일기념관을 점거한다는 건 있을 수 없다고 보았다. 그렇다고 밀고 들어온 노동자들을 내몰 수는 없었다. 대신, 사무실을 지키던 조합원들은 밖으로 나왔고 서노련 소속 조합원들도 이번 농성에는 참여하지 않기로 했다.

1985년 3월 23일, 경찰은 기념관을 겹겹으로 포위하고 출입을 금지시켰다. 이내 먹을 것이 떨어진 농성자들은 음식을 넣어달라고 요청해 왔다. 이소선 어머니는 기념관을 점거한 행위는 밉지만 노동자들을 굶길 수는 없다며 잔뜩 먹을거리를 장만해 가정우와 박계현에게 들려 보냈다. 입구를 막은 경찰은 박계현만을 들여보냈다. 박계현은 혼자 들어가 먹을 것을 나눠주며 이곳은 농성을 할 장소가 아니니 다른 곳으로 가라고 설득했으나 받아들여지지 않았다. 그나마 단 한 번뿐, 경찰은 다시는 누구도 들여보내지 않았다.

마침내 경찰이 진입해 들어오자 서노련 노동자들은 기념관 기물을 마구 집어던지며 저항하기 시작했다. 기념관 내부는 모조리 부서져버렸다. 그래도 경찰이 밀고 들어오자 일부 노동자들은 기념관 지붕으로 올라갔다. 경찰이 따라 올라오자 노동자들은 기와를 뜯어 경찰에게 집어던지기 시작했다. 일부는 이웃집 지붕으로 뛰어 넘어가 기와를 떼어내 던지며 저항했다. 최루탄과 기왓장이 날아다니면서 기념관은 완전히 엉망이 되어버렸다. 이웃집도 지붕 일부가 뻥 뚫려 하늘이 올려다보였다. 결국 노동자들은 모두 연행되고 기념관은 폐가처럼 황폐해졌다.

엉망으로 부서진 기념관을 바라보는 이소선 어머니와 조합 간부들은 허탈과 분노를 참지 못했다. 어차피 연행될 싸움이었는데 단지 경찰에 잡히지 않기 위해 전태일기념관 지붕을 뜯다 못해 아무 관계도 없는 이웃집 지붕까지 뜯어서 던진다는 것은 도저히 이해도 되지 않고 용납도 되지 않았다. 얼마 후 김영선을 비롯한 서노련 소속 조합원들이 이 일에 대해 사과하러 창동집에 찾아갔으나 어머니의 분노를 가라앉힐 수는 없었다.

당장은 이웃집의 지붕이 뚫린 것이 문제였다. 어머니는 파출소까지 끌려가 조사를 받아야 했다. 다행히 이웃집 사람이 너그러워 고쳐주기만 하면 책임을 묻지 않겠다고 했다. 이소선 어머니는 시장에서 가게를 하는 장조카의 보증으로 경찰서에서 나온 후 그의 도움으로 이틀에 걸쳐 이웃집 지붕부터 고쳐주었다. 인부들도 여러 사정을 봐서 최저임금으로 일해주었다.

전태일기념관을 고칠 돈은 한 푼도 없었다. 인부 쓸 돈은 물론, 기와 살 돈도 없어 재야인사들이 조금씩 모금한 돈으로 흙을 받고 기와를 사다 남자 조합원들이 직접 진흙을 개어 얹어나갔다. 비에 대비해 천막을 덮어놓고 한쪽부터 고쳐나가는데 기술이 없다 보니 몇 번씩 다시 뜯어고쳐야 했다. 수리하는 모습을 지켜보는 이소선 어머니의 마음은 참담한 분노로 들끊었다. 경찰이나 기업주들에 의해서가 아니라 노동자들에 의해 파괴되었다는 것은 더욱 참을 수 없는 일이었다.

어머니는 이때부터 서노련에 가담한 조합원들만 보면 당장 탈퇴하라고 심하게 야단치기 시작했다. 이에 서노련 지도부는 이소선 어머니와 공개 부문 간부들에 대해 조합주의로 노동운동의 발전을 가로막고 있다고 비판했다. 일부 서노련 소속 노동자들은 이소선 어머니가 전태일 정신을 훼손한다며 물러나라 요구까지 했다. 박계현, 가정우, 문혜경에 대한 적대감은 더욱 노골적이었다. 단 하루도, 단 한 시도 가슴에 묻은 전태일을 잊어본 적이 없는데, 노동운동을 방해하지 말라는 비난을 당해야 하는 어머니의 가슴은 칼로 베이는 듯 아팠다. 지난 16년 동안 경찰에 무수히 연행되고, 조합원들이 보이지 않는 곳에서 무참히 구타당하는 치욕도 무수히 겪었지만, 시체에서 벗겨낸 헌옷을 팔아 밥을 해 먹이고, 단돈 5만 원이나마 노조 상근비를 챙겨주던 자식 같은 노동자들에게 노동운동을 떠나라는 소리를 듣는 비참한 심정은 말로 표현하기 어려웠다.

청계노조에서뿐만 아니라, 서노련은 소속 활동가들의 헌신적인 투쟁에도 불구하고 노동운동 내부에 많은 문제점을 일으키고 있었다. 길게 보아 2년 정도 유지된 서노련은 어느 특정한 인물이나 분파가 주도했다기보다 온갖 다양한 운동가들이 가담했다가 이탈하는 과정을 거쳤다. 서로 다른 성향과 이론적 지향을 가진 이들이 서노련 이름으로 모였다가 흩어지기를 반복했다. 서노련이 전국적인 조직을 지향하면서부터는 지방에서 활동하던 이들도 잠시나마 서노련과 연관되지 않은 이가 별로 없을 정도였다. 어느 특정한 세력의 전유물이라고 할 수도 없던 이 서노련이 '좌익소아병'을 상징하는 조직으로 변모된 것은 운동조직의 논리상 늘 강경파가 주도권을 쥐게 되기 때문이었다.

서노련은 기념관 점거농성을 벌이기 며칠 전인 3월 19일 300여 명이 가리봉오거리에서 점거시위를 벌인 바 있고, 3월 24일에는 주안 6공단에서, 4월 12일은 부평역, 5월 1일은 철산리에서 가두시위를 벌이는 등 줄기차게 가두투쟁을 벌였다. 서노련 소속 활동가들의 헌신성은 대단했고 서노련 이름으로 행해진 격렬한 시위들은 엄혹한 군사독재 말기를 뚫고 나가는 선도적 투쟁으로서 큰 의미를 가졌다. 그러나 생활임금이니 삼민헌법 같은 낯선 구호들은 현장 노동자들로부터 호응을 받지 못했고, 동료 운동가들에게 경제주의니 분파주의니 하는 딱지를 붙여 매도하고 매장시키려는 좌익소아병적인 행태는 노동운동 내부에 심각한 분열을 야기시켰다. 서노련 내부에서도 이런 좌편향적인 흐름에 반발하는 조직원들이 늘어났고, 여기에 혁명가로서의 근본적인 품성과 대중운동을 강조하는 NL이론이 등장함으로써 이탈을 가속화시켰다. 결과적으로 서노련은 그 헌신성과 노고, 다양하고 방대한 운동가들의 참여에도 불구하고 많은 이들에게 공보다 과가 많은 조직으로 기억에 남게 된다.

한편, 공개와 비공개로 나눠진 청계노조는 서로 아무 상관 없이 활동했으나 탄압의 하중은 전태일기념관에 자리잡은 공개 부문에 집중되었다. 1986년 늦봄부터 시장 상가에 서노련이나 청계노조 명의의 유인물들이 뿌려지기 시작했다. 유인물이 나돌 때마다 경찰은 노조 사무실을 압수수색하기 위해 몰려왔다가 남자 조합원들의 거센 반발로 물러나기를 여러 차례 되풀이했다. 경찰이 들이닥칠 때마다 앞장서서 몸으로 막아낸 것은 가정우, 김웅기, 정성현 등이었다.

"여기가 어디라고 감히 들어와? 한 발만 들이밀면 너희들 다 찔러 죽이고 나도 죽을 거다!"

"연행하려면 연행해라. 동대문경찰서에서 칵 분신해버린다."

죽음을 불사하고 투쟁하는 청계노조의 전통과 혈기왕성한 20대 남성 조합원들의 성격을 잘 알고 있던 경찰은 사고가 날까 우려하여 물러날 수밖에 없었다. 경찰은 그래도 세 번이나 정식으로 압수수색영장을 가져와 기념관을 뒤집어놓았으나 아무것도 찾아낼 수 없었다. 경찰은 기념관에 드나드는 조합원 숫자가 갑자기 줄어들어버린 것과 연관지어 조합이 내부적으로 역할을 나눈 것으로 생각했다. 매번 헛수고를 하고 돌아가며 고개를 내저었다.

"전태일의 후배들은 참 머리가 좋다. 어떻게 증거 하나를 안 남기냐?"

그렇다고 경찰 앞에서 조합이 분열되었다고 말할 수는 없었다. 공개 부문 조합원들은 노조가 분열되었다는 사실을 완전히 비밀로 했기 때문에 경찰은 물론, 다른 운동단체들도 청계노조가 이원화되었다는 사실을 아주 나중까지도 모르고 있었다.

서노련은 경찰의 손을 떠나 전두환의 친위부대인 국군보안대에서 직접 담당하고 있었다. 국군보안대는 일개 부서를 총동원해 기념관 주변을 철저히 감시했다. 심지어 남녀 보안대원이 부부로 위장해 문혜경이 세 들어 사는 집에 방을 하나 얻어 입주하기도 했다. 그들은 두 달 동안이나 한 집에 살면서 천연덕스럽게 이웃 행세를 했는데, 문혜경은 나중에 보안사령부에 잡혀가서야 그들이 보안대원이라는 사실을 알았다. 평소에 기념관에 들어올 수가 없던 경찰과 보안대는 밤중에 취객을 가장해 들어와 행패를 부리며 정황을 탐지해 가기도 하고, 한밤중에 대문을 마구 걷어차서 공포 분위기를 조성하는 등 나름대로 애를 먹이고 있었다.

이런 상황에서도 조합의 일상활동은 계속되었다. 사무실을 지키고 있기만 해도 온갖 크고 작은 일들이 쏟아졌다. 젊은 남자 조합원들은 기념관에서 숙식하다시피 하며 전국의 현장에서 올라오는 소식을 받아 다른 단체에 알려주는 일부터, 청계천뿐 아니라 다른 지역 봉제업체에서 체불임금이나 퇴직금 문제로 진정해 오는 노동자들을 상담하고 사업장에 쫓아가 해결해주는 일들을 계속했다. 분신사건이 나거나 다른 단체에서 지원 투쟁을 요청하면 즉시 달려가는 것도 고유의 업무였다.

임금체불은 여전했다. 조합원 이재경이 월급을 못 받자 정성현이 공장에 쫓아가 사장에게 따졌으나 말을 듣지 않자 멱살을 잡고 번쩍 들어 옥상 난간에 올려놓고 던지겠다고 위협한 사건도 있었다. 놀란 사장은 그날로 임금을 지급해주었다. 왕십리의 한 공장에서 상습적으로 임금을 체불하자 조합 간부들이 쫓아가 기계와 집기를 노동자들에게 양도한다는 각서를 받아 해결하기도 했다.

사무실 밖에서 활동하는 비공개 부문 조합원들도 대중조직 활동에 힘을 쏟고 있었다. 서노련에서 내려오는 주제에 따라 토론을 하거나 가두시위 지침에 따르면서도 상집회의의 주요 의제는 어떻게 현장대중을 조직할 것인가였다. 황만호는 이미 박영진 사건이 일어나기 전부터 서노련 공개 지도부와의 관계를 김영선에게 넘기고 현장에 취직해 있었고 다른 간부들도 제각기 현장에 취업해 노조를 만들기도 하고 현장투쟁을 이끌어내기도 했다.

대부분 여성인 이들 비공개 부문 조합원들의 성향은 저마다 조금씩 달랐다. 제일교회 출신 이승숙, 장옥자, 이경숙, 정경숙, 김용숙, 박영숙 등은 강하고도 냉철한 성향을 가지고 투쟁적인 분위기를 주도했다. 김영선, 이경선 등 형제교회 출신들은 정이 많고 눈물이 많아 사람들이 흩어지지 않도록 끌어안는 역할을 했다. 지수희와 이은숙 등 시온교회 출신들은 같은 자취방에 살아도 남달리 부지런하고 생활력이 강한 점이 특징이었다.

가장 열성적으로 활동한 이들 중 한 사람인 이승숙은 서울 토박이로

1976년 장위동의 한 봉제공장에 처음 취직하면서 의류 노동자의 삶을 시작했다. 노조를 알게 된 것은 이듬해인 1977년, 청계천의 잠옷공장에 취직해 월급 1만 2,000원을 받으며 시다 일을 하고 있을 때였다. 어느 날 헐렁한 옷에 깡마른 사람이 사업장에 찾아와 전태일 추도식에 참석하라고 권유했다. 총무를 보던 민종덕이었다. 그가 가고 난 후 사장은 말했다.

"전태일이란 사람이 자기 영웅심 때문에 자기 몸에 불을 붙여 죽었거든? 저런 사람들 알면 신세 망치니까 절대 이야기도 듣지 마라. 알아들었냐?"

사장 말을 듣고 나니 조합 간부들이 무서웠다. 간부들이 오면 옥상으로 올라가버리고 말을 시키면 구석에 숨었다. 마음의 문을 열게 된 것은 야학 때문이었다. 제일교회에서 야학을 하니 와보라는 소리를 여러 번 듣다가 어느 날 혼자서 중구 오장동에 있는 제일교회를 찾아갔다. 야학은 사춘기 소녀의 눈을 뜨게 해주었다. 소심하고 내성적이던 자신의 내면에 또 다른 면이 있다는 것을 깨달은 것이었다. 야학에 들어가 자신의 살아온 이야기를 글로 쓰고 노동의 가치를 배우면서 '나도 쓸 만한 구석이 없지는 않다'는 생각을 하게 되었다. 삶에 대해 자신감이 생기고 긍정적으로 변화하는 데는 그리 오랜 시간이 필요하지 않았다. 처음에 노조에 갔을 때는 남자들이 의자에 쭉 앉아 있는 게 영 어색하고 무서운 느낌이었으나 야학을 마칠 무렵에는 노조 사무실을 자기 집처럼 생각하게 되었다. 처음 야학에 갔던 것은 검정고시라도 붙어서 배우지 못한 사람이라는 사회의 시선을 벗어나 보려 함이었으나 노동의 가치를 배우면서 헛된 생각임을 알게 되었다. 한 인간의 품질은 종이로 만든 졸업장이 아니라 그가 무엇을 사랑하는가에 따라 달라진다는 것을 그녀는 무척 일찍 배웠다. 1980년 민주화의 봄이 왔을 때, 만 17세밖에 안 된 이승숙은 14일 간의 농성이며 서울역의 시위에 빠지지 않는 열성 조합원이 되어 있었다.

이승숙의 단짝으로 이후에도 10여 년을 함께 청계노조를 이끌게 되는 이경숙은 전남 광주 출생 미싱사였다. 두 사람은 이름과 체격이 비슷할 뿐 아니라 경찰과의 싸움에서 물불을 가리지 않는 용맹성을 보여준다는 점에서 너무 닮아 사람들은 누구 하나를 떼놓지 않고 꼭 '승숙이·경숙이'라 부를 정도였다. 민종덕에 이끌려 노조를 알게 되었다는 점도 같았고 제일교회 야학 제1기라는 점도 같았다. 안중민, 주재석, 구창완, 유정숙 등 강학들은 일반 공부는 생활한문 정도만 가르치고 나머지 시간에는 『노동의 역사』니 『미국노동운동비사』 『비바람 속에도 핀 꽃』 『암태도 소작쟁의』 『난장이가 쏘아올린 작은 공』 같은 책들을 교재로 가르쳤다. 의식화 공부는 이경숙에게 너무나 재미가 있었다. 길지 않은 6개월이었으나 매일 저녁마다 열린 야학의 영향은 컸다. 졸업 후 차돌멩이회를 만들어 죽을 때까지 노동운동을 하기로 맹세했다. 안중민은 쌍둥이처럼 잘 어울리는 이승숙과 이경숙을 청계모임에도 연결해주었다. 김선주와 서재덕을 만난 두 사람은 B그룹에 소속되어 노조 복구에 앞장서게 되었다.

노조가 복구되면서 간부가 되고 상근을 하게 되기까지 단짝 이승숙과 이경숙은 오로지 앞만 보며 뛰어왔다. 서노련에 가담한 것도 단순히 선배들의 설득 때문이 아니라 선도투쟁 노선이 옳다고 보았기 때문이었다. 두 사람은 서노련이 중심이 된 수차례의 가두시위에 늘 맨 앞장서 싸웠다.

이들이 마음 놓고 활동한 배경에는 지수희도 큰 역할을 했다. 지수희는 이때는 물론이요, 노조가 복구될 무렵부터 이승숙과 이경숙, 장옥자 등에게 늘 따뜻한 밥과 반찬을 제공해주고 빙그레 환한 웃음으로 마음을 다독여준 따뜻한 처녀였다. 전남 함평에서 어린 나이에 서울에 올라와 시다 생활을 시작한 그녀는 천성적으로 근면하고 성실했다. 새벽 5시에 공장에 도착해 일을 시작하여 재단사의 눈에 든 결과 시다 2년 만에 객공 미싱사가 되었고 열여덟 살이 되던 해에는 모범근로자로 뽑혀 산업체학교에 들어갈 기회까지 얻을 수 있었다. 산업체학교는 청계노조를 해산하고 노동교실을 없앤 군사정부가 개량화정책의 하나로 만든 학교였다. 지수희도 검정고시를 공부하게 되어 떨 듯이 기뻤다. 그런데 이 무렵 아버지가 돌아가시면서 학교진학은 포기할 수밖에 없었다. 대신 종로 5가 연동교회와 시온교회 야학에 다니면서 청계모임을 알게 되었다. 그녀는 산업체학교 출신 중에 노동운동을 한 드문 사례가 되었다.

야학은 지수희에게 많은 것을 가르쳐주었지만 어디까지나 이론일 뿐, 실천은 쉬운 일이 아니었다. 노조가 복구되면서 시작된 싸움은 그녀에게 버거웠다. 이승숙이나 이경숙처럼 물불 가리지 않고 싸우는 이들을 보면 부럽기만 했다. 뒤에서 도와주고 생활비 대주는 일은 해도 앞에 나서기는 너무 무서웠다. 책임감 때문에 어쩔 수 없이 앞에 나서게 될 때면 꼭 죽으러 가는 기분이었다. 돈을 잘 버는 일급 미싱사로서 이들에게 자취방을 열어주고 생활비와 활동비를 지원하는 일이 편했다. 노조에 상근하게 된 것은 키도 큰 편이고 인상도 좋은 그녀에게 대외교섭을 맡겨보려는 선배들의 강요 때문이었다.

상근을 시작하면서 지수희가 가장 먼저 느낀 것은 허기였다. 아무리 어렵게 살았어도 밥을 굶어본 적은 없었는데 조합 상근자가 되니 끼니를 넘기는 게 예사였다. 어렵게 마련한 쌀과 반찬으로 사무실에서 밥을 하면 모두들 배가 고파 허겁지겁 먹기에 바빴다. 양보심이 많은 지수희는 이리저리 밀리다가 맨밥만 조금 먹고 말 때가 많았다. 어떤 때는 서럽기까지 했다. 지수희 자신은 어렵게 번 돈을 다른 상근자들을 위해 아낌없이 내놓았지만 정작 자기가 필요할 때는 다른 이들에게 손을 내밀 주변머리가 없어

주머니는 늘 텅 비어 있었다. 한번은 김영선과 함께 조합 가입원서와 설문 조사서를 들고 현장순회를 다니다가 점심때가 되었는데 두 사람이 가진 돈은 단돈 1,000원밖에 없었다. 이 돈으로 라면을 사먹느냐, 복권을 사느냐 고민하던 두 사람은 결국 복권을 사고 점심을 쫄쫄 굶고 말았다. 그러나 복권은 당첨되지 않았고 다시는 그런 짓을 하지 않았다.

이렇게 조용하고 성실한 지수희도 매일처럼 공장장, 사장, 경찰과 싸우고 경찰서와 유치장을 내 집처럼 드나들면서 어느새 시장 일대를 주름잡는 악바리로 유명해져버렸다. 아무리 세월이 흐르고 모진 풍파를 겪어도 온순하고 선량한 천성은 변하지 않았으나 자기가 해결하지 않으면 안 될 불의에 부딪히는 순간 전혀 다른 인격체로 변하는 것이었다. 서노련을 선택한 것도 더 열심히 싸우겠다는 의지 이외에는 아니었다. 대중조직이니 전위조직이니 하는 논쟁이나 이후 벌어지는 온갖 사회구성체 논쟁은 그녀의 능력 밖이었다. 노동자의 해방을 위해 싸우는 일이라면 자기가 할 수 있는 모든 것을 바치겠다는 마음뿐이었다.

투쟁이라면 장옥자도 빠지지 않았다. 충북 음성 출생인 그녀는 일흔 살이 넘도록 일기를 쓸 정도로 감수성이 풍부한 어머니의 영향을 받아 어려서부터 작가가 되겠다는 꿈을 가진 문학소녀로 자라났다. 가난 때문에 어린 나이에 청계천에 들어와 미싱을 배우다가 야학에 다니면서 노동운동에 눈을 뜨게 된 그녀는 제일교회 야학에 다니면서 이승숙, 이경숙과 단짝이 되어 노조가 복구될 무렵부터 노조활동에 전념해왔다. 글을 잘 쓴 장옥자는 선전부원으로 발탁되어 선전부장 안재성과 함께 노보를 만들었는데 만화도 제법 그려 노보의 삽화를 도맡기도 했다. 서노련 출범 후 안재성이 떠나면서 선전부장을 맡아 『청계노보』 발행을 책임지는 한편 『서노련신문』 편집부에도 참가했다. 실상 『서노련신문』은 비밀지도부에서 편집과 발행을 독점했기 때문에 기사 한 줄 쓰지 못한 채 형식적인 편집부원으로 있었으나 『청계노보』는 장옥자가 혼자 만들다시피 했다.

청계노조가 서노련으로 인해 분열된 것은 사실이지만, 그 책임을 앞장서서 싸운 이들 열성 조합원들에게 돌릴 수는 없었다. 조합 분열의 책임은 노동운동 이론의 급속한 발전 과정에서 빚어진 시대적 한계에 있었다고 할 수 있다. 조합이나 서노련, 어느 쪽을 선택했든 남은 조합원들의 치열한 헌신성은 길이 기록되어야 할 것이다.

황만호가 구속된 것은 인천에서 5·3사태가 일어난 바로 다음날인 1986년 5월 4일이었다. 조합이 결정적으로 분리된 지 3개월이 지났을 때였다. 당시 대통령 직선제로의 개헌을 위한 궐기대회가 야당과 재야운동권의 주도로 부산에서 시작되어 광주와 대구를 거쳐 인천에서 열리게 되었는데 다른 지역과 달리 서노련과 인노련 노동자들이 참여한 인천대회는 격렬한 폭력시위로 발전했다. 이들은 숫자는 많지 않았으나 격렬한 투석전을 주도해 부평 일대가 몇 시간이나 마비되었다. 비폭력운동으로 국민의 지지를 끌어내야 한다는 당시 민주화운동의 기조와 맞부딪혀 비판과 역비판이 벌어진 사건이었다. 청계 조합원들도 토요일의 5·3시위에 참여해 경찰과 투석전을 벌인 후 일요일 아침 이를 평가하는 운영위원회를 열었는데 황만호는 그 자리에서 붙잡힌 것이다.

운영위원회가 열린 곳은 북한산 기슭인 구파발 문화촌의 정경숙 부모님의 집이었다. 경찰과 안기부의 미행과 도청이 극에 달한 시기였다. 경찰의 미행을 따돌리는 것을 '소독'이라 표현했는데 모이기만 하면 '소독 잘했느냐'는 게 인사였고 대문 앞에 이상한 사람만 지나가도 바로 보따리 싸가지고 이사를 가는 정도였다. 이날도 운영위원들은 각자 '누구 생일인데 누구에게 연락을 받아서 왔다'는 진술용 알리바이를 만든 후 등산 가는 것처럼 등산복을 차려입고 종로 5가 등지에서 몇 명씩 모여 몇 번씩 차를 갈아타며 정경숙의 집으로 모였다.

그런데 조합원들이 탄 차에는 꼭 등산복을 입은 사내들이 함께 탔고 정경숙의 집 앞에는 119구급차가 대기하고 있었다. 전화 도청이나 미행으로 어디선가 정보가 새어나간 것이었다. 이상한 느낌은 들었으나 확실한 증거가 없는 가운데 점심밥을 해 먹고 한편에서는 설거지를 하고 한편에서는 토마토와 수박을 자르고 있을 때였다. 올 사람이 없는데 갑자기 초인종 소리가 났다.

"누구세요?"

일순, 모두들 입을 다문 가운데 집주인 정경숙이 대문을 열기 위해 나갔다. 마침 과일을 씻기 위해 마당에 나가 있던 이경숙도 부엌칼을 그대로 손에 든 채 뒤에 섰다. 대문을 여니 체격이 좋은 두 남자가 버티고 있었다. 보안대 사복 군인들이었다.

"여기 황만호 있지?"

군인들은 다짜고짜 밀고 들어오려 했다. 순간적으로 상황을 깨달은 이경숙은 부엌칼을 치켜들고 소리 질렀다.

"당신들 뭔데 남의 집에 막 들어와! 나가!"

보안대 요원들이 부엌칼 앞에 머뭇대는 사이, 황만호는 재빨리 다락에 숨었다. 하지만 군인들은 이미 집 주위를 완전히 둘러싸고 있어 그가 숨는 광경까지 보고 있었다. 다락 창문을 여니 골목의 군인들이 빤히 자신의 얼굴을 바라보고 있는 것이 아닌가. 황만호는 다른 이들에게 기회를 봐서 재빨리 달아나라고 지시하고는 스스로 마당에 나갔다.

"알았습니다. 내가 황만호요. 조용히 나갈 테니까 대신 다른 사람들은 보내주시오. 그러면 조용히 응하겠습니다."

보안대원들은 제안을 받아들여 황만호만 에워싸고 나갔다. 보안대원들이 보이지 않게 되자 남은 이들은 남산 밑 국립극장에서 저녁 6시에 재집결하기로 약속하고 재빨리 사방으로 흩어졌다.

보안대원들이 체포자 명단에 김영선도 있다는 사실을 깨달은 것은 잠시 후였다. 뒤늦게 다시 골목으로 몰려온 보안대원들은 버스를 타기 위해 걸어가던 이승숙과 정미숙 등 몇 명만 붙잡을 수 있었다. 이미 김영선은 택시를 타고 달아난 후였다.

"아까 부엌칼을 들고 설치던 년은 어디 갔어?"

보안대원들의 빽빽 고함을 지르며 뒤졌지만 이경숙도 벌써 달아나고 없었다.

잡힌 이들은 송파구에 있는 국군보안사령부로 연행되었다. 보안사의 하얀 건물 속에는 비슷한 크기의 조그만 취조실이 나란히 붙어 있었다. 새하얀 벽에 책상 하나, 침대 하나뿐인 방 안에 하나씩 들어가니 사방에서 퍽퍽 하며 매 맞는 소리와 비명 소리가 오싹 소름을 돋게 했다. 보안사에는 이들과 별도로 민종덕의 부인 박애숙과 전순옥, 박계현, 가정우, 문혜경 등 주요 간부가 전날 모두 잡혀와서 심문을 당하고 있었던 것이다.

공개 부문 간부들이 붙잡힌 것은 전날인 5월 3일 인천시위 당일이었다. 가정우는 이 무렵 수시로 사무실에 드나들며 사무실 일을 돕고 있던 전순옥과 함께 시위에 참가하기 위해 아침 8시경 창신시장을 걷던 중 체포되었다. 가정우와 전순옥은 체포를 거부하고 가로수를 껴안고 버티며 싸웠으나 역부족이었다. 미리 대기하고 있던 119구급차에 실려 송파보안대로 끌려 왔다. 역시 시장 골목에서 체포된 박계현도 시장 골목이 엉망이 되도록 저항하다 결국은 체포되어 대기하고 있던 포니차에 실려 보안대로 끌려 왔다. 황만호가 잡혀갔을 때 이들은 이틀째 잠 한숨 못 자고 조사받는 중이었다.

보안대는 황만호와 함께 붙잡은 평조합원들에게는 별다른 폭력을 가하지 않고 김영선이 갈 만한 곳을 캐묻다가 자정 무렵에 다 내보내주었다. 비공개 원칙에 따라 모두들 간부임을 숨기고 생일날이라 연락이 와서 놀러갔을 뿐이라고 일관되게 진술했기 때문이었다. 군인들이 처음으로 노동문제를 맡다 보니 구체적인 정보에 어두운 탓이기도 했다. 한 보안대 간부는 독종 중의 독종이던 이승숙을 내보내면서 오히려 다정하게 격려했을 정도였다.

"이승숙이 너는 아직 순진하군. 노조에 물들지 말고 열심히 살아봐."

평생 군대가 어떤 곳인지 구경도 해보지 못했던 황만호는 처음 들어갔을 때 군인들이 옷을 벗으라고 하자 경찰서와 감옥에서 늘 하던 대로 마주 욕을 하며 싸웠다. 그러자 군인들이 떼로 몰려와 군홧발과 주먹으로 아무데나 닥치는 대로 두들겨 패는 데 얼이 쏙 빠져버렸다. 이러다가 죽을 것 같았다. 그래도 기죽지 않고 고함을 치며 저항해보았으나 군대의 경직성은 상상 이상이었다. 다음날부터 본격적인 수사가 시작되자 군인들은 시도 때도 없이 야구 방망이를 들고 들어와 어깨고 다리고 닥치는 대로 두들겼다. 자기가 맞는 것보다 더 끔찍한 것은 다른 사람들의 비명을 듣는 일이었다. 김문수를 비롯한 서노련 지도부와 회원 수십 명도 체포되어 가혹한 수사를 받고 있었다. 옆방에서 들려오는 비명 소리를 듣고 있으면 피가 다 굳어버릴 듯 두려웠다.

황만호는 서노련 관련 사실만은 끝까지 입을 다물어야겠다고 생각하지 않을 수 없었다. 『청계노보』를 만들었다는 점은 인정했다. 선전부장 장옥자가 편집해 온 것을 자신이 문익환 목사에게 인쇄를 맡겼다고 일관되게 거짓 진술했다. 그가 버티는 동안 서노련 사건도 마무리 단계로 접어들어 보안대로서도 적당히 끝내려는 듯했다. 그런데 뒤늦게 장옥자가 구속된 이후에도 『청계노보』가 발행되었다는 사실이 들통나버리고 말았다. 갑자기 우당탕탕 몰려온 군인들은 그를 기절하기 직전까지 두들겨 패며 고함쳤다.

"이 새끼들은 말이야, 양파처럼 까면 깔수록 나와. 처음부터 끝까지 다 거짓말이야. 새끼, 몸도 불편한 새끼가 거짓말이나 하고! 그래봤자 좋을 거 없어!"

실컷 두들기고 난 군인들은 뜻밖에 통닭을 시켜 먹게 하고는 목욕탕에 데려가 목욕까지 시켜주었다. 목욕을 마치니 한의사가 와서 멍든 온몸에 약을 발라주고 다시 양의사가 와서 청진기를 대고 진찰을 했다. 그러나 이제 끝났나 보다 안심을 하고 있으려니 다시 우르르 몰려와 두들겨 패기 시작했다. 그러고는 다시 목욕에 약을 발라주는 것이었다. 그러기를 몇 차례나 반복하니 사람이 미칠 지경이었다. 등 뒤에서 문 여는 소리만 나면 심장이 벌렁거렸고, 매를 맞지 않고 있는 시간이 더 두려웠다. 겨우 보안대 수사가 끝나고 청량리경찰서에 인계되니 살 것 같았다. 전에는 원수 같았던 형사들이 이웃 친구라도 되는 듯 반가웠다. 너무 좋아서 저절로 웃음이 나올 정도였다.

황만호가 이옥순, 이봉우와 함께 서노련 공개 부문의 최고 지도부였음에도 끝까지 서노련 관련 사실을 부정할 수 있었던 것은 옆방에서 따로 잡혀와 고문을 당하고 있던 박계현과 가정우, 문혜경이 그를 보호해주었던 덕도 있었다. 내부적으로는 서노련에 반대했지만, 동료를 보호하기 위해서 황만호가 서노련에 가담했다는 사실을 끝까지 숨겨주었던 것이다. 가정우는 사흘 밤낮을 두들겨 맞으면서도 김문수나 심상정은 전혀 모르는 사람이고 황만호는 사무실에 오지 않은 지 여러 달째라 보지도 못했다고 버텼다.

줄곧 미행했다면 다 알 것 아니냐고 버티니 더 이상 추궁하지 못했다.

보안대원들은 시위나 집회 때 가장 많은 사진이 찍힌 박계현도 집중적으로 심문했다. 툭하면 까맣게 칠한 야구 방망이를 들고 몰려와 얼굴을 제외한 온몸을 닥치는 대로 두들겨댔다.

“너 어떻게 의식화됐어? 문익환이가 시켰냐, 누가 시켰냐?”

아니라고 대답하면 글로 써보라고 했다. 가난 때문에 청계천에 들어와서 열네 시간씩 일하다 보니 인간답게 살고 싶어 노동조합을 했다고 써서 보여주면 가슴팍에 주먹이 날아왔다.

“이 새끼 까불고 있어! 문익환이가 시켰잖아? 너 민통련 몇 번 갔어?”

1970년대 조합 간부도 내내 그런 소리를 들었듯이, 그들은 무식한 노동자가 정치와 사회에 대해 알게 되고 노동운동에 나선 배경에는 반드시 이를 선동한 지식인이 있다고 믿었다. 의식화된 과정에 개입한 지식인들을 밝히는 것이 그들의 가장 중요한 수사 초점 같았다.

“문익환 목사가 군부독재 타도하자는 이야기를 한 건 사실입니다.”

실컷 두들겨 맞고 어쩔 수 없이 말하면 군인들은 신이 나서 말했다.

“바로 그거야! 그런 이야기를 쓰란 말이야!”

어느 날은 갑자기 들어와 다짜고짜 두들겨 패며 말하는 것이었다.

“이 새끼들은 형제간에 이러고들 다녀, 나쁜 새끼들!”

무슨 말인가 했더니 박계동의 이름을 댔다. 무식한 군인들은 당시 민통련 간부이던 박계동과 이름의 끝 자만 다르다는 이유로 형제라 오인한 것이었다.

하도 매를 맞다 보니 나중에는 정말 자기 자신이 추하게 느껴졌다. 사람도 아닌 것 같고, 살아 있을 가치도 없는 것 같았다. 이 고통만 벗어날 수 있다면 당장이라도 죽고 싶었다. 정말 죽어버리려고 둘러보니 죽을 도구도 마땅치 않았다. 혀를 깨물면 죽는다는 말이 생각나서 이로 혀를 꽉 물어 보았다. 아프기만 할 뿐 잘리지 않았다. 몇 번 시도를 해봐도 자기 혀를 자를 수는 없었다. 아직은 죽을 때가 아닌가 보다 하며 포기하고 말았다.

일주일 간 거의 한잠도 못 자고 씻지도 못한 채 두들겨 맞던 박계현은 사방이 새까만 유리로 된 컴컴한 방에 옮겨졌다. 책상과 침대가 하나씩 있는 방이었는데 침대를 들어올리니 욕조가 나왔다. 옷을 벗고 씻으라고 했으나 온몸에 멈이 들어 움직이기도 힘든 데다 유리창 너머에서 누군가 보고 있다는 생각에 간단히 세수만 했다. 수사가 마무리되어 경찰서로 이첩될 무렵에는 호텔처럼 융단까지 깔린 넓은 방에서 수사를 받고 멍든 곳을 치료받았다. 그런데 한 수사관이 들어오더니 말하는 것이었다.

"박계현이, 너 진작 잡아다가 조질라 그랬는데 인제 잡아와서 다행인 줄 알아. 너 때문에 우리 국가 위신이 말이 아냐. 우리 군인들 사기가 말이 아니라고!"

무슨 말인가 물어보니 수사관은 비디오 모니터를 켰다. 노조 복구 직후 신당동 사무실에서 미국의 NBC 방송이 찾아와 특집 프로그램을 만든다기에 이소선 어머니와 박계현이 열다섯 살 내외의 시다 다섯 명과 함께 출연해 청계천의 가혹한 노동조건에 대해 적나라하게 밝힌 적이 있었다. 이것이 고스란히 찍혀 미국에서 방송된 것이었다. 그것만으로도 보안대의 분노를 사기에 충분했다. 그런데 하필 이 프로가 북한으로 넘어가 고려공산청년동맹이라는 단체에서 한국 노동자의 실상을 선전하는 데 쓰이고 있다는 것이었다. 이미 지난 일이라서 심하게 맞지는 않았으나 또 한바탕 고생을 해야 했다.

끝까지 서노련과의 관계가 없음을 주장한 박계현은 한 달 전 마석 모란공원 박영진 추도식 때 자신과 유동우가 함께 쓴 성명서를 낭독했다는 엉뚱한 이유로 남양주경찰서에 넘겨졌다. 추모준비위원회 간사로서 불법집회를 주도하고 독재타도 등 정치적인 구호를 외쳤다는 죄목이었다. 며칠 간 재수사를 받은 후 정식으로 구속됐다.

남자 간부들이 구속된 동안, 기념관의 노조 사무실은 문혜경이 유일한 간부로서 어린 조합원들과 함께 지키고 있었다. 일찍 석방된 전순옥도 매일 나와 사무실을 지켰다. 그러나 여성과 어린 남자 조합원들뿐이라 만만히 본 경찰은 툭하면 밀고 들어와 수색을 하려 했고 밤이면 술 취한 노숙자로 위장하고 들어와 행패를 부려댔다. 이소선 어머니는 어떻게든 박계현과 가정우가 나와야 한다고 생각했다. 어머니는 남양주경찰서에 면회를 가서 창틀을 붙잡고 울면서 말했다.

"계현아, 꼭 나와야 한다. 구속되면 안 된다. 너희들까지 구속되면 노조는 누가 지킨단 말이냐?"

어머니의 애타는 호소에도 불구하고 보안대에서의 구타와 고문으로 온몸이 피멍투성이가 된 채 유치장으로 넘겨진 박계현은 의정부교도소에서 10개월 간의 감옥살이에 들어갔다.

박계현에게 두 번째 옥살이는 힘들었다. 무엇보다도 서노련 논쟁 와중에서 벌어진 후배들과의 갈등을 생각하면 괴로워 잠을 이룰 수 없었다. 자신이 추구하고자 했던 노동자의 인간다운 삶과 이를 위한 아름다운 희생과 투쟁은 사라지고 서로 간의 불신만이 남은 게 너무나 우울했다. 더구나 서노련에 가담한 조합원들은 자기와 같은 제일교회 형제의 집 출신들이었다. 아끼던 직속 후배들로부터 내부의 적으로 규정되어 따돌림당했다는 모멸감을 이겨내기 힘들었다.

역시 일주일 간 매를 맞고 멍 빼기를 반복하던 가정우는 끝까지 혐의사실들을 부인한 끝에 박계현과 함께 남양주경찰서에 인계되었다. 경찰은 모란공원 추모행사 때 마석역까지 가두시위했다는 이유로 그를 구속시키려고 시위대의 맨 앞에 서 있는 그의 사진을 증거로 제시했다. 시위대를 향해 서서 뒷걸음질 치며 지휘하는 사진이었다. 가정우는 천연덕스럽게 억지를 부렸다.

"아니 이게 어떻게 시위 사진입니까? 차가 지나가도록 시위대를 막는 사진이잖아요?"

감옥살이를 하기 싫어서 버틴 것이 아니었다. 면회 온 이소선 어머니가 '제발 나와서 노조를 지키라'고 울며 호소한 때문이었다. 경찰은 닷새나 그를 붙잡아두고 조사를 계속했으나 끝내 시위를 주도했다는 진술을 받지 못했다. 구류 30일이 떨어져 정식재판을 청구해 연행된 지 20일 만에 석방될 수 있었다. 이소선 어머니는 가정우라도 나와 노조 사무실을 지키게 된 데 크게 안도했다. 여기에 동대문 근처 봉제공장에 취업해 일하고 있던 신광용과 김성민이 매일 저녁마다 찾아와 사무실을 지켜줌으로써 큰힘이 되었다.

황만호는 12개월 형을 받았다. 박계현이나 김영대와 마찬가지로 두 번째 옥살이는 황만호에게도 고통스러웠다. 어머니 없이 자라난 그에게 이소선 어머니는 친어머니 이상의 존재였다. 역시 어머니 없이 자라난 김영대가 그랬던 것처럼 신혼방도 이소선 어머니 댁에 이웃한 곳에 얻었을 정도였다. 그런데 서노련 문제로 인해 이소선 어머니와 갈등이 생기고 나니 노동운동 자체에 회의가 밀려오는 것이었다. 그에게 이소선 어머니와 장기표 선배는 친어머니요 친형 같은 존재였다. 그런 두 사람에게 배척당하고 있다는 생각은 견디기 힘들었다. 그는 여전히 청계노조가 서노련에 참가한 것은 탄압정국하에서 불가피한 일이라 생각하고 있었다. 장기표가 서노련에 반대하는 것은 논리적으로 토론이라도 하겠지만, 이소선 어머니에게는 어떻게 해드려야 그 마음을 달랠지 알 도리가 없었다. 서노련 가입에 가장 적극적이던 그가 서노련이 시작된 지 반년도 안 되어 김영선에게 그 일을 넘기고 현장에 취업한 것은 신체적 특징이 뚜렷하여 비밀스런 만남을 유지하기가 어렵다는 이유였다. 그러나 이면에는 깊은 심리적 갈등이 숨어 있었다. 밖에 남아 고생하는 아내와 갓 낳은 딸아이를 생각하면 더욱 고통스러웠다. 공부를 할 수 있어 행복하다고 자랑하기까지 했던 첫 번째 감옥살이와 달리, 두 번째 옥살이는 그에게 외롭고 힘든 시간이었다. 옥살이를 하는 동안 노동운동을 떠나겠다는 마음을 굳혔다.

황만호의 구속으로 남은 비공개 부문 조합원들은 구파발에서 간발의 차이로 체포를 모면한 김영선이 이끌게 되었다. 비록 반쪽이지만, 청계노조 사상 최초의 여성 위원장이 탄생한 셈이었다.

특이하게 여성들만으로 이뤄진 이들의 단결력은 어느 때보다 강했다. 현장에 취업한 간부들과 중견 조합원들은 수입의 상당액을 빼놓지 않고 특별 조합비로 냈다. 대개 객공 미싱사라서 수입액이 들쑥날쑥하고 때로는 벌이가 없기도 했지만 신문 제작비로 쓰고도 상근자 다섯 명이 7만 원씩의 활동비를 받을 수 있을 정도였다. 간부들 사이의 갈등도 거의 존재하지 않았다. 함께 자취를 하다 보면 청소니 식사준비에 부지런한 사람도 있고 그렇지 못한 사람도 있어 사소하게 감정이 상하는 일도 생겼으나 조직 운영에 대한 결정은 대단히 민주적으로 이뤄져 불만을 사지 않았다. 회의는 늘 화기애애하고 따뜻하게 이뤄졌다. 개인적으로는 너나없이 위축된 것이 사실이지만 모여 있으면 힘이 나고 기분이 좋아졌다. 비상근을 포함해 열 명 내외로 이뤄진 상집 간부회의는 거의 한 명의 불참도 없이 꾸준히 이어져, 동대문전화국 뒷골목의 비밀모임방과 지수희의 자취방은 매일 밤 조합원으로 붐볐다.

연말에는 월곡동에 있는 아가방의 하청 공장 '화인'에서 농성을 일으키기도 했다. 화인에는 지수희와 장옥자, 임옥례 등이 일하고 있었는데 나이 어린 남자 조합원 양수일이 입사해 가세하면서 '흙'이라는 이름의 소모임을 결성해 파업농성을 일으켰다. 양수일은 크지 않은 체구에 귀여운 얼굴을 가졌고, 붙임성이 좋은 데다 타고난 선동가적 자질을 갖고 있어 노동자들로부터 절대적인 인기를 얻었다. 흙모임은 바리케이드까지 치며 파업농성을 벌인 끝에 상당 부분 요구조건을 쟁취했다.

어려움 속에서도 전열을 유지한 데는 탁월한 조직가인 김영선의 공로가 컸다. 언제나 호들갑스런 남도 사투리로 좌중을 웃기며 아무런 사심 없이 누구에게나 선의로 대하고 현실주의적인 판단력으로 갈등을 융화시키는 그녀를 미워하는 사람은 없었다. 비록 반쪽 노조지만 황만호의 뒤를 이어 위원장이 된 그녀는 세상이 다 무너져도 변하지 않을 것 같은 믿음을 주는 언니였다. 그러나 그녀의 내면이 온갖 상처로 얼룩져 있다는 것을 후배들은 몰랐다.

모두로부터 사랑과 신뢰를 받던 김영선이 갑자기 사라져버린 것은 그해 겨울이었다. 비공개 노조를 이끈 지 겨우 6개월 만에, 어느 누구에게도 말하지 않고 갑자기 사람들의 시야에서 사라져버린 것이다. 영등포 산업선교회에서 조합원 총회를 열었는데 위원장인 김영선이 나오지를 않아 연기되었다. 김영선은 다음번 회의에도 나타나지 않았다. 분명 체포되지는 않았는데 어디로 간 것인지, 조합원들은 혼란에 빠졌다.

위원장의 실종으로 조합원들이 당황하고 있던 그 시각, 김영선은 인천 효성동의 한 자취방에 은둔해 있었다. 시정의 배움터에서 역사를 가르쳤던 김상옥의 방이었다. 돈도 없고 투지도 잃어 힘겨운 도피 생활에 지친 그녀가 마음을 의지할 곳은 조용하고도 진지한 성품을 가진 김상옥밖에 없었다.

전북 군산 출신의 김영선은 어린 나이에 식모살이를 하다가 열일곱 살에 중부시장에 올라와 운동복 만드는 공장 '팔도강산'에서 봉제 일을 시작했다. 새벽부터 한밤까지 계속되는 작업은 힘들고 지겨웠지만, 너무 일찍부터 참담한 설움과 고생에 길들여진 그녀는 다른 두 명의 어린 여자애들과 다락에서 자고 함께 밥해 먹는 생활이 너무나 자유롭고 재미있었다. 한 달에 2만 6,000원 월급을 받아 공동생활비로 6,000원을 내고 나머지는 몽땅 저축해 어머니에게 갖다 주었다. 용돈이라곤 없었다. 한 달에 한두 번 쉬는 날은 돈도 없고 갈 데도 없어 3층 창문 아래로 지나가는 사람들을 내려다보는 게 낙이었다. 그녀의 꿈은 어서 미싱을 배워 돈을 모아 가족들과 한군데서 즐겁게 살아보는 것이었다. 얼마 후에는 여동생까지 데리고 와서 함께 일했다.

여동생이 생기니 가장으로서의 책임감도 커졌다. 사장 아줌마에게 임금을 올려달라고 당돌하게 요구하기도 하고 월급을 제 날짜에 달라고 따지기도 했다. 밤일을 밥 먹듯 할 때는 유료화장실에 갈 수 있는 5원짜리 딱지를 나눠주었는데 어느 날 화장실에 갔던 동생이 돈 받는 아줌마에게 책상의 돈을 가져갔다는 누명을 쓰고 야단을 맞는 일이 생겼다. 김영선은 일하던 것을 다 집어던지고 화장실에 달려가 아줌마하고 대판 싸움을 벌여 결국 아줌마가 오해했다는 사과를 받아냈다. 소녀 가장으로서의 삶을 통해 세상을 배워나간 것이다.

노동조합을 알게 된 것은 공장이 동화상가로 옮기면서였다. 동화상가는 노동조합의 통제를 받아 저녁 8시에 퇴근했다. 동생과 자취방을 얻어 생활하게 되었는데 난생 처음 8시에 끝나고 보니 꿈인지 생시인지 모를 정도로 좋았다. 8시에 끝나고 돌아와 토스트도 구워 먹고 텔레비전도 보고 있으면 천국이 따로 없었다. 버스를 타기 위해 10분 이상 걷다 보니 감옥 같은 다락에 갇혀 살면서 부어올랐던 살도 쏙 빠졌다. 새로운 생활에 한껏 부풀어 있던 어느 날 밤, 일을 마치고 나오는데 선하고 예쁘게 생긴 처녀가 다가와 다정하게 말을 붙여 왔다.

"저기요, 시장에서 일하지요? 우리 공부 좀 해볼래요? 형제교회 야학에 대해 들어본 적 있어요?"

웬 잡상인인가 싶었지만 그토록 친절한 대우를 받기도 처음이라 미안한 마음에 이야기를 들어보았다. 자신의 자취방에서 멀지 않은 형제교회에서 강학으로 일하던 성균관대 여대생이었다.

"거기서는 무얼 가르친다요?"

"사람이 살아가는 데 필요한 한문, 상식 같은 걸 가르쳐요. 아주 재미있어요."

"시험 같은 건 없는가요?"

여학생은 활짝 웃었다.

"시험 같은 건 없어요. 일체 돈도 내지 않아요. 그냥 몸만 와서 즐겁게 배우면 돼요."

김영선은 그 자리에서 승낙을 하고 동생을 데리고 형제교회를 찾아갔다. 야학은 한군데 공장에 들어가 6년이 넘도록 불평 한마디 없이 일할 정도로 무던하던 그녀에게 새로운 세상을 열어주었다. 노동의 의미와 잉여가치 같은 이론을 배우고 전태일을 알게 되면서 그녀는 차츰 자기 의지를 가진 사람으로 변해갔다. 야학 수련회에 가서 각자의 어린 시절을 이야기할 때는 눈물을 참을 수 없었다. 예전에는 아무 생각 없이 바라보았던 현장의 다른 친구들에게도 무한한 동정심과 애정을 가지게 되었다. 자신과 마찬가지로 사회의 맨 밑바닥에서 태어난 죄로 초등학교도 제대로 다니지 못한 채 다락에서 시들어가는 친구들에 대한 애정이 넘쳐 누구에게나 친절하게 대하는 사람이 되었다. 조직에도 열성을 바치게 되었다. 걸쭉한 전라도 사투리로 수다를 떨어대면 안 넘어오는 노동자가 없었다. 목욕탕에서 서로 등을 밀어주다가 먼지, 때가 많이 나오는 여자애를 만나면 청계 사람이구나 짐작하고 친근하게 말을 걸어 야학까지 데려간 적도 여러 번이었다.

노조 복구와 함께 본격적으로 노동운동을 시작하면서 그녀는 무수히 연행되고 무수히 구류를 살았다. 덕분에 여러 사람을 알게 되었다. 유치장에서 만난 원풍모방 출신 이옥순은 그녀에게 큰 감명을 주었다. 이옥순은 어떤 폭력에도 기죽지 않고 너무나 당당하고 논리정연하게 경찰과 싸울 뿐 아니라 간통으로 들어온 여자들까지 자기편으로 끌어들여 함께 싸울 정도로 마음이 넓은 여성이었다. 김영선도 웬만한 어려움 앞에서는 두려워하거나 기가 죽지 않았지만, 원풍모방 이옥순과 서통노조 위원장 배옥병 등 1970년대를 관통해온 선배 여성 노동자들의 당당한 모습은 그녀에게 살아 있는 교육이 되었다.

장기표도 존경했다. 예나 지금이나 장기표는 타인에게 자기 생각을 강요하기보다는 별다른 말없이 늘 따뜻하고 진솔한 마음으로 상대를 격려하는 사람이었다. 노조가 복구되어 신당동에 사무실을 차렸을 때 찾아와 기본적으로 영어는 알아야 한다며 칠판에 알파벳을 써서 가르쳐주기도 하고, 남편 김영대가 구속된 후 갓난아이를 데리고 어렵게 살고 있는 이숙희에게 커다란 수박을 사서 보내주기도 하는 자상한 사람이었다. 김문수가 서노련을 주도한 반면, 장기표는 청계노조가 서노련에 들어가는 것을 반대했던 사람이었다. 두 사람은 이 문제로 심하게 다투기도 했다. 그럼에도 장기표는 김영선을 만나서는 일체 이에 대해 묻거나 논쟁하지 않고 얼마나 힘든가 위로하며 맛있는 고기를 실컷 사주고는 몰래 가방에 3만 원을 넣어주기까지 했다. 이경숙과 셋이 만난 적도 있는데 길을 잘못 들어 미아리 사창가를 지나게 되자 장기표가 먼저 놀라서 큰일 났다며 두 사람의 손을 잡고 도망치기도 했다. 그는 특별한 논리나 소모임을 만들지 않으면서 지대한 영향을 주는 매우 독특한 인품을 가지고 있었다. 김영선은 그의 따뜻한 마음을 잊을 수가 없었다.

이렇게 재미있던 노동운동이었으나 수배가 되면서 모든 게 변해갔다. 당장 생활이 너무 힘들었다. 동생과 둘이 어렵게 마련했던 전세방 보증금을 깨서 이리저리 쓰다 보니 바닥이 나버렸다. 공장에 들어가 일을 하고 나서 노조 위원장으로 활동한다는 것은 보통 힘든 일이 아니었다. 하지만 진실로 그녀를 힘들게 한 것은 서노련을 주도한 지식인 여성들과의 괴리감이었다. 서노련이 만들어질 때부터 그랬다. 어느 날 갑자기 등장한, '대학교 다니다가 공장 들어갔다가 나온 여자애들'이 확고한 원칙과 이론을 들이대며 노동자는 하나니까 연대하자는 식으로 몰아치는데 한마디도 거부하지 못한 채 따르는 자신의 모습이 너무나 초라하게 느껴졌다. 사람이 어떤 일을 도모할 때는 지금까지 쭉 같이 살아온, 정서적으로 교감을 할 수 있는 이들과 함께 해야 안심이 되는데 이건 아니라는 생각이 들었다. 여대생 출신들이 전태일기념관에 몰려와 자리를 잡고 마치 본부라도 차린 듯 노동자들에게 지시를 내리는 모습을 보고 있으면 열등감으로 기가 죽어 등목이 오그라드는 느낌이었다.

무슨 일이든 최선을 다하는 성격이다 보니 막상 서노련이 출범한 후에는 가장 열심히 활동을 하게 되었지만 이미 그녀의 몸과 머리와 마음은 따로 놀고 있었다. 학생 출신들은 어디서 돈이 나오기에 저렇게 돈 걱정 없이 활동하는가 부럽기도 하고, 모든 일이 그네들끼리 먼저 결정해 일방적인 명령이 되어 내려온다는 의구심이 소외감을 가중시켰다. 공식 수배가 되어 혼자 있는 시간이 늘어나면서 이런 마음은 더해갔다. 서서히 몰려오는 패배감과 피해의식은 그녀의 정신을 좀먹어 들어갔다. 옛날처럼 살고 싶다는 마음, 노동운동을 처음 할 때의 그 기쁨으로 돌아가고 싶은 마음뿐이었다. 공장에 다니며 생활비를 벌고 시간을 아껴 공부하고 싸우는 그런 생활로 돌아가고 싶었다. 일단 서노련에 몸담은 이상 그럴 수 없다는 생각은 그녀를 더욱 심한 우울증과 무기력감에 빠지게 했다. 언제 어느 장소건 싸움거리만 생기면 곧장 투사로 변신하고 마이크만 잡으면 즉석에서 아무 원고 없이 구구절절 감동적인 연설을 하는 그녀였는데 이제는 그런 투지마저 사라져갔다.

이 무렵 서울역 앞에서 벌어진 시위에 참가했는데 대학생 하나가 형사들에게 끌려가면서 겁을 먹어 오줌을 줄줄 흘리는 장면을 목격했다. 대학생은 그 와중에도 바닥에 떨어진 수첩을 주워 입에 넣고 마구 씹고 있었다. 동료를 불지 않기 위함이었다. 경찰차 바퀴 아래 드러눕는 게 예사이던 그녀였다. 예전 같으면 당장 몸을 날려 형사의 팔뚝이라도 깨물어 학생을 도망치게 했을 것이었다. 그런데 꼼짝을 할 수가 없었다. 분노로 부들부들 떨기만 했을 뿐 손가락도 까닥 할 수가 없었다. 비밀과 보안을 강조하는 비공개 활동에 익숙해진 때문인지, 스스로 자신감을 잃은 때문인지 알 수 없었다. 이 일은 김영선을 더욱 자괴감에 빠뜨렸다.

이소선 어머니가 서노련을 그만두라며 자신을 포함한 여성 조합원들을 모질게 야단칠 때도 김영선은 어머니가 틀렸다고 생각해본 적은 없었다. 그녀는 어머니가 지금 왜 저러실까 이해했다. 마음속 깊은 곳에서는 어머니의 마음이 느껴지고 그 마음을 헤아려주고 싶었다. 그러나 연대투쟁을 위해 청계노조도 서노련에 가담해야 한다는 대세를 거부할 수가 없었고, 서노련의 이름으로 내려오는 결정을 거부할 수가 없었다. 황만호가 이소선 어머니로부터 야단을 맞으면서도 서운함보다는 자신의 부족함에 도망치고 싶었던 것처럼, 김영선 역시 이소선 어머니가 무슨 말을 해도 쓰게 받아들여지지가 않았다. 그렇기 때문에 더욱 괴롭고, 달아나고 싶었다. 조합원 총회를 앞두고 발길을 돌려 전철을 타게 된 데는 그런 오래된 아픔이 잠재해 있었다.

지쳐버린 김영선을 맞아준 김상옥은 시정의 배움터 강학을 그만둔 후 대한광학에 노동자로 취직해 일하고 있었다. 두 사람은 위장취업자와 수배자인 처지라서 가족에게 알리지도 않고 동거에 들어갔다. 반쯤 넋이 나가 있던 김영선은 정신적인 공황상태에 빠져 방 안에 처박혀 일체 밖으로 나가려 들지 않았다. 머리도 짧게 깎아버리고, 밥도 잘 먹지 않고 움직이는 것도 싫어했다. 김상옥은 회사에 휴가를 내어 9박 10일 동안 지리산 여행을 함께 하기도 하면서 마음을 풀어주려 애썼다.

몇 달 동안 김상옥의 극진한 간호로 정신을 차린 김영선은 동네 근처 대규모 방직공장에 들어가 일을 하는 한편, 이듬해에 남편이 된 김상옥이 대한광학 임금투쟁을 주동하자 임신 4개월의 몸으로 다시 노동운동에 관여하게 되었다. 두 사람의 초라한 살림방에는 매일 노동자들이 몰려와 토론을 벌이고 술을 마시며 전의를 다졌다. 넉살이 좋아 이야기를 구수하게 잘하는 김영선은 남편이 데리고 온 노동자들과 거리낌 없이 대화를 나누고 격려해주었다. 농성이 벌어져 남편과 동료들이 회사 안에서 점거농성에 들어가자 김영선은 회사에 달려가 노동자들이 써서 내려 보낸 혈서를 복사해 들고 혼자서 통근버스 앞을 막아서며 싸우기도 했다. 마음의 그늘을 완전히 거둬낼 수는 없었다. 겉으로는 예전과 똑같은 모습이 되었어도 마음 한편에는 늘 두고 온 청계 식구들이 무겁게 자리잡고 있었다. 그녀는 마음이 아플수록 더 크게 웃고 더 요란하게 수다를 떨었다.

김영선이 청계와의 인연을 끊고 인천에서 새로운 삶을 시작한 이후, 청계노조 비공개 부문은 이승숙과 이경숙, 지수희, 장옥자 등에 의해 명맥을 이어갔다. 위원장 두 명이 모두 사라짐으로써 조합의 틀은 완전히 깨졌으나 각자 현장에서 소모임을 조직하고 『서노련신문』을 배포하거나 공부하는 일을 계속했다. 노동운동 이론가인 김수길로부터 사회과학 학습을 받기도 하고 구로 남부 지역 노동자들과 인천의 '인노회'(인천·부천지역민주노동자회), 안산 지역의 '안산노회' 등과 연대해 공동투쟁본부를 만들어 유인물 배포와 가두시위에 참석하기도 했다.

하지만 이때부터의 활동은 청계노조의 연장선이라고 보기 어려웠다. 김영선이 있을 때부터도 이미 하부 조합원들은 흔들리고 있었다. 대중조직의 필요성은 늘 강조되었지만 실제로는 정치 학습과 노선투쟁으로 많은 시간을 소모할 수밖에 없었다. 서노련에서 끊임없이 내려오는 토론과제와 비밀모임을 감당하지 못한 하부 조합원들은 하나 둘씩 떠나갔다. 김영선이 버티지 못하는 정도의 시련을 하부 조합원들이 견뎌내기 힘든 건 당연했다. 조합원의 이탈은 늘어나 사실상 정치 소모임으로 명맥을 유지할 수밖에 없었다. 전위활동가 모임이라고는 할 수 있으나 노동조합이라고 할 수는 없었다.

한편, 5·3사태 이후에는 조합 사무실에 대한 감시가 한결 누그러졌다. 기념관의 공개 부문 조합원들을 중심으로 8월에 여주의 백사장에서 개최한 수련회에는 40여 명이 참가해 오랜만에 단결력을 과시했다. 그러나 해가 넘어가면서 그나마 노조 사무실을 지키던 간부들도 하나씩 떠나기 시작했다. 비공개 부문과의 갈등 과정에서 마음에 안게 된 좌절감과 혐오감이 너무 심각했다. 비슷한 이유로 박계현, 가정우, 문혜경이 차례로 떠나버렸다. 그러자 노조 사무실은 간부 하나 없이 10여 명의 남자 조합원들만이 지키는 썰렁한 공간이 되어버렸다.

18 합법화의 꿈을 이루다

청계노조 역사 이래 최초의 분리사태가 끝날 기미를 보이기 시작한 것은 1987년 6월이었다. 2년 전 11월의 제4차 합법성쟁취대회에 대학생으로 참가하기도 했던 박종철이 고문으로 사망하고 이에 항의해 교내 시위를 벌이던 이한열이 경찰의 최루탄에 맞아 사망하는 사건이 잇달아 터지면서, 오랜 세월 누적되어온 군사독재에 대한 불만이 일시에 폭발한 것이다. 6월 항쟁이었다. 1980년 서울의 봄 때와 달리 대학생뿐 아니라 일반 회사원, 상인, 교수, 종교인 등 각계각층의 시민들이 거리로 몰려나왔다. 매일 밤낮으로 서울 시내 중심가가 함성과 최루가스로 뒤덮였고, 시위는 전국의 주요 도시로 노도처럼 번져 나갔다.

청계 조합원들도 모처럼 신이 나서 밤늦도록 시내를 누비고 다녔다. 밤새 시내를 뛰어다니며 구호를 외치고 노래를 하고 나면 위축되고 답답했던 가슴이 펑 뚫리는 기분이었다. 기념관에서 노조 이름을 지킨 이들이나, 밖에서 노조 이름으로 싸운 이들이나, 서로 알지는 못했지만 모두들 가두시위에 나서서 맨 앞에서 싸웠다.

처음에 시위가 시작되었을 때만 해도 이것이 이 나라의 역사를 얼마나 뒤바꾸게 될 것인가 아무도 예측하지 못했다. 전국의 주요 도시를 마비시킨 시위는 군부세력이 직선제 개헌을 수용하는 것으로 끝이 났지만 법률적인 변화보다 더 중요한 것은 국민들의 정치의식 변화였다. 사상 초유의 무혈민주혁명은 다수 국민들의 정치의식을 근본적으로 바꾸어놓았다. 민주주의가 필요하다는 것, 이를 위해 싸울 수 있고 또 이길 수 있다는 신념이 생긴 것이었다. 그 어떤 것보다 소중한 정신혁명이었다.

6월항쟁으로 변화한 국민들의 의식은 다음 달에 이어진 대파업으로 드러났다. 7월부터 8월까지 전국의 수천 개 공장에서 일어난 파업시위가 온 나라를 뒤흔들어놓았다. 늘 몇 개 되지 않는 민주노조에서 평화적인 농성을 하다가 무참히 진압되고 노조마저 해산당해온 지난 세월에는 상상도 해보지 못한 거대한 연쇄파업이었다.

대파업은 단순히 정치적 여건의 변화만으로 만들어진 것은 아니었다. 청계노조를 비롯한 서울 지역 노동운동이 서노련과 이후 등장한 여러 정파들 사이의 논쟁과 분열로 헤매고 있던 동안에도 울산, 마산, 창원, 부산 등 대공업단지는 물론 탄광 지역까지 수많은 노동자 소모임들이 만들어져 활동하고 있었고 이들이 구축해놓은 대중적 기반이 정치 변화와 맞물려 엄청난 에너지로 폭발한 것이었다.

노동자들 스스로도 놀라버린 이 대파업은 노동자의 가치와 존재를 자본과 권력에게 각인시켜준 역사적 사건이었다. 이후 전국의 수많은 노동조합이 민주화세력에 의해 집행부 교체를 이루면서 노동운동은 비약적으로 발전하고 노동조합은 이 나라 권력의 한 부분으로 확고히 자리잡았다.

6월항쟁과 7, 8월 대파업은 청계노조에도 직접적인 영향을 주었다. 구속되었던 민종덕, 김영대, 황만호 등 노조 간부들이 6월항쟁 전후로 모두 석방되면서 정체 상태에 빠져 있던 노조는 활발한 재건작업에 들어갈 수 있었다. 여기에는 지난 시간 누가 어느 편에서 활동했던가 하는 것은 문제가 되지 않았다. 지난 2년 간 모든 조합원을 극심한 몸살에 빠지게 했던 갈등들, 서노련 찬반논쟁, 민족해방을 우선으로 둘 것인가 노동해방을 우선으로 둘 것인가 같은 노선 차이도 노동조합의 재건 앞에서는 의미를 잃었다.

서노련으로 그토록 모진 마음의 상처를 받았던 이소선 어머니도 과거에 어느 편에서 일했든 노조를 재건하는 데만 나서준다면 깨끗이 잊고 맞이해 함께할 준비가 되어 있었다. 끝까지 기념관에서 조합 사무실을 지켜온 김웅기, 정성현, 송호성, 이진규, 박성근, 전홍수 등과 밖에 나갔던 이들 중에 끝까지 남은 조합원들이 하나로 뭉쳤다.

6월항쟁 직후, 이소선 어머니는 경찰당국에 상가아파트의 노동조합 사무실을 돌려달라고 요구했다. 애초에 경찰이 노조 사무실을 폐쇄한 사유는 두 아파트의 벽을 헐어 사무실로 썼다 하여 건축법 위반이라는 이유였다. 그러나 상가아파트의 대부분이 신발가게나 공장으로 개조해 쓰고 있는 실정이었다. 건축법 위반이라면 상가아파트 전체가 해당될 것이었다. 설사 건축법 위반이라도 벌금만 내면 그만인데 이소선 어머니와 민종덕 개인의 이름으로 등기가 되어 있는 사무실을 2년씩이나 폐쇄한 것은 어디까지나 명백한 사유권 침해였다. 어머니가 그 부당성에 항의하자 경찰은 기다려보라는 애매한 답변만 했다.

아직 대파업이 일어나기도 전인 7월 7일, 이소선 어머니는 조합원 몇을 이끌고 입구에서 졸고 있던 두 명의 전경을 밀치고 노조 사무실에 들어가 청소를 했다. 그러자 사복 경찰들이 들이닥쳐 이소선 어머니와 조합원들을 끌어내렸다. 이때 경찰은 정경숙을 4층에서 1층까지 다리를 잡고 거꾸로 질질 끌어내려 계단 모서리에 머리를 통통 튕기게 했다. 너무나 잔인하고 끔찍한 광경이었다. 정경숙은 이날의 충격으로 머리를 다쳐 이후 수차례 실신하거나 몸이 마비되는 고질병을 얻었다. 이소선 어머니와 정경숙은 이대부속병원에 입원했다가 사당병원으로 옮겼는데 노태우의 직선제 선언으로 대통령 선거를 맞이한 김대중과 김영삼이 화환을 보내오기도 했다.

이때 다친 정경숙은 전북 정읍 출신으로 동부이촌동 고급 양장점에 들어가 일을 배운 일급 미싱사였다. 한동네 살던 이승숙의 소개로 청계천에서 일하게 되고 노조도 알게 된 정경숙은 평조합원으로 활동하다가 서노련이 만들어질 무렵부터 맨 앞장서서 싸워온 열성 조합원이었다.

사실 민종덕, 김영대, 황만호 등 지도부는 싸우지 않아도 정부에서 먼저 사무실을 열어주리라 예상하고 있었다. 그러나 정부에서 알아서 시혜를 베풀게 하는 것보다는 싸워서 문을 여는 게 옳다고 판단했다. 이기는 싸움을 함으로써 위축되어 있던 조합원들에게 자신감을 불러일으킬 수도 있을 것이었다. 지도부는 「경찰인가, 도둑인가?」라는 제목으로 경찰의 불법적인 폐쇄와 기물 압류에 항의하는 성명을 발표한 후 곧바로 사무실 탈환 작전에 들어갔다. 남은 조합원의 숫자가 너무 줄어 정면으로 밀어붙이기는 힘들다 판단하고 경계가 허술한 새벽을 택하기로 했다.

7월 15일 새벽 6시, 신발도매상들이 막 문을 여느라 소란한 시각, 노조 사무실 근방에 어슬렁거리던 20여 명의 노동자들이 일시에 사무실로 몰려 올라갔다. 꾸벅꾸벅 졸고 있던 두 명의 전투경찰은 혼비백산해 쫓겨났다. 조합원들은 사무실에 들어가자마자 입구를 바리케이드로 막아버리고 4층 창문에는 플래카드를 내건 후 농성에 들어갔다. 예상대로 경찰은 농성에 들어간 지 여덟 시간 만에 조합원들의 요구조건을 수락했다. 봉쇄조치는 풀리고 물과 전기가 다시 들어왔다. 2년 만에 노조 사무실을 되찾은 것이다.

누구보다도 기뻐한 사람은 이소선 어머니였다. 그녀는 집기라곤 하나도 없이 텅 빈 노조 사무실에서 무릎을 꿇고 울면서 기도를 올렸다.

"태일아, 노조 사무실을 다시 찾았다. 그동안 너무나 힘들었다. 이제 다시 네 뜻을 이룰 수 있을지 나도 모르겠다. 자신이 없구나. 그렇지만 다시는 뺏기지 않을 것이다. 아무도 우리에게서 너를 빼앗아가지 못할 것이다. 태일아, 다시 한 번 지켜봐다오."

어머니의 기도를 지켜보던 이들의 눈에도 뜨거운 눈물이 흘러내렸다. 그것은 지금까지 반목과 분열로 상처받으며 흘리던 눈물과는 달랐다. 이제 다시 시작한다는, 회한과 감격이 함께한 뜨거운 통일의 눈물이었다.

조합에서는 노조 사무실 회수와 함께 빼앗아간 집기들을 돌려달라는 공문을 동대문구청에 보냈다. 구청 측은 집기는 다 없어졌다면서 돈으로 배상하겠다고 답변해 왔다. 압수된 집기 목록에 의거해 600만 원 정도의 보상을 받았다. 새 집기들을 사고도 충분한 금액이었다.

사무실을 정비한 후에는 조직 정비에 나섰다. 우선 흩어진 사람들을 모아야 했다. 기념관을 지키던 남자 조합원들은 물론, 밖에 나갔던 조합원들, 그리고 이 문제로 노조를 떠났던 이들을 가리지 않고 모으기 시작했다.

이를 주도한 것은 김영대였다. 충남 논산 출신으로, 노동을 하다 한쪽 팔을 잃은 홀아버지와 극한적인 가난에 시달리다 상경해 재단사가 된 그는 1970년대 말부터 모든 투쟁에 빠짐없이 참여해온 최고 지도부의 한 사람이었다.

동맹파업으로 함께 구속되었던 다른 사람들은 대부분 반성문을 쓰고 일찍 석방되었으나 끝까지 반성문을 쓰지 않은 그는 2년 만기를 꽉 채워야 했다. 6월항쟁 직후였다. 밖에 나와보아도 상황은 그다지 좋지 않았다. 6월항쟁으로 정치민주화의 분위기는 한껏 고양되어 있었으나 운동권은 갖가지 논쟁으로 사분오열되어 있었다. 특히 서울 지역 노동운동은 지식인 출신들의 관념적인 노선투쟁으로 시끄러웠다. 크게 구분해 노동운동을 중시하는 PD이론과 통일운동을 중시하는 NL이론을 중심으로 10여 가지의 혁명노선들이 중구난방으로 제출되고 활동가들은 이에 휩쓸려 서로를 비판하고 갈라서기에 바빴다.

석방 당일, 마침 영등포 산업선교회에서 구로연대파업 2주년 기념식이 열리고 있었다. 김영대는 집으로 가기 전에 그곳에 먼저 들렀다. 석방 인사를 하기 위함이었다. 그러나 산선 강당에서 열리고 있는 것은 기념식이라기보다 논쟁 마당이었다. 구로연투 자체가 가진 역사적인 의미와 6월 민주화운동의 성과를 자축하는 축제 분위기를 예상했는데, 참가자들은 알아듣기도 힘든 이론을 동원해 서로의 차이점을 드러내느라 바빴다. 청계 출신이자 개인적으로도 친구인 김준용이 사회를 보고 있었는데 격렬하게 쏟아지는 논쟁을 정리하느라 바쁜 나머지, 연대투쟁으로 구속되었다가 석방된 동료를 소개하는 인사말조차 할 겨를이 없었다. 아무리 노선이 다르다 해도 감옥에 갔다 온 이들은 반겨주고 환영하는 것이 운동권의 전통인데 다른 사건도 아닌 동맹파업사건으로 만기를 채우고 나온 자신을 본 체 만 체 하는 현실이 기가 막혀 보였다. 답답한 마음에 옥상에 올라갔더니 한 젊은 여성이 다가와 말을 걸었다.

"김영대 씨죠? 김영대 씨의 입장은 어떤 건가요?"

김영대가 수감되어 있던 목포교도소는 경계가 허술하여 매일 바깥에 드나드는 쓰레기차의 공구함을 이용해 온갖 정치 팸플릿들을 받아볼 수 있었다. 교도소 내에서도 치열한 이론투쟁이 벌어지곤 했다. 김영대는 그 어떤 노선이 옳다 그르다 판단하기에 앞서 현장에 대해 거의 알지도 못하는 학생들의 관념성에 반감을 느끼고 있었다. 그녀에게는 어떤 정치노선인가가 가장 중요한 문제인지 몰라도 눈앞에 벌어진 현실 문제에 더 관심이 많은 김영대로서는 짜증나는 질문이었다.

"내가 어떤 입장을 가졌든 댁하고 무슨 상관입니까? 알아서 어쩌려고 그래요?"

일부러 퉁명스럽게 쏘아붙이니 여학생은 멋쩍게 가버리는 것이었다.

구속되었다가 석방된 다른 이들과 마찬가지로, 김영대의 관심은 오직 조합 사무실을 되찾고 노조를 합법화하는 데 있었다. 갈등과 반목으로 얼룩진 지난 2년 간 옥살이를 한 것은 김영대 개인에게는 다행인 측면이 있었다. 조직 재건에 나선 김영대는 맨 먼저 박계현, 김성민, 황명진 등을 설득해 노조에 돌아오게 했다.

연락이 안 되는 사람들도 있었다. 김영선은 인천에서 남편과 함께 노동운동을 하고 있었고 문혜경과 가정우는 각각 장안동에 취직해 일하면서 나름대로 조직을 만들어 교육하고 있었으나 연락이 닿지 않았다. 문혜경과 가정우는 2, 3년 후 자신들이 제각기 이끌어오던 노동자들을 조합에 연결해준 후 노동운동을 떠나는데, 가정우는 대통령 선거를 맞아 지역운동으로 전환해 활동을 계속한다.

조합 사무실을 되찾은 직후 개최된 대의원대회는 김영대를 위원장으로 선출하고 김한영, 이경숙을 부위원장으로, 박계현을 사무장으로 선출했다. 전 위원장인 황만호는 부위원장으로, 민종덕은 지도위원으로 노조에 남았다. 이소선 어머니는 고문으로 돌아왔다.

집행부는 우선 흐트러진 마음을 다시 하나로 뭉치기 위해 서해안의 파도리해수욕장으로 수련회를 갔다. 물이 무척 맑고 주위에 바위도 많아 물놀이에 좋은 환경이었다. 조합원들은 묵었던 마음의 앙금을 털어내고 마음껏 뛰어놀 수 있었다. 그런데 저녁이 되어 캠프파이어를 하고 있으려니 웬 총 든 군인들이 나타났다. 매년 해오던 대로 철사에 솜을 입혀 노동해방 등의 글자를 만들어 태우려 하자 이상하게 생각한 해안 초소의 군인들이 제지하고 나선 것이었다.

"왜 못 하게 하는 거야? 군인들이 뭔데 민간인을 제지해?"

흥분한 조합원들이 군인들에 항의하면서 시비가 붙어버렸다. 조합원들이 마구 소리치며 항의를 할 때였다. 갑자기 군인들이 허공을 향해 공포탄을 쏘아댔다. 귀를 찢는 몇 방의 총성에 조합원들은 소스라치게 놀라고 말았다. 사태가 확산되기 전에 일단 물러나는 게 좋겠다는 판단이 들었다. 김영대는 앞장서 조합원들을 진정시켰다. 조합원들은 총성에 놀란 가슴을 억누르며 각자 텐트에 들어가 아직도 활개를 치고 있는 군사문화에 대해 토론을 벌였다. 어떻게 군인이 국민에게 총을 겨눌 수가 있는가, 이건 명백히 잘못된 일이라는 의견이 지배적이었다. 딱히 대응할 방법은 떠오르지 않아 유야무야되고 말았으나, 군인들의 단순무식한 행위는 초보적인 조합원들이 정치의식을 갖는 데 오히려 도움이 되기도 했다.

한편 황만호는 부위원장 자격으로 7, 8월 대파업 이후 급속히 늘어난 서울 지역의 신규 노동조합의 연합체인 서울노련 실무자로 파견되었다. 서울노련은 노동운동에서 대중노선을 주장해온 황인범을 위원장으로 유구영 등이 실무를 보고 있었다. 이들은 과거 서노련의 오류들을 극복하기 위해 공개적인 사무실에서 민주적인 절차에 따라 조직을 운영했다. 황만호는 사무장으로서 현장지원을 다니고 대통령 선거 때는 김대중에 대한 비판적인 지지운동에 나서서 여러 곳을 돌아다니며 찬조연설을 하는 등 중요한 활동을 도맡았다.

황만호가 돌연 청계노조와 서울노련에 사표를 내고 모든 연락을 끊은 채 미싱사로 돌아간 것은 불과 석 달 만이었다. 사람들은 무슨 노선 갈등이라도 있는가 궁금해하고, 좇아와 복귀를 권유했으나 그의 고집을 꺾을 수 없었다. 사실 그는 청계노조나 서울노련에 아무런 불만도 갖고 있지 않았다. 두 번째 옥살이를 할 때 이미 노동운동을 그만두기로 결심했는데 이제야 실천에 옮긴 것이었다. 김영선과 함께 서노련에 가장 열성이던 그 역시 끝내 심리적 공황을 이겨내지 못한 것이다.

김영대 집행부의 출범과 함께 노조는 활발한 활동을 재개했다. 우선 장옥자를 정식으로 상근시켜서 노보를 재발행하게 했다. 『청계노보』의 제호는 위원장이 바뀔 때마다 새롭게 단장되는데 김영대는 날카롭게 흐르는 글자를 선택했다. 민종덕 위원장 시기에 처음 만들어진 '청계노보' 글씨는 보통 인쇄체였는데 고지식하고 원칙적인 황만호가 붓글씨 정자체로 바꾸더니 냉철한 감각을 가진 김영대가 위원장이 되면서 도전하듯 날카로운 글자로 바꾼 것이다. 8절지로 회보처럼 발행되던 노보의 크기도 타블로이드판으로 바뀌었다. 보통 신문과 같은 글자 배열과 깨끗한 사진으로 보기 좋아진 『청계노보』는 대량으로 인쇄·배포되면서 현장 노동자들로부터 금방 좋은 반응을 얻기 시작했다. 조합원 숫자도 조금씩이나마 늘어갔다.

이 무렵, 경남 거제도의 대우조선 노동자 이석규가 시위 도중 경찰의 폭력으로 사망하는 사건이 일어났다. 마침 박계현이 사무장으로 선출되어 첫 출근을 하던 날이었다. 이소선 어머니는 전태일기념사업회에서 일하던 민종덕과 함께 박계현을 데리고 거제로 향했다. 그 먼 곳까지 밤새 열차와 버스를 갈아타고 내려가보니 훗날 대통령이 되는 노무현 변호사, 이상수 변호사 등 많은 재야인사들이 지원투쟁을 위해 모여 있었다. 세 사람은 노동자 대표로서 대책회의에 참가하는 한편 민종덕은 전국 노동자의 대표 자격으로 추모사를 써서 낭독했다.

세 사람은 그곳에서 노동운동의 주력이 바뀌고 있는 현실을 실감했다.

대우조선은 실로 거대한 공장이어서 끝에서 끝이 보이지를 않았다. 통근버스가 수도 없는 데다 공장 안에는 따로 셔틀버스를 운행했다. 식당도 얼마나 큰지 하루에 80가마니의 밥을 한다고 했다. 식당 직원만 200명이었다. 비좁은 다락 공장에서 많아야 수십 명에 불과한 노동자와 일하던 청계 사람들에게 대공장은 규모만으로도 압도적이었다.

아직 노동자들의 의식수준은 낮았다. 농성이 벌어진 장례식장에 대우그룹 총수이던 김우중이 수십 명의 수행원에 둘러싸여 나타나자 노조 간부들까지 모두 벌떡 일어나 마치 황제라도 맞이하는 듯 허리를 굽히는 것이었다. 김우중은 호텔에 머물면서 노조 위원장을 오라 가라 했는데 노조 위원장이 한번 호텔에 다녀오면 대책위원회에서 합의했던 내용은 싹 무시되어버리고 김우중의 뜻대로 바뀌기 일쑤였다. 1987년 대파업 이후 급조된 신생 노조들이 가진 일반적인 한계였다.

간신히 합의를 마치고 장례식을 치르기 위해 시내로 나갈 때였다. 맨 앞에 영구차가 가고 60대의 통근버스에 나눠 탄 대책위 인사들과 노동자들이 뒤따르고 있는데 경찰이 갑자기 청소차를 들이밀어 영구차와 통근버스 사이를 막은 후 외부인사들을 무차별 연행하기 시작했다.

박계현과 민종덕은 일단 체포를 피하기 위해 잘 걷지도 못하는 이소선 어머니를 교대로 업어가며 현장을 벗어났다. 거제도를 나와 마산으로 피신한 후 다시 서울로 향하는 도중에 여러 차례 검문을 당했으나 이소선 어머니가 천연덕스럽게 "우리 아들 데리고 왜 이래?"라고 소리치며 가로막아 무사히 통과할 수 있었다. 민종덕은 이때 "월남은 밀림 속으로 들어가야 되지만 우리는 인림 속으로 들어가야 산다"고 해서 일행을 웃기기도 했다.

이 일로 세 사람은 공개수배가 되어 2년 간 도피생활을 하게 되었다. 경찰의 집중적인 추적 때문에 공개활동으로 전환한 노조와 보조를 맞출 수 없게 된 박계현은 비밀리에 재단사로 취업해 현장으로 돌아갔다.

1987년의 해가 넘어가기 전에 청계노조를 위한 기쁜 소식이 날아왔다. 11월 28일로 노동법이 개정되어 지역노조 설립이 자유로워진 것이다.

긴급히 열린 대의원대회는 합법적인 노조 설립의 길이 열린 만큼, 법이 요구하는 바에 따라 평화적인 방법으로 신고필증을 따내자고 의견을 모았다. 노조가 복구된 이래 수년 간 거듭된 가두시위와 현장에서의 유인물 배포 싸움 등으로 노동조합이 접근하기 어려운 과격한 단체로 인식되어온 것도 사실이었다. 노조를 두려워하는 노동자들과의 거리감을 줄이기 위해서는 온건하고 합리적인 모습을 보일 필요가 있다는 진단이 주를 이뤘다. 최대한 현행 법률 절차를 밟기로 했다.

12월 1일, 집행부는 종로구청에 노조 설립신고서를 제출했다. 위원장에 김영대, 부위원장에 김한영과 이경숙, 회계감사에 이현주와 김점복을 올렸다. 그러나 설립신고서는 맥없이 반려되었다. 민주화의 바람과 법률 개정에도 불구하고, 청계노조는 여전히 껄끄러운 존재로 남아 있음이 확인된 것이다. 권력층에서 요구하는 온건하고 평화로운 타협이란 이쪽에서 격렬히 싸울 때만 애용되는 미사여구일 뿐이었다.

노조는 12월 7일 평화시장 구름다리 아래 인간시장에서 신고서 반려에 대한 보고대회를 개최하기로 하고 이를 알리는 유인물 배포에 나섰다. 경찰은 시장 일대를 원천봉쇄해 집회는 실패했고 조합원 스물세 명이 연행되었다가 풀려났다.

집행부는 그래도 일말의 희망을 버리지 않고 거듭해서 설립 신고서를 제출했다. 그러나 관리들은 계속해서 새로운 트집거리를 잡았다. 구청 측은 '지역 범위 불분명' '임원의 사업장 재적증명서 제출' 등의 이유를 내세워 번번이 서류를 반려했다. 사업장 범위를 서울 전역의 200명 이하 사업장으로 규정해 지역 범위를 확실히 하고 임원들도 모두 공장에 취업해 사업장 재적증명서를 떼어 제출했다. 그러면 형사와 근로감독관은 물론 구청과 소방서에서까지 공장에 쫓아가 해고를 시키도록 압력을 가했고, 해고가 되면 이를 이유로 신고서를 반려했다.

이때 김한영은 행정기관의 압력으로 고민하는 사장에게 말했다.

"사장님, 당장은 구청이나 경찰이 무서울지 몰라도 장기적으로 보면 우리 노동자야말로 사장님에게 무서운 존재가 될 거예요. 우리를 적으로 만들지 말고 잠시만 버텨주세요."

사장은 "저 여자가 보통내기가 아니어서 도저히 해고를 못 하겠다"고 버텨주어 법적인 지위를 유지할 수 있었다. 김한영은 을지로 5가 중부시장에서 신사복을 만들던 1978년, 스무 살 나이로 처음 노조를 안 이래 아프리 사건에도 참가해 일주일 구류를 사는 등 조합의 대소사에 빠짐없이 참가해온 열성 조합원이었다. 그녀는 나중에 김영대 위원장이 전노협(전국노동조합연합)에 파견되자 위원장 직무대리로 활동하게 된다.

거듭된 연행에도 불구하고 선전활동은 계속되었다. 12월 14일에는 황명진, 이재환 등 남성 조합원들이 평화시장 구름다리 아래 인간시장에 플래카드와 앰프를 설치하고 보고대회를 열었다. 그런데 무사히 집회가 끝나고 집기를 정리하고 있을 때 경찰이 급습해 집기들을 압수해 가려 했다. 없는 재산에 비싼 앰프 시설을 빼앗기면 타격이 컸다. 압수를 막으려는 과정에서 거친 몸싸움이 벌어졌다.

이때 이재환은 경찰에게 매를 맞자 반사적으로 주먹을 들어 전경을 때렸는데 얼마나 힘이 좋았던지 얼굴을 가린 철망이 푹 들어가면서 안경이 깨져 전경이 눈을 다치고 말았다. 실명이 된 것은 아니고 겨우 2주일 진단이 나왔을 뿐인데 경찰은 이재환을 구속시켜버렸다. 두 번째 구속이었다.

게다가 유치장에 들어가는 과정에서 알몸으로 신체검사를 받으라고 요구하는 전투경찰과 맞서 유치장 탈의장을 난장판으로 만들며 한판 싸움을 벌이는 바람에 공무집행방해죄가 추가되어 6개월 실형을 살아야 했다.

항소를 포기한 이재환은 전남 장흥교도소까지 내려가 만기를 채우고 노조가 합법화된 후에야 석방되는데, 이를 환영하기 위해 야간열차를 타고 그 먼 곳까지 내려간 조합원들이 경찰에 몽땅 연행되는 웃지 못할 사건이 벌어지기도 했다. 이른 새벽에 장흥에 도착한 조합원들은 마땅히 갈 곳이 없어 야간 다방에서 밤을 지새웠는데 대화라는 게 전부 전두환과 노태우에 대한 욕설이다 보니 다방 주인이 불순분자들이 나타났다며 경찰에 신고를 해버린 것이었다. 하지만 세상은 변해 있었다. 더욱이 민주화의 성지처럼 되어버린 전라남도였다. 경찰은 연행된 조합원들의 사정을 알고는 이재환의 출소시간에 맞춰 장흥교도소 정문까지 호송해주는 친절을 베풀었다. 이재환과 조합원들은 광주에 들러 망월동 광주항쟁 희생자 묘지를 참배하고 서울로 올라올 수 있었다.

신고와 반려가 거듭되는 가운데 해가 넘어가고 두 달이 지나도 결판이 나지를 않았다. 1988년 2월 15일, 그동안 구청 측에서 요구해온 모든 조건을 완벽히 구비해 제출하였음에도 신고필증은 나오지 않았다. 2월 23일까지 기다리다 못한 조합원들이 항의방문하자 노동부에서 결정할 사안이라고 책임을 회피하기만 했다. 어떤 핑계를 대서라도 신고필증을 내주지 않으리라는 점은 너무나 확실해졌다.

이제 방법은 단 하나, 1970년대부터 지금까지 늘 써왔던 전통적인 방법, 투쟁뿐이었다. 1988년 2월 23일 종로구청을 항의방문하고 돌아온 조합원들이 자발적으로 농성에 들어간 것을 계기로 무기한 농성이 시작되었다.

초기 농성인원은 70명이 넘었다. 집행부는 이를 '신고필증조' '합법성조' '쟁취조' '승리조'의 네 개 조로 나누어 효율적으로 움직일 수 있도록 했다. 조별로 구호와 노래를 정하고 요일별로 요리당번, 식기당번, 청소당번을 지정해 자율적으로 농성장을 이끌어가도록 했다.

쉽게 끝날 싸움이라면 벌써 석 달 전에 끝났을 것이었다. 농성이 장기화될 것을 예상해 쟁의조, 선전조, 문화조를 편성해 각 노동조합과 대학교, 민주단체를 순방해 선전활동도 시작했다. 점심시간에는 지속적으로 인간시장이나 상가 현장에 나가 유인물을 배포하고 노조의 합법성을 요구하는 연설을 하고 돌아왔다. 매일의 활동을 점검하고 내일 계획을 토론하다 보면 자정은 쉽게 넘었다. 취침시간이 되면 그 많은 인원이 잠을 잘 공간이 없었다. 남녀가 따로 공간을 나누어 성냥통에 성냥을 끼워 넣듯 빽빽이 누워야 했다.

구청을 방문해 신고필증을 내줄 것을 요구하는 일도 꾸준히 계속되었다. 3월 2일에 이경숙 부위원장 등 13명이 종로구청 사회과장을 만나 5일까지 신고필증을 교부하지 않으면 구청장을 직무유기로 고발조치하겠다고 통고했다. 다음날 김영대와 조합원들은 역시 지역노조 문제로 싸우고 있던 인쇄와 제화 조합원 몇 명을 동반해 노동부를 항의방문했다. 세 개 노조 대표 16명의 방문을 받은 종로구청에서는 신고필증 문제는 노동부에 문의하라고 했다. 노동부에 쫓아가니 노조 설립에 관한 문제는 서울시장 소관이라고 발뺌했다. 다시 서울시청을 방문해 왜 신고필증이 안 나오느냐고 질의하자 담당 사회과장은 소관사항이 아니라며 사흘 내에 결정 여부를 통보하겠다고 대답했다. 도대체가 노동부, 종로구청, 서울시청 모두 자기 책임이 아니라는 답변뿐이었다. 어느 부서에서 책임을 질 것인가 통보해주겠다더니 사흘이 지나고 일주일이 지나도 아무런 응답이 없었다.

행정관청들과의 대화는 계속 헛돌았다. 이틀이 멀다하고 집단으로 항의방문을 하고 구호와 노래를 외치며 농성을 하여도 서로 미루고 책임을 회피할 뿐, 정확하게 왜 신고필증을 내줄 수 없는가에 대한 답변조차 해주는 기관이 없었다. 더 높은 어떤 곳에서 지시를 내리고 있다는 사실만은 확실했다. 노조는 행정기관이 아니라, 보이지 않는 그 누군가와 싸워야 했다. 경찰본부일 수도, 안기부일 수도, 아니면 청와대나 전국경제인연합회일 수도 있는, 보이지 않지만 이 땅을 지배하는 확실한 권력, 자본가들과의 투쟁이었다.

이 와중에도 외부에서 열리는 타 단체 집회에 꾸준히 참가했다. 2월 28일에는 명동성당에서 열린 '논노패션 위장폐업철회투쟁'에 참가했는데 유인물을 뿌리던 조합원 한경렬과 양수일이 백골단에 연행되어 전경버스에서 집단구타를 당하기도 했다.

한경렬은 처음부터 끝까지 열성적으로 농성에 참가한 30여 명의 정예 중 하나였다. 전남 암태도 출신으로 1980년대 초부터 서울에 올라와 봉제일을 시작한, 비교적 젊은 세대였다. 청계노조를 알게 된 것은 미아리의 한 봉제공장에서 일하던 1983년도였다. 얼굴이 알려져 청계천 근방에서는 일자리를 얻을 수 없던 김영대가 멀리 미아리까지 가서 취직을 하면서 김영선 등 다른 조합원들을 미싱사와 시다로 데리고 간 것이다. 한경렬은 이들을 통해 자연스레 청계노조에 합류하여 1984년 노조 복구 때부터 군에 입대하기까지 짧은 기간 동안 수차례나 연행되도록 열심히 싸웠다. 2차 합법성쟁취대회 때에는 을지로 5가에서 김영대, 김영선과 함께 끝까지 플래카드를 붙잡고 버티다가 연행되어 구류 20일을 살고 택시기사 박종만분신사건 때도 영안실에서 시신을 뺏기지 않으려고 싸우다가 10일 구류를 살았다.

이날 한경렬과 함께 매를 맞은 양수일도 대단한 투지로 뭉친 열성 조합원이었다. 1980년대 들어서면서 나라 전체가 빠르게 빈곤을 벗어나고 있었지만 어디에선가는 또 다른 빈곤층이 양성되고 있었다. 양수일은 불행한 가정형편으로 동생 양일석과 헤어진 채 열다섯 살이던 1980년부터 청파동의 가죽장갑공장에서 재단 일을 배우며 봉제 노동자가 되었다. 이듬해 가죽장갑 재단사가 되어 월급 13만 원을 받을 수 있게 된 그는 공부를 하고 싶었다. 고려대 학생들이 운영하는 '안암야학'에 입학했다. 일을 게을리 할 수는 없었다. 저녁 7시에 일단 일을 중지하고 야학에서 10시까지 수업을 하고 돌아온 후 다시 새벽 2시까지 재단 일을 해주며 악착같이 공부하여 검정고시에 우수한 성적으로 붙을 수 있었다.

시대가 시대인 만큼 안암야학의 강학들도 공부시간에 정치 이야기를 많이 했다. 양수일은 '못 배운 사람이 뒤늦게 공부 좀 해보려는데 웬 시국강연이냐'며 가장 앞장서서 반발하는 학생에 속했다. 그러나 어느 날 만화로 된 전태일 전기를 보고 머리가 띵해졌다. 바로 자신의 이야기를 보는 것만 같은 느낌이었다. 몇 번이나 전태일 일대기를 보면서 혼자 울먹이던 그는 막연하나마 노동운동을 해야겠다는 생각을 품고 적극적으로 노조활동에 나서게 되었다.

이 무렵 양수일은 잃었던 동생을 찾는 기쁨도 경험했다. 그가 다니던 안암야학과 자매학교인 종로야학이 공동으로 개교기념문화제를 열었는데 무대에 올라와 시를 낭송하는 소년의 얼굴이 왠지 낯익은 느낌이었다. 10년 전에 헤어진 후 한 번도 보지 못한 친동생 양일석과 너무 닮은 것이었다.

"혹시 저 애 이름이 양일석 아냐?"

형제의 직감으로 옆 사람에 묻고 확인하느라 소곤대고 있으려니 무대에서 시를 낭송하던 자그마한 소년도 무슨 일인가 하며 양수일을 내려다보았다. 객석은 불이 꺼져 어두침침했으나 두 시선이 딱 마주치는 순간, 형제는 전기처럼 흐르는 충격에 휩싸였다. 양수일은 자기도 모르게 소리쳤다.

"아, 내 동생 맞아!"

무대 위의 동생 양일석도 단번에 형을 알아보았다. 눈물이 나고 목이 메어 시를 제대로 낭송할 수가 없었다. 어떻게 낭송을 했는가도 모르는 채 눈물범벅이 되어 무대를 내려왔다. 두 형제는 복도에서 얼싸안고 울음을 터뜨렸다.

청계노조에는 이후에도 이와 비슷한 일이 종종 벌어졌다. 학생 출신으로 시정의 배움터에서 강학을 하다가 현장에 들어가 노동자가 된 박민기가 가정 사정으로 헤어졌던 동생 박홍규를 우연히 만나는 등 감격의 해후가 두 번이나 더 있었다. 공통적인 것은 이렇게 만난 형제들이 하나같이 노조 일에 함께 나섰다는 점이었다. 양수일 형제도 함께 노조활동에 나섰고 합법성쟁취농성에도 참여했다.

농성은 계속되었다. 3월 10일에는 종로성당에서 청계노조 주최로 '지역노조 합법성쟁취 전진대회'를 열었다. 인쇄, 제화 노조원까지 300여 명이 참석한 대회는 개정된 법률을 지키지 않는 정부를 규탄하고 공동투쟁을 결의했다. 사흘 후에는 연세대에서 열린 '서울지역 노동조합 전진대회'에 참가해 김영대 위원장이 22일째 농성 중인 청계노조 소식을 전하고 민주노조의 연대를 주장해 박수갈채를 받았다.

여론은 청계노조 편이었다. 3월 27일에는 '개정노동법상의 노동조합 설립에 관한 공청회'를 개최했는데 600명이 참석한 이 자리에서 박인제 변호사, 배일도 지하철노조 위원장, 이상학 교보노조 위원장 등 공술인들은 청계노조의 정당성을 주장하고 즉시 신고필증을 교부해야 한다고 주장했다. 4월 2일 텔레비전 심야토론에서도 청계노조 문제가 다뤄져 신고필증을 내주지 않는 정부를 비판했다.

민주세력의 지원도 잇달았다. 갓 태어난 여러 민주노조에서 격려방문을 오기도 하고 대학생들은 자원봉사를 나와주었다. 지하철노조에서 중년의 아저씨들이 격려하러 왔을 때는 조합원들도 깊은 감명을 받았다.

"청계노조 때문에 우리 지하철노조도 힘을 얻었습니다."

머리칼이 희끗희끗한 나이 먹은 아저씨들이 똑같은 작업복을 입고 들어와 쑥스러운 얼굴로 말하자 지쳐 있던 조합원들이 박수를 치며 좋아했다.

"정말 멋있는 아저씨들이야. 역시 대사업장이 멋있지?"

이야기들을 하면서 세상이 변한 것을 실감했다.

노조 복구 4주년 기념식에는 고려대 학생들이 참가해 이번 농성을 지켜보면서 노동조합의 절실함을 깨달았다며, 적극적으로 투쟁에 동참하겠다고 결의했다. 이 결의에 따라 4월 17일 고려대에서 '지역노조 쟁취 공동실천대회'가 열려 1,000여 명이 참가했고 그 중 500여 학생과 노동자들이 동대문로터리에서 '지역노조 인정하라'는 플래카드를 들고 가두시위를 전개했다. 이 싸움을 위해 조합에서는 대학별로 선전선동을 나가 공동투쟁을 조직하는 한편, 재야단체와 노동조합별로 방문조를 보내 가두시위 계획을 설명하고 동참을 호소했다. 대학 방문조는 수도권 주요 대학을 다니며 노학연대를 결의하고 기금을 모았는데, 성신여대처럼 남자 출입이 금지된 여대에는 아직 18세도 되지 않아 성인 남자로 인정되지 않는 양일석 같은 어린 조합원을 보내기도 했다. 양일석은 여대생들을 '누나, 누나' 하며 잘 따라 귀여움을 받았다. 경찰의 검문을 피해 유인물을 날라야 할 때도 양일석이 여대생 두 사람과 짝지어 동생으로 가장해 여유 있게 돌아다녔다.

종로구청에서 항의농성을 하다가 연행되어 모질게 구타당하고 사방에 버려진 적도 있었다. 조합원 열 명 정도가 구청장실로 들어가 농성에 들어가자 저녁 8시가 넘어 수십 명의 경찰이 밀려 들어왔다. 경찰들의 입에서는 술 냄새가 지독했다. 그들은 조합원 하나에 네댓 명씩 달려들어 팔다리를 잡고 끌어내면서 주먹으로 치고 발길로 걷어차기 시작했다. 얼마나 맞았는지 양일석은 기절해서 어디로 끌려가는 줄도 몰랐다. 강북 시내를 가로지른 차는 제2한강교와 난지도 쓰레기장에 뿔뿔이 하나씩 버리기 시작했다. 경찰은 노동자들을 '낙엽'으로 호칭했다.

"야, 낙엽 하나 버리고 와!"

지휘자의 말이 떨어지면 한강 다리와 난지도 쓰레기장에 한 명씩 떠밀려 내렸다. 인적 하나 없는 외진 곳에 버려진 조합원들이 다시 사무실로 돌아오니 자정을 넘어 1시에 이르러 있었다. 조합원 중에는 수중에 돈 한 푼도 없어 발을 동동 구르는 이도 있었다. 조합에서 차비를 내줄 테니 택시를 타고 오라는 말에 겨우 택시를 잡아타고 왔다. 경찰이 얼마나 머리를 때렸는지 남자 조합원들의 머리통에는 온통 혹이 튀어 나와 한동안 머리도 감지 못할 지경이었다.

이 끈질긴 장기농성에도 불구하고 문제는 해결될 기미가 보이지 않았다. 조합원들은 차차 지쳐갔다. 대부분 식구의 생계나 동생 학비를 책임지고 있는 여성 노동자였는데 두 달이 넘게 회사에 나가지 못하니 생계 문제가 심각했다. 밤에만 농성장에 왔다가 낮에 출근하기도 했지만 졸음과 피로로 제대로 일을 할 수 없었다. 음식을 하고 청소하는 일을 분담하기로 했음에도 아무래도 개인에 따라 부지런함에 차이가 있다 보니 농성자들 사이에서 알게 모르게 짜증이 쌓이기도 했다. 고참 여성 중에는 싸우고 연설하는 일에는 뛰어나도 조리와 청소 같은 사소한 일상생활에는 무심한 이들이 있어 평조합원들을 실망시키기도 했다.

무엇보다도 모두를 힘들게 하는 것은 과연 신고필증이 나올 것인가에 대한 의구심, 농성이 과연 옳은 방법인가에 대한 회의감이었다. 분명 법률이 새로이 만들어졌음에도 뻔뻔히 이를 무시할 수 있는 행정기관들에 대한 분노, 권력에 대한 적개심은 좌절감으로 이어졌다. 실의와 실망감에 빠진 이들은 하나 둘씩 농성장에 들어오지 않게 되었다. 농성인원은 점차 줄어갔다. 위기감이 몰려왔다.

농성 62일째 되는 4월 24일, 남은 농성자 전원이 마석 모란공원의 전태일 묘소를 참배했다. 약해지는 투쟁의지를 다지고 흔들리는 마음을 모으기 위한 단합대회였다. 이 자리에서 조합원들은 전국 각지에서 임금투쟁 열기가 높아지고 있는 이 시기에 청계노조도 투쟁의 수위를 높여야 한다는 데 의견을 모았다. 결사일은 5월 3일로 정해졌다. 그날은 어떤 희생을 무릅쓰고서라도 청계천에서 청와대까지 가두행진을 강행하기로 결정하고, 이를 사방에 알려 나갔다.

세계 노동절인 5월 1일에는 연세대 노천극장에서 열린 메이데이 집회에 참석했다. 청계 풍물패가 식전 행사와 식후 뒤풀이의 장단을 담당했는데, 북을 얼마나 오랫동안 메고 다녔는지 몸에 시퍼렇게 물이 들었을 정도였다. 마치 5월 3일 시위가 마지막 투쟁이라도 되는 듯, 모두들 결의가 대단했다. 솔직히 이번에도 아무 소용이 없으리라는 비관적인 예상이 더 컸음에도, 어쩌면 그렇기 때문에 더 열성적으로 준비했는지도 몰랐다. 이번에도 실패하면 또다시 조합이 와해될지도 모른다는 위기감까지 팽배했다.

분위기가 격앙되다 보니 감정들도 격해졌다. 남성 조합원 두 명이 석유를 사다가 분신하겠다는 것을 집행부가 놀라서 뜯어말리는 일도 생겼다. 분신기도사건까지 생기자 조합원을 책임진 지도자로서 김영대는 피가 마르는 절박감에 시달렸다. 청와대로의 가두시위를 이틀 앞두고 정보를 수집하러 온 안기부 직원들을 만난 자리에서 그는 흥분해서 소리쳤다.

"도대체 어쩌자는 거요? 끝까지 해보겠다는 거요? 이제 더 이상 나도 조합원들을 말릴 수 없습니다. 이런 식으로 계속 우리를 우롱하면 곧 분신하는 사람이 나오게 될 겁니다. 아니, 내가 제일 먼저 분신할 겁니다."

안기부 직원들은 사뭇 긴장한 표정으로 절대 그러지 말라고 달래고 돌아갔다. 김영대의 압력이 효력이 있었을까, 다음날인 5월 2일 종로구청으로 항의방문을 나갔던 조합원들로부터 난데없이 전화가 왔다. 이를 사무실에 알리는 이의 음성이 덜덜 떨리고 있었다.

"신고필증이 나왔대요."

"정말이야? 만세! 만세!"

사무실은 온통 환호성으로 귀가 멍멍해질 지경이었다. 흥분해서 곧장 구청으로 몰려간 조합원들은 다소 황당한 경험을 했다. 지금까지 그토록 무뚝뚝하게 외면하던 공무원들이 하루아침에 친절해져서 웃는 얼굴로 서류를 내주며 축하의 말을 건네 왔기 때문이었다. 더욱이 그들은 행정절차상 김영대가 아닌 김한영을 위원장으로 신고해야 한다며 위원장 이름을 바꾸더니 다음날 다시 자기들 손으로 임원 변경신청을 해서 다시 김영대가 위원장으로 된 완벽한 신고필증을 내주는 것이었다. 온갖 사소한 트집거리를 찾아내 서류를 반려하느라 골몰하던 공무원들이 행정절차상 필요한 부분들을 자기들 손으로 스스로 고쳐 내놓다니 믿어지지가 않을 지경이었다. 그동안 신고필증을 내주지 않은 것이 청와대나 안기부의 지시였다는 사실이 너무나 명백히 드러나는 일화였다.

1988년 5월 3일, 한 장의 종이로 된 신고필증이 노조에 도착했을 때 조합원들은 차라리 허탈감에 맥을 놓아버렸다. 마구 끌어안고 박수를 치고 기쁨으로 환호성을 올려야 옳은데 대체로 무덤덤한 표정이었다. 겨우 이 한 장의 종이가 지난 7년 세월을 그토록 고단하게 만들었는가 생각하면 억울하기도 하고 허망하기도 하였다.

여성 간부 하나가 속상하고 화가 나서 바닥에 털썩 주저앉아 울기 시작하자 다른 조합원들도 여기저기서 흐느껴 울기 시작했다. 가진 자들이 만든 법률에 우롱당하고 구박당하고 버림받은 지난 시간들이 너무나 원통했다. 합법적 노조가 없던 그 긴 시간 동안 장시간 저임금에 인간 이하의 대접을 받으며 살아온 청계 노동자들을 생각하면 눈물이 먼저 쏟아져 나왔다. 신고필증이 도착된 농성장은 서러운 울음소리로 숙연했다.

에필로그

뒷이야기

합법성을 쟁취한 청계노조는 이후 김영대, 김한영, 황명진, 김정호 등이 차례로 위원장을 맡아 이끄는 가운데 이경숙, 이승숙, 정경숙, 장옥자, 박영숙, 김용숙, 이재환, 신상현, 김윤정, 박미숙, 박영순, 이금옥, 양수일, 양일석, 조성미, 구자영, 남토금, 최정, 서용숙, 서영미, 박복자, 강호창, 이경현, 이인해, 이진숙, 전유순, 김기정, 박민기, 노현종 등 일일이 나열할 수 없이 많은 열성 조합원들에 의해 청계천은 물론, 서울 전 지역 의류 노동자들의 대표조직으로 활동해왔다. 의류산업 사양화로 활동이 극히 어려운 가운데도 조합원은 한때 700명까지 늘어났다.

여기에는 신국철, 이한주, 이주연, 김현아, 최호철, 갈복화, 임영식, 이옥희, 김경래, 김영호, 최성희, 백상호, 김이찬, 이찬종, 조주희, 김현정, 김기정, 이강일 등 여러 학생 출신들의 도움도 컸다. 이들은 노동자 문화학교나 의료봉사를 통해 이름도 흔적도 남기지 않은 채 소리 소문 없이 노조를 뒷받침해준, 진정으로 헌신적인 지식인들이었다.

물론, 이들에 앞서 1970년대 청계노조에 지대한 도움을 주어온 지식인들이나 노동운동가, 종교인들의 이름은 너무 많아 일일이 헤아릴 수 없을 정도다. 그들의 도움 없이는 청계노조가 올바른 정치적 입장을 견지하면서도 명맥을 유지하기는 어려웠을 것이다.

일방적으로 청계가 도움을 받았다는 의미는 아니다. 거꾸로 전태일 분신에 이은 청계노조의 헌신적인 투쟁들이 민주화운동을 선도하고 지식인들을 각성시킨 측면이 훨씬 컸다. 1970년대부터 1980년대 중반까지 노동운동은 물론, 전체 민주화운동에 있어서 청계노조가 미친 영향은 지대했다. 지식인들은 조합원들에게 사회과학적인 인식을 심어주는 역할을 하는 동시에 그들 자신은 청계노조를 통해 진정한 민주화운동가로 거듭 태어났다. 1970년대의 잇단 노동교실투쟁과 1980년 4월 임금투쟁, 아프리사건, 네 차례의 합법성쟁취대회 등 청계의 선도적 투쟁들은 침체해 있던 민주노동운동, 나아가 전체 민주화운동을 각성시키고 새로운 길을 뚫는 역할을 했다.

1987년 6월항쟁과 7, 8월 대파업 이후 노동운동의 주력이 대기업, 금속노동자로 옮겨갔으나 청계노조와 전태일기념사업회는 여전히 적지 않은 영향력을 발휘했다. 매년 11월에 열리는 전국노동자대회는 '전태일 정신 계승을 위한' 대회임을 명시했다. 김영대는 청계노조 위원장으로서 1990년 1월 22일의 전노협 결성 과정에서 주도적인 역할을 했으며 5년여 간 전노협 핵심으로 활약하고, 1995년 11월 11일에 결성된 민주노총의 사무총장으로서 커다란 공헌을 했다. 김영대 이후 청계노조 위원장을 맡았던 황명진도 민주노총 조직부를 맡아 5년 넘게 활동했다.

청계노조가 한국 노동운동의 반석이 된 데는 전태일기념사업회도 큰 역할을 했다. 전태일기념사업회는 조영래 변호사의 『전태일평전』과 함께 전태일 정신을 한국의 위대한 정신문화 유산의 하나로 자리잡게 하는 역할을 해왔다. 민종덕과 정인숙을 비롯해 한기홍, 김부섭, 한경애, 김명환,

이형숙, 황만호, 김수정, 오도엽 등 여러 뛰어난 실무자들에 의해 이끌어져 온 전태일기념사업회는 전태일노동상과 전태일문학상을 통해 전태일의 정신을 널리 알리는 한편으로, 민주노동운동의 초석이자 보루로서 그 역할을 다해왔다. 2005년에는 복개된 청계천에 1만 5,000명의 이름과 글이 실린 동판 4,000여 개를 깐 전태일 거리를 만들고 전태일 다리에 전태일 동상을 세움으로써 전태일을 한국 노동운동의 영원한 상징으로 자리잡게 했다.

합법화된 지 10년 만인 1998년 4월 26일, 청계피복노동조합은 역사 속에 사라졌다. 서울지역의류노조에 통합되면서 이름이 사라진 것이다. 그러나 서울의류노조 사무실은 청계노조 사무실을 그대로 사용했고 실무자와 조합원들도 대부분 청계 지역에서 배출되었다. 노조가 없어진 것이 아니라 서울 지역 전체로 외연을 확대한 것이다. 의류산업 사양화가 가속화되어 노동자의 숫자가 급감하고 사업장이 서울 전역의 주택가로 흩어짐으로써 조합원 수는 200명 선에 머물렀으나 서울의류노조는 서울 지역 봉제 노동자들의 유일한 벗으로서 활동을 계속해왔다. 그 세월이 다시 10년째, 전태일의 죽음으로 노조가 세워진 이래 2007년 오늘까지 37년째 명맥을 이어온 것이다.

이 37년 동안 헤아릴 수 없이 많은 사람들이 청계노조를 세우기 위해 투쟁했다. 그러나 그 어떤 뛰어나고 헌신적인 투사도 이소선 어머니와 비교할 수는 없을 것이다. 아들을 가슴에 묻은 그날부터 지금까지 단 하루도 마음을 놓지 않고 오직 이 땅의 노동자와 민주주의를 위해 영혼을 바친 이소선 어머니는 전태일의 어머니를 넘어 이 나라 민주화운동과 민주노동운동의 상징이자 지도자로서 거대한 발자국을 남겼다. 어머니의 이름을 빼놓고는 1970~1980년대 한국의 민주화운동사를 쓸 수 없을 정도로, 이소선 어머니는 모든 투쟁의 현장에서 온몸을 던져 싸웠다. 어머니는 사랑하는 아들과의 약속을 지켰고 새로 태어난 수많은 아들딸들은 그녀의 기대를 저버리지 않았다.

그러나 청계노조의 진정한 주인은 이름도 빛도 없이 온몸을 던져 싸우다가 사라져간 조합원들이었다. 한때 8,000명에 이르는 조합원을 이끌던 삼동회 선배들과 몇몇 주요 상집 간부들 외에도 수많은 중견 조합원들이 청계노조를 지켰다. 너나 할 것 없이 근로조건을 개선하여 인간답게 살아보겠다고 온몸을 바쳐 싸웠다. 의롭고 보람된 활동이라는 신념 하나로, 돈보다도 부모님보다도 청계를 더 사랑했던 조합원들이었다.

야무진 말솜씨와 헌신성으로 1970년대 청계노조의 큰 기둥이었던 이순자는 지금도 그들의 이름을 선명히 기억하고 있다. 그 중에서도 만난 지 오래되거나 연락이 안 되는 이들에 대한 그리움이 더 크다.

"보고 싶은 사람들이요? 그 이름을 어떻게 다 말할 수가 있나요? 너무나 많지요. 황규홍, 정태섭, 최옥분, 이희선, 조명심, 박해창, 정석호, 유경선, 이정순, 김혜진, 장윤주, 강명숙, 문금숙, 김석태, 김주삼, 장선애, 고영화, 전덕순, 강춘옥, 이수나, 김영란, 서재덕, 박현전, 성양자, 안미선, 김영수, 노용선, 노금주, 신영란, 김영란, 이수복, 김은숙, 이병길…… 너무나 많아 이루 다 말할 수가 없죠. 정말 모두들 보고 싶고, 노조사 나오는 것을 계기로 다시 만날 수 있다면 정말 좋겠고…… 지금 돌이켜보면 그때는 앞만 보고 달리다 보니까 옆 사람 마음을 헤아려 풀어주지 못한 게 많고, 나이 어린 조합원들에게 일일이 신경을 써주지 못한 점이 너무나 죄스럽고 미안하기만 하죠. 이제라도 다시 만나면 하나하나 끌어안고 미안했다고 말해주고 싶고, 그동안 어떻게 살았는지 밤새 이야기를 나누고 싶어요. 눈물이요? 눈물 없이 어떻게 우리의 그 긴 이야기를 할 수 있겠어요?"

이순자뿐 아니라 1970년대 주요 간부를 맡았던 이들은 하나같은 마음이다. 이름도 없이, 빛도 없이 참여한 조합원들에 대한 그리움과 미안함은 지금도 가슴을 저리게 한다.

그토록 열심히 싸우다가 청계를 떠난 여성 노동자 중에는 결혼한 후 자신이 봉제공장에서 일했다는 사실을 숨기는 경우가 많았다. 초등학교밖에 나오지 못한 채 봉제공장에서 비참하게 일했다는 사실을 남편이나 아내, 혹은 주변 사람들에게 숨기고 싶어했다. 1990년대 중반에 전태일 일대기가 〈아름다운 청년 전태일〉이라는 제목으로 영화화되었을 때, 반가움에 눈물을 흘린 이들이 여럿 있었다. 지금도 이름을 밝힐 수 없는 그 중 한 사람은 영화가 나온 이후로 자기도 모르게 전태일과 평화시장에 대해 남편에게 이야기하게 되었다. 남편은 결혼 후 처음 듣는 청계천 이야기에 깜짝 놀라며 물었다.

"당신이 전태일을 어떻게 알아?"

움찔 놀라 영화를 봤다고 대답하자 남편은 고개를 갸웃했다.

"영화만 보고 어떻게 그리 자세히 알아?"

의아해하던 남편은 며칠 후 자기도 영화를 보고 와서 말하는 것이었다.

"진짜 평화시장 환경이 그렇게 나빴을까? 영화니까 그랬겠지?"

진실을 말할 수가 없던 그녀는 얼버무렸다.

"맞아요. 영화니까 그랬지, 실제로는 나았을 거예요."

속으로는 영화보다 훨씬 더 끔찍했다는 말을 하고 싶었지만 20년의 비밀을 깰 수가 없었다. 비록 자신의 과거는 숨겨도 노조에서의 아름다운 추억을 잊을 수 없던 그녀는 옷을 사러 일부러 평화시장에 찾아가 추억의 흔적을 느껴보려 이리저리 돌아다니곤 했다. 길거리에는 여전히 떡이며 순대를 파는 할머니들이 있었지만 옛날처럼 인도 위에 쪼그리고 앉아 사 먹을 용기가 나질 않아 포장해서 집에 가져갔다. 막상 아이들과 남편은 맛없다고 먹지 않았다. 혼자서 식어버린 순대와 떡을 먹고 있노라면 가만히 눈물이 고였다.

어쩌다가 옛 친구들과 전화를 할 때면 30년 전의 그 일들이 어제 일처럼 떠올랐다. 혼자 편하겠다고 도망친 것 같은 죄책감 역시 바로 어제 일처럼 여전히 마음을 짓눌렀다. 반면, 끝까지 남아 싸웠던 사람들은 감당 못할 싸움을 주도해 그들에게 마음의 상처를 입혔다는 미안함으로 지금까지도 안타까워했다. 처음에는 반가웠다가도 연락이 닿지 않는 다른 친구들 안부를 확인하다 보면 공연히 마음이 저려오기도 했다. 그녀들은 하나같이 말한다. 청계노조의 역사는 이름 없이 싸우다가 아픔을 안고 사라진 수많은 조합원들의 것이라고, 그들이야말로 청계노조의 진정한 주인이라고.

청계천의 터줏대감 박명옥은 이승철 집행부에서 부위원장을 맡았다가 그가 불신임된 이후로는 운영위원이나 대의원조차 맡지 않고 일체 노조에 발길을 끊었다. 그러나 청계천을 떠나지는 못한 채 이후로도 30년 세월을 미싱사로 일했다. 환갑이 훨씬 넘은 나이에도 미싱을 타는 그녀는 옛 동지들과 만나는 시간처럼 즐거운 때는 없다고 말한다.

"살기야 어렵지. 그런데 내가 어렵다고 말하면 친구들이고 옆집 아줌마고 나를 무시해. 겉으로는 들어주는 것 같지만 속으로는 업신여겨. 그렇지만 청계 사람들끼리는 아무리 어려워도, 잘살아도 못살아도 모두 한 식구야. 한 오누이 같아. 만나면, 언니 왔냐고 누나 오셨냐고 너무나 깍듯이 해대주고 손잡아주고 얼싸안고, 청계 식구들이 아니면 누가 나를 이처럼 반갑게 진심으로 대해주겠어? 누구 잔치를 가건, 모임에 가건, 볼 때마다 반갑지. 눈물이 나지. 죽을 때까지 잊을 수 없는 사람들이야. 청계에 있지 않았다면 내 인생은 지금처럼 행복하지 못할 거야."

아직 전쟁의 포연이 채 가시지도 않은 1956년부터 청계천에서 일을 시작했으니 50년째 미싱을 타고 있는 그녀야말로 청계피복의 역사다. 역시 미싱사로 일하고 있지만 눈이 침침해져 고생하는 비슷한 나이의 김혜숙과 달리, 그녀는 아직 건강도 좋아서 새로운 기술에도 잘 적응했다.

"지금은 컴퓨터 미싱 나왔잖아? 야, 컴퓨터 미싱 그거 좋더라야. 요즘에 가서 돌려보니까, 아, 매력 있더라고. 내가 예순이 넘은 나이에도 시다를 하는데 하나도 힘이 안 들어. 사장 부인이 내게 엄청 잘해. 요즘에는 대학교 의상학과 나온 시다도 많지만 옛날 우리처럼 열심히 일하는 사람이 없거든. 일머리 잘 알겠다, 옛날 사람들처럼 정말 열심히 일하니까, 대우가 그렇게 좋을 수가 없어."

지긋지긋한 가난에 단련되었던 그녀는 50년 전 청계천에서 처음 일하게 되었을 때도 노동의 고통보다는 돈을 벌 수 있게 되었다는 희망으로 열심히 일했다. 들어간 지 1년 만에 기술을 배워 보조 미싱사가 되었다는 사실은 그녀의 평생 자랑거리였다. 반세기가 지나, 남들은 눈이 어둡고 머리가 따라주지 않아서 배우지 못한다는 컴퓨터 미싱을 할 수 있다는 것도 새로운 자랑거리다. 노동은 그녀의 삶이다. 과거이고 현재이고 미래다. 노동의 고통, 노동의 기쁨, 노동의 슬픔이 모두 그녀의 인생 속에 하나로 녹아들어 삶의 의미가 되었다. 그리고 청계노조의 역사가 되었다.

부록 청계피복노조사 연표

1970년 11월 13일	전태일 열사 분신
1970년 11월 27일	전국연합노동조합 청계피복지부 결성, 초대, 2대 지부장에 한국노총 출신의 김성길, 구건회 선출
1971년 1월 9일	첫 노사협의회 구성
1971년 4월 9일	첫 단체협약 조인
1971년 4월 27일	제7대 대통령선거에서 박정희 당선
1971년 5월 16일	한영섬유 민주노조 설립 과정에서 노동자 김진수 사망, 연대투쟁
1971년 9월 2일	정부를 상대로 영세사업자 부당과세에 대한 성명서 발표
1971년 9월 12일	제1회 정기 대의원대회에서 제3대 지부장으로 삼동회 출신 최종인 선출
1972년 4월 22일	평화새마을교실을 설립 운영
1972년 10월 13일	부녀부장 정인숙이 육영수 여사에게 건의해 시장 상가 사용자 대표와 노동청, 청계노조 대표가 참여하는 새마을노동교실 건립추진 위원회 발족
1972년 10월 17일	계엄령 선포(10월유신)
1973년 5월 21일	동화시장 옥상에 새마을노동교실 개관, 개관식에 함석헌 선생을 초청했다가 정부기관의 탄압을 받다
1973년 7월 3일	사용주들이 노조의 새마을노동교실 운영권을 탈취하다
1974년 1월 8일	대통령긴급조치1호 발동, 곧이어 9호까지 발동됨으로써 모든 집회와 시위가 원천적으로 금지되다
1975년 2월 7일	노동교실을 되찾기 위한 점거농성
1975년 4월 30일	노동교실을 유림빌딩으로 이전, 노동조합에서 주체적으로 운영하다
1975년 12월 23일	노동시간 단축을 위한 농성투쟁. 저녁 8시 작업장 종료 요구를 관철시키고, 이후 시간단축을 주요 노조 업무로 실시하다
1976년 3월 26일	임금인상과 견습공의 임금을 미싱사가 아닌 사장이 직접 지불하도

록 하는 직불제를 요구하며 가두시위 시도, 가두시위는 실패했으나 견습공 임금 직불제 쟁취하다

1976년 4월 16일 이승철을 새 지부장으로 선출, 한국노총 출신들이 아닌 전원 청계노조 출신으로 구성된 집행부가 출범하다

1976년 7월 25일 어용화 공작에 맞서 농성하던 동일방직노조 조합원들을 경찰이 무력으로 제압하고 강제로 해산시키는 동일방직노조사건 발생, 연대투쟁

1976년 9월 9일 풍천화섬 노동자 500여 명이 노동조합을 만들고 150여 명이 즉석에서 가두시위를 벌이다 경찰에 무차별 연행됨, 이와 관련해 양승조가 범인은닉혐의로 구속, 이후 양승조면회투쟁, 양승조석방투쟁 등이 계속되다

1977년 5월 2일 와이셔츠업체 임금인상투쟁

1977년 7월 10일 협신피혁공업사 폐수처리장에서 작업하던 노동자 민종진 사망, 경인지역 민주노조 소속 노동자들 산재사고 예방대책 마련을 요구하며 연대투쟁에 돌입

1977년 2월 민청학련사건으로 수배 중이던 장기표가 긴급조치9호 위반으로 구속

1977년 7월 22일 노동교실 실장인 이소선 어머니 구속, 그와 동시에 경찰이 노동교실을 강제로 폐쇄

1977년 9월 9일 이소선 어머니 석방과 노동교실 반환을 요구하는 결사투쟁 감행

1979년 8월 11일 신민당사에서 농성 중이던 YH노조를 경찰이 무력으로 강제해산시키는 과정에서 김경숙 열사 사망, 부마항쟁의 불씨가 되다

1979년 10월 26일 박정희 사망

1980년 4월~17일 11일간 끈질긴 대규모 임금투쟁 결과 근로기준법 수준을 상회하는 임금인상 및 10인 이상 업체 퇴직금 지급 등을 쟁취, 이후 사북탄광 노동자들과 구로공단, 마산수출자유지역, 대구공단, 이리공단, 사무직 노동자들 등의 폭발적인 임금인상투쟁의 기폭제가 되다. 이

와 동시에 어용화를 거부하는 민주노조의 연대투쟁을 이끌어내다

1980년 5월 18일 광주민주화항쟁, 광주의 참상을 알리는 유인물 제작·배포에 연대

1980년 7월 16일 청계노조가 신군부 정화조치의 탄압을 받는 와중에 이소선 어머니가 계엄법 위반으로 구속당하다

1980년 12월 8일 지부장 임현재를 비롯해 노조 사무실에 있던 조합간부 9명 전원이 연행되다

1981년 1월 6일 서울시장 박영수 명의로 된 청계노조 해산명령서를 통보받다

1981년 1월 30일 노동조합 강제해산에 반대하며 아프리 한국사무소 점거농성, 이소선 어머니, 임현재 지부장 등 12명 구속

1981년 5월 24일 여성 중견 조합원들을 중심으로 청계노조의 명맥을 이어갈 청계모임 결성, 비합법·비공개 활동을 시작하다

1981년 11월 13일 전태일기념관 건립추진위원회 결성(초대회장 공덕귀 여사)

1983년 6월 20일 전태일기념관 건립추진위원회 이름으로 『전태일평전』 초판 출간

1983년 10월 30일 전태일 13주기추도식을 계기로 비합법·비공개 활동을 공개·대중활동 형태로 전환

1984년 3월 10일 신군부에 의해 해산되었던 청계노조, 원풍모방, 콘트롤데이타, 서통, YH무역, 동일방직 등의 민주노조 출신들이 한국노동자복지협의회 결성, 공개 활동을 시작하다

1984년 4월 8일 청계노조 복구대회에서 법외노조로서 청계노조의 복구를 선언

1984년 4월 12일 신당동에 마련한 노조 사무실 현판식 거행, 다음날인 4월 13일 사무실을 강제폐쇄당하다

1984년 5월 1일 청계피복노조 합법성에 관한 공개토론회 실시

1984년 9월 19일 노학연대로 제1차 청계노조 합법성쟁취투쟁을 실시. 그 후 10월 12일 2차대회, 1985년 4년 12일 3차대회, 11월 13일 4차대회, 1986년 4월 11일 5차대회를 성공적으로 실시

1984년 11월 30일 택시기사 박종만 열사 분신 사망, 연대투쟁

1985년 5월 1일 동일제강과 성원제강 해고자들이 경인 지역 해고자들과 결합해 만

든 '노동운동탄압저지투쟁위원회'에서 영등포 일대 대규모 가두시위, 연대투쟁

1985년 6월 24일	대우어패럴 민주노조 간부 구속에 저항해 동맹파업 실시, 노동부 사무소 점거농성을 주동한 혐의로 사무장 김영대 구속
1985년 8월 25일	동맹파업의 해고자들이 중심이 되어 제안한 서울노동운동연합 결성, 위원장 민종덕 구속
1985년 11월 27일	청계노조 해산명령 및 사무실 강제폐쇄, 노조 사무실을 전태일기념관으로 옮기다. 이를 계기로 공개 부문과 비공개 부문으로 조합원 분리되다
1986년 3월 17일	구로공단 마이크로사 노동자 박영진 열사 분신, 연대투쟁, 추도식에서 서노련 소속 노동자들이 전태일기념관 점거농성을 벌이다
1986년 5월 3일	인천에서 대통령 직선제를 요구하는 대규모 가두시위. 이 사건과 서노련에 관련하여 노조 간부 10여 명과 전순옥 국군보안대에 연행, 그 중 황만호 위원장과 박계현 구속
1987년 6월 10일	4차 합법성쟁취투쟁에 참여했던 박종철 열사 고문 사망, 이한열 열사 사망, 6·10민중항쟁
1987년 7월 15일	공개 부문과 비공개 부문 활동으로 나뉘었던 청계노조가 재결합하고 함께 사무실을 탈환, 이후 끈질긴 합법화 투쟁 실시
1988년 2월 23일	신고필증을 요구하며 종로구청을 항의방문했던 조합원들이 자발적으로 무기한 농성에 돌입
1988년 5월 2일	농성 70여 일 만에 신고필증을 교부받음으로써 합법성 쟁취, 위원장으로 김영대 선출
1998년 4월 26일	서울의류노조로 통합, 위원장으로 김정호 선출